IM HÖHENFLUG

SÖHNE DES SURVIVALIST

BUCH 4

CHERISE SINCLAIR

VanScoy Publishing Group

@ Deutsche Ausgabe: FP Translations; 2026

@ Originalausgabe: *Soar High* by Cherise Sinclair; 2021

Published by VanScoy Publishing Group

ISBN: 978-1-947219-70-0

DIESES Buch ist eine fiktive Geschichte. Namen, Charaktere, Orte und Begebenheiten entspringen der Vorstellungskraft des Autors oder werden dazu genutzt, um die fiktive Geschichte in ihrer Wirkungskraft zu unterstützen. Alle Ähnlichkeiten zu real existierenden Personen, lebendig oder tot, Unternehmen, Events oder Schauplätzen sind Zufall.

KEIN Teil dieses Buches darf ohne Einverständnis reproduziert, gescannt oder in irgendeiner Art, ob elektronisch oder gedruckt, verkauft werden. Bitte beteilige dich nicht an der Buchpiraterie von urheberrechtlich geschütztem Material, was zu der Verletzung von den Rechten des Autors führen würde.

Dieses Buch enthält explizite Darstellungen sexueller Handlungen und ist nicht für Leser unter 18 Jahren geeignet!

Cover art: Bianca Sommerland

Lektorat: Christian Popp

PROLOG

Wenn alles gegen dich zu stehen scheint, denke daran, dass das Flugzeug gegen den Wind abhebt, nicht mit ihm. - Henry Ford

„Bleib dran, Junge."

Der Befehl des Sarge schüttelte Hawk aus seinen Gedanken, als er den anderen drei Kindern auf dem steilen Pfad hinterherstapfte. Irgendwie, als wäre er beim Militär. In etlichen Kriegsfilmen brüllte der knallharte Sergeant immer einen armen Bastard an. Mako schrie nicht viel, aber seine Stimme war so einschüchternd wie der Mann selbst.

Hawk lief jedoch nicht schneller. Er wollte seinen Pflegebrüdern nicht näher sein.

Er sollte sie nicht einmal so nennen. Der Sarge war nicht ihr Pflegevater. Er war der Mann, der vier Jungs aus einer kalifornischen Pflegefamilie gerettet und nach Alaska gebracht hatte.

Denn der Pflegevater in L.A. war ein Perverser gewesen.

Hawk zog die Augenbrauen zusammen und fiel noch weiter zurück. Er konnte immer noch spüren, wie die Hände des Kerls ihn berührten und sein T-Shirt zerrissen, und das Knie, das ihn auf das Bett gepresst hatte.

Manchmal vermischten sich diese Erinnerungen mit den Schlägen, die sein echter Vater ausgeteilt hatte. Manchmal verfing er sich in ihnen, wie er sich in dieser Tierfalle verfangen hatte, die der Sarge ihnen gezeigt hatte. Mako war sauer gewesen, denn die Falle hätte sich in ein armes Tier bohren sollen.

Manchmal fühlte er sich wie eines dieser Tiere, denn die Scheiße, die Hawk durchgemacht hatte, hatte ebenfalls große Löcher hinterlassen.

Gabe drehte sich um und warf ihm einen besorgten Blick zu. Der Junge war zehn, ein Jahr älter als Hawk. Er war okay, aber irgendwie wie einer dieser seltsamen Hunde, die dafür bekannt waren, Schafe zusammen zu treiben. Gabe wurde nervös, wenn er die anderen Jungs nicht im Auge hatte, da sie vielleicht verletzt werden könnten.

Hawk wandte den Blick ab. Niemand musste sich um ihn sorgen; niemand hatte es jemals zuvor getan.

„Caz, wo in der Nähe befindet sich Wasser?“ Mako ging immer weiter den Pfad hinauf. Das war einfach nicht gerecht. Er war alt, bestimmt schon fünfzig oder so, aber er atmete nicht einmal schwer.

Der Rest von ihnen keuchte wie die Hunde in L.A. während der Sommermonate.

„Wasser. Es ist ...“ Caz sah sich um. Er war ein Jahr jünger als Hawk und Bull – und Hawk nannte ihn gerne das Baby, um ihn zu ärgern und ihn zum Fluchen zu bringen. Nicht, dass Hawk die Flüche verstand, die Cazador von sich gab; das Baby der Gruppe fiel immer noch ins Spanische zurück, wenn er wütend wurde.

Caz’ Schultern sackten nach unten. *„No sé.“*

Hawk wusste es auch nicht.

„Lausche“, sagte Mako. „Du hast zwei Ohren; benutze sie. Ihr alle.“

Sie stoppten und spitzten die Ohren. Und ja, Hawk konnte

Wasser hören. Einen Bach oder so. Er legte eine Hand an die Felswand und drehte den Kopf, um es zu lokalisieren. Es war irgendwo den verdammt steilen Hang runter.

Warum laufen wir dann den Berg hoch?

Sie deuteten alle auf den Bach.

„Gut. Das nächste Mal sucht und findet es, bevor ich frage", sagte Mako. „In welche Richtung geht es nachhause?"

Nachhause.

Hawk blickte finster drein. Ja, sicher, er wohnte jetzt seit einem Monat in der Hütte, also war es wohl sein Zuhause. Auf dem Dachboden hatte er ein Bett und sogar eine Kiste für seine Sachen. Niemanden kümmerte es, wenn er Dinge fand und diese behielt – die Adlerfedern, das winzige Nest, eine Eierschale kleiner als eine Weintraube.

Plötzlich war ein Rasseln hinter ihm zu hören. Ein Babyelch sprang heraus und an ihm und den anderen vorbei.

Gott, wie süß.

„Beweg dich", brüllte der Sarge und zeigte auf etwas hinter Hawk.

Was? Hawk warf einen Blick über seine Schulter und schnappte nach Luft.

Ein verdammt riesiger Elch stürmte über den Pfad direkt auf ihn zu.

Er sprang zurück – nicht weit genug.

Die gigantische Schulter des Tieres rammte ihn und stieß ihn seitlich zum Hang. „Nein!", schrie er entsetzt.

Der Sarge packte ihn am T-Shirt, schwang ihn herum und warf ihn gegen die Klippenwand.

Die Elchmutter machte seltsame grunzende Geräusche und stürzte sich auf Gabe, als würde sie ihn attackieren wollen.

Der Junge wich aus.

„Verschwinde, du Dummkopf!" Der Sarge warf einen großen Stein auf die riesige Nase des Tieres.

Der Elch schüttelte den Kopf, dann legten sich seine Ohren wieder an und –

An die Felswand gepresst, beobachtete Hawk, wie unter den Hufen des Tieres ein riesiger Riss erschien. Der Pfad fiel auseinander!

„Gabe, geh zurück!“, schrie Hawk.

Gabe versuchte es, stolperte und landete auf den Knien.

Der Elch sprang vom einstürzenden Pfad weg und rannte seinem Baby nach.

Derweil hechtete Mako nach vorn, packte Gabe am Kragen und warf ihn weiter den Pfad hinunter, auch als der Boden direkt unter den Stiefeln des Sarge bröckelte. In einer Masse aus fallenden Steinen und Schmutz ging Mako über die Kante.

„Nein“, flüsterte Hawk.

„Mako!“, brüllte Bull. Keine Antwort. Bull setzte sich in Bewegung, und mehr von dem Pfad fiel in sich zusammen.

„Stopp!“, schrie Gabe. „Warte.“

Bull hielt inne.

„Hawk, du hast ein Seil, oder?“, rief Gabe.

„Yeah.“ Hawk kramte in seinem Rucksack und zog ein aufgerolltes Seil heraus. Mako wollte ihm beibringen, es an den Klippen zu benutzen.

Gabe zeigte auf einen Baum. „Caz, binde es dort fest.“

Cazador hastete zu der Stelle, fing das Seil, das Hawk ihm zuwarf, wickelte es um den Baum und machte einen festen Knoten. Auch etwas, das Mako ihnen beigebracht hatte.

Bull packte das Seil und warf das unbefestigte Ende den Abhang hinunter. Er lehnte sich vor. „Ich glaube, er ist den ganzen Weg hinunter zum Bach gefallen.“

„Dann suchen wir ihn. Bull, du übernimmst das Schlusslicht.“ Gabe packte das Seil und benutzte es, um sich langsam über die Kante zu bewegen.

Caz folgte.

Hawk schwang seinen Rucksack auf den Rücken, machte

einen Schritt – und stolperte, als lose Steine unter seinem Fuß ins Rollen gerieten. Wie wild wedelte er mit den Armen.

Das Seil noch immer fest umklammernd packte Bull ihn am T-Shirt, um zu verhindern, dass er fiel.

Heilige Scheiße. Hawk krallte sich mit zitternden Händen ans Seil. „Danke." Das Wort kam in seiner hässlichen kratzigen Stimme heraus.

„Kein Problem." Bull grinste.

Mit einem beruhigenden Atemzug – und einem festen Griff an dem Seil – seilte sich Hawk ab. Es war nicht wie die Felswand auf der anderen Seite des Pfades, aber steil genug, dass er ohne das Seil schon ein Dutzend Mal nach unten gestürzt wäre.

Bull folgte.

Der Sarge lag unten am Hang, halb im rauschenden Bach.

„Sarge?" Hawks Hände ballten sich, als er sich nicht bewegte. Gabe nahm einen Arm, Hawk den anderen, und gemeinsam zogen sie ihn aus dem Wasser auf das flache Ufer.

Er bewegte sich immer noch nicht.

Die Angst in ihm war kälter als das eisige Wasser. „Ist er t-tot?"

„Warte." Kniend legte Caz ein Ohr an Makos Brust. „Herz lebt. Atmet. Sein Arm kaputt."

Was nun? Hawk sah zu Gabe. Genau wie Caz.

Aber Gabe hatte seine Arme um sich geschlungen und zitterte. Das taten sie alle. Was sollten sie jetzt machen? Wie sollten sie dem Sarge helfen?

„Yo." Bull stieß mit der Schulter gegen Gabes. „Was sollen wir tun?"

Gabe blinzelte, atmete tief ein und positionierte die Füße, als würde er sich auf eine Schlacht vorbereiten. „O-Okay. Ähm. Ich schätze, wir bleiben eine Weile hier."

„Er kalt." Caz hielt Makos große Hand in seiner.

„Richtig." Gabe deutete auf die Rucksäcke. „Holt eure Rettungsdecken raus. Wir wickeln ihn –"

Tiefes Schnaufen und Knurren ertönten und sie erstarrten. Hawk kannte dieses Geräusch vom Fluss bei der Hütte. Es war ein Bär.

Oh, fuck. Er zitterte so stark, dass seine Knie fast einknickten.

Der Bär war weiter stromabwärts. Und er hatte die vier Jungs ins Visier genommen. Der Bär hatte keinen Buckel auf dem Rücken, also musste es ein Schwarzbär sein, kein Braunbär ... obwohl er irgendwie bräunlich war.

Mako hatte ihnen gesagt, bei den schwarzen Bären richtig Lärm zu machen.

Hawk schluckte schwer und starrte Gabe an. „Laut sein."

Gabe nickte und zischte Bull und Caz zu: „Schreit und so. Verscheucht ihn."

Hawk beugte sich vor und schnappte sich die riesige Waffe aus Makos Holster.

Die anderen Jungen schrien und wedelten mit den Armen.

Der verdammte Bär rannte nicht weg. Warum nicht?

Hawk griff nach der Waffe und richtete sie auf den Bären. Die Pistole war wirklich schwer.

„Warte." Gabe lehnte sich vor, legte den Sicherheitshebel um und trat zurück.

Na gut. Hawk knirschte mit den Zähnen und richtete die Waffe auf die Baumwipfel, denn würde er den Bären treffen, würde er das Tier nur wütend machen, sodass ein Angriff wohl unausweichlich wäre.

Er drückte den Abzug.

Bam. Die Waffe zuckte in seinen Händen zurück und traf ihn direkt gegen die Stirn.

Aua. Sein Gesicht schmerzte und seine Ohren klingelten.

Aber der Bär drehte sich um und verschwand in den Bäumen.

Er war weg.

Die anderen jubelten, dann wurde es still. Denn ... was nun?

Caz hatte seine Decke herausgezogen, und sie arbeiteten daran, das dünne, knittrige Ding um den Sarge zu wickeln.

Mako war so still, als wäre er tot, nur war er es nicht, oder?

Tränen brannten Hawk in den Augen, Caz blinzelte heftig und Bull klopfte immer wieder auf die Brust des Sarge, als wäre er ein Hund oder so.

Gabe runzelte die Stirn. „Wir brauchen ein Feuer."

„Ja", sagte Hawk.

Die anderen beiden nickten. Und sahen zu Gabe.

Dann stöhnte Mako.

Seine Augen öffneten sich, blaue Augen in einem braunen Gesicht, das ganz zerkratzt und blutig war. Er machte Anstalten, sich zu bewegen, grunzte und musterte seinen Arm. „Was zum Teufel?"

Bull grinste. „Der Pfad fiel in sich zusammen – und du den Abhang nach unten."

„Klugscheißer." Ein Mundwinkel von Mako neigte sich nach oben. Er bewegte einen Arm und tätschelte die silberne Decke um ihn herum. Sein Blick fand Bull, dann Gabe, Caz und Hawk.

Der Sarge grinste. „Gut gemacht. Ihr habt das Zeug zu einem guten Team."

Gut gemacht. Mako sagte diese Worte nicht oft.

Hawk stand ein wenig gerader. Aber –

Ein Team?

Ja, vielleicht. Wenn die anderen nicht hier gewesen wären, hätte er nicht gewusst, wie er mit dem Seil den Abhang herunterkommen sollte. Er wäre wahrscheinlich gefallen. Auch hätte er den Sarge nicht alleine aus dem Bach ziehen können. Er hätte nicht gewusst, wie er Mako hätte warm halten sollen. Und er hätte nicht daran gedacht, seine Waffe zu entsichern.

Ohne Hawk gäbe es kein Seil. Und der Bär hätte angegriffen.

Ein Team könnte gut sein.

Weil sie zusammen stärker waren.

KAPITEL EINS

D*reiundzwanzig Jahre später*

So wie ich es sehe, beginnt das Leben eines Mannes jedes Mal von vorne, wenn er morgens aufsteht. Sicher, die Rechnungen müssen bezahlt und die Arbeit gemacht werden, aber du musst keinem Muster folgen. Du kannst immer von vorne anfangen, ein ausgeruhtes Pferd satteln und einen neuen Pfad beschreiten. - Louis L'Amour

Im winzigen Garten der Reha-Einrichtung atmete Kirsten Sandersen feuchte, kühle Luft in ihre Lungen. Frühling in Alaska, und obwohl ihr Körper und ihr Geist angeschlagen waren, war sie frei. Wie die Blätter an den Pflanzen um sie herum fühlte sie, wie die Knospen sprossen.

Ihre Tasche war gepackt und wartete an der Tür. Die Entlassungspapiere waren unterschrieben, und sie war zu ihrem Lieblingsversteck gekommen, um auf ihre Mitfahrgelegenheit nachhause zu warten. Na ja, nicht direkt nachhause.

Ich habe kein Zuhause.

Oder einen Job.

Oder einen Ehemann. Sie wartete darauf, Trauer über Obadiahs Tod zu empfinden. Das Einzige, was sie fühlte, war Bedauern, dass sie so unglaublich dumm gewesen war. So bedürftig nach Liebe, dass sie auf seine Lügen – und seine Manipulation – hereingefallen war.

Scham blühte in ihr auf. Ihr Wunsch nach einem starken Mann hatte sie und Aric in einen Albtraum geführt. Irgendwann würde sie sich erholen, und wenn sie es nicht tat, dann würde sie auch diese Hürde meistern, aber ihr Sohn war erst vier Jahre alt. Würde er jemals über die Monate der Angst hinwegkommen? Über den Missbrauch?

Es tut mir so leid, Baby.

Sie rieb sich die Tränen von den Wangen. Sie war so ein Jammerlappen!

Ihr Therapeut hatte sie jedoch gewarnt, dass ihre Emotionen für eine Weile unberechenbar sein würden. *Kein Problem.* Bald würde sie diesen Ort verlassen – und an die Seite ihres Sohnes zurückkehren.

Nichts war ihr wichtiger.

Als sie hörte, wie ein Mann sich räusperte, sprang sie auf ihre Füße, packte ihre schmerzenden Rippen und flüsterte Flüche, durch die sie sich bei den Patriotischen Zeloten Schläge eingehandelt hätte.

Zwei Männer in Hemden, Jeans und Sakkos standen in der Nähe der Tür.

Sie trat mehrere Schritte zurück.

Der Hellhäutige hielt beide Hände hoch. „Tut mir leid, dass wir Sie erschreckt haben, Mrs. Traeger."

„Ms. Sandersen." Auf keinen Fall würde sie weiterhin Obadiahs Namen tragen. „Ich weiß, dass wir uns schon mal begegnet sind, aber ich erinnere mich nicht an Ihre Namen."

Es schien, als hätte sie jede Person der alaskischen Strafverfolgungsbehörden befragt.

Der kleinere Mann mit braunen Augen und ebenso farbenen Haaren zog seine Marke heraus. „FBI, Ma'am. Special Agent Acosta."

„Special Agent Langford." Der Große zeigte seine Marke. „Wir haben die Einrichtung gebeten, Sie über unseren Besuch in Kenntnis zu setzen."

Kit atmete schmerzhaft aus und versuchte, ihre Nerven zu beruhigen. *Sei mutig, Kittycat.* Der Kosename, den ihr Vater stets benutzt hatte, half immer. Sie hatte sich ihr ganzes Leben an die Erinnerung seiner Stimme geklammert. Auch jetzt tat sie das. „In der Urlaubszeit ist die Einrichtung unterbesetzt. Ich werde Ihre Nachricht wahrscheinlich morgen erhalten."

Langford lachte. „Dachte ich mir. Tut mir leid, wir hätten Sie direkt angerufen, wenn wir eine Nummer gehabt hätten."

„Ich habe mir noch kein Handy gekauft." Weil sie kein Geld hatte. Kein Einkommen. Ihre Angst bäumte sich auf, doch sie reagierte schnell und drückte sie nieder. Sie würde das alles bewältigen; das tat sie immer. „Ist etwas passiert? Haben Sie Captain Nabera festgenommen?"

„Noch nicht, nein." Acosta deutete auf einen der Picknicktische im Schatten. „Er hat sich irgendwo versteckt. Vielleicht in den Wäldern. Der Rest der Patriotischen Zeloten hat sich zerstreut."

Mit dem Arm gegen ihre Rippen gepresst, nahm Kit vorsichtig Platz. Zumindest die Wunde, bei der ihre Milz geflickt werden musste, fühlte sich nicht mehr wie ein Brandmal an. „Okay?"

„Anscheinend war Ihr Mann einer von Naberas sogenannten Leutnants."

Das hatten sie wahrscheinlich bei ihren Gesprächen mit den anderen Frauen erfahren, die mit ihr geflohen waren. Kit nickte. „Das war er."

„Hat Obadiah irgendwelche Informationen über die Zukunftspläne der Zeloten mit Ihnen geteilt?“

Noch in derselben Nacht, in der Kit und die anderen Frauen gerettet worden waren, hatten die PZs das Gelände geräumt und waren verschwunden.

Sie nahm sich einen Moment Zeit, um nachzudenken. „Ich weiß nichts Bestimmtes, aber Parrish und Nabera waren besorgt. Sie verloren Menschen und konnten nicht genug rekrutieren, um den Geldfluss aufrecht zu halten. Sie suchten nach Wegen, um Aufmerksamkeit zu bekommen. Ähm, wie Konfrontationen mit dem Gesetz oder Regierungsbeamten oder Angriffe auf einen hochkarätigen Politiker. Nabera sagte, dass jedes Mal, wenn eine Milizgruppe in eine Pattsituation mit einem Liberalen geriet, Geld in die Kassen strömte.“

Acosta presste die Lippen fest zusammen. „Das ist leider wahr.“

„Sonst weiß ich nichts. Frauen waren nicht ...“ Sie zuckte mit den Schultern. Frauen waren für die Zeloten weniger als Menschen zweiter Klasse. Nein, sie galten überhaupt nicht als Menschen.

„Der Hauptgrund, warum wir hier sind, ist“ – Agent Acosta rutschte auf seinem Platz herum – „während wir die Bereiche rund um das Gelände durchsuchten, fanden wir einen Abladeplatz.“

„Einen was?“

Langford begegnete ihrem Blick. „Uns wurde gesagt, dass Nabera und seine Leutnants Leichen entsorgten, indem sie diese über eine Klippe warfen.“

„Ja, das stimmt.“ Sie schluckte. „Gleich nach meiner Ankunft auf dem Gelände schlug Conrad eine Frau zu hart, und sie starb. Obadiah fragte Luka, was mit ihrem Körper passieren würde, da es hier keine Sümpfe gab, wie das in Texas der Fall gewesen war. Luka sagte, es gäbe eine Schlucht, in die er sie einfach ... werfen ...“

Ihr Magen drehte sich. Dort wäre auch ihr Körper gelandet, wenn sie in dieser Nacht gestorben wäre, wie Obadiah und Nabera es beabsichtigt hatten. „Ist es das, was Sie meinen?"

Acosta nickte. „Wir haben Frauenleichen gefunden – und einige Zeloten, die getötet wurden, als Sie und die anderen Frauen geflüchtet sind."

Die PZs, die in dieser Nacht getötet wurden. Wie Obadiah? „Sie haben meinen Mann gefunden."

„Wir konnten ihn identifizieren, ja." Acosta zögerte, offensichtlich nicht sicher, ob sie ihr Beileid oder Glückwünsche aussprechen sollten.

Sie war sich auch nicht sicher.

Sie waren noch nicht so lange verheiratet gewesen. Sie hatten sich nicht mal sehr lange gekannt. Kit hatte in einem Gartencenter gearbeitet und ihm geholfen, Obstbäume auszuwählen, die die harschen texanischen Sommer überleben würden. Er war stark und bärtig und wohlüberlegt. Und so zuvorkommend. Er hatte sie nicht die Töpfe heben lassen und gesagt, dass einem Mann aus einem guten Grund Kraft gegeben wurde.

Ihr erster Ehemann Brenden war an einer Überdosis gestorben, nachdem er so oft versucht hatte, damit aufzuhören. Sie war begeistert von Obadiahs Interesse gewesen – und davon, einen so starken Mann gefunden zu haben. Das genaue Gegenteil von Brenden.

Aber Brenden war lieb gewesen, Obadiah kontrollierend und grausam ... und jetzt war Obadiah tot.

Sie konnte kein Bedauern in sich finden. Wenn sie sein einziges Opfer gewesen wäre, hätte es vielleicht ein gewisses Maß an Trauer gegeben, aber er hatte ihren Sohn verletzt. Nur jemand absolut Abscheuliches würde einem süßen kleinen Vierjährigen wehtun.

Und nur ein Idiot hätte einen grausamen Fanatiker geheiratet.

Sie war dieser Idiot.

Sie erkannte, dass die Agents sprachen. „Entschuldigung, was haben Sie gesagt?"

Mitgefühl und Verständnis ließen Agent Langfords Gesichtszüge weicher erscheinen. „Wir machen nur Pläne für unseren nächsten Halt."

Sie wollten mit mehr Leuten sprechen? Natürlich. Andere waren in dieser Nacht getötet worden.

Eine Erinnerung drang in ihre Gedanken ein: *Obadiah, der mit angehobenem Bein über ihr stand, um sie zu treten. Nicht das erste Mal. Er zielte auf ihre bereits gebrochenen Rippen. Sie sah zu ihm auf und wusste, dass dieser Tritt zu ihrem Tod führen würde. Niemand würde ihren Sohn beschützen. Als Obadiah jedoch sein Bein schwang, flog ein Mann über sie hinweg und krachte gegen Obadiah.*

Sie schüttelte den Kopf. *Bleib in der Gegenwart.*

Als sie tief einatmete, fühlten sich die Schmerzen in ihren Rippen fast besänftigend an. Denn sie war am Leben. „Brauchen Sie noch etwas von mir? Für Obadiah?"

„Nein, Ma'am." Acosta stand auf. „Der Polizeichef von Rescue sagte, er werde dafür sorgen, dass Sie die Sterbeurkunde bekommen."

Der offizielle Papierkram würde nichts helfen. Als sie auf das Gelände gezogen waren, hatte Obadiah ihr Geld den Patriotischen Zeloten übergeben. Es gab keine Versicherung, keine Bankkonten.

Langford sagte: „Sie kommen heute hier raus, wie ich gehört habe?"

Als sie nickte, fragte Acosta: „Schließen Sie sich den anderen Frauen im Frauenhaus an?"

„Nein, ich gehe zu einer Freundin." Alles, was sie jetzt noch wollte, war, jeden Gedanken an die Zeloten hinter sich zu lassen. Die anderen zu sehen, würde die Erinnerungen zurückbringen. „Frankie sollte mich bald abholen."

„Frankie holt dich *jetzt* ab", kam es von der Tür. „Hallo, Agents."

Die beiden Männer lächelten Frankie an – wie es bei den meisten Männern der Fall war.

Kurvig, mit dicken dunklen Haaren und großen braunen Augen war Frankie eine New Yorkerin, die Menschen mochte – und alle mochten sie zurück.

„Ich bin froh, dass Sie sich gut zu erholen scheinen", sagte Acosta zu Kit und legte eine Visitenkarte auf den Tisch. „Rufen Sie uns an, wenn Ihnen etwas einfällt, das wir wissen sollten, oder wenn Sie Sorgen haben."

„Danke. Das werde ich."

Als die beiden Männer aus dem kleinen Hof schritten, kam Frankie zu ihr. „Ich habe gehört, dass das FBI Obadiahs Leiche gefunden hat. Geht's dir gut?" Sie beugte sich vor, um Kit eine sanfte Umarmung zu geben, die tröstete, ohne gebrochene Rippen durchzurütteln.

Es gab Tage, an denen sich Kit wie ein Sack gefüllt mit spröden Zweigen fühlte. Ein Sack, auf dem ein Zugpferd gestanden hatte. Zweimal.

Aber sie heilte.

„Ich wusste bereits, dass Obadiah tot ist." Noch bevor der Polizeichef von Rescue es ihr gesagt hatte. Weil sie Hawks Gesichtsausdruck danach gesehen hatte. Seine heimgesuchten Augen. Obadiah zu töten, hatte ihn tief in der Seele verletzt.

Kit hob ihr Kinn und lächelte, um Frankies Sorgen zu lindern. „Ich habe gepackt und bin bereit. Hol mich hier raus." Aric wartete auf sie. „Machst du Rettungsaktionen zu deinem neuen Hobby?"

„Oh, nein, *amica mia*. Ich führe Buch und erwarte Wiedergutmachung." Frankie gluckste und wies zur Tür. „Nächstes Mal kannst du mich retten."

Das unangenehme Gefühl, ein Sozialfall zu sein, verblasste. „Absolut. Das nächste Mal bin ich im Rettungsteam."

Auf dem Weg nach draußen wurde sie von den Mitarbeitern

der Einrichtung mit netten Worten und einer Umarmung verabschiedet.

Kit trat einen Schritt aus dem Gebäude und spannte sich sofort an, suchte die Umgebung instinktiv nach Männern ab. Keine Männer, keine Zeloten. Nur ein Parkplatz mit Frankies neuem SUV, der in der Nähe der Tür geparkt war.

Okay. Es fühlte sich an, als würde ihr Körper heilen, bevor ihr Verstand es tat.

Frankie öffnete ihr die Beifahrertür und verstaute dann den Koffer auf der Rückbank.

Kit versuchte, ihr Stöhnen zu unterdrücken, als sie einstieg. *Au, au, au!* Der Physiotherapeut hatte sie gewarnt, dass es keine Möglichkeit gab, in ein Fahrzeug zu steigen, ohne den Oberkörper zumindest ein wenig zu drehen.

Sobald sie saß, konzentrierte sie sich auf ihre Atmung, als der Schmerz in ihren Rippen von *Mir wurde ein Messer in den Brustkorb gejagt* zu einem sanften Pochen überging.

„Armes Baby." Mit einem mitleidigen Blick half Frankie Kit mit dem Sicherheitsgurt, bevor sie vom Grundstück fuhr. Nachdem sie Anchorage verlassen hatten, begaben sie sich auf den Weg nach Rescue, einer kleinen Stadt auf der Kenai-Halbinsel.

Kit spürte, wie sie mit jedem Kilometer nervöser wurde. Frankies Partner hatte drei Brüder, und ihre Häuser lagen nebeneinander auf einem isolierten Grundstück. „Warum heißt der Ort Eremitage?"

„Mako – der Kerl, der Bull und seine Brüder großgezogen hat – war im Grunde ein Einsiedler. Er hat zwanzig Jahre beim Militär gedient, aber als er in Rente ging, hat ihn seine PTBS und seine Paranoia eingeholt. Er war nicht nur ein Prepper, er war ein totaler Survivalist." Frankie grinste. „Die Eremitage wird dein Gärtnerherz glücklich machen. Wir haben einen riesigen Gemüsegarten und ein Gewächshaus, und alles wächst wie verrückt."

Kit lächelte. Im Dreck zu wühlen, war das beste Schmerzmittel. „Ich kann mir nichts Schöneres vorstellen. Aric hat mir so viele Geschichten über den See und die Beete erzählt. Und die Hühner.“ Und Hawk.

Sie hatte Hawk gebeten, sich um ihren Sohn zu kümmern – und das tat er. Wie konnte eine Mutter das Geschenk, ihren Jungen in Sicherheit zu wissen, wieder gut machen? Alle paar Tage hatte er Aric nach Anchorage gebracht, damit er sie besuchen konnte. Ohne diese Besuche wäre sie verloren gewesen.

„Aric liebt die Eremitage – obwohl er dich sehr vermisst.“ Frankie sah kurz zu ihr. „Du brütest gerade über etwas.“

„Es ist nur ... es ist nicht mein Haus, und niemand kennt mich, und es fühlt sich falsch an, einfach einzuziehen.“

„Ich denke, das würde mich auch stören.“ Frankie schüttelte den Kopf. „Aber wirklich, es ist alles cool. Bull ist noch geselliger als ich; er ist derjenige, der vorgeschlagen hat, dass du und Aric bei uns einzieht. Und hey, dein Zimmer ist unten und unser Schlafzimmer ist oben, also wirst du unsere sexy Zeit nicht hören.“

Kit riss die Augen weit auf und lachte, woraufhin sie ihre Seite packte, wo sich ihre Rippen bemerkbar machten. „Okay.“ Nach einer Minute lachte sie wieder.

„Wofür war das zweite Lachen?“

„Ich bin einfach froh über die angeschlagenen Knochen.“

Frankies Kinnlade klappte herunter. „Was? Warum?“

„So schwer verletzt zu sein, bedeutete, dass ich im Krankenhaus und in der Reha feststeckte und so in eine Therapie gezwungen wurde.“ Ihr Grinsen verblasste. „Ich hätte nie gedacht, dass mein Verhalten gegenüber Männern nicht normal ist, aber ... ich habe in den letzten drei Wochen viel über mich selbst gelernt. Also ... warum meine Auswahl bei Männern – auch schon vor Obadiah – so mies war.“

„Oh. Dann bin ich auch froh. Deine Therapie wird übrigens fortgesetzt.“ Frankie sah kurz zu ihr. „Caz – der Nurse Practitioner, der die Klinik leitet – hat mit dem Reha-Verantwortlichen gesprochen, und du hast bereits Termine für deine Physio und die Therapie in der Klinik."

„Das kann nicht stimmen. Ich habe der Person doch gesagt, dass ich mir keine ambulanten Therapien leisten kann." Kit runzelte die Stirn. „Frankie, ich bin weder versichert noch habe ich Geld. Ich kann n –"

„Ähm ..."

Kit kniff die Augen zusammen. „Du siehst genauso schuldig aus, wie du es getan hast, nachdem du mein ganzes *Death by Chocolate*-Eis gegessen hast – kurz vor meiner Periode und meinen Prüfungen. Was hast du diesmal getan?"

„*Ich* habe gar nichts getan." Frankie stieß einen sehr italienischen Seufzer aus. „Ich habe dir erzählt, dass der Psychologen-Freund der Jungs mit Aric gesprochen hat, richtig?"

„Mmmhmm. Er hat mir versichert, dass es in Ordnung sei, wenn ich ihm Aric anvertraue – euch allen." Ihren Sohn von anderen betreuen zu lassen, war der schlimmste Teil des Krankenhausaufenthalts gewesen. Sie erstarrte. „Hat er seine Meinung geändert? Gibt es ein Problem mit Hawk oder –"

„Nein, nein, entspann dich. Ich habe mich falsch ausgedrückt." Frankie schlug sich zweimal mit der Handfläche gegen die Stirn. „Aric geht es gut. Als Doc Grayson versuchte, dich zu sehen, warst du immer noch bewusstlos, also sprach er mit den Jungs und dem Krankenhauspersonal. Er ist ein bisschen wie ein Patenonkel für die Brüder, obwohl er gar nicht so viel älter ist. Ich glaube nicht, dass er älter als Mitte vierzig ist."

Kit unterdrückte ein Kichern, neigte den Kopf zurück und schaute zum Autodach hinauf. Frankie und ihre Wörter; sie hatte immer Wörter, viel zu viele Wörter. „Planst du, in absehbarer Zeit auf den Punkt zu kommen?"

„*Cazzo*, ich habe dich vermisst." Frankie kicherte. „Der Punkt ist, Zachary Grayson ist reich und wollte helfen, und da er es nicht persönlich tun konnte, tat er es mit Geld. Er hat deine Krankenhauskosten bezahlt, einschließlich ambulanter Therapien für den Rest des Sommers. Danach bist du auf dich allein gestellt."

Alles ... bezahlt? Sie hatte sich gesorgt, für den Rest ihres Lebens Rechnungen abbezahlen zu müssen. „Das kann nicht sein. Die Krankenhausrechnung und Reha und die OP und –"

„Pff." Frankie wedelte mit einer Hand durch die Luft. „Alles beglichen." Frankie lächelte. „Ich denke, der Doc verehrt Aric. Und er wusste, dass die Jungs sich Sorgen um dich machen."

Kit starrte sie schockiert an.

„Einige reiche Leute sind gute Menschen. Also, ja, du hast Termine im Kalender für Physio und Therapiesitzungen, und du wirst gehen."

Die Erleichterung war riesig und doch ... „Ich werde es ihm zurückzahlen."

„Er hat bereits gesagt, dass du dir das aus dem Kopf schlagen sollst, und er ist nicht gerade jemand, gegen den man einen Streit gewinnen kann." Frankie schnaubte. „In gewisser Weise ist er wie Hawk. Nur gewinnt der Psychologe mit Worten; Hawk gewinnt, indem er einem den Rücken zukehrt."

Kits Lippen zuckten. Wenn Hawk ihren Sohn für einen Besuch zu ihr gebracht hatte, schickte er Aric ins Zimmer, nickte ihr zu und verschwand dann, bis die Besuchszeit vorbei war. Redselig war er nicht – dafür sah der tödlich daherkommende, muskulöse Typ aus, als könnte er den Kampf gegen einen Hai gewinnen.

Er hatte sie gerettet. Sie und Aric.

Welches Thema hatten sie gerade noch besprochen? Ah ja, Geld. „Ich brauche einen Job."

„Erstmal nicht." Frankie bremste, als der Mietwagen vor ihnen langsamer wurde, um einen Elch zu umfahren, der Gras am Straßenrand mampfte.

Alaska war einfach erstaunlich.

„Und deswegen darfst du mich auch nicht anschreien",

murmelte Frankie, zog eine Karte aus ihrer Tasche und legte sie auf Kits Schoß.

„Eine Bankkarte?"

„Auf dem Konto sind zweitausend Dollar. Sieh mich nicht so an. *Cazzo,* es ist keine Wohltätigkeit, es ist ein Darlehen, okay? Du wirst arbeiten können, bevor das Geld weg ist, und wenn du dich finanziell erholt hast, kannst du es mir zurückzahlen."

Wohltätigkeit. Nur ... okay, ein Darlehen.

„Hey, wir haben uns immer gegenseitig geholfen und unterstützt." Frankie schenkte ihr ein klägliches Lächeln. „Wie damals, als ich die Grippe bekam und du meine Hausaufgaben gemacht hast, obwohl du Mathe hasst. Und du bist nach New York geflogen, um mir zu helfen, als Jaxson mich verlassen hat – und hast mich dann mit liebevoller Strenge wieder in Gang gebracht."

Ja, na ja, das hatte sie getan. „Du hast das gleiche für mich getan, oh, Geburtspartnerin. Und du bist nach Texas geflogen, als Brenden gestorben ist."

Frankie schürzte nachdenklich die Lippen und machte sich daran, noch einen drauf zu setzen: „Du bist in einem Gewitter rausgegangen, um mir Tiramisu zu besorgen, nachdem Mama einen ganzen Abend damit verbracht hatte, sich mit Anja und Birgit zu brüsten."

Kit rollte mit den Augen. Frankies Mutter schätzte nur ihre Supermodel-Töchter, nicht das Kind, das sich wirklich um jeden kümmerte – obwohl Frankie gesagt hatte, dass ihre Familie sie jetzt dank einer Intervention von Bull anders sah.

Okay, ich bin dran. „Du hast einen Teilzeitjob als Kellnerin angenommen, als du nicht einmal einen brauchtest. Nur weil ich ein Weichei gewesen bin." Denn mit achtzehn hatte Kit noch nie einen Job gehabt, wo sie mit so vielen Menschen konfrontiert wurde, und sie war nah dran gewesen, den Verstand zu verlieren. Sie hatte geplant, zu kündigen, als Frankie mit einem breiten Grinsen in der Restaurantküche aufgetaucht war.

„Oh, Süße, dafür schulde ich *dir* etwas. Ich habe den Job in

Bulls Roadhouse bekommen, weil ich wusste, wie man kellnert.“ Frankies Stimme wurde sanfter, wann immer sie den Namen ihres Freundes aussprach. „Ich war noch nie in meinem ganzen Leben so glücklich.“

Auch nur den kleinsten Einfluss darauf zu haben, Frankie diesen Ausdruck ins Gesicht zu zaubern, half Kit durch den Tag.

Und vielleicht war sie töricht. Frankie hatte bei ihrem Job in New York gutes Geld verdient. Sie konnte es sich leisten, Kit Geld zu leihen.

„In dem Fall ... danke.“ Kit lockerte ihre Finger. „Wirklich. Danke. Ich werde es zurückzahlen.“

Frankie trat auf die Bremse und fuhr um ein Auto herum, das an der Straßenseite geparkt hatte. Touristen hatten angehalten, um Fotos von den schneebedeckten Bergen zu schießen.

Wer würde das nicht? Dieser Bundesstaat war für Leute in den Unteren 48 schwer zu beschreiben. Gletschergespeiste türkisfarbene Flüsse, glitzernde Wasserfälle, grüne Wälder und schneebedeckte Berge. Die Texaner hatten sich vor ihr gerühmt, der größte Bundesstaat zu sein. Alaska war nicht nur größer, sondern auch atemberaubend und spektakulär.

„Rescue hat viele Jobs, aber erst, wenn es dir besser geht“, sagte Frankie.

„Es gibt wahrscheinlich keine Gärtnerjobs, jedenfalls keine, die ich gerade schaffe.“ Kit seufzte. „Ich schwöre dir, mein Chirurg hat so getan, als hätte er Sicherheitsnadeln an meinen Unterarmknochen verwendet, und dass seine Arbeit sich lösen würde, wenn ich mich überanstrenge.“

„Was für ein schrecklicher Gedanke.“ Frankie warf ihr einen entschlossenen Blick zu. „Du wirst es ruhig angehen lassen, oder wir werden dich alle anschreien.“

Alle? Kit biss sich auf die Unterlippe. Es gab fünf Häuser in der Eremitage. Eines war leer. Ein Haus gehörte Frankies Freund Bull. Der riesige Restaurantbesitzer war wahrscheinlich in seinen Dreißigern.

Ein zweites Haus besetzten Gabe, Polizeichef von Rescue, und seine Freundin Audrey.

Der Nurse Practitioner Cazador und seine Partnerin JJ – eine Polizistin, die für Gabe arbeitete – wohnten in einem anderen.

Das fünfte gehörte Hawk, dem Mann, der ihren Ehemann getötet hatte, um ihr Leben zu retten. Ihr Gedächtnis war vage, verschwommen durch gebrochene Knochen und Schmerzen, aber in diesem Moment hatte sie Hawk ihren Sohn anvertraut.

Jedes Mal, wenn er Aric für einen Besuch ins Krankenhaus oder die Reha gebracht hatte, hatte sie ihr Urteilsvermögen infrage gestellt. Muskulös, tätowiert, vernarbt und schweigsam ... der Mann war einfach erschreckend.

Doch schaute er sie an, entdeckte sie in seinen Augen nicht den Tod, nein, sie sah ruhelosen Schmerz. Und in den seltenen Fällen, in denen er tatsächlich mit ihr sprach, fühlte sich seine tiefe kratzige Stimme wie eine Sicherheitsleine in einem stürmischen Meer an.

Vielleicht war sie verrückt, ihm vertraut zu haben, aber ... er hatte ihren Sohn beschützt.

Hawk Calhoun entschied, dass es ein schöner Tag war. Schön und farbenreich.

Früher war die Hauptstraße in Rescue mit heruntergekommenen Gebäuden mit verblasster, abblätternder Farbe gesäumt. Mittlerweile schien es, als hätte jemand den Ladenbesitzern eine Schachtel Buntstifte gegeben und ihnen gesagt, sie sollten sich ausleben. Zum Glück hatte niemand versucht, die Fassaden in Paisley- oder Plaid-Mustern zu verzieren. Der schwarz-weiß gestreifte Stuck vor der blauen Fassade der Pizzeria war knallig genug.

Mit Arics Hand in seiner trat er auf dem Bürgersteig um einen der Pflanzencontainer aus Whiskyfässern herum und lächelte bei dem Anblick der roten und weißen Blüten. Lillian und Audrey wollten für die Feierlichkeiten zum 4. Juli blaue Blumen hinzufügen.

Pflanzenliebhaber waren schon seltsam.

Er und der Junge kamen an vier Männern mit Bierbäuchen und in Hawaii-Hemden vorbei – in Alaska. Kein Wunder, dass Chevy und Knox immer wieder davon sprachen, die Jagdsaison auf kitschig gekleidete Touristen zu erklären.

Als sie Hawk sahen, trennte sich die farbenfrohe Gruppe, um Platz zu machen. Ihm entgingen die misstrauischen Blicke nicht. Als hätten sie Angst, dass er ein Messer ziehen und sie ausnehmen würde.

Um so schnell wie möglich an ihnen vorbeizukommen, verlängerte er seine Schritte und spürte dann, wie sich die kleine Hand in seiner anspannte.

Dummkopf. Er hatte daran gearbeitet, dass Aric in der Stadt neben ihm lief und nicht immer getragen werden musste. Ein Blick nach unten zeigte, dass das Kind ihn besorgt anstarrte.

Hawk ignorierte die Touristen auf dem Bürgersteig und hockte sich vor ihm hin, was ihn nur ein wenig größer als den Vierjährigen machte. „Sorry, Kleiner."

Der kleine Körper war angespannt und Arics Griff an seiner Hand hatte sich kein bisschen gelöst. Dachte er, Hawk hätte versucht, ihn zurückzulassen?

Wahrscheinlich. Missbrauch konnte die Gehirnwindungen für eine Weile durcheinander bringen – insbesondere, wenn es sich um den Verstand eines Kindes handelte.

Hawk zog sanft an Arics Ohrläppchen. Laut Mako fiel es einigen Leuten schwerer, etwas Persönliches zu teilen, als den Schmerz einer Kugel zu akzeptieren.

Der Sarge hatte sich selten geirrt.

„Ich habe nicht versucht, dich zu verlassen, Aric." Hawk bemerkte die Leute, die an ihnen vorbeigingen. Aus dieser Höhe sahen die Beine aus wie ein sich bewegender Wald. Gott sei Dank war er nicht Arics Größe. „Zu viele Leute machen mich nervös oder nerven mich. Deshalb bin ich schneller gelaufen."

Wie Hawk hatte das Kind sandfarbenes Haar, helle Haut und blaue Augen. Nur Arics Augen waren groß und verletzlich. Der Junge war so verdammt süß, dass es unmöglich war, zu glauben, dass ihm jemand wehtun könnte.

Hawk runzelte die Stirn. Hatte er als Junge auch so ausgesehen? Sein Vater hatte sicher kein Problem damit gehabt, ihn zu verletzen.

Er schüttelte den Gedanken ab und erhob sich.

Da das Kind nicht gerne sprach, hatten Hawk und seine Brüder ihm einige der Handzeichen beigebracht, die auch in Schlachten verwendet wurden – und hatten dabei einige speziell für Aric erfunden. Wie das Handzeichen für *„Willst du hoch?"*.

Hawk lehnte sich vor und hielt seine Hände mit den Handflächen nach oben.

Aric nickte enthusiastisch.

Okay. Hawk hob das Kind auf seine Arme – so verdammt leicht, selbst nachdem er ihm drei Wochen lang alles gegeben hatte, was er essen konnte.

Als Hawk an einer stark riechenden Gruppe von Anglern vorbeikam, die über Ruten und Rollen sprachen, seufzte er. Wettkampfangeln hatte begonnen, wo sich alles um einen guten Platz am Flussufer und die beste Ausrüstung drehte, was oft – zur Abscheu seines Bruders Bull – zu Schlägereien im Roadhouse führte, um so zu entscheiden, wer den größten Fisch gefangen hatte.

Als sie am Lebensmittelgeschäft vorbeikamen, grüßte Dante, der Besitzer, sie durch das Schaufenster. Aric winkte schüchtern zurück, und der weißhaarige Okie grinste.

Auf der anderen Straßenseite ersetzten die örtlichen Handwerker Chevy und Knox ein kaputtes Fenster für das Gebäude mit dem Friseursalon.

„Yo, Aric." Knox hielt einen Hammer zur Begrüßung hoch.

„Hey, Hawk. Wir werden diese Aufgabe bis morgen erledigt haben und können weitere Projekte übernehmen."

„Gut." Denn es gab noch mehr Gebäude zu reparieren. „Ruft mich an."

Die Männer nickten.

Hawk und Aric gingen weiter die Hauptstraße hinunter. Manchmal schien es, als nahmen die Renovierungen der Gebäude, die er und seine Brüder geerbt hatten, kein Ende. In den Jahren vor seinem Tod kaufte Mako eine Menge scheiternder Unternehmen in Rescue auf, um den Menschen zu helfen, die Alaska verlassen wollten. Dann wurde ein Ski-Resort und ein Hotel in der Nähe wiedereröffnet, was einen Zustrom von Touristen nach sich gezogen hatte. Als der Sarge vor anderthalb Jahren starb, hatte er alles Hawk und seinen Brüdern hinterlassen und ihnen den Auftrag erteilt, dabei zu helfen, die Stadt wieder zum Leben zu erwecken.

Also wählten sie gute Mieter für die Räumlichkeiten aus – und renovierten zuerst viele der Gebäude. Hawk war derjenige, der die Handwerker beaufsichtigte, da er keinerlei Interesse daran hatte, Mietobjekte zu zeigen und Leute herumzuführen. Seine Brüder mochten Menschen; er tat das nicht.

Er konnte jedoch die Handwerker, Elektriker und Installateure koordinieren. Und im Moment hatte er die Zeit. Mit einem Seufzer hob er Aric in eine bessere Position. Da das Kind so an ihm klebte, würde Hawk erstmal nirgendwohin gehen.

Am Ende der Einkaufsstraße betrat er ein kleines Gebäude, um nach Milo und Orion zu sehen, die er erst vor Kurzem angestellt hatte.

Mit einem braunen Vollbart und langen Haaren, die er in einem Knoten auf dem Kopf trug, war Orion so entspannt, wie er aussah. Gerade verlegte er im Hauptraum einen neuen Fußboden.

Milo war glattrasiert, hatte eine Glatze, war groß und schlaksig – das genaue Gegenteil von Orion in Aussehen und

Persönlichkeit. Aber er war gut in seinem Job und arbeitete momentan an der Fertigstellung der Einbauschränke.

Nachdem Hawk bei den Begrüßungen genickt hatte, setzte er Aric ab. „Finger weg von den Werkzeugen, okay?"

Aric nickte. Er war so gehorsam, dass es beunruhigend war, aber es gab auch immer wieder Hoffnungsschimmer. Vor drei Wochen hätte er Hawk niemals von seiner Seite weichen lassen. Solange Hawk jetzt in Sichtweite war, fühlte sich das Kind wohl.

„Gibt es irgendein Problem?", fragte Hawk die beiden Männer.

„Der Boden im Badezimmer hat etwas Trockenfäule", berichtete Orion. „Die Dielen müssen ausgetauscht werden."

„Sag mir, was ich bestellen muss, und ich gebe eine Bestellung auf."

Milo kam zu ihm und sie beobachteten, wie Aric zu einem Haufen Sägemehl ging. „Ich habe gehört, dass seine Mutter heute aus der Reha kommt."

Neugieriger Bastard. „Yeah."

„Ich schätze, sie wird nach Arbeit suchen. Gutes Timing, wenn man bedenkt, dass wir Touristensaison haben."

Orion schüttelte den Kopf. „Ich bezweifle, dass sie bald arbeiten wird. Es gab einen Grund für ihren Reha-Aufenthalt – diese PZ-Bastarde haben sie ziemlich übel zugerichtet."

„Nicht so laut." Hawk sah nach, wo das Kind war. Zum Glück war Aric auf der anderen Seite des Raumes, steckte seinen Finger in ein Loch im Boden und hatte Orion wahrscheinlich nicht gehört.

Orion schreckte zurück. „Tut mir leid, Hawk. Ich habe eine große Klappe."

Hawk zuckte mit den Schultern. Orion hatte Recht; die PZs waren Bastarde. Und Kits Arschloch-Ehemann hatte versucht, sie zu Tode zu treten, als Hawk eingriff und stattdessen ihn tötete.

„Ja, das hast du." Milo warf Orion einen kalten Blick zu und ging zurück zu den Schränken.

Stirnrunzelnd fragte Hawk Orion: „Ist bei euch alles in Ordnung?“ Er hatte sie separat eingestellt und als Team zusammengeworfen.

Der unbekümmerte Orion zuckte mit den Schultern. „Ja, alles cool. Er macht seine Arbeit. Manchmal hat er einfach einen Stock im Arsch.“

Hawk nickte und nahm sich eine Minute Zeit, um die Arbeit zu überprüfen, erfreut, dass sie seinen Standards entsprach.

Quer durch den Raum zeichnete Aric Bilder ins Sägemehl.

Stirnrunzelnd beobachtete Milo ihn. Als er sah, dass Hawk dies bemerkte, murmelte er „Süßer Junge“ und machte sich wieder an die Arbeit.

„Lass uns gehen, Aric.“ Hawk hob ihn zurück in seine Arme.

Glücklich lächelnd packte Aric Hawks Flanellhemd.

Das Sägemehl an seinen kleinen Fingern fand sich nun unweigerlich auf dem Material des Hemdes. Als Hawk es abklopfte, zuckte Aric zusammen.

„Alles gut. Manche Leute stört es, wenn sie schmutzig sind; mir ist das aber egal.“

Er konnte Makos raue Stimme fast hören. *„Traue niemals einem Mann, der Angst hat, sich die Hände schmutzig zu machen.“*

Der Junge hatte sich noch nicht entspannt, also nahm Hawk Arics Hand, blies auf die Finger und schickte Sägemehl über sie beide.

Und gewann sich so ein herzallerliebstes Lachen.

KAPITEL ZWEI

D*er einzige Weg, einen Freund zu haben, ist der, selbst einer zu sein.* - Ralph Waldo Emerson

„Dieses Zimmer ist für dich und Aric." Frankie öffnete die Tür.

Mit einer Hand auf ihren schmerzenden Rippen trat Kit an ihrer Freundin vorbei.

Dunkelblaue Vorhänge harmonierten mit der blau-grünen Steppdecke. Bronzefarbene Lampen und Bilderrahmen fügten Wärme hinzu. Ihre Augen prickelten bei der einladenden Atmosphäre.

In einer Ecke befand sich statt eines Stuhls ein Zweisitzer. Bei Bauchoperationen und gebrochenen Rippen würde es eine Weile dauern, bis sie ihren Jungen wieder auf ihren Schoß setzen konnte. Das Sofa war jedoch groß genug, sodass sie Aric vorlesen konnte, während er sich neben ihr an sie kuschelte. Sogar eine weiche Decke entdeckte sie.

Ihre beste Freundin war die aufmerksamste Person der Welt.

„Das Badezimmer ist hier." Frankie öffnete eine Tür an der

linken Wand, dann eine weitere daneben. „Kleiderschrank. Ich habe ein paar wärmere Kleidungsstücke hinzugefügt."

„Frankie ..." *Meine Güte*, es war schwer, Wohltätigkeit anzunehmen – selbst von einer guten Freundin. Vielleicht, weil sie gelernt hatte, dass manche Menschen den Akt des Gebens oftmals nach einer Weile verabscheuten. Tante Norma und ihr Ehemann Duane hatten sie nach dem Tod ihrer Eltern aufgenommen. Nicht ein Tag war vergangen, an dem sie ihr nicht gesagt hatten, dass sie für deren Nächstenliebe und Großzügigkeit dankbar sein sollte. Frankie war nicht wie die beiden, aber das Gefühl, sich eine Verbindlichkeit aufzuerlegen, war omnipräsent, obwohl Frankie ihre beste Freundin war.

Frankie lachte. „Ich kenne diesen Ausdruck. Ja, ich habe viel für dich getan, aber, Kit, wenn ich nicht hergekommen wäre, um dir zu helfen, hätte ich Bull nicht kennengelernt. In gewisser Weise habe ich das Gefühl, dass ich dir etwas schulde." Nachdem Frankie Kit gerettet hatte, war sie für Bull in Alaska geblieben. Ja, ihre Freundin strahlte vor Liebe.

Kit konnte ihr Lächeln nicht zurückhalten.

Ein rumpelndes Lachen kam von der Tür. „Wir schulden dir beide etwas, Kit." Bull kam langsam herein, als wäre ihm bewusst, wie gruselig seine Größe auf andere wirkte – besonders auf eine Frau, die bei den PZs gelebt hatte. Der Mann war mindestens einen Meter neunzig groß und massiv. Aber sein breites Lächeln war freundlich, seine dunklen Augen einladend – und als er Frankie ansah, war es offensichtlich, dass er sie anbetete.

Kit schaute an Bull vorbei in den Flur und runzelte die Stirn. „Ich dachte, Aric wäre bei euch. Er –" Sie hatte gehofft, dass er auf sie wartete ...

„Ah, das war er." Bull grinste. „Er hat geholfen, dein Bett zu machen, dann bekam Hawk allerdings einen Anruf. Letzte Woche hatte er einige Camper in die Chugach Range geflogen und eigentlich sollte er sie nächste Woche abholen, aber jemand hat sich verletzt. Nicht schlimm genug für eine Luftrettung, jedoch musste er rausgeholt werden."

„Aric konnte nicht bei euch bleiben?" Kit runzelte die Stirn. Wenn Bull kleine Jungs nicht mochte, war er nicht gut genug für Frankie.

„Aric bleibt immer noch bei niemandem außer Hawk." Bull fuhr mit der Hand über seine rasierte Kopfhaut. „Wann immer wir ihm sagen, dass es in Ordnung ist, bei einem von uns oder Frankie zu bleiben, schüttelt er nur den Kopf, und wir bekommen ein: *Aber Mama hat gesagt*."

„Habe ich das?" Vieles von dem, was passiert war, nachdem Nabera und Obadiah sie auf Übelste zusammengeschlagen hatten, war immer noch verschwommen. Sie erinnerte sich jedoch daran, wie Hawk sie gerettet hatte. Und an seine kratzige Baritonstimme. *„... wir bringen sie ins Krankenhaus. Dort bekommt sie Hilfe."*

Die Erinnerung an seine Stimme war wie ein Zauberstab, eine Möglichkeit, Albträume zu verbannen.

Sie erinnerte sich an seine harten blauen Augen und daran, wie sie sich entspannen konnte, da er Aric so liebevoll angesehen hatte – da er ihren Sohn so vorsichtig und sanft gehalten hatte. Und sie hatte Hawk gebeten oder vielleicht sogar befohlen, sich um Aric zu kümmern. Hatte sie dasselbe mit ihrem Sohn gemacht? „Ich schätze, ich habe Aric gesagt, er solle bei ihm bleiben? In dieser Nacht?"

„Das hast du."

„Ich wusste, dass Aric nicht von seiner Seite rückte, weshalb Hawk der Einzige war, der ihn für Besuche zu mir bringen konnte. Ähm ... und das ist immer noch so?"

„Ja. Weil Hawk dich gerettet und Aric dort rausgetragen hat, fühlt sich Aric bei ihm sicher." Frankie fügte hinzu: „Doc Grayson, der Psychologe, der mit den Jungs befreundet ist, sagte, es könnte eine Weile dauern, bis Aric das Bedürfnis überwindet, die ganze Zeit bei Hawk sein zu wollen."

Ihr armer Sohn. Wut und Schuldgefühle meldeten sich. Sie setzte sich auf die Bettkante und wollte einfach nur weinen.

„Oh, Kit." Frankie setzte sich neben sie und legte einen Arm um ihre Schultern. „Jeden Tag macht er sich besser. Er will Hawk stets in Sichtweite haben, muss aber nicht mehr direkt neben ihm sein. Da du jetzt hier bist, wird er sich bestimmt entspannen."

„Okay." Kit versuchte, das Gefühl der Hilflosigkeit zu verdrängen und sich auf das zu konzentrieren, was Aric brauchte ... und wollte. „Ich weiß, dass er es liebt, mit Hawk zu fliegen."

„Oh ja." Bull schüttelte den Kopf. „Er wird auf seinen Pilotenschein drängen, wenn er siebzehn ist."

Das ... was? Kit unterdrückte ein Keuchen. „Daran mag ich noch gar nicht denken."

„So kann man auch eine Mutter in Angst und Schrecken versetzen." Frankie funkelte Bull an und schenkte Kit ein Lächeln. „Warum machst du nicht ein Nickerchen? Hawk und Aric sollten nach dem Abendessen zurück sein."

Als Kit nickte, verschwanden die beiden, ihre leisen Stimmen waren jedoch weiterhin aus dem Wohnbereich zu vernehmen.

Hawk und Aric. Die Art und Weise, wie es gesagt wurde ... wie eine Gewohnheit. Als wären die beiden eine Einheit, eine Familie. Es war ein wenig beunruhigend, das zu hören.

Aber sie konnte Hawk nicht dankbarer sein, dass er sich um ihren Jungen kümmerte und den Weg auf sich genommen hatte, ihn für Besuche zu ihr zu bringen. Er sprach selten, und sie hatte gedacht, dass es nur daran lag, dass er reserviert war oder Menschen nicht mochte.

Ihr Schultern sackten nach unten. Könnte der Mann es ihr vielleicht übel nehmen, dass sie ihm ein Kind aufgedrängt hatte, das wie eine Klette an ihm klebte?

Es spielte ohnehin keine Rolle. Es war in Ordnung, wenn Hawk sie nicht mochte, solange er nett zu Aric war. Sie atmete aus und begann den langsamen Prozess des Hinlegens, um Schmerzen zu vermeiden.

Sie konnte nur alles dafür tun, auf die Beine zu kommen und einen Job zu finden, sodass sie sich wieder um Aric kümmern konnte.

Und selbst wenn Hawk ein wenig genervt war, weil sie sein Leben durcheinandergebracht hatte, wäre sie ihm auf ewig dankbar.

Nach einer schnellen Dusche setzte sich Hawk in frischer Kleidung auf seine Couch. Er streckte seine Beine aus und seufzte. Es fühlte sich gut an, zuhause zu sein.

Er konnte hören, wie sich das Kind oben im Schlafzimmer anzog. In Kleidung, die jemand für ihn auf dem Bett gelassen hatte. Alles andere von Aric war zu Bulls Hütte gebracht worden.

Mittlerweile hatte es der Kleine gemeistert, sich selbst anzuziehen.

Mit dem Waschen hatte er es jedoch nicht so – besonders an Tagen wie heute. Auf dem Campingplatz, während Hawk den Kunden und seine Ausrüstung in das Wasserflugzeug geladen hatte, hatte Aric im Schlamm gespielt.

Zum Teufel, darin gerollt hatte er sich. Er hatte den Scheiß sogar in den Ohren gehabt. Es hatte zwei Runden mit Shampoo gebraucht, bis Arics Haare wieder blond waren. Zumindest würde er jetzt eine Mom-Inspektion bestehen.

Apropos Mütter ...

Hawk stand auf, um sein Handy von der Kücheninsel zu holen. Ja, Bull hatte ihm geschrieben, dass Kit auf dem Gelände war, und sie hatten schon zu Abend gegessen.

Das passte gut, da das Kind bereits gegessen hatte. Nach der Landung des Wasserflugzeugs am Lake Hood fuhr Hawk – mit Aric – den Kunden und seine Sachen zum Flughafen in Anchorage für einen Rückflug in die Unteren 48. Der Junge hatte sein

Bestes versucht, um zu helfen, also hatte Hawk ihn mit einem Burger und Pommes im *Arctic Roadrunner* belohnt.

Aric trabte die Treppe hinunter und lief bei der Schüssel im Regal vorbei, um ihr einen neuen Stein hinzuzufügen. Er trug das leuchtend blaue T-Shirt mit einem Dinosaurier darauf, das JJ ihm gekauft hatte, Jeans und rote Turnschuhe mit Klettverschluss.

„Gute Arbeit mit dem Anziehen", sagte Hawk und war erfreut, dass Aric nicht mehr überrascht war, Lob zu hören. „Wir gehen zu Bull. Er hat wahrscheinlich Cookies."

Damit verdiente sich Hawk von dem Jungen ein enthusiastisches Nicken, aber keine Worte. Aric vermied es immer noch, zu sprechen. Hawk sprach mehr als der Junge, um dem Schweigen des Kindes entgegenzuwirken.

Wenn er ehrlich war, schätzte er die Stille. Da Aric so offensichtlich zerbrechlich war, ging Hawk in allen Belangen behutsam mit ihm um.

Hawk würde sich nicht dazu verleiten lassen, sich wie sein eigener Vater zu verhalten. Wie ein Monster.

Sie gingen aus der Terrassentür und die Treppe hinunter. Die Sommersonnenwende war etwas mehr als eine Woche entfernt, und es würde noch Stunden dauern, bis die Sonne unterging. Das Gras im Hof war ein sattes Grün und sehr lang. Er müsste es morgen mähen, vielleicht ein bisschen Unkraut jäten, da die Beete zu Arics glücklichen Orten gehörten. Und die Hühner würden das Grün zu schätzen wissen.

Auf halbem Weg zu Bulls Haus blieb Hawk stehen. „Ich habe Neuigkeiten."

Der Junge erstarrte.

Verdammt, er hatte ihn nicht erschrecken wollen. Hawk ging in die Hocke. „Deine Mutter ist bei Bull."

Arics Augen weiteten sich.

„Rede nur."

„Mama." Das Wort kam laut genug heraus, um gehört zu

werden, und schon rannte Aric auf Bulls Terrasse und durch die Tür.

Ein lauter Freudenschrei war von Kit zu hören.

Ganz offensichtlich hatte das Kind keinen Zweifel an ihrer Liebe.

Muss nett sein.

Hawk lehnte sich gegen das Terrassengeländer. Sie brauchten ihn dort drin nicht, und verdammt, die Frau würde sich ohne ihn wohler fühlen. Viele Frauen fanden ihn furchterregend – und er hatte Kits Ehemann getötet. Ja, die meisten Leute würden den Tod eines gewalttätigen Arschlochs nicht als großen Verlust betrachten, aber sie hatte den Kerl geheiratet. Es musste also eine Zeit gegeben haben, in der sie ihn geliebt hatte, oder? Er hatte gesehen, wie Frauen zu Männern dieser Art zurückkehrten.

Seit er im Krankenhaus einmal mit ihr gesprochen hatte, um ihr zu versichern, dass er auf ihren Sohn aufpassen würde, blieb er auf Abstand. Er würde Aric vor der Tür ihres Krankenhaus- oder Reha-Zimmers absetzen und dann im Korridor auf ihn warten.

Jetzt war sie hier – und er würde ihr einfach aus dem Weg gehen. Bei seinen Brüdern würde sie sich wohlfühlen, denn sie waren nicht vernarbt und tätowiert und schafften es, ihre tödliche Natur viel besser zu verbergen, als Hawk es jemals könnte.

Die Leute mochten Gabe – und dass er ein Polizist war, half wohl auch.

Und obwohl Bull riesig war, mochte der Kerl Menschen und Menschen mochten ihn.

Caz, mit seiner Vorliebe für Messer, tötete aus nächster Nähe und stellte eine einzigartige Art von Gefährlichkeit dar. Hawk zog es vor, aus der Ferne zu schießen, entweder aus dem Hubschrauber oder als Scharfschütze. Doch trotz der Messer, die Caz stets bei sich trug, konnte der Doc fast jeden verzaubern. Er sorgte sich um die Menschen, und das zeigte sich.

Hawk vertraute jedoch niemandem außer seinen Brüdern, und das spürten die Leute. Selbst wenn er reden wollen würde – das tat er nicht –, fiel es ihm nicht leicht. Mako war davon ausgegangen, dass Hawks kratzige Stimme wahrscheinlich vom Schreien herrührte. Hawk hatte ihm nie gesagt, dass seine Stimme so war, seit sein Vater ihn mit einer Pfanne gegen die Kehle geschlagen hatte, weil er zu viel Lärm gemacht hatte.

Es hatte lange gedauert, bis er danach wieder den Mund geöffnet hatte.

Hawk schüttelte den Kopf. Er hatte Tattoos und Narben. Eine hässliche Stimme. Keine Manieren. Zur Hölle, die einzigen Frauen, die ihn mochten, waren diejenigen, die von gewalttätigen Männern und hartem Sex besessen waren.

Es wäre besser, würde er sich von der zerbrechlichen Frau fernhalten, die zudem Arics Mutter war.

Er war auf halbem Weg zu seinem Haus, als Bulls Stimme über den Hof dröhnte: „Hawk, beweg deinen Arsch zu uns."

Weitergehen? Würde nicht funktionieren. Bull würde einfach hinter ihm herkommen – und reden wollen.

Warum dachten die Leute immer, sie könnten Dinge mit Reden in Ordnung bringen?

Mit einem verzweifelten Grunzen kehrte er um, und sein Magen rebellierte. Zumindest hatte Kit ihn schon einmal gesehen. Dann würden sie Narben und Tattoos nicht schockieren.

Er stieg die Stufen hinauf und blickte seinen Bruder finster an. „Aric sollte bei seiner Mutter sein. Ohne mich."

„Nein." Bull schüttelte den Kopf. „Grayson meinte, dass Aric dich immer noch als seine Sicherheitsleine brauchen könnte, wenn seine Mutter wieder hier ist."

Hawk blickte zur Tür. Aric könnte ihn brauchen. Kit tat das nicht, und er wollte sie sicher nicht erschrecken. „Er kommt schon klar."

Bull lachte und schlug ihm auf den Rücken. „Komm, lass uns reingehen."

Hawk warf ihm einen finsteren Blick zu, der seinem Bruder eigentlich das Fürchten lehren sollte.

Wenn überhaupt wurde Bulls Grinsen breiter. „Du könntest für das Bier reinkommen, denn das ist großartig." Der Besitzer der *Bull's Moose Brewery* würde das natürlich sagen.

Hawk wusste, dass er diese Schlacht nicht gewinnen konnte.

Mit einem verärgerten Knurren trat Hawk ein und ließ den Blick über den Raum schweifen. Gute Rückzugslinien zu den Fenstern und Türen. Drei Personen im Wohnbereich – Frankie, Kit, Aric.

An einem Ende des Sofas saß die dunkelhaarige, kurvige Frankie – Bulls Freundin.

Mit ihrem gebrochenen Arm in einer Schlinge saß Kit in der Mitte, während das Kind stand und sich an ihre Beine lehnte. Sie war immer noch zu schlank, hatte jedoch etwas Gewicht zugelegt, sodass ihre Wangen nicht länger eingefallen wirkten. Mit etwa fünf Zentimetern kleiner als Frankie maß sie wahrscheinlich um die einen Meter fünfundsechzig. Das braune Haar mit Highlights von der Sonne erinnerte ihn an das Gefieder eines Steinadlers. So verdammt hübsch.

In der Nacht der Rettungsaktion hatten sie Kit grün und blau vorgefunden – aber nicht gebrochen. Nein, sie war sogar so lange ins Bewusstsein zurückgekehrt, um die anderen Frauen zum Gehen zu bewegen, und hatte in einem Befehlston gesagt: *„Geht mit Frankie, ihr Idioten."* Zudem hatte sie die Bewusstlosigkeit lange genug abgewehrt und Hawk befohlen, sich um ihren Sohn zu kümmern. Die Frau war stark.

Aber sie bestand nicht nur aus Stahl. Wenn sie ihren Sohn anlächelte und ihre braunen Augen weich wurden, reichte die Wärme aus, um einen Alaska-Gletscher zum Schmelzen zu bringen.

Hawk bekam kein Lächeln.

Doch dann bekam er es. Ein zögerliches, als ob sie sich nicht sicher wäre, wie er reagieren würde. „Hawk, danke, dass du dich um Aric gekümmert hast. Mir war nicht klar, dass du ... nun, alles tun würdest."

„Alle haben geholfen." Und nun würde er gar nichts mehr tun – jetzt, wo die Mutter des Kindes hier war. Unter seinem Brustkorb regte sich ein stechender Schmerz.

„Wir haben für alle Cookies." Frankie stellte ein Tablett mit den Cookies auf den Couchtisch, und Hawk hätte fast gelacht, als Arics Blick auf die Köstlichkeiten fiel.

Der Junge sprach nicht, verdammt. Er konnte den Tag nicht erwarten, an dem sich Aric wohl genug fühlte, um nach etwas zu fragen, das er wollte.

Hawk sah zu Kit, um zu beurteilen, ob sie den Wunsch ihres Sohnes bemerkt hatte.

Das hatte sie. Ihre gebrochenen Rippen schmerzten offensichtlich, als sie sich nach vorn beugte, sich einen der Cookies schnappte und ihn Aric reichte. Mit zusammengepressten Lippen lehnte sie sich zurück.

Hawk starrte sie an. Anstatt um Hilfe zu bitten, nahm sie lieber den Schmerz in Kauf, um ihrem Sohn eine Freude zu machen. Auch er würde das tun, nur fühlte es sich nicht richtig an, wenn sie sich genauso verhielt.

„Yo, Hawk. Versuch das." Bull überreichte ihm eine Flasche Bier.

Hawk betrachtete das Etikett. *Bull's Moose Brewery*. „Break-up Ale?"

„Ja, das neue." Bull setzte sich neben Frankie. „Du wirst den Hopfen mögen."

Hawk blieb stehen. Er würde nicht länger bleiben, als es dauerte, seinen Bruder zufrieden zu stellen. Wenn die Frauen ihn für unhöflich hielten, war das nicht sein Problem.

„Break-up. Im Sinne von Schluss machen? Du hast ein Bier nach etwas Traurigem benannt?", fragte Kit.

„Break-up in Alaska ist, wenn das Eis auf den Flüssen schmilzt und in Stücke zerbricht." Bull lächelte sie an. „Hier bedeutet es im Grunde genommen Frühling."

„Oh. Ich hörte die Leutnants darüber reden und verstand

nicht, was sie meinten.“ Kit schüttelte den Kopf. „Die meisten von uns, die von dem Gelände in Texas kamen, wussten rein gar nichts über Alaska.“

„Wir sind weit weg von Texas. Warum sind die PZs von dort weg und stattdessen nach Alaska umgezogen?“, fragte Bull.

Hawk lehnte sich mit der Hüfte gegen die Couch und probierte das Bier. Nicht schlecht. Schön hopfig. Leicht auf der Zunge. Es war seltsam, dass weder Kit noch Aric texanisch klangen.

„Der Reverend sagte, Alaska habe weniger Regeln und weniger Leute, die sich in seine Vorhaben einmischen würden.“ Kits Mundwinkel zuckten. „Er hat sich sehr oft über den Polizeichef hier beschwert. Deinen Bruder?“

„Gabe, ja. Er hat es genossen, Parrishs Pläne zu ruinieren.“ Bull grinste.

Neben Kit hatte Aric seinen Cookie aufgegessen und schien langsam wegzunicken. Mit einem liebevollen Gesichtsausdruck streichelte sie durch seine Haare. „Ich bringe ihn besser ins Bett.“

Jeder Narr konnte sehen, dass sie es nie schaffen würde, ohne Schmerzen aufzustehen.

Hawk trat vor, hob den Jungen hoch und drapierte ihn mit einer Hand unter dem Hintern auf seiner Schulter. In den letzten drei Wochen hatte er schnell mitbekommen, dass Aric nicht aufwachte, wenn er erstmal schlief. Zumindest nicht, wenn er sich sicher fühlte.

Er sah zu Frankie. „Hat er ein Bett?“

„Im Erdgeschoss. Neben Kits Bett im Gästezimmer.“

„Ich werde mich auch hinlegen.“ Kit hatte Mühe, auf dem übergroßen Sofa nach vorne zu rutschen. Es war, als würde man einem Rehkitz zusehen, das versuchte, einer Schneeverwehung zu entkommen.

Hawk streckte seine freie Hand aus. „Halt dich fest. Und lass dir Zeit.“

Sie erstarrte.

Zum Teufel, was hatte er sich nur dabei gedacht? Sie würde keine Hilfe von jemandem annehmen, der so aussah wie er. Mit Sicherheit würde sie ihn nicht berühren.

Als er Anstalten machte, seinen Arm zurückzuziehen, nahm sie seine Hand. Ihre Hand war kalt und winzig, aber als er seine Finger um ihre schloss, konnte er ihre schwielige Haut spüren. Selbst nach drei Wochen, in denen sie es ruhig hatte angehen lassen, waren die Beweise für harte Arbeit noch zu sehen.

Ihr vorsichtiger Blick traf auf seinen, und dann rutschte sie mit ihm als Anker auf der Couch nach vorne. Nachdem sie aufgestanden war, ließ sie seine Hand los. „Das war hilfreich. Danke."

Verdammt. Unerwartete Befriedigung fegte durch ihn. Sie hatte ihn helfen lassen.

Frankie schüttelte den Kopf. „Ich habe auch Schwierigkeiten, von diesem Sofa hochzukommen, und ich habe keine gebrochenen Rippen. Wir werden eine passendere Sitzmöglichkeit für dich finden."

„Nein, alles gut", protestierte Kit. „Ich –"

„In Makos Hütte steht ein extra Sessel." Hawk wandte sich mit Aric dem Gästezimmer zu und ignorierte Bulls überraschten Ausdruck.

Ja, okay, vielleicht mochte er keine Veränderungen und wollte nicht, dass Fremde die Sachen des Sarge anfassten. Vielleicht war er sauer gewesen, als seine Brüder Gabes neuer Polizistin JJ erlaubt hatten, dort zu schlafen. Kit brauchte jedoch eine Sitzmöglichkeit. Er war nur praktisch veranlagt.

Im Gästezimmer stand Arics Kinderbett neben dem größeren Gästebett. Dasselbe Set-up wie in Hawks Schlafzimmer.

Kit trat um Hawk herum und zog die Decke zurück.

Nachdem er Aric abgelegt hatte, zog Hawk die Schuhe und die Socken des Kindes aus. „Er hat vorhin erst gebadet", murmelte er.

„Danke." Sie deckte ihren Sohn zu. „Ich kann sehen, dass er etwas Gewicht zugelegt und Sonne abbekommen hat. Und er hat nicht mehr die ganze Zeit Angst." Als sie zu Hawk aufblickte, füllten Tränen ihre Augen. „Du hast dich gut um ihn gekümmert."

Hawk wich zurück. *Sie weinte. Fuck, nein.* Es sollte ein Gesetz oder so etwas geben – kein Weinen um ihn herum. „Kein Problem", krächzte er.

Genug Worte für heute, was bedeutete, dass er das Zimmer verließ.

Als er ins Wohnzimmer trat, landeten Bulls und Frankies Augenpaare auf ihm.

Bull lächelte und Hawk überlegte, seinem Bruder die Faust ins Gesicht zu rammen. „Lass uns diesen beschissenen Sessel holen."

Als Kit die Tür ihres Schlafzimmers schloss, hörte sie die Männer im Wohnzimmer noch immer reden. Bull hatte eine unglaublich tiefe Stimme. Hawks war fast genauso tief, aber mit einer kratzigen, harten Klangfarbe.

Die Männer waren so unterschiedlich. Bull war offen, freundlich und völlig unkompliziert. Er erinnerte sie an einen breiten, langsam fließenden Fluss, so klar, dass man die funkelnden Steine auf dem Grund sehen konnte.

Hawk war eher wie ein Berggletscher. Langsam und doch unaufhaltsam. Alles hinter Eis versteckt, aber mit unerwarteten funkelnden Wasserfällen.

Und so verdammt tief.

Als er gesehen hatte, dass sie ohne Hilfe nicht von der Couch hochkam, hatte er ihr seine Hand angeboten. Und er hatte ihr damit Angst gemacht.

Obadiah hatte ihre Angst als Trophäe angesehen. Nicht Hawk. Sie hatte den Schmerz in seinen blaugrauen Augen erkannt, als sie zusammengezuckt war. Ihre Reaktion hatte ihn verletzt.

Und so hatte sie ihren Mut gefunden.

Sie konnte es sich wirklich nicht vorwerfen, Angst vor einem Mann zu haben. Und Hawk ... na ja, er war pure Einschüchterung.

Er hatte dunkelblondes, kurz geschnittenes Haar und einen kurzen Bart auf einem harten Kiefer. Er bewegte sich, als ... als wäre er jederzeit bereit für einen Kampf, und er war offensichtlich in mehreren gewesen. Die rötliche Bräune seiner Haut stand im Kontrast zu einer langen weißen Narbe auf der Stirn und einer an seinem Hals. Eine weitere Narbe lief über seine Wange in seinen Schnurrbart und war tief genug, um seine Oberlippe nach oben zu ziehen, sodass er stets einen höhnischen Ausdruck herumtrug.

Aufgerollte Hemdärmel hatten seine tätowierten Unterarme freigelegt. Und war es schlimm, dass sie sich die Tattoos in den verschiedenen Brauntönen ansehen wollte? Um zu sehen, was er gewählt hatte. An einem Unterarm hatte sie ein Flugzeug ausmachen können und ...

Meine Güte, bist du neugierig, Kit.

Sie musste lachen, denn ... ja? Vielleicht war sie ruhiger als ihre beste Freundin, aber Menschen waren interessant. Im Gegensatz zu Frankie bevorzugte Kit sie jedoch eher in der Einzahl oder in Paaren als in einer Menschenmenge.

Und sie zog es vor, ziemlich viel Zeit allein zu verbringen.

Mit einem sanften Lächeln schlich sie durchs Schlafzimmer. Sie genoss es, ein eigenes Zimmer für sich und Aric zu haben. Sie war sich nicht bewusst gewesen, wie wunderbar Privatsphäre sein konnte, bis sie in der Frauenbaracke der Zeloten einquartiert worden war. Tagsüber hatte sie auf den Feldern und in den Beeten gearbeitet, Obadiahs kleines Haus geputzt und mit den Frauen gekocht.

Abends, nachdem er seine Bedürfnisse an ihrem Körper gestillt hatte, schickte ihr Mann sie zurück in die Baracke, da Reverend Parrish es anprangerte, eine Frau zu nahe kommen zu lassen. Ja, schon schlimm, wenn ein Mann seiner Frau zeigte, dass er sie liebte und ihr Zärtlichkeit entgegenbrachte. Sie wurde nur auf diese Erde gebracht, um seine Bedürfnisse zu erfüllen und seine Kinder zu gebären.

In ihrem Kopf hörte sie die Stimme des Therapeuten sagen: *„Ist es das, was du glaubst, Kit?"*

„Nein", flüsterte Kit. *Nein, das tue ich nicht.*

Sie war eine Närrin gewesen.

Vielleicht passte das Wort *fehlgeleitet* besser. Ihre Eltern hatten sie und auch einander geliebt. Das war das Beispiel, dem sie folgen musste.

Nicht das Beispiel ihrer Tante und ihres Onkels, die sie nach dem Tod von Mama und Papa aufgenommen hatten. Onkel Duane hätte sich den PZs im Handumdrehen angeschlossen. Sie waren ein kaltes, gemeines Paar gewesen.

Jetzt wusste sie, dass sie sich bei dem Versuch, deren Liebe und Anerkennung zu gewinnen, dem Glauben geöffnet hatte, dass eine Frau ohne einen Mann nicht vollständig sei.

Sie glaubte sicher nicht mehr an diese Idiotie ... denn sie hatte lernen müssen, dass sie ohne einen Mann viel, viel besser dran war.

Das Quietschen seiner Schlafzimmertür riss Hawk aus dem Schlaf. Schweigend schob er seine Hand unter sein Kissen und ... fand nichts.

Scheiße, richtig. Er hatte seine Pistole vor drei Wochen in einem Nachttischgewehrtresor montiert. Wegen des Kindes. Leise beugte er sich vor, berührte den Fingerabdruckscanner und –

Er kniff die Augen zusammen.

Die Person auf der Türschwelle war klein.

Wirklich verdammt winzig.

„Aric." Seine Stimme klang härter als normal, als hätte er zwei Tage lang schlechten Tabak geraucht und Fusel getrunken.

Der Junge hatte keine Angst vor dem Geräusch. Das hatte er noch nie.

So leise wie Caz bei der Jagd kam Aric näher, ohne etwas zu sagen.

Hawk hätte fast gelacht. Als Kind war er auch so wortkarg gewesen – und hatte damit seine Brüder und Mako höllisch genervt.

„Ist mit deiner Mama alles okay?"

Er sah das Nicken des Jungen in der grauen Dämmerung. Er wirkte nicht verängstigt oder nervös.

Doc Grayson hatte davor gewarnt, dass jede Abweichung in Arics Leben dazu führen könnte, dass etwas von seinem Fortschritt verloren ging – was Graysons ausgefallene Art war, zu sagen, dass der Junge wieder anhänglich werden würde.

Denn wenn er Angst hatte, rannte er zu Hawk wie ein Babyvogel, der sich unter den Flügeln seiner Eltern verstecken wollte.

Verständlich, aber ... verdammt. „Kleiner, deine Mutter wird ... ähm, wird verärgert sein, wenn sie dein Bett leer vorfindet." Hawk rieb sich die Hände über das Gesicht und versuchte aufzuwachen. Er konnte den Zwerg wohl kaum alleine zurückgehen lassen. Er stand auf und machte die Geste für Hochheben. „Dann los."

Obwohl Aric die Lippen fest zusammenpresste – das Kind konnte verdammt stur sein –, erlaubte er Hawk, ihn auf die Hüfte zu heben.

Vor seiner Hütte kündigte sich der Morgen an, was bedeutete, dass es fast 4:30 Uhr war. Das taufeuchte Gras fühlte sich unter seinen nackten Füßen kühl an. Als sie zu Bulls Haus nebenan kamen, raschelte eine leichte Brise durch das Schilf am Seeufer und erinnerte Hawk daran, dass er sich nicht mal ein T-Shirt übergezogen hatte.

Die Terrassentür war nicht verriegelt. Bevor Hawk das Wohnzimmer durchqueren konnte, öffnete sein Bruder die Schlafzimmertür im Obergeschoss.

Bull stützte sich auf das Geländer und schaute nach unten.

Keiner der Brüder schlief besonders tief. Nicht, dass Hawk versucht hätte, besonders leise zu sein.

Hawk wies mit dem Kopf zu Aric, der bereits halb schlief, und zuckte mit den Schultern.

Bull stieß ein Schnauben aus, schüttelte den Kopf und verschwand in seinem Zimmer. Denn er hatte eine warme, liebevolle Frau in seinem Bett.

Neid war ein vertrauter Schmerz in Hawks Brust. Er würde nie eine Frau und Kinder haben.

Anstatt sich darüber den Kopf zu zerbrechen, trat er im Erdgeschoss in den schmalen Flur. Die Tür des Gästezimmers stand offen, und er blieb auf der Schwelle stehen.

Kit schlief auf ihrer unverletzten rechten Seite. Ihr langes, braunes Haar breitete sich auf dem Kissen aus. Ihr geschienter Arm lag auf einem zweiten Kissen, ihr anderer Arm streckte sich in Richtung Arics leerem Kinderbett aus.

Bei dem Anblick, dem Wissen, dass sie selbst im Schlaf ihren Sohn berühren wollte, blühte ein Schmerz in seiner Brust auf.

Er machte einen Schritt nach vorne und blieb stehen. Einfach in das Zimmer einer Frau zu gehen, wäre kein kluger Schachzug.

Hawk setzte den Jungen leise ab, zeigte auf Arics Brust und dann auf das Bett. Anschließend lehnte er sich an den Türrahmen und wartete.

Natürlich stieß das Kind auf dem Weg zu seinem Kinderbett gegen das Bett seiner Mutter.

Kit zuckte aus dem Schlaf und setzte sich im Bett auf, sah sich in offensichtlicher Angst um und entdeckte Hawk in der Tür. Hörbar schnappte sie nach Luft.

„Ich habe dein Kind zurückgebracht“, sagte er in seiner kratzigen Stimme, bevor sie das Haus niederschreien konnte. „Er ist in meinem Zimmer aufgetaucht.“

Ihre Hände packten die Bettdecke, ihre Augen hatte sie weit aufgerissen. Nach einem langen Moment holte sie tief Luft. „Hawk.“

Ja, ihr Gehirn war nun hochgefahren. Ihre Augen landeten auf ihrem Sohn, der auf sein Kinderbett kletterte. „Aric, bist du zu Hawks Haus gegangen?"

Das Kind nickte.

Ehrliches Kind. Das musste man zu schätzen wissen.

Hawk zeigte ein schiefes Lächeln bei der Erinnerung, als Mako sie alle – Bull, Gabe, Caz und Hawk – bei sich aufgenommen hatte. Hawk war damals ein kleiner Lügner gewesen, jedoch hatte er sich verändert. Doc Grayson hatte über den Schaden gesprochen, den eine Lüge in einer Familie verursachen konnte. Aber vor allem hatte der Sarge Unehrlichkeit gehasst, und es gab nichts, was Hawk mehr gewollt hatte, als Makos Respekt zu gewinnen.

Danach hatte es dennoch ein Jahr gedauert, bis Hawk die Gewohnheit mit dem Lügen ablegen konnte.

Aric hätte dieses Problem nicht; sein gewalttätiger Stiefvater und die anderen PZs hatten ihn nicht zum Lügner gemacht. Vielleicht, weil der Junge seine Zeit damit verbracht hatte, sich zu verstecken und die Lippen geschlossen zu halten. Keine Notwendigkeit zu lügen, wenn niemand eine Antwort erwartete.

Auf dem Kinderbett zog Aric seine Decke hoch.

Pflicht erfüllt.

Als Hawk seinen Mund öffnete, um gute Nacht zu sagen, sah er, dass Kit noch immer ihre Decke in einem Todesgriff hielt und wie angespannt ihre Schultern waren. Er konnte fast die Ängste hören, die ihr durch den Kopf schwirrten. Ein riesiger, halbnackter Fremder in ihrem Schlafzimmer. Ein beängstigender Fremder.

Eine Sekunde später hob sie ihr spitzes Kinn und schockierte ihn mit einem süßen Lächeln. „Danke, dass du ihn zurückgebracht hast. Ich hoffe, du kannst wieder einschlafen."

Tapfere Frau. Das schwache Licht, das durch das Fenster kam, betonte die Narbe über ihrem linken Wangenknochen, wo eine Faust die Haut aufgerissen hatte.

Das Licht zeigte mehr als das. Unter ihrem lockeren Flanellpyjama hatte sie hohe, hübsch gerundete Brüste.

Nicht etwas, was er bemerken sollte.

„Kein Problem." Hawk wandte seinen Blick ab und stieß sich vom Türrahmen ab. „Gute Nacht."

Er ging den Flur hinunter, durch das Wohnzimmer und aus der Terrassentür und versuchte, den Wunsch, sich ihr im Bett anzuschließen, mit aller Macht zu unterdrücken. Sie zu berühren, ihre Wärme in sich sickern zu fühlen, vielleicht sogar ein zweites Lächeln in seine Richtung, klang wirklich wundervoll.

Hoffnungslos. Nach dem, was sie durchlebt hatte, wollte die Frau sicher nichts mehr mit dem männlichen Geschlecht zu tun haben.

Und wenn sie es jemals täte, müsste wohl erst die Hölle zufrieren, bevor sie ihn als potenziellen Partner akzeptierte.

Die Netten wollten ihn nie.

KAPITEL DREI

M*enschen, die den Ausdruck „Schlafen wie ein Baby" verwenden, scheinen keins zu haben.* - Unbekannt

Captain Grigor Nabera verließ das kleine Bauernhaus im Matanuska Valley nördlich von Anchorage.

Sich wie ein Feigling zu verstecken, empfand er als Beleidigung, aber es war notwendig, bis er wusste, was zu tun war. Nachdem der Anführer Reverend Parrish – der Prophet – verhaftet worden war, hatten sich die Mitglieder der Miliz hier und in Texas nach einem Angriff auf ihr Gelände verstreut. Während die im Geiste Schwachen die höhere Sache aufgegeben hatten, waren die wahren Gläubigen abgetaucht und hielten Kontakt.

Wenn der Prophet sich meldete, würden sie antworten und Nabera würde sie zum Sieg führen.

„Morgen, Captain." Alvin kam von der Scheune hochgelaufen und schloss sich ihm auf der kleinen Veranda an. Der kahlköpfige Farmer klopfte ein paar Strohhalme von seinem Flanellhemd. „Hast du von Reverend Parrish gehört? Wie läuft's?"

Nabera ließ finster den Blick über die Rübenfelder schweifen. „Ihm wurde die Kaution verweigert ... wegen der Frauen, die ihn der Vergewaltigung und des Mordes beschuldigt haben.“ Und anderer Straftaten. Die Liste war lang.

Nabera sah zu Alvin und fügte hinzu: „Natürlich unwahr. Er wird freigesprochen, aber bis dahin ist unser Kurs ungewiss.“

„Natürlich.“ Alvin verlagerte sein Gewicht von einem Fuß auf den anderen. Er war nicht bereit, alles aufzugeben, um sich ihnen auf dem Gelände anzuschließen; er hatte stattdessen seine Farm behalten und schickte regelmäßig Geld, um den Zweck zu unterstützen.

Er war nicht erfreut gewesen, als Nabera vor drei Wochen auftauchte.

Aber egal.

„Meine Frau wird bald für uns Frühstück fertig haben.“ Alvin trat einen Schritt zurück. „Ich muss die Kühe auf eine neue Weide bringen.“

Auch für Nabera war es Zeit für eine neue Weide. Er hatte Alvin ein Haus in Anchorage mieten lassen. Nabera und seine Leutnants würden dort einziehen.

Wenn er nur herausfinden könnte, wie er dem Propheten helfen sollte. Leider konnte er nicht viel tun, wenn Parrish im Süden von Texas eingesperrt war und Nabera hier in Alaska feststeckte. Die Trooper dieses Staates, das FBI und die DEA waren in Alarmbereitschaft, sodass es unmöglich war, unbemerkt nach Dallas zu gelangen.

In der Zwischenzeit wartete Parrish auf seinen Prozess, bei dem die Frauen von dem texanischen Gelände gegen ihn aussagen würden. Die gotteslästerlichen Schlampen.

Ein kalter Wind fegte über die Farm, brachte die roten und grünen Blätter der Rüben zum Rascheln und schwenkte die Gräser auf den Weiden. Der Sommer setzte sich fort. Die Zeit verging zu schnell.

Auf dem Gelände würde Nabera normalerweise ein blutiges

Exempel an einer Frau – oder einem Kind – statuieren, um den Rest zum Schweigen zu bringen.

Nabera knurrte. Die Zeiten waren nicht normal.

In Texas hatten es die Patriotischen Zeloten geschafft, eine Schlampe ausfindig zu machen und sie zu bestrafen. Nachdem sie eine Geschlechtsgenossin gebrochen und krankenhausreif gesehen hatten, hätte der Rest der Fotzen verdammt nochmal die Klappe halten sollen. Stattdessen erlaubten sie dem FBI, sie in einem Safe House zu verstecken.

Ihre Aussagen würden Parrish jahrelang hinter Gitter bringen.

Was könnte Nabera von hier aus tun, um das zu verhindern? Könnte man in Alaska eine Warnung kreieren, um die Huren in Texas mundtot zu machen?

Vielleicht ... wenn die Warnung schockierend genug wäre.

Trotz Arics nächtlichem Besuch bei Hawk schien es dem Kind gut zu gehen.

Wie oft hatte sich der Junge heute Morgen in seine Hütte geschlichen, um sich zu versichern, dass Hawk noch in der Nähe war?

Der Junge hatte Fähigkeiten.

Hawk schnappte sich eine Cola, ging nach draußen und setzte sich auf einen Terrassenstuhl.

Die häufigen Kontrollen waren nicht, weil der Junge ihn liebte oder so, sondern weil Hawk Arics gewalttätigen Stiefvater getötet, seine Mutter gerettet und den Jungen in Sicherheit gebracht hatte.

Doc Grayson hatte gesagt: *„Selbst, wenn sie bereit ist, ihn zurückzunehmen, kann sie ihm nicht das gleiche Gefühl der Sicherheit geben, dass er mit Hawk verspürt. Nicht sofort.“*

Aus der Sicht des Kindes war Hawk stark genug, um ihn zu beschützen, und seine Mutter war es nicht.

Vor dem gestrigen Abend hatte Hawk geplant, seine volle Arbeitslast wieder aufzunehmen. Er und sein Kumpel Bishop hatten zusammen als Hubschrauberpiloten im 160. Special Operations Aviation Regiment – den Night Stalkers – gedient und kürzlich ihr Geld zusammengelegt, um einen Hubschrauber zu kaufen. Sie hatten einen Vertrag mit *McNally's Resort*, um Touristen an schwer erreichbare Orte zu fliegen. Bishop nahm normalerweise den Hubschrauber, da Hawk es liebte, sein Wasserflugzeug zu fliegen.

Touristen aus den Unteren 48 liebten Wasserflugzeuge.

Aber die Rückkehr zur Vollzeit musste vertagt werden. Es schien, dass das Kind noch nicht bereit war, dass Hawk stundenlang oder über Nacht wegblieb.

Aus dem Hühnerstall kam das Geräusch von Regans Lachen. Caz' Tochter hatte Aric dazu beauftragt, ihr beim Einsammeln von Eiern zu helfen. Mit einem Herzen, das so groß war wie das ihres Vaters, hatte Regan den Jungen unter ihre Fittiche genommen.

Da sie den Sommer schulfrei hatte, kümmerten sie sich alle in der Eremitage abwechselnd um sie. Caz hatte gemeint, dass sich Kit für heute freiwillig gemeldet hatte.

Apropos, Hawk entdeckte die Frau, wie sie im Hof ihre Runden drehte. Ihr Gesichtsausdruck war der einer Rekrutin beim Militär, die sich beim Morgensport auslaugte, entschlossen, stärker zu werden, unabhängig von den damit verbundenen Schmerzen. Jetzt schien klar, wo Arics Sturheit herkam.

Er musste ihre Willensstärke anerkennen.

Im Gegensatz zu Aric sah sie heute müde aus. Die Schultern sackten leicht nach unten und sie hatte dunkle Ringe unter den Augen. Ihr Arm war in einer Schlinge, obwohl er gesehen hatte, wie sie ihn herausnahm, wenn sie verschiedene Aufgaben bewältigte. Zumindest der Schaden durch die Fäuste ihres Mannes war verheilt.

Jedes Mal, wenn er ihr misshandeltes Gesicht im Krankenhaus

gesehen hatte, wollte er den Bastard ausgraben und ihn erneut töten.

Die beiden Kinder erschienen, um Kit den Korb mit den Eiern zu zeigen, bevor sie den Hof zu den Häusern überquerten.

„Die Eier gehen heute zu Bulls Haus. Er bekommt jetzt mehr Lieferungen, weil du und deine Mutter bei ihm wohnt“, sagte Regan zu Aric. Gefolgt von dem Jungen und Bulls Hund Gryff führte Regan den Weg auf die Terrasse, sodass sie den Korb in ein Regal stellen konnte. Sie und Aric stoppten, um ihr riesiges Fellknäuel eines Katers zu streicheln, der auf dem Geländer saß und Aufseher spielte.

Hawk schüttelte den Kopf. Die Eremitage hatte sich im letzten Jahr wirklich verändert. Der Sarge war von Anfang an ein paranoider Survivalist gewesen. Nachdem er Hawk, Gabe, Bull und Caz illegal aus einer kalifornischen Pflegefamilie nach Alaska gebracht hatte, war er noch vorsichtiger geworden. Als er nach Rescue gezogen war, hatte er auf dem Grundstück nur seine vier Söhne und Doc Grayson zugelassen. Später hatte er Dante, einem alten Kameraden aus Vietnamzeiten erlaubt, ihn zu besuchen und nach einer Weile hatte er die Liste mit Lillian erweitert.

Hawk musste zugeben, dass es ein Schock gewesen war, zu erfahren, dass es eine Zeit gegeben hatte, in der Mako und Lillian ein Paar gewesen waren.

„Nicht schlecht, Sarge.“ Hawk hob seine Cola zu einem Toast.

Nun hatte der Sarge den Fluss überquert, und alles änderte sich.

Gabe hatte den Umbruch begonnen. Vor einem Jahr war Audrey in Rescue aufgetaucht – auf der Flucht vor einem Auftragskiller. Die süße, kluge Bibliothekarin hatte Mut gezeigt, und Gabe hatte keine Chance gehabt, als sich in sie zu verlieben.

Dann, als Gabe Hilfe auf der Polizeistation gebraucht hatte, stellte er Jayden als Streifenpolizistin ein. Gleichzeitig hatte Caz herausgefunden, dass er ein Kind hatte. Regan war ein verdammt mutiges kleines Mädchen – und bei dem Versuch, ein Kätzchen vor einem Schneesturm zu retten, wäre sie selbst fast umgekommen. Gutes Kind.

Und Jayden – JJ – war eine gute Frau, wie Caz schnell herausgefunden hatte.

Im vergangenen Frühjahr rettete Bull den braunen Hund – ein Berner Sennen- und Deutscher Schäferhund-Mix – vor einem Arschloch, das Hundekämpfe veranstaltete. Gryff verdiente Besseres. Und so war die Eremitage zu einem Hund gekommen.

Vor ein paar Monaten kam Frankie nach Alaska, um Kit und Aric zu retten. Hawk grinste. Die New Yorkerin hatte ein Temperament, und es war so verdammt witzig, wenn sie auf Italienisch fluchte. Sie und Bull passten perfekt zusammen.

Jetzt waren Kit und Aric hier. Die Eremitage fühlte sich verdammt überfüllt an.

Aric rannte von Bulls Terrasse, holte sich von seiner Mutter eine Umarmung ab und machte sich auf den Weg zu Hawks Haus, zweifellos, um sicherzustellen, dass Hawk noch hier war.

Hawk hob die Hand.

Der Junge stoppte, als wollte er sicherstellen, dass Hawk nichts Unerwartetes vorhatte – wie plötzlich zu verschwinden –, bevor er zurück zu Regan rannte.

Regan hatte sich eine Kameratasche von Caz' Terrasse geschnappt. „Hey, Aric, Papá hat mir seine Kamera gegeben, damit wir Fotos von den Babyenten machen können. Ich kann auch Fotos von dir und deiner Mom machen." Das Mädchen wandte sich an Kit, da sie die Regel hatten, dass Kinder nur mit der Erlaubnis eines Erwachsenen zum Wasser durften.

Kit nickte und drehte sich zum See.

Gute Mom.

KAPITEL VIER

M*ach dich zum Schaf und die Wölfe werden dich fressen.* - Ben Franklin

Am Sonntagabend ging Kit mit Frankie über den Innenhof der Eremitage, und ihr Puls stieg, als sie die Anzahl der Menschen auf der Terrasse sah.

Nein, nein, so viele waren es gar nicht. Wirklich nicht.

Logik half kein bisschen.

Sie ging nach und nach die Namen durch und versuchte so, sich davon zu überzeugen, dass es keinen Grund zur Panik gab.

Bull grillte frisch gefangenen Lachs.

Mit einer niedlichen Kochmütze auf dem Kopf half ihm die zehnjährige Regan. Es war bezaubernd, wie sehr sie ihrem Vater Cazador ähnelte, der nicht weit von ihr stand.

Vor ihrer Rettung hatte Caz ihren Arm gerichtet – bevor Obadiah ihn ein zweites Mal gebrochen hatte. Der dunkelhaarige Nurse Practitioner mit den braunen Augen war freundlich gewesen, seine Hände sanft, als er sie fragte, wie sie verletzt worden war. Da Aric jedoch auf dem PZ-Gelände als Geisel gehalten wurde, hatte sie lügen müssen.

Neben Caz entdeckte sie seine Freundin JJ. Ungefähr Kits Größe, aber viel muskulöser, hatte die Polizistin ein markantes Gesicht, einen langen, eleganten Hals, lockiges rotbraunes Haar und türkisfarbene Augen. Sie und Audrey hatten Kit im Krankenhaus besucht, um ihr zu versichern, dass sie sich alle um Aric kümmern würden.

Die Bibliothekarin von Rescue, die blonde Audrey, saß mit ihrem Verlobten Gabe am anderen Ende des Picknicktisches. Ein großer Mann mit einem groben, zynischen Gesicht. Der Polizeichef und damit JJs Boss.

Seine Augen verengten sich, als er Kit sah.

Die Angst schoss durch sie und ihre Füße stoppten abrupt.

Da sie in Bulls Haus wohnte, hatte sie sich mittlerweile an seine Größe gewöhnt – solange er sich nicht zu schnell bewegte. Obwohl Gabe kleiner war, wirkte er dennoch gruseliger.

Audrey schlug Gabe auf den Arm und sagte etwas zu ihm. Er blinzelte und sein Gesichtsausdruck verlor an Härte. Gemeinsam kamen sie zu ihr.

Oh Gott, sie wollte weglaufen. *Nein, ich werde nicht fliehen.*

Ihr Körper spannte sich an, aber sie hielt dem Blick stand.

Audreys Augen füllten sich mit Mitgefühl und sie sagte: „Als ich nach Rescue kam, sah Gabe mich mit diesem Cop-Ausdruck an und ich wäre auch fast davongerannt."

Kits Kinnlade klappte nach unten und ihr wurde schlecht. „Das –" Aber Gabe teilte für die Unhöflichkeit keine Ohrfeige aus.

Nein, das würde er nicht. Normale Menschen verhielten sich nicht so.

Sie holte tief Luft. Obwohl sie nur wenige Monate bei den Zeloten gewesen war, hatten sie ihren Blick auf die Welt dennoch verzerrt.

Nachdem sie ein weiteres Mal eingeatmet hatte, schaffte sie

es, den Polizeichef anzulächeln. „Bitte verzeih mir. Dein ... Ausdruck ist sehr effektiv."

„Gut. Dann mache ich hoffentlich auch den bösen Kerlen damit Angst." Sein Grinsen war reuevoll und charmant. „Ich wollte den Ausdruck nicht gegen dich verwenden. Tut mir leid. Ich bin froh, dass du das Rehazentrum endlich verlassen konntest und jetzt hier bist."

Bei der Aufrichtigkeit in seinen blauen Augen entspannte sie sich. „Ich auch." Sie versuchte, das Beben aus ihrer Stimme herauszuhalten. „Vielen Dank für deinen Beitrag zu meiner Rettung."

Er blinzelte und schüttelte dann den Kopf. „Es tut mir nur leid, dass wir dich nicht retten konnten, bevor du so schwer verletzt wurdest."

Er hatte sein Leben riskiert, fühlte sich aber schlecht, dass die Rettung nicht schon früher passiert war? Ihre Angst verebbte vollständig. „Knochen heilen. Ihr habt die Kinder rausgeholt. Meinen Aric. Wenn es jemals etwas gibt, was ich für einen von euch tun kann, dann müsst ihr es einfach nur sagen."

„Stelle einfach sicher, dass du dich gut erholst." Er grinste sie an. „Ich wollte diesen Bast –" Audreys Ellbogen landete in seinen Rippen, und er grunzte und passte seine Wortwahl an. „Äh, ich weiß, dass diese PZs das Letzte sind, seit ich den ersten getroffen habe. Ich bin dankbar, dass Frankie uns helfen ließ."

Sie konnte die Aufrichtigkeit in seiner Stimme hören. Er war wirklich ein netter Mensch, oder? Das waren sie alle – und sie hatten sie gerettet, und was noch wichtiger war, ihren Sohn.

Sie wandte ihren Blick ab und blinzelte die Tränen weg. Wo war ihr Sohn?

Da. Auf der anderen Seite der Terrasse mit Hawk.

Groß, mit breiten Schultern und hochgekrempelten Ärmeln, die seine Unterarme mit diesen erstaunlichen Tattoos zeigten. Gerade half er Aric, einen Ball zu werfen, den Gryff zurückholen sollte.

Als hätte er ihren Blick auf sich gespürt, drehte sich Hawk um. Seine Augen schärften sich, wahrscheinlich weil er die Tränen in ihren Augen sah.

Bei ihrem leicht wankelmütigen Lächeln begrüßte er sie mit einem Nicken.

Aric hüpfte aufgeregt auf und ab und winkte sie mit der Hand zu sich.

„Ich schätze, ich sollte besser mal sehen, was los ist. Entschuldigt mich.“ Nach einem Lächeln zu Audrey und Gabe schloss sie sich Aric an. „Was ist los, Honigbär?“

Seine Augen weiteten sich und wirkten unsicher.

Hawk runzelte die Stirn, bevor er ein fragendes Geräusch von sich gab. Hatte der Mann für den Tag eine begrenzte Anzahl von Wörtern?

Dennoch war es wundervoll, dass er Aric so genau deuten konnte.

Widerwillig erklärte sie, was ihren Sohn beunruhigt hatte. „Obadiah befahl mir stets, nur Arics richtigen Namen zu verwenden. Er sagte, Kosenamen – besonders von einer Frau – würden einen Mann verweichlichen.“

Hawks Gesichtsausdruck verhärtete sich.

Ja, sie war als Elternteil gescheitert. Das wusste sie.

Er sah auf Aric hinunter und knurrte: „Obadiah war ein Idiot.“ Sein Ton ließ sie erschaudern, doch Aric schien nicht im Geringsten Angst zu haben.

Sie schluckte und gestand ihr eigenes Versagen in einem Flüsterton. „Ich bin das auch.“

„Du wurdest manipuliert. Das ist etwas anderes.“ Seine dunkelblonden Augenbrauen zogen sich zusammen. „Keine Kosenamen. Und Aric flüstert.“

Sie nickte. „Nur den Männern war es erlaubt, frei zu sprechen und laut zu sein.“

„Ähm, nein. Er muss sehen, dass es in Ordnung ist, Lärm zu machen.“

„Natürlich."

Hawk presste die Lippen fest zusammen und sie wusste, dass ihr etwas entgangen war.

Dann fragte er: „Wenn seine Mutter Angst hat, ihre Stimme zu erheben ...?"

Arics Mutter trat einen Schritt zurück und sah aus, als hätte er sie geschlagen. Hawk verzog das Gesicht.

Verdammt, er hatte es versaut, oder?

Wie sonst sollte er ihr verständlich machen, dass das Kind sah, wie sie sich auf Zehenspitzen bewegte und kaum über ein Flüstern sprach? Ihr Verhalten wirkte sich auf ihn aus. Wenn sie bei Lärm jedes Mal damit rechnete, Ärger zu bekommen, würde sich der Junge nie von dem Trauma erholen.

Er beobachtete, wie sie sich entspannte, als ihr Blick auf ihren Sohn fiel.

„Du hast es nicht bemerkt", sagte er langsam.

Sie schüttelte den Kopf und entgegnete leise: „Nach einer Weile –" Ihre Hände ballten sich ... und dann kam ihr Kinn hoch und ihre Stimme ertönte nun weitaus lauter: „Nach einer Weile wird es zur Gewohnheit, sich ruhig zu verhalten."

Aric sah sie aus seinen großen Augen an.

So tat das auch Hawk.

Sie hatte einen wunderschönen Mund, süß geschwungene Lippen, wobei die untere üppiger war als die obere ... und sie zitterte, als sie ihren Sohn anlächelte. „Aric, Obadiah und diese Männer hätten uns nicht befehlen dürfen, die ganze Zeit still zu sein. Manchmal ist Flüstern gut – zum Beispiel, wenn jemand schläft und du die Person nicht aufwecken willst. Aber wenn wir mit Freunden zusammen sind – wie jetzt –, können wir genauso laut sein wie sie."

Die Art und Weise, wie das Kind seine Mutter beobachtete, als wäre sie eine Landmine, brachte Hawk zum Lachen.

Zudem würde er gerne ein paar Köpfe zusammenschlagen, um zu rächen, was das Kind durchgemacht hatte.

Diese junge Frau jedoch dabei zu beobachten, wie sie den Mut in sich fand? Es war eine Ehre, Zeuge davon zu werden.

Und als sie sich umdrehte und über die Terrasse schrie: „Hey, Bull, ich bin am Verhungern! Wann essen wir?“, hätte Hawk fast laut gejubelt.

Kit blinzelte und starrte an die Decke. *Oh wow, ich bin wach. Mal wieder.* Das dritte Mal heute? Sie hätte beim Abendessen nicht die koffeinhaltige Limo trinken sollen. Sie wusste es besser. Aber, oh, es war so schön, die Sachen zu genießen, die Obadiah ihr stets verboten hatte.

Leider bedeutete das Koffein, dass ihr Gehirn nach ein oder zwei Stunden Schlaf bereits wieder hellwach war. Verdammt.

Am Abend auf der Terrasse hatte sie sich in der Umgebung der Eremitage-Bewohner entspannen können, obwohl es hilfreich wäre, wenn die Jungs schüchterne Nerds anstatt dieser gefährlich wirkenden Kerle wären. Beim Abendessen am Eichenpicknicktisch hatten sie aber behutsam mit ihr gesprochen, in einem sanften Tonfall und mit entspannten Mienen. Ähnlich wie bei Aric.

Irgendwann würde sie es vielleicht verabscheuen, so behandelt zu werden, als wäre sie schwach, aber für den Moment – sie rümpfte ärgerlich die Nase – war sie eben ein Weichei, und die rücksichtsvolle Art der Jungs half.

Denn sie neigte dazu, schnell in Panik zu geraten. Wie in dem Augenblick, als sie sich hinsetzen wollten. Frankie hatte Kit zu sich gewunken, damit sie sich neben ihre Freundin setzen konnte, und Kit war erstarrt.

Hawk hatte daraufhin ihren Blick gefunden und auf das Ende der Bank gezeigt. „Setze dich da hin.“

Audrey, die auch mittig saß, hatte die Stirn gerunzelt. „Aber wir wollen sie in unserer Nähe haben."

Er schüttelte den Kopf und sagte zu Kit: „Deine Instinkte wollen einen Fluchtweg. Im Moment noch."

Er hatte Recht gehabt. Der Knoten in ihr hatte sich etwas gelöst, als sie sich ans Bankende saß ... weil sie im Notfall schnell weglaufen könnte. Sie könnte herausspringen und Aric hinter sich schieben.

Woher hatte er das gewusst? Er war so groß und taff. Bestimmt hatte er nie solche Ängste durchlebt.

Sobald sie sich eingefunden hatte, hatte sie eine wunderbare Zeit gehabt. Sie hatte vergessen, wie angenehm es war, mit netten Leuten zu essen und zu reden. Intelligente Leute, die ein geschäftiges Leben hatten. Leute, die über fast alles streiten konnten, ohne einen Anfall zu bekommen. Sie glaubten nicht, dass es nur einen Weg gab, Dinge zu tun, und dass niemand sonst ein Recht auf eine Meinung haben sollte.

Die Frauen meldeten sich so oft zu Wort wie die Männer – und auch Regan tat das.

Obwohl Kit ihren eigenen Weg gehen musste und nicht lange hier bleiben konnte, waren die Interaktionen der Eremitage-Familie genau das, was sie und Aric sehen mussten.

Fürsorge, Rücksichtnahme und Gleichberechtigung.

Aric veränderte sich bereits. Zurück zu dem Jungen, der er zuvor gewesen war.

Sie grinste. Er hatte so viel gespielt, dass er schon halb schlief, als sie ihn ins Bett gebracht hatte.

Sie rollte sich auf die Seite und streckte die Hand nach dem schmalen Kinderbett neben ihrem eigenen aus. Nur um ihn zu berühren – um die Gewissheit zu haben, dass er am Leben und in Sicherheit war.

Das Bett war leer.

Ihr Herz setzte einen Schlag aus. Wo könnte er sein?

Im Badezimmer? Nein. Die Tür war offen, der Raum dunkel.

Mit dem Arm gegen ihre schmerzenden Rippen gepresst, erhob sie sich in eine sitzende Position und stand auf.

Leise Schritte ertönten im Flur. Der Schatten eines großen Mannes fiel ins Zimmer und er entließ ein Schnaufen. „Siehst du? Deine Mom ist wach.“ Die tiefe, kratzige Stimme kam ihr bekannt vor.

„Hawk.“

Mit einem großen Arm unter Arics Hintern trug er ihren Sohn hinein und platzierte ihn auf das Kinderbett. Aric starrte ihn an.

„Diesmal bleibst du hier“, sagte Hawk. Wie konnte eine so strenge, harte Stimme so sanft klingen?

Aric schüttelte den Kopf und seine Unterlippe ragte heraus. Ihr Sohn konnte extrem dickköpfig sein.

„Diesmal?“, fragte Kit.

„Das zweite Mal heute Nacht.“

Ein Mann hatte ihr Schlafzimmer betreten, während sie schlief. Eiskalt jagte es ihr den Rücken herunter.

Hawk rieb sich die Wange, wo eine Narbe seinen Bart teilte, und seufzte schließlich. „Junge, wenn ich im Wohnzimmer schlafe, bleibst du dann in deinem Bett?“

Aric beäugte Hawk und nickte schließlich.

„Auf dem Sofa?“, fragte Kit.

„Es ist groß genug.“ Er wuschelte durch Arics Haare. „Leg dich hin und schlaf, Junge. Ich bleibe in der Nähe.“

Aric legte sich hin und Kit deckte ihn zu. Noch bevor sie seine Wange küsste, war er eingeschlafen.

Als sie sich umdrehte, war Hawk bereits verschwunden.

Nett von Bull, ein paar schwere Decken auf der Sofalehne aufzubewahren, dachte Hawk. Er stellte seine Stiefel an der Glasschiebetür ab und legte sich auf das Sofa. Es war eine bequeme Couch für ein Nickerchen, aber er würde nicht so tief oder lange schlafen. Nicht auf einer Couch. Nicht im Haus eines Fremden – nicht in der Hütte seines Bruders.

Andererseits bekam er auch nicht viel Schlaf, wenn er das Kind ständig zurückbringen musste. Eine andere Wahl gab es nicht. Aric musste bei seiner Mutter sein.

Bei seiner verdammt hübschen Mutter. Große Augen und weicher Mund. Und noch weicher aussehende Brüste.

Verdammt, hör auf, diese Dinge zu bemerken, Dummkopf.

Hawk hatte erwartet, dass sie schreien oder in Tränen ausbrechen würde. Er hatte sie erschreckt – und er hatte auch den Schmerz in ihren Tiefen gesehen, als ihr wieder mal bewusst wurde, dass ihr Sohn die Sicherheit eines anderen suchte.

Aber sie hatte die Emotion heruntergeschluckt, und als er ging, hatte sie ihren Jungen zugedeckt und ihn auf die Wange geküsst.

Aric, du Glückspilz. Wie würde es sich anfühlen, der Empfänger all dieser Liebe zu sein?

KAPITEL FÜNF

H*offe auf das Beste, erwarte das Schlimmste.* - Unbekannt

Am Mittwoch warf JJ in ihrem Toyota 4Runner einen Blick auf ihre Beifahrerin und zuckte zusammen, als sie sah, wie sich Kit die Rippen hielt. Es wäre nicht gut, wenn sie bereits mit Schmerzen zu ihrem Physiotermin käme.

JJ verlangsamte das Fahrzeug. „Tut mir leid. Ich weiß, wie sehr das Geruckel wehtun kann."

„Das klingt, als hättest du Erfahrung. Ich wette, Polizeiarbeit kann brutal sein."

„Manchmal." JJ hatte bisher nicht viel Zeit mit Kit verbracht, aber sie stellte fest, dass die Frau genauso süß war, wie Frankie gesagt hatte. „In Nevada bin ich während einer Drogenrazzia auf die falsche Seite einer Kugel geraten."

Bei Kits großen Augen lachte JJ. „Nein, keine großen Löcher. Ich hatte eine Schutzweste an. Dennoch hat mir der Aufprall eine Rippe gebrochen."

„Wow, was für ein Job."

Als sie über das nächste Schlagloch fuhren, beugte sich Kit vor und stöhnte: „Warum hat dieser Abschnitt so viele Löcher? Der Rest scheint in einem guten Zustand zu sein."

„Dafür kannst du Mako danken."

„Was meinst du damit?"

JJ schüttelte den Kopf. „Du weißt, dass Mako hier lange allein gelebt hat, während die Jungs nur hin und wieder zu Besuch kamen, oder?"

„Nein, das wusste ich nicht."

„Oh, okay. Also ... Der Sarge war ein pensionierter Berufssoldat, und er zog die Jungs mitten im Nirgendwo auf, aber als sie erwachsen wurden und die Gegend verließen, bekam er ..." JJ fuhr mittlerweile im Schneckentempo. „Während seiner Zeit im Militär war er in Vietnam und in einigen hässlicheren Gebieten, was dazu führte, dass er an PTBS und Paranoia litt. Caz sagte, er habe stets an eine bevorstehende Katastrophe geglaubt – als würde die Welt jeden Moment in Flammen aufgehen. Er wollte vorbereitet sein."

„Frankie meinte, er sei ein Survivalist gewesen."

„Sowas von." JJ dachte an die Tunnel unter den Häusern und die Waffensammlung, die viele Polizeireviere in den Schatten stellen würde. „Er ging weit über das grundlegende Prepper-Zeug hinaus, wie die Solarzellenplatten und Generatoren und Lebensmittelvorräte."

Kit schenkte ihr ein Lächeln. „Ich liebe die Art und Weise, wie die Eremitage aufgebaut ist. Es macht mein Permakultur-Herz glücklich."

„Wohl wahr. Die Häuser wehren sogar Erdbeben ab", sagte JJ mit einem Lachen. „Zurück zum Straßenthema. Der Sarge entwarf sie so, dass man von der Swan Avenue aus in eine Sackgasse zu geraten scheint. Wenn es jemand um die U-Kurve schafft, fährt man über einen so unebenen Abschnitt, dass er unpassierbar erscheint. Ich muss zugeben, dass seine Strategie effektiv ist. Touristen versuchen nie, diese Seite des Sees zu besuchen."

Als JJ anhielt, bevor sie auf die eben erwähnte Swan Avenue abbog, drehte sich Kit um und schaute zurück. „Ich verstehe. Von hier kann man nicht einmal erkennen, dass da eine Kurve ist und es weitergeht."

„Ja, oder?" JJ fuhr auf die ebene Hauptstraße und war erleichtert, zu sehen, wie sich Kit entspannte. „Die holprige Fahrt tut mir leid."

„Es ist sicherlich nicht deine Schuld. Ich bin überrascht, dass die Jungs die Straße nicht planiert haben. Da Mako nicht länger hier ist, meine ich."

„Sie scheinen einen Teil seiner Vorsicht geerbt zu haben." JJ schüttelte den Kopf. „Gott weiß, dass sie alle ihre Militäreinsätze hatten und demnach viel sehen mussten, und vielleicht können sie nachts besser schlafen, wenn sie eine sichere Festung als ihr Zuhause haben."

Und wenn es eine Schotterstraße war, die Caz brauchte, um in Frieden leben zu können, würde sie selbst ein paar Löcher hinzufügen, wenn es sein müsste.

Obwohl Kit vielleicht nicht genauso fühlte.

Bei der kaum hörbaren Zustimmung warf JJ einen Blick zu ihr.

„Als ich im Krankenhaus aufwachte, konnte ich nur daran denken, dass ich das schlimmste Leben und die dümmsten Entscheidungen getroffen hatte, und mehr leiden musste als die meisten Menschen. So egozentrisch von mir." Kit schnaubte. „Aber der Großteil von uns wird im Leben mit furchtbaren Dingen konfrontiert – und muss dann herausfinden, wie sie kompensiert werden können. Wenn die Männer, die unserem Land gedient haben, eine Schotterstraße brauchen, dann werden wir dafür sorgen, dass sie die auch haben."

JJ blinzelte überrascht und spürte einfach nur Freude. Hier war eine Frau mit einer Wagenladung Mitgefühl. Kein Wunder, dass sie und Frankie beste Freunde waren.

Kit nickte ihr zu. „Nächstes Mal bringe ich ein Kissen mit, um die Wirkung auf die Rippen zu dämpfen.“

Ein paar Stunden später verließ Kit ihren Physiotermin und wollte nichts weiter, als sich auf eine Couch zu werfen und ein Nickerchen zu machen.

Gott sei Dank waren ihre Physiotermine und die Therapiesitzungen am selben Tag, denn so müsste sie diese Fahrt nicht zweimal in der Woche durchleben.

Sie hatte das Glück, dass Soldotna mehrmals pro Woche verschiedene Therapeuten in Rescues Klinik schickte. Zweimal pro Woche nach Soldotna zu fahren, hätte nicht nur wehgetan, sondern ihr auch das Gefühl gegeben, Frankie und die anderen noch mehr zu belasten. Obwohl JJ heute Morgen wundervoll zu ihr gewesen war und sogar darauf bestanden hatte, dass es kein Problem war, Kit zu fahren. Die Polizistin war wirklich nett.

Kit sah sich um und seufzte bei dem Mangel an bequemen Sofas in dem großen Eingangsbereich des Gemeindehauses.

Mit einem gedämpften Stöhnen ließ sie sich neben der Tür zur Klinik auf einen harten Holzstuhl fallen. Sie konnte sich ablenken, indem sie die Leute beobachtete, die kamen und gingen, da es durch die Klinik, die Polizeistation und die Räumlichkeiten im Obergeschoss stets etwas zum Schauen gab.

Alle Besucher hielten an der halbkreisförmigen Rezeption an, die von einer Blondine mittleren Alters besetzt war. Das Schild auf dem Schreibtisch las: Regina Schroeder.

Zwei Männer in Gummistiefeln, dreckigen Hemden und Jeans erzählten der Frau, wie sich einer von ihnen verletzt hatte. „Ja, der verdammte Bär wollte meinen verdammten Fisch, und entschuldige mal hier, Mr. Bär, aber ich habe diesen verdammten Lachs gefangen. Ich dachte, wenn ich laut genug schreie, würde er verschwinden.“

Die Rezeptionistin schnaubte. „Und als wie gut hat sich diese Idee herausgestellt?“

„Der Bär ist auf ihn zu gerannt.“ Sein Freund grinste den unglücklichen Lachsbesitzer an. „Du hättest sehen sollen, wie du in diese Büsche gesprungen bist – das war ein Sprung, der eine olympische Medaille verdient hätte.“

„Na ja, hast du die Größe dieses Vieches gesehen?“

Kit schüttelte den Kopf. Der arme Fischer hatte zerrissene Kleidung und einige blutige Wunden.

Der Freund schüttelte den Kopf. „Das Problem ist: Ich glaube, er hat sich das Handgelenk verstaucht.“

„Das *Problem* ist, dass sich der gottverdammte Bär meinen Lachs angeeignet hat“, sagte der Mann mürrisch.

Ms. Schroeder lachte nicht laut, aber ihre Lippen zuckten. Hier am Empfang zu arbeiten, musste einem Fiebertraum gleichkommen.

Kit lehnte sich zurück und lauschte Ms. Schroeder, wie sie Leute nach oben ins Stadtarchiv und die Bibliothek schickte, wie sie JJ anrief, um einen Faustkampf bei der Post zu melden, und sie Arzttermine jonglierte. Die kommenden Klinikpatienten erhielten Unterlagen, die ausgefüllt werden mussten.

Kit seufzte und wünschte, sie hätte heute Morgen etwas gegen die Schmerzen genommen. Wenigstens blieb ihr die Stunde zwischen den Terminen, um sich ein wenig zu entspannen.

Physiotherapie war harte Arbeit. Seit Kit wieder aufstehen und sich gut bewegen konnte, hatte sich der Fokus auf ihren Arm verlagert, der voller Metallplatten und Stifte und so war. *Wenn wir schon von schmerzhaft sprechen.* Die Therapeutin, eine sehr kompetente, freundliche, ältere Dame, war in Gelächter ausgebrochen, als Kit sie beschuldigte, BDSM zu praktizieren.

Kit verzog das Gesicht zu einer Grimasse, als sie versuchte, ihren pochenden Arm in der Schlinge in eine bessere Position zu bringen.

Es war jedoch alles gut. Ja, sicher, ihre Muskeln waren

schwach und ihre Finger noch etwas unbeholfen, aber ihr Arm heilte.

Die Erkenntnis, dass sie wieder zur Normalität zurückkehren würde, war ermutigend.

„Geht es Ihnen gut, Ms. Sandersen?" Die Rezeptionistin setzte sich neben Kit. „Kann ich Ihnen irgendetwas bringen?"

Kit gluckste. „Sehe ich so erbärmlich aus?"

Die Antwort auf dem Gesicht der Frau sagte alles.

„Wirklich, mir geht es gut. Ich habe in einer Stunde Therapie – und mein Arm schmerzt von der Physio. Also dachte ich, dass ich mich einfach hier hinsetzen würde, anstatt in der Stadt herumzulaufen."

„Das ergibt Sinn." Die Frau neigte ihren Kopf. „Ich bin Regina, und du bist Frankies Freundin, oder? Als ich sie gestern Abend im Diner sah, bat sie mich, auf dich aufzupassen."

Das war ja so Frankie. „Ja, genau. Freut mich, ähm, Regina. Ich heiße Kit. Ich habe es genossen, dir zuzusehen. Du bist wie ein New Yorker Verkehrspolizist, der Patienten, Anwohner, Polizisten und Gesundheitspersonal zur richtigen Zeit an die richtigen Orte schickt."

Regina lachte. „Es gibt Tage, an denen es sich eher anfühlt, als hätte man es mit Grizzlys zu tun."

Kit schmunzelte. „Trotzdem genießt du es."

„Na aber sicher. Es ist auf jeden Fall besser, als den ganzen Tag zuhause zu sitzen. Jedenfalls war es mal so. Meine Tochter und ihr Mann sind letzten Winter von den Unteren 48 hierher zurückgezogen." Reginas Augen strahlten. „Letzten Monat durfte ich mein erstes Enkelkind in den Armen halten. Meine Tage sind lebhaft geworden."

„Glückwunsch zum Baby."

„Danke." Regina strahlte erneut. „Wenn ich fragen darf, was machst du beruflich, wenn du nicht gerade außer Gefecht gesetzt bist?"

Kit lächelte. Reginas Art erinnerte sie an die Eremitage-

Jungs. Direkt auf den Punkt, ohne gemein zu sein. Einfach interessiert. „Bevor ich heiratete und in die Patriotischen Zeloten getrieben wurde" – ein Nicken zeigte Reginas Verständnis – „arbeitete ich in einer Gärtnerei und machte Landschaftsgestaltung mit Schwerpunkt auf natürlichen Systemen."

„Interessant. Hattest du Spaß daran?"

„Ja. Ich vermisse es so sehr. Es ist wirklich der beste Job aller Zeiten. Der Erde helfen, schöner und produktiver zu sein. Und auch Menschen zu helfen. Ich mag Menschen" – Kit schmunzelte – „ähm, in kleinen Mengen."

„Ja, das verstehe ich." Regina lachte. „Wenn ich die Wahl zwischen einer Party, wo ich Smalltalk in einer Gruppe machen muss, und Nacktschwimmen in Eiswasser habe, verdammt, da entscheide ich mich für das eiskalte Wasser. Aber das hier" – sie deutete zu ihrer Rezeption – „ist so, wie du gesagt hast. Menschen helfen und dafür sorgen, dass alles reibungslos läuft."

Das Telefon an Reginas Schreibtisch klingelte. Sie tätschelte Kits Knie und eilte dann durch den Eingangsbereich, um ans Telefon zu gehen.

Kit kehrte dazu zurück, Menschen zu beobachten.

Eine Person ging in die Polizeistation, zwei weitere in die Klinik. Nachdem sie die Rezeption, die cremefarbenen Wände und die Hartholzböden bis zum letzten Zentimeter gemustert hatte, langweilte sie sich einfach nur noch zu Tode. Das nächste Mal würde sie sich ein Buch und eine Thermoskanne mit Kaffee einpacken.

Sie betrachtete die Glastüren zur Straße. Gab es hier in der Nähe nicht ein Café?

Nein, Mädchen. Kaffee liegt nicht im Budget. Nein. Sie war extrem sparsam mit dem Geld, das Frankie ihr geliehen hatte. Es musste eine Weile reichen.

Rechts von ihr sagte ein Mann in seiner geschmeidigen, dunklen Stimme „Kit."

Sie zuckte zusammen und quietschte, als sie sich zu schnell in seine Richtung drehte.

„*Dios*." Caz hob die Hände und trat einen Schritt zurück. „Tut mir leid, *Chica*. Ich vergaß, beim Gehen Geräusche zu machen."

„Schon okay." Sie hatte die Eingangstür beobachtet und nicht daran gedacht, dass jemand aus der Klinik kommen könnte. Das hatte sie überrumpelt.

Von nun an würde sie es besser wissen.

Er hockte sich vor ihr hin und linderte so ihre Angst, höhenmäßig benachteiligt zu sein, bevor es überhaupt dazu kommen konnte. „Ich mache eine Pause und hole uns beiden Kaffee. Möchtest du deinen Kaffee hier trinken oder magst du mit mir auf die andere Straßenseite gehen?"

Fast hätte sie gelächelt. Caz' spanischer Akzent war das akustische Äquivalent zu geschmolzener Schokolade. Und ein krasser Kontrast zu Hawks.

Ihre Augenbrauen zogen sich zusammen, als ihr bewusst wurde, wie er die Frage formuliert hatte. Sie *würde* Kaffee bekommen. Sich ihm anzuschließen, wäre optional. Er musste gewusst haben, dass sie ablehnen würde, wäre die Frage gewesen, ob sie gerne einen Kaffee hätte. „Bist du bereits taktvoll und hinterhältig auf die Welt gekommen oder hast du das in der Schule gelernt?"

Er lachte. „Ich werde deine Frage auf der anderen Straßenseite beantworten." Er erhob sich und trat zurück, damit sie aufstehen konnte.

Als sie durch den Empfangsbereich zur Tür gingen, schenkte Regina Caz ein zufriedenes Grinsen.

„Sie hat dich angerufen, oder?"

Er gab nicht mal vor, sie misszuverstehen. „*Sí*. Sie weiß, dass ich in meiner Pause gerne Gesellschaft habe."

Ein Charme wie seiner sollte als Waffe registriert werden. Trotzdem empfand sie Hawks vollkommen direkte und minimalistischen Antworten noch befriedigender.

Das Glöckchen über der Tür des Cafés ertönte, als sie eintraten. Der Raum glänzte mit einem einladenden, altmodischen Dekor, mit Holzbänken, die entlang der Vorderseite und an der rechten Wand verliefen. In der Mitte saßen ein paar Leute an Tischen und Stühlen.

Links hinter der Glasvitrine winkte eine schlanke Brünette, ihre Hand in einem Latexhandschuh. „Doc, dein Übliches? Und wir haben Apfel-Empanadas. Möchtest du eins?“

„Ja, zu beidem, bitte. Und auch ein Getränk und ein Gebäck für Kit.“ Als sie den Kopf schüttelte, lächelte er einfach. „Nachdem du von unserem Physiotherapeuten gefoltert wurdest, hast du dir Koffein und etwas Süßes verdient.“

Sein Charme war wie eine dünne Schicht Mulch, die eine sehr dickköpfige Persönlichkeit verbarg. Sie würde nicht gewinnen.

Er legte einen Arm auf die Theke. „Sarah, das ist Kit, sie ist gerade ein Gast bei uns in der Eremitage. Sie ist Arics Mutter. Kit, das ist Sarah. Ihr und ihrem Mann gehört der Laden.“

„Arics Mutter?“ Sarah klatschte in die Hände. „Er muss so froh sein, dass du wieder auf den Beinen bist. Er ist so bezaubernd.“

Wer Aric mochte, musste einfach wundervoll sein. Kit strahlte. „Das ist er wirklich, danke.“ Nach einem kurzen Blick auf das handgeschriebene Angebot auf der Tafel entschied sie sich für einen einfachen Kaffee und gönnte sich einen klassischen Apple Fritter. Weil Caz Recht hatte; das hatte sie sich verdient.

Aber irgendwie wurde ihre Liste der Leute, denen sie etwas schuldete, immer länger. Wie sollte sie das jemals alles zurückzahlen?

Mit Kaffee und Gebäck erfolgreich erworben, setzten sie sich an einen Tisch.

Caz musterte sie einen Moment lang. „Willst du mir erzählen, was dich beunruhigt?“

Verdammt. Mit Obadiah war sie geschickt darin geworden, ihre

Emotionen zu verbergen. Frei von ihm hatte es sich brutal gut angefühlt, diese Maske fallen zu lassen. Aber jetzt ...

Es lag ihr auf der Zunge, ihm zu sagen, dass es kein Problem gab, aber ... nein. Sie wollte keine Person sein, die unehrlich war. Dennoch brauchte es viel Mut ihrerseits, ihre Verteidigung fallen zu lassen.

Nach einem Moment wurde ihr klar, dass Caz sich zurückgelehnt hatte, einfach an seinem Kaffee nippte und wartete.

„Es ist so", sagte sie. „Ich kann noch nicht arbeiten, und Obadiah gab unser ganzes Geld den Zeloten – einschließlich meiner Ersparnisse. Ihr beherbergt mich, und ja, Frankie hat mir etwas Geld geliehen, doch ich werde es für Essen, zukünftige Mietzahlungen und ein Auto brauchen. Obwohl ich also diesen Kaffee mehr brauchte als das Leben selbst" – sie lächelte ihn an – „stört es mich extrem, dass ich das Geld nicht habe, ihn mir selbst zu kaufen. Auch stört mich, dass ich für eine Weile niemandem etwas zurückzahlen kann."

Er nahm einen Bissen von seinem Gebäck und dachte über ihre Worte nach. „*Comprendo.* Ich bin nicht so schwierig, wenn es darum geht, Hilfe anzunehmen, wie Gabe und Hawk das sind, aber keiner von uns ist gerne von anderen abhängig."

Dass er sie verstand, war unglaublich tröstlich.

Sie entspannte sich und wandte sich ihrem Apple Fritter zu. Das Gebäck war knusprig, was ihr sehr zusagte, und unter der süßen Glasur befanden sich Apfelstückchen. So lecker!

Für eine sehr lange Zeit wäre das ihr letzter Leckerbissen, dachte sie. Sie presste die Lippen fest zusammen. Wie lange noch, bevor sie genug geheilt war, um sich einen Job zu suchen?

„Hey, Hawk, was hättest du gern?", hörte sie Sarah sagen. „Einen schwarzen Kaffee und ...?"

Kit zuckte zusammen und verzog das Gesicht bei ihren schmerzenden Rippen, bevor sie sich umdrehte und nach ihm suchte.

Hawk stand in der Nähe der Tür, seine intensiven blaugrauen

Augen waren bereits auf sie gerichtet. Sein dickes Haar war in allen Schattierungen von Karamell, sein Bart getrimmt. Er trug ein schlichtes schwarzes T-Shirt und eine Jeans – keine Vortäuschungen falscher Tatsachen –, doch die abgetragenen Stoffe, die sich an seine muskulöse Brust und seine beeindruckenden Oberarme schmiegten, gaben Hinweise auf einen Waschbrettbauch und betonten seine harten Oberschenkel.

Er runzelte die Stirn, bevor er sich Sarah zuwandte. „Ja, Kaffee und ...“ Er drehte sich halb um und enthüllte Aric hinter sich. „Junge, wähle ein –“

„Mama!“ Mit einem freudigen Schrei rannte Aric durch den Raum und wich dabei einem Kunden aus. In letzter Minute erinnerte er sich an ihre Rippen und hielt direkt vor ihr an.

Sie beugte sich vor, um ihn zu umarmen. „Honigbär“, flüsterte sie in sein weiches Haar und atmete den einzigartigen Duft ihres Jungen ein.

Er schmiegte sich eng an sie und sein entzückendes, schiefes Lächeln erschien. „Wir gehen Handwerfer gucken.“

„Die ... was?“ Handwerfer? „Wer wirft Hände?“

„Nein, nein, *Mijo*, Hand*werker*“, korrigierte Caz Aric. „Leute, die Gebäude reparieren.“

„Handwerker“, wiederholte Aric und flüsterte zu ihr: „Sie haben Hämmer und Sägen.“

„Junge.“ Hawk nahm den Kaffee von Sarah entgegen. „Such dir etwas aus.“

Aric rannte zurück zum Tresen. Mit seiner gewohnten Gründlichkeit musterte er die Auswahl an Gebäcken und bewegte sich dabei sehr langsam.

Kit spannte sich an und erkannte dann, dass sich ihre Ängste mal wieder auf ihre reale Wahrnehmung auswirkten.

Obwohl Hawk aussah, als würde er seinen Lebensunterhalt damit verdienen, Leuten das Genick zu brechen, trank er einfach von seinem Kaffee und wartete mit scheinbar unendlicher Geduld auf die Entscheidung ihres Sohnes.

Ihr Herz schmolz ein wenig dahin.

Vorsichtig trug Aric seinen erworbenen Donut in einer Serviette zum Tisch, während Hawk ein Glas Milch, Kaffee und seinen eigenen Apple Fritter in seinen Händen hielt.

Er nickte Caz und ihr zu. Als er ihr Gebäck sah, zuckten seine Lippen, aber er sagte nichts.

Sie lächelte ihn an. Die PZ-Männer gaben den Frauen ständig Befehle oder hielten Vorträge. Jedem drängten sie ihre Meinung auf. Hawks Schweigen war erfrischend.

Zudem war es verlockend, ihn ein wenig anzustupsen und ihn so zum Reden zu bringen.

Böse Kit. Er wäre vielleicht nicht so geduldig mit ihr wie mit Aric.

Nur irgendwie erschreckte er sie trotz seines tödlichen Aussehens nicht annähernd so sehr wie andere Männer. Wenn überhaupt, fühlte sie sich sicherer, wenn er in der Nähe war.

Meistens. Es hatte einige Male gegeben, wo er sich unerwartet bewegt und ihr Körper instinktiv mit Panik reagiert hatte.

„Verärgerst du sie?", fragte Hawk Caz, als er sich setzte.

Was? Kit blinzelte bei dem gereizten Ton in Hawks Stimme.

„Nein, nein, nicht ich, *'mano*. Das übernimmt bereits das Leben." Caz schenkte ihr ein Lächeln. „Sie genießt es nicht, gezwungen zu werden, Hilfe anzunehmen."

„Warum ist das heute anders?"

Hawks Frage war leicht zu interpretieren. Immerhin nahm sie Hilfe an, seit sie zusammengeschlagen worden war.

Sein scharfsinniger Blick fiel auf ihren Kaffee und ihr Gebäck. „Ah. Ist scheiße, wenn man pleite ist." Er hatte es in zwei Sekunden herausgefunden.

Caz nickte. „Ihr Mann gab sein Geld – und ihres – den PZs."

„Die Pisser." Aric gab ein winziges Hehehe-Lachen von sich.

„Die was?" Sie versuchte, ihr eigenes Lachen zu unterdrücken, nur hatte sie sein ansteckendes Kichern so sehr vermisst.

„Regan benannte die PZs in Pisser um." Hawks weiße Zähne

blitzten in einem schnellen Grinsen auf – und sein Gesicht verwandelte sich von ziemlich erschreckend zu verlockend männlich.

Sie blinzelte und erkannte, dass sie das Atmen vergessen hatte. Bis Aric wieder kicherte. *Pisser.* „Ach du lieber Himmel. Als Mutter sollte ich das nicht unterstützten, aber ..." Sie konnte nur lachen.

Hawk begegnete ihrem Blick und teilte die Belustigung, die sie durch ihren Sohn erfuhr. Dann runzelte er die Stirn. „Parrish hat das PZ-Geld?"

„Er benutzt es wahrscheinlich, um seine Anwälte zu bezahlen." Caz sah aus, als hätte er in etwas Saures gebissen. „Was ist, wenn Nabera Zugriff auf die Konten hat?"

„Das wäre nicht gut." Hawk schob das Glas mit Milch näher zu Aric.

Zugriff. Kits Kinnlade klappte herunter. „Ich habe vergessen, dem FBI von dem Bargeld zu erzählen."

Hawk zog eine Augenbraue hoch. „Bargeld?"

„Obadiah regelte das Geld der Zeloten. Und sie redeten immer über Krieg oder über potenzielle Angriffe des FBI, also versteckten sie auch etwas Bargeld an einem geheimen Ort." Sie versuchte es mit einem Lächeln. „Es erinnerte mich an Piraten und ihre Schätze."

Obadiah hatte ihren Vergleich nicht lustig gefunden.

„Also hat Nabera Geld." Caz machte ein genervtes Geräusch.

„Vielleicht?" Kit runzelte die Stirn. „Er hätte keine Zeit gehabt, es vor der Flucht von dem Gelände zu holen."

Hawk schnaubte. „Ist es dort vergraben, oder was?"

„Das Geld ist in einer Höhle im Wald. Es dauert eine Weile, um dorthin zu gelangen."

„Ja, dann ist die Wahrscheinlichkeit hoch, dass Nabera es nicht geholt hat", sagte Caz. „Die Alphabet-Beamten sind erst gestern gegangen. Davor war es wie ein Ameisenhaufen, und die Straße war gesperrt."

„Oh, wirklich?“ Nabera würde nicht riskieren, vom FBI erwischt zu werden, aber jetzt ... *jetzt* hätte er die Möglichkeit, es zu holen. Wenn sie sich beeilte ... Sie seufzte. Sie konnte sich kaum bewegen, geschweige denn schnell. Enttäuscht sackte sie auf ihrem Stuhl zusammen.

Hawk musterte sie. „Weißt du, wo die Höhle ist?“

„Ich bin überrascht, dass der *Cabrón* eines Ehemannes das mit dir teilen würde“, sagte Caz.

Sie zögerte und entschied dann, dass sie nicht misstrauisch durch ihr Leben gehen wollte. Diese Männer hatten alles riskiert, um ihr zu helfen. „Obadiah brauchte eine zusätzliche Person zum Tragen.“

Sie war sein Lasttier gewesen.

„Das Arschloch“, murmelte Hawk.

Sein Kommentar rettete ihr den Tag.

Geld wäre gerade jetzt so nützlich. Für sie und ... sie biss sich auf die Unterlippe. „Wenn ich den Schatz finde, denkt ihr, ich könnte ihn mit den anderen Frauen teilen, anstatt ihn dem FBI zu übergeben? Sie sind in der gleichen Situation wie ich.“

„Hmm.“ Caz klopfte mit den Fingern auf den Tisch. „Vielleicht. Du warst ein Mitglied der PZs; es ist auch dein Geld. Rechtlich gesehen, als Opfer, sollte es dir gehören.“

Hawk nahm einen Schluck von seinem Kaffee. „Rechtsschein aus Besitz.“

Sie brauchte eine Sekunde, um zu erkennen, dass sie ihr zustimmten.

„Allerdings“, fügte Caz hinzu, „werden wir diese Informationen nicht mit dem Polizeichef teilen.“

Hawk gluckste und ließ den Blick über sie schweifen. „Klingt, als hätten wir eine Wanderung vor uns.“

Es gab keine einfache Möglichkeit, ihnen den Weg zu erklären. Ihre Schultern sackten nach unten. „Ich glaube, wir sind kilometerweit gelaufen.“

Er kniff seine Augen zusammen. „Gab es in der Nähe eine Lichtung?“

Meine Fresse. Drei Stunden später hatte sich der einfache Helikopterflug von drei auf fünf Personen ausgeweitet. Hawk hatte geplant, Kit nach ihrer Therapie mitzunehmen. Sowie Aric, der immer noch unermüdlich an ihm klebte.

Seiner Meinung nach war die Chance gering, auf die PZ-Bastarde zu treffen. Woher sollten sie überhaupt wissen, dass das FBI die Gegend verlassen hatte?

Um jedoch kein Risiko einzugehen, hatte sich Caz der Mission angeschlossen.

Natürlich hatte Caz etwas zu Bull gesagt, der sich selbst eingeladen hatte, mitzukommen. Hawk schnaubte. Der große, neugierige Bastard wollte nur die Stelle sehen.

Kit saß im Hubschrauber gleich vorne neben Hawk. Bull und Caz waren hinten. Genau wie Aric, der mit dem speziellen Kindergurt angeschnallt war und kindergerechte Kopfhörer trug. Der Junge schmollte darüber, nicht vorne sitzen zu dürfen, aber um Anweisungen zu geben, musste Kit etwas sehen können.

Zudem hatte Hawk darauf achten müssen, das Gewicht gut zu verteilen. Zumindest eine Sache lief zu seinem Vorteil – da es im Tiefland Nebel gab, war der Hubschrauber nicht für Touristenflüge gebucht worden.

Begleitet von Arics gedämpftem Freudenschrei hob der Hubschrauber vom *McNally's* Landeplatz ab.

Wem sagst du das, Kleiner. Mit einem unausgesprochenen Jubel steuerte Hawk den Hubschrauber geradewegs den Berg hinunter in Richtung des PZ-Geländes. Fuck, er liebte diese Maschine. Der Airbus H125, auch bekannt als Eichhörnchen, war ein verdammt gutes Arbeitstier.

In den Kopfhörern hörte er, wie jemand nach Luft schnappte, sodass er nach rechts sah. Hatte Kit Angst?

Dann grinste er. Wie ihr Sohn war ihr breites Lächeln ein wenig schief ... und voller Begeisterung.

Die Frau mochte das Fliegen.

Nun etwas entspannter, genoss er einfach, dass er fliegen konnte – denn in der Luft zu sein, bedeutete für ihn Glückseligkeit, und dabei spielte es auch keine Rolle, wie oft er schon geflogen war.

Ein paar Minuten später konnte er sehen, dass die private Straße, die zum PZ-Gelände führte, immer noch für den Verkehr gesperrt war. Das hohe Tor war geschlossen.

Aber die Fahrzeuge der Strafverfolgungsbehörden waren weg.

Hawk hielt den Hubschrauber auf einer niedrigen Höhe, flog über das Gelände und schwebte in der Nähe des Zauns an Ort und Stelle.

„Ich sehe keinen Pfad." Bulls Stimme kam durch die Kopfhörer.

„Da lang." Kit zeigte nach Osten. „Der Weg ist vom Gelände kaum zu sehen. Obadiah wollte nicht, dass er benutzt wird. Einmal im Wald gibt es einen Tierpfad, dem man folgen kann."

Hawk flog mehrmals vor und zurück.

„Da." Kit beugte sich vor. „Es ist diese dünne Linie. Siehst du, was ich meine? Die Felswand in der Nähe dieses Flusses. Da müssen wir hin."

Hawk schaute sich um und überprüfte seine Umgebung, die Höhe und die Geschwindigkeit.

„Ich kann sehen, dass das ein ziemlich langer Spaziergang wäre", sagte Bull.

Als sie näherkamen, zeigte Kit nach rechts. „Dort sind die Höhlen, neben dem Wasserfall und" – sie machte ein unglückliches Geräusch – „die Lichtung ist kleiner, als ich in Erinnerung habe."

Hawk zuckte mit den Schultern. Kein Wind. Kein Nebel. Sollte gehen. Er war schon auf kleineren Flächen gelandet.

Ein Kinderspiel, obwohl er bemerkte, dass Kit den Atem anhielt, als er sich zentrierte und den Hubschrauber auf die Lichtung senkte. Nach der Landung am Bachufer schaltete er den Motor ab.

Bevor er seine Kopfhörer abnahm, sagte er zu Kit: „Warte, damit ich dir helfen kann."

„Sir, ja, Sir." Das sprudelnde Lachen in ihrer Stimme klang nicht nach ihr.

Ah, richtig. „Erster Hubschrauberflug?"

„Oh ja." Ihre riesigen braunen Augen leuchteten vor Freude. „Es war fantastisch! Und du machst das ständig?"

„Ich nehme mein Wasserflugzeug öfter als den Hubschrauber, aber ja. Das ist mein Job."

Er schloss seinen Waffensafe auf, schnallte sich die Glock samt Holster an, sprang dann heraus und überblickte das Gebiet.

Im Osten befand sich die Felswand. Bäume hier und da, Felsbrocken und dichtes Unterholz. Das Wasser spritzte geräuschvoll von oben in einen gewundenen Bach. Aric, der Schlamm über alles liebte, würde das sicher freuen. Ansonsten befand sich um sie herum nur Wald.

Als Bull und Caz ausstiegen, ging Hawk um das Eichhörnchen herum und öffnete Kit die Tür.

Sie hatte nur einen kleinen Schubs gebraucht, um in den Hubschrauber zu kommen, aber er wusste aus eigener Erfahrung, dass es oft schmerzhafter war, wieder rauszukommen.

Sie zögerte in der Tür und versuchte herauszufinden, was sie tun sollte.

„Brauchst du Hilfe?" Er streckte seine Hände aus und wartete, bis sie nickte.

Mit ihren gebrochenen Rippen und der Bauchoperation konnte er sie nicht um die Taille greifen. *Dann mal los.* Er legte einen Arm um ihren unteren Rücken, einen anderen unter ihren süßen Arsch, zog sie an sich und hob sie heraus. Um sie abzustellen, beugte er die Knie.

Sie war eine schlanke kleine Frau, und er konnte nicht leugnen, dass er es genoss, ihren Körper an seinem zu spüren. Aber er ließ sie schnell los, trat zurück und wartete darauf, angeschrien zu werden.

Ihre Wangen waren pink, ihre Augen blitzten auf. Innerhalb einer Sekunde verschwand ihre Wut und sie sagte bedauernd: „Danke. Ich konnte nicht herausfinden, wie ich runterkommen sollte, ohne meine Rippen durchzurütteln."

Er nickte. „Aus Erfahrung weiß ich, dass ich das nicht nochmal brauche."

Caz warf ihr einen bewertenden Blick zu und gluckste. „Gute Arbeit mit der Verlegung des Patienten, *'mano*."

„Wohin, Kit?" Bull hatte bereits seinen Revolver angeschnallt und hatte Aric auf seinen Schultern. Der Junge kicherte, weil er sich normalerweise an Hawks Haaren festhielt, und das war mit Bulls rasiertem Kopf nicht möglich.

Sie zeigte auf einen Abschnitt mit Büschen direkt vor der steilen Felswand. „Da."

Dunkelheit hinter den Büschen entpuppte sich als die Höhle.

Nachdem er Aric an Hawk übergeben hatte, kämpfte sich Bull durch das Unterholz, zog eine Taschenlampe heraus und duckte sich hinein. Eine Minute später rief er: „Alles gut."

Kit folgte.

Als Hawk sah, dass dort kein Platz für andere war, stellte er Aric neben dünne Rinnsale, die sich vom Bach gelöst hatten. „Kommst du hier klar, Junge?"

„Mhm." Aric hockte sich hin und hob einen glänzenden Stein auf.

Hawk grinste. Die große Schüssel in seinem Wohnzimmer war bereits mit Arics Funden überfüllt.

Anscheinend nicht bereit, über den Lärm des Wasserfalls zu

schreien, signalisierte Caz, dass er das Gebiet vom Hubschrauber aus und nach Süden patrouillieren würde.

Hawk nickte und übernahm demnach den Norden. Selbst wenn sie nicht auf Zeloten trafen, würden die Bären und Pumas einen Vierjährigen als feinen Snack betrachten.

„Heilige Scheiße." Bulls dröhnende Stimme war über dem Plätschern des Wassers kaum zu hören. „Das ist verdammt viel Geld." Ein paar Minuten später kam er aus der Höhle. Er hatte Schuhkartons in den Armen, die mit Plastikbeuteln umhüllt waren.

Mit einem verstörten Ausdruck folgte Kit ihm.

„Kit?" Hawk machte einen Schritt auf sie zu. „Alles okay?"

„Da ist Geld. So viel Geld."

Hawk warf einen Blick auf Aric, aber der Junge spritzte fröhlich im Bach herum und hatte nicht mal bemerkt, dass seine Mutter verärgert war.

„Geld ist eine gute Sache", sagte Hawk vorsichtig.

„Ähm. Ja." Sie schüttelte den Kopf und ihr Gehirn schaltete sich offenbar wieder ein.

Fast hätte er gegrinst. In jungen Jahren hatte er begeistert das Gaspedal eines Autos betätigt und musste dann warten, bis sich der überflutete Motor erholen und starten konnte. Wie das Fahrzeug war die kleine Gärtnerin mit zu viel des Guten überschwemmt worden.

Ihr Gesicht erhellte sich, und schließlich sprudelte ein Lachen aus ihr heraus. „Das ist wundervoll! Ich kann es kaum erwarten, das Geld mit den anderen Frauen zu teilen. Dann haben wir die Chance, wahrhaftig von vorne anzufangen!"

„Okay." Er musterte sie. Anscheinend hatte sie nicht einmal darüber nachgedacht, es für sich zu behalten.

Als ob sie nicht glauben konnte, dass das alles echt war, folgte sie Bull zum Hubschrauber, um ihm zuzusehen, wie er die Kisten verstaute.

Hawk suchte schnell sein zugewiesenes Gebiet ab ... und sah

im Westen zwei Vögel vom Walddach aufsteigen. Dann mehr Vögel. Näher an der Lichtung.

Der Pfad war in diese Richtung.

„Hsst." Seine schlangenartige Warnung übertönte das Gurgeln des Wassers, und seine Brüder wandten sich ihm zu.

Hawk erhaschte einen Blick auf Bewegung und den Schimmer von Metall. Vom Pfad, der zu ihnen führte. Er wies mit zwei Fingern auf seine Augen, dann auf den Weg. *Feind in Sicht.*

„*Dios*", murmelte Caz. Da er Aric am nächsten war, schnappte er sich den Jungen und verschwand südlich im Wald.

„Kit, wir haben Gesellschaft", sagte Bull leise und winkte zu einem Felsen nördlich der Höhle. „Versteck dich dahinter."

Nur sah sie, wie ihr Sohn weggetragen wurde, und so rannte sie stattdessen in diese Richtung.

Zur Hölle nochmal. Hawk packte ihr Handgelenk und zog sie zum Felsen. Er hielt seine Stimme ruhig und sachlich: „Duck dich. Und bleib hier."

Schwer atmend starrte sie in sein Gesicht, erlangte dann wieder die Kontrolle und folgte seiner Anweisung.

Geht doch. Hawk gewann sich Bulls Aufmerksamkeit und zeigte auf sie.

Bull nickte. Er würde den Zivilisten beschützen.

Und Hawk würde tun, was er am besten konnte. Er rannte entlang der Felswand nach Nordosten.

Bull bewegte sich auf eine Ansammlung von Bäumen zu. Es war weit genug von Kits Versteck entfernt. Ein möglicher Schusswechsel würde nicht in ihre Nähe kommen, dennoch war er nah genug, um einzugreifen, wenn sie Schutz brauchte.

Ein mit Felsbrocken übersäter Felsvorsprung etwa drei Meter über ihm war Hawks Ziel. Er streckte sich und kletterte hoch.

Ja, von hier aus wäre er verdammt schwer auszumachen.

Mit ausgestreckten Armen und einer Glock 19 in der Hand legte er sich auf den Bauch. Er lag leicht auf der Seite, ruhte auf seinem rechten Bein, Ellbogen im Dreck, Wange auf seinem Bizeps. Gute Position. Gute Höhe. Kein Wind.

Perfektes Timing.

Drei bärtige Männer mit AR-15-Gewehren joggten aus dem Wald, entdeckten den Hubschrauber und kamen zum Stillstand.

„Was zum Teufel?“ Mit wütenden Schreien brachten die drei ihre Gewehre in Position.

Hawk hielt sich zurück. Denn, *verdammt nochmal*, die Guten schossen nicht zuerst.

Etwas knallte und rasselte auf den Steinen in der Nähe der Höhle. Bull hatte einen Stein geworfen, um die Aufmerksamkeit der Bastarde auf sich zu lenken.

Und schon eröffneten die Bastarde das Feuer. Kein Gerede. Keine Warnung.

Fuck.

Kugeln schlugen auf die Felswand und das Gelände herum ein. Jeder in der Höhle wäre jetzt durchlöchert.

Hawk knirschte mit den Zähnen. *Ich darf die Arschlöcher nicht töten.* Das würde Gabe wütend machen. Demnach müsste er auf die Arme und nicht die Köpfe schießen.

Er zielte, atmete aus, feuerte, zielte, feuerte. Die beiden Männer ließen ihre Gewehre unter Schmerzensschreien fallen.

Mit dem tiefen Knall von Bulls Redhawk-Revolver ging das dritte Arschloch zu Boden. Ja, das faustgroße Loch von einer .44 Magnum schaffte das.

Eines von Hawks Zielen erwies sich als hartnäckig und zog mit der anderen Hand ein Maschinengewehr. Das Sackgesicht zielte auf den Hubschrauber.

Ganz. Sicher. Nicht. Hawks nächster Schuss zerfetzte den Arm des Kerls. Da Hawk immer noch angepisst war, überlegte er, erneut zu schießen und ihn direkt aus dem Genpool zu entfernen.

Aber die Kerle verloren ihren Mut. Zwei PZs flohen zu dem Pfad und trugen den dritten zwischen sich. Wenn sie schlau wären, würden sie zuerst ihre Wunden verbinden, damit sie nicht langsam ausbluteten.

Nicht sein Problem.

Da er wusste, dass Hawk auf der Hut bleiben würde, rannte Bull zum Eintrittspunkt des Pfads. „Klingt, als würden sie immer noch rennen", rief er Hawk zu und schrie dann laut genug, damit Caz hören konnte: „Alles sicher, Bruder."

Hawk steckte seine Glock weg, rutschte vom Felsvorsprung und joggte zu dem Felsen, hinter dem sich Kit versteckte.

Sie kauerte mit den Händen über den Ohren und ihren braunen Augen voller Angst hinter dem Felsen, wo er sie zurückgelassen hatte. Und sie beobachtete jede seiner Bewegungen. Zitternd, aschfahl, aber sie hatte sich nicht wegbewegt. Er hatte Soldaten gekannt, die weggelaufen wären.

Er wartete, dass seine Anwesenheit bei ihr ankam und erlaubte ihr so die Kontrolle über die Situation – obwohl er sie doch eigentlich in die Arme nehmen und halten wollte. Und sie wissen lassen wollte, dass er sie mit allem, was ihn ausmachte, beschützen würde.

Das wäre jedoch eine dumme Idee. „Die Idioten sind weg." Langsam lehnte er sich vor und bot ihr seine Hand an.

Kit zitterte so stark, dass ihre Rippen schmerzten – und ihre Knie fühlten sich an, als hätten sich die Gelenke in Pudding verwandelt.

Hawk sagte etwas, und es dauerte ein paar Sekunden, bis die Worte Sinn ergaben. Weg. Die PZs waren weg.

Aber das wusste sie, oder? Da sie es nicht hatte ertragen können, nicht zu sehen, ob jemand auf sie zukam, hatte sie um den Felsen gespäht. Sie hatte gesehen, wie die Zeloten einen Kugelhagel auf sie losließen. Sie konnte Hawk auf dem Felsvorsprung sehen, wie er geschossen hatte, als wäre er einfach an einem Sonntagnachmittag für etwas Abwechslung zu einem Schießstand gegangen.

Unter seinem Beschuss waren die Zeloten zurückgestolpert und hatten schließlich die Waffen fallen gelassen.

Sie hatte gesehen, wie sie weggelaufen waren.

Weggerannt waren sie!

„Brauchst du eine Hand?“ Seine kratzige Stimme schnitt durch die Erinnerungen.

Sie blinzelte. Sie schluckte. Und griff nach oben.

Seine große Hand verschlang ihre, die Wärme wickelte sich um ihre eiskalten Finger. Er bewegte sich nicht. „Sag mir, wenn du bereit bist.“

Sie stützte ihre Rippen mit ihrem anderen Arm. „Jetzt.“

Vorsichtig und langsam zog er sie auf die Füße und packte sie am Hosenbund, bis sie ihr Gleichgewicht gefunden hatte. „Okay?“

Sie blickte auf und begegnete seinem ruhigen, geduldigen Blick. Er hatte die Gewalt weggesteckt; nur seine Sorge um sie blieb. Da sie sich nicht zurückhalten konnte und Kontakt brauchte, lehnte sie sich an ihn. Er hielt immer noch ihre Hand und schwankte nicht einmal. Er war wie eine solide Wand aus Muskeln, breiten Schultern und einer ebenso breiten Brust.

Ihr Anker. Sie hätte nichts dagegen, für immer genau hier zu verweilen.

Stattdessen holte sie langsam Luft, trat zurück und schaffte es, zu lächeln. „Danke, Hawk.“

„Fuck“, murmelte er vor sich hin und schaute weg.

Er sah seltsam beunruhigt aus.

Nun, dann waren sie schon zwei. Sie ging auf den Wald zu. „Aric?“

„Caz wird ihn –“

Und da war ihr Junge, der dem Doc vom Wald auf die Lichtung folgte. Aric sah sie und rannte los. Seine kurzen Beinchen bewegten sich so schnell, wie sie konnten, und als er mit seinem

Körper wie eine Rakete gegen ihre Beine stieß, spürte sie den Aufprall nicht mal. Es ging ihm gut.

Sie vergoss ein paar Tränen, als sie sich hinhockte, um ihn zu umarmen. „Ich liebe dich, Schatz. Ich liebe dich so sehr."

Während sie ihren Jungen mit Liebe überschüttete, sprachen die Männer leise miteinander.

„Kit, wir müssen von hier verschwinden." Bull wischte Blut von seinem Gesicht und ertappte sie dabei, wie sie ihn anstarrte.

„Querschläger", sagte er unbekümmert. „Ein paar Kugeln trafen meinen Baum und besprühten mich mit Rinde."

Mein Gott, die Kugeln hätten ihn treffen können.

Keine Panik. „Ihr wollt sie doch nicht verfolgen, oder?"

Bull schüttelte den Kopf. „Nein, wir können euch beide nicht allein lassen."

Erleichterung durchlief sie, selbst als ihr bewusst wurde, was er damit meinte. Es würde eine Person brauchen, um sie und Aric zu beschützen – besonders Aric – und eine andere, um zu schießen. Und eine Person hinter drei Männern herzuschicken, klang nicht klug, denn wie sollte dieser drei verwundete Männer aus dem Wald bekommen?

„Okay." Ihre Arme weigerten sich zunächst, ihren Jungen loszulassen. Widerwillig machte sie das jedoch, richtete sich auf, und erst dann wurde ihr klar, dass Hawk seine Hand auf ihrem unteren Rücken hatte. Er hatte die ganze Zeit hinter ihr gestanden und sie gestärkt, um zu verhindern, dass sie von Aric umgeworfen wurde.

Er trat einen Schritt zurück und hob die Hände, um ihr zu vermitteln, dass es keinen Grund gab, wütend zu werden.

Ein Lachen brach aus ihr heraus. „Danke. Ich wäre wahrscheinlich auf meinem Hintern gelandet, wenn du nicht gewesen wärst."

Die Falten neben seinen Augen vertieften sich. Dann nickte er Aric zu. „Gute Arbeit mit dem Verstecken."

Aric trat einen Schritt näher an Hawk heran: „Hier gab es *Cabrones*. Hast du sie gesehen?“

War das nicht Spanisch für Bastard oder so? Kit funkelte Caz an und er verzog das Gesicht.

„Yeah.“ Hawk nickte ernst. „*Cabrones*. Wir haben sie vertrieben.“

„Mit Waffen“, stimmte Aric zu und nahm dann Kits Hand. „Es ist okay, Mama. Sie sind jetzt weg.“

Es schien, als hätten Hawk und ihr Sohn beide entschieden, dass sie beschützt werden musste. Na gut, diese Befriedigung würde sie ihnen geben, aber verdammt, wenn sie nicht bald lernte, etwas Produktiveres zu tun, als sich hinter einem Felsen zu verstecken ... Auch wenn der Gedanke an sie in Aktion erschreckend war.

Bis dahin war sie von knallharten Jungs umgeben – inklusive ihres kleinen blonden Jungen. Sie lächelte die Männer an. „Ich schätze, wir können los, hmm?“

KAPITEL SECHS

J*unge, alles, was du anfassen kannst, kann als Waffe dienen. Nutze deine verdammte Fantasie.* - First Sergeant Michael „Mako“ Tyne

Als Gabe die rotierenden Laute eines Hubschraubers hörte, der vor der Eremitage landete, ging er aus seiner Garagentür, um zu sehen, was los war. Hawk brachte den Hubschrauber normalerweise nicht nachhause; er blieb auf dem *McNally's Resort*.

Bull und Caz sprangen heraus. Gabe sah, dass Aric und Kit noch im Hubschrauber saßen, während Hawk um das Fluggerät herumlief.

Brauchten sie Hilfe? Schon bald bemerkte Gabe, wie angespannt seine Brüder waren. Sah fast wie die Reaktion nach einer Schlacht aus – nur, dass sie nicht auf dem Schlachtfeld waren. „Was ist passiert? Gibt es ein Problem?“

„Ja, könnte man sagen.“ Bull hatte ein grimmiges Lächeln im Gesicht. „Ich brauche eine Limo – dann erzähle ich dir alles.“

Ja, etwas war passiert. Und doch hatte Bull den Ausdruck, den er bekam, wenn er ein Täuschungsmanöver plante.

„Ich könnte auch einen Drink gebrauchen“, sagte Caz.

Seine Brüder liefen zu beiden Seiten von ihm und führten ihn so zu seiner Hütte. Zweifellos, damit er nicht sah, was sich noch im Hubschrauber befand.

„Schmuggelt ihr eine Frau rein?“, fragte er, als er Getränke aus dem Kühlschrank verteilte.

„Ach wo.“ Bull setzte sich an den Küchentisch und rollte die Dose in seinen großen Händen. „Es ist so ... Wir haben gehört, dass das FBI das PZ-Gelände verlassen hat, und Kit wollte etwas holen, das sie zurücklassen musste.“

Gabe schlug die Kühlschranktür so hart zu, dass alles im Inneren klapperte. Hatten sie wirklich Zivilisten gefährdet? „Ihr seid zu dem Gelände geflogen?“

„Nicht direkt, nein.“

Gabe war nicht mehr daran interessiert, sich hinzusetzen. Stattdessen stellte er sich an das Kopfende des Tisches und versuchte, seine Wut lange genug beiseitezulegen, um herauszufinden, was ihm noch nicht erzählt wurde. Das Gelände war in einem Fahrzeug leicht zu erreichen. „Warum der Hubschrauber?“

„Der Zielort war zu weit für sie, um ihn in ihrem derzeitigen Zustand zu Fuß zu erreichen“, antwortete Caz. „Hawk meldete sich freiwillig, sie hinzubringen.“

Das war ... interessant. Der Falke mied Frauen, zumindest diejenigen, die nicht gerade sein Bett wärmten. „Du meintest, dass es ein Problem gibt.“

Also erzählten sie es ihm: Eine Höhle an einem abgelegenen Ort. Kits Sachen holen, was auch immer es war. Drei Zeloten, die auf die Lichtung kamen und –

Ein Geräusch erregte seine Aufmerksamkeit. Auf der Terrasse gab Kit ihrem Sohn ein Malbuch und Buntstifte. Als sich der Junge auf das Terrassendeck legte, um zu malen, traten Hawk und Kit in die Küche.

„Lasst mich das nochmal zusammenfassen“, sagte Gabe

gedehnt. „Ihr habt Kit und den Jungen auf das PZ-Gelände gebracht und –“

„Wir waren nicht auf dem Grundstück“, betonte Hawk. „Es war nicht auf dem umzäunten Gelände.“

„Selbst wenn es im Wald war, wart ihr in einem Gebiet, das sie für sich beanspruchen.“ Gabe verschränkte die Arme vor der Brust ... und sah, wie Kits Schultern nach unten sackten.

Zur Hölle nochmal. Er konnte seine Brüder nicht anschreien, solange sie hier war.

Knurrend ging er zum Kühlschrank und zog weitere Cola-Dosen heraus. Er stellte die Dose für Kit sanft vor ihr ab und schlug Hawks Dose so fest auf die Tischplatte, dass er beim Öffnen die ganze Flüssigkeit abbekommen würde.

Belustigung blitzte in Hawks Augen auf. „Danke, *Bruder*.“

„Gerne do –“ Gabes Augen verengten sich.

Auf den Ärmeln von Hawks Flanellhemd zeigte sich Blut.

Caz und Kit schienen intakt zu sein, aber Bull hatte eine Wunde auf seiner Wange. Die Luft um sie herum enthielt den beißenden Schwefelgeruch von Schießpulver.

Echt jetzt? Gabe rieb sich den Nacken und spürte, wie sich Kopfschmerzen ankündigten. „Sind die drei Zeloten am Leben?“

Bull grinste.

Gabe seufzte. Als sie noch Kinder waren und Bull in Gelächter ausgebrochen war, nachdem er von einem verdammten Elch gejagt worden war, hätte Gabe schon wissen müssen, dass er verrückt war. Da hätte er bereits auf Abstand gehen sollen.

Jetzt war es zu spät. Nur mit Mühe schaffte er es, gelassen zu klingen. „Was ist mit den Zeloten passiert?“

„Sie sind weggerannt“, sagte Hawk. „Alle drei. Keine Leichen, um die man sich sorgen müsste.“

„Mmmhmm. Und wie viele Löcher hatten sie in ihren Körpern?“

Caz unterdrückte ein Lachen, sodass ein Schnauben herauskam.

Kits Augen weiteten sich, und er war sich nicht sicher, ob es eine Reaktion auf das war, was offensichtlich ein Feuergefecht gewesen war, oder ob sie erwartete, dass er Handschellen herausholen und sie abführen würde.

Der Gedanke war verdammt verlockend.

„Löcher, hmm ...“ Bull zählte an seinen Fingern. „Äh, nur vier Löcher zwischen den dreien.“

„Nur vier.“ Gabe hielt seine Stimme gelassen.

„Sie haben sich mit ihren Kugeln nicht zurückgehalten, Gabe. Kein Gerede, keine Warnung. Sie haben einfach losgeschossen“, sagte Bull.

„Keine Leichen“, wiederholte Caz. „Hawk hat es nicht darauf abgesehen, zu töten.“

Denn Hawk hätte sie alle abschlachten können.

„Hey, ich habe auch einen getroffen“, erklärte Bull mit einem Augenzwinkern zu Kit.

Kam es darauf an, konnten alle drei seiner Brüder tödlich sein. Gabe seufzte erneut. „Danke, dass ihr den Stadtteil nicht mit Leichen übersät habt.“

„Und dafür, dass wir es außerhalb der Stadtgrenzen getan haben?“ Bull trank die halbe Cola in einem Zug.

„Ja, das auch.“ Gabe verzog das Gesicht. Zeit, ein paar Anrufe zu tätigen, angefangen beim FBI und den Troopern. Sie mussten wissen, dass die PZs immer noch ein aktives Interesse an der Gegend hatten und dass drei von ihnen möglicherweise medizinische Hilfe suchten.

Er bezweifelte, dass sie in einem Krankenhaus auftauchen würden. Nach der Rettungsaktion im letzten Monat wurden keine Schussopfer gemeldet, was darauf hindeutete, dass die PZs jemanden hatten, der sie inoffiziell behandelte.

Was aber hatte Kit aus der Höhle herausgeholt? Seine Brüder wollten nicht, dass er es erfuhr, was wahrscheinlich bedeutete, dass sie nicht wollten, dass es der *Polizeichef* erfuhr.

Sollte er sie unter Druck setzen, um an die Wahrheit zu kommen?

Sie hatten es ihr Eigentum genannt, aber war es ihres? „Kit, hast du diese Sache persönlich in die Höhle gelegt?"

„Ja, das habe ich." Ihr Kinn hob sich, was ihn an Audrey erinnerte. Ja, er mochte diese Frau.

Er sah zu Caz, den ... gesetzestreuesten seiner Brüder.

Caz schüttelte subtil den Kopf. *Frag nicht.*

Sie dachten also, Kit sei berechtigt, es an sich zu nehmen – er ging stark davon aus, dass es Geld war –, aber wem es tatsächlich gehörte, fiel wahrscheinlich in eine Grauzone.

„Okay. Ihr seid gegangen, um ... Kits Eigentum von fremdem Land zu holen, wurdet von drei Männern beschossen, die wahrscheinlich PZs waren und ihr habt euch verteidigt, ohne jemanden zu töten. Die Männer sind aus dem Gebiet geflohen, und ihr seid daraufhin auch gegangen. Habe ich das richtig verstanden?"

„Genau", stimmte Bull zu.

„Okay, Kit." Gabe lächelte sie an. „Erstens: Ich möchte dir keine Angst machen, aber du musst daran denken, dass die Patriotischen Zeloten offensichtlich immer noch in der Gegend sind. Sei vorsichtig, wenn du die Eremitage verlässt."

Er hasste es, dass er mit ansehen musste, wie sie erblasste. Aber sie nickte.

„Zweitens: Kann ich dich bitten, dich Aric anzuschließen, damit ich meine Brüder anschreien kann, ohne dir Angst zu machen?"

„Oh. Natürlich." Sie erhob sich langsam und machte sich auf den Weg nach draußen.

Nach ein paar Schritten stoppte sie und drehte sich um. Ihre Hände waren geballt und ihre Muskeln angespannt, als ob sie sich auf eine Ohrfeige vorbereitete. „Chief, die Jungs waren nur da, weil ich Hilfe brauchte. Du solltest mich anschreien, nicht sie."

Trotz allem, was sie durchgemacht hatte, war sie bereit, seinen

Zorn zu ertragen, um seine Brüder zu beschützen. Kein Wunder also, dass Frankie diese Frau verehrte.

Bull und Caz grinsten. Sogar Hawk lächelte.

„Kit, wenn ich dich anschreie, bin ich derjenige, der am Ende voller Löcher sein wird", erklärte er geduldig. Und Mako würde aus dem Grab nach ihm greifen, um ihm auf den Hinterkopf zu schlagen. „Aber sie anzuschreien wird meine Kopfschmerzen lindern, und ich weiß, dass du nicht willst, dass ich Schmerz empfinde."

Er sah, wie sie Anstalten machte, automatisch zuzustimmen, bevor sie sich stoppte und ihn finster ansah. „Ich dachte, es wären nur diese drei, aber ihr seid alle vier verrückt."

Kopfschüttelnd ging sie zu ihrem Sohn.

Gabe grinste.

Dann schlug er mit den Handflächen auf den Tisch, beugte sich vor und nahm sich ein Beispiel am Sarge: „Was zum Teufel habt ihr euch dabei gedacht, Zivilisten - und zudem ein Kind – in die verdammte Gefahrenzone zu bringen!"

Als Gabe anfing zu schreien, waren Kit und Aric schon fast bei Bulls Haus.

Meine Güte, aber der Chief klang genau wie in diesen Filmen, in denen ein Drill Sergeant einen Rekruten anbrüllte, der seine Waffe fallen gelassen hatte.

Sicher auf dem Terrassendeck seufzte Kit. Sie beobachtete ihren Sohn, der mit Gryff sprach und ihm glänzende Steine zeigte, die er am Bach gefunden hatte.

Der Hund wedelte bei jedem neuen Stein mit dem Schwanz.

Sie musste einfach lächeln. Ihr Sohn war durch die Auseinandersetzung nicht traumatisiert worden ... weil Caz ihn in den Wald getragen hatte. Der Doc hatte ihr erzählt, dass der Lärm vom Wasserfall den größten Teil der Schießerei übertönt hatte.

Waffen schienen Aric jedoch eh nicht zu stören. Auf dem PZ-Gelände hatten die Männer immer auf irgendetwas geschossen.

Wirklich, ihr Sohn machte sich um einiges besser als sie.

Aber hatte Gabes Brüllen ihn gestört?

Als sie hineingingen, sagte Kit: „Ich weiß, dass Gabe seine Brüder liebt, aber er sollte sie wahrscheinlich nicht anschreien."

„Hawk sagt, Gabe ist gerne der Boss, und er schreit, wenn sie nicht auf ihn hören." Aric kicherte. „Und Hawk sagt auch, dass Gabe ein Arschloch sein kann."

Kit blinzelte. „Oh. Na dann." Damit war das wohl erledigt, obwohl sie und Hawk vielleicht mal über eine angemessene Ausdrucksweise reden müssten.

„Hier, warum isst du nicht ein paar Erbsen, während ich nach etwas sehe." Sie zog die Zuckererbsen heraus, die sie gestern gepflückt hatte. Das Öffnen der Schoten würde seine kleinen Finger für eine Weile beschäftigen.

Während Aric seinen Snack hatte, ging Kit in ihr Schlafzimmer und öffnete den Schrank, in dem Hawk die Kisten mit dem Geld verstaut hatte. Der erste Schuhkarton war mit Paketen aus Hundert-Dollar-Scheinen gefüllt. Die anderen Schuhkartons waren voller Zwanzig-Dollar-Scheine.

Für eine Weile starrte sie einfach auf das Geld. Sie verlor sich ein wenig in Tagträumen.

„Kit." Hawks kratzige Stimme wehte durch den Flur zu ihr und sorgte für ein Kribbeln tief in ihr.

Sie verließ das Zimmer.

Hawk stand im Wohnbereich in sauberer Kleidung, Haare noch nass von einer Dusche. „Der Hubschrauber geht zurück zu *McNally's*. Wollt ihr mitkommen?"

„Ja!" Aric hüpfte neben Hawk auf und ab. „Mama, können –"

„Ja. Ja, wir kommen gerne mit." Die Antwort kam heraus, bevor sie überhaupt darüber nachdenken konnte. Sie sollte nicht mitwollen.

Aber, oh, der Gedanke, wieder in der Luft zu sein, hob ihre

Stimmung. Die schiere Schönheit der Welt so weit unten ließ ihre Probleme winzig erscheinen.

Außerdem brauchte sie ... Aktivität. Eine Möglichkeit, um davon abgelenkt zu werden, dass drei Männer auf sie geschossen hatten.

Ja, Hawk war ein Mann. Hin und wieder machte er ihr sogar Angst.

Nichtsdestotrotz liebte sie es, wie er sich um ihren Sohn kümmerte, wie seine unverblümte Ausdrucksweise durch seine Sanftheit ausbalanciert wurde. Es gab Zeiten, in denen die Traurigkeit in seinem Blick sie regelrecht dazu verführte, ihn umarmen zu wollen. Sie hatte die stille Zufriedenheit in seinem Gesicht gesehen, wenn er einfach nur auf der Terrasse saß und auf den See blickte, und sie hatte neben ihm sitzen wollen.

Und sein Lachen – dieses seltene Lachen ließ ihr Herz singen.

Ohne ein weiteres Wort verfrachtete er sie wieder in seinen Hubschrauber und hob ab.

Nach einem Blick auf ihr Gesicht flog er ein paar Runden um die Eremitage und dann durch die Stadt und zeigte ihnen Wahrzeichen, die er erstaunlicherweise mit Sätzen aus zwei oder drei Worten beschrieb.

Dann flog er sie den Berg hinauf und tat dasselbe über dem *McNally's Resort*.

Das Resort hatte ein riesiges Hotel, das von zahlreichen anderen Gebäuden umgeben war. Eine Standseilbahn führte nach oben zu einer kleinen Lodge, die in der Nähe der Station thronte.

Kit spähte aus dem Fenster und sagte: „Was für ein schöner Ort."

„Vor zehn Jahren musste es zumachen. Das hat Rescue ruiniert. Letztes Jahr hat es wiedereröffnet. Und auch die Stadt erwacht wieder zum Leben."

Sie grinste. Er hatte heute mehr Worte benutzt als jemals zuvor. Vielleicht waren Schießereien gut für ihn.

Nachdem er den Hubschrauber abgesetzt hatte, öffnete er die

Hintertür, löste die Gurte ihres Sohnes und ließ ihn alleine herausklettern.

Dann half er Kit.

Sie konnte spüren, wie sich ihre Wangen bei seiner Nähe und den Händen auf ihrem Körper erwärmten. Er hatte die Situation kein bisschen ausgenutzt, aber es war ein sehr männlicher Blick in seinen Augen, als er sie losließ und zurücktrat.

Aric nahm ihre Hand und fragte Hawk: „Können wir Burger essen?"

Sie sah zu, wie das harte Gesicht des Mannes einen sanften Ausdruck annahm. Er sah fragend zu Kit. „Geht auf mich."

Als ihr Sohn sie mit einem Hundeblick ansah, konnte sie nicht ablehnen, Stolz hin oder her. „Na gut, okay."

Hawk führte sie an der Seite des massiven Hotelgebäudes entlang und gab ihr so die Möglichkeit, die Landschaftsgestaltung zu bewundern, bevor sie das Restaurant betraten.

Ein Atemzug brachte ihr die Aromen von gegrilltem Fleisch und Pommes, und ihr Magen knurrte.

„Ich schätze, ich bin hungriger, als ich dachte." Peinlich berührt legte sie die Hand auf ihren Bauch.

„Ich auch", verkündete Aric voller Inbrunst.

In der Küche brüllte jemand.

Aric zuckte zusammen, trat näher zu Hawk und hakte sich mit den Fingern an der Jeanstasche ein. Hawk schien es nichts auszumachen. Ganz im Gegenteil, denn er legte einfach eine Hand auf die Schulter ihres Sohnes.

„Wart ihr schon mal hier essen?", fragte sie Hawk.

Er nickte. „Mein Partner und ich fliegen Gäste von hier herum. Aric ist mein Co-Pilot."

Als sich die Brust ihres Sohnes vor Stolz aufblähte, musste sie ein Lachen unterdrücken.

„Sie haben Pommes. Sie haben alles!", sagte Aric und zog sie und Hawk nach vorne.

Ein belustigtes Glitzern erschien in Hawks Augen. „Wir essen draußen."

„Eine kluge Entscheidung." Kits Lippen zuckten. Sogar der Umgang mit einem reservierten Aric hatte Hawks Geduld wahrscheinlich zeitweise auf die Probe gestellt.

Nachdem sie ihr Essen bestellt und abgeholt hatten, gingen sie auf eine große Terrasse mit Blick auf das Gelände. Berge umgaben das Resort, und die Luft hielt eine gewisse Frische, die von den noch schneebedeckten Gipfeln zu kommen schien. Die Skisaison war vorbei, und die Menschen auf der Terrasse reichten von Touristen mit Kindern über Paare in Shorts und Wanderschuhen bis hin zu Fischern in Flanellhemden und Gummistiefeln.

Sie steuerte auf einen Tisch in der Mitte zu, aber Hawk zeigte auf einen an der Wand des Gebäudes.

Nachdem sie Aric mit Essen versorgt und Ketchup für Pommes auf den Teller gekippt hatte, nahm Kit einen Bissen von ihrem eigenen Cheeseburger und entließ ein glückliches Stöhnen. „Ich habe Burger vermisst."

Hawk grinste. „Willkommen zurück in diesem Jahrhundert."

„Zufällig bevorzuge ich das einundzwanzigste Jahrhundert." Sie warf einen Blick auf ihren Sohn. Er schenkte ihnen keine Aufmerksamkeit und war vollkommen zufrieden damit, Ketchupkreise mit einer Pommes zu zeichnen. „Trotz ihrer Vorliebe für die guten alten Zeiten scheinen die PZs kein Problem mit modernen Waffen zu haben."

„Das stimmt." Hawk runzelte die Stirn. „Du musst auf der Hut bleiben."

Sie erstarrte. Das war im Wesentlichen das, was Gabe gesagt hatte. Sie hatte sich zu sehr entspannt, oder? „Es stört mich, dass ich sie heute nicht kommen sah. Und ich wusste nicht, wie ich auf ihr plötzliches Erscheinen reagieren sollte."

Sein Nicken deutete darauf hin, dass sie es vermasselt hatte. Sie hatte irgendwie auf ein freundliches Wort gehofft, oder damit gerechnet, dass er etwas sagen würde wie: *Zerbrich dir nicht dein hübsches Köpfchen*. Nur das hätte sie auch genervt. „Was hätte ich anders machen sollen?“

„Sehr gut. Mako würde sagen ...“ Sein rechter Mundwinkel hob sich, dann ließ er seine Stimme tiefer klingen: *„Du hast es vermasselt, Junge. Jetzt sag mir, wie du es vermeiden kannst, beim nächsten Mal auf deinen Schwanz zu treten.“*

Sie lachte. *Diese armen Jungs*. „Okay, sag es mir.“

„Schließ deine Augen.“

Sie erstarrte. Auf keinen Fall.

„Ah, richtig. Okay, halte den Blick abgewandt – und sag mir, wer auf der Terrasse ist.“

„Ich ...“ Sie biss sich auf die Unterlippe und versuchte es. „Ein paar Männer zu meiner Rechten. Eine Familie, glaube ich, links von uns. Und ... ich weiß nicht. Wen hätte ich sehen sollen?“

Sie sah zu ihm.

Er deutete auf die beiden Männer. „Männer mittleren Alters. Joggingausrüstung, keine Waffen.“ Eine Handbewegung in Richtung einer Familie. „Junges Paar. Zwei Kleinkinder. Keine Waffen.“ Er hielt Augenkontakt mit ihr und sagte, ohne sich umzusehen: „Terrassentür – drei unbewaffnete ältere Frauen. Geländer – zwei Wanderer in den Zwanzigern, unbewaffnet. Rechtes Geländer – vier Fischer in den Dreißigern. Einer hat eine Pistole, drei tragen Messer.“

Ihre Kinnlade klappte herunter. „Ich habe nicht einmal daran gedacht, Leute so zu beurteilen.“ Was wäre, wenn es unter den Leuten Zeloten gegeben hätte? Stattdessen hatte sie ihren Sohn beobachtet, den Anblick der Blumen genossen und sehnsüchtig auf das Essen gewartet. Auf mögliche Gefahren hatte sie ganz sicher nicht geachtet.

„Situationsbewusstsein. Bleib aufmerksam. Wähle einen Sitz- oder Stehplatz, von wo du die Dinge im Auge behalten kannst.“

Deshalb hatte er sich für einen Tisch entschieden, an dem er alles um ihn herum im Blick behalten konnte. Er presste sich mit dem Rücken regelrecht an die Wand.

Mit den Lippen fest zusammengepresst drehte sie ihren Stuhl nach außen, sodass sie immer noch neben Aric war, aber die gesamte Terrasse überblicken konnte.

Er nickte anerkennend. „Beurteile die Menschen – und Gefahren – um dich herum."

„Okay, was noch?"

„Was ist deine Rückzugslinie?"

„Meinst du damit etwas wie die Exit-Tür in einem Kino?"

Seine Lippen zuckten. „Wenn der bewaffnete Fischer anfängt zu schießen, verteidigen wir uns oder ziehen wir uns zurück?"

Lieber Himmel, machte er das in jeder Situation? Ihr Kiefer spannte sich an. „Sag es mir."

Er klopfte auf den Tisch. „Zu dünn, um Kugeln zu stoppen, also greifen wir an oder rennen."

Sie musterte die Tür zum Restaurant.

„Nein, zu viele Fenster." Er zeigte auf das Geländer. „Springe darüber hinweg und verstecke dich."

Er schaute sich nicht einmal um. Er hatte bereits seine eigene Einschätzung vorgenommen. Sie erkannte, wann immer er sie oder Aric ansah, fegte sein Blick auch über den Bereich.

„Was noch?"

„Achte auf Anomalien. In einem Resort sollten die Leute entspannt sein. Sind sie unruhig oder zu sehr an dir interessiert?"

Wieder sah sie sich um. Niemand schenkte ihnen Aufmerksamkeit. Alle wirkten entspannt. „Noch irgendwas?"

„Was ist, wenn du nicht wegrennen kannst?"

Bei dem Gedanken drehte sich ihr der Magen um. „Ich weiß nicht."

„Kit, finde eine Waffe."

„Hier?" Waffen? „Wie die Stühle?"

„Gute Wahl, ja." Er zeigte auf das Besteck. „Messer und Gabel."

Er drehte sich um und zog aus einem der Blumenkästen einen faustgroßen, dekorativen Stein. „Wirf ihn. Oder du kannst jemandem damit auf den Kopf schlagen.“ Er schwang den Arm und stoppte, als hätte er jemandem mit dem Stein erwischt.

Was für ein schrecklicher Gedanke. „Ähm, okay.“

Er schraubte den Deckel des Pfefferstreuers ab und lächelte sie an. „Chemische Kriegsführung, wenn es in Augen und Mund landet.“

Zurück zum Blumenkasten. Er berührte den Dreck. „Wirf ihn in die Augen.“

„Hm, ich verstehe. Wir sind also von Waffen umgeben.“

Sein leichtes Nicken sagte: *jetzt versteht sie es.*

Als sich zwei Männer an einen Tisch in der Nähe setzten, musterte Kit sie. In Anzüge gekleidet. Keine sichtbaren Waffen. Nicht unruhig. Sie schenkten weder ihr noch Hawk Aufmerksamkeit.

Stirnrunzelnd holte sie tief Luft. „An der Höhle ... was hätte ich tun sollen?“

„Du hast dich gut geschlagen. Du bist im Versteck geblieben.“

„Was ist mit der Sache davor?“

Er warf ihr einen überlegten Blick zu. „Nächstes Mal ... vertraue uns.“

Autsch. Sie hatte eine Reaktion von ihnen herausgezögert, weil sie Bulls Befehl nicht sofort gefolgt war. „Es tut mir leid.“

„Ein Team ist stärker als eine Person allein. Aber es braucht Vertrauen.“

„Oh.“ Das könnte ihr schwerfallen. „Du und deine Brüder seid ein Team.“

„Yeah. Jetzt.“ Er rieb sich über den Nacken. „Zuerst habe ich nicht darauf vertraut, dass sie mir den Rücken freihalten – oder dass Gabe Befehle geben kann.“

„Und wie alt warst du, als du überzeugt wurdest?“

Seine Augen füllten sich mit Belustigung. „Elf.“

Sie waren schon lange Zeit ein Team. Warum empfand sie das

als bezaubernd? Lächelnd lehnte sie sich zurück, um die Umgebung, die Menschen, die möglichen Waffen zu beurteilen ... und was sie tun könnte, wenn etwas Unvorhergesehenes passierte.

Hawk ließ sie nachdenken, während er mit Pommes und Ketchup ein Strichmännchen auf seinen fast leeren Teller zeichnete, bevor er diesen zu Aric schob, sodass er Arme und Haare hinzufügen konnte.

Nach ein paar Minuten lehnte sich Kit zurück. Die Bewertung war abgeschlossen. Jetzt konnte sie die Aussicht genießen. „Ich liebe es, wenn Farben aufeinander abgestimmt werden. Hast du bemerkt, dass sie lila Petunien gepflanzt haben, damit sie zu den Farben auf dem Willkommensschild passen?"

Hawk folgte ihrem Blick. „Du hast Gartenbau studiert?"

Frankie musste ihm davon erzählt haben. „Mmmhmm. Nach meinem Abschluss arbeitete ich in einer Gärtnerei und führte Landschaftsberatungen durch. Der Versuch, den Texanern beizubringen, mit der Natur zu arbeiten und nicht gegen sie. Das Konzept der natürlichen Landschaftsgestaltung setzt sich durch."

„Yeah?" Er deutete auf die Umgebung. „Was würdest du ändern?"

„Hmm." Sie sah sich das Gelände genau an, obwohl sie bereits auf dem Weg zur Terrasse alles kritisiert hatte.

Sie deutete auf den Hang. „Die Bäume, die sie dort gepflanzt haben, erfordern enorme Pflege – und einige der einheimischen Pflanzen Alaskas würden genauso gut funktionieren. Ich liebe zum Beispiel eure Seidigen Hartriegel und Ebereschen. Dort auf der rechten Seite wäre im Frühjahr ein Apfelbaum wunderschön und die Äpfel würden Tiere für die Touristen anziehen."

Er begann zu lächeln, als sie ihre imaginären Veränderungen für das Gelände darlegte.

„Okay, ich weiß, dass ich mich hinreißen lasse." Sie lachte und konnte nicht widerstehen hinzuzufügen: „Du hast gesagt, das Resort möchte alle vier Jahreszeiten geöffnet bleiben, und Sommertouristen bringen ihre Kinder mit. Also brauchen sie einen kleinen Spielplatz, damit die Kinder sich austoben können. Es ist schön, wenn man im Urlaub eine Mahlzeit ungestört beenden kann, während die Kinder in Sichtweite spielen."

Sie nickte ihrem Sohn zu. Überall war Ketchup, auf dem Teller und auch auf seiner Kleidung.

Hawks Schnauben klang leicht genervt und extrem amüsiert.

Lächelnd goss Kit etwas Wasser aus ihrer Flasche auf eine Serviette und wischte ihren Jungen ab. „Na bitte. Wieder schön sauber."

Als er sie besorgt ansah, lachte sie, küsste seine Nasenspitze und pikste ihm mit dem Finger in den Bauch. „Und voll."

Er kicherte – und war das nicht erstaunlich?

Hawk wuschelte durch Arics Haare. „Zeit für den Rückweg."

Als sie aufstanden, erkannte Kit, dass ihnen die beiden Männer in der Nähe zugehört hatten – und deren Augen lagen auf ihr. Wahrscheinlich aber keine Zeloten. Die Pisser waren nicht gerade dafür bekannt, Anzüge zu tragen.

Einer von ihnen nickte Hawk zu. „Calhoun."

Hawk erwiderte den Gruß und hob Aric auf seine Schultern. „Festhalten, Junge."

Mit einem riesigen Grinsen packte Aric Hawks dickes Haar und hüpfte aufgeregt auf und ab.

Neid erhob sich in Kit. Ausgehend von Arics Gesichtsausdruck hatte er herausgefunden, dass Hawk der sicherste Ort der Welt war.

Sie wusste genau, wie er sich fühlte.

KAPITEL SIEBEN

F*alls du glaubst, dass du zu klein bist, um etwas zu bewirken, dann versuche mal zu schlafen, wenn eine Mücke im Raum ist.* - Dalai Lama

Am späten Samstagnachmittag bekam Kit die Gelegenheit, zu sehen, was Hawk mit Teamarbeit gemeint hatte.

Als Bull ankündigte, dass er und seine Brüder die heutige Sonnenwende mit Kriegsspielen feiern wollten, hatte Kit höflich erwähnt, dass die Sonnenwende vor zwei Tagen gewesen war. Und was waren überhaupt Kriegsspiele?

Bull hatte einfach gelacht.

Kopfschüttelnd hatte Frankie gesagt, dass sie eine Zivilistin sei und zuhause bleiben würde, um ein neues Rezept zu testen. Kit hatte geplant, ihr zu helfen, bis Hawk aufgetaucht war, um Aric zu holen.

Ihr *Sohn* sollte Kriegsspiele spielen.

Als würde sie ihn das ohne ihre Aufsicht tun lassen. *Ganz sicher nicht.*

Hawk hatte sie und Audrey, die Nichtkombattanten, in seinen

Pickup verfrachtet. Alle anderen kletterten für die kurze Fahrt auf dem Feldweg zum Waldgebiet auf die Ladefläche des Pickups.

„Das ist doch verrückt", murmelte Kit. Sie und Audrey saßen nun auf der Ladefläche auf Campingstühlen und hielten Regenschirme in der Hand, weil es natürlich regnete.

Aric ging es gut. Er trug ein dunkles Sweatshirt, eine dunkle Jeans und eine Tarnmütze auf dem Kopf.

Nachdem die vier Brüder, JJ, Regan und Aric kleine Wasserballons in ihre Gürteltaschen gepackt hatten, waren sie in den Wald gejoggt.

„Es *ist* verrückt", stimmte Audrey zu.

Kit sah zu der Blondine. „Du hättest spielen können. Es hätte mich nicht gestört."

„Ich schließe mich ihnen für Spiele an, die ich genieße. Im Regen in einem schlammigen Wald herumkriechen? Ich verzichte." Audrey schnaubte. „Ich bin Bibliothekarin, kein Soldat."

Grinsend beugte sich Kit vor und versuchte, zu sehen, was los war. Durch den Regen und die Dunkelheit im Wald konnte sie nur flüchtige Blicke auf die Kämpfer erhaschen.

Soweit sie sagen konnte, gingen die Erwachsenen sanft mit den Kindern um – jedenfalls größtenteils. Ihr Junge hielt sich gut und Regan war ausgezeichnet.

Nur, dass das Mädchen von Bull eingefangen worden war, er sie neben einen Baum stellte und ihre Handgelenke fesselte. „Ich kann nicht glauben, dass er –" Kit kniff die Augen zusammen. „Ist das Toilettenpapier?"

„Witzig, oder?" Audrey lachte. „Gabe meinte, Aric sei an der Reihe, jemanden zu retten. Die letzten paar Male hat Regan ihn gerettet, aber jetzt weiß er, was zu tun ist."

„Oh, er wird sich so gut fühlen, wenn er sie befreit." Was für eine schöne Art, das Selbstvertrauen ihres Jungen zu stärken.

Kit beobachtete, wie Hawk ihren Sohn nach vorn schickte. Sich durch einen Wald zu schleichen, sah irgendwie nach Spaß aus. „Ich würde es gerne versuchen. Vielleicht. Wenn ich mich wieder ordentlich bewegen kann."

Audrey schenkte ihr ein verständnisvolles Lächeln. „Du wirst deine Gelegenheit bekommen. Sie lieben solche Spiele. Die Schneeballschlachten im letzten Winter waren großartig – und ich wurde überraschend gut, was Taktik angeht."

Taktik? „Ist ein Kriegsspiel anders als eine Schneeballschlacht?"

„Mmm, bei der Schneeballschlacht ist es eher ein Freibrief für alle. Beim Kriegsspiel stellen sie eine Flagge als Zielobjekt auf, und die Verteidiger werden versuchen, die Invasoren davon abzuhalten, die Flagge zu erobern." Audrey lachte. „Zumindest können wir sie heute sehen. Im Winter geht die Sonne so früh unter, dass wir im Dunkeln spielen. Es ist ein bisschen unheimlich."

„Das glaube ich. Oh, schau, da ist Aric."

Ihr Sohn kroch so vorsichtig vorwärts, dass er das Unterholz kaum in Bewegung versetzte. Er erreichte Regan und zog dann ein Messer.

„Sag mir bitte, dass das kein echtes Messer ist." Das würden sie nicht tun ... würden sie nicht ...

„Es ist weiches Gummi, sodass es sich bereits biegt, wenn man es lange genug anstarrt", sagte Audrey schmunzelnd. „Ich denke, die Jungs haben letztes Halloween einige davon gekauft."

Aric sägte mit seinem falschen Messer an Regans „Seilen", und das bereits nasse Toilettenpapier fiel ihr sofort von den Handgelenken. Aric ließ das Messer fallen und bedeckte seinen Mund mit seinen Händen. Er versuchte so offensichtlich, nicht zu kichern, sodass Kit lachen musste.

Eine Sekunde später verschwanden beide Kinder wieder im Unterholz.

„Das war so süß."

„War es. Aber es ist nicht immer so." Audrey runzelte die Stirn. „Die Spiele können ziemlich intensiv ausfallen. Auch beängstigend. Aric ist noch klein."

„Das war meine Sorge. Mein Sohn ist sehr gut darin, sich herumzuschleichen und sich zu verstecken“ – Kits Mund verzog sich – „weil es die einzige Möglichkeit war, Bestrafungen zu entgehen. Aber Gabe und Hawk sagten, es könnte Aric helfen, wenn er erkennt, dass diese Fähigkeiten zum Spaß genutzt werden können. Sogar für *offensive Aktionen*, wie Hawk es nannte.“

Audrey neigte den Kopf und überlegte. „Da haben sie wohl nicht ganz Unrecht. Und das Werfen von Wasserballons ist nicht gerade beängstigend.“

„Das habe ich gehofft, aber ich wollte hier sein ... nur für den Fall.“ Gabe hatte angedeutet, dass sie besser nicht kommen sollte, da ihre Rippen noch nicht geheilt waren.

Hawk jedoch war auf ihrer Seite gewesen. Als er gesagt hatte: *„Sie ist eine gute Mom“*, musste sie Tränen zurückblinzeln.

Weiter unten im Wald tauchte Aric auf. Er duckte sich hinter einen Strauch und vibrierte regelrecht vor Aufregung.

Regan kniete hinter dem nächsten Busch, geschickt versteckt vor Bull und Gabe, den Verteidigern der Flagge. Das Mädchen drehte sich um und grinste Aric an.

Er grinste zurück. Es war offensichtlich, dass er immer noch seinen Spaß hatte.

Nachdem Hawk sich Aric von hinten angeschlichen hatte, kniete er nieder und machte eine Geste, als würde er einen Stock brechen. Dann zeigte er auf JJ, die sich nach rechts schlich.

Aric nickte und bewegte sich nach vorn.

„Ich denke, es tut ihm gut“, flüsterte Kit. „Schau nur, wie er kriecht.“

„Er ist so klein; er ist fast unsichtbar“, murmelte Audrey.

Hinter einem Baum stehend tauschte Hawk ein Grinsen mit Caz aus, als sie beobachteten, wie sich Aric auf den Weg zur Flagge machte, die von Bull und Gabe bewacht wurde.

„Ich habe Aric gestern mit Sirius auf dem Schoß gesehen – ich schwöre, die Katze ist fast größer als er. Aric streichelte ihn und sang ein Wiegenlied“, sagte Audrey. „Und Sirius bekam nicht genug. Trotz allem, was er durchgemacht hat, hat dein Junge ein großes Herz."

Schuldgefühle fegten durch Kit. Es war ihre Schuld, dass er so viel durchgemacht hatte. „Na ja, nach der Hochzeit schob Obadiah Aric immer wieder von sich und das hat mich wütend gemacht. Dann brachte er uns auf das Gelände – und ich war so erleichtert, dass Aric in der Kinderbaracke war und so den meisten seiner Misshandlungen entkam."

„Was für ein Arschloch", murmelte Audrey.

„Hör dich nur an." Kit lachte. „Du bist schon zu lange in der Eremitage."

„Makos Söhne sind vulgäre Kreaturen", stimmte Audrey zu und lehnte sich vor, um etwas zu sehen. „Weißt du, wenn Aric seine Haare nicht bedeckt hätte, wäre er viel einfacher zu erkennen."

„Mein kleiner blonder Junge. Ich liebe seine Haare." Kit lächelte. „Er hat mein Gesicht, aber seine Haarfarbe und so sind die seines Vaters."

„Dein erster Ehemann?" Audrey errötete. „Tut mir leid. Frankie erwähnte, dass Obadiah dein zweiter Ehemann war."

Natürlich waren sie alle neugierig. Und es war nicht so, dass ihre Vergangenheit ein Geheimnis sein musste. Kit machte es nichts aus, über ihr Leben zu reden. „Als ich mit Aric schwanger wurde, war ich nicht verheiratet. Ich hatte nur Spaß. Zufällig sind Kondome nicht zu hundert Prozent sicher."

Audrey kicherte. „Ich habe mal für eine Präsentation recherchieren müssen – also kenne ich die Statistiken. Achtundneunzig Prozent und das nur, wenn du die Anwendung perfekt umsetzt. Am Ende sind es wohl eher fünfundachtzig Prozent."

„Richtig. Nun, ich hätte Arics Vater von ihm erzählt, aber er war nur für ein paar Tage in New York, und ich hatte nicht einmal seinen Nachnamen." Kit stieß den Atem aus. „Das bedauere ich, weil ich Aric nichts über seinen leiblichen Vater erzählen kann."

„Du könntest einen DNA-Test durchführen, um familiäre

Verbindungen zu finden. Wenn er älter wird, wird er bestimmt viel zu sagen haben, wenn es darum geht, wer sein Vater ist, aber das wird schon." Audrey rümpfte die Nase. „Meine Mutter hat sich für eine künstliche Befruchtung entschieden, und ich weiß nichts über meinen Samenspender. Nun, abgesehen davon, was meine Mutter über ihn sagt, nämlich, dass er intelligent und beeindruckend war."

Kits Kinnlade klappte herunter. „Ähm. Und ... hattest du eine launische Phase?"

„Als Teenager habe ich meine Ansichten dazu geäußert. Oder ich habe es versucht. Sie ging nicht wirklich auf meine Meinungen ein, also war das ein Misserfolg." Die Traurigkeit in Audreys Gesichtsausdruck war flüchtig. Ihre Lippen kippten schon bald wieder nach oben. „War Frankie in der Nähe, als Aric geboren wurde?"

„Wir waren Mitbewohner, und sie war meine Geburtspartnerin." Kit rollte mit den Augen. „Du hättest hören sollen, was sie zu dem Geburtshelfer gesagt hat, denn sie war der Meinung, dass er nicht alles getan hat, was möglich gewesen wäre. Zum Glück verstand niemand, was genau sie zu ihm gesagt hat."

„Ich kann es mir vorstellen." Audrey holte ihr Handy heraus und zeigte einen Italienisch/Englisch-Übersetzer. „Ich habe mir viele dieser Schimpfwörter angesehen. Jedenfalls die, die ich finden konnte."

„Clever." Kit sah nach ihrem Sohn. Er schlich langsam durch die Bäume. So geduldig. „Als Aric fast drei Jahre alt war, heiratete ich einen süßen Mann und wir zogen nach Texas. Aber Brenden starb. Und bevor ich wirklich über ihn hinwegkam, habe ich auch schon Obadiah getroffen."

Zwei Ehemänner in zwei Jahren. Sie hatte einiges falsch gemacht.

Nein, so darfst du nicht denken. Brenden hatte sein Bestes gegeben, um von den Drogen wegzukommen. Leider hatte er den Kampf verloren.

Obadiah war einfach ein gewalttätiger Lügner.

„Ich weiß, das klingt vielleicht schlimm" – Audrey holte tief Luft – „aber ich bin wirklich froh, dass der Idiot Obadiah tot ist und du frei von ihm bist."

Kit blinzelte die Tränen zurück. Es war genau das, was sie hören musste. „Danke."

Als sie sich wieder den Jungs und Regan zuwandten, sah Kit, dass Caz und Hawk sich weit voneinander entfernt hatten und sich aus verschiedenen Richtungen der Zielflagge näherten.

Bull und Gabe entdeckten die beiden Männer, aber die Kinder schlichen auch vorwärts. Nah am Boden, wo es mehr Deckung gab.

„Ich habe gesehen, wie du Samen in Schalen gepflanzt hast. Mehr Gemüse für den Garten?", fragte Audrey.

„Nein, es sind Blumen. Ich möchte herbstliche Blumenampeln machen, um den Menschen in der Stadt zu danken, die uns mit den Zeloten geholfen haben. Ich denke, sie werden Anfang August blühen."

„Du weißt, dass du niemandem danken musst." Audrey lächelte. „Aber sie werden es lieben."

Als der Wind den Regen unter den Schirm trug, runzelte Kit die Stirn und beugte sich vor. „Wo sind die Kinder hin?"

Audrey deutete mit dem Finger. „Da ist Regan."

Das Mädchen hockte hinter einem Busch. Weiter weg war ein Geräusch zu hören.

„War das JJ?", fragte Audrey.

„Ich habe sie aus den Augen verloren." Kit bemerkte, dass Gabe und Bull sich ebenfalls dem Geräusch zuwandten.

Regan sprintete los und warf ihren Wasserballon auf Gabe.

Der Polizeichef ließ sich fallen, konnte dem Angriff aber nur zum Teil ausweichen.

Bull warf, als auch Regan mit einem Ballon reagierte – und beide fanden ihr Ziel.

Ein hoher Siegesschrei lief durch den Wald. „Ich hab' sie, ich hab' sie!" Aric schwenkte die Flagge über seinem Kopf und hüpfte vollkommen außer sich auf und ab.

Alle jubelten. Gabe hob Aric auf seine Schultern und Bull tat dasselbe mit Regan. Sie waren einander nah genug, dass die Kinder mit ihrem Team einschlagen konnten.

Gemeinsam kamen sie zu der Straße, wo Kit und Audrey warteten.

„Hast du das gesehen, Audrey?", schrie Regan. „JJ war die erste Ablenkung, und ich war die zweite, und ich habe Onkel Gabe und Onkel Bull trotzdem getroffen."

„Du warst beeindruckend", stimmte Audrey zu.

Lachend hob Gabe Aric von seinen Schultern und setzte ihn auf die Ladefläche. „Aric und Regan sind ein tolles Team."

„Ich habe es geschafft, Mama", prahlte Aric.

Er klang so sehr, wie er es ... vorher getan hatte, sodass ihre Worte belegt herauskamen: „Das hast du. Du warst großartig." Sie streckte ihre gute Hand aus, um mit der Faust gegen seine zu stoßen, verlor jedoch den Kampf, sich zurückzuhalten, und zog ihn in eine Umarmung.

Sein Kichern war hoch und ansteckend, und als sie ihn gehen ließ, war sein Gesicht rot und sein schiefes Lächeln einfach riesig. „Wir waren alle gut. Hawk und Caz sind schnell und alle schauen zu ihnen. JJ machte ein großes Geräusch und Regan war Tillerie."

„Artillerie", korrigierte Hawk.

„Das war ich", stimmte Regan zu und umarmte Hawk.

Als seine blaugrauen Augen weich wurden und sein hartes Gesicht sanft, verwandelte sich Kits Herz in Brei. Der Mann mochte sich vielleicht als knallharten Typen präsentieren, aber er liebte dieses kleine Mädchen – und Aric.

„Leute." Bulls Lachen war tief und herzlich. „Frankie hat versprochen, dass es Cupcakes gibt, wenn Arics und Regans Team gewinnen würde."

Weitere Jubelrufe hallten von den Bäumen wider.

Obwohl Kit das Wasser im Mund zusammenlief, war sie auch

entsetzt. Frankies zuckerbeladene, mit Streuseln bedeckte Cupcakes?

Sie würden die Kinder heute Abend nie dazu bringen, sich zu beruhigen.

„Während wir essen, besprechen wir, was wir falsch gemacht haben, was wir richtig gemacht haben und was wir beim nächsten Mal besser machen können." Gabe schlug Bull auf die Schulter. „Keiner von uns hat erwartet, dass sich ein Vierjähriger an uns vorbeischleichen würde."

„Wohl wahr." Bull sah zu Hawk. „Du hast mit ihm gearbeitet, gib es zu, Bruder?"

„Etwas." Hawk zog Arics Mütze ab und wuschelte durch seine Haare. „Caz ist als Nächstes dran."

„Er hat Fähigkeiten." Caz nickte. „Ich nehme ihn mit, wenn Regan und ich das nächste Mal rausgehen."

Regan grinste. „Papá ist der Beste."

Kit beäugte die Kämpfer und sah, dass alle zustimmten. Herumschleichen war Caz' Talent – und er würde mit Aric arbeiten. Sie spielten ihre Stärken aus und bauten darauf auf. Sie arbeiteten zusammen, um das Ziel zu erreichen.

Kit erinnerte sich an Hawks Worte, als er nach dem Feuergefecht bei der Höhle mit ihr gesprochen hatte. *„Ein Team ist stärker als eine Person allein."*

Wie war es wohl, Teil einer Familie zu sein, die so fühlte?

Es war etwas, das sie nie erfahren würde. Denn allzu bald würde sie die Eremitage verlassen.

Wenn sie und Aric aber in Rescue blieben, könnten sie weiterhin mit der Gruppe befreundet bleiben. Aric könnte weiterhin deren Unterstützung beim Ausbau seiner Fähigkeiten genießen. Und sie hätte Frankie – und vielleicht auch Audrey und JJ.

Sie musste nur einen Job finden.

Das sollte ich hinbekommen.

KAPITEL ACHT

Es wird eine Zeit kommen, in der du glaubst, dass alles zu Ende ist. Doch das wird der Anfang sein. - Louis L'Amour

Am Montagnachmittag saß Hawk auf seinem Sessel und las, während er dem Gemurmel der Kinder lauschte. Auf dem Boden klickten Aric und Regan Teile zusammen, um eine Murmelbahn zu kreieren. Jede neue Kurve, Rutsche oder Röhre beinhaltete eine Diskussion.

Sirius überblickte all das von einem Stuhl. Regans übergroße, flauschige Katze wartete wahrscheinlich nur darauf, dass die Murmeln endlich rollten.

Als jemand ans Fenster der Terrassentür klopfte, schaute er auf und entdeckte Kit. Sie war wegen ihrer Physio und der Therapie in der Stadt gewesen.

Ohne aufzustehen, winkte er sie herein und zeigte auf die Kinder. „Der Bau ist noch in vollem Gang."

Aric stand auf und rannte zu ihr, um sie zu umarmen – ein Anblick, der Hawk stets ein Lächeln entlockte ... und ein bisschen Neid in ihm auslöste.

„Darf ich weiter bauen, Mama?“

„Wir sind fast fertig“, rief Regan. „Wir wollen sehen, wie eine Murmel durch alle Stationen rollt.“

„Ich ...“ Sie warf Hawk einen Blick zu.

Er zeigte auf die Couch. Jetzt müsste er mit ihr reden. Es war nicht so, als wäre er nicht willens. Ganz im Gegenteil, wenn er ehrlich war. Es war einfach, mit ihr zu sprechen. Und viel zu verlockend.

Aric klickte eine Röhre an Ort und Stelle und quietschte erfreut. Regan klatschte für ihn in die Hände und Kit lachte leise.

Meine Fresse. Hawk runzelte die Stirn und erkannte, dass er drei Leute in seinem Haus hatte, von denen keiner ein Bruder von ihm war. Die Isolation der Eremitage neigte sich dem Ende zu.

Genau wie seine, wie es schien.

Er versuchte, Wut oder Gereiztheit heraufzubeschwören, aber, zum Teufel, er konnte nur diese seltsame Zufriedenheit in sich finden.

Es war schwer, gegen eine hübsche Frau in seinem Haus Einwände zu erheben.

Kits Gesichtszüge waren sanft, als sie ihren Sohn beobachtete.

Vor einiger Zeit hatte Regan ein Foto von Kit und Aric gemacht. Aric hatte ihm eine Kopie gegeben, und Hawk hatte das Bild in seine Brieftasche gesteckt. Denn irgendwie hatte das Mädchen den süßen Blick der Liebe eingefangen.

Hawk konnte sich vage daran erinnern, dass seine eigene Mutter den gleichen Gesichtsausdruck hatte ... bevor sein Vater ihn zur Kenntnis genommen und seine Kindheit zu einem Albtraum gemacht hatte. Er und Aric hatten viel gemeinsam.

Er beobachtete den Jungen eine Minute lang. Das Kind erholte sich gut.

Hawk hatte dabei geholfen – und das war immens befriedigend. Weit befriedigender als seine Erfahrungen beim Militär oder den Söldnern.

Hier bei seinen Brüdern zu sein, machte ihn ... glücklich.

Kinder in der Nähe zu haben? Zur Hölle nochmal, es war erstaunlich.

Deshalb ignorierte er die Stellenangebote verschiedener Söldnertrupps, Sicherheitsfirmen und sogar alter Kameraden. Das war jetzt sein Leben, und er war verdammt froh darüber.

Ein leises, schmerzerfülltes Stöhnen erregte seine Aufmerksamkeit.

Kit hatte ihre Schiene abgenommen und wackelte mit den Fingern.

„Neue Übungen?“, fragte er.

„Ja. Ich wollte sie einmal durchgehen, um sicherzustellen, dass ich mich daran erinnere, was der Physiotherapeut gesagt hat.“

„Du bewegst dich weitaus besser.“

„Das tue ich.“ Sie strahlte. „Sobald ich etwas mehr Flexibilität und Kraft bekomme, kann ich mir einen Job suchen. Nun, einen Job, der nicht zu anstrengend ist.“

Während er zusah, beendete sie die Übung und machte sich dann daran, ihre Hand zu massieren. Da sie nur die eine Hand benutzen konnte, waren ihre Bemühungen wirkungslos.

„Das bringt rein gar nichts.“ Mit einem Schnauben setzte er sich neben sie, nahm ihre Hand in seine und übernahm die Massage. Er versuchte, genug Druck auszuüben, um zu helfen, aber nicht zu viel, dass er sie verletzte. Denn, verdammt, er war stark.

Nach einer Minute registrierte er, wie still es war.

Sie starrte ihn an, entsetzt und vollkommen unbeweglich.

Zur Hölle nochmal. Sie war in seinem Hubschrauber gewesen. Sie hatte mit ihm zu Mittag gegessen. Sie hatte ihn umarmt. Er hatte nicht gedacht, dass sie sich noch vor ihm fürchtete.

Er stoppte und zog in Betracht, auf Abstand zu gehen, aber ... nein. „Ich werde dich nicht schlagen, falls du das befürchtest“, sagte er leise und konzentrierte sich auf die Massage. „Oder dich anmachen.“

Sie schluckte hörbar.

„Sorry", flüsterte sie. Eine Sekunde später sagte sie mit stärkerer Stimme: „Es tut mir leid. Das weiß ich. Ich ..."

... hatte nur eine verdammte Panikattacke. Weil er ein Idiot war.

„Soll ich aufhören?"

Ihr Kiefer spannte sich an, als sie gegen die Angst kämpfte. „Nein. Mach weiter ... bitte."

Er nickte.

Ihre Finger waren kalt und zitterten leicht.

Panikattacken – die Bekanntschaft hatte er auch schon gemacht. Und er war so schnell in ihren persönlichen Bereich gekommen, behandelte sie so, wie er es bei einem seiner Brüder tun würde. „Tut mir leid. Ich hätte nicht –" Und warum zum Teufel hatte er das? Er schüttelte den Kopf und sah aus den Augenwinkeln zu ihr. „Ich schätze, ich sehe dich als Familie."

Ihr Gesichtsausdruck erhellte sich. Wie es schien, war er nicht der Einzige, der Familie schätzte.

„Mir tut es auch leid. Ich denke, dass es mir besser geht und dann ... passiert das."

„Instinkte liegen leider nicht im rationalen Bereich des Gehirns. Macht es schwer, sie zu kontrollieren." Auch er hatte eine Therapie gebraucht, um diesen Scheiß zu akzeptieren.

Er schüttelte den Gedanken ab und konzentrierte sich auf seine selbstauferlegte Aufgabe. Ihre Hand wurde wärmer und entspannte sich.

„Ja, das ist mir auch schon aufgefallen." Der trockene Humor in ihrer sanften Stimme ließ ihn aufblicken. Obwohl sie noch blass war, schmunzelte sie. Ein Grübchen erschien.

Ihr Lächeln kam nun öfter.

Während er sie massierte, nahm ihre Hand allmählich ein hübsches Rosa an und die Schwellung ging zurück.

„Das sollte gehen." Er ließ los, stand auf und setzte sich wieder in seinen großen Sessel.

. . .

Ihre Hand fühlte sich besser an und nicht länger, als wären ihre Finger fette kleine Würstchen – obwohl die Massage ihre Muskeln auf eine andere Weise schmerzen ließ.

Sie lehnte sich zurück und überlegte, Aric nachhause zu bringen, nur würde sie ihn dann von seinem Murmelspiel wegziehen müssen. Nein, wenn sie bei einer Panikattacke jedes Mal das Weite suchte, würde sie sich in einen Einsiedler verwandeln. Jedenfalls hatte das ihr Therapeut gesagt.

Okay. Sie gab ihr Bestes, so zu tun, als wäre mit ihr alles in Ordnung und entschied, den Blick wandern zu lassen. Und erkannte, dass sie sich seine Hütte noch nie wirklich angesehen hatte.

Obwohl das Design der Eremitage-Häuser identisch war, hatte jeder der Brüder eine sehr individuelle Einrichtung.

Bulls Haus zeichnete sich durch warme Braun- und Cremetöne mit einer massiven Wohnlandschaft aus.

Gabes Haus kam etwas schlichter daher, mit weißen Wänden und einem schokoladenbraunen Sofa. Statt eines Holzofens hatte er einen Kamin.

Caz hatte sich für eine üppige Gestaltung mit dunklen Rottönen und orientalischen Teppichen entschieden.

Alle drei Hütten fühlten sich gemütlich an.

Hawks Hütte hingegen war rauer und eher rustikal. Wie bei den anderen war der Wohnbereich offen gestaltet und die Wände reichten bis in das Obergeschoss. Wie bei Gabe hatte er dunkle Holzbalken. Nur erschien das Holz hier, als wäre es mit einer Kettensäge zugeschnitten und unbehandelt belassen worden.

Der große Esstisch wirkte alt und benutzt, aber immer noch robust. Der Boden aus natürlich gealterter Patina hatte Charakter. „Sind deine Böden aus Altholz?“

„Yeah.“ Der vernarbte Mundwinkel neigte sich nach oben. „Du hast einen guten Blick dafür. Der Sarge hat alles wiederverwendet, was er konnte; ich tue dasselbe.“

Interessant. Sie streichelte mit der Hand über die glänzende Holzplatte des Couchtisches und zog die Augenbrauen hoch.

„Ein Freund hat in seinem Garten einen Ahornbaum gefällt."

Und Hawk hatte es in etwas Schönes verwandelt. „Ich liebe es, wenn ein Haus Geschichte hat." Kit versuchte, mehr zu entdecken. Der Holzofen stand in einer Nische aus Stein mit Holzverkleidung. „Die Wandverkleidung?"

Sein Grinsen blitzte auf. „Bergarbeiterlager."

„Das ist so cool. Du magst die Geschichte, bist aber nicht fanatisch, sodass die Möbel immer noch bequem sind." Die beiden Sessel waren mit einem weichen, braunen Leder bezogen und standen zu beiden Seiten einer dunkelblauen Couch, die groß genug war, um Hawks riesigen Körper zu beherbergen.

Hawk blickte sich um. „Nicht so bequem wie die bei Bull."

Sie rollte mit den Augen. „Oh, ich bitte dich. Auf dem PZ-Gelände lebte ich in einer Baracke mit einem zugewiesenen Etagenbett und ohne Besitz. Diese Hütte ist ... wundervoll."

„Ich hatte Hilfe." Er schenkte ihr ein schiefes Lächeln. „Am Anfang hatte ich nur die beiden Stühle und einen Holzofen. Audrey und JJ entschieden, dass ich mehr brauche."

„Du hast *Nein* gesagt?" Als er nickte, biss Kit sich auf ihre Unterlippe, um nicht zu lachen. Sie konnte sich schon denken, wer gewonnen hatte.

Er schnaubte. „Zu Weihnachten hatte ich plötzlich eine Couch, Teppiche, Kissen und die Decke."

Sie überlegte, wie leer der Raum zuvor ausgesehen haben musste, und schließlich konnte sie ihr Lachen nicht länger zurückhalten. „Wer hat sich für Braun und Blau entschieden?"

„Das wäre Lillian." Die Belustigung in seinem Blick raubte ihr den Atem.

Wenn seine Lippen amüsiert zuckten oder sich die Linien neben seinen Augen vertieften, war er so wunderschön wie seine Brüder. Oder vielleicht noch attraktiver, weil die Veränderung so prägnant war.

Sie wandte ihren Blick ab, schluckte und überlegte, was sie noch sagen könnte. „Mir, ähm, sind die Bücher ausgegangen, die ich bei Bull lesen kann.“ Obwohl Audrey angeboten hatte, dass sie ihr Bücher von sich geben könnte. „Hast du vielleicht Lesestoff für mich?“

Er zeigte auf die Regale neben der Holzofeneinfassung. „Bediene dich.“

Perfekt. Sie rutschte auf der Couch nach vorne und –

„Warte.“ Wieder einmal stand Hawk vor ihr und gab ihr die Hand.

Sie zögerte, aber erkannte schnell, dass sie keine Angst hatte, und so akzeptierte sie seine Hilfe – seine warme Hand, schwielig und stark.

Sobald sie stand, stellte sie erneut fest, wie groß er war. Nicht ganz so groß wie Bull, aber von der Muskulatur ähnelten sie sich sehr.

Nach einem prüfenden Blick – als würde er sichergehen wollen, dass alles gut war –, trat er zurück und ging wieder zu seinem Platz.

Bevor sie sich die Bücher ansehen konnte, bemerkte sie in dem Regal eine Schüssel. Sie war mit funkelnden Steinen in verschiedenen Größen, Formen und Farben gefüllt. Ihre Lippen zuckten und sie blickte über ihre Schulter. „Arics?“

Hawk nickte.

Ah ja. Mr. Knallhart und Tödlich hatte ihrem Sohn eine Schüssel und einen Platz zum Aufbewahren seiner Steine gegeben. Sie unterdrückte einen winzigen Seufzer.

Die Bücher in den Regalen waren wie ein Blick in seinen Kopf. Louis L’Amour, Zane Grey, Larry McMurtry. Sogar Tony Hillerman. Ein Glucksen entrang ihr. „Warum habe ich den Eindruck, dass du dir wünschst, wir wären zurück in den Tagen der Cowboys?“

„Western machen Spaß zu lesen. Leben möchte ich es allerdings nicht.“ Sein Grinsen blitzte auf. „Keine Flugzeuge.“

Ja, sie hatte beobachtet, wie er seinen Hubschrauber mit äußerster Konzentration und ... na ja, einer seelentiefen Freude steuerte.

Er kam zu ihr, und als er an ihr vorbeiging, atmete sie den Duft warmer männlicher Haut und den anhaltenden Geruch seiner Seife ein – wie das Meer mit einem Hauch von Zitrone. *Mmm.*

Sein Finger glitt über die Bücher, dann zog er eins von Louis L'Amour heraus und reichte es ihr.

Cherokee-Trail? Sie drehte es um. Der Klappentext sprach von einer Frau, die eine heruntergekommene Postkutschenstation leitete.

„Über eine Frau", sagte Hawk. „Sie hat Eier – erinnert mich an dich."

Mit einem Nicken ging er in die Küche und ließ sie völlig verblüfft zurück.

Verblüfft und vollkommen entzückt.

KAPITEL NEUN

Zu wissen, dass auch nur ein Leben leichter geatmet hat, weil du gelebt hast. Das ist Erfolg. - Ralph Waldo Emerson

„Das ist wundervoll. Ich werde da sein, danke." In Makos Haus legte Kit das Festnetztelefon mit einem erleichterten Seufzer und ein wenig Angst auf den Beistelltisch.

Erledigt. Jetzt konnte sie sich entspannen. In diesem Sinne nahm sie ihr Buch in die Hand – das dritte Leihexemplar von Hawk in drei Tagen.

Louis L'Amour und seine Sacketts waren zu ihrer Lieblingsbeschäftigung geworden. Vielleicht, weil die Helden sie an Hawk erinnerten. Die Sacketts waren robuste Männer, ihre Sprache stumpf, ihre Umgangsformen unbeholfen. Mehr als alles andere waren sie ehrenhaft und ehrlich – und behandelten Frauen mit Respekt. Es war wundervoll, daran erinnert zu werden, dass nicht alle Männer wie die ... die Pisser waren.

Zurück auf der Terrasse lächelte sie die Kinder an, die im Gras saßen und die Steine bemalten, die sie gesammelt und gewaschen hatten – weil die Gartenwege etwas Dekoration brauchten. Jedenfalls hatte Regan das so verkündet.

„Schau, Mama." Aric hielt seine neueste Kreation hoch. „Ein Regenbogen."

„Perfekte Wahl, Honigbär. Ich liebe Regenbögen."

Seine Finger waren mit allen Farben des Regenbogens beschmiert. Bis über beide Ohren strahlend nahm er sich den nächsten Stein.

„Schau, Kit." Regan hielt ihre eigene Kreation hoch, die Wirbel in einem prächtigen Grün und Türkis zeigte.

„Das ist wunderschön, Regan. Ich kenne genau den richtigen Platz dafür im Garten."

Regan grinste und sagte dann zu Aric: „Willst du für diesen Stein etwas von meinem Gelb?"

Das Mädchen war ein Schatz und unendlich geduldig.

Aric verwandelte sich wieder in das aktive kleine Äffchen, das er zuvor gewesen war. Glücklich und frei. Könnte etwas wundervoller sein?

Auf der anderen Seite des Hofes kam Frankie aus ihrer Hütte, entdeckte Kit und verschwand wieder im Haus. Als sie erneut herauskam, hatte sie eine Tragetasche in der Hand und kam nun auf Kit zu. „Hast du im Frauenhaus angerufen? Wie geht's weiter?"

„Habe ich, und die Mitarbeiter werden alle in einem privaten Raum zusammenbringen, damit ich morgen Nachmittag um zwei Uhr mit ihnen sprechen kann."

Frankie ließ sich auf einen Stuhl fallen und stellte ihre Füße auf das Geländer. „Perfekt." Sie legte die Tragetasche auf Kits Schoß. „Hier ist das Geld, das Bull für dich zu Hundert-Dollar-Scheinen gewechselt hat."

Die ganzen Zwanziger waren zu sperrig gewesen. Pakete mit Hundert-Dollar-Scheinen wären viel einfacher zu verteilen und zu verbergen. „Fantastisch. Sag ihm Danke."

„Das werde ich." Frankie tippte sich an die Lippen. „Also

werden wir dich am Frauenhaus absetzen, gehen dann zu Bulls Restaurant, wo Hawk, Aric und ich etwas Leckeres essen können, während mein armer Mann mit einem Meeting beschäftigt sein wird. Danach holen wir dich wieder ab."

„Warte." Kit kicherte. „Du darfst essen und Bull steckt in einem langweiligen Meeting fest?"

„Natürlich." Frankie hob die Nase in die Luft. „Ich leite das Roadhouse hier in Rescue. Seine Restaurants in Homer und Anchorage – und die Brauerei – sind sein Problem."

„Oh. Richtig. Das wusste ich", sagte Kit, wohl wissend, dass der hinterhältige Bull seine Freundin schon bald dazu überreden würde, mehr als nur ein Restaurant zu leiten.

„Geht es dir gut, *Amica Mia*?" Frankie drückte Kits Hand. „Wird es schwer für dich sein, sie wiederzusehen?"

„Mmm, etwas? Es hilft, dass Aric bei Hawk bleibt." Kit lächelte. Ihr Sohn hatte so viel Spaß mit Regan. „Ich glaube nicht, dass es gut für ihn wäre, mit mir die Frauen zu besuchen. Er hat zu oft mit ansehen müssen, wie Frauen und Kinder verletzt wurden."

„Das hast du auch", sagte Frankie leise. „Wie nah bist du den anderen Frauen gekommen?"

„Also Freunde waren wir nicht. Die Männer haben uns nicht erlaubt, miteinander zu reden."

Bei Frankies entsetztem Blick verzog Kit das Gesicht und vertiefte ihre Stimme: „*‚Klatsch ist des Teufels Werk.*' Leider haben einige der Frauen, die wahrhaftig gläubig waren, über jeden Regelbruch Bericht erstattet."

Kit war zweimal mit einem Rohrstock geschlagen worden, bevor sie akzeptiert hatte, dass Freundschaft nicht Teil ihres Lebens sein würde.

„Morgen wird zweifellos hässliche Erinnerungen zurückbringen." Kit rieb sich die Wange und spürte die leicht erhobene Linie der Narbe. „Ich möchte das PZ-Zeug hinter mir lassen, aber ich muss das Geld aus der Höhle verteilen."

„Bull oder ich könnten stattdessen gehen, weißt du."

Kit lächelte. „Du bist wirklich die tollste Freundin."

„Also –"

„Nein. Zumal ich bezweifle, dass sie Bull reinlassen. Und die Frauen könnten sich weigern, einen Fremden zu sehen, sogar dich."

Auch war dies eine eher fragwürdige Verteilung von Geldmitteln. Sie würde nicht riskieren, dass Frankie oder Bull dafür in Schwierigkeiten gerieten.

Und es wäre kein Personal im Raum, wenn sie jeder Frau ihren Geldstapel gab. Wenn einer der Zeloten oder der Strafverfolgungsbeamten von dem Geld erfuhr, könnte es Parrish für sich beanspruchen, oder die Polizei würde es beschlagnahmen. Die Frauen würden dann nichts davon sehen.

Sie saßen im selben Boot wie Kit. Die Ersparnisse weg. Habseligkeiten von ihren Ehemännern verkauft. Wie Kit brauchten sie eine Möglichkeit, um neu anzufangen.

Kit wäre diejenige, die ihnen das bieten würde. Gehen wollte sie allerdings nicht.

Keine andere Wahl.

Sie müsste einfach die Arschbacken zusammenkneifen und sich ihren Ängsten stellen.

Was war schon ein Trauma mehr inmitten von so vielen, oder?

KAPITEL ZEHN

D*enke immer daran, zu plündern, BEVOR du brennst.* - Unbekannt

Am Donnerstagmorgen hörte Nabera, wie draußen eine Autotür zugeschlagen wurde. Dann war Alvins Stimme zu hören. Er begrüßte jemanden.

Luka war auf der Farm angekommen. Es war auch höchste Zeit, dass der Leutnant auftauchte, um ihm zu erklären, was passiert war.

Handys waren nützlich, aber die Regierung war auf der Jagd. Die linken Volltrottel dachten, dass die Behörden niemals jemanden abhören würden; Nabera jedoch wusste es besser. Das FBI spionierte jeden aus.

Er fletschte die Zähne, als er an den Anruf von letzter Woche dachte. Seine Männer waren mit ihren Worten vorsichtig gewesen, aber die Bedeutung war klar. Die drei Männer, die geschickt wurden, um das Geld aus der Höhle zu holen, waren von einer Einheit aus mindestens zehn schwer bewaffneten Männern beschossen worden. Das Geld war weg und seine Männer hatten

Schusslöcher. Schlimmer noch, sie hatten aus ihrem begrenzten Vermögen Geld entnehmen müssen, denn ein Arzt musste her und bestochen werden, sodass er die Strafverfolgungsbehörden nicht über die Schussverletzungen informierte.

Fuck, fuck, fuck!

Nabera zog an seinem schwarzen Bart und die Frustration wuchs. Was würde noch alles schiefgehen?

Aus Texas hatte er Informationen bekommen. Der Prophet war immer noch im Gefängnis, wartete auf den Prozess und gab Geld für Anwälte und Bestechungsversuche aus.

Nabera hätte das Geld aus der Höhle wirklich gut gebrauchen können.

Andererseits fühlte er sich hier zumindest wohl. Der Prophet steckte in einer Zelle. Ohne Frauen.

Beide hatten sie es genossen, an der Spitze zu sein und so die Frauen zu benutzen, die ihnen zur Verfügung standen. Nabera war das Recht zugesprochen worden, die Ungläubigen und Ungehorsamen zu bestrafen. Sex war am angenehmsten, wenn er von Schreien, Schluchzen und Flehen begleitet wurde.

Manchmal sogar dem Tod.

„Captain. Wie geht's, Sir?" Luka betrat die Küche.

„Gut." Nabera betrachtete ihn.

Sein schwarzhaariger Leutnant hatte seinen Buzzcut wachsen lassen. Er trug die Haare nun in einem modernen Stil, war glattrasiert und hatte sich wie gewohnt für eine Jeans und ein T-Shirt mit Rockband-Logo entschieden.

„Du siehst aus wie ein College-Student aus Anchorage." Naberas zustimmendes Nicken sorgte dafür, dass der Mann die Schultern durchdrückte. „Was war so dringend, dass du mich heute sehen musstest?"

Nachdem sie entdeckt hatten, dass sich ihre Kinder und verräterischen Frauen in einem verdammten Frauenhaus befanden, hatte Nabera Luka beauftragt, seinen Charme an einer der Freiwilligen der Einrichtung wirken zu lassen. Der dunkelhaarige Mann hatte ein Talent mit Frauen, und er hatte die Frau mit einer stetigen Diät aus Sex und Drogen gefüttert.

„Es geht um das Frauenhaus. Es gibt eine Grenze dafür, wie lange jemand in der Einrichtung bleiben kann, und die Zeit für unsere Schlampen ist abgelaufen."

„Tatsächlich ..." Nabera streichelte seinen Bart. Er wollte an ihnen ein Exempel statuieren, um den texanischen Weibern zu zeigen, was passieren würde, wenn sie aussagten. Sobald sie das Frauenhaus verließen, wäre es kein Problem, an sie heranzukommen. „Gut."

„Vielleicht auch nicht. Nur ein paar bleiben in Alaska und ziehen in Sozialwohnungen, während sie nach Jobs suchen. Der Rest verlässt den Staat, um bei Verwandten einzuziehen, wo auch immer das ist. Die meisten von ihnen besteigen morgen ein Flugzeug."

„Scheiße." Nabera runzelte die Stirn. „Dann müssen wir heute handeln." Er griff nach seinem Handy.

„Ja, Sir." Luka zog die Augenbrauen zusammen. „Eine Sache noch."

„Sag schon."

„Obadiahs Frau – sie wird heute Nachmittag um zwei Uhr dem Frauenhaus einen Besuch abstatten. Wahrscheinlich, um sich von den anderen zu verabschieden."

„Kirsten." Die heiße Wut traf Nabera so unerwartet, dass es sich anfühlte, als wäre er in einen Lavasee gefallen. „Diese verräterische Schlampe."

Lukas Gesichtsausdruck zeigte die gleiche Wut. „Die Fotze hat unser Leben zerstört. Wegen ihr ist Obadiah tot."

Irgendwie hatte die Schlampe einer Freundin eine Nachricht über die Zeloten zukommen lassen. Besagte Freundin der Schlampe, ihr Stecher und Freunde von ihm hatten sich dann Zugang auf das Gelände verschaffen können. Nicht nur Kirsten war entkommen, sondern auch die Kinder und die meisten anderen Frauen. Zudem hatten die verräterischen Fotzen alles an das FBI weitergetragen.

Es war Kirstens Schuld, dass Parrish im Gefängnis saß. Nabera hatte geschworen, dass er sie umbringen würde – selbst wenn es sein ganzes verdammtes Leben dauern würde.

Jetzt hatte er seine Chance.

Und noch besser ... „Wenn sie die anderen besuchen wird, werden sie alle an einem Ort sein. Gibt es eine Möglichkeit, hineinzukommen?"

„Es ist ein Frauenhaus, also ist das Gebäude gut gesichert. Kameras, Alarme. Aber" – Luka grinste – „wenn ich Arella sage, dass ich die Stadt verlassen will und etwas Ekstase und einen Quickie anbiete, lässt sie mich durch die Seitentür. Das Personal hat den Alarm an dieser Tür ausgeschaltet, damit sie nach draußen gehen und rauchen können."

Dies war sein klügster Leutnant. „Okay, was noch?"

„Ich werde Arella ausschalten und mich um die Rezeptionistin kümmern. Sobald ich das Sicherheitssystem heruntergefahren habe, können unsere Männer einfach durch die Eingangstür ins Gebäude marschieren."

„Gefällt mir", sagte Nabera. „Organisiere alles und ich kümmere mich darum, die richtigen Männer heranzuschaffen."

„Vielleicht können wir auch die Kinder zurückholen."

„Vielleicht." Kinder waren Nervensägen, aber einige seiner Männer wollten ihre Nachkommen bei sich haben. „Wir werden mit Sicherheit ein Exempel an den Frauen statuieren."

Der schreckliche, blutige Tod der Alaska-Frauen würde sicherstellen, dass die Texas-Frauen zu eingeschüchtert wären, um auszusagen.

Nabera lächelte. „Unserem Propheten wird das gefallen."

Und es würde mehr Schmerzensschreie geben, als es sich das rachsüchtige Herz eines Mannes erträumen könnte.

Kit hielt die übergroße Tragetasche, die Frankie ihr geliehen hatte, fest in den Armen, als sie in einem Nebenraum darauf wartete, dass die Angestellte des Frauenhauses das Gespräch mit ihrer Assistentin beendete.

In der Zwischenzeit blickte sie aus dem Fenster auf einen Spielplatz. Hier war es sicher. Bevor sie das Frauenhaus betrat, hatte sie gesehen, dass das Eckgrundstück vollständig von einem zweieinhalb Meter hohen Sichtschutzzaun umgeben war.

„Wollen wir?" Die Mitarbeiterin kam zu ihr.

Kit zeigte auf den Spielplatz. „Wie ich sehe, habt ihr Ligusterhecken benutzt, um einen Bereich für die Kinder zu schaffen?"

Die ehrenamtliche Mitarbeiterin antwortete: „Wir haben viele kleine private Bereiche, die von den Hecken geschaffen werden."

„Andere Bereiche im Freien?" Kit neigte den Kopf. Der Kinderbereich war bezaubernd. Was hatten sie sonst noch?

„Aber natürlich. Wir haben ein paar abgelegene Meditationsbereiche, einen kleinen Gemüsegarten und ein Gewächshaus sowie eine große Rasenfläche für Kickball und andere Spiele."

„Das ist großartig." Bei der Benutzung des winzigen Gartens in der Reha-Einrichtung hatte sie sich immer mehr Privatsphäre gewünscht. „Ihre Bewohner können sich glücklich schätzen, Sie zu haben."

„Danke." Die Mitarbeiterin lächelte. „Kommen Sie. Ich bringe Sie zu dem Raum, in dem sich Ihre Freundinnen versammelt haben."

„Okay." Als die Erinnerungen an die Zeloten zurückkamen, erschauderte Kit und sie wünschte, sie hätte bei Hawk, Aric, Bull und Frankie bleiben können. Sie hatten sie abgesetzt und waren hier in Anchorage zum Mittagessen in Bulls Restaurant gegangen. Sie würden später zurückkommen, um Kit abzuholen.

Kit folgte der Frau in den hinteren Bereich des riesigen zweistöckigen Hauses. Der Korridor roch nach Reinigungsmittel – und dem anhaltenden Geruch von Erbrochenem. Kein überraschender Geruch.

Wie oft hatte sie gekotzt, als sie versucht hatte, alles zu verarbeiten, was ihr passiert war?

„Alle sind in diesem Raum." Die ehrenamtliche Mitarbeiterin winkte Kit in einen geräumigen Raum mit Sesseln und Sofas. Die Kinder spielten leise in einer Ecke.

Die Mitte des Raumes war mit Frauen gefüllt. Sie standen in Dreier- und Vierergruppen und starrten sie an. Niemand kam ihr bekannt vor.

Nein, warte.

Langsam erkannte sie Merkmale.

Miriams große Nase.

Serenas braune Augen. Aber sie trug Make-up, und der Lidschatten und die Mascara machten ihre Augen riesig.

Marys graues Haar. Anstatt es bis zu ihrer Taille zu tragen, hatte sie es jetzt in einem attraktiven kurzen Bob.

Jeder sah anders aus. Natürlich taten sie das. Es gab keine knöchellangen dunklen Röcke oder langärmeligen Blusen. Keine langen Haare in Dutts. Stattdessen trugen sie bunte T-Shirts und Jeanshosen. Einige hatten Make-up auf dem Gesicht und die Haare zeigten verschiedene Stile und Farben.

Kit lächelte. „Ihr habt euch ... verändert."

Sie brachen in Gelächter aus – eine weitere Überraschung. Frauen hatten auf dem Gelände wenig gelacht, vor allem nicht laut genug, um gehört zu werden.

Alle näherten sich, um sie zu umarmen. Flüstern und Gemurmel erfüllten die Luft:

„Wir haben uns solche Sorgen gemacht."

„Du wurdest so schwer verletzt."

„Ich kann dir nicht genug danken."

Schließlich klatschte Mary in die Hände. „Setzt euch, Leute. Lasst das Mädchen atmen."

Lächelnd wichen sie zurück und Kit sah die Frauen nun verschwommen. Sie blinzelte mehrmals. „Schaut euch nur an."

Sie waren nicht mehr hager. Niemand hatte blaue Flecken

oder Schnitte oder ein blaues Auge. Niemand hinkte, als sie sich auf die Sofas, die Sessel und den Teppich setzten.

Aus der Ecke winkten ihr die Teenager zu, die auf die jüngeren Kinder aufpassten.

Sie winkte zurück und ihr Herz fühlte sich ... voll an. Nachdem sie zunächst gezögert hatte, die Frauen zu besuchen, war sie jetzt froh, dass sie gekommen war.

Ein Stuhl war für sie reserviert worden, und sie setzte sich und stellte die Tragetasche zu ihren Füßen.

„Okay, ich muss das kurz loswerden.“ Miriam lehnte sich vor und faltete die Hände. „Kit, danke. In dieser Nacht warst du nur halb bei Bewusstsein, und trotzdem hast du es geschafft, uns dazu zu bringen, dass wir uns in Bewegung setzen – damit auch wir fliehen können. Ich hatte furchtbare Angst, aber du hast mir unter dem Arsch Feuer gemacht. Danke.“

Ein Chor der Zustimmung erfüllte die Luft.

Kit spürte, wie sich der Knoten in ihrem Magen löste. Sie hatte sich unglaublich schuldig gefühlt, dass Menschen ihr Leben riskiert hatten, um sie zu retten. Aber wenn sie es nicht getan hätten, wären diese Frauen immer noch auf dem PZ-Gelände eingesperrt und würden täglich Missbrauch erfahren.

„Du siehst besser aus, als ich gedacht hätte.“ Mary war immer die inoffizielle Anführerin der Frauen gewesen. „Bist du gerade erst aus dem Krankenhaus gekommen?“

„Vor zwei Wochen. Ich wohne bei meiner Freundin Frankie. Sie hat unsere Rettung arrangiert.“

„Aber was ist mit Therapie?“ Serena fuhr zögerlich fort: „Wir werden hier therapiert, Einzel- und Gruppensitzungen und all das. Es ist ... ich ...“ Sie warf einen Blick auf die anderen und fing deren ermutigenden Mienen ein. „Das haben wir gebraucht. Das könntest du auch.“

„Oh, ich bekam Therapie. Ich *bekomme* Therapie.“ Kit lachte. „Noch bevor ich entlassen wurde, rollten sie mich zu Therapiesitzungen. Und jetzt sehe ich einen Therapeuten in der örtlichen Klinik."

„Keine Gruppentherapie?", fragte jemand.

Kit schüttelte den Kopf. Einzelgespräche waren gut. Gruppen, nun, das sagte ihr gerade nicht zu. Sie hatte es bisher vermieden.

„Ich bin froh, dass du einen Therapeuten aufsuchst", sagte Miriam. „Die Gruppentherapie allerdings ... na ja, es hilft auf andere Weise."

Daisy nickte. „Die Sitzungen sind hart, aber irgendwie hilft es, zu hören, dass auch andere missbraucht wurden. Zu lernen, wie sie mit Problemen umgehen und was funktioniert hat und was nicht und –"

„Und ich habe nicht das Gefühl, der einzige Idiot oder Feigling auf der Welt zu sein", fügte Ellie hinzu. „Versuch es, Kit."

Der Rest nickte.

Ach Mensch. Gruppen waren wirklich nicht ihr Ding. Aber alle schauten sie an und warteten, dass sie einwilligte. „Ich werde es versuchen", entgegnete sie widerwillig.

Einmal. Sie würde einmal gehen.

„Um zu einem positiveren Thema zu kommen", sagte sie. „Ich bin heute hier, weil ich gehört habe, dass ihr bald alle die Einrichtung verlassen werdet."

Kit entspannte sich wieder, als alle etwas zu erzählen hatten. Sie teilten ihre Pläne. Auskünfte über Rechtsangelegenheiten – Scheidungen und Sorgerechts- und einstweilige Verfügungen. Einige planten, für eine Weile bei ihren Familien unterzukommen. Andere erhielten Hilfe bei der Arbeitssuche oder mit der Zukunftsperspektive. Kindertagesstätten und Sozialwohnungen waren organisiert worden.

Niemand kehrte nach Texas zurück, selbst wenn sie dort Familie hatten. Die Zeloten waren grausam, wenn sie jemanden in die Hände bekamen, der ihnen entflohen war.

„Es wird hart", flüsterte die zierliche Ellie, „von Grund auf neu anzufangen. Es macht mich so wütend, dass ich auf Bryson gehört habe – dass ich alles für ihn aufgegeben habe."

Kit atmete zittrig ein. Eine bessere Einleitung würde sie nicht bekommen. Und wirklich, sie musste die Dinge ins Rollen bringen. Ihre Freunde und Aric würden bald hier sein, um sie abzuholen.

Als sie sich erhob, sah sie sich um und stellte sicher, dass nur die Frauen und ihre Kinder im Raum waren. Keine Angestellten des Frauenhauses.

Aus ihren Monaten der Unterdrückung erkannten die anderen, was sie tat, und sie verstummten.

Kit ließ die Laute der Kinder ihre Stimme übertönen und öffnete ihre Tragetasche. „Falls ihr das nicht wusstet: Obadiah war für die Buchhaltung der Zeloten verantwortlich – und für die Geldmittel, insofern etwas schiefgehen sollte und sie schnell Geld brauchten."

„Notfallvermögen?", fragte Daisy.

„Erinnert ihr euch, wie sie für den Fall von Krieg oder Katastrophen monatelang Lebensmittel in dem verschlossenen Gebäude gebunkert haben?"

Mary schnaubte. „Es war eines der wenigen Dinge, die ich tatsächlich für sinnvoll hielt."

Ein paar andere nickten.

Layla knurrte. „Ich würde ja zustimmen, nur bedeutete dies, dass meine Tochter und ich nicht genug zu essen bekamen."

Darauf folgte zustimmendes Gemurmel.

„Es würde Sinn machen, dass die Bastarde auch Geld für Notfälle zur Seite legen. Jedoch wissen wir, dass sie über die Website genug Geld reinbekommen." Miriams Mann hatte sich um die Website und die Spenden gekümmert. „Es ist eine Schande, dass wir nie etwas von diesem Geld sehen werden."

Layla rollte mit den Augen. „Der gute Reverend hat es wahrscheinlich inzwischen für Anwaltskosten ausgegeben. Oder

Captain Nabera wird es benutzt haben, um mehr Waffen zu kaufen. Er ist immer noch da draußen, erinnerst du dich?“

Jede Frau sackte bei dem Gedanken sichtlich zusammen.

Kit auch. Der Prophet war schlimm genug – ein Fanatiker, der das Gefühl hatte, dass nur er die Wahrheit kannte und jeder da war, um ihm zu dienen. Nabera war Parrish nicht nur ergeben, nein, er war auch vollkommen irre. Er liebte es, Frauen zu verletzen, rühmte sich oft damit, „Schlampen“ getötet zu haben. Er war furchterregend.

Sie schluckte schwer und versuchte, die ekelerregenden Erinnerungen an die Nacht, in der er sie „gereinigt“ hatte, abzuschütteln – vom Gestank seines Atems bis hin zu seinen abscheulichen Berührungen.

Ein Freudenschrei brach in Kits Erinnerungen ein und sie richtete sich auf.

In der Ecke tanzte ein kleines Mädchen einen Siegestanz, da es ein Spiel gewonnen hatte. Das Kind hatte die Gewohnheit des Schweigens überwunden.

Kits Hoffnungen wurden geweckt. Wenn das Mädchen das schaffte, würde auch Aric schon bald so weit sein.

„Du wolltest uns etwas sagen?“, hakte Mary nach.

„Oh, richtig.“ Kit wandte sich wieder der Frau zu. „Die Zeloten hatten ihr Bankkonto, aber wie beim Lebensmittellager häuften sie auch Bargeld an. In einer Höhle.“

Mehrere Augenpaare weiteten sich.

Miriam flüsterte: „Ich nehme nicht an, dass ...“

„Oh ja. Ich habe das Geld aus der Höhle geholt.“ Kit atmete tief ein. „Ich habe es gleichmäßig zwischen uns aufgeteilt. Jeder, der nicht mit uns geflüchtet ist, wird PZ-Unterstützung haben, also ist das Geld, das ich hier habe, nur für uns. Wir sollten niemandem davon erzählen.“

„Oder jemand wird es an sich nehmen.“ Mary nickte verständnisvoll. „Das ergibt Sinn, Kit – und du bist ein Risiko eingegangen, als du es geholt hast. Niemand wird darüber sprechen, wo das Geld herkommt, okay?“

Zu Kits Erleichterung nickten alle. PZ-Frauen wussten, wie man Geheimnisse bewahrte.

Einer nach der anderen überreichte sie die flachen Geldpakete, leise, damit die Kinder es nicht bemerkten.

Das Geld verschwand in der Frauenkleidung.

„Das waren Hundert-Dollar-Scheine“, flüsterte Ellie mit immer noch weit aufgerissenen Augen. „Wie viel ist es?“

„Wir haben jeweils etwas mehr als zehntausend Dollar bekommen.“ Kit lehnte sich in ihrem Stuhl zurück. Ihre Tragetasche war jetzt leer. „Es reicht für einen Neuanfang.“

Serenas Augen füllten sich mit Tränen. „Du hättest es behalten können. Stattdessen hast du es geteilt.“

„Natürlich. Wir Frauen müssen zusammenhalten, oder?“ Und das hatten sie, wenn auch stillschweigend.

Kit lächelte Serena an. „Als Obadiah mir den Finger brach, hast du das Brennholz in meinen Armen gestapelt, damit ich es nicht aufheben musste.“ Verletzt oder krank zu sein, galt bei den Zeloten nicht als Grund, eine Frau von der Arbeit zu entschuldigen.

„Als ich das Brot verbrannte“ – Serena stieß Mary an – „hast du die Schuld auf dich genommen.“

„Nachdem Bryson mich so verletzt hatte, dass ich mich kaum noch bewegen konnte“ – Ellie wandte sich an Layla – „hast du deine eigenen Aufgaben aufgegeben, um das Wäschewaschen für mich zu erledigen.“

Es gab lächelnde Gesichter und verschwommene Sichtfelder, als sie teilten und sich erinnerten.

„Wir Frauen halten zusammen“, wiederholte Kit leise.

„Ja, das tun wir.“ Marys Lippen bebten, aber sie nickte entschlossen.

Mary war seit dreißig Jahren verheiratet. Ihr Mann hatte ihr keine Wahl gelassen, als es darum ging, sich den Zeloten anzuschließen; er hatte sich jedoch auch geweigert, sie gehen zu lassen.

„Oh, wir haben vollkommen vergessen, dass die Mitarbeiter für uns Getränke und Snacks bereitgestellt haben." Layla stand auf. „Auf dem Tisch –"

Ein lautes Geräusch kam von außerhalb des Raumes. Dann schrie ein Mann: „Schlampe, wo sind unsere Frauen?"

Kit sprang bei der Stimme aus ihren schlimmsten Albträumen auf die Füße. Ihr Mund trocknete aus.

„Das ist Captain Nabera." Layla wimmerte.

Türen schlugen zu. Im Eingangsbereich des Gebäudes schrien Frauen.

Nabera gab den Befehl: „Öffnet jede Tür."

Stiefel stampften über Holzböden.

„Sie sind hier. Oh Gott, sie sind hier", stöhnte Serena.

Kinder rannten von der Ecke zu ihren Müttern.

Lauf, lauf, lauf! Mit klopfendem Herzen drehte sich Kit im Kreis und suchte verzweifelt nach einem Ausgang.

Sie wusste nicht, wie sie dem Raum entkommen sollte.

Situationsbewusstsein. Warum hatte sie nicht getan, was Hawk ihr beigebracht hatte?

Ein Kind quietschte, und Kit wäre fast panisch geworden, weil sie im ersten Moment dachte, es sei Aric. *Nein.* Ihr Sohn war bei Hawk in Sicherheit.

Es waren noch andere Kinder hier. Ihre Angst wurde von Entschlossenheit verdrängt. *Hilf den Kindern!*

Sie wirbelte herum und sagte: „Miriam, blockiere die Tür."

Sie rannte durch den Raum zu einer anderen Tür und riss sie auf, in der Hoffnung, dass sie zu einem Ort führen würde, der besser verbarrikadiert werden konnte.

Es war ein Schrank, der nur groß genug für eine Person war. Wertlos.

An der Tür zum Flur platzierte Miriam einen Stuhl unter dem

Griff. Andere schoben weitere Möbel gegen die Tür und den Stuhl.

Eine Männerstimme war aus dem Flur zu hören. „Hier ist jemand drin. Klingt nach Kindern."

Mütter brachten ihre Kinder sofort zum Schweigen, als er an dem Türgriff rüttelte und versuchte, die Tür zu öffnen. „Abgeschlossen", brüllte er. „Verdammte Fotzen."

Eine Kugel kam durch die Tür – und jemand schrie.

Andere Männer redeten.

„Ja, da sind die Weiber drin."

„Wir könnten etwas Spaß haben, bevor wir gehen, was?"

„Brecht die Tür auf." Die Stimme gehörte zu Captain Nabera. „Holt ein Beil."

Das Zittern begann tief in Kits Körper, als ob ihre Knochen vor Angst vibrierten.

Denk nach, Kit, denk nach. „Wenn jemand ein Handy hat, wählt 911." Die Frauen, die auf dem Gelände lebten, hatten die fast instinktive Reaktion verloren, den Notruf zu kontaktieren.

Eine Frau zückte ein Handy.

Wenn die Männer durch die Tür kamen, sind wir hier drin gefangen. Kit ging zu der Tür, die nach draußen führte.

„Ja", stimmte Mary zu. „Wir müssen aus diesem Raum verschwinden." Sie begann, Frauen und Kinder in diese Richtung zu schieben.

Kit öffnete die Tür und ging mit den anderen hinaus.

Draußen konnte sie regelrecht Hawks Stimme in ihrem Kopf hören. *Wo ist deine Rückzugslinie?*

Sie verließ das Gebäude und sah sich um. Sie stand in einem kleinen Meditationsbereich. Eine dicke Ligusterhecke ohne Öffnungen trennte sie von den anderen Bereichen des Gartens. Die hintere Mauer war der zweieinhalb Meter hohe Sichtschutzzaun, der das Grundstück umschloss.

Sie würden die Kinder nie rechtzeitig über diesen Zaun bekommen.

Kit blickte finster drein. Schreien würde nicht helfen. Die Gegend war kein Wohngebiet. Niemand würde kommen.

Laute Schläge waren aus dem Raum zu hören. Die Männer würden schon bald die Tür durchbrechen.

„Verbarrikadiert auch diese Tür", befahl Mary. Sie zog einen Klappstuhl mit nach draußen.

Von der anderen Seite der Ligusterhecke kamen frustriert klingende Männerstimmen. Die dicken Hecken hielten sie für den Moment zurück.

Wie in Hawks Western würde es nicht lange dauern, bis sie umzingelt wären.

Diese Western-Helden – die Sacketts – entkamen oft Verfolgungen, indem sie einen Berg hinauf flohen. „Wo ist ein verdammter Berg, wenn ich einen brau ..."

Ihre Stimme verstummte, als sie eine Leiter entdeckte, die an der Seite des Hauses lehnte. Werkzeuge und Schindeln lagen auf dem Dach verstreut.

Begleitet von Jubelschreien schafften es die Männer in den Raum und ruckelten an dem Griff zur Hintertür.

Panisch rannte Kit auf die Leiter zu.

Nein. Nicht ohne die anderen.

Sie schob ihre Panik nach unten und packte die Frau, die ihr am nächsten stand. „Die Leiter hoch, Serena. Schnell."

Serena stieg die Leiter empor auf das Dach, gefolgt von Daisy. Die älteren Kinder kamen als Nächstes und kletterten wie Affen hoch. Frauen trugen ihre Babys und jüngeren Kinder und nahmen Hilfe von den anderen in Anspruch.

Schließlich trat Mary auf die Sprossen.

Kit legte die Hände gerade auf die Leiter, als Männer das Glas eintraten und aus den Fenstern in den Meditationsgarten sprangen.

Sie stieg die Leiter hinauf, als stünden ihre Füße in Flammen und schwang sich auf das Dach. „Zieht die Leiter hoch!"

Die Frauen brachten die Kinder in das steile Tal zwischen

zwei Dächern – ein Teil gehörte zum Haus, das andere zur Garage. Das V würde ein Versteck bieten und sie nicht zu einfachen Zielen machen.

Zwei der stärksten Frauen machten sich daran, die Leiter gemeinsam nach oben zu ziehen.

Mit einem Kampfschrei packten die Männer die Leiter.

Nein! Kit schnappte sich lose Schindeln und warf sie auf die Zeloten.

Die Männer schrien vor Schmerz und Empörung, bedeckten ihre Köpfe und ... ließen von der Leiter ab.

„Zieht!", rief Mary, und die Frauen hoben die Leiter das letzte Stück aufs Dach.

Ein Schuss spaltete die Luft, und plötzlich brannte Kits Arm. Sie folgte den anderen und duckte sich in das V.

„Na, wenn das nicht Obadiahs verräterische Schlampe ist, die ich da sehe."

Beim Klang von Captain Naberas grausamer Stimme spürte Kit, wie ihr Mut zu einem dichten Ball der Angst zusammenschrumpfte. Ihr Mund war zu trocken, um zu schlucken.

Sie trat so weit heraus, dass sie ihn sehen konnte. *Ich bin außer Reichweite. Er kann mich nicht packen.*

Die Tatsache half nicht.

Sein Blick traf auf ihren, und sein Mund krümmte sich zu einem fiesen Grinsen. „Komm runter, Fotze, und ich lasse dich leben. Andernfalls werden sie nur winzige Stücke von dir finden."

Als wollte er sichergehen, dass sie es verstand, brüllte er einem Mann zu: „Bringe den Sprengstoff innen und außen an."

Sie wollten das Haus in die Luft jagen? Sie fand keine Worte.

„Du bist eine von uns und Obadiah ist weg." Nabera ließ seine Stimme sanfter wirken. „Senke die Leiter, Kirsten. Komm zu mir herunter und du wirst leben."

Bei der verdrehten Lust in seinem Blick wurde ihr so schlecht, bis sie dachte, sie würde gleich kotzen. Sie hatte seinen Gesichtsausdruck gesehen, während Obadiah sie trat und schlug.

Bei ihm würde sie ganz sicher nicht leben; sie würde schreiend sterben.

Niemals. Sie würde nie wieder zulassen, dass er sie in die Finger bekam. Der Tod wäre besser.

Er konnte ihr die unausgesprochene Antwort ansehen und sein Gesicht verdunkelte sich vor Wut.

In einem zusammengedrängten Haufen regten die Frauen keinen Muskel, und sie hörte die gleiche Entschlossenheit in deren Flüstern: *Ich würde lieber sterben.*

„Ihr verfluchten Schlampen, kommt runter!“ Frustriert eröffneten die PZs das Feuer.

Kugeln schlugen neben dem V-Tal in die Fassade. Als die scharfen Schindel- und Holzsplitter sich in ihre Haut bohrten, zogen sich die Frauen noch weiter in die Sicherheit der Deckung zurück. Kinder wimmerten und schluchzten.

Kits Gesicht und Arme stachen und bluteten dort, wo Splitter sie erwischt hatten.

In einer Pause zwischen den Schüssen war ein Auto auf der Straße zu hören. Das Fahrzeug stoppte.

Ein PZ schrie: „Captain!“

„Bringe die Sprengstoffe an. Wir werden sie so lange aufhalten“, rief Nabera.

Eine Autotür wurde zugeschlagen. Noch eine.

„Was zum Teufel?“ Bulls dröhnende Stimme war deutlich zu hören.

Ihre Freunde. *Ja!*

Die Erleichterung, die über Kit hinwegschwappte, löste sich umso schneller wieder auf. Aric war in dem Auto. *Nein, nein, nein.* Ihre Hände ballten sich zu Fäusten. *Bringt Aric hier weg. Gott, bitte.*

Bull brüllte: „Verschwinde verdammt nochmal von hier, Frankie.“

„Geh, Yorkie.“ Hawks dunkler Befehl brachte neue Ängste. Er würde nicht gehen – und er könnte verletzt werden. Er könnte getötet werden.

Der Motor brummte zum Leben und dann quietschten die Reifen. Als das Geräusch des Fahrzeugs verblasste, sackte Kit erleichtert zusammen.

Vielleicht würde sie hier sterben – sie alle könnten hier sterben –, aber ihr Baby würde leben. Und Frankie wäre am Leben, um sich um ihn zu kümmern.

KAPITEL ELF

Alles, was es wert ist, beschossen zu werden, ist es auch wert, zweimal beschossen zu werden. Munition ist billig, das Leben ist teuer. - Regeln für eine Schießerei

Hawk bekam von seinem Bruder ein Paddleholster mit einer Glock 19 und einem zusätzlichen Magazin. Bull hatte sich Waffen aus der „Waffenkammer" seines Fahrzeugs geholt, bevor Frankie davongerast war.

Zumindest war die kleine Yorkie in Sicherheit. Jetzt mussten sie sich darauf konzentrieren, Kit aus dieser ätzenden Situation mit den – wie er annehmen musste – Zeloten zu holen. Hawk schob das Holster auf seinen Gürtel und steckte das Magazin weg. Bull hatte bereits seine Feuerwaffe angelegt – einen Colt M1911.

Von der Rückseite des Hauses schienen sporadisch Schüsse zu kommen. Ein Mann schrie etwas über Sprengstoff.

Sprengstoff. So konnte man einen einfachen Zugriff auch verkomplizieren. *Verdammt, Kit, pass auf dich auf.*

Hawk brauchte Informationen. Er schwang sich auf den Sichtschutzzaun und stützte sich mit seinen Armen ab, um darüber hinwegsehen zu können, während er betete, dass ihm nicht der Kopf weggeblasen wurde.

Fuck. Dicke Hecken teilten den Garten in kleine, abgeschlossene Bereiche. Es gab keine Möglichkeit, durch die verdammten Büsche zu kommen.

Er konnte kaum die Köpfe der Männer in der hinteren linken Ecke sehen. Und warum waren ihre Waffen nach oben gerichtet?

Oh, fuck. Hawk ließ sich fallen. „Die Frauen sind auf dem Dach."

Bull kniff die Augen zusammen. „Ich gehe hinein; du gehst herum."

„Verstanden." Hawk joggte los und spähte um die Ecke. Er könnte ... Ja, ein Baum am anderen Ende des Zaunes hatte überhängende Äste. Perfekt.

Bull verschwand im Haus.

Dann mal los.

Hawk sprintete an dem Sichtschutzzaun vorbei, sprang, packte einen Ast und schwang sich hoch.

Ein PZ war bereits im Baum, Pistole in der Hand, und versuchte, einen guten Winkel zu bekommen, um auf die Frauen zu schießen. Er sah Hawk und feuerte.

Daneben.

Hawk senkte sich mit dem Bauch auf den Ast, schwang seine Beine herum, trat dem Arschloch gegen die Schulter und katapultierte ihn gegen den Baumstamm. Dem folgte Hawk mit einer Faust auf den Kiefer des Zeloten, womit er ihn k.o. schlug.

Einer ausgeschaltet.

Nachdem Hawk den Mann sanft heruntergelassen hatte, um nicht gehört zu werden, zog er seine Glock. Der gesamte Bereich roch nach dem Schwefel des Schießpulvers, und überall im Garten standen Männer.

Da weiß man gar nicht, auf wen man zuerst schießen soll.

Er zielte auf den Kerl, der am weitesten entfernt war, dann auf einen zweiten. Alle beiden ausgeschaltet.

Bulls .45 Colt spaltete die Luft.

In der Ferne heulten Polizeisirenen.

„Ruf unsere Fahrer an!“, brüllte Nabera. „Raus hier!“

Als die Feiglinge über den Zaun hüpften, schwang sich Hawk am Ast nach unten und trat dem nächstbeliebigen Arschloch gegen den Kopf. Der Mann fiel wie ein Baum.

Der Rest sprintete davon und sprang in zwei Transporter, die gerade an den Bordstein gefahren waren.

Als die Vans davonrasten, packte Hawk seine Glock mit einem finsteren Blick weg. Die hinteren Nummernschilder der Transporter waren mit Schlamm bedeckt und nicht lesbar. Bevor es die Bullen herschafften, wären die Zeloten schon längst auf dem Spenard Thruway und damit unauffindbar.

Nicht seine Sorge. Er musste nach Bull sehen – und die Frauen in Sicherheit bringen. Nur Gott wusste, wie das alles ausgegangen wäre, hätten die Bastarde Zeit gehabt, Sprengstoff anzubringen.

Auf dem Dach bewegten die Frauen die Leiter. Von unten gab Bull mit seiner dröhnenden Stimme Anweisungen.

Passt. Er würde sich ihnen gleich anschließen. In einer Minute. Nachdem er die beiden bewusstlosen PZs gefesselt hatte, zog er sie näher an den Zaun und vom Haus weg, bevor er sich umsah und nur noch die zwei toten Männer sah.

Auf der anderen Seite des Zaunes joggte er zur Vorderseite des Hauses.

Am Fuße der neu positionierten Leiter half Bull den Frauen nach unten und wies sie an, zum Haus auf der gegenüberliegenden Straßenseite zu gehen. Das Personal des Frauenhauses und die Bewohner hatten sich bereits dort versammelt.

Die Sirenen waren jetzt näher. Die Zeloten würden nicht riskieren, zurückzukehren.

Wo war Kit? Sein Magen verkrampfte sich, als er sie nicht entdeckte.

Nein, da war sie. Noch auf dem Dach. Sie wartete darauf, dass die anderen vorgingen. Gesicht aschfahl, Augen weit. Er ließ schnell den Blick über sie schweifen. Hauptsächlich Kratzer. Der rechte Ärmel war blutig.

Sie stand jedoch aufrecht und bewegte sich. Sein Magen entspannte sich.

Dann sah sie ihn. Nachdem sie den Blick über ihn schweifen ließ, so wie er es bei ihr getan hatte, erfüllte Erleichterung ihren Ausdruck. Nach einer älteren Frau ging Kit als letzte die Leiter hinunter.

Gerade als sie den Fuß auf den Boden setzte, erschütterte eine laute Explosion das Gebäude.

Hawk hob sie in seine Arme und sprintete Bull nach, der sich die ältere Frau geschnappt hatte.

Auf der anderen Straßenseite stellte Hawk Kit auf die Füße und legte eine Hand unter ihren Ellbogen, bis er sicher war, dass sie ihr Gleichgewicht gefunden hatte. „Alles okay bei dir?"

„Ja." Sie lehnte sich einen Moment an ihn. „Danke. Wieder einmal."

„Ich kann mir niemanden vorstellen, den ich lieber retten würde." Die Worte waren raus, bevor er sie zurücknehmen konnte.

Sie blinzelte, errötete und lächelte ihn an.

Ein weiterer Knall ertönte.

„Anscheinend haben die Bastarde ihren Sprengstoff angebracht." Bull setzte die ältere Dame ab. „Alles in Ordnung bei Ihnen, Ma'am?"

„Nein. Aber ich danke dir, junger Mann." Tränen rannen über die Wangen der Frau. Sie eilte zu den anderen.

Bulls Gesicht füllte sich mit Sorge. „Ich muss sie verletzt haben, als ich –"

„Du hast sie nicht verletzt, Bull", sagte Kit leise. „Marys Ehemann ist bei den Zeloten der Sprengstoffexperte. Es ist schwer, wenn man akzeptieren muss, dass dein eigener Ehemann, mit dem du dreißig Jahre verheiratet warst, dich lieber umbringen würde, anstatt dich gehen zu lassen."

Hawk erstarrte. *Verdammter Hurensohn.*

Er sah die gleiche Wut in Bulls Gesichtsausdruck – und die Traurigkeit in Kits Augen. Sie war nur ein paar Monate mit ihrem Bastard eines Ehemannes verheiratet gewesen, aber ja, sie konnte wahrscheinlich nachempfinden, was Mary gerade durchmachte.

Scheiße, er hatte keine Ahnung, was er sagen sollte. Stattdessen rieb er mit seiner Hand tröstend über ihren Rücken und machte sich dann daran, ihren Arm zu begutachten.

Kit war sich nicht sicher, wie viel Zeit vergangen war. Anstatt die Frauen mit einer Fahrt zur Wache zu traumatisieren, hatte die Polizei sie im Haus des Nachbarn befragt, wo sie die Unterstützung des Frauenhauspersonals und voneinander hatten. Natürlich war es kein Geheimnis, was passiert war, denn während der Befragungen war Arella, eine der ehrenamtlichen Mitarbeiterinnen, in Tränen ausgebrochen und hatte gestanden, dass sie einen „Freund" hereingelassen hatte.

Eine nette Polizistin hatte mit Kit gesprochen und sie dann den Sanitätern übergeben, um ihren Arm bandagieren zu lassen.

Kit wartete darauf, dass die Polizei das Gespräch mit Hawk und Bull beendete, und entdeckte in dem Moment Bulls SUV, der an einem Polizisten an der abgesperrten Straße vorbeifuhr.

Hoffnung blühte in ihr auf.

Der SUV parkte hinter den Polizeiautos. Frankie sprang heraus und öffnete die Hintertür zu Aric auf seinem Kindersitz.

Als Kit losrannte, konnte sie ihren Jungen: „Mama!" schreien hören.

In der Sekunde, in der er aus dem Auto sprang, fiel Kit auf ihre Knie und umarmte ihn. „Mein Baby."

Seine Arme schlangen sich um ihren Hals und erwürgten sie halb. „Mama!" Er weinte unkontrolliert.

Ein Schluchzen entrang ihr, als sie ihre Wange an sein Haar

drückte. Alles, was sie wollte, war, zusammenzubrechen und mit ihm zu weinen.

Gott, er war in Sicherheit. Nur darauf kam es an.

Sie sah zu ihrer besten Freundin. „Danke", flüsterte sie.

Frankies Augen waren mit Tränen gefüllt, aber sie lächelte. „Das gehört zu meinen Aufgaben als Patentante. Obwohl er wirklich sauer auf mich war, als ich ihn von dir und Hawk weggebracht habe."

„Gott sei Dank", murmelte Kit.

„Ich wollte bleiben und helfen, aber, *cazzo*, wenn Hawk einen Befehl gibt, ist er noch gruseliger als Bull." Frankie schnaubte und dann grinste sie. „Ich kann nicht glauben, dass Bull zusätzliche Waffen in seinem SUV herumfährt. Ich meine, ein Gewehr könnte ich noch verstehen, aber er hat ein ganzes Waffenarsenal."

„Ja, natürlich." Bull ging zu ihr und schlang den Arm um Frankies Rücken, um sie für einen innigen Kuss an sich zu ziehen. „Schließlich brauche ich genug, um mit meinen Brüdern teilen zu können. Man weiß ja nie, wann sich einige Arschlöcher denken, in ein Frauenhaus einfallen zu müssen."

„Er muss sich neu eindecken." Hinter Kit war ein kratziges Lachen zu hören. „Die Polizei hat unsere Waffen beschlagnahmt."

„Hawk!" Hawk hob einen quietschenden Aric in die Arme, setzte ihn auf seine Hüfte und streckte seine freie Hand nach Kit aus.

Sie nahm seine Hand. Wie oft hatte er in den letzten Tagen beiläufig seine Hand ausgestreckt, um ihr auf die Füße oder aus dem Hubschrauber zu helfen? Er bot es nur an und ließ sie entscheiden.

Mittlerweile dachte sie nicht einmal mehr nach, bevor sie seine Hand nahm.

Sobald sie stand, zog er sie so nah an sich, dass Aric sich an ihre Hand klammern konnte.

Kit warf einen Blick auf die rauchende, halb zerstörte Unterkunft. Ihr Baby musste das nicht sehen. „Wann können wir von hier verschwinden?"

„Jetzt", sagte Hawk.

„Die Polizei weiß, wo sie uns finden kann." Bull gluckste. „Wir haben erwähnt, dass unser Bruder der Polizeichef von Rescue ist und gleich neben uns wohnt."

Kit schnappte nach Luft. „Ihr wart Verdächtige? Ich kann einfach nicht fassen, dass –"

„Wir haben Menschen getötet. Natürlich werden sie uns genau beleuchten", sagte Bull.

Sie hatten ... für sie getötet. *Wieder einmal.* Kit starrte Hawk an. „Es tut mir leid. Es tut mir so leid."

Er berührte ihre Wange. „Hast du die Arschlöcher eingeladen, zum Frauenhaus zu kommen?"

„Natürlich nicht!"

„Schultere keine Schuldgefühle, die nicht auf deine Kappe gehen."

„Ich ..." Er hatte Recht.

Sein harter blauer Blick wurde weicher.

„Kit", sagte Bull. „Hast du dein Vorhaben umgesetzt?"

Mit anderen Worten: Hatte sie das Geld verteilt? „Habe ich." Ihr Blick war auf das Frauenhaus gerichtet. Feuerwehrleute löschten die Flammen, die durch den Sprengstoff entstanden waren. „Ich schätze, es ist gut, dass niemand die Chance hatte, das Geld in die Zimmer zu bringen."

Frankie schaute sich um. „Wurde jemand von den Frauen oder den Kindern verletzt?"

„Ein paar Splitter, ein paar Kratzer an Händen und Beinen. Nichts Ernstes." Kit sah zu Hawk. „Wurde einer der Mitarbeiter verletzt?"

Er nickte.

Bull ging mehr darauf ein: „Die Mitarbeiterin, die die Männer hereinließ, hat eine Wunde am Kopf. Die Dame an der Rezeption versuchte, die Eindringlinge abzuwehren, und wurde k.o. geschlagen. Sie hat eine Gehirnerschütterung. Zwei weitere standen etwas nah an der Explosion. Nichts Lebensbedrohliches."

Hawk ließ Aric auf seinem Arm hüpfen und sagte: „Gehen wir. Das Kind braucht Cookies."

Anstatt zu lachen, legte Aric seinen Kopf auf Hawks Schulter – ohne seinen Griff an Kits Hand zu lockern.

Ihr Junge war traumatisiert. Schon wieder.

Die Wut kochte in ihr über, selbst als sie zustimmend nickte.

Sie seufzte.

Aric würde heilen, zumal er seinen eigenen persönlichen Beschützer hatte, an den er sich jederzeit lehnen konnte. Dank Hawk und Frankie und den anderen war ihr Sohn bei ihr und nicht länger eine Geisel auf dem PZ-Gelände. Sie waren frei.

Kit drückte Arics Hand und lächelte Hawk an. „Ja, wir brauchen unbedingt Cookies."

Nachdem er sich mehrmals unter der Dusche eingeseift hatte – denn, verdammt, jeder Kampf dieser Art gab ihm das Gefühl, von Kopf bis Fuß mit Blut bedeckt zu sein –, marschierte Hawk durch sein Haus, um herunterzukommen.

Eine Nachricht von Bull kam auf seinem Handy herein: **Wir essen alle bei Mako. Komm rüber.**

Er blickte finster auf das Display und versuchte, zu entscheiden, ob er sich den anderen anschließen wollte.

Essen war keine schlechte Idee, und nach einem Kampf bei seinen Brüdern zu sein, würde das unbehagliche Gefühl in seinem Eidechsengehirn besänftigen. Mit ihnen konnte er sich entspannen, weil er nicht der Einzige war, der auf eine potenzielle Gefahr achtete.

Aber in der Nähe anderer zu sein? Trotz Dusche fühlte es sich immer noch so an, als würde jeder, der ihn sah, die Dunkelheit in seiner Seele sehen.

Er war ein Mörder und der Sohn eines gewalttätigen Mannes. Er war einfach verdammt verkorkst.

Meine Fresse, reiß dich zusammen, Dummkopf. Er atmete tief ein und ging dann nochmal die Gesprächspunkte durch, die er nach der Mission auf das PZ-Gelände mit seinem Psychiater besprochen hatte. Sein Psychiater war ein Ex-Soldat und hatte ebenfalls viel Scheiße gesehen. Der Doc hatte Hawk zwei Fragen gegeben, die er sich stellen sollte, wenn er das Erlebte verarbeiten wollte.

Erstens: Warum habe ich heute getötet?

Die Antwort war recht klar. Um zu verhindern, dass hilflose Frauen und Kinder ermordet werden.

Zweitens: Hätte ich noch etwas tun können?

Nicht, ohne das Leben der Unschuldigen zu riskieren.

Also dann.

Ein weiterer Text kam von Bull: **Kannst du bei mir vorbeigehen und Kit und Aric mitbringen?**

Ah, Kit hatte immer noch kein Handy. Sobald sie anfing, alleine das Gelände zu verlassen, würde sie eins brauchen.

Er schrieb zurück: **Ok.**

Wenige Minuten später trat er in Bulls Hütte, rief ihren Namen und ließ sie damit wissen, dass sie Gesellschaft hatte. „Kit."

„Hier hinten." Im Flur erschien ihr Kopf. Sie lehnte an dem Türrahmen zu ihrem Zimmer.

Er schloss sich ihr an und sah, warum sie ihm nicht entgegengekommen war. Neben der Kommode in Kindergröße stand Aric. Er trug nur einen Schlüpfer, als er ein rotes T-Shirt und eine dunkelblaue Latzhose aus der Schublade zog. Das Ankleiden war mit vier eine ernste Angelegenheit.

„Warum hat er sich bei mir immer für die seltsamsten Farbkombinationen entschieden?", murmelte Hawk. Lila karierte Shorts mit einem grellen orangefarbenen Paisley-Hemd. Die Kombination hatte Hawks Augen bluten lassen.

Ihr rechter Mundwinkel zuckte. „Weil ich nur ein paar Ober-

und Unterteile in die Schubladen lege. Sie alle passen zusammen, egal, für was er sich entscheidet. Ich verstecke die anderen Kleidungsstücke und tausche sie hin und wieder aus.

Hawk hob eine Augenbraue. „Du bist hinterhältiger, als du aussiehst."

„Ich habe beeindruckende Mami-Fähigkeiten." Ihre braunen Augen strahlten. Ihre Schönheit machte ihn sprachlos.

Sie runzelte die Stirn. „Hast du nach Bull gesucht?"

„Nein. Ich wollte euch holen kommen. Bei Mako gibt es Essen."

„Oh. Hmm." Die Falten auf ihrer Stirn vertieften sich. „Ich denke, herumzusitzen und zu schmoren, ist ohnehin keine gute Idee."

Sie waren sich sehr ähnlich, nicht wahr?

Nachdem Aric sich angezogen hatte, zog er die Klettverschlüsse an seinen Turnschuhen fest und rannte zu Hawk. „Ich habe Hunger."

Dass Aric wie ein normales Kind nach Essen verlangte, rettete Hawk den Tag. „Ich auch."

„Ich auch. Dann los." Kit drehte sich ruckartig um und zuckte zusammen.

„Du hast Schmerzen." Er legte eine Hand auf ihre Schulter, und spürte, wie sie sich anspannte, bevor sie sich wieder entspannte.

„Nicht wirklich. Nachdem ich Leitern hoch- und runterklettern musste, sind meine Rippen etwas wund. Und vom Dinge werfen ..."

„Dinge werfen?", fragte Aric.

Hawk verzog das Gesicht. Vielleicht kein gutes Beispiel für ein Kind. Dennoch würde es nicht schaden, wenn er wüsste, dass seine Mutter nicht hilflos war. „Sie warf Sachen auf die bösen Männer, um zu verhindern, dass sie jemanden verletzen. Verdammt mutig."

Arics Augen weiteten sich. Er hatte gesehen, wie die PZs seine

Mutter verletzt hatten und dachte, sie sei wehrlos. Machtlos. Der Junge war zu jung, um zu verstehen, dass er der Grund war, warum sie sich nicht gewehrt hatte.

Sie gingen gemeinsam zu Makos Hütte und wurden von allen dort begrüßt.

Das Essen war so gut. Caz hatte sich nach mexikanischem Essen gesehnt und entschieden, dass sich jeder seine Favoriten selbst zusammenstellen sollte. Es gab Teller mit warmen Tortillas, knusprigen Taco-Schalen, ein würziges Gericht mit Rind und Bohnen, Käse, Salat, Sour Cream und Guacamole. Die Gesundheitsfreaks, zu denen Hawk sicher nicht gehörte, machten sich Taco-Salate. Die Kinder wählten die Originalvariante.

Nachdem er ein paar Nachos gegessen hatte, verdrückte Hawk zwei Burritos und trank eines von Bulls Bieren.

Zu seiner Überraschung fühlte er sich trotz der Menschenmenge recht wohl. Audrey, Frankie und JJ waren gute Menschen. Und er mochte es, die Kinder in der Nähe zu haben, wo er wusste, dass sie in Sicherheit waren. Gleiches galt für Kit.

Ja, es ging ihm besser. Obwohl die Nacht nicht gut werden würde. Das war sie nie, nachdem er jemanden getötet hatte.

Während des Essens bot jeder eine Zusammenfassung seines Tages an, gut und schlecht. Caz erzählte von der Mutter, die ihm letzte Woche als Dankeschön für die Behandlung ihrer Tochter einen hausgemachten Erdbeerkuchen vorbeigebracht hatte. Er hatte von Bull und Gabe viel ertragen müssen, weil er es gewagt hatte, den Kuchen mit seinem Personal zu teilen, anstatt ihn nachhause zu bringen.

JJ lachte, als sie von dem Stau erzählte – in der Stadt mit zwei Straßen –, der von einer Elchmama und ihrem Baby verursacht worden war.

Für einen Autor, der historische Bücher schrieb, hatte Audrey recherchiert, was die Leute vor Toilettenpapier verwendet hatten. Maishülsen und Königskerzenblätter waren weit verbreitet gewesen. Sie rollte mit den Augen und erwähnte die häufigsten Fehler – wie die Verwendung von Giftefeu.

Meine Fresse.

Die Diskussion rund um die Sache im Frauenhaus war auf nach dem Abendessen vertagt worden.

Jetzt lief der Geschirrspüler und alle zogen ins Wohnzimmer. Ein paar weitere Sitzmöglichkeiten waren aufgestellt worden, um alle zu beherbergen.

Als Kit sich auf einem Sessel niederließ, warf JJ grinsend Kissen und Decken zu ihren Füßen – was Aric und Regan magisch anzog.

Nachdem er JJ dankend zugenickt hatte, setzte sich Hawk auf das Sofa unweit von Kit und den Kindern. Wenn das Thema über die Zeloten Aric verstören würde, wäre er in der Nähe.

Gryff schloss sich den Kindern auf dem Kissenstapel an, legte sich hin und platzierte seine Schnauze auf Arics Bein, und Sirius, Regans große Katze, kletterte auf ihren Schoß.

Noch bevor Kit anfing, über die Attacke zu sprechen, waren die Kinder eingeschlafen.

Sie sahen so verdammt friedlich aus. Der unangenehme Druck in Hawks Brust ließ nach und verschwand vollkommen. Während die Gruppe über den Kampf und die Explosionen sprach, kehrte der Druck nicht zurück.

„Das war's", sagte Bull schließlich und schloss das Thema mit den Verhören ab. „Möglich, dass sie dich anrufen, Gabe, da wir deinen Namen erwähnt haben."

„Dann ist dieser schicke Job als Polizeichef wenigstens für etwas gut." Gabe grinste und wandte sich an Kit. „Jetzt hattest du etwas Zeit, um über deine Handlungen nachzudenken. Was würdest du anders machen? Was hast du richtig – oder falsch – gemacht?"

Kit starrte ihn an. „W-Was?"

JJ schnaubte. „Willkommen zu deiner ersten Nachbesprechung. Das ist einer der Nachteile, wenn du hier wohnst."

„Wie ihr es mit den Kindern nach dem Kriegsspiel gemacht habt?“ Kit wandte sich an Hawk, als hätte er all die Antworten.

Das fühlte sich ... anders an. Gut fühlte es sich an. Er nickte und fügte hinzu: „Es hilft, um beim nächsten Mal bessere Entscheidungen zu treffen.“

„Jeder vermasselt es früher oder später. Aber den gleichen Fehler zweimal zu machen – das kann vermieden werden“, sagte Gabe leise.

Er war ihr Anführer gewesen, noch bevor sie die Pflegefamilie verlassen hatten. Obwohl Hawk ihm immer noch manchmal in den Arsch treten wollte.

Im Moment nicht so sehr. Die resultierende Verbitterung, die von ihrer gemeinsamen Zeit bei den Söldnern gekommen war, war so ziemlich verschwunden.

„Fehler.“ Kit biss sich auf ihre Unterlippe und überlegte. „Ich bin mir nicht sicher –“

„Als dir bewusst wurde, dass die Zeloten im Gebäude sind, war dir sofort klar, wie du da rauskommen sollst?“, fragte Caz in einem sanften Tonfall.

„Oh. Oh, okay, jetzt verstehe ich, was du meinst.“ Sie warf Hawk einen unglücklichen Blick zu. „Ich habe nicht getan, was du mir beigebracht hast. Das habe ich erst, als ich aus dem Raum kam. Im Raum wusste ich nicht, was vor den Fenstern war oder wohin eine der Türen führte, ob es ein Schrank oder ein Ausgang sein würde.“

„Es war ein Schrank, nehme ich an?“, fragte JJ in einem trockenen Ton.

„Oh ja.“ Kit atmete zittrig ein. „Ich habe es vermasselt.“

„So lernt man. Beobachte, wie Hawk automatisch einen geschlossenen Raum beurteilt.“ Gabe deutete auf Aric. „Deinen Sohn kannst du auch beobachten. Sie sind wahrscheinlich besser darin, als wir alle zusammen.“

Kits Augenbrauen zogen sich zusammen, und sie wandte sich wieder an Hawk. „Warum du und Aric?“

Auch wenn es sich anfühlte, als würde er alte Wunden aufreißen, verdiente sie eine Antwort. „Schläge. Wenn du etwas Derartiges durchmachst, suchst du instinktiv den schnellsten Weg, um Schlägen zu entkommen."

„Ich habe diesen Instinkt nicht."

Er wollte ihre Hand nehmen und sie trösten. Stattdessen gab er ihr Ehrlichkeit. „Du konntest nicht entkommen, weil es dir nicht erlaubt war. Bei Kindern ist es die erste und meist einzige Verteidigung."

„Aric ist gut darin", flüsterte sie. „Das musste er sein." Schmerz und Reue zeigten sich in ihren Augen, als ihr Blick zu Aric wanderte. Sie hatte ihn nicht verteidigen können.

Sie sah wieder zu Hawk, und er konnte sehen, dass sie erkannt hatte, was er mit ihrem Sohn gemeinsam hatte. Genau wie Aric war er als Kind dazu gezwungen worden, vor Erwachsenen zu fliehen.

Statt Mitleid zeigte ihr Gesichtsausdruck nur Respekt. „Dann werde ich weiter von dir lernen ... und von Aric."

Wenn er doch nur die richtigen Worte finden könnte. Ein Nicken musste reichen.

„Das ist doch ein Plan", sagte Gabe zustimmend. „Wie wäre es mit einer Pistole für dich?"

„Danke, aber nein." Sie lächelte die drei Frauen im Raum an, bevor sie Gabe sagte: „Sie boten mir an, es mir beizubringen, aber ... ganz ehrlich, ich glaube nicht, dass ich jemanden erschießen könnte. Jemanden schlagen, ja. Erschießen? Nein."

Gabe warf Hawk einen Blick zu. Das hatte er sich bereits gedacht, jedoch war es beeindruckend, dass sie ihre Grenzen kannte.

„In dem Fall." Gabe wandte sich an Frankie und JJ. „Wenn sie sich besser bewegen kann, könnt ihr Kit Selbstverteidigung beibringen. Sodass sie entkommen und wegrennen kann, wenn man sie packt."

„Mega.“ Frankie grinste ihre Freundin an. „Ich versuche schon seit Ewigkeiten, dir ein paar Moves beizubringen. Endlich.“

JJ lachte. „Ich habe ein paar fiese Moves, die für Frauen in unserer Größe gut funktionieren. Das wird Spaß machen.“

„Oje.“ Kit kaute auf ihrer Unterlippe herum und nickte dann. „Okay. Ich mag es nicht, hilflos zu sein – ich würde mich über ein paar Tipps und Tricks freuen.“

Hawk wusste, dass sie keine Kämpferin war. Sie hatte keinen bösen Knochen in ihrem Körper, aber sie hatte eine innere Stärke, die er respektierte. Sie würde alles geben, um die Fähigkeiten zu erwerben, die erforderlich waren, um sich und ihren Sohn verteidigen zu können.

Nicht, dass sie diese Fähigkeiten nutzen müsste. Nicht, solange er in der Nähe war.

Bull nickte ihr zu. „Im Frauenhaus, als du nach draußen kamst, hast du es geschafft, die Situation rational zu beurteilen. Du hast herausgefunden, dass du auf dem Dach außer Reichweite wärst. Du hast den Frauen gesagt, die Leiter hochzuklettern und die PZs davon abgehalten, dir zu folgen. Gut gemacht.“

Das Rosa, das sich in ihre Wangen schlich, ließ ihr Gesicht leuchten.

Hawk kniff die Augen zusammen. Sie war es nicht gewohnt, zu hören, dass sie etwas gut gemacht hatte, oder? Er wusste genau, wie sich das anfühlte. Als Kind hatte er verdammt nochmal geweint, als der Sarge zum ersten Mal *‚gut gemacht‘* zu ihm gesagt hatte.

Er musste daran denken, sie stets zu loben, wenn das Lob angebracht war. Mit Aric war es einfacher. Nicht so bei einer erwachsenen Frau.

Aber sie brauchte diese Versicherung, also würde er diese Aufgabe ernst nehmen.

KAPITEL ZWÖLF

Wenn du der Person in den Hintern treten könntest, die für die meisten deiner Probleme verantwortlich ist, würdest du einen Monat lang nicht sitzen können. - Theodore Roosevelt

Die Nacht war so beschissen gewesen, wie Hawk erwartet hatte.

Er wachte schweißgebadet auf, da sich die Auseinandersetzung im Frauenhaus in einer Endlosschleife in seinem Kopf abspielte. In Zeitlupe schießen und den ekelerregenden Schaden sehen, den jeder Schuss verursachte. Jede Wiederholung war etwas anders, und während der letzten war er sogar zu langsam. Der Zelote im Baum hatte auf ihn geschossen, und er war nicht in der Lage gewesen, sich zu bewegen, als Bull niedergeschossen wurde. Dann war das Haus mit den Frauen auf dem Dach explodiert.

Ihr Schreien hatte ihn aus dem Albtraum gerissen, Gott sei Dank.

Er wischte sich den Schweiß mit einem Waschlappen ab, ließ sich von dem kalten Gefühl erden und trank dann ein Glas Wasser, um den bitteren Geschmack aus seinem Mund zu spülen.

Er trat aus seiner Hütte und ließ den Blick über den Innenhof schweifen. Die Nacht war grau und kalt. Beruhigend leise. Barfuß patrouillierte er den Hof, um sich zu vergewissern, dass es keine Eindringlinge gab.

Sein Verhalten war manchmal dem von Mako sehr ähnlich.

Ein schiefes Lächeln zeigte sich auf seinen Lippen. Es gab schlechtere Vorbilder als den ehrenwerten First Sergeant.

Da sich sein Magen etwas beruhigt hatte, zog Hawk sich ein Flanellhemd und Socken an, holte seine Geige und ließ sich auf seiner Terrasse nieder.

Als er die Saiten stimmte, trieb der Nebel wie verweilende Geister aus seinen Träumen über den See. Unter dem Nebel lag das stille schwarze Wasser.

Der See war sein Talisman. Unendlich wandelbar. Kreierte Leben, nahm Leben. Immer wunderschön.

Oft genug spielte er nachts vor der Dame des Sees und bot ihr die traurigen, eindringlichen Melodien aus seinem Herzen an. Und im Gegenzug würde sie ihm ein paar Stunden Frieden gewähren.

So wie sie es jetzt tat.

Als seine Finger zu kalt wurden, um zu spielen, ging er noch ein paar Stunden ins Bett und stand zu seiner gewohnten Zeit auf.

In einer Jogginghose und einem T-Shirt war er bereit, eine Runde zu joggen. Er band sich gerade die Laufschuhe zu, als Aric durch die Tür schlüpfte.

„Hey, Großer."

Mit müden Augen lehnte sich Aric an sein Knie und drückte sich fest an ihn. Ja, Hawk war nicht der Einzige, dem der gestrige Tag nahe gegangen war.

„Hungrig?"

Ein Nicken des blonden Kopfes.

Hawk streichelte eine Hand über Arics Haar, das weicher war als das Fell eines Welpen. „Okay." Eine Banane und Milch würden den Jungen bis zum Frühstück über die Runden bringen. „Deine Mutter schläft noch?"

Wieder ein Nicken.

Gut so. Der Tag gestern war auch für sie stressig gewesen.

Für sie alle. Deswegen wollte er rennen, um die Gefühle des gestrigen Tages abzuschütteln.

Während das Kind aß, ging Hawk auf die Terrasse, um zu sehen, in welchem Haus bereits Lichter brannten. Es war Samstag, also schliefen Bull und Frankie wahrscheinlich aus. Gleiches galt für Caz und JJ. Gabe hatte geplant, früh in die Polizeistation zu gehen – und in seinem Haus brannte Licht. Möglich, dass auch Audrey wach war.

Für den Fall, dass Kit aufwachte, schrieb Hawk eine Notiz und klebte sie an seine Glasschiebetür. ***Aric ist bei Audrey.***

Anschließend sagte er zu Aric: „Lass uns zu Audrey gehen."

Niemals unwillig, jemanden zu besuchen, solange Hawk mitging, rutschte Aric von seinem Kinderstuhl und ... landete auf nackten Füßen. Zur Hölle nochmal.

Hawk machte die Geste für *„Willst du hoch?"* und Aric nickte. Nachdem er das Kind auf seine Schultern gesetzt hatte, joggte Hawk zu Gabes Haus, dem ersten in der Reihe, und klopfte dann an die Glasschiebetür.

Von der Küche wies Audrey ihn an, hereinzukommen.

„Guten Morgen, ihr beiden. Alles okay?" Sie sah eine Minute lang verwirrt aus und lachte dann. „Lass mich raten. Du willst unbedingt joggen gehen und fragst dich, ob ich so lange auf Aric aufpasse?"

„Yeah. Wenn das in Ordnung ist?"

„Ich mag Gesellschaft." Sie lächelte Aric an und bemerkte wahrscheinlich, wie sich die Hände des Kindes um Hawks Haare festigten.

Vielleicht war es gerade keine gute Idee, joggen gehen zu wollen. Oder er könnte das Kind auf seinen Rücken schnallen und –

Audrey neigte den Kopf. „Wie wäre es, wenn wir in das ... ähm, das Ding klettern?"

„In das Scharfschützennest?“, vermutete Hawk.

„Ja, genau. Von dort sind wir in der Lage, dich beim Joggen zu beobachten. Klingt das gut, Aric?“

Der Griff an Hawks Haar entspannte sich. „Okay.“

Hawk setzte Aric ab und zeigte auf den Flur. „Stört es dich, wenn ich da durch gehe?“

„Mach nur.“ Sie nahm Arics Hand und führte ihn zur Treppe. „Das wird dir gefallen. Von dort kannst du alles sehen.“

Nachdem Hawk aus der Seitentür der Garage geschlüpft war, nahm er sich eine Minute Zeit, um sich zu dehnen. Schließlich war er kein junger Mann mehr, der einfach losrennen konnte. Verletzungen und sein ansteigendes Alter hatten ihn gelehrt, das Aufwärmen mit Vorteilen kam.

Er lief langsam und entspannt los, über die Feld- und Schotterstraße in Richtung der Swan Avenue.

Nachdem er über den Landestreifen gerannt war, den er in den Nebensaisonen für sein Flugzeug benutzte, wenn er nicht auf dem Schnee oder dem Wasser landen konnte, blieb er stehen und drehte sich um, um auf Gabes Haus zurückzublicken.

Es gab keine Möglichkeit, Bewegungen auf dem winzigen Dachboden zu erkennen. Das war Teil des Designs gewesen. Die Stämme und Schindeln verdeckten Schiebeluken an verschiedenen Stellen und in verschiedenen Höhen. Jedes Haus hatte ein Scharfschützennest, das ein ausgezeichnetes Schussfeld bot.

Mako hatte darauf bestanden.

Unter der Annahme, dass Audrey und Aric zusahen, winkte Hawk ihnen zu und setzte dann seinen Lauf fort.

Die Luft war erfrischend mit dem feuchten Duft des Sees und der grünen Pflanzenwelt. Ein Fellhaufen am Straßenrand zeigte, dass ein Elchkalb zum Abendessen für etwas geworden war – wahrscheinlich für einen hungrigen Braunbären.

Die Jungtiere jeder Art waren am verletzlichsten.

Er rannte schneller, als Wut ... und Entschlossenheit in ihm erwachten. Die Eremitage beherbergte zwei Kinder. Nichts und niemand würde sie jemals verletzen.

Oder die Frauen. Vor allem nicht Kit.

Aber sie war eine Erwachsene, und trotz allem, was sie durchgemacht hatte, bunkerte sie sich hier nicht ein, wo es sicher war. Sie hatte Caz und Gabe gefragt, ob es in der Stadt verfügbare Jobs gab, die nicht viel Heben erforderten.

Und jeden Tag war Aric weniger darauf angewiesen, seine Mutter oder Hawk in der Nähe zu haben. Der Junge könnte sogar Regan in die Sommerschule begleiten.

Es war gut, dass die beiden mit dem Leben weitermachten.

Es war gut, dass Kit heilte und sie schon bald in ihre eigene Unterkunft ziehen könnte.

Das war es.

Oder?

Himmelherrgott, sie hatte wirklich tief und fest geschlafen.

Gähnend machte sich Kit auf die Suche nach ihrem Jungen. Er war nicht in Bulls Haus.

Sie versuchte es bei Hawk. Als sie die Terrassenstufen hochging, hörte sie Arics hohes Kichern.

Sie klopfte an die Glasschiebetür und sofort kam Aric angerannt und ließ sie herein – und dann warf er die Arme um sie.

Es war eine klebrige Umarmung. Er roch nach Ahornsirup, und das Haus roch süßlich.

Hawk saß an der langen Kücheninsel und aß Pancakes. Das hatte sie gerochen.

Enttäuschung fegte durch sie, dass sie nicht rechtzeitig aufgestanden war, um welche essen zu können. Sie küsste Aric auf den Kopf. „Guten Morgen, Honigbär. Guten Morgen, Hawk."

Aric hielt sich an ihren Beinen fest und lehnte sich zurück, damit er ihr ins Gesicht sehen konnte. „Mama, ich bin weit hoch. Mit Audrey. So hoch. Wir haben Hawk gesehen."

War es nicht wundervoll, seinen süßen Erklärungen zu lauschen? „Habt ihr das?" Sie erinnerte sich an keine Bäume im Hof, auf die man leicht klettern könnte. Audrey würde Aric nirgendwohin bringen, wo es unsicher war, oder? „Wo genau war das?"

„Hoch."

Oh, das war hilfreich. Stirnrunzelnd sah sie zu Hawk.

„Dachstuhl. Ich war joggen."

Kit lächelte Aric an. „Das klingt nach viel Spaß."

Abgesehen von der Tatsache, dass sie Arbeit für alle anderen schuf. Sie müsste in der Zukunft früher aufstehen. „Es tut mir leid, dass ich so lange geschlafen habe. Das wird nicht nochmal vorkommen."

Hawk schnaubte. „Du darfst sehr wohl ausschlafen."

„Manchmal reite ich Hawk", sagte Aric stolz. „Huckepack."

„Du rennst mit Aric auf dem Rücken?", sagte sie gedehnt. „Er ist nicht gerade leicht ..."

„Leichter als Kampfausrüstung."

Bei dem Vergleich musste sie einfach den Kopf schütteln.

„Also ..." Hawk nahm einen Schluck von seinem Kaffee, warf ihr einen nachdenklichen Blick zu und drehte sich dann um, um auf das Garagentor am Ende des Flurs zu zeigen. „Böse Jungs brechen dort ein. Was machst du?"

„Bitte was?" Allein bei der Frage lief es ihr kalt den Rücken runter. Schließlich wandelte sich die instinktive Angst zu Ärger. „Echt jetzt? Ich hatte noch nicht mal Kaffee."

Schnaubend drehte er sich zum Garagentor und rief: „Sorry, Jungs, aber es wird nicht geschossen, bis das Zielobjekt Kaffee hatte."

Er zog höhnisch die Augenbraue hoch und am liebsten würde sie ihm lautstark die Meinung geigen. Dass es nicht fair war, was er –

Das Leben war nicht fair.

Oh, verdammt.

Sie durchquerte den Raum, um sich ihm an der Insel anzuschließen, und okay, vielleicht funkelte sie ihn die ganze Zeit an. Ein wenig.

Seine Lippen zuckten vor Belustigung.

Mit einem lauten Seufzer legte sie einen Arm um Aric und umarmte ihn, damit sie sich daran erinnerte, was wichtig war. „Ich würde mir Aric schnappen und aus der Terrassentür rennen, um die anderen Bewohner zu warnen."

„Guter Versuch." Er deutete auf den Kaffee als offensichtliche Belohnung.

Sie goss sich etwas ein und rümpfte die Nase bei der pechschwarzen Farbe.

„Zucker." Er zeigte auf die Dosen auf der Kücheninsel, dann auf den Kühlschrank. „Milch."

Nachdem sie aus der schwarzen Brühe eine ansehnlichere Farbe gemacht hatte, stieß sie einen erfreuten Seufzer aus und hob die Tasse mit dem lieblichen Koffein an ihre Lippen. „Warum hast du meine Lösung einen guten Versuch genannt? Warum nicht perfekt?"

„Es gibt Lücken zwischen den Häusern."

Sie runzelte die Stirn. Eine Lücke bedeutete, dass sie und Aric jemand von der Straße aus sehen und einen Schuss abgeben könnte. „Oh. Richtig." Das war wirklich nicht gut. „Okay."

„Wenn du allein hier bist?"

Ihre Hände ballten sich bei dem schrecklichen Gedanken zu Fäusten. Menschen in der Nähe zu haben, gab ihr ein sicheres Gefühl. Alleine hier zu sein und mitzuerleben, wie Männer auf das Gelände einfielen? Was, wenn Nabera ...

„Kit." Hawks tiefe Stimme riss sie aus ihren Gedanken. Er griff nicht nach ihr – bot nur seine Hand an.

Sie akzeptierte diese mit ihren beiden Händen. Seine Finger waren stark, schwielig und warm.

Ihr Verstand klarte auf, sodass sie wieder denken konnte, und sie wusste immer noch nicht, was sie in dem Fall tun würde.

Er warf einen Blick auf Aric. „Verstecke?"

Aric zeigte nach oben.

Hawk nickte. „Gute Türen; gute Schlösser."

Sie atmete zittrig ein. „Also rennen und verstecken und die Polizei rufen."

„Und uns." Er deutete auf den See. „Nach Einbruch der Dunkelheit kannst du dich im Schilf verstecken."

„Unter Terrasse." Aric machte das Handsignal für *„auf den Bauch legen"*.

Hawk schmunzelte.

Kit begann zu lächeln. Anscheinend hatte sich Aric ein oder zwei Mal unter dem Terrassendeck versteckt. „Wäre es am besten, den Hof ganz zu verlassen?"

„Zu offen. Mako war ein paranoider Bast –" Hawk warf einen Blick auf Aric und beendete den Satz stattdessen mit: „Mann."

Auf dem Barhocker neben ihm grübelte sie. Der kleine Feldweg führte am Halbkreis der Häuser vorbei und in eine Sackgasse. Auf der anderen Straßenseite befand sich Hawks Landebahn. Das Waldgebiet, in dem sie mit den Kindern gespielt hatten, befand sich dort, wo die Straße in der Nähe des Sees in eine Kurve bog und damit nahe der Swan Avenue. Vor dem Eremitage-Gelände gab es kaum Bäume. „Ich habe nie über derartige Sachen nachgedacht."

Er nickte. „Wenn du Fluchtwege kennst, erlaubt dir dein Gehirn vielleicht, dich zu entspannen und runterzukommen."

„Entspannen und runterkommen?"

„Nach dem Kampf bleiben die Soldaten in höchster Alarmbereitschaft. Vorbereitung hilft." Sein Tonfall war ernst und tödlich. „Überall umsehen und die Umgebung bewerten. Auch im Lebensmittelgeschäft – wo sind die Ausgänge? Wo sind Verstecke?"

Ihre Augen füllten sich mit Tränen. „So will ich nicht leben."

„Kit, das tust du schon." Die direkte Aussage fühlte sich wie ein Schlag ins Gesicht an.

Die Wahrheit zu leugnen, war wie zu jammern, dass das Leben nicht fair war. Es brachte rein gar nichts. Captain Nabera war immer noch da draußen, und er würde sie töten, wenn er sie in die Hände bekam. Und Nabera war nicht das einzige Raubtier unter den Menschen.

Selbst wenn es niemanden gab, der sie aktiv verletzen wollte, bezweifelte ihr Unterbewusstsein nach den Ereignissen wahrscheinlich, dass es auf dieser Welt einen sicheren Ort gab. Das Beste, was sie tun konnte, war, es davon zu überzeugen, dass sie mit allem umgehen konnte, was auf sie zukam. „Okay. Das verstehe ich."

Sein Blick blieb auf sie gerichtet, während er auf den Rest wartete.

„Und du hast Recht. Ich werde daran arbeiten. Und lasse mir von dir sagen, was ich übersehe."

Er summte zustimmend und zeigte dann auf den Ofen. „Deine Pancakes."

Ihr Tag ging von bitter zu süß über. „Ich bekomme Pancakes?" Sie konnte nicht anders, als ihn anzustrahlen.

Sein Kopf neigte sich leicht und sein Gesicht nahm einen besonders männlichen Ausdruck an. „Bekomme ich auch eine Umarmung?"

Ihr Mund öffnete sich überrascht – überrascht über sich selbst. Weil sie nicht sofort empört war; stattdessen war der Gedanke faszinierend, denn es war eine Möglichkeit, aus der Wüste der Berührungslosigkeit herauszukommen, in der sie sich verlaufen hatte.

Bevor sie ihren Mut verlor, trat sie zwischen seine Knie, lehnte sich vor, legte die Arme um seine Schultern und umarmte sehr breite Schultern.

Ein interessiertes Kribbeln zischte über ihre Wirbelsäule.

Er roch heute anders. Eine grüne Art von sauber – eine

Mischung aus Zypresse und Lavendel. Vielleicht ein Hauch von Salbei. Sie atmete ein und ... am liebsten würde sie ihr Gesicht an ihm reiben. An Hawk.

Ihre Hand legte sich um seinen Nacken, fuhr in seine Haare, und sie konnte nicht widerstehen, mit den Fingern durch die Strähnen zu fahren. So dick und weich.

Er schloss seine Hände um ihre Hüften und zog sie näher an sich.

Harte Hände bewegten sie.

Bei dem Gefühl, nach vorne gezogen zu werden, kühlte der Raum merkbar ab. Es war plötzlich so kalt, dass sie kaum noch Luft bekam. Ihr Herz raste und sie schnappte verzweifelt nach Luft.

Sie zuckte zurück, taumelte und hob ruckartig die Fäuste, in dem Versuch, sich zu verteidigen, während er ...

Er bewegte sich nicht.

Das würde er. Bald schon würde er es. Ihr war übel und es formten sich schwarze Punkte vor ihren Augen.

„Mama!“ Bei dem Schrei zuckte ihr Kopf nach oben.

Hawk hatte einen Arm um Aric. „Warte, Junge. Sie jetzt zu packen, ist nicht klug.“

Weil ihr vielleicht nicht bewusst wäre, dass es ihr Sohn war, der sie berührte. Diese Erkenntnis machte sie traurig – und zwang sie, die Kontrolle über sich selbst zurückzuerobern.

Als Hawk ihren Gesichtsausdruck sah, ließ er Aric gehen. „Langsam, Junge.“

Aric rannte zu ihr, blieb aber stehen, bevor er gegen sie krachen konnte und ... umarmte dann behutsam ihr Bein.

Sie beugte sich vor und legte ihre Arme um seine Schultern. Er zitterte fast so stark wie sie.

Es dauerte eine Minute, zwei, eine halbe Ewigkeit, bis sich ihre Atmung wieder normalisierte. *Okay, okay.* Sie schaffte das. Es ging ihr gut.

Als sie sich aufrichtete, war Hawk nicht mehr im Raum.

An dem Räucherschrank überprüfte Hawk den Zustand des Lachses. Weil er etwas brauchte, um seine Hände zu beschäftigen.

Gott, er hatte sie direkt in eine verdammte Panikattacke getrieben. Was zum Teufel hatte er sich dabei gedacht? Dass sie an ihm Interesse haben könnte?

Ganz sicher nicht. Sie tolerierte ihn für Aric, weil ihr Kind ihn brauchte. Vielleicht mochte sie ihn sogar. Als einen Freund. Nicht, weil sie ihn als Mann sah.

Nichts Neues für ihn, oder?

Er rieb über die schmerzende Stelle in seiner Brust. Er hatte ihr keine Angst machen wollen, aber zur Hölle nochmal, es schien, dass sie ihn als so furchterregend ansah wie ihre Vergewaltiger.

Das taten die meisten Frauen.

Was für eine ätzende Erkenntnis. Denn ... er mochte sie. Er mochte alles an ihr, von den heimgesuchten braunen Augen bis zu den schlanken, schwieligen Händen. Die Art und Weise, wie sie ihr Kind anbetete und der Blick in ihren Augen, wenn sie Wohltätigkeit akzeptieren musste.

Er mochte ihr Wesen, ihren Mut ... und ja, er war ein Mann, also hatte er die süßen Brüste und die kurvenreiche Hüfte gesehen. Er wollte sie in seinem Bett, unter ihm und auf ihm. Er hätte nichts dagegen, wenn sie auf seinem Gesicht Platz nehmen würde.

Stattdessen hatte er sie so sehr erschreckt, dass sie kurz davor gewesen war, sich zu übergeben.

Jedes Mal, wenn sie ihn jetzt ansah, würde sie rennen wollen – auf der Suche nach den Fluchtwegen, die sie nun einfach identifizieren konnte.

Wirklich toll, Arschloch.

Eine Minute später hörte er Arics hohe Stimme. Sie verließen gerade sein Haus. Anscheinend wollte Kit nicht mal bleiben, um ihre Pancakes zu essen.

Er atmete langsam ein und dieses unschöne Gefühl legte sich wie ein schweres Gewicht auf seinen Magen. Die Eremitage war sein Zuhause, sein Zufluchtsort, und er wollte, dass Kit hier blieb. Solange sie sich erholte, konnte sie nirgendwo anders hingehen.

Solange er in der Nähe war und ihr ständig Angst machte, würde sie nicht heilen können.

Aric wirkte wieder wie ein normales Kind. Hatte er seine Mutter, ging es ihm gut. Hawk war nicht länger seine einzige Rettungsleine.

Es gab also keinen Grund für ihn, hier herumzuhängen, oder? Er stieß einen unglücklichen Seufzer aus. Es war an der Zeit, seinen Kram zu packen und seinen Arsch von hier wegzubewegen.

An diesem Abend wartete Kit darauf, dass Hawk zurückkam.

Eine Weile nach ihrer Panikattacke, bevor sie den Mut hatte aufbringen können, zu ihm zu gehen, hatte sie im Hof einen Motor anspringen gehört. Sie war nach draußen gerannt, um zu sehen, wie sein Flugzeug vom See abhob. Wasser strömte von den Schwimmern und glitzerte im Sonnenlicht.

Jetzt, mit dem Abendessen beendet, saßen alle Eremitage-Bewohner – außer Hawk – im Pavillon und ließen den Tag mit einem Bier ausklingen.

Und sie sangen.

Sie liebte die musikalischen Abende. Regan, die gerade Geige lernte, und Audrey, die neu an der Gitarre war, schlossen sich den einfachen Melodien an.

JJ spielte gelegentlich ihre Flöte.

Zwischen Caz' Knien saß Aric, der ihm an den Trommeln half.

Seltsamerweise schien ihr Sohn nicht besorgt über Hawks Abwesenheit zu sein, was so eine Erleichterung war. Würde er

Tränen für Hawk vergießen, müsste sie sich ihm wohl anschließen.

Junge, sie hatte es wirklich vermasselt.

Hawk hatte versucht, ihr zu helfen. Er gab ihr Ratschläge, war unverblümt und neckte sie, wie es ein guter Freund tun würde.

Dann hatte sie ihn umarmt und berührt. Auf eine ... sexy Art und Weise. Weil sie ... an ihm interessiert war.

So dumm. Kein Mann wollte die schmutzigen Überreste eines anderen.

Und sie war definitiv gebrauchte Ware. Sie schluckte schwer und fühlte sich, als wäre sie im Hühnerhof herumgerollt, und jetzt konnte jeder den Schmutz riechen, der an ihrer Haut haftete.

Hawk konnte das wahrscheinlich auch.

Um ihre Demütigung perfekt zu machen, hatte sie direkt vor ihm eine Panikattacke gehabt. Absolut erbärmlich. Wenn er zu dem Zeitpunkt noch nicht bemerkt hatte, dass sie beschädigt war, hatte sie es damit deutlich gemacht.

Kein Wunder also, dass er aus der Hütte gestürmt war.

Als sie ein weiteres Lied beendeten, ertönten plötzlich mehrere Handys und kündigten Nachrichten an. Gabe, Bull und Caz zogen ihre Handys heraus.

Als Bull finster dreinblickte, fragte Frankie: „Was ist?“

„Anscheinend hat Hawk einen Undercover-Job in Südamerika angenommen, für einen Freund, der einen Piloten und eine zusätzliche Wache brauchte.“

Schuldgefühle fegten über Kit und ihre Welt wirkte plötzlich wie die dunkelste Nacht.

Ihre Schuld.

Er hatte seine Familie – sein Zuhause – verlassen, um ihr zu entkommen.

„Wenn er undercover ist, wird er sich erst melden, wenn es vorbei ist“, sagte Caz.

Gabes Augenbrauen zogen sich genervt zusammen. „Hier

steht nicht, wann er zurückkommt." Er knurrte, schüttelte den Kopf und antwortete dann.

„Was schreibst du?", fragte Audrey und lehnte sich an seine Schulter. „Sei nicht zu gemein ... okay?"

„Natürlich nicht, Goldlöckchen." Gabe seufzte. „Obwohl ich ihn wohl für eine Weile hauen muss, wenn er zurückkommt."

Bull gluckste. „Viel Glück dabei."

Mit einem bedauernden Lächeln zeigte Gabe ihm den Mittelfinger, und wandte dann seine Aufmerksamkeit wieder Audrey zu. „Ich habe ihm gerade geschrieben, was Mako immer gesagt hat, wenn Hawk aus der alten Hütte abgehauen ist."

„Ah." Mit einem sanften Lächeln sah Caz zu den Bergen und sagte leise: „Fliege hoch, *'mano*."

KAPITEL DREIZEHN

I*mmer wenn sich Frauen in einem Kreis versammeln, heilt die Welt ein wenig mehr.* - Unbekannt

Fast eine Woche später bereitete sich Kit auf ihre Gruppentherapie vor. Sie fühlte sich immer noch nicht wohl damit, aber zumindest trug sie nicht länger die unendliche Panik in sich. Sie saß auf dem Bett und zog sich eine Jeans und ein lockeres Oberteil an, das Tränen überleben würde.

Sie trat in den Flur und ging zur Terrasse. JJ hatte sich freiwillig gemeldet, um Aric mit Regan zu babysitten, und ihr Sohn war bereits bei ihr. Oder vielleicht auch nicht. Sie entdeckte JJ und Regan auf der Terrasse, aber Aric war ...

Aric stand in der Nähe des Docks, wenn auch nicht hinter der gelben Linie, die Gabe auf das Gras gesprüht hatte. Die *Keine Kinder hinter dieser Linie*-Grenze.

Ihr Sohn hielt ein kastanienbraunes irgendwas – ein Kuscheltier vielleicht? – und starrte auf das Dock. So wie er das mehrmals am Tag tat, seit Hawk verschwunden war.

Wie sie sah er wahrscheinlich die leere Stelle, an der sich das Wasserflugzeug befinden sollte.

Arics Schultern sackten nach unten, als er das kastanienbraune Objekt in die Kängurutasche des Kapuzenpullis stopfte. Eine Sekunde später drehte er sich um und stapfte zum Haus und zu ihr auf die Terrasse.

„Hawk ist nicht nachhause gekommen, Mama." Die Tränen in seinen Augen brachen ihr einfach das Herz.

Verflucht seist du, Hawk. Wie konnte er das ihrem Baby antun?

Sie setzte sich auf einen Liegestuhl, zog Aric zu sich und lauschte dem stillen Schluchzen ihres Jungen.

Tränen füllten ihre eigenen Augen. „Hawk wird zurückkommen, Schatz. Das weiß ich einfach."

Aber vielleicht nicht bald, und kleine vierjährige Jungen hatten kein Gefühl für Zeit. Für die Erwachsenen verflogen die Tage. Für Aric zog sich jede Minute ins Unendliche.

Verflucht seist du, Hawk.

Sie wollte ihm für jede einzelne Träne, die ihr Sohn vergoss, eine Ohrfeige verpassen. Aber wie viel davon war ihre Schuld? Er hätte sein Haus und seine Brüder nie verlassen, wenn sie nicht so dumm gewesen wäre. Wie konnte sie ihm die Schuld dafür geben, dass er einer unangenehmen Situation entkommen war?

Wenn er doch nur anrufen würde, damit sie es erklären könnte.

Ja, sicher. Hawk, der am Telefon ein unangenehmes Gespräch führen sollte? Das würde niemals passieren. Und Gabe hatte erwähnt, dass Hawk nicht anrief, wenn er undercover war.

„Hey, Aric", rief Regan von nebenan. „Komm und lass uns nach Kaulquappen schauen gehen."

Kit hob den Kopf und sah JJ, die mit einem verständnisvollen Ausdruck im Gesicht zu ihnen schaute. Ja, sie wäre zweifellos in der gleichen Position gewesen – nicht in der Lage, einem Kind mit einem gebrochenen Herzen zu helfen.

Kit schob ihren Jungen einen Schritt zurück und wischte ihm

die Nässe auf den Wangen mit einem Taschentuch ab, das sie in Erwartung einer emotionalen Gruppensitzung in ihre Tasche gesteckt hatte. „Na bitte, mein Schatz. Nase putzen. Dann umarme mich, da ich gleich für eine Therapiesitzung weg muss."

Das tat er. Anschließend verließ er die Terrasse und ging zu Regan.

Sirius kam über das Gras gerannt, bremste ab und folgte mit aufgerichtetem Schwanz und in würdevoller Entfernung.

Aric hockte sich hin, um den riesigen Kater zu streicheln, und sein kleines Kichern wehte zu Kit hinauf.

Okay. Also dann. Es ging ihm gut. Für den Moment.

Komm nachhause, Hawk. Ich halte mich auch von dir fern. Komm bitte einfach nachhause.

Eine Stunde später saß Kit in Soldotna in einem Frauenkreis.

Der Raum im Therapiezentrum wirkte recht besänftigend. Die blassgrünen Wände, die warme Beleuchtung und die blühenden Philodendren schufen eine beruhigende Atmosphäre. Die gepolsterten Stühle in Blau und Grün standen eine angenehme Armlänge voneinander entfernt.

Und dennoch ...

Gruppentherapie war sicher nichts für Feiglinge.

Gegenüber von Kit weinte Fernanda, als sie erzählte, wie sie sich nach einer Vergewaltigung einen Monat lang in ihrem Haus versteckt hatte. Sie war nicht in der Lage gewesen, das Haus zu verlassen, nicht in der Lage, zu schlafen. Stattdessen rutschte sie tiefer und tiefer in eine Depression. „Und dann klopfte meine Schwester an die Tür und benutzte ihren Schlüssel."

„Oh, Gott sei Dank", flüsterte jemand, und Kit fühlte dasselbe.

„Sie ..." Fernanda lächelte ein wenig. „Große Schwester. Sie half mir in die Dusche, zwang mich, etwas zu essen, und als ich nicht schlafen konnte, kroch sie mit mir ins Bett. Und nach einer Weile schaffte ich es, ihr zu sagen, was passiert ist."

„Darüber zu sprechen ist schwer", murmelte Diana und alle im Raum stimmten murmelnd zu.

„Sie war an meiner Seite, als ich die Wohnung das erste Mal verließ. Sie hat mich zur Therapie gebracht." Fernanda schüttelte den Kopf. „Und mittlerweile arbeite ich wieder."

Kit schloss sich dem sanften Applaus an.

Jede Frau in der Gruppe hatte sexuelle Übergriffe überlebt. Die Angreifer waren Ehepartner, Verabredungen und Fremde gewesen. Bei einigen Frauen war der Missbrauch vor Jahren passiert. Bei anderen, inklusive Kit, war es erst wenige Wochen oder Monate her.

Kit hatte sich nicht so isoliert gefühlt, wie die anderen hier, was sie darauf zurückführte, dass die Frauen auf dem PZ-Gelände auch missbraucht worden waren. Um nicht geschlagen zu werden, unterwarfen sich die meisten ihren Ehemännern und den „Reinigungen" von Parrish und Nabera. Und jedes Mal hatte sie sich benutzt gefühlt. Wie ein Objekt. Aber zumindest hatte sie die anderen Frauen gehabt. Sie hatten einander moralische Unterstützung geboten – ein heimlicher Klaps auf die Schulter hier, eine zusätzliche Schöpfkelle Suppe da, ein sanftes Lächeln oder ein mitleidiger Blick. Sie haben es alle verstanden.

Kit schüttelte die Gedanken ab und lenkte ihre Aufmerksamkeit wieder auf den Frauenkreis.

Diana sprach über ihren Mann. Letzte Nacht, als er sie im Schlaf umarmt hatte, geriet sie in Panik und rannte ins Badezimmer, um sich zu übergeben. Er hatte ihr die Haare zurückgehalten und ihr einen Waschlappen gegeben, um ihr Gesicht abzuwischen.

Diana blinzelte die Tränen weg und lächelte die Gruppe an. „Es gibt wirklich nette Männer auf dieser Welt. Jetzt muss ich nur noch meinen Körper davon überzeugen." Ihre Schultern sackten zusammen, als sie flüsterte: „Ich weiß nur nicht, ob ich es kann."

Kit rief sich Hawks stille Gesten der Unterstützung in Erinnerung, lehnte sich zu Diana und bot ihre Hand an. „Willst du dich festhalten?“

Diana schüttelte den Kopf und unterdrückte dann ein Lachen. „Gott, ja.“ Sie packte Kits Hand.

Kit kannte die Erleichterung, sich mit jemand anderem verbunden zu fühlen.

Und tief im Inneren konnte sie spüren, wie ihre eigene Heilung fortschritt. Sie war nicht völlig gebrochen, wenn sie noch anderen helfen konnte.

KAPITEL VIERZEHN

W*enn ich jemanden seufzen höre: „Das Leben ist hart“, bin ich immer versucht zu fragen: „Im Vergleich zu was?“* - Sydney J. Harris

Wie lange saß Hawk schon in der Villa dieses verdammten Milliardärs in Brasilien fest? Er versuchte, sich zu erinnern. Fast zwei Wochen? Eine verdammte Ewigkeit.

Letzte Woche war der 4. Juli und die Eremitage hatte den Tag sicher gefeiert. Kein Feuerwerk, da der Sonnenuntergang gegen 23:30 Uhr war und der Himmel sich einfach nicht verdunkeln wollte. Aber es hätte gegrillten Lachs und verschiedene Gerichte aus den Erzeugnissen des Gartens gegeben. Gemüse wuchs wie verrückt, wenn die Sonne kaum unterging. JJ hatte wahrscheinlich einen Kuchen gebacken, der für den Feiertag dekoriert wurde. Demnach hatte Aric am Ende des Tages wahrscheinlich einen Zuckerschock gehabt. Hawk konnte fast sein süßes Kichern hören.

Egal wie verrückt das Kind sich verhielt, Kit sah ihren Jungen mit diesen sanften Augen an.

Gott, er vermisste sie. Sie alle. Vor allem aber Kit und Aric.

Wie zum Teufel war das passiert?

Knurrend nahm er seinen eReader und blätterte zu der Stelle, wo er den Faden der Geschichte verloren hatte.

Ein paar Minuten später betrat Zander deVries die Suite mit zwei Schlafzimmern, die sie sich teilten. Der knallharte Ex-Söldner lachte.

„Was ist denn so lustig?", knurrte Hawk.

„Der Koch denkt, dass wir Brüder sind."

„Yeah?" Hawk betrachtete seinen Freund. Sie hatten einen ähnlichen muskulösen Körperbau und waren ungefähr gleich groß. Beide hatten sie kurze, dunkelblonde Haare. Hawk hatte einen getrimmten Bart. Sie waren hellhäutig aber gebräunt, mit hellen Augen, wenngleich deVries' Iris eher graugrün als blau war. „Vielleicht."

Obwohl sich deVries die Haare hatte wachsen lassen, um weniger wie ein Bodyguard auszusehen, konnte ein Profi ihn anhand der Art und Weise, wie er sich bewegte, und dem kalten, abschätzenden Blick, ihn als das identifizieren, das er war.

Auch in dem Hinblick waren sie sich sehr ähnlich, gab Hawk zu.

„Weißt du, wenn du mein Bruder sein willst" – deVries grinste – „brauchst du eine Peitsche."

„Fuck, nein. Hol mir stattdessen ein Bier."

„Bruder, Sadisten haben mehr Spaß." Lachend holte deVries zwei Bierflaschen aus dem kleinen Kühlschrank.

„Ich verzichte." Das war ein weiteres Ergebnis einer beschissenen Kindheit und eines gewalttätigen Vaters – der Gedanke, jemanden zum Spaß zu verletzen, war ekelerregend.

Jedem das seine, und zumindest spielte deVries seine BDSM-Vorlieben nur mit vollem Einverständnis aus. „Zumal ich genug Brüder habe."

„Du hast gute Brüder." Bei Hawks überraschtem Blick fügte

deVries hinzu: „Ich habe sie bei Makos Beerdigung getroffen. Ich war dort als Zachary Graysons Bodyguard."

„Richtig. Bull erwähnte, dass der Doc einen Leibwächter hatte." Hawk hatte erst von Makos Tod gehört, als er von einem Söldnerauftrag zurückgekehrt war. „Dem Sarge hätte es wahrscheinlich gefallen, dass es bei seiner Beerdigung zu einer Schießerei gekommen war."

„Es wurde lebhaft." Nachdem er eine Flasche an Hawk weitergegeben hatte, ließ sich deVries auf das schicke Sofa fallen.

Hawk nickte und bedankte sich. „Wie geht es dem Kunden?"

„Bis es ihm besser geht, stecken wir hier fest und haben nichts zu tun. Verdammt, wer hat jemals von einer Lungenentzündung im Sommer gehört?"

„Muss scheiße sein, er zu sein." Hawk war so verdammt gelangweilt, dass er gestern shoppen war und sich dann daran erinnerte hatte, wie sehr er es hasste, shoppen zu gehen. Er hatte jedoch einen Kapuzenpullover gefunden, den der Junge mögen würde. Wenn er jemals nachhause käme, um ihm den Pulli zu geben.

Er hatte auch etwas für Kit kaufen wollen, aber das wäre unfassbar dumm gewesen.

Hawk trank von dem Bier, um den Schmerz in seiner Kehle zu lindern. „Ich muss wirklich sagen, dass der Auftrag scheiße ist, der Privatjet und der Hubschrauber machen es jedoch erträglich."

Vor allem der Jet. Das war der Grund, warum deVries ihn um Hilfe gebeten hatte, da es Hawk erlaubt war, kleine Jets zu fliegen. In Alaska tauschte Hawk Hubschrauberflugzeit mit einem Piloten, der einen kleinen Privatjet besaß, damit jeder genug Stunden hatte, um nicht aus der Übung zu kommen.

„Wenigstens bekommst du Spielzeug. Fuck, aber ich vermisse meine Frau."

„Ich hätte dich nicht für einen Beziehungstyp gehalten." Der Sadist gehörte eher zu der One-Night-Stand-Sorte. Jedenfalls war das mal so. „Wie lange seid ihr schon ein Paar?"

„Wir nähern uns drei Jahren." Lächelnd sagte deVries: „Ich denke, ich habe mich verliebt, als sie mir sagte, dass ich meinen Arsch nicht mal mit einer Taschenlampe und einem Durchsuchungsbefehl finden könnte."

Hawk starrte ihn an. Die Frau hatte Eier, große Messingbälle.

„Ich wusste, dass ich in Schwierigkeiten war, als ich sie fand, wie sie ein Kind vor einer Gang verteidigte", gluckste deVries, „und ihre beschissene Wohnung hatte Nagetiere, und sie hatte die Maus François genannt."

Mut, großes Herz, Sinn für Humor. Natürlich hatte deVries keine Chance gehabt, als sich zu verlieben. Fuck, und jetzt vermisste er Kit, und sie gehörte ganz sicher nicht ihm. Sie hatte wahrscheinlich nicht einmal bemerkt, dass er weg war.

Aric hatte das, denn Hawk hatte mit ihm gesprochen und ihn vorbereitet. Mit etwas Glück nahm er es nicht allzu schwer.

„Aber Lindsey nicht hier zu haben, bedeutet, dass Auslandseinsätze scheiße sind", sagte deVries.

Hawk blinzelte. „Warum hast du den Auftrag dann angenommen? Du bist schon lange genug dabei, um Aufträge auch auszuschlagen."

„Der Bruder des Kunden ist ein Freund von Simon", murmelte deVries. „Simon hat mich um einen Gefallen gebeten."

Simon gehörte *Demakis International Security*, und das Sicherheitsunternehmen genoss einen hervorragenden Ruf in der Branche. Er war nicht nur DeVries' Boss, die beiden waren zudem gute Freunde. Es war schwer, die Bitte eines Kumpels abzulehnen. Das wusste Hawk nur zu gut.

DeVries lehnte sich zurück und hob die Füße auf den Couchtisch. „Ihm war nicht klar, wie lange es dauern würde. Das Briefing implizierte, dass die Bastarde sofort handeln würden."

Letzten Monat entkam Sanchez einem versuchten Attentat und entdeckte, dass ein alter Feind einen Anschlag auf ihn verübt hatte. Da das Timing darauf hinwies, dass jemand in seinem Stab Bestechungsgelder annahm, beauftragte Sanchez

Simons Firma, um den Verräter zu entlarven. Er würde einen Bonus zahlen, wenn der nächste Anschlag auf sein Leben zu genug Brutalität führte, um zukünftige Attentäter abzuschrecken.

Hawk hatte das zynische Gefühl, dass der Feind danach nicht lange überleben würde.

Das Problem war, dass die Auftragskiller es noch nicht gewagt hatten. „Was nun?"

„Sobald es Sanchez besser geht, werden wir es ruhig angehen lassen, bis er wieder in seine Routine findet. Dann streuen wir Köder für den Verräter. Die perfekte Möglichkeit werden wir bieten, damit die Attentäter zuschlagen." Mit einem Kopfschütteln fügte deVries hinzu: „Obwohl das natürlich bedeutet, dass alles länger dauern wird."

Hawk grunzte. Am liebsten würde er sagen, dass er keinen Bock mehr hatte und raus war.

„Die Sache tut mir leid, Hawk, aber ich bin verdammt froh, dass du Zeit hattest. Es gibt nicht viele, denen ich bei einer Lockvogeltaktik vertrauen würde."

Hawk seufzte. Er und deVries hatten als Söldner in verschiedenen Trupps gearbeitet. Sie hatten gemeinsam gekämpft. Er konnte einen Freund nicht im Stich lassen.

Nicht einmal, um zu Aric und Kit zurückzukehren.

Verdammt, Kit. Er hätte bei ihr bleiben und mit ihr reden sollen. Nur war er scheiße im Reden. Und mal ehrlich, sie war wegen dem, was er getan hatte, in Panik geraten. Wegen dem, wer er war.

Mit verengten Augen warf ihm deVries einen fragenden Blick zu. „Alles okay bei dir?"

„Yeah." Hawk nahm einen Schluck von seinem Bier. „Lockvogeltaktik?"

„Genau. Wir versehen den Haken mit einem Köder, um es wie einen einfachen Mord erscheinen zu lassen."

„Stattdessen bekommen sie es mit uns zu tun." *Überraschung.*

Mit zwei müden Kindern auf dem Rücksitz tankte Kit ihr Auto an der Tankstelle in Rescue. Was für ein Tag. Zuerst hatte sie ein Auto gekauft. Ein Grinsen formte sich auf ihren Lippen. Der Jeep hatte mehr als ein paar Dellen, aber das Auto bedeutete Unabhängigkeit. Und es war rot.

Um ihr neues Fahrzeug zu feiern, hatte sie die Kinder in den Stadtpark gebracht. Während sie den kleinen Spielplatz erkundeten, hatte sie ihre wunden Muskeln gestreckt. Frankie und JJ kannten kein Mitleid, wenn es darum ging, ihr Selbstverteidigung beizubringen.

Oberschenkelmuskulatur konnte ja so wehtun.

Als die Pumpe piepte, entfernte sie die Düse und schloss die Klappe. „Alles erledigt, Kinder. Jetzt geht es heim."

„Hey, da ist Papá." Regan zeigte auf die andere Zapfsäule.

Kit drehte sich um und sah Caz im Gespräch mit dem Besitzer. Als der Doc sie erkannte, entschuldigte er sich und schlenderte zu ihr.

Er ließ den Blick über ihr Auto schweifen und nickte. „Sehr gute Wahl." Er beugte sich vor, um in das offene hintere Fenster zu schauen, und lächelte. „Regan, Aric. Ihr zwei seht aus, als hättet ihr einen guten Tag gehabt."

„Wir waren auf dem Spielplatz, Papá. Es gibt jetzt so ein Kletterding."

Kit grinste. Die Kletterwand hatte Regan zur höchsten Rutsche geführt.

„Ah, das klingt cool, *Mija*. Und Aric, bist du auch geklettert?"

Aric winkte mit den Händen. „Ich bin auf den Dino."

Caz zog die Augenbrauen zusammen. „Haben wir Dinosaurier in Alaska?"

Kichernd informierte Regan ihn: „Nein, Papá!"

„Es gab eine Reihe von Tieren als Federwippen", sagte Kit. „Eins davon war ein T-Rex."

„Ein Tyrannosaurus. Das war sehr mutig von dir, Aric." Caz wandte sich an ihn. „Kit. Wenn du sonst nichts vorhast ... Regina, unsere Rezeptionistin, bat mich, dir zu sagen, dass sie gerne etwas mit dir besprechen würde."

„Was denn?"

„Bestimmt wird es Regina dir sagen." Der Doc lächelte, winkte den Kindern zu und ging zurück, um das Gespräch mit Zappa wieder aufzunehmen.

Hmm. Was um alles in der Welt könnte Regina wollen?

Wahrscheinlich ein Problem mit ihren Formularen. Kit rutschte auf den Fahrersitz. Sie könnte jetzt vorbeifahren und sich mit dem Problem befassen.

Sie parkte in der Innenstadt und ging mit Regan und Aric in das Gebäude. „Ihr zwei bleibt bei mir."

Im Gebäude blieb sie abrupt stehen. Zwei Männer standen an der Rezeption. Sie sahen rau aus, mit grauen Haaren und Bärten. Wie Patriotische Zeloten.

Aric quietschte und versteckte sich hinter Kit. Als sie ihn in ihre Arme hob, schmiegte er sein Gesicht an ihren Hals.

Bevor Kit sie packen konnte, rannte Regan nach vorn. „Hey, Tucker! Hey, Guzman!"

„Regan." Kit eilte ihr nach, legte eine Hand auf die Schulter des Mädchens und schob sich vor sie.

Nur für den Fall.

Regan schaute sie verwirrt an.

„Kit." Die Rezeptionistin fand Kits Blick und sie sah Verständnis in ihren Augen. „Sie sehen vielleicht so aus, als würden sie Welpen treten, aber du wirst keine netteren Kerle finden. Sie waren in der Gruppe, die dich und die anderen aus dem PZ-Gelände geholt hat."

Kit fühlte sich wie ein Idiot. Dies war Alaska, um Himmels willen. Überall rannten rau aussehende Männer herum – und sie musste ihre Reaktionen wirklich in den Griff bekommen.

Der kleinere Mann beäugte sie. „Wer sind deine Freunde, Regan?"

„Das ist Kit." Regan tätschelte Arics Bein. „Und das ist Aric. Diese Pisser waren gemein zu ihm, also hat er irgendwie Angst vor Männern. Aber er ist cool – er ist kein Dummkopf oder so."

Während Regan sprach, sagte Regina in den Hörer ihres Telefons: „Hey, Audrey, willst du ein paar Kinder?"

„Kein Dummkopf. Das ist gut zu wissen." Der Mann mit der Knollennase nickte dem Mädchen feierlich zu.

Der Mund des anderen Mannes war durch seinen Vollbart kaum zu erkennen, als er sagte: „Miss, ich bin Tucker. Das ist Guzman."

Sie balancierte Aric auf ihrer Hüfte und streckte ihre Hand aus. „Tucker, Guzman. Ich kann gar nicht sagen, wie dankbar ich für die Rettung bin. Vielen, vielen Dank."

„Oh, ähm." Tucker errötete und verlagerte sein Gewicht von einem Fuß auf den anderen.

Und sie bemerkte überrascht, dass er schüchtern war.

„Nein, nein, du musst dich nicht bedanken." Guzman nahm ihre Hand und drückte sie sanft. „Wir sind nur froh, dass wir helfen konnten."

Regan hüpfte auf den Zehenspitzen auf und ab. „Können wir bald wieder angeln gehen?"

„Wenn das dein Papa erlaubt." Tucker wackelte mit dem Kopf. „Audrey meinte auch, dass sie mal wieder gehen will."

„Oh, Tucker?" Der andere Mann grinste. „Wir müssen diesem Gabe wirklich mal einen Vortrag halten. Er ist so beschäftigt mit Polizeiarbeit, dass er vergisst, hin und wieder eine Leine auszuwerfen."

Sie kannten offensichtlich Gabe, Audrey und Caz, wenn Regan mit ihnen angeln ging. Kit entspannte sich.

„Tucker, was für ein gutes Timing." Audrey durchquerte den Eingangsbereich zur Rezeption. In einer hellbraunen Hose und einer pinkfarbenen Bluse sah sie lässig, aber professionell aus. „Der Film, den du angefordert hast, ist heute eingetroffen."

Guzmans Lächeln erschien zwischen seinem dicken Bart, und Tuckers Grinsen war noch breiter.

„Dafür würde es sich lohnen, den Generator für ein paar Stunden anzuwerfen", sagte Tucker zu Guzman. Nachdem sie Kit und Regina zugenickt hatten, gingen die beiden Männer zu der Treppe, die zur Bibliothek im ersten Obergeschoss führte.

Audrey lächelte Regan und Aric an. „Kit und Regina werden über langweilige Erwachsenensachen reden, aber ich habe Mal- und Bilderbücher."

Regan näherte sich Audrey und flüsterte: „Können wir auf dem Weg nach oben zwei Colas holen?"

Kit unterdrückte ein Lachen. Regans Vater hatte seine Überzeugung, wenn es darum ging, was Kinder essen und trinken sollten, und Limonaden standen nicht auf der Liste. Niemand in der Eremitage befolgte die strengen Regeln von Caz immer und überall – und Regan wusste das.

„Ja, aber nur, wenn eine Cola bedeutet, dass ich ruhige Kinder in meiner Bibliothek habe." Audrey sah zu Kit. „Bestechung ist eine akzeptierte Praxis beim Babysitten."

„Absolut." Als Aric auf ihrem Arm wackelte, damit sie ihn runterließ, lachte Kit. „Bist du sicher, dass du mit zwei Kindern klarkommst?"

„Ich liebe es. Die Bibliothek schließt in einer halben Stunde, also gehen wir zusammen Besorgungen machen, bevor ich sie nachhause fahre. Ich habe immer noch einen Kindersitz in meinem Auto."

In den vergangenen Wochen hatten die Bewohner der Eremitage zusätzliche Autositze erworben und sie bei Bedarf miteinander geteilt.

„Okay, wenn du dir sicher bist, dann ... danke." Audrey ging vor und ihr Sohn und Regan folgten ihr wie stille kleine Mäuse.

Kit schüttelte den Kopf. „Ich werde mich an die Macht einer Bestechung erinnern müssen."

Regina grinste. „Eine Mutter braucht viele Werkzeuge in ihrem Erziehungsarsenal."

„Schau nur, wie groß er wird. Ich schwöre, erst gestern war er nur ein winziges Baby." Kit formte mit ihren Armen eine Wiege. „Und jetzt? Ich werde größere Werkzeuge brauchen."

„Ganz bestimmt. Warte nur, bis er ein Teenager ist. Ich brauchte eine ganz neue Werkzeugkiste." Regina schüttelte den Kopf und lächelte dann. „Hast du eine Minute?"

Kit wurde von Sorge heimgesucht. Schuldete sie Geld für die Arztbesuche? Vielleicht hatte ihr Wohltäter Doc Grayson seine Meinung geändert? „Caz sagte, dass es etwas gibt, das du besprechen willst. Gibt es ein Problem?"

„Oh, nein, Mädchen. Ich habe gehört, dass du auf Jobsuche bist."

Eine mögliche Beschäftigung? Kit drückte die Schultern durch, um arbeitswütiger auszusehen. Leider hatte sie nach dem Spielen mit den Kindern Grasflecken auf ihrer Jeans und Schmutz auf ihrem T-Shirt. „Ja. Kennst du jemanden, der einstellt?"

„Das tue ich." Regina tätschelte ihren Schreibtisch. „Genau hier."

„Aber ..."

„Zufällig habe ich nun eine süße Enkelin." Regina nahm ein Foto vom Schreibtisch, das ein zwei Monate altes Mädchen mit flauschigem Haar, einer Stupsnase und runden Wangen zeigte.

„Oh, sie ist bezaubernd."

„Das ist sie." Regina lächelte das Foto an. „Lauretta will ihren Job bei *McNally's* nicht verlieren und hat mich gebeten, drei Tage die Woche auf die Kleine aufzupassen. Später werden sie die Kinderbetreuung im Resort nutzen, aber –"

„Aber nicht, solange das Baby so jung ist." Kit spürte, wie Hoffnung in ihr aufstieg. „Du willst, dass ich mich für die drei

Tage, in denen du dich um deine Enkelin kümmerst, hinter die Rezeption setze, bis du wieder Vollzeit arbeitest?"

„Gut zusammengefasst." Regina nickte. „Montag, Mittwoch und Freitag. Der Job wird in Teilzeit und befristet sein, aber er wird etwas Geld einbringen, während du weiter gesund wirst."

Mehr Hoffnung. Die Vorschule und die Sommerschule von Rescue waren an diesen Tagen geöffnet, und gestern hatte Aric Regan das erste Mal begleitet und er hatte sich gut gemacht. Er war voller Begeisterung über seine neuen Freunde und die Bezugsperson namens Erica nachhause gekommen. „Ich denke, das klingt nach einem guten Plan."

„Teilzeit geht in Ordnung?"

Kit seufzte. „So gerne ich Vollzeit arbeiten würde, weniger ist im Moment wahrscheinlich besser. Ich gewinne wieder an Kraft, aber noch fehlt einiges."

„Ausgezeichnet." Regina schlug mit der Hand auf den Schreibtisch. „Komm herum. Lass uns gleich den Papierkram in Angriff nehmen."

„Ja, lass uns das tun." Als Hoffnung für die Zukunft wie kleine Blasen in ihr aufstieg, nahm Kit neben der älteren Frau Platz.

Mit einem Job würde Geld hereinkommen. Sie müsste nicht in eine größere Stadt ziehen, könnte bleiben, wo ihre Freunde waren.

Und vielleicht würde Hawk eines Tages zurückkehren.

KAPITEL FÜNFZEHN

E*s gibt nichts Besseres als einen besten Freund – es sei denn, der beste Freund hat zudem Schokolade.* - Unbekannt

Etwas mehr als eine Woche später trat Kit in Bulls Roadhouse. Sie blieb stehen, sodass sich ihre Augen an das dunkle Licht im Inneren gewöhnen konnten. Mitte Juli stand die Sonne um sieben Uhr abends noch hoch und hell am Himmel.

Die Bar fühlte sich mit ihren goldenen Baumstammwänden, die mit Geweihen, Antiquitäten und Bildern aus vergangenen Zeiten geschmückt waren, immer warm und einladend an. Da es Freitag während der Touristensaison war, waren die Tische fast alle besetzt.

„Hey, Kit."

Sie lächelte bei den Grüßen von Tucker und Guzman, die in der Nähe der Tür saßen. „Hey, Jungs."

Offenbar hatte Felix sie gehört, sodass er sich umdrehte und ihr zuwinkte. Der schlanke, extravagante Kellner war einer der freundlichsten Menschen, die sie je getroffen hatte. In einem Restaurant und einer Bar zu arbeiten, war total sein Ding.

„Hey, Kitty." Er kam quer durch den Raum. „Wie laufen die Hausaufgaben? Willst du eine Umarmung?"

Nach dem 4. Juli waren sie und Frankie hier gewesen und hatten Piña Coladas getrunken, um den Sommer zu feiern, und Felix hatte sich ihnen angeschlossen.

Da Kit keinen Alkohol mehr vertrug, war sie schnell gesprächig geworden und hatte gestanden, dass sie wegen der PZs Schwierigkeiten damit hatte, berührt zu werden. Sie erzählte ihnen, dass sie sich die Hausaufgabe gegeben hatte, Umarmungen zu geben und anzunehmen.

„Meine Umarmungen werden so viel besser." Sie streckte die Arme aus und wackelte mit den Fingern. „Komm her."

Lachend ließ er sich von ihr eine Umarmung geben, wartete eine Sekunde und umarmte sie dann zurück.

Als er losließ, grinsten sie beide.

„Ich gebe dir ein E für Exzellent." Felix zeigte auf einen Tisch in der Ecke, an dem JJ, Frankie und Audrey saßen. „Deine Crew aus Unruhestiftern ist da drüben."

„Danke, Felix." Sie tätschelte seinen Arm. „Wirklich. Danke."

„Kitty, ich bin für dich da, wann immer du eine Umarmung willst. Aber für alles, was sexier ist, musst du einen anderen Hengst finden." Er flatterte mit den Wimpern seiner Eyeliner-geschmückten Augen.

Sie lachte. Und ihr Verstand lieferte sofort ein Bild von Hawks robuster Männlichkeit, wie seine Muskeln unter seinem T-Shirt tanzten und wie seine beunruhigend stahlblauen Augen so sanft werden konnten, wenn er Aric ... oder sie ansah. Das war ein Hengst – und es war erbärmlich, dass sie das dachte.

Felix wedelte mit der Hand und machte sich wieder an die Arbeit, während Kit in die andere Richtung ging und auf ihre Freundinnen zusteuerte.

„Hey, Leute." Sie begrüßte die Frauen am Tisch. „Tut mir leid, dass ich etwas spät bin."

„Kein Problem." Frankie schob einen Stuhl für sie zurecht. „Ich bin nur froh, dass es kein Notfall war."

„Keine Notfälle. Caz hatte einen Patientenstau, und ich wollte nicht, dass die letzte Patientin allein in der Lobby sitzen muss, also blieb ich, bis sie an der Reihe war."

„Regina macht das auch, und Caz weiß es wirklich zu schätzen." JJ lächelte zustimmend.

Audrey goss von dem Krug mit Sangria etwas in ein Glas und schob es zu ihr. „Wie läuft es bei Aric mit der Sommerschule?"

„Wirklich gut. Er kommt viel besser zurecht, als ich dachte." Was für eine Erleichterung. „Dass Hawk ohne Vorwarnung verschwunden ist, war nicht leicht für ihn. Er rennt immer noch zum Dock, um zu sehen, ob er zurück ist."

Jedes Mal, wenn ihr Sohn danach weinte, wollte sie Hawk anschreien ... und dann erinnerte sie sich, dass sie es war, die den Mann vertrieben hatte.

„Das verstehe ich. Ich checke auch immer wieder, ob sein Flugzeug zurück ist." Frankie schüttelte den Kopf. „Wer hätte gedacht, dass jemand, der so ruhig und mürrisch ist, ein so großes Loch hinterlassen würde, hmm?"

Als die beiden nickten, nahmen Kits Schuldgefühle zu, und sie wechselte hastig das Thema. „Ich bin so froh, dass Aric und Regan zusammen in die Schule gehen können. Er sagt, sie passt auf ihn auf. Du kannst stolz auf sie sein, JJ."

„Sie ist ein unglaubliches Kind", stimmte JJ zu.

Audrey lächelte. „Und genauso fürsorglich wie ihr Vater – und ihre Mutter."

JJ errötete. „Ich hätte nie gedacht, dass ich es so lieben würde, Mutter zu sein, und ich bin so dankbar, dass meine Mutter ein so gutes Vorbild war."

„Es hilft. Von dem, an was ich mich erinnere, waren meine Eltern unglaublich." Bei den fragenden Blicken fügte Kit hinzu: „Sie starben, als ich zehn war, und ich musste zu meiner Tante und ihrem Mann."

Frankie verzog das Gesicht. „Nach dem, was du über deine Tante und deinen Onkel gesagt hast, erinnern sie doch sehr an die Zeloten."

Deshalb war Kit schon vor ihrem Highschool-Abschluss ausgezogen.

Audrey rümpfte die Nase. „Schlimm. Ich kann mir nicht vorstellen, von Patriotischen Zeloten aufgezogen zu werden."

„Sie waren nicht gerade nett." Kit fuhr mit dem Finger durch das Kondenswasser an ihrem Glas. „Zu meinem Therapeuten meinte ich, dass ich wirklich dumm sein muss. Schließlich habe ich einen Mann geheiratet, der genau wie mein Onkel war. Sie sagte, es sei nicht dumm, aber wenn man gestresst ist, fühlt man sich leicht zu jemandem hingezogen, der sich vertraut anfühlt – besonders wenn dieser jemand einen großen Einfluss auf einen hatte."

„Auch wenn es ein schlechter Einfluss war?", fragte Audrey.

„Ja. Die Vertrautheit ist es, die eine Person anlockt."

JJ blinzelte. „Weißt du, das könnte einige Paare erklären, die überhaupt nicht zusammenzupassen scheinen."

„Deshalb war ich so empfänglich für Obadiah", sagte Kit. „Mein erster Ehemann war gestorben, und ich fühlte mich verloren und allein, und hier war ein Mann, der die Verantwortung übernahm und alle Antworten hatte. Wir schienen zu passen."

„Ihr habt ja mal sowas von nicht gepasst", knurrte Frankie. „Aber Vertrautheit – das ergibt Sinn."

„Ooooh, wo wir gerade von starken Männern sprechen ... Kit, könnte ich dich für ein paar Book-Boyfriends interessieren?" Audrey kramte in ihrer Tasche und reichte ihr zwei Bibliotheksbücher. „Ich habe ein paar Western für dich ausgecheckt, da Frankie meinte, du würdest Hawks Bücher lesen."

Wow, wie toll war das denn bitte? „Er hat mich süchtig nach Western gemacht, aber Audrey, ich habe keinen Bibliotheksausweis."

Grinsend tippte Audrey auf die Karte, die aus einem der Bücher ragte. „Jetzt hast du das."

Kit nahm die Karte und las den Namen KIRSTEN SANDERSEN in einem offiziellen Schriftzug.

Als sie ihren Geburtsnamen und nicht den von Obadiah sah, fühlte sie, wie in ihr etwas an seinen Platz schnappte – als hätte sie ein weiteres Puzzleteil von sich selbst zurückerobert. „Danke. Vielen, vielen Dank. Wirklich", flüsterte sie.

„Hey, ich liebe es, Leute zu meiner Bibliotheksdatenbank hinzuzufügen. Als Nächstes werde ich dich dazu bringen, einem unserer Buchclubs beizutreten." Audrey runzelte die Stirn. „Nur haben wir keine Diskussionsgruppe für Wildwestromane. Wie wäre es mit dem für Romance?"

Kit schnaubte. „Ich habe kein Romance-Buch gelesen, seit ich Obadiah kennengelernt habe. Er hielt nichts von Liebesromanen."

„Zu viel Konkurrenz. Er hatte wahrscheinlich Angst, du würdest erkennen, dass es bei ihm an allem fehlte." Frankie goss sich mehr von der Sangria ein und füllte die Gläser der anderen wieder auf. „Bull liebt es, wenn ich eine heiße Romanze lese, weil ich ihn danach normalerweise anspringe."

Einen Mann anspringen. Sex haben. Kit atmete zittrig ein. In den letzten Monaten hatte sich diese Vorstellung von ekelerregend zu interessant gewandelt. Fast schon zu verlockend.

Frankie betrachtete sie. Wahrscheinlich erinnerte sie sich daran, dass Kit an sich immer mehr Interesse an Sex gezeigt hatte als sie.

Eines Tages würde das wieder der Wahrheit entsprechen. Das würde es.

„Übrigens, ich habe Geschenke gekauft, als ich mit Bull in Anchorage shoppen war", kündigte Frankie an.

Audrey neigte den Kopf. „Was ist der Anlass?"

„Einfach weil ich wollte." Frankie versuchte, verlegen dreinzuschauen und scheiterte. „Ms. Bibliothekarin, du weißt ja, wie verrückt du nach Büromaterialien bist. So fühle ich, wenn es um Kosmetikprodukte geht."

„So wahr. Wenn du mit ihr shoppen gehst, meide derartige Geschäfte wie die Pest." Kit rollte mit den Augen. „Sie wird an jeder Kerze schnüffeln, die Bettwäsche streicheln, die Bodylotions testen."

„Ich kann nicht anders. Und – tada! – sogar die Eremitage kann etwas Luxus vertragen." Frankie stellte drei Geschenktüten auf den Tisch. „Da drin ist Lotion, Schaumbad und Duschgel. Audrey, deine besticht durch Zitronenduft. JJ, Orange und Zeder. Kit, du bekommst die Lavendel-Vanille-Kombination."

Als JJ und Audrey oh-ten und ah-ten, öffnete Kit ihre Lotion und schnupperte daran. Lavendel war gut, um Stress abzubauen und die Entspannung zu fördern. In den sauberen Duft vermischte sich der liebliche Geruch von Vanille.

„Danke. Aber das war hinterhältig, Yorkie", sagte Kit und benutzte Hawks Spitznamen für die New Yorkerin. Indem Frankie allen dreien Geschenke machte, stellte sie sicher, dass Kit nichts dagegen sagen konnte, Almosen zu erhalten.

„Hinterhältig, so bin ich", sagte Frankie selbstgefällig. Nicht viel brachte sie aus der Bahn – und wenn es so weit kam, wusste es sofort jeder. Sie würde schreien, fluchen und weinen.

So ungehemmt zu sein, musste schön sein, oder? Und wenn man sich in seiner eigenen Haut so wohl fühlte.

Kit hatte ihren eigenen Körper auch mal gemocht. Jetzt, nach den PZs, fühlte es sich manchmal so an, als wäre ihr Körper ein Hotelzimmer, in dem niemand lebte. Als ob ihr Verstand überhaupt nicht mit ihrem Körper verbunden wäre.

Die Therapeutin hatte ihr gesagt, sie solle versuchen, mit ihrem Körper in Kontakt zu treten. *Hey, Brüste, wie fühlt ihr euch heute?*

Kit hatte damals gelacht. Heute jedoch ... Sie nahm die Geschenktüte in die Hand. Vielleicht war es an der Zeit, dem Rat zu folgen.

KAPITEL SECHZEHN

F: *Was ist der Unterschied zwischen Gott und einem Night Stalker?*
A: Gott denkt nicht, dass er ein Night Stalker ist.

Hawk blinzelte gegen das blendende Sonnenlicht und setzte sich seine Sonnenbrille auf, als er über die weitläufige Rollbahn marschierte. Am wolkenlosen Himmel summte ein Flugzeug wie eine nervige Biene, als es einen Kreis drehte und dann eine perfekte Landung hinlegte.

Freude fegte durch ihn. Wenn er nicht in Alaska sein konnte, war er zumindest in der Nähe von Flugzeugen. Apropos ...

Ja, da war Sanchez' Jet. Der kleine Flughafen hatte einen ausgezeichneten Service, und das Flugzeug war für sie aus dem Hangar geholt worden.

Er ging darauf zu und die leichte Brise wehte um sein Uniformhemd. Der August in Brasilien war nett – aber, verdammt, er würde es vorziehen, zuhause zu sein.

In den letzten zwei Wochen hatten er und deVries versucht, den Verräter unter Sanchez' Mitarbeitern aufzudecken. Alle paar Tage wurde ein anderer Verdächtiger im Voraus über die Pläne seines Chefs informiert. Jedes Mal bereiteten deVries und Hawk eine Falle vor. Bisher ohne Ergebnisse.

Heute hatte Sanchez sein schauspielerisches Talent für seinen Verwaltungsassistenten vorgezeigt. Er hatte zu ihm gemeint, der CEO seiner Firma in Rio de Janeiro habe angerufen, und er müsse sofort hinreisen. Er murrte, dass zwei seiner drei Leibwächter mit einem Magen-Darm-Virus flach lagen, sodass ihm Wachen fehlten.

Hawk hoffte, dass die Falle heute zuschnappte. Er hatte das pompöse Arschloch eines Verwaltungsassistenten kennengelernt. Er hätte nichts dagegen, wenn er der Schuldige wäre.

Und es war an der Zeit, dass der verdammte Auftrag zu einem Ende kam.

Hawk zuckte zusammen, als Schuldgefühle über ihn hinwegfegten. Er war mitten in der Touristensaison verschwunden und hatte seinen Brüdern die Reparaturen und den Umbau der verschiedenen Immobilien überlassen.

Er hatte die Mission aufgegeben, die der Sarge ihnen gegeben hatte:

Der Tod war stets Teil eures Lebens. Es wird Zeit, dass ihr stattdessen etwas kreiert. Erweckt diese Stadt wieder zum Leben. Das ist ein Befehl.

Nach Makos Tod hatte Hawk sich seinen Brüdern in Rescue nur widerwillig angeschlossen, und jetzt hatte er sie einfach im Regen stehen lassen. Der Sarge würde ihm in den Arsch treten, wenn er noch am Leben wäre.

Und was war mit Aric? Ging es dem Kind gut? Hawk hatte vor seiner Abreise getan, was er konnte, aber er hatte nicht geplant, so lange wegzubleiben. Reue bohrte sich wie ein Messer in seine Brust. Der Junge brauchte kein weiteres Trauma.

Mit einem Seufzer packte Hawk den dunklen Granitstein in seiner Tasche, den Aric ihm zu Beginn des Sommers feierlich übergeben hatte.

Vielleicht war er ein verdammter Idiot, der bei einem Stein

sentimental wurde, sowie bei dem Bild von Kit und Aric in seiner Brieftasche. Aber, verdammt, er war zu weit von ihnen entfernt.

Wenn er diese Mission überlebte, würde er ohne Verzögerung nachhause fliegen. Er stopfte seine Gefühle für Kit in eine Box und verriegelte sie gut. Er würde sich bemühen, in ihrer Gegenwart höflich und anständig zu sein.

Wenn ihr seine Nähe unangenehm wäre, würde er auf Distanz bleiben und sie von dort aus beschützen.

Das sollte funktionieren. Das musste es. So weit von ihr – und Aric – weg zu sein, gab ihm das Gefühl, ein Loch in seiner Brust zu haben. Er vermisste sogar seine verdammten Brüder.

Sie alle.

Ja, nun, konzentriere dich, Calhoun. Eine Kugel im Gehirn würde diese Pläne zunichtemachen.

Mit gebeugten Schultern und darauf bedacht, dass sich die Bierbauchpolsterung unter seiner Fliegerjacke nicht verschob, bereitete Hawk seitlich des kleinen Jets das Flugzeug auf den Start vor.

Wenn ihm jemals so ein Bauch wachsen würde, würde der Sarge aus dem Jenseits nach ihm greifen und ihn erschießen. Und diese gebückte Haltung gab ihm Rückenschmerzen.

Jedoch war es höchste Zeit, diesen Scheiß endlich zu beenden.

Als er die Stufen in das Flugzeug nahm, sah er seinen Partner über das Rollfeld schlendern. In einer grauhaarigen Perücke, einer Uniform und einer Brille auf der Nase war deVries so angezogen, dass er als stinknormaler Flugbegleiter durchging.

Im Inneren sicherte Hawk eine Seite des Cockpitvorhangs und zwang so jeden, auf der Seite des Piloten einzutreten. Er selbst positionierte sich auf der Co-Pilotenseite.

Leise Schritte in der Kabine deuteten darauf hin, dass deVries an Bord war.

Lautlos wartete Hawk, fuhr mit dem Finger über das cremeweiße Leder des Co-Pilotensitzes und schaute sich indessen im schicken Cockpit um. Die Passagierkabine war sogar noch luxuriöser.

Was sagte es über ihn aus, dass er sein robustes Wasserflugzeug und seinen Hubschrauber bevorzugte?

Natürlich hatte er auch die Black Hawks geliebt, die er als Night Stalker geflogen hatte. Wen würde es nicht antörnen, mit Raketen und Kanonen spielen zu können, geschweige denn die Fähigkeit, Tiefstflugmanöver durchzuziehen.

Nichtsdestotrotz war es genau dieser Auftrag, der ihm klar gemacht hatte, dass er die Action nicht vermisste. Er würde lieber ein ruhiges Leben in der Eremitage leben, wo er es mit Naturgewalten anstatt mit Menschen zutun bekam.

Verdammt, er wollte nachhause. Er wollte eine Umarmung von Aric und wieder Regans freches Mundwerk hören. Er wollte dem See mit seiner Geige ein Ständchen bringen und mit seinen Brüdern abhängen.

Er wollte Kit sehen – wenn auch nur aus der Ferne.

Bemitleidenswert, Junge. Du hast Heimweh.

Liebesweh.

Von der anderen Seite des Vorhangs kam das Geräusch einer sich öffnenden Tür. Wer auch immer es war, versuchte, besonders leise vorzugehen – und es waren mehrere Leute.

Perfekt. Wie erhofft, waren die Mörder hier und planten, das Flugzeug vom Piloten und dem Flugbegleiter zu übernehmen, um dann Sanchez und seinen einzigen Leibwächter aus dem Hinterhalt anzugreifen.

Schweigend zog Hawk seine Schusswaffe. Seine Herzfrequenz stieg, seine Muskeln spannten sich an.

DeVries spielte die Rolle der Kabinenbesatzung und befand sich im hinteren Teil des Jets.

Leider besagte das Gesetz, dass den Eindringlingen eine Chance gegeben werden musste, ihre mörderischen Absichten bekannt zu machen.

Ein gedämpfter Knall kam aus der Kabine. Das war eine

Schusswaffe mit Schalldämpfer – und das Geräusch einer Kugel, die etwas Hartes traf.

Es schien, als wären diese Absichten nun glasklar, dachte Hawk.

Das leise Rascheln von Kleidung war aus dem beengten Durchgang zum Cockpit zu hören. Der Vorhang neben ihm bewegte sich, als ihn jemand zur Seite schob und eintrat.

Ein großer Mann mit einer schallgedämpften Pistole trat ein. Als er den Pilotensessel leer vorfand, drehte sich der Mörder mit dem Finger am Abzug.

Hawk feuerte. Ein sauberer Schuss aus einem .22 Hohlspitzgeschoss ins Gehirn. Leichte Pistole, aber er hatte nicht gewollt, dass eine verirrte Kugel einen Zivilisten traf.

Der Kerl fiel wie ein Stein, und jemand schrie.

Ein Messer schlitzte durch den Vorhang und erwischte Hawks linken Unterarm.

Fuck. Als der Schmerz über seine Nervenenden brannte, riss Hawk den Vorhang zurück – und schoss. Der bärtige Bastard fiel. Er würde nicht länger sein Messer schwingen.

Hawk trat über den Körper. Er hatte im hinteren Teil nur den einen Schuss gehört. Hatte deVries –

Sein Freund kam durch den Mittelgang. „Wie viele?"

„Zwei." Hawk schnappte sich ein paar Papiertücher und übte Druck auf die Wunde an seinem Unterarm aus. „Du?"

„Einen." Der Gestank von Blut und Eingeweiden hing in der Luft, und deVries schnupperte und schüttelte dann den Kopf über die Leichen hinter Hawk. „Ich bin froh, dass wir nicht für Schäden oder Aufräumarbeiten haften. Du hast ein Chaos hinterlassen."

Hawk schnaubte. „Zumindest habe ich verhindern können, dass Blut auf das Instrumentenbrett spritzt." Als hätte er das jemals zugelassen.

„Piloten und ihre Prioritäten. Andererseits ist es gut möglich, dass Sanchez uns dafür einen Bonus gibt." DeVries lachte und zog sein Handy heraus. „Ich werde Sanchez wissen lassen, dass wir hier fertig sind."

Als deVries den Anruf beendet hatte, führte Hawk den Weg auf das Rollfeld, um dem Gestank zu entkommen. „Irgendwelche Probleme von Sanchez?"

„Nein, alles gut. Das Wiesel ist identifiziert, und das war es, was Sanchez von uns wollte. Seine regulären Bodyguards können den Rest erledigen."

Hawk nickte.

„Ich will einfach nur noch zu Lindsey. Weißt du, ich dachte immer, Männer, die ihre Frauen vermissen, seien Pantoffelhelden."

Hawk grunzte. Kit war nicht einmal seine Frau, und er vermisste sie so sehr.

„Du also auch, hmm?" Mit einem Grinsen zeigte deVries auf ihn. „Oh ja, ich erkenne diesen Blick. Du hast eine Frau zuhause."

„Nicht für mich."

„Warum nicht?"

„Seit wann bist du so neugierig?" Als sein Freund nicht antwortete, gab Hawk nach. „Sie war mit einem Arschloch aus einer Sekte verheiratet. Sie nennen sich Patriotische Zeloten. Als wir dort einbrachen, um sie rauszuholen, war ihr Mann drauf und dran gewesen, sie zu Tode zu treten. Sie wird für eine lange Zeit kein Interesse an Männern haben – vor allem nicht an einem Ex-Söldner."

DeVries runzelte die Stirn, sagte aber nichts gegen Hawks Einschätzung. „Patriotische Zeloten. Gibt's die auch in Texas?"

„Yeah. Ihr sogenannter Prophet wurde dort verhaftet."

„Ich dachte mir doch, dass mir der Name bekannt vorkommt. Lindsey ist Texanerin. Ihre Familie erzählte uns davon, dass auf dem Gelände Untersuchungen vorgenommen wurden. Die Familien der entführten Frauen waren sauer und sorgten für Aufruhr."

Beim Weg über die Rollbahn warf deVries ihm einen Blick zu. „Es scheint, als würdest du aufgeben, ohne der Frau eine Wahl zu geben. Du kannst eine Schlacht nicht gewinnen, wenn du das Schlachtfeld meidest."

Bevor Hawk antworten konnte, schüttelte deVries den Kopf. „Lass uns deine Wunde verarzten und dann nachhause fahren."

Die Eremitage war ruhig und friedlich, als Kit von Bulls Haus auf seine Terrasse trat. Hinter ihr an der Kücheninsel telefonierte Frankie mit ihrer Mutter in New York.

Bull, Caz, Aric und Regan waren vor einiger Zeit gegangen, um einer Frau in einer einsamen Hütte Lebensmittel zu bringen, da sie einen Herzinfarkt erlitten und niemanden hatte, der sich um sie kümmern konnte. Eines Tages müsste sie wohl zu ihrer Tochter nach Iowa ziehen. Vorerst blieb die Frau hartnäckig in ihrer Hütte. Die Jungs planten, ein paar Hausarbeiten zu erledigen, während die Kinder die Lebensmittel wegräumten.

JJ war auf der Polizeistation, Audrey in der Bibliothek und Gabe schlief wahrscheinlich noch. Er hatte letzte Nacht bis in die frühen Morgenstunden gearbeitet, hatte es mit betrunkenen und randalierenden Touristen in der Innenstadt zu tun bekommen, nachdem die Bar geschlossen hatte.

Kit setzte sich auf die Terrasse und warf den Pflanzen in den Kästen am Geländer ein zufriedenes Lächeln zu. Vor einiger Zeit hatte sie die verblassten Frühlingsstiefmütterchen gegen leuchtend rote Geranien ausgetauscht.

Nebenan füllten blühende Petunien die hüfthohen Kanister, die sie Audrey für Gabes Terrasse gekauft hatte. Die Blumen passten farblich zu seinen graublauen Fensterläden.

Am anderen Ende des Halbkreises war Makos gesamtes Terrassendeck mit Herbst-Stiefmütterchen gefüllt, die sie schon bald verschenken wollte. Im letzten Monat hatte sie die günstigen Töpfe bemalt und Makramee-Aufhänger geknüpft. Es war alles fertig.

Der winzige Topf an einem Ende gehörte Aric. Ihr Sohn hatte das violette Stiefmütterchen vorsichtig mit seinen eigenen beiden Händen verpflanzt.

Er machte sie so stolz.

Und Blumen machten sie so glücklich – vor allem die Klassiker wie Geranien, Gänseblümchen und Petunien.

Egal wo eine Person gerade war, es gab immer Platz für Blumen. Ihr Blick schweifte beurteilend über den Hof. Wirklich, die Terrasse um den Grill brauchte einige Blumen und Pflanzen, um den Bereich zu beleben.

Und unten am Dock. Wäre es nicht ...

Nein, böse Kit.

Dies ist nicht mein Zuhause. Nicht für immer. Das durfte sie nicht vergessen, egal wie sehr sie diesen ruhigen Innenhof mit Blick auf den sich ständig verändernden See liebte. Ganz zu schweigen von der Aussicht hinter dem See, mit der weitläufigen Stadt und den hoch aufragenden Bergen.

Im Hühnerhaus gab eine Henne Bock-bock-bock-bock-Laute von sich und verkündete damit, dass sie ein Ei gelegt hatte. Auf dem See kamen gelegentliche Quack-Laute von den Enten, die um das Dock schwammen, wobei ihre Nachkommen verzweifelt paddelten, um mitzuhalten.

Es war schon seltsam, dass diese rauen Männer es vollbracht hatten, sich dieses Refugium zu schaffen.

Aber wirklich, sie war so glücklich, immer noch hier zu sein.

Am Montag, nachdem sie ihren zweiten wöchentlichen Gehaltsscheck erhalten hatte, hatte sie angefangen, sich nach möglichen Unterkünften umzuhören – und Frankie hatte die Telefonate gehört.

Minuten später tauchte Gabe auf, der sich mit ihr auf Bulls Terrasse gesetzt und ihr mitgeteilt hatte, dass sie, wenn sie bereit war, allein zu leben, Makos Hütte für sich beanspruchen könnte. Weil er sie nicht angemessen beschützen konnte, wenn sie in der Stadt lebte. Weil Nabera noch auf freiem Fuß war.

Wäre sie allein, hätte sie vielleicht abgelehnt, aber sie konnte nicht zulassen, dass ihr Stolz Aric in Gefahr brachte. Sie hatte zugestimmt – und als Gabe geschrien hatte: „Sie hat *Ja* gesagt", hatte Jubel den Hof erfüllt. Jeder Bewohner der Eremitage war an dem Plan beteiligt gewesen und hatte auf ihre Antwort gewartet.

Sie waren aus den Häusern geschwärmt und hatten ihre Sachen zu Mako gebracht und dann mit einer Mahlzeit im Erdgeschoss gefeiert. Sie war in dieser Nacht mehrmals fast in Tränen ausgebrochen.

Der Einzige, der nicht anwesend gewesen war, war Hawk.

Er war seit Ende Juni weg, und morgen war der erste Tag im August. Aric ging nicht länger mehrmals am Tag zum Dock, vermisste ihn aber immer noch.

Kit vermisste ihn kein bisschen.

Und, wow, was für eine beeindruckende Lüge, die ich mir gerade selbst auf die Nase gebunden habe.

Jeden Tag spürte sie seine Abwesenheit, was ... keinen Sinn ergab. Es war nicht so, als würde er viel reden. Dennoch hatte er eine Art, allein mit seiner Präsenz den Raum zu füllen.

Immer wenn Aric etwas Liebenswertes tat, schaute Kit nach, ob Hawk es bemerkt hatte, um mit ihm ein Lächeln zu teilen.

Und sie erwartete immer wieder, ihn neben sich zu spüren. Sie hatte nicht gemerkt, wie oft er neben ihr stand, bis seine Wärme vollends verschwunden gewesen war.

„Kit? Warum siehst du so unglücklich aus?" Frankie reichte ihr einen Eistee und nahm den Stuhl neben ihr in Beschlag.

Kit spürte, wie ihr die Farbe in die Wangen stieg. „Es ist nichts."

„Oh, ich bitte dich." Frankie zeigte mit einem anklagenden Finger auf sie. „So, wie du errötest, vermute ich, dass es um einen Mann geht."

Frankie kannte sie zu gut, und doch tat sie das nicht. „Schön wär's."

Kit seufzte bei der hochgezogenen Augenbraue ihrer Freundin. „Mir geht es besser, und ich denke, irgendwann werde ich bereit sein, mich wieder mit Männern zu befassen. Bereit, wieder ... Sex zu haben. Vielleicht."

Immerhin konnte sie sich nun wieder selbst befriedigen und so zum Orgasmus finden.

Während sie an Hawk dachte, verdammt.

„Aber?"

„Aber wer wird jemanden wie mich wollen? Jemand, der ... benutzt wurde."

„Was redest du denn da für einen Scheiß? Niemand wird das denken." Frankies Blick verdunkelte sich vor Wut.

Tränen brannten in Kits Augen. „Das werden sie. Er hat das."

Frankie erstarrte. „Wer?"

„Hawk." Kit schluckte schwer. „Oh, verdammt, Frankie, ich ... ich habe einen Annäherungsversuch gewagt, ihn umarmt und dann ... hatte ich eine dumme Panikattacke, und als ich darüber hinwegkam, war er schon weg. Ich habe ihn so angewidert, dass er sein eigenes Zuhause fluchtartig verlassen hat und bisher nicht zurückgekehrt ist."

Kits Kehle verengte sich. „Ich bin schmutzig. Gebrauchte Ware." Sie holte tief Luft. „Ich habe den Mann vertrieben, der mich gerettet hat. Weil ich schmutzig bin."

Tränen liefen ihr übers Gesicht.

Frankie nahm ihr den Eistee aus der Hand, zog sie in ihre Arme und ließ sie weinen.

Verwirrung vermischte sich mit Wut, doch Gabe blieb, wo er war.

Als er von Bulls Pick-up geweckt worden war, hatte er entschieden, auf seine Terrasse zu gehen. Er war immer noch müde gewesen – diese verfluchten betrunkenen Touristen –, hatte sich aber einen sonnigen Fleck neben Regans Katze gesucht und es sich bequem gemacht.

Ein Alaskaner genoss die Sonne, wo immer er sie fand.

Er war wieder eingeschlafen und wurde geweckt, als die Frauen anfingen, miteinander zu reden. Er hätte sie wissen lassen, dass er da war, wenn es Kit nicht in Verlegenheit gebracht hätte.

So hatte er mehr zu hören bekommen, als er wollte – mehr, als er erwartet hatte.

Nachdem Kits Tränen getrocknet waren, machten sich die beiden zu Makos Hütte auf.

Gabe setzte sich auf und rieb sich die Hände über das Gesicht. „Um Himmels willen."

Vermutlich erklärte das den unerwarteten Abflug des Falken. Aber zu hören, dass er Kit für das, was sie durchgemacht hatte, ablehnte?

Er schüttelte den Kopf. Das klang nicht nach ihm. Sein Bruder würde nie so denken.

Könnte es sein, dass sie einen Annäherungsversuch bei dem wortkargen Bastard gewagt hatte und es ihm unangenehm gewesen war? Würde sein Bruder in dem Fall ohne ein Wort verschwinden?

Ja, das würde er.

Gabe streichelte mit einer Hand über Sirius' von der Sonne gewärmtes Fell und der Kater antwortete mit einem Schnurren. Es wäre nicht das erste Mal. Wie damals, als Hawk ohne Erklärung aus Gabes Söldnertrupp zu einem anderen gewechselt war. Rein gar nichts von ihm. Er war einfach gegangen.

Aber zur Hölle nochmal, hätte der Idiot nicht mal kurz darüber nachdenken können, was seine Reaktion bei einer Frau mit Kits Trauma anrichten würde?

Verflucht nochmal, Hawk.

KAPITEL SIEBZEHN

W*enn der Vormarsch gut läuft, bist du auf dem Weg in einen Hinterhalt.* - Murphys Gesetze des bewaffneten Kampfes

Hawk trat auf das Dock der Eremitage und atmete die frische Luft ein. Trotz der Sorge, Kit zu sehen, konnte er das Gefühl der Zufriedenheit nicht leugnen.

Ich bin zuhause.

Der Flug von Anchorage hatte ihn an alles erinnert, was er an Alaska liebte. Das Sonnenlicht, das auf dem Cook Inlet funkelte. Die atemberaubend zerklüfteten Berge. Leuchtend rosa Weidenröschen in voller Blüte. Braunbären, die für Sommerlachs durch Flüsse wateten.

Kein anderer Ort war mit Alaska zu vergleichen.

Als er sein Wasserflugzeug an der Rampe befestigte, ritten Enten mit halbwüchsigen Nachkommen die Wellen kreiert von der Cessna.

Er hatte es verpasst, den Babys beim Wachsen zuzusehen. Er hatte den Großteil des Alaskasommers verpasst.

Er hatte es verpasst, Kit heilen zu sehen und Arics Kichern zu hören.

Begleitet von lautem Bellen rannte ein Blitz aus Braun und Schwarz über das Dock.

„Hey, Gryff." Hawk spannte den Körper an, um nicht vom Dock gestoßen zu werden. Er beugte sich vor, um den enthusiastischen Hund zu streicheln, und achtete darauf, seinen genähten Unterarm aus dem Weg zu bringen.

Zumindest einer der Bewohner der Eremitage war froh, ihn zurückzuhaben. Von dem Rest erwartete er ... Backlash.

Hawk trat vom Dock auf das Gras, neben ihm ein hüpfender und schwanzwedelnder Gryff. Rund um den Hof hatte die Familie offensichtlich gerade das Sonntagsessen beendet. Er sah Gabe und Audrey und Bull und Frankie aus ihren Häusern kommen. Die anderen waren noch auf der Terrasse, da sie wohl für den Reinigungsdienst eingeteilt waren.

Gut, er hatte gehofft, nach dem Essen anzukommen – denn Lachs wäre nicht das Einzige gewesen, was gegrillt worden wäre.

„*'Mano*, wir haben dich vermisst." Caz kam den Hang hinunter, um ihn mit einem Händedruck und einer Umarmung zu begrüßen. Er musterte Hawk mit einem professionellen Blick. „Wie viel Schaden dieses Mal?"

„Mir geht es gut, Doc." Gut, dass er ein Hemd statt eines T-Shirts trug.

JJ schloss sich Caz an und sagte mit ihrer warmen, heiseren Stimme: „Willkommen zurück, Hawk."

„Bleibst du von nun an bei uns oder bist du auf der Durchreise?", fragte Bull mit lauter Stimme, als er von seiner Terrasse trat.

Ja, Bull war angepisst. Hawk versuchte, nicht zusammenzuzucken. „Ich bleibe. Für immer. Es war nur ein Gefallen für einen Freund."

„Ich bin so froh, dass du zurück bist." Audrey drängte sich vor, um ihn zu umarmen. „Wir haben uns Sorgen um dich gemacht."

Blondie war ein verdammter Schatz. Gabe sollte sie besser zu schätzen wissen.

Ihr folgte Frankie, die ihn ebenfalls umarmte. „Auf die Erklärung bin ich gespannt; ich hoffe, das weißt du."

„Träum weiter, Yorkie."

Der zuckende rechte Mundwinkel löschte den bösen Blick aus, den sie ihm zu geben versuchte.

„Onkel Hawk, wo bist du gewesen?" Regan schlang ihre Arme um seine Taille.

Sein Herz verknotete sich schmerzhaft. „Jetzt bin ich ja zurück."

Zum Teufel, er hatte nicht darüber nachgedacht, wie sie seine Abwesenheit verkraften würde. Nach dem Verlust ihrer Mutter war ihr Sicherheitsgefühl wahrscheinlich etwas ins Wanken geraten.

Und da war das andere Kind, das er liebte, verdammt.

Auf halbem Weg zu den Häusern stand Aric neben Kit. Beide beobachteten die Begrüßung schweigend. Tränen sammelten sich in den großen Augen des Jungen.

Fuck. Verdammt. Er hatte getan, was er konnte, um zu verhindern, dass Aric sich Sorgen um ihn machte. Offensichtlich hatte das nicht gereicht.

Hawk fiel auf ein Knie. „Hey."

Mit einem herzzerreißenden Wimmern rannte Aric zu ihm und Hawk schlang seine Arme um den kleinen Körper.

Weinend krallte sich Aric an ihn – und grub sich so direkt in Hawks schmerzendes Herz.

Hawk räusperte sich. „Ich habe dir doch gesagt, dass ich zurückkommen würde."

„Du bist nicht gekommen. N-N-Nicht gekommen."

„Es hat länger gedauert, als ich geplant hatte." Reue schnitt eine weitere Wunde in Hawks Brust. Die Zeit funktionierte für ein Kind anders. Für Erwachsene war ein Monat ein Tropfen auf dem heißen Stein. Für ein Kind war ein Monat ein großer Teil seines Lebens. *Zur Hölle nochmal.* „Ich hätte anrufen sollen. Es tut mir leid."

So unendlich leid. Den Jungen zu enttäuschen, ihn zu verletzen, fühlte sich wie ein Messer zwischen seinen Rippen an.

Arics Kopf hob sich. Überraschung über die Entschuldigung zeigte sich in den rotunterlaufenen Augen.

Hawk versagte kläglich, ihm ein Lächeln zu schenken. Stattdessen wischte er mit den Fingern die Nässe von den Wangen des Kindes. „Ich bin jetzt zuhause."

„Du bleibst", sagte Aric bestimmt.

„Yeah. Keine langen Reisen mehr." Er musste es einfach ertragen und sich mit dem Unbehagen auseinandersetzen, eine Frau in seiner Nähe zu haben, die für ihn mehr war als nur eine Freundin.

Wäre nicht das erste Mal, hmm?

„Ich muss auspacken." Er stand auf. „Wir sehen uns morgen früh, ja?"

Er bekam eine weitere Umarmung, bevor Aric zu seiner Mutter zurückrannte, die einen Stapel schmutzigen Geschirrs hielt. „Er will bleiben!"

Scheint, als hätte jemand das Schreien für sich wiederentdeckt. *Gut für dich, Kleiner.*

Hawk begegnete Kits Blick. Ihr Gesichtsausdruck war gelassen und kühl ... und ihre Unterlippe bebte. Sie nickte ihm zu und beugte sich dann zu ihrem Sohn.

Ja, sie setzte von Anfang an Grenzen für sich. Er würde Abstand halten.

Als sie weggingen, schmerzte seine Brust, als wäre er mit einer Schusswunde nachhause gekommen. Mit einem Seufzer rieb er sich über den Nacken. Zeit, sich in seiner Höhle zu verstecken und seinen Scheiß geregelt zu bekommen.

Das war natürlich, als Gabe vorrückte und den anderen sagte: „Gebt uns eine Minute."

Nach einer Sekunde machte sich Caz wieder daran, den Tisch abzuräumen, während der Rest zu ihren Häusern zurückkehrte.

In Anbetracht des Ausdrucks auf Gabes Gesicht wappnete sich Hawk, indem er die Füße in den Boden stemmte.

„Ohne Vorwarnung bist du verschwunden." Der Cop ließ den Blick über Hawk schweifen. „Diese Art von Scheiß hätte ich wohl von dir erwarten sollen."

Hawks Kiefer spannte sich an. Wenn sein Bruder auf sein hohes Ross stieg, war das Bedürfnis, ihm eine Faust ins Gesicht zu schlagen, wirklich unerträglich.

„Dass du uns keine Nachricht hinterlassen hast, wie es dir geht und ob du noch am Leben bist", knurrte Gabe. „Auch das war zu erwarten."

Hawk verschränkte die Arme vor der Brust und machte sich bereit, die Predigt zu ertragen.

„Was du jedoch Kit angetan hast – das war beschissen."

Hawk verzog das Gesicht. „Ja, okay. Ich dachte ... ich habe die Situation falsch verstanden und ja, ich habe es vermasselt."

„Das kannst du aber laut sagen. Sie mochte dich und dachte –"

„Blödsinn." Hawk senkte die Arme und ballte die Hände zu Fäusten. „Sie hat Angst vor mir. Frauen *mögen* mich nicht."

„Blödsinn zurück." Gabes Augenbrauen zogen sich zusammen. „Du hattest eine Menge Frauen."

„Jägerinnen von Erkennungsmarken und Frauen, die es antörnt, Angst zu haben. Niemand will mehr als einen schnellen Fick."

„Lass das mit dem scheiß Selbstmitleid." Gabe schubste ihn einen Schritt zurück. „Du hattest Freundinnen. Wie damals in Nicaragua mit Jami – nein, Jazeera, das war ihr Name, richtig?"

Jazeera. Die Erinnerung an die dunkeläugige Schönheit war wie ein Eimer voller Bitterkeit, der über seinen Kopf ausgegossen wurde. Er war einen Monat lang mit ihr ausgegangen, während sich der Söldnertrupp von einem Auftrag erholte und sich auf den nächsten vorbereitete. Eines Nachts hatte er zu viel getrunken –

das hatten sie beide – und so hatte er ihr gestanden, dass er sich in sie verliebte. Sie hatte ihn ausgelacht. *„Nein, nein, großer Mann. Du bist ein Gott im Bett, aber für eine ernsthafte Beziehung bist du nicht geeignet. Ich wollte nur einen Weg, um an deinen Bruder heranzukommen. Mmm. Diesen Gabe, den könnte ich heiraten.“*

Und Gabe konnte sich nicht einmal an ihren Namen erinnern.

„Ja, Bruder. Jazeera.“ Hawks Seele verwandelte sich zu Eis. „Sie wollte meinen großartigen Bruder heiraten. Ich war nur ein Sprungbrett, um dir nahezukommen.“

Keine Frau wollte Hawk für mehr. Sie wollten Gabe und Caz und Bull. Sein ganzes Leben lang hatte er gegen diese Eifersucht angekämpft. Er liebte seine Brüder und würde für sie sterben, aber ... dieser Scheiß mit Jazeera? Er war am Boden zerstört gewesen.

Gabe starrte ihn eine Sekunde lang an und winkte alles ab, das verdammte Arschloch. „Das entschuldigt nicht den Mist, den du mit Kit abgezogen hast. Ich kann nicht glauben, dass du –“

Hawk verlor die Kontrolle. Mit einem rechten Haken traf er Gabes selbstgerechtes Kinn.

Gabe rieb sich den Kiefer und knurrte: „So willst du es also, ja?“ Er griff an, schwang schnell und wütend.

Und dann waren sie mittendrin.

Knurrend, grunzend und schlagend. Schmerzhafte Schläge trafen auf ihn ein, härtere gingen zurück. Angreifen, zurückziehen. Hawk hatte mehr Muskeln und konnte härter zuschlagen; Gabes taktisches Talent glich das Spielfeld aus.

„Nein!“

Bei dem hohen Schrei trat Hawk zurück, um nach einem neuen Angreifer zu suchen.

Aric rannte zwischen sie und stieß Gabe von Hawk weg. „Du tust ihm weh! Du bist böse und gemein!“

„Ich ... Nein, Aric, wir haben nur Spaß. So kämpfen wir ständig.“ Gabes Gesichtsausdruck zeigte plötzlich Bestürzung. „Verdammt, Bruder, du blutest.“

Hawk warf einen Blick nach unten. Der linke Ärmel seines blau-grauen Hemdes war nun dunkelrot. Gabes Schläge zu blockieren, musste die Nähte aufgerissen haben. „Äh, ja."

Hawk hockte sich vor ihn. „Junge, komm her."

Arics Gesicht war kreidebleich.

Scheiße. Kann ich das noch mehr vermasseln? „Aric, ich hatte einen ... Schnitt, und als wir uns zum Spaß geprügelt haben, muss der ... Schorf abgegangen sein."

Hinter Aric schüttelte Gabe den Kopf.

Jemandem Notlügen aufzudrücken, gehörte nicht gerade zu Hawks Fähigkeiten. Er wuschelte durch Arics Haare. „Ich mache besser ein neues Pflaster drauf, was?"

Das Kind nickte.

Gott sei Dank.

Gabe ging auf ein Knie, um mit Aric auf Augenhöhe zu sprechen. „Bull, Caz, Hawk und ich ... wir kämpfen so, seit wir zehn Jahre alt waren – nur ein paar Jahre älter als du. Wenn Frankie wütend ist, schreit sie, oder? Wenn wir wütend sind, raufen wir – aber immer aus Spaß. Niemand wird dabei schwer verletzt. Wenn ich gewusst hätte, dass Hawk ein ... ein Wehweh hat" – Gabe funkelte Hawk eine Sekunde lang an – „hätte ich mich nicht auf einen Kampf mit ihm eingelassen."

Hawk schnaubte. „Als könntest du mich aufhalten, Cop."

Bei Hawks Antwort blinzelte Aric und ein zaghaftes Lächeln erschien.

„Beweg deinen Hintern ins Bett, bevor deine Mutter uns anschreit." Nach einer schnellen Umarmung mit seinem guten Arm zeigte Hawk auf die Brust des Kindes, dann auf Bulls Haus.

Der Junge rannte zu ... Makos Haus.

Gabe seufzte und erhob sich.

„Sie sind jetzt im Haus des Sarge?" Hawk akzeptierte Gabes Hand und ließ sich hoch helfen.

„Yeah. Sie wollte sich etwas in der Stadt suchen, und ich ließ sie nicht." Er schüttelte den Kopf. „Ich weiß, dass du keine Leute in Makos Haus willst, aber, zum Teufel, Hawk, Nabera ist immer noch da draußen."

Der Gedanke, dass die Zeloten Kit in die Finger bekamen, war unerträglich. „Du hast richtig gehandelt."

„Ja?" Gabe drehte sich um und schrie: „Hey, Doc!"

Am Grill, Drahtbürste in der Hand, drehte sich Caz um. Seine Augen verengten sich, dann schmiss er die Bürste auf den Tisch und joggte zu ihnen.

„*'Mano*, was hast du getan?" Er zeigte auf sein Haus. „Los."

Hawk warf Gabe einen angewiderten Blick zu. „Ich kann mich selbst zusammennähen."

Gabe schmunzelte. „Jetzt musst du das aber nicht." Der nervige Bastard folgte ihnen auf die Terrasse.

„Ärmel hoch. Hinsetzen." Caz verschwand in sein Haus.

Hawk gehorchte. Niemand argumentierte, wenn Caz im Sanitätermodus war.

Im Haus war JJs Stimme zu hören. „Klingt, als wären die Jungs mit ihrem kindischen Kampf fertig, Regan."

Hawk hätte bei ihrem genervten Ton fast gelacht. Gabe hatte Aric nicht belogen – Schlägereien waren zwischen den Brüdern üblich. Nach den ersten paar Malen hatten es auch die Frauen akzeptiert – JJ gehörte jedoch zu der Sorte, die sich auch mal einmischte, wenn sie rauer vorgingen, als ihr das lieb war.

Von JJ war zu hören: „Während Caz Hawks Arm verarztet, kannst du seinen Koffer zu seinem Haus bringen?"

„Mach ich." Regan kam heraus und runzelte die Stirn, als sie Hawks blutigen Arm sah. Sie holte seinen Koffer vom Dock und zog ihn über den Hof auf seine Terrasse. Er zuckte zusammen; das Teil wog wahrscheinlich mehr als sie.

Sie rannte zurück und an ihm und Gabe vorbei.

Als er ihr zum Dank einen Zwei-Finger-Gruß zuwarf, grinste sie, bevor sie im Haus verschwand.

Gutes Kind. Zähes Kind.

Mit einer Tasche gefüllt mit medizinischem Mist setzte sich Caz auf Hawks linke Seite.

Gabe lehnte sich an das Geländer und betrachtete den langen Schnitt an Hawks Unterarm. „Messer?“

„Yeah.“ Hawk blieb unbeweglich, als Caz eine örtliche Betäubung vornahm.

Verdammt, vielleicht schuldete er seinen Brüdern ein paar mehr an Informationen. „Erinnert ihr euch an deVries?“

Gabe nickte. „Der Söldner, der bei einer Sicherheitsfirma arbeitet? Er war auf der Beerdigung des Sarge.“

„Ja, genau der. Er wurde geschickt, um für einen Klienten einen Verräter zu finden. Der Pilot, den er angestellt hatte, musste jedoch operiert werden. Blinddarm.“

„Du wolltest eine Weile weg sein“, sagte Gabe nachdenklich, „sonst wärst du nur so lange eingesprungen, um deVries die Möglichkeit zu geben, jemand anderes zu finden.“

Hawk zuckte mit den Schultern.

„Alles taub?“ Caz tippte in der Nähe der Wunde auf seine Haut.

Nach einem Nicken von Hawk reinigte, nähte und bandagierte der Doc die Wunde.

„Erledigt. Sei vorsichtiger, *sí*?“

Hawk nickte. „Danke.“

„Stört es dich, wenn wir eine Weile hier sitzen bleiben?“, fragte Gabe Caz.

„Bleibt und redet.“ Nachdem er seine Medizintasche reingestellt hatte, ging Caz zurück auf die Terrasse.

Hawk funkelte Gabe an. „Und was jetzt?“

„Ein paar Dinge. Die Frau. Jazeera. Sie hat dich benutzt? Um an mich heranzukommen?“ Gabes Kiefer war angespannt.

Hawk nickte. Ihr Plan hatte nicht funktioniert, was? „Du erinnerst dich kaum an sie.“ Und Hawk war verrückt nach ihr gewesen. Andererseits war es nicht so, als hätte er viel Erfahrung, wenn es darum ging, eine Partnerin zu haben.

Mit Daumen und Zeigefinger rieb sich Gabe die Augen und traf dann auf Hawks Blick. „Ich erinnere mich nur, dass ich froh war, dass du jemanden gefunden hast, der dich glücklich macht."

Es war schwer, wütend zu bleiben, wenn er so einen Scheiß sagte. „Ich wurde verarscht."

„Deshalb hast du den Trupp verlassen, oder?"

Hawk wandte den Blick ab.

„Verdammte scheiße." Gabe stieß sich vom Geländer weg und marschierte über die Terrasse. „Das tut mir leid. Das wusste ich nicht. Ich würde nie – Wir haben nicht –"

Der Code, dem sie folgten, seit sie Teenager waren, schrieb vor, dass sie das Mädchen eines Bruders nicht anbaggerten. Jazeera hätte mit Gabe nichts erreicht, selbst wenn er sie bemerkt hätte.

„Nicht dein Problem. Nicht deine Schuld." Seine Brüder konnten schließlich nichts dafür, dass sie gut aussahen und mit Frauen sprechen konnten.

Und Hawk hatte gedacht, er wäre über diese Verbitterung hinweg ... bis Gabe ihm wegen Kit an den Kragen gegangen war.

Gabe sah immer noch besorgt aus. „Aber –"

„Nein, Bruder. Ich habe überreagiert." Hawk streckte seine Hand aus, wie es der Sarge getan hatte, um zu kommunizieren, dass der Streit beendet war.

Gabe musterte ihn eine Minute lang, nickte und sie gaben sich die Hand.

Hawk machte Anstalten, aufzustehen.

„Eine Sache noch."

Heilige Scheiße.

Gabe rieb sich das Kinn und betrachtete das Blut an seinen Fingern. „Du hast mich gut erwischt, Arschloch", sagte er sanft. „Bezüglich Kit ..."

Hawk überlegte, ihn erneut zu schlagen. Diesmal härter.

„Ich denke, es gab ein" – Gabe verzog das Gesicht – „Audrey

würde es ein Missverständnis nennen.“ Er hielt inne, als würde er versuchen wollen, diplomatisch vorzugehen.

Nicht unbedingt eine von Gabes Stärken. Hawks auch nicht. „Spuck es schon aus, verdammt nochmal.“

„Sie denkt, dass du gegangen bist, weil sie dich angemacht und dich das angewidert hat. Dass du sie als schmutzig ansiehst. Als gebrauchte Ware.“

Die Worte hingen in der Luft und ... ergaben keinen Sinn. Hawk versuchte, sie Satz für Satz auseinanderzunehmen. *Ihn angemacht?* Er hatte das zuerst gedacht, weshalb er sie zu sich gezogen hatte, woraufhin sie ...

Er gab diese Erinnerung auf und fuhr mit dem nächsten Satz fort. Kit dachte, Hawk sei angewidert gewesen? Von was bitte?

Nächster Satz. Sie als schmutzig sehen? Als ... „Gebrauchte Ware. Was zum Teufel?“

„Ahhh.“ Gabe warf einen Blick auf Hawks Fäuste und hielt eine Hand hoch. „Strafverfolgung hier. Wir werden darin geschult, mit Überlebenden von sexuellen Übergriffen sensibel umzugehen. In unserer verkorksten Gesellschaft gibt sich eine Frau, die vergewaltigt wurde, oft selbst die Schuld. Sie fühlen sich schmutzig und ... benutzt.“

Schmutzig. Benutzt. Weil ein verdammter Bastard sie angegriffen hatte? Dachte sie wirklich, dass Hawk sie so sah?

Er stand auf. „Sind wir hier fertig?“

„Yeah.“ Gabe tastete seine Rippen ab, und sein rechter Mundwinkel zuckte. „Du hast härter zugeschlagen, als ich das von dir kenne. Ich werde dich verfluchen, wenn ich morgen aufstehe.“

„Mir wird es nicht anders gehen.“ Hawk ging die Treppe hinunter, zögerte und drehte sich um. „Danke. Für die Insider-Informationen.“

Ohne ihn hätte er nie von dieser ... Fehlkommunikation erfahren. Dummes Wort, aber ... er hatte ein Chaos zu beheben.

Da er bemerkte, dass immer noch Blut an ihm haftete, ging er zu seinem eigenen Haus.

Zuerst duschen, dann würden er und Kit sich ein wenig unterhalten. Und dieses Mal würde es keine verdammte Fehlkommunikation geben.

Kit war mit Aric in Makos Hütte im Badezimmer des Obergeschosses. Er hatte in der Badewanne seinen Spaß, spielte und spritzte dabei mit Wasser um sich.

Entschlossen drängte sie Hawk aus ihren Gedanken und konzentrierte sich auf das Hier und Jetzt.

Es war nicht einfach, zumal ihr Sohn plötzlich nicht aufzufinden gewesen war, als sie in der Küche den Abwasch gemacht hatte. Er war erneut auf die Suche nach Hawk gegangen. Aric war gerade zurückgekehrt, als sie gemerkt hatte, dass er nicht länger im Wohnzimmer war.

Er wusste, dass er das Haus nicht ohne sie verlassen sollte. Jedoch konnte sie ihn auch nicht tadeln; nicht heute, wenn doch sein Held zurückgekehrt war.

Tatsächlich war ihr Junge in einer wundervollen Stimmung. Die gelbe Ente tauchte mit einem entschiedenen Spritzer ins Wasser.

Aric quietschte: „Schnell, Wal. Schwimm."

Der leuchtend blaue Wal spritzte Wasser, zum Glück nicht zu hoch, als er versuchte, der übergroßen Ente zu entkommen.

Wer hätte ahnen können, dass Gummienten eine wilde, unberechenbare Seite hatten? Dieser orangefarbene Schnabel könnte jedem Tier zu denken geben.

Als der Wal entkam, jubelte Kit zusammen mit Aric. Dann zog sie sanft an einer seiner Haarsträhnen. „Zeit fürs Bett, mein Großer."

Aric beäugte sie, sodass sie ihr *Ich meine es ernst*-Gesicht aufsetzen musste. Mit einem gigantischen Seufzer zog er den

Stöpsel aus dem Abfluss und kicherte, als das Wasser um seine Zehen wirbelte.

Er trocknete sich ab – mit etwas Hilfe – und sie hob ihn aus der Wanne.

War das nicht das beste Gefühl?

Sie achtete immer noch instinktiv auf ihre Rippen und die Wunde an ihrem Bauch, und ihr Arm schmerzte, wenn sie ihn zu oft benutzte, aber sie war eigentlich wieder heile. Selbst die Arbeit als Rezeptionistin erschöpfte sie nicht mehr. Sie verdiente Geld und stand auf eigenen Beinen.

Zum Großteil.

Als sie ihrem nackten Kind in den Bereich folgte, den die Jungs als „Arics Schlafzimmer" abgetrennt hatten, seufzte sie. Hier mietfrei zu wohnen, konnte man nicht gerade als unabhängig definieren.

Zudem hatte sie gehofft, von hier weg zu sein, bevor Hawk zurückkehrte.

Als wüsste Aric genau, was ihr durch den Kopf ging, fing er an, über ihn zu sprechen, die Worte gedämpft, als er sein Pyjamaoberteil über seinen Kopf zog. „Hawk sagte sorry."

Der große böse Söldner hatte sich bei einem kleinen Jungen entschuldigt? „Für was hat er sich entschuldigt?"

Arics Kopf kam schließlich aus dem passenden Loch, doch jetzt kämpfte er mit den Ärmeln. „Weil er nicht zurückgekommen ist, als er sollte, und er hätte anrufen sollen."

„Er hat dir gesagt, dass er hätte anrufen sollen."

„Mmm." Aric nickte fest. „Hätte er."

Warte mal kurz.

Sie musterte ihr Kind. „Hat Hawk dir gesagt, dass er gehen würde? Bevor er ging?"

„Ja. Er gab mir sein Bar ... sein Bar ... seine Mütze." Aric hockte sich neben sein kleines Bett und öffnete die Holzkiste, die sie ihm für seine Schätze gegeben hatte. Er zog ein kastanienbraunes Barett heraus.

Okay. Sie hatte gelegentlich gesehen, wie Aric es herumtrug. Kit hatte angenommen, es sei ein besonders schlaffes Stofftier. Regan hatte ihm ein paar ihrer alten gegeben.

Es sah aus wie eine militärische Kopfbedeckung. „Die gehörte Hawk?"

„Er war mal ein Soldat." Arics Augen leuchteten ehrfürchtig. „Ein Pilot."

Kit nahm das Barett. Das Emblem auf der Vorderseite zeigte die Worte *Night Stalkers* mit einem geflügelten Zentauren, der ein Schwert hielt. „Er hat dir das gegeben?"

„Als Erinnerung, bis er zurückkommt." Arics Lippen bebten. „Aber er ist nicht gekommen."

Sie hatte Hawk dafür gehasst, dass er ihren Sohn ohne ein Wort verlassen hatte. Wie konnte er nur?

Doch sie hatte sich mehr gehasst, weil sie die Ursache für seine Flucht gewesen war.

Nun stellte sich jedoch heraus, dass er nicht einfach verschwunden war. Er hatte Aric gesagt, dass er gehen würde, und hinterließ ihm ein Symbol – ein Symbol dafür, dass er zurückkommen würde. „Warum hast du mir das nicht erzählt?"

„Er sagte, es sei ein Geheimnis." Aric tätschelte das Barett. „Unser Geheimnis."

Sie hatte wirklich Lust, mit dem Fuß zu stampfen und sich ihrer eigenen Version eines Wutanfalls hinzugeben. Nur war das kein Geheimnis, das eine Mutter wissen musste, also hatte Hawk die Mama-Regeln nicht gebrochen.

„Nun ja." Ihre Gefühle fühlten sich an, als hätte sie jemand aufgeschäumt. „Ich bin froh, dass er es sicher zurückgeschafft hat."

„Er hat ein Wehweh." Aric blickte finster drein. „Er und Gabe kämpften, und Hawk wurde verletzt. Da war Blut."

„Er wurde verletzt?" Sie hatte gedacht, Aric wäre nur für eine weitere Umarmung zurückgerannt.

Es dauerte eine Weile, aber schließlich erzählte er ihr von der

Schlägerei – abgesehen von dem Grund, aus dem die Brüder mit den Fäusten um sich geworfen hatten.

Sie würde es wahrscheinlich nie erfahren. Männliches Denken folgte keinen logischen Mustern.

„Also gut, Honigbär, wähle deine Gutenachtgeschichte."

Eine Stunde später betrat Hawk Makos Hütte und es beruhigte in auf seltsame Weise, dass sich der Bereich seit dem letzten Mal kaum verändert hatte.

Ein Kinderbuch lag auf dem Sofa, eine Schachtel mit Buntstiften und ein Malbuch auf dem Esstisch. Kleine Veränderungen. Zwei winzige Socken fanden sich in der Nähe der Tür.

Eine Saftbox auf der Küchentheke stand neben einem offenen Vorratsbehälter mit Cookies. Jemand hatte vor dem Schlafengehen einen Snack bekommen.

Mako wollte, dass seine Söhne hier in der Eremitage abhängen, und hatte sein Haus dementsprechend eingerichtet. Die Wohnung im Obergeschoss war sein privates Reich gewesen – und er hatte angeordnet, dass das Erdgeschoss ein öffentlicher Raum sein sollte.

Da alles in der Küche als gemeinschaftlich galt, ließ sich Hawk nicht lumpen. Verdammt, er liebte Erdnussbutter-Cookies.

Die Tür zur Wohnung im Obergeschoss war zu, aber er konnte Kit ein Schlaflied singen hören.

Ein seltsames Gefühl braute sich in ihm zusammen – wie eine Nostalgie für etwas, das er nie gekannt hatte. Ihm hatte noch nie jemand ein Schlaflied gesungen.

Nachdem er sich ein Glas Limonade eingeschenkt hatte, setzte er sich an die Kücheninsel und wartete. Die Küche war makellos, mit Ausnahme der Cookies und dem Saftkarton, was bedeutete, dass Kit zweifellos aufräumen würde.

Bevor er sich einen dritten Cookie nehmen konnte, kam sie

die Treppe herunter und war auf halbem Weg durch den Raum, bevor sie ihn bemerkte.

Sie blieb abrupt stehen, offensichtlich unsicher, was sie sagen sollte.

Gott, sie waren sich zu verdammt ähnlich.

Er wies sie an, näher zu kommen.

Schweigend folgte sie der unausgesprochenen Aufforderung.

Er musterte sie, zufrieden damit, wie gesund sie aussah. Zurück zu einem guten Gewicht. Ihre Arme zeigten einen leichten Sonnenbrand auf bereits gebräunter Haut. Schulterlanges, braunes Haar glänzte mit goldenen Highlights.

Sie bewegte sich, als würde nichts mehr weh tun. Die Schiene war weg und ihre Arme hatten an Muskelmasse hinzugewonnen. Der Schnitt auf ihrer Wange war zu einer blassrosa Linie verheilt.

Er nickte. „Du siehst besser aus."

„Du nicht."

Ein Lachen entrang ihm. Er hatte nicht an Gewicht verloren, die Albträume jedoch, wie nahe er in seinem Leben schon dem Tod gekommen war, bedeuteten, dass er an Schlaf verlor. Nicht zu vergessen ... er hatte eine weitere Messernarbe davongetragen. „Yeah."

Sie wartete eine Minute, gab es aber schnell auf, ihm mehr Worte entlocken zu wollen. Stattdessen machte sie sich an die Aufgabe, den Saftkarton wegzuwerfen und die Cookies wegzuräumen.

„Ich habe ein paar gestohlen. Gute Cookies."

Ihre Lippen zuckten. „Ich lasse sie hier unten, damit sich jeder bedienen kann. Es freut mich, dass sie dir schmecken."

Ihre Stimme war noch immer so, wie er sich erinnerte. Nicht heiser wie JJs, sondern mit einer reinen, perfekten Klarheit, die den Musiker in ihm erfreute. Ihrer Sopranstimme zu lauschen, kam einem Geschenk gleich.

„Kit." Er verstummte, unsicher, was er als Nächstes sagen sollte.

Sie sah zu ihm, ihre glänzenden braunen Augen in der Farbe des Mokka-Kaffees, den Frankie so gerne trank. Sie faltete ihre Hände vor ihrem Bauch, was ihn an eine Nonne erinnerte.

Im Wald konnte er sich an Hirsche und Bären heranschleichen. Wenn er doch nur herausfinden könnte, wie er sich an ein gewöhnliches Gesprächsthema heranschleichen sollte. Er entschied, einfach direkt auf den Punkt zu kommen. „Ich denke nicht, dass du schmutzig bist. Oder gebrauchte Ware."

Mit weit aufgerissenen Augen trat sie einen Schritt zurück.

Großartig, er vermasselte es bereits. „Als Kind wurde ich verprügelt. Oft."

Ihre Augen füllten sich mit Wärme. „Hawk."

„Ich bin deswegen nicht schmutzig. Vergewaltigung ist eine andere Art und Weise, jemanden zu verprügeln – eine wirklich grauenvolle Art, aber ... ja. Du bist deswegen nicht schmutzig."

Schock zeigte sich auf ihrem Gesicht.

Da er nicht wusste, was er sonst noch sagen sollte, verschränkte er die Arme vor der Brust. „Ja, ähm, das wollte ich loswerden."

Sie schluckte schwer. „Aber du bist gegangen."

„Ich habe dich berührt und du bist in Panik geraten." Nachdem er seine Unterarme umgedreht hatte, um seine Tattoos zu zeigen, fuhr er mit einem Finger über die Narbe auf seiner Wange, die seine Lippe anhob, sodass es immer den Anschein machte, als würde er knurren. „Ich verstehe es. Ich mache Menschen Angst – und dies ist ein Ort, an dem du dich sicher fühlen solltest."

„Du dachtest, ich hätte Angst vor dir? Du bist gegangen, damit ich mich sicherer fühle?" Ihr Gesichtsausdruck veränderte sich auf die Weise, in der es das Licht im Morgengrauen tat, wenn die Sonne über die Berggipfel trat. „Du machst mir keine Angst, Hawk. Du hast mich gerettet."

Er schüttelte den Kopf. „Du weißt nicht, was –"

„Ich habe dich mit Aric gesehen. Mit Regan und Gryff. Unter den Narben und Tattoos bist du ein wirklich netter Mensch."

Nett? Er starrte sie ungläubig an.

Sie holte tief Luft und hob das Kinn. „Ich habe eine Form von PTBS. Einige Dinge – besonders mit Männern – überschwemmen mich mit bösen Erinnerungen, und ich versuche immer noch, herauszufinden, wie ich das verhindern kann. Der Therapeut nennt es Trigger."

PTBS. Scheiße, das hätte er nicht mit Vergewaltigung und Schlägen in Verbindung gebracht, aber es ergab so viel Sinn. Schließlich hatte er auch seine Probleme, weil sein Vater auf ihn eingedroschen hatte. Wie, wenn der Sarge seine Hand gehoben hatte, um auf etwas zu zeigen, und Hawk sich sofort geduckt hatte. „Das hatte ich auch. Als Kind. Dann nach Einsätzen ... Albträume und Flashbacks."

„Ein Flashback ist so ziemlich, was ich an diesem Tag hatte." Sie biss sich für eine Sekunde auf die Unterlippe. „Ich habe Umarmungen geübt, um darüber hinwegzukommen."

„Geübt?"

Ihre Wangen färbten sich zu einem verlockenden Rosa. „Für den Fall, dass ich eine Chance auf eine Wiederholung bekomme." Ihr Blick fiel auf den Boden. „Obwohl ich nicht gedacht hätte, dass das passieren würde."

Nicht gedacht, dass was passieren würde? Dass sie eine Chance bekommen würde, ihn erneut zu umarmen?

Niemals würde er auch nur daran denken, dieser Frau etwas zu verweigern. Er trat vor und ... blieb abrupt stehen.

Und wieder verhielt er sich wie ein Idiot. „Wiederholungen sind gut", sagte er so sanft, wie es ihm mit seiner scheiß Stimme möglich war.

Als sie zu ihm aufblickte, öffnete er seine Arme weit – und hielt sehr still.

Der nächste Schritt musste von ihr kommen.

Sie hörte auf zu atmen. Dann trat sie vor, schlang ihre Arme um ihn und legte ihre Wange an seine Schulter.

Er blieb vollkommen ruhig, während er das Gefühl ihres Körpers an seinem genoss. Ihr Duft stieg auf, eine berauschende Mischung aus Lavendel und Vanille.

„Wir beide müssen die Arme umeinander legen", sagte sie leicht mürrisch. Sie packte seine Handgelenke und schob sie hinter ihren Rücken, bevor sie ihre Umarmung wieder aufnahm.

Na gut. Vorsichtig umarmte er sie und mit einem zufriedenen Seufzer ihrerseits nahm er wahr, wie sie sich entspannte und an ihn kuschelte.

„Fuck, ich habe dich vermisst." Seine Stimme klang, als hätte jemand seine Stimmbänder über eine Käsereibe gejagt.

Ihr blieb hörbar die Luft weg. „Ich habe dich auch vermisst." Er vernahm ein Schluchzen und im nächsten Moment bebte sie in seinen Armen. Sie weinte.

Entsetzt und erschüttert hielt er sie fester, während in ihm die Zufriedenheit zunahm – weil sie ihm ihre Emotionen anvertraute.

Nicht für eine Sekunde lockerte sie in dieser Zeit ihren Griff an ihm.

KAPITEL ACHTZEHN

Wenn die Dinge außer Kontrolle geraten und alle um dich herum schreien und den Verstand verlieren, suche nach dem Stillen und bleibe bei ihm. Er bereitet sich mental darauf vor, alles in Ordnung zu bringen. - Unbekannt

Es war der nächste Morgen. Nebel trieb wie Geister vergangener Zeiten durch den Wald. Caz lehnte an einem Baum und musterte seinen Bruder mit der Fähigkeit eines Mediziners – und der Erfahrung seiner eigenen tiefgreifenden Wunden.

Letzte Nacht hatte er Hawk besucht, um sich die Nähte anzusehen. Natürlich hatten sie beide gewusst, dass er nur gekommen war, falls sein Bruder Redebedarf hatte.

Das hatte er nicht, aber seine Stimmung war gut gewesen. Nachdem Caz gesehen hatte, wie Hawk aus Makos Haus geschlichen war, hatte er eine Vorstellung davon, woran das lag ... und er konnte nicht glücklicher sein.

Heute Morgen schien sein Bruder jedoch von einer trüben Wolke aus Schmerz und Erinnerungen umgeben zu sein. Nicht überraschend. Oft kam nach einer Zeit des Glücks die Dunkelheit zurück und brachte die Verteidigung zum Bröckeln. Glücklicherweise gab es Möglichkeiten, wieder ins Licht zu treten – Liebe, Zugehörigkeit und befriedigende Arbeit.

Mako hatte sich oft in die Wildnis zurückgezogen, um sein Gleichgewicht wieder zu finden. Seine Söhne taten dasselbe.

Heute würde Hawk einige Zeit im Wald verbringen und das beste Seelenpflaster der Welt erhalten – die Begeisterung und das Lachen von Kindern.

Lächelnd erregte Caz die Aufmerksamkeit seines Bruders und signalisierte ihm, sich nach Norden und weg von der unbefestigten Straße zu bewegen.

Hawk salutierte ihm und folgte der Anweisung.

Heute war keine Sommerschule, da einige der Betreuer eine Lehrerkonferenz für das kommende Schuljahr hatten. Caz war an der Reihe, die Kinder zu beschäftigen, und er hatte seinen Bruder für seinen Plan verpflichtet.

Hawk hatte nicht argumentiert. Keiner von ihnen würde eine Chance ausschlagen, der nächsten Generation die Übungen des Sarge näherzubringen.

Das Ziel der Kinder war es, sich anzuschleichen und Hawk zu packen, der seine Wachsamkeit auf etwa achtzig Prozent herunterschrauben würde.

Obwohl die Kinder mit den Wäldern vertraut waren, die der Eremitage am nächsten waren, änderte der dichte Nebel alles. Nebel konnte verwirrender sein als Dunkelheit.

Caz folgte den Kindern in geringem Abstand und lauschte, wie Stoff die Büsche streifte, das Rascheln der Vegetation, ein Vogel, der in die Luft abhob, und Insekten und kleine Tiere, die verstummten.

Er konnte Hawks Fußspuren sehen. Da sie klein und leicht waren, hinterließen die Kinder weniger Spuren als Hawk, aber er entdeckte, wie Gras auf zwei Wegen zurücksprang. Die Kinder hatten sich getrennt, wahrscheinlich in der Hoffnung, ihn einzukreisen. Caz lächelte beeindruckt.

Als Aric eingezogen war, hatte Caz erwartet, dass sich seine Tochter territorial verhalten würde. Stattdessen war der Junge so gebrochen und verängstigt gewesen, dass sich Regans großes Herz direkt auf ihn eingeschossen hatte. Anstatt ihn wegzustoßen, hatte sie entschieden, dass er nun ihr kleiner Bruder war.

Kein Kind könnte einen entschlosseneren Beschützer haben als Caz' kleines Mädchen.

Caz schüttelte den Kopf, als ihm klar wurde, wie glücklich er sich doch schätzen konnte.

Mit klopfendem Herzen sah Regan zu ihrer Linken, wo Aric sein sollte. Der Nebel ließ alles seltsam erscheinen, und er war so klein, dass er einfach verschwand.

Der große und breite Hawk war leichter zu erkennen, obwohl er ziemlich gut darin war, durch den Wald zu schleichen. Nicht so gut wie Papá, aber niemand war so gut wie er.

Eines Tages werde ich das auch sein. Oh ja, das werde ich.

Aber sie wusste, dass er stolz auf sie war, und das war einfach ... mega.

Er liebte sie und JJ tat das auch. Regan seufzte, weil sie JJ wirklich gerne Mamá nennen würde. Sie lächelte. Sie hatte auch drei Onkel und Frankie und Audrey. Familie zu haben, bedeutete ihr einfach alles.

Aric hatte nur seine Mutter, obwohl Kit ziemlich cool war. Sie war etwas ruhig, aber sie wusste alles über den Garten. Und wenn sie ihnen Geschichten vorlas, kuschelte sie mit Regan, so wie sie es auch mit Aric tat.

Es wäre schon cool, wenn Kit und Aric in der Eremitage bleiben würden und Regan dann einen kleinen Bruder hätte.

Papá und die Onkel bildeten ein Team. Sie und Aric könnten ihr eigenes Team sein und sich gegenseitig beschützen, wie Papá und seine Brüder es taten.

Als Regan erkannte, dass die kaum hörbaren Geräusche von Hawks Schritten gestoppt hatten, erstarrte sie für eine Sekunde.

Nichts.

So leise wie möglich bewegte sie sich vorwärts, prüfte genau, wo sie den Fuß hinsetzte, und vermied so Äste.

Als der Nebel wirbelte, entdeckte sie Arics helles Haar zu ihrer Linken.

Und vor ihr war Hawk.

Mit einem Fuß nur wenige Zentimeter über dem Boden erstarrte sie.

Was machte er? An einen Baum lehnend beobachtete er ...

Häschen!

Onkel Gabe meinte, die Kaninchen hier würden Schneeschuhhasen heißen, und dass sie im Sommer eine braune Farbe annahmen.

Ein weiteres Kaninchen sprang heraus, und Regan hätte fast gequietscht. Drei kleine graubraune Kaninchen. So niedlich!

Nach einer Minute blinzelte sie. *Oh, ups. Böse Regan.* Onkel Gabe würde die Stirn runzeln und dann befehlen: *„Konzentriere dich.“*

Das hatte sie eindeutig vergessen.

Und Aric? Er würde wahrscheinlich alles Gelernte vergessen und fröhlich quietschend zu den Kaninchen rennen.

Aber ... nein, er hatte sich geduckt und wartete. Er verhielt sich wirklich älter als ein Vorschulkind. Papá sagte, es sei, weil die Pisser gemein zu ihm gewesen waren. Regan wollte sie alle treten.

Konzentrier dich, Dummkopf. Hawk bewegte sich nicht. *Das ist unsere Chance!*

Aric drehte den Kopf und sah zu ihr.

Sie war Teamcaptain, also zeigte sie auf ihn und formte mit den Fingern einen Halbkreis. *Großer Bogen um Hawk.* Aric war noch leiser als sie, also wäre er besser darin, um Hawk herumzuschleichen.

Dann zeigte sie wieder auf ihn und tat so, als würde sie einen

Stock in zwei Hälften brechen. Er kannte das Signal, denn Papá hatte ihnen gezeigt, wie man kleine Geräusche für Ablenkungen machte – auch wenn Aric das Wort nicht sagen konnte.

Er signalisierte ein *Okay* und begab sich auf den Weg.

Sie ließ sich Zeit und näherte sich Hawk langsam.

Ein Stock knackte auf der anderen Seite der Lichtung.

Hawk sah in diese Richtung.

Regan rannte los, schlug Hawks Bein und tauchte auf den Boden. *Gewonnen!*

Sie setzte sich auf und blinzelte, als ein seltenes Geräusch an ihre Ohren wehte.

Onkel Hawk lachte.

Als Kit am Montagabend in Soldotna aus ihrem Auto stieg, wurde ihr klar, dass sie die meiste Zeit des Tages an Hawk gedacht hatte.

Gestern Abend hatte sie ihren Tränen freien Lauf gelassen. Er hatte sie einfach gehalten, und regelmäßig ein tröstendes Knurren entlassen.

Nachdem sie fertig war, sich wie ein Baby aufzuführen, hatte sie sich an ihn gekuschelt und seinem Herzschlag gelauscht, und Trost darin gefunden, wie sich seine Brust hob und senkte. Seine stahlharten Arme waren sanft, aber ... unnachgiebig. Er hatte sie nicht losgelassen; ihr Weinen hatte ihn nicht abgeschreckt.

In seiner Nähe zu sein, war wie in einer Blase eingeschlossen zu sein. Sie hatte sich nicht mehr so geborgen gefühlt, seit ...

Sie runzelte die Stirn. Bei ihrer Tante hatte sie sich nicht sicher gefühlt. Auch nicht bei den Männern, mit denen sie zusammengewesen war. Also wohl nicht mehr, seit ihre Eltern gestorben waren.

Im Therapiezentrum betrat Kit den Gruppenraum und atmete die leicht nach Jasmin duftende Luft ein.

Kit nahm Platz und tauschte mit den anderen Grüße aus. Als

die Uhr sieben schlug, begann die Therapeutin mit der Sitzung und sprach über die Möglichkeit, nach einem sexuellen Übergriff wieder Sex in Erwägung zu ziehen.

Kit rutschte auf ihrem Stuhl herum. Wie passend ...

Nach der Einführung begann die Diskussion.

Ein paar Frauen trauten sich zu sagen, dass sie keinerlei Interesse an Sex hätten.

Fernanda wollte nie wieder mit einem Mann zusammen sein, hatte aber jetzt eine Freundin.

Diana, die verheiratet war, hatte wieder sexuelle Beziehungen aufgenommen, während Signy einiges an Problemen hatte. Ihr Mann war ungeduldig geworden, da sie seiner Meinung nach zu lange brauchte, zur Normalität zurückzukehren.

Es wäre wirklich schön, wieder zur Normalität zurückzukehren, oder? Wenn das doch so einfach wäre. Kit dachte an Hawk und biss sich auf die Unterlippe.

Die Therapeutin, verdammt nochmal, bemerkte es. „Kit, wo siehst du dich bei diesem Thema?“

„Ich ...“ Sie spürte, wie die Wärme in ihre Wangen stieg. „Erstens fühle ich mich seltsam schuldig, weil ich das Interesse an Sex nicht verloren habe.“

„Kein bisschen?“, fragte Fernanda offensichtlich schockiert.

„Ähm, gleich danach, für ein paar Monate, war der Gedanke einfach nur widerlich. Aber jetzt scheint alles wieder aufzuwachen und ...“

„Und?“, hakte Diana nach.

„Ich habe Sex schon immer gemocht – sehr sogar. Die körperlichen Aspekte und auch die Orgasmen. Ich hätte gerne wieder ein Sexualleben.“ Sie holte tief Luft. „Ich fühle mich irgendwie wie eine Schlampe oder so.“

Die Reaktionen der anderen waren so beruhigend.

Noch besser: Fernanda mit ihrer neuen Freundin fühlte sich genauso und hatte die gleichen beunruhigenden Gefühle – als ob sie keinen Sex mehr haben sollte und doch sehnte sie sich danach.

Was dumm war, wenn man darüber nachdachte. Wollte Kit, dass Obadiah und die anderen Arschlöcher etwas von ihr stahlen, das sie immer genossen hatte?

Nein, sie wollte nicht, dass sie das Spiel in ihrem Kopf gewannen.

„Hast du jemanden im Sinn?“, fragte Diana. „Mit dem du Sex haben willst?“

„Äh, ja?“ Oh Gott, wie sollte sie über Hawk reden?

Nur wie konnte sie das nicht?

Sie hätte fast gelacht. Gott sei Dank waren die Gruppensitzungen in Soldotna und nicht in Rescue. „Er ... er ist derjenige, den ich gebeten habe, sich um meinen Sohn zu kümmern.“

Zu diesem Zeitpunkt hatten sie alle ihre Geschichten geteilt, also stellte Signy klar: „Der Mann, der dich gerettet und deinen Ehemann getötet hat?“

„Du bist heiß auf deinen Retter“, sagte eine andere. „Ist das eine Art von Syndrom oder so?“

„Vielleicht.“ Die Therapeutin runzelte etwas die Stirn. „Erzähl uns von ihm, Kit. Das Gute und das Schlechte.“

Hmm. „Er redet nicht viel. Zum einen liegt das daran, dass sein Kehlkopf beschädigt wurde, als er ein Kind war; zum anderen denke ich, spricht er einfach nicht gerne.“ Sie lächelte ein wenig. „Er flucht jedoch sehr viel und klingt die ganze Zeit ziemlich mürrisch. Er hat Tattoos an beiden Armen. Und Narben – viele davon. Nach dem Militärdienst hat er als Söldner gearbeitet.“

„Wusstest du, dass du einen Söldner gebeten hast, auf deinen Jungen aufzupassen?“ Fernanda klang entsetzt.

„Nicht zu dem Zeitpunkt. Ich war ziemlich schockiert, als ich es herausfand.“ Kit lachte. „Und noch mehr, als ich ihn mit dem Hund seines Bruders beobachtete. Er sagte dem Hund, dass er Hunde nicht mag und dass das dumme Ding ihn in Ruhe lassen soll. Und ich dachte, ich hätte es wirklich vermasselt, ihm meinen Sohn anvertraut zu haben.“

Die Frauen sahen schockiert aus.

„Aber selbst während er murrte, streichelte er Gryff, der nicht genug von ihm bekam.“ Kit lächelte bei den Reaktionen der Frauen.

Ihr Lächeln verblasste. „Dann verschwand der Idiot, ohne es jemandem zu sagen, und war über einen Monat lang weg, und ich war so wütend auf ihn, weil Aric immer wieder nach ihm Ausschau gehalten hat.“

„Ja, eindeutig ein Arschloch“, murmelte Diana.

„Später fand ich heraus, dass er mit meinem Jungen gesprochen hatte, bevor er verschwand. Er hat ihm sogar seine Militärmütze gelassen, um Aric zu versichern, dass er zurückkommen würde.“

„Etwas Greifbares, an dem man sich festhalten kann.“ Die Therapeutin nickte zustimmend.

Kit atmete aus und gestand: „Der Grund, warum er verschwunden ist, war, dass ich eine Panikattacke hatte, als ich versuchte, ihn zu umarmen, und er dachte, ich hätte Angst vor ihm. Großer böser Söldner, richtig? Er wollte nicht, dass ich mich durch seine Anwesenheit bedroht fühle. Vor allem, weil er ... mich mag.“

Signy hob die Hand. „Ich habe es mir anders überlegt. Er klingt vielleicht gut genug für dich.“

„Du scheinst ihn ziemlich klar zu sehen“, sagte die Therapeutin. „Und jetzt fragst du dich, wie es weitergehen soll.“

„Und ob ich das überhaupt erlauben sollte.“ Kit seufzte. „Ich bin einfach nicht ich selbst.“

„Es gibt nicht viele Menschen, die nicht auf die eine oder andere Weise mal so fühlen. Oder oft. Du hast die Hölle durchgemacht. Versuche, nicht zu vergessen, dass die Menschen um dich herum auch belastende Vorfälle oder Phasen in ihrem Leben gehabt haben könnten.“ Die Therapeutin schüttelte den Kopf. „Hier im Zentrum sehen wir Menschen mit verschiedenen Traumata. Furchtbaren Kindheit, Obdachlosigkeit, Autounfälle,

Krebs, Amputationen, Krieg, katastrophale Beziehungen. Oder Eltern, die ein Kind verloren haben."

Kit blinzelte. So viele Dinge konnten einen Menschen im Laufe seines Lebens entgleisen lassen. Ja, sie hatte gerade eine schlechte Zeit und fühlte sich oft wie eine verdorrende Pflanze. Aber sie konnte regelrecht die Knospen in ihrem Geist spüren.

Wer hätte gedacht, dass das Sprießen so harte Arbeit sein konnte?

Die Therapeutin ließ den Blick schweifen. „Ihr alle habt viel Arbeit vor euch, um euer Leben wieder zusammenzuflicken. Das bedeutet nicht, dass ihr verloren oder dauerhaft geschädigt seid. Ihr alle seid tolle Frauen. Seht euch nur an – ihr lasst euch nicht unterkriegen, obwohl ihr auf ein paar schattige Stellen gestoßen seid."

Ihre Worte kamen bei ihr an. Kit konnte die Aufrichtigkeit hören.

„Okay, zurück zu den interessanten Dingen", sagte Fernanda grinsend. „Kit, du hast Umarmungen und Berührungen geübt. Hat es Wirkung gezeigt?"

„Hat es." Kit hüpfte ein wenig auf ihrem Sitz. „Ich sagte ihm, ich hätte Umarmungen geübt, und er öffnete seine Arme, und ich umarmte ihn, und dann musste ich seine Arme um mich ziehen, und es war wundervoll. Und" – sie rollte mit den Augen – „und dann habe ich mich an ihm ausgeheult."

„Oh nein." Dianas Augenbrauen zogen sich zusammen. „Hat ihn das gestört?"

„Er hat mich einfach gehalten, und es war großartig."

Die Therapeutin nickte. „Ich sehe Potenzial. Von denjenigen, die das Umarmen gemeistert haben, auf welche Hindernisse seid ihr gestoßen und wie habt ihr es geschafft, sie zu umgehen? Diejenigen, die sich noch auf der Reise befinden, ihr könnt gerne etwas zu eurer Erfahrung und euren Triggern und Lösungen sagen."

Sie gaben ihr eine Warnung, und zwar, dass – ob Kits Auserwählter nun sprach oder nicht – Kommunikation unerlässlich war.

Und war das nicht einfach scheiße? Über Sex zu sprechen war viel schwieriger als sich auszuziehen und ins Bett zu springen.

Sex mit Hawk.

Eine beunruhigende Mischung aus Vorfreude und Übelkeit fegte durch Kit, als sie sich an ihre erste abgebrochene Umarmung und die darauffolgende Katastrophe erinnerte.

Hmm. Vielleicht wäre Reden keine schlechte Idee.

KAPITEL NEUNZEHN

S*ich Sorgen zu machen, ist wie eine Schuld zu bezahlen, die man nicht hat.* - Mark Twain

Dienstagmorgen musterte Bull in seinem Esszimmer seinen Bruder. Es hatte Hawk schon immer geärgert, wenn seine Versuche scheiterten, seine Emotionen hinter Reizbarkeit und einer Mauer der Zurückhaltung zu verbergen. Die dunklen Ringe unter Hawks Augen waren jedoch ein eindeutiges Zeichen für Stress.

Und als er ohne Vorwarnung weggeflogen war? Sie hatten gewusst, dass jemand dem Falken an den Schwanzfedern gezogen hatte.

Und doch war er zurückgekommen.

„Du hast vielleicht nicht viel Schlaf abbekommen, während du weg warst, aber du siehst nicht so aus, als hättest du Gewicht verloren." Bull stellte erst einen Teller mit Rührei und Röstis vor Hawk ab und dann für sich und Frankie.

Frankie tanzte ein wenig zu Huey Lewis und platzierte einen

Teller mit Bacon und Toast auf den Tisch. Gryff nahm in der Nähe Position ein.

„Reicher Klient.“ Hawks Mundwinkel zuckte. „Mit einem Koch.“

Sie setzten sich an den Tisch, und Bull beobachtete höchst befriedigt, wie sein Bruder das Essen reinschaufelte.

Nach ein paar Minuten lehnte sich Hawk mit einem zufriedenen Seufzer zurück. „Du bist ein besserer Koch als der von dem reichen Kerl, Bruder.“

„Hey!“, sagte Frankie empört. „Ich habe die Eier gebraten.“

„Ja, Yorkie, du auch. Es braucht Talent, um selbst die Grundlagen erstaunlich schmecken zu lassen.“

„Ooooh, das war ein sehr gutes Kompliment“, sagte Frankie. „Ich schätze, ich muss etwas Süßes backen, um dich angemessen zuhause willkommen zu heißen.“

Hawks Augen strahlten.

Bull grinste. Seine Frau hatte sich nie von Hawks Erscheinung abschrecken lassen. „Es ist gut, dass du zurück bist. Wir haben deine Schreiner-Crew beschäftigt, hatten jedoch keine Zeit, ihre Arbeit zu überprüfen.“

Nach dem, was er gesehen hatte, schienen die Männer solide zu sein, aber trotzdem ... Hawk war bei Arbeiten dieser Art so anspruchsvoll wie Bull in Bezug auf das Kochen.

„Ich kümmere mich morgen darum.“ Hawk schob seinen Teller weg, leer bis auf ein Stück Bacon, das er zu Gryff warf.

Der Hund fing es aus der Luft ab und wedelte erfreut mit dem Schwanz.

„Was ist für heute geplant?“, fragte Frankie, sodass Bull dies nicht tun musste. Hawk würde ihr vielleicht antworten; Bull würde er wohl anschweigen.

„Kit wollte Hilfe bei ihrer Blumenlieferung.“

Bull warf einen Blick auf Makos Terrasse, die von blühenden Pflanzen überflutet war. Morgen wäre der Bereich wieder leer. „Eine Schande; ich habe die Aussicht genossen.“

„Ich bin froh, dass du mit ihr gehst“, sagte Frankie zu Hawk. „Sie wird emotional werden – und das hasst sie.“

Bull erwartete von seinem schweigsamen Bruder, dass er Ausreden fand, warum er das nicht tun konnte. Stattdessen verengten sich Hawks Augen und er nickte. „Verstanden.“

Heilige Scheiße, hatte er etwas verpasst? Was lief zwischen Hawk und Kit? Bull sah zu Frankie. Er bezweifelte, dass sie es ihm erzählen würde, falls Kit ihr etwas anvertraut haben sollte.

„Ist Nabera noch untergetaucht?“, fragte Hawk.

„Leider. Der *Stronzo*.“ Frankie zog die Augenbrauen zusammen.

„Die PZs sind nach der Aktion im Frauenhaus wieder wie vom Erdboden verschluckt“, sagte Bull. „Sie wurden seither nicht gesehen.“

Hawk runzelte die Stirn. „Nabera will sich an Kit rächen. Er wird nicht aufgeben.“

„Ich weiß. Wir versuchen, sie im Auge zu behalten“, sagte Bull. „Es war einfacher, bevor sie sich ein Auto gekauft hat. Jetzt fährt sie überall allein hin.“

„Scheiße“, murmelte Hawk. Als sich sein Mund anspannte, wusste Bull, dass sie noch eine weitere Person haben würden, die auf Kit aufpasste.

„Wie geht es Aric?“ Hawk legte einen Arm auf den Tisch, und der weiße Verband erinnerte daran, wie tödlich der Ex-Söldner sein konnte.

„Geht so.“ Frankie hob die Hand mit der Handfläche nach unten und wippte sie hin und her. „Er redet und spielt wie ein normaler Vierjähriger. Wir arbeiten daran, ihm bei seinen Emotionen zu helfen.“

Bull lächelte sie an. Seine Frau war unglaublich mit Kindern. Er hoffte, sie eines Tages zu einer Mini-Frankie überreden zu können. Oder auch zu ein oder zwei kleinen Frankies.

Stirnrunzelnd machte Hawk eine *Gib mir mehr*-Geste.

„Wenn er einsam, verletzt, traurig oder frustriert ist, kommt es als Wut heraus und er wirft Dinge.“ Bull schüttelte den Kopf. „Schreit nicht viel, schlägt nicht um sich. Ich wette, Obadiah hat viel mit Kram um sich geworfen.“ Und Kinder lernten von dem, was sie sahen.

„Was sollen wir also tun?“ Ein Muskel in Hawks Wange zuckte. Bull erkannte, dass Hawks ganzer Körper angespannt war.

Arics Verhalten hatte wahrscheinlich etliche Erinnerungen zurückgebracht, dachte Bull. Denn Hawk war einmal dieses Kind gewesen. Nur hatte Hawk zugeschlagen – und zwar hart. Seinetwegen kannten seine Brüder einige der Schritte, die es nun galt, umzusetzen.

„Gleich nachdem du weg bist, begann er mit Therapie. Er und Kit haben Sitzungen zusammen.“ Frankie schob die Reste ihrer Eier über den Teller. „Es hilft, dass er nie an ihrer Liebe gezweifelt hat und sie nicht allzu lange bei der Sekte waren.“

Bull fügte hinzu: „Wir sollen ihm helfen, seine Emotionen zu identifizieren. Wir werden also mit ihm darüber sprechen, was er fühlt und was es verursacht hat. Und Atemübungen.“

Hawk hörte aufmerksam zu. „Kommt mir bekannt vor.“

„Wie Doc Graysons Hausaufgaben für dich – und uns?“ Bull lächelte und erinnerte sich an die frühen Tage in Makos abgelegener Hütte zurück. Sie hatten schlimme Pflegefamilien hinter sich und Dinge auf der Straße erlebt. Zumindest hatten Bull, Gabe und Caz mit anständigen Eltern angefangen. Hawks Vater hatte es gemocht, sein Kind zu verprügeln, und nach allem, was sie bei den Gesprächen zwischen Hawk und Grayson belauscht hatten, hatte seine Mutter sich schließlich ihrem Ehemann angeschlossen.

„Weißt du ...“ Bulls Stimme verstummte angesichts des Ausdrucks auf Hawks Gesicht.

Keine Überraschung, wirklich. Bull hatte es versucht, verdammt, jeder der Brüder hatte versucht, mit Hawk über seine Vergangenheit zu sprechen. Und der zurückhaltende Bastard hatte sie alle abgeblockt. Genau wie er es jetzt tat.

Verdammt.

Hawk stand auf. „Danke fürs Frühstück." Und dann marschierte er ohne ein weiteres Wort zur Tür hinaus.

Frankie sah zu Bull. „Das lief nicht besonders gut."

In Makos Hütte band Kit ihre Turnschuhe zu und ging dann zu Aric.

Er war im Badezimmer und zupfte Gras aus seinen Haaren, da er bis eben noch mit Sirius gespielt hatte. „Bist du bereit, Honigbär?"

„Ja." Auf seinem Trittschemel bewunderte er sich im Spiegel und legte seinen Kamm ab.

Sie blinzelte. War ihr Baby wieder gewachsen?

War er. Da er jetzt viel zu essen bekam, gut schlief und wie ein normales Kind herumlief, hatte er einen Wachstumsschub gehabt.

Ihre Augen begannen zu brennen, und Kit rieb sie, um nicht loszuheulen. „Sehr gute Arbeit beim Fertigmachen. Das ist ein toller Kapuzenpullover." Der schwarze Hoodie hatte das Bild eines Falken, der vor einem grauen Himmel schwebte.

„Hawk hat ihn mir in Südamerika gekauft." Aric rieb über seine Brust. „Weil er an mich gedacht hat."

„Natürlich hat er das." Kit hob ihn vom Trittschemel und küsste sein weiches Haar. „Ich bin sicher, er hat dich sehr vermisst."

„Ja."

Sie verehrte Hawk für die Gewissheit in der Stimme ihres Sohnes. „Lass uns gehen. Hawk hat bereits unsere Geschenke in den Pick-up geladen."

Hawk war auf dem Weg in die Stadt schrecklich ruhig – noch mehr als sonst. Sah er aber zu ihr oder Aric, konnte sie schwören, dass sein Gesicht an Härte verlor.

Vielleicht hatte er einfach eine schlimme Nacht hinter sich?

In der Stadt angekommen, parkte Hawk vor Dantes Laden. Während er Aric aus dem Kindersitz entließ, rutschte Kit vom Beifahrersitz und hielt inne.

Situationsbewusstsein. In einem Auto auf der anderen Spur befanden sich zwei grauhaarige Frauen. Niemand saß in den geparkten Autos. Ein junges Paar stand händchenhaltend vor dem Café. Ein Mann ging in das Gemeindehaus. Zwei Männer kamen aus dem Sportgeschäft.

Auf früheren Fahrten in die Stadt hatte sie sich stets einen sicheren Fluchtweg koordiniert. In dem Punkt hatte sich nicht viel verändert.

Nach der Analyse klopfte sie sich im Geiste auf die Schulter. *Gute Kit.*

Sie schloss sich Hawk an, als er die Heckklappe öffnete. Die gesamte Ladefläche war mit ihren Pflanzen gefüllt.

Aric klatschte bei dem hübschen Anblick in die Hände.

Die Stiefmütterchensamen, die sie zur Sommersonnenwende gesät hatte, waren ein paar Mal in größere Töpfe verpflanzt worden. Nun standen sie in voller Blüte, einige in Dunkelblau, andere in Weiß, manche in Lila, der Rest in einem leuchtenden Gelb. Mit preiswerten Töpfen, Farbe und Makramee-Garn hatte sie hübsche Blumenampeln geschaffen.

Ihr Timing war ausgezeichnet, da Petunien, die übliche Pflanze für Hängetöpfe, langsam traurig aussahen. Ihre kälteliebenden Stiefmütterchen hingegen blühten lange in den Herbst hinein.

„Welche für Dante, Aric?", fragte sie.

„Die." Ihr Sohn mochte die zweifarbigen Blüten in Blau und Weiß.

„Okay." Leicht nervös griff sie nach der Ampel.

Hawk hielt die Tür zum Lebensmittelladen auf, und Aric hüpfte mit ihr hinein.

Hinter der Theke hielt Dante die Hand zur Begrüßung hoch.

„Kit, Aric, ihr seht alle gut aus. Das ist ein schöner Topf. Stiefmütterchen?"

„Ähm, ja." Sie holte tief Luft und ihre sorgfältig einstudierte Rede verschwand. „Ich – ähm – ich habe diese für dich gepflanzt" – ihre Stimme brach – „als Dankeschön, dass du mir und Aric geholfen hast, vom PZ-Gelände zu fliehen."

Dafür, dass du uns gerettet hast.

Tränen zurückdrängend reichte sie ihm den Topf über die Theke. Das war viel schwieriger, als sie gedacht hatte.

Hawks raue Stimme ertönte: „Sie hat sie in der Eremitage gezüchtet. Hat die Töpfe bemalt. Hat das Makramee selbst geknüpft."

„Also das nenne ich mal ein nettes Dankeschön." Dante lächelte sie an, dann Aric. „Ich habe gerne geholfen."

Aric meldete sich zu Wort: „Wir können für Ms. Lillian eine aussuchen, die zu deiner passt. Weil wir uns auch bei ihr bedanken."

Der Ausdruck des weißhaarigen Okie wurde sanft. „Zufälligerweise ist Blau ihre Lieblingsfarbe."

Arics Brust blähte sich auf.

„Es wird ihr gefallen, zu beiden Seiten der Tür eine Ampel hängen zu haben. Sie liebt Blumen."

Kit und ihre Crew konsultierten ihre Liste und verteilten weiterhin Blumen an die Menschen, die Teil der Rettungsaktion gewesen waren.

Zu ihrer Freude entdeckte Hawk Chevy und Knox an der Post, wo sie eine Regenrinne reparierten. Während der Rettung war Kit bewusstlos gewesen, aber Chevy war derjenige, der sie durch den Wald getragen hatte. Und auch Knox war dabei gewesen.

Knox war ein großer, schlaksiger Kerl mit einem buschigen roten Bart. Chevy war kurz und stämmig. Sie hatte die Männer kennengelernt, als Schulleiter Jones sie mit der Gestaltung des neuen Schulgeländes beauftragt hatte. Die Jungs waren dort gewesen, um in ihrer Freizeit einen Spielplatz zu bauen.

Als ihnen die leuchtend gelben Stiefmütterchen präsentiert wurden, wirkten die Handwerker zunächst verblüfft, bis bei Chevy ein breites Grinsen erschien. „Meine Lady wird das lieben. Ich werde ein Held sein, wenn ich die nachhause bringe."

„Yeah? Ein Held?" Knox musterte seine Pflanze nachdenklich.

Hawk gluckste. „Triffst du dich noch mit Erica von der Sommerschule?"

Die Farbe stieg dem Handwerker in die Wangen, sehr ähnlich zu dem Rot seines Bartes. „Vielleicht."

Hawk sah zu Kit. „Ist es okay, wenn er dein Geschenk benutzt, um eine Frau zu umwerben?"

Wie süß, der tödliche Söldner will Knox mit seinem Liebesleben helfen. Wie goldig war das bitte? Kit lächelte Knox an. „Die Stiefmütterchen sind ein Dankeschön dafür, dass du dein Leben für mich und Aric riskiert hast, und sollten so verwendet werden, wie du willst. Und wenn du damit deine Freundin glücklich machen willst, umso besser. Dantes Topf geht an Lillian, sodass sie auf jeder Seite ihrer Tür eine Ampel aufhängen kann."

„Erica mag Blumen wirklich sehr." Knox' Lächeln wurde breiter.

Der Mann war ein totaler Schatz. „Deine Lady kann sich glücklich schätzen, dich zu haben, Knox."

Er grinste. „Gelb ist ihre Lieblingsfarbe."

„P-Perfekt." Kit zwang ihre Lippen zu einem Lächeln. Sie wollte ihm den Moment nicht verderben. Sie beugte sich vor und nahm Arics Hand. „Dann mal weiter, mein junger Krieger."

Nach einer Minute holte Hawk auf und lief neben ihr. Als sie den Pick-up erreichten, trat er vor sie. „Was hat an deiner Stimmung gekratzt?"

„Nichts."

Das nächste Wort knurrte er: „Kit."

Sie atmete durch ihre Nase ein. „Sie waren beide sehr süß."

„Okay." Hawks hellbraune Augenbrauen zogen sich zusammen.

Sie seufzte „Es ist nur ... Obadiah hat mir nur einmal Blumen geschenkt. An unserem ersten Date." Sie konnte immer noch diesen Strauß roter Tulpen sehen. Sie war so begeistert gewesen. Jetzt? Sie bezweifelte, dass sie jemals wieder Tulpen anbauen würde. „Er hat sich nie die Mühe gemacht, meine Lieblingsfarbe zu lernen, und hat nie so glücklich ausgesehen, wie Knox das bei dem Gedanken hatte, seine Freundin glücklich zu machen."

„Ah." Hawk hob seine Hand und gab ihr Zeit, sich zurückzuziehen, bevor er mit den Fingern ihre Wange streichelte und über ihre bebende Unterlippe fuhr. „Obadiah war ein Arschloch."

„Obadiah war ein Arschloch!", wiederholte Aric und nickte.

Hawk brach in schallendes Gelächter aus.

Kit starrte ihn an.

Sein Lachen schaffte es einfach immer, ihr Freude zu schenken. Als Aric nun kicherte, konnte sie ihr eigenes Lachen nicht länger zurückhalten.

Obadiah war ein Arschloch gewesen.

Und sie konnte froh sein, dass sie ihn gerade noch rechtzeitig losgeworden war.

Aber, oh, *mein Gott*, das Wort Arschloch wäre jetzt ein fester Bestandteil von Arics Wortschatz.

Als Hawk mit ihrem Jungen einschlug, kniff sie die Augen zusammen. „Du, Sir, wirst derjenige sein, der seinem Vorschullehrer sein Vokabular erklärt."

Sein Mundwinkel zuckte. „Also das ist einfach verdammt gemein."

Eine Stunde später parkte Hawk den Pick-up vor Bulls Roadhouse. Dies war die letzte Station, entschied er – egal, ob Kit zustimmte oder nicht.

Jedes Dankeschön, das sie ausgesprochen hatte, war von Herzen gekommen – und sie war verdammt nochmal erschöpft. Das Kind brauchte ein Nickerchen und Hawk auch.

Nach dem Frühstück mit Bull und Frankie war Hawk angespannt gewesen, da er befürchtet hatte, das Kind in seinem Fortschritt zurückgeworfen zu haben. Aber Aric hatte sich nicht plötzlich in ein verwöhntes Gör verwandelt – er war dasselbe liebenswerte Kind, das er immer gewesen war.

Alles würde gut werden.

Er wandte sich an Kit. „Nach diesem hier fahren wir nachhause." Er erwartete Widerworte.

Sie lehnte den Hinterkopf an den Sitz. „Ich sollte argumentieren, oh, herrischer Mann, aber ich bin zu müde. Ich bin einverstanden."

Zur Hölle nochmal. „Tut mir leid." Als sie verwirrt zu ihm sah, stellte er klar: „Dass ich dich herumkommandiert habe."

„Ich weiß, dass ich anderer Meinung sein kann, und du deswegen keinen Ausraster bekommst. Das ist es, was mir wichtig ist." Sie lehnte sich über die Mittelkonsole, küsste ihn auf die Wange – was sich wie die Berührung eines Schmetterlings anfühlte – und sprang aus dem Pickup.

Er blieb zurück und versuchte, sein Herz wieder zusammenzubauen.

Als sie und Aric im Roadhouse verschwanden, runzelte er die Stirn. Etwa ein halbes Dutzend Restaurantmitarbeiter hatte bei der Rettungsaktion geholfen. Die meisten gingen zu Fuß zur Arbeit und hatten keine Autos, in denen sie ihre Pflanzen verstauen konnten, und das Roadhouse bot für eine Lagerung keinen Platz.

Er musterte die dicken Pfosten, die das überhängende Dach des einstöckigen Gebäudes stützten. In seiner Frachtkiste befand sich ein Schwerlastseil.

Nachdem er besagtes Seil zwischen zwei Pfosten befestigt

hatte, hing er die Töpfe dort auf. Die Reihe aus blühenden Pflanzen sah gut aus. Farbenfroh und so.

Felix kam aus dem Restaurant, gefolgt von Kit und Aric.

„Heiliger Strohsack, Kitty." Felix starrte die Blumen an. „Die sind unglaublich. Und eine davon gehört mir?"

„Absolut." Kit strahlte Hawk an. „Was für eine tolle Idee. Jetzt können sie sich einfach auf dem Weg nachhause einen Topf von der Leine pflücken."

„Yeah." Bewegung erregte seine Aufmerksamkeit.

Milo und Orion, zwei seiner Schreiner, näherten sich dem Roadhouse. Musste ihre Mittagspause sein.

„Hawk." Kit tätschelte seine Brust, um seine Aufmerksamkeit zu erregen. „Aric und ich gehen nochmal rein, aber wir sind in ein paar Minuten fertig."

Ihre Hand lag auf ihm, also war es wahrscheinlich in Ordnung, wenn er sie auch berührte. Er fuhr mit den Fingern durch ihr Haar und schob es ihr aus dem Gesicht. „Ich warte genau hier."

„Ich weiß", flüsterte sie.

Er hatte noch nie in seinem Leben schönere braune Augen gesehen. Lag es daran, dass sie immer so warm wirkten?

Sie schaute auf ihren Sohn hinunter. „Lass uns jetzt Raymond danken."

Hawk hielt seinen Blick auf die beiden gerichtet, bis sie im Gebäude waren, und als er Felix' breites Grinsen sah, blickte er finster drein.

„Sorry, ignoriere mich einfach." Der Kellner trat einen Schritt zurück. „Hast du zufällig Klebeband in deinem Pick-up?"

Hawk grunzte bejahend und holte es.

Als er die Rolle übergab, kamen Milo und Orion beim Roadhouse an.

„Hawk." Milo hob zur Begrüßung das Kinn.

„Hey, Boss", sagte Orion. Es dauerte nicht lange, bis seine Aufmerksamkeit auf Felix landete und er grinsend äußerte: „Yo, Süßer. Was passiert hier?"

„Sieh dir das an.“ Felix deutete auf die Hängetöpfe. „Erinnerst du dich, dass ich dir erzählt habe, wie wir geholfen haben, Menschen vor diesen wahnsinnigen Fanatikern zu retten? Die Frau, weshalb das Ganze überhaupt geplant wurde – Frankies beste Freundin –, war Kit. Als Pflanzenliebhaberin schenkt sie allen Blumen, die ihr geholfen haben.“

Milo starrte Felix an und spottete dann: „*Du* hast geholfen?“

Mit einem genervten Blick drehte sich Orion zu dem Mann und ballte seine rechte Hand zu einer Faust.

Zur Hölle nochmal. Hawk trat zwischen sie. Bull nervte es gewaltig, wenn auf dem Parkplatz Schlägereien ausbrachen.

„Nicht jeder Kampf erfordert Fäuste.“ Felix grinste Milo unbeeindruckt an. „Ich habe bei der Ablenkung geholfen. Wir inszenierten einen Autounfall am Eingangstor, um die Wachen zu beschäftigen, und machten genug Lärm, dass die anderen“ – er nickte Hawk zu – „die Frauen und Kinder herausholen konnten.“

„Einen Unfall inszeniert?“ Orion sah begeistert aus. „Das hast du bisher nicht erwähnt.“

„Zappa hat zwei Rosteimer gespendet.“ Felix rollte mit den Augen. „Unser Metallhaufen hat Rauch gespuckt wie ein Waldbrand. Wie auch immer, Ericas Crew fuhr mit uns um die Wette, und wir knallten die Autos vor dem Tor zusammen, wo wir uns anschließend betrunken Beleidigungen zuwarfen.“

„Da konntest du deine angeborenen Talente zeigen. Gut gemacht, Süßer.“ Orion legte seine Hand auf Felix’ Schulter. „Das hat Mumm erfordert.“

Ausgehend von Felix’ freudestrahlendem Ausdruck war er völlig hin und weg.

„Wir waren nicht in so großer Gefahr, da die Wachen total darauf hereingefallen sind.“ Felix versuchte, nonchalant zu wirken. „Die Pisser sind ... Sagen wir einfach, sie sind ungefähr so helle wie Alaska im Dezember.“

Wenn die Sonne kaum aufging. Hawk grinste.

Orion betrachtete die Blumen. „Es scheint, dass Kit einen grünen Daumen und ein gutes Herz hat."

„Es sind Blumen", grummelte Milo. „Was soll der Aufriss ..."

Hawk erstarrte. Wenn das Arschloch das zu Kit sagte, würde Hawk –

„Alter, ein verbales Dankeschön ist einfach. Dass etwas zurückgegeben wird, ist viel seltener." Orion zog an seinem acht Zentimeter langen braunen Bart und nickte bestimmt. „Also ich bin beeindruckt."

„Ich auch." Felix zog einen Stift aus der Tasche. Nachdem er EIGENTUM VON FELIX auf ein Stück Klebeband geschrieben hatte, befestigte er den Streifen an einem Topf mit blau-weißen Stiefmütterchen.

Orion lachte. „Stellst du sicher, dass du deine Lieblingsfarben bekommst?"

„Logisch. Das Gelb harmoniert nicht mit meiner Einrichtung." Felix lehnte sich an Orion und klimperte mit den Augenwimpern. „Wie du sehr wohl weißt."

Milos Mund verdrehte sich zu einer Grimasse, als wäre er in Hundekacke getreten. Nach einem Blick auf Hawk sagte er zu Orion: „Ich habe etwas zu tun. Ich hole mir Essen von Dante."

Als er verschwand, schnaubte Orion. „Ich wollte ohnehin nicht mit ihm essen. Ich muss schon sagen, Boss, er hat Talent, aber jedes Mal, wenn er den Mund aufmacht, will ich ihm eine reinhauen."

Felix kicherte. „Da Orion ein Pazifist ist, sagt das viel aus."

Aus Erfahrung wusste er, dass sich einige Leute nach ein paar Schlägen besserten; Milo könnte einer von ihnen sein.

Nein. Böser Boss.

Hawk seufzte. „Ich werde versuchen, jemanden für dich zu finden, der besser zu dir passt." Und Ende des Monats würde er Milo seine Kündigung überreichen.

Die Tür zum Roadhouse öffnete sich. Bull kam mit Frankie heraus und betrachtete die Hängetöpfe. „Gib mir eine Minute."

Er ging zur Einfahrt des Parkplatzes, positionierte sich dort und begutachtete das Roadhouse.

Als er zurückkehrte, blickte er finster drein.

„Bist du sauer?“ Frankie stemmte die Hände auf ihre Hüften. „Wie um alles in der Welt können Blumen diesen Ausdruck bei dir auslösen?“

„Das ist es nicht. Diese gelben Blüten erhellen den Ort und würden die Blicke der Menschen von der Straße auf sich ziehen.“ Bull fuhr mit den Fingern über seinen Spitzbart. „Ich habe das Gefühl, den Mitarbeitern zu sagen, dass sie ihre Pflanzen hierlassen sollen, könnte zu einer Meuterei führen.“

„Fass ja meine Blumen nicht an, Boss. Oh nein. Meine habe ich bereits markiert.“ Felix zeigte auf sein Klebeband und eilte schließlich in das Gebäude.

Frankie lachte. „Ich wette, er warnt gerade jeden, seine Pflanze in Besitz zu nehmen, bevor du sie konfiszierst.“

„Natürlich.“

Bull hatte nicht Unrecht, entschied Hawk. Die leuchtenden Blüten waren effektiver als jedes Willkommensschild. Er deutete auf den waagerechten Baumstamm zwischen den Pfosten. „Ich könnte Haken in diesen Balken schlagen.“

Mit den Armen vor der Brust verschränkt überlegte Bull und ... nickte. „Tu es. Ich werde Kit bestechen, sodass sie mir die passende Länge für die Makramees herstellt.“

„Keine Bestechung nötig.“ Kit überraschte Bull, der sie offensichtlich nicht hatte herauskommen sehen. „Ich schulde dir und Frankie viel mehr, als ich jemals zurückzahlen kann.“

Die Aufrichtigkeit in ihrer sanften Stimme war herzerwärmend ... denn so war sie. Die Frau leistete ihren Beitrag und kam ihren Verpflichtungen nach.

Der Sarge hätte sie gemocht.

KAPITEL ZWANZIG

W*enn es dunkel genug ist, kannst du die Sterne sehen.* - Ralph Waldo Emerson

Kit war noch nicht lange im Bett, als sie von etwas aus dem Schlaf gerissen wurde.

War das Musik? Es war leise. Gespenstisch. Eine ... Geige. Als sie sich im Bett aufsetzte, stoppte die Melodie, und sie hörte das schwache Geräusch von Männerstimmen, bevor es wieder losging.

Jemand spielte Geige.

Alle Söhne von Mako spielten ein Instrument. Hawk war derjenige, der Geige spielte.

Kit zog den langen, flauschigen Morgenmantel an, den Frankie ihr fürs Krankenhaus geschenkt hatte, und ging auf Zehenspitzen die Treppe hinunter, durch den Wohnbereich und hinaus auf Makos Terrasse.

Um zuzuhören.

Oh, was für eine Lüge. Dass sie seinem Geigenspiel lauschen

wollte, war nur ein Grund. Auch war sie hier, weil der bloße Blick auf Hawk ihren Puls beschleunigte.

Es war kurz vor Mitternacht und so kam das einzige Licht von der dünnen Mondsichel über ihren Köpfen. Nichtsdestotrotz konnte sie ihn gut sehen.

Er saß mit Blick auf den See und trug nicht einmal ein T-Shirt. Wahrscheinlich war er auch barfuß. Die Temperaturen waren nur knapp über Null Grad Celsius, aber die Bewohner Alaskas schienen zu denken, dass Kälte nicht kalt war, wenn es keinen Schnee gab.

Sie lehnte sich an das Geländer. Die Musik war ruhig und traurig, wie es nur eine Geige erreichen konnte, sie sprach von Verlusten und einer Betrübtheit, die so tief vordrang, dass ihre Brust schmerzte. Tränen füllten ihre Augen und traten über.

Als dunkle Silhouette vor dem Mond flatterte eine Eule mit breiten Flügeln über den See.

Die Musik stoppte und Kit stieß sich vom Geländer weg, um hineinzugehen.

Hawk jedoch nahm die Bewegung aus den Augenwinkeln wahr, drehte den Kopf und ... sah sie direkt an.

Er erhob sich und ging hinein.

Ihre Kehle verengte sich schmerzhaft. Sie hätte nicht in seine Einsamkeit eindringen sollen. In seine Musik.

Sie senkte den Blick auf den Boden. Sie war gedankenlos gewesen. Unhöflich.

Dann hörte sie Schritte. Mit einem offenstehenden Flanellhemd und mit Schuhen an den Füßen kam Hawk die Stufen seiner Terrasse herunter und über den Hof.

Auf sie zu.

Je näher er kam, desto mehr verblasste ihr Wunsch, fliehen zu wollen. Der Mondschein ließ sein Haar funkeln und färbte seinen kurzen Bart zu blond, legte seine Augen in Schatten und betonte die Narben auf seiner Stirn, seinem Hals und der Seite seines Gesichts.

Sein Ausdruck war unlesbar, als er die Stufen zu Makos Terrassendeck erklomm.

Sie drückte die Schultern durch. Wenn er wütend war, nun, dann konnte sie ihm das nicht verübeln.

„Ich wollte nicht stören." Sie brachte ihre Finger vor dem Bauch zusammen. „Die Musik war so schön, aber es tut mir leid, wenn ich –"

„Stören?" Er runzelte die Stirn und schüttelte dann den Kopf. „Wenn es mir wichtig wäre, wer zuhört, würde ich im Wald spielen." Sein Blick schweifte über den Halbkreis aus Häusern voller Menschen.

Sie atmete erleichtert aus.

Er kniff seine Augen zusammen. „Besorgt, hmm?" Er legte die Hand auf ihren Kiefer und wischte sanft die Tränen mit dem Daumen weg. „Du solltest dich beschweren, dass ich dich geweckt habe."

Ihr Blick ging an ihm vorbei und landete auf dem stillen dunklen See. „Das wäre, als würde man sich über Mondschein auf dem Wasser beschweren."

Er musterte sie einen Moment lang. „Schläft Aric?"

„Ja." Sein aufgeknöpftes Flanellhemd gab ihr Einblicke auf eine äußerst muskulöse Brust.

„Kit." Seine Hand unter ihrem Kinn hob ihren Kopf. Ihr Blick traf auf seinen. War das Belustigung in seinen Augen? „Dir ist kalt. Lass uns reingehen."

„Richtig." Enttäuschung machte sich in ihr breit, als er ihr die Tür aufhielt. Sie drehte sich um, um ihm gute Nacht zu sagen, und erkannte, dass er ihr in die Hütte gefolgt war.

In der Minute erkannte sie, dass er gesagt hatte: *„Lass uns reingehen"*, nicht *„Geh du rein"*.

Ihr Herz begann einen schweren, erregenden Rhythmus zu schlagen. „Ähm, kann ich dir etwas zu trinken anbieten?"

„Nein." Er öffnete die Arme. „Umarmung?"

Sie konnte sich nichts Besseres vorstellen. Sie trat vor, schlang ihre Arme um ihn und drückte ihre Wange an seine Brust – an seine nackte Brust.

Bei dem schockierenden Gefühl erstarrte sie für einen Moment und atmete dann tief ein. Seine Haut roch sauber, aber eher nach Wald als nach Zitrone oder Salbei.

Seine Hände legten sich auf ihre Hüfte und warteten ... bis sie ihr Gesicht an ihm rieb. Genau die richtige Menge an kurzen, lockigen Brusthaaren bedeckte seine warme, muskulöse Brust.

Weder sah er aus wie Parrish oder Nabera noch roch er wie sie. Kit versuchte, den Gedanken an diese Männer wegzuschieben. „Kannst du mit mir reden?"

Sein Lachen war trocken. „In dem Punkt bin ich nicht die beste Wahl."

An seiner warmen Haut krümmten sich ihre Lippen nach oben, denn wenn er sprach, festigte seine tiefe kratzige Stimme irgendwie den Boden unter ihren Füßen und gab ihr so einen sicheren Platz zum Stehen. Als sich die Schatten der Vergangenheit wie Nebel in der Morgensonne auflösten, straffte sie ihre Arme um ihn. „Der Klang deiner Stimme ist alles, was ich brauche."

Was zum Teufel? Seine Stimme? Sie umarmte ihn härter, also schlang Hawk seine Arme um ihre Taille. Sie war so verdammt zerbrechlich. „Niemand mag, wie ich klinge."

Seine Eltern hatten es sicher nicht getan; möglicherweise, weil sie daran die Schuld trugen, dass seine Stimme so furchtbar klang.

Die Frauen, die er in sein Bett eingeladen hatte, hatten sich regelmäßig beschwert:

„Du hast eine schreckliche Stimme."

„Sag bloß nichts."

„Ich kann es nicht ertragen, wenn du sprichst."

„Halt einfach die Klappe und rede nicht."

„Ich mag es, wenn du redest." Ihr Ausatmen formte einen

warmen Fleck auf seiner Brust. „Ich habe dich in dieser Nacht auf dem Gelände gehört. Als du zu Aric gesagt hast, dass du mich ins Krankenhaus bringen würdest – dass du sicherstellen würdest, dass ich Hilfe bekomme.“

Okay. Er hatte sich immer gefragt, an wie viel sie sich erinnerte. Sie war so verdammt nah am Sterben gewesen.

„Für mich klingst du nach Hoffnung“, flüsterte sie. „Nach Sicherheit.“

Unbändige Freude entfaltete sich in ihm, aber er wusste nicht, wie er diese zum Ausdruck bringen konnte.

Er streichelte eine Hand über ihr Haar. Seidenweich.

Er würde sich damit begnügen, sie einfach die ganze Nacht in den Armen zu halten.

Sie lehnte sich etwas zurück und neigte den Kopf nach oben. „Können wir ...“ Ihre Zunge leckte über ihre pralle Unterlippe. Er entdeckte Verlangen in ihren Augen.

„... uns küssen?“

Die schwache Beleuchtung im Raum verbarg nicht, wie ihre Wangen rot wurden.

Er legte eine Hand auf ihre Wange, lehnte sich vor und drückte seinen Mund auf ihren. Ihre Lippen waren so weich. Willig, aber zögerlich.

Er war verdammt gut, wenn es um harten Sex ging. Die Frauen, die er gefickt hatte ... sie hatten es hart gewollt.

Sie war die Erste, die wollte, dass er nett war. Nett und behutsam.

Mit seinen Lippen verlockte er sie ...

Ein sanfter Seufzer entrang ihr und sie stellte sich auf ihre Zehenspitzen. Auf der Suche nach mehr.

Er gab ihr mehr.

Wie um alles in der Welt waren sie auf Makos Couch gelandet? Immer noch voll bekleidet, schüttelte Kit den Kopf und hätte fast gelacht. Irgendwie saß sie nun rittlings auf Hawks Schoß, während er sich zurücklehnte und sich seine große Erektion an ihren Arsch drückte.

Noch besser war, dass es sie nicht störte, zu wissen, dass er erregt war. Ganz im Gegenteil. Das Gefühl war wundervoll.

Er wollte sie.

Lächelnd schob sie sein Hemd auf, fuhr mit den Händen über seine harten Muskeln und genoss das sinnliche Kitzeln seiner Brusthaare an ihren Handflächen. Sie zeichnete sein Schlüsselbein nach und verweilte in der Kuhle in der Mitte.

Als sie sich nach vorne lehnte, landeten seine Finger in ihrem offenen Haar und zogen sie mit einem sanften Ruck für einen Kuss nach unten.

Alles in ihr spannte sich an, erstarrte und ihr Verstand setzte aus. Die Angst fegte durch sie hindurch. Ihre Handflächen versuchten instinktiv, ihn von sich zu schieb –

„*Eaglet*. Atme." Seine Hände streichelten an ihren Armen auf und ab.

Es dauerte eine Weile, bis seine Stimme den Nebel der Angst durchdrang und sie verstand, dass er sie nicht festhielt. Kein bisschen.

Sie holte tief Luft und konzentrierte sich auf das, was sie roch. Das anhaltende Aroma von Cookies, Hawks sauberer maskuliner Duft, die Lavendel-Vanille-Lotion, die sie nach ihrer abendlichen Dusche verwendet hatte.

Unter ihren Handflächen war warme Haut.

Draußen kreischte eine Eule. Eine Antwort kam von weiter weg.

Sie war in der Eremitage, nicht auf dem PZ-Gelände. Dies war Hawk. „Tut mir leid", hauchte sie.

„Es gibt nichts, wofür du dich entschuldigen müsstest. Es wird Dinge geben, die dich triggern werden." Ganz langsam fuhr er mit der Hand wieder durch ihr Haar – darauf bedacht, keine ruckartigen Bewegungen zu machen. „Wir werden versuchen, sie zu vermeiden. Ist das nicht möglich, arbeiten wir uns durch die Trigger."

Er war nicht verärgert. Erleichterung fegte durch sie. „Wie hast du mich genannt? *Eaglet?*"

„Deine Haare sind wie die eines Steinadlers."

Sie kniff die Augen zusammen. „Aber *Eaglet*. Ist das nicht ein Adlerjunges?"

„Ja." Seine Lippen zuckten. „Kurze Flüge. Sie stürzen noch ab und haben Bruchlandungen."

Sie fing an zu lachen. „So wie ich gerade."

„Nein, deine Flügel wurden lediglich gestutzt." Er strich mit den Fingerknöcheln über ihre Wange. „Sie werden wieder wachsen und du wirst schon bald fliegen."

Nach weiteren Küssen und unter seinen langsamen, geduldigen Händen schaffte sie es, ihren Morgenmantel abzulegen. Dann das Oberteil ihres Pyjamas.

Anschließend erlebte sie die nächste Bruchlandung. Irgendwie klang das so viel weniger erschreckend, als es eine Panikattacke zu nennen.

Sieh mich nur an.

Sie war halb nackt. Obwohl sie bebte und schwer atmete, verankerte seine Stimme sie in Sicherheit, brachte sie zurück in die Realität.

Und sie küssten sich wieder.

„Es wird dich verrückt machen, wenn ich ständig zwei Schritte vor und dann drei Schritte zurückgehe und –"

„Frau, du sitzt auf meinem Schoß und küsst mich. Mir geht es prima."

Seine schroffe Antwort ließ sie innerlich leuchten. Weil sie genauso empfand.

Oh, sicher, ihr Körper wollte mehr, pulsierte und verlangte da unten nach Action, aber das hier war einfach unglaublich.

Genau wie er.

Keiner der Zeloten ließ eine Frau oben sein. „Ich sitze gerne auf dir." Sie lehnte sich vor, um ihn zu küssen. Seine Lippen waren fest, aber samtweich, und auch sein Bart war weich.

„Gut." Unter ihren Lippen spürte sie ein Schmunzeln. „Eines Tages wirst du auf meinem Gesicht sitzen."

Auf seinem was? Ein schockiertes Keuchen entkam ihr, und dann lachte sie. Und küsste ihn. Und sie lachte, weil seine rauen Worte Wärme durch ihren ganzen Körper jagten.

Nicht heute. Aber ...

Sie schluckte schwer, lehnte sich zurück, griff nach seinen Händen, legte sie auf ihre Brüste und zog ihn an sich.

Bei dem Gefühl seiner warmen Handflächen schnappte sie nach Luft, und jede Zelle unter seinen Händen erwachte zum Leben.

Langsam und behutsam berührte er sie, massierte leicht und knetete. Seine Fingerspitzen neckten ihre Brustwarzen zu schmerzenden Knospen.

Es fühlte sich an, als wäre ihr Inneres das Epizentrum eines Erdbebens, und sie wimmerte.

Er erstarrte und musterte sie eine Minute lang. „Wir gehen heute Abend nicht weiter."

Sie nickte und war sich nicht sicher, ob sie erleichtert oder enttäuscht sein sollte. Beides, wenn sie ehrlich war.

„Nicht weiter." Ein heißer Funke erschien in seinen Augen. „Also werde ich es verdammt nochmal genießen."

Sein Daumen kreiste langsam um eine Brustwarze und sandte einen Strom geschmolzener Wärme zu ihrer Mitte.

In der nächsten Stunde spielte er mit ihr, genoss es, sie berühren und necken zu können. Immer und immer wieder erregte er sie bis zu einem Punkt, wo ihr Verlangen abstarb und stattdessen Erinnerungen vor ihrem inneren Auge erschienen.

Er lächelte einfach und änderte seine Technik, bis er sie wieder an der Klippe hatte. Sanft, süß und so verdammt geduldig.

Schließlich schob er ihr die Haare aus dem Gesicht. „Es wird Zeit, dass wir aufhören. Du brauchst Schlaf."

Als könnte sie jetzt schlafen, mit geschwollenen Brüsten und pochender Klitoris. Bei ihrem verzweifelten Schnauben blitzte sein Grinsen auf.

Er hob sie von sich herunter, stand auf und reichte ihr das Pyjamaoberteil, damit sie sich anziehen konnte. Bei jedem Knopf, den er zuknöpfte, strichen seine Knöchel über die Innenseite ihrer Brüste.

Sie versuchte, ein Stöhnen zu unterdrücken, doch es gelang ihr nicht immer. Bei seinem männlichen Glucksen spannte sie die Zehen an.

Er küsste sie auf die Stirn. „Na komm. Und schließe nach mir die Tür ab."

Als er auf dem Terrassendeck war, drehte er sich um, nahm ihr Kinn zwischen Daumen und Zeigefinger und lehnte sich vor, um ihr erneut einen leidenschaftlichen Kuss zu geben. Und doch so zärtlich. Er schob sie wieder hinein und schloss die Tür. Sie konnte ihn durch das kleine Fenster sehen, wo er mit verschränkten Armen darauf wartete, dass sie das Schloss einrastete.

Als sie es tat, nickte er. Seine Schritte klangen entschlossen, als er von der Terrasse ging.

Ihre taten das nicht. Sie war bis oben hin mit lebhaften Bläschen gefüllt, sodass sie annehmen musste, dass ihre Füße nicht einmal die Treppenstufen berührt hätten. Sie wäre einfach von der Terrasse geschwebt.

KAPITEL EINUNDZWANZIG

U*nser grundlegendster Instinkt ist nicht für das Überleben, sondern für die Familie.* - Paul Pearsall

Die Ergebnisse waren da, und sogar Stunden später wollte Audrey tanzen und jubeln ... und sich dann vielleicht für eine Weile verstecken. *Hallo unberechenbare Emotionen.*

Beruhige dich, Audrey. Sie war gut darin, gelassen zu wirken – sie hatte als Kind sicherlich mehr als genug Übung bekommen.

Sie neigte den Kopf zurück und genoss das Gefühl der Sonne auf ihrem Gesicht. Nach zwei Regentagen war sie bereit für warm und trocken.

„Wir haben es geschafft", rief Gabe von vorne. Auf dem noch feuchten Pfad hinter ihr reagierten die anderen mit Jubelschreien. Jeder in der Eremitage hatte beschlossen, dass die Sonntagsaktivität Beerenpflücken sein würde. Mit einem solchen Anstieg hatte sie jedoch nicht gerechnet.

Sie traten aus dem Wald und blickten auf einen breiten sonnigen Abhang. Sie schob sich die Haare aus dem Gesicht und atmete tief ein. Obwohl die Sonne heiß auf ihre Schultern brannte, hielt die Luft eine eisige Brise inne.

„Hier?“ Mit Aric an ihrer Seite runzelte Kit die Stirn. „Wo sind die Beerenbüsche?“

Audrey grinste und erinnerte sich daran, wie sie letztes Jahr dieselbe Frage gestellt hatte.

„Schau nach unten.“ Bull trat mit seinem Arm um Frankie vor und wies auf den Boden. „Unsere wilden Heidelbeeren schaffen es nicht einmal bis zu unseren Knien.“

„Leute.“ Hawks Stimme ertönte und alle verstummten. „Ein Bär. Macht Laute.“

Ein Bär. Mit einem ausgetrockneten Mund drehte sich Audrey um und trat auf den Pfad ins Tal.

„Warte, Goldie.“ Gabe legte einen Arm um sie, zog sie an sich und pfiff laut.

Mit lauter Stimme erklärte Bull Frankie, welche Beeren sie nicht pflücken sollte.

Caz zog eines seiner zahlreichen Messer und klopfte in einem nervigen Rhythmus mit der Klinge gegen einen Felsvorsprung.

Ein Rascheln war zu hören, bevor ein Braunbär über die Wiese schlich.

„Menschen. So nervig laut“, sagte Gabe offensichtlich amüsiert.

Audreys Herz raste wie wild. „Du hast nicht einmal deine Waffe gezogen.“

An seinem Gürtel trug er eine Pistole und eine Dose Bärenspray. Seine Brüder und JJ hatten auch Bärenspray. Das nächste Mal würde sie sich daran ein Beispiel nehmen.

Gabe zog sanft an ihren Haaren. „Nicht nötig. Er war nicht an einem Kampf interessiert. Es gibt genug Beeren für uns alle.“

Er hatte Recht. Die niedrigen Büsche waren mit Blaubeeren beladen. „In diesem Fall fange ich besser an, zu pflücken.“

JJ grinste sie an. „Pflücke mit mir. Ich möchte hören, was ich beim Buchclub verpasst habe.“

„Auf jeden Fall." Audrey versuchte, sich an die Highlights der Sci-Fi-Gruppe zu erinnern. Knox hatte die besten Punkte angesprochen, als sie darüber sprachen, ob die Erde davon ausgehen sollte, dass mögliche Außerirdische freundlich oder feindselig sein würden. Er war im letzten Jahr so weit gekommen. Damals hatte er noch Seiten aus einem Buch gerissen, weil er nicht lesen konnte. Sie war so wahnsinnig stolz auf ihn.

„Aric, fang." Zu ihrer Rechten pflückte Regan Beeren – und warf ein paar auf Aric. Kleine Unruhestifterin.

Grinsend gönnte sich Audrey eine Blaubeere. Lecker. Die Frucht war kleiner als aus dem Laden, aber der Geschmack war fantastisch. Was für eine schöne Art, einen Tag mit der Familie zu verbringen.

Ich habe Familie. Der Gedanke überwältigte sie manchmal immer noch.

Während sie pflückten, fing einer der Jungs an zu singen und zu summen. Manchmal schien es, als ob Melodien wie ein Fluss unter der Haut der Männer verliefen.

Mit einem Lächeln zu Aric und Regan begann Bull zu singen: „Do-Re-Mi."

Lachend harmonisierte Gabe, und alle schlossen sich an, einschließlich Kit mit ihrer schönen klaren Stimme. Audrey liebte es, dass sie endlich eine andere Sopranistin hatte, mit der sie singen konnte.

Als die Kinder den Text draufhatten, sangen auch sie.

Hawk schwieg, aber ausgehend von dem zufriedenen Gesichtsausdruck genoss er die Musik.

Als das Lied endete, schüttelte JJ den Kopf. „Wir brauchen mehr Kinder."

„*Princesa*, was willst du damit sagen?", fragte Caz.

„Es fühlte sich an, als wäre ich durch ein Raum-Zeit-Kontinuum gefallen und in einer alaskischen Version von *The Sound of Music* mit Testosteronüberschuss gelandet. Aber wir haben nicht genug Kinder, um dem gerecht zu werden."

Caz machte mit seiner Zunge ein Tss-Geräusch und schüttelte traurig den Kopf. „Ich muss deine Obsession für Science-Fiction-Bücher wohl etwas kontrollieren."

Mit einem Knurren warf JJ eine Blaubeere und traf seine Schulter.

Audrey grinste. Dass JJ Science Fiction aufgab, würde in einer Million Jahren nicht passieren.

„Was ist *The Sound of Music?*", fragte Regan.

„Ein romantisches Musical." Hawk gluckste und zeigte auf Bull. „Der Sarge hätte ihn in den Fluss geworfen, wenn er die Lieder vor ihm gesungen hätte."

Bull stimmte lachend zu.

Es war erstaunlich, Hawk mehr lachen zu sehen. Als Audrey lächelte, bemerkte sie, dass er und Kit so eng zusammenarbeiteten, dass ihre Schultern aneinanderrieben.

Das war ja mal interessant.

Gabe grinste. „Du solltest dir den Film mit JJ und deinem Vater anschauen, Regan. Vor allem mit deinem Vater."

Ein Messer landete zwischen Gabes Knien, viel zu nah an seinen Kronjuwelen.

„Benimm dich, Cazador." Audrey runzelte die Stirn. „Du gibst ein schlechtes Beispiel für dein Kind ab." Und das war etwas, woran sie in der letzten Woche oft gedacht hatte.

Caz blinzelte, bemerkte, dass JJ nickte, und seufzte. „Tut mir leid."

Gabes Lippen zuckten. „Ausgezeichnete Rüge, Goldlöckchen."

„Das war es", rief Bull. „Sie hat diesen angepissten Muttertonfall perfekt drauf."

Oh nein.

Sie hatte *genau* wie Kit und JJ geklungen, wenn die beiden aus welchem Grund auch immer mit den Kindern schimpften. Was bedeutete, dass sie wirklich, wirklich mit Gabe sprechen musste.

Sie stand auf, warf ihre Beeren in JJs Tasche und packte Gabes Hand. „Geh ein Stück mit mir."

Er blinzelte verwirrt und schlenderte dann mit ihr zu einer kleinen Baumgruppe.

Hinter ihr sagte Hawk: „*Geh ein Stück mit mir* – als wäre Doc Grayson in sie gefahren."

Bull lachte. „Worte, um jemanden in Panik zu versetzen. *Lass uns spazieren gehen, Bull.*"

„Was?" Oh, richtig. Doc Grayson war der Psychologe, der die Jungen regelmäßig besucht hatte. Kein Wunder also, dass Gabe sie komisch angesehen hatte.

„Äh, Gabe. Ich habe nicht vor, dich zu psychoanalysieren."

„Das ist eine Erleichterung."

Audrey unterdrückte ein Lachen.

Im beschatteten Hain sank die Temperatur um mehrere Grad, was es angenehm kühl machte, und die Luft hielt den spritzig süßen Duft von Immergrün.

„Wir sind außer Sichtweite. Sehr gut." Lächelnd legte Gabe seine Arme um sie und zog sie zu sich. Eine Hand landete auf ihrem Arsch, während die andere in ihre Haare tauchte, ihren Kopf zurückzog, sodass er ihr einen innigen Kuss aufdrücken konnte. Dann küsste er über ihre Wange und flüsterte: „War das der Grund, warum du mich hierhergeführt hast?"

Oje. Wann immer er sie an seinen steinharten Körper zog, oder sie einfach nur berührte, beschleunigte sich ihr Herz und ihr Gehirn setzte aus.

„Ja." Ihre Stimme kam heiser und atemlos über ihre Lippen. „Nein, warte. Nein. Ich meine, ich muss mit dir reden. Reden, okay?"

Er lehnte sich zurück, um ihr in die Augen zu sehen, und die Belustigung in seinem Ausdruck verschwand. „Was ist los, Süße?"

Großartig, jetzt war er auch noch besorgt. „Ich hatte geplant, heute Morgen mit dir zu sprechen, aber –"

„Aber ich musste stattdessen ein paar Einbrecher einbuchten."

Irgendwelche dämlichen College-Studenten waren im B&B in ein Zimmer eingebrochen, um Geld für Alkohol zu erbeuten. *Idioten.*

„Es tut mir leid." Gabe küsste sie auf die Stirn und rieb mit der Hand über ihren Rücken. „Es ist nicht einfach für die Familie eines Polizisten. Lange und unberechenbare Arbeitszeiten und –"

„Nein, das ist es nicht. Du wurdest geboren, um andere zu beschützen – deine Brüder, deine Kameraden, deine Stadt. Deine Familie."

Seine Arme strafften sich um sie, und sie konnte seine Erleichterung über ihre Akzeptanz spüren.

„Ich ... ähm ..." Sie räusperte sich. „Ich wollte dich nur wissen lassen, dass deine Familie um eine Person zunehmen wird."

Oh, das hatte sie ihm doch etwas unbeholfen vermittelt. Sie errötete und versuchte, an Worte zu denken, um die Neuigkeit anders auszudrücken, und merkte dann, dass er völlig still geworden war.

„Was?" Seine Stimme war heiser.

„Wir bekommen ein Baby." Sie rieb ihre Stirn an seiner Schulter. „Du wirst Papa."

Er trat einen Schritt zurück und sie wurde panisch. Was, wenn er –

Staunen erfüllte seinen Gesichtsausdruck, dann unbändige Freude. „Ein Baby."

Sein Blick schweifte über sie, bevor er sie in seine Arme zog, sie küsste und ihr auch ohne ein Wort zu sagen, seine Gefühle mitteilte.

JJ sah, als Gabe und Audrey aus der kleinen Baumgruppe kamen. *Hmm.* Sie unterdrückte ein Lachen und stieß Caz an. „Würde ich

Drogentests anordnen, wäre er meine erste Wahl. Er sieht aus, als würde er auf Wolken gehen."

Caz folgte ihrem Blick. Und sie musste sich fragen, wie es einem verheerend hinreißenden Mann gelang, nur mit einem Lächeln noch heißer zu werden.

Augenblick mal ... Sie kniff die Augen zusammen. „Warum siehst du so selbstgefällig aus?"

„Sie hat es ihm endlich gesagt."

„Was hat sie ihm gesagt?"

„Wir werden bald ein Baby bekommen", rief Gabe, damit alle es hören konnten.

„Oh. Oh ... wow." Sie schloss sich dem Jubel an und lachte, als die Beerenernte für Umarmungen und Glückwünsche aufgegeben wurde.

Aric stand neben Regan und sah Gabe verwirrt an. „Wo ist das Baby? Hast du es wie Gryff zuhause gelassen?"

Gabe unterdrückte ein Lachen und sah zu Audrey, dann zu Kit. „Das fällt in das Territorium einer Mutter."

Kit lachte und kniete sich neben ihren Sohn. „Das Baby wird einige Monate in Audreys Bauch heranwachsen. Ihr Bauch wird groß werden."

„Ooooh." Er musterte Audreys Bauch, bevor er seine Mutter fragte: „Kann ich ein Baby in meinem Bauch haben? Ich kann das bestimmt auch gut."

Kit schüttelte den Kopf. „Tut mir leid, Honigbär. Babys können erst gemacht werden, wenn man älter ist."

Er zog die Augenbrauen zusammen. „Kinder dürfen echt nichts."

JJ hatte das Bedürfnis, zu klatschen – denn ja, er hatte Recht. „Kinder können Beeren pflücken, und wer ein Talent fürs Backen hat, kann daraus Blaubeermuffins machen."

„Ich kann backen!" Mit seinen kleinen Beinen rannte Aric zu den Beerensträuchern zurück. Er war so süß, dass sie ihn am liebsten abfangen und knuddeln würde.

Nachdem sie die Kinder vor einen Strauch mit vielen Beeren gesetzt hatten, nahm Caz ihre Hand. „Willst du irgendwann heiraten, *Princesa*? Und Babys mit mir bekommen?“

„Was?“ Machte er Witze?

„Sag es mir bitte.“ Seine dunkelbraunen Augen zeigten, wie ernst er es meinte. Er wirkte besorgt.

Ihr Herz schmolz in ihrer Brust dahin. Gott, sie liebte ihn. „Ähm, heiraten, ja. Eines schönen Tages. Damit Regan sicher sein kann, dass sie zwei Leute hat, auf die sie sich verlassen kann.“

Er legte einen stahlharten Arm um sie und zog sie an sich. „Ist das der einzige Grund, *Mamita*?“

Aufdringlicher Doc. „Vielleicht auch, weil ich dich liebe. So ein bisschen.“

Sein Grinsen blitzte auf, strahlendweiß in seinem braunen Gesicht. „Zufällig liebe ich dich viel mehr als ein bisschen.“

Ehrlich mal, er raubte ihr täglich den Atem. „Willst du mehr Kinder?“

Er bewegte seine Schultern in einem lässigen Achselzucken. „Wenn du es nicht eilig hast, würde ich es bevorzugen, wenn du und Regan euch noch ein bisschen länger einlebt. Dann können wir ein paar Babys machen, wenn du willst. Oder adoptieren. Oder vielleicht auch nicht. Ich bin glücklich mit einer großen oder kleinen Familie, solange du und Regan bei mir seid.“

Ihre Augen brannten. Wenn sie ihn nicht bald unterbrach, würde sie gleich losheulen. Sie schlang ihre Arme um seinen Hals und küsste ihn. An seinen Lippen hauchte sie: „So sehe ich das auch.“

„Aric, schau“, sagte Regan mit leiser Stimme. „Sie machen das ständig.“

„Mama auch“, flüsterte Aric. „Mit Hawk.“

„Ooooh, mag deine Mutter ihn?“

Caz neigte den Kopf, um die Antwort zu hören, und neugierig wie JJ war, tat sie es ihm gleich.

„Ja. Ich mag ihn auch.“

Richtig. Mit vier würde er die sexy Versionen von *mögen* noch nicht verstehen.

„Hawk und Kit?“, murmelte JJ zu Caz. „Das hätte ich jetzt nicht gedacht. Was machen wir jetzt?“

„Popcorn holen und die Show genießen?“ Er lachte, als sie versuchte, ihn zu treten.

KAPITEL ZWEIUNDZWANZIG

M*ein Kind scheint genau wie ich zu sein. Gut gespielt, Karma. Gut gespielt.* - Unbekannt

Kinder waren verdammt verrückt.

Hawk saß an der Kücheninsel in Makos Hütte, während die Regentropfen auf das Terrassendeck prasselten. Der stärker werdende Wind erzeugte auf dem See schaumige Wellen.

Die Kinder hatten montags, mittwochs und freitags Sommerschule. Aber heute war Donnerstag und sie verbrachten den Tag im Haus. Da Touristen nicht im Sturm fliegen wollten, hatte er sich freiwillig gemeldet, auf die Kinder aufzupassen.

Was bewies, dass er wirklich verrückt sein musste.

Zum Glück erinnerte er sich an ein Spiel, das er und seine Brüder gespielt hatten, wenn sie in der Hütte des Sarge eingeschneit gewesen waren. *Immer ein Spaß.*

Nachdem er Decken und Teppiche aus allen Häusern der Eremitage zusammengetragen hatte, machte er sich an die Möbel, schob sie herum und spannte das Seil durch das Erdgeschoss in Makos Haus.

Mit strategisch drapierten Decken über dem Seil, den Tischen und den Stühlen bauten er und die Kinder eine riesige Tunnelstadt. In den Tunneln lagen Teppiche und Kissen auf dem kalten Hartholzboden.

Mit Gryff und Sirius hinter ihnen waren Regan und Aric im Labyrinth verschwunden.

Später, als die Kinder eine Pause einlegten, um Eier aus dem Hühnerstall zu holen, versteckte Hawk „Schätze" an verschiedenen Stellen in den Tunneln.

Er teilte jedem Kind eine Hälfte des Tunnelsystems zu und ließ sie auf die Jagd gehen.

An der Kücheninsel sitzend trank er seinen Kaffee und genoss den Enthusiasmus der Kinder. Hatte der Sarge dieses seltsame Gefühl der Zufriedenheit gespürt, als sich Gabe, Bull, Caz und Hawk an Spielen dieser Art erfreut hatten?

Ein hohes Quietschen brach die Stille. Aric kam aus einer der Öffnungen und winkte mit seinem ersten Fund – einem Dinosaurier.

„Was hast du bekommen?" Regan sprang aus einem Tunnel in ihrer Hälfte und rannte, um nachzusehen.

Ein paar Minuten später, bereits wieder in den Tunneln, schrie sie vor Glück, da sie ein Mulan-Malbuch gefunden hatte – ein Vorschlag von JJ.

Schon interessant, wie sich lautes Quietschen und Kichern als friedvolles Gefühl in seiner Seele einnisten konnten. Bei einem weiteren Schluck Kaffee dachte er an die Freuden der letzten Woche zurück.

Einfach nur zuhause sein. Abende mit der Familie verbringen. Zusammen auf eine Weise musizieren, die sich anfühlte, als würden die Lieder zwischen ihnen Bindungen schaffen, so wie es die Tunnel hier taten.

Mehrere Male hatte er sich Aric und Kit zum Abendessen angeschlossen und danach noch Zeit mit ihnen verbracht. Sie hatten Brettspiele oder Verstecken gespielt, schauten Kinderfilme oder lasen Bücher.

Nachdem der Junge ins Bett gegangen war, blieb Hawk bei Kit – zum Reden, zum Küssen, zum Berühren.

Letzte Nacht hatte er sie mit seinen Fingern zum Orgasmus geführt und sie dann in den Armen gehalten, als sie weinte. Sie hatte darauf bestanden, dass es Freudentränen seien.

Er schüttelte den Kopf. Tränen zu vergießen, wenn man Freude empfand, war zuvor kein Bestandteil seines Arsenals gewesen. Vielleicht war es eine Frauensache.

Fuck, er mochte es, sie bei sich zu haben. Sie hatte einen ruhigen Geist. Sie sprach, wenn sie etwas Relevantes zu sagen hatte, aber sie brauchte die Stille nicht mit leerem Geschwätz zu füllen.

Und er musste sich auch keinen Haufen Scheiße einfallen lassen, um sie zu unterhalten. Es störte sie nicht, wenn seine Seite eines Gesprächs weniger Worte enthielt.

Selbst das Standardgespräch darüber, ob diese Beziehung etwas Ernstes war oder nicht, war auf fast nichts reduziert worden. Kit hatte ihn angesehen und den Kopf geschüttelt. „Ich weiß, dass das nirgendwohin führen wird, aber ich bin wirklich froh, dass du gerade hier bist."

Ihre Akzeptanz, dass es für sie keine gemeinsame Zukunft geben würde, hatte wehgetan, war aber auch eine Erleichterung. *Befristet.* Damit kam er klar.

So wie er damit klarkam, wie langsam sie es angingen und sich zunächst darauf konzentrierten, einander besser kennenzulernen. Kit kuschelte gerne, aber er berührte sie nicht ohne Vorankündigung. Sie hatte bemerkt, dass auch er es nicht mochte, gepackt zu werden. Ja, sie gingen es langsam an.

Denn alle drei von ihnen hatten ihre Probleme.

An diesem Nachmittag, als die Kinder das Geschirr vom Mittagessen in die Spülmaschine stellten, warf Hawk einen Blick auf den Terminplan der elterlichen Bezugspersonen – Caz, JJ und Kit. Es schien sich seit seiner Reise nach Südamerika nichts verändert zu haben.

Für jetzt stand demnach noch immer eine Ruhezeit auf dem Plan. Sehr gut. Der Morgen war verdammt energisch und laut gewesen.

„Regan, wähle ein Buch und mach es dir irgendwo bequem."

„Okay." Sie zog ein Buch aus den Regalen und bereitete sich an den Fenstern ein Nest aus Decken vor. „Ich will dabei den Regen beobachten."

„Gute Wahl, Kleine." Er wuschelte durch ihre Haare und hörte sie schnauben, doch er sah auch das süße Lächeln auf ihren Lippen.

Sie war wirklich ein gutes Kind; Caz konnte sich glücklich schätzen.

Er ging zurück, um einen guten Platz für Aric zu finden. Oben in seiner Ecke vielleicht? Nein, er würde bei Hawk und Regan sein wollen.

Hawk ließ an einem der Tunnelöffnungen Kissen, eine Decke und ein Bilderbuch fallen. „Hier, Aric."

Der Junge stand an der Spielzeugkiste, hielt einen T-Rex hoch und sah Hawk finster an. „Ich will mit Regan spielen."

„Nach der Ruhezeit kannst du sie fragen."

Aric wurde rot und stampfte mit dem Fuß. „Nein! Jetzt!"

Schau mal einer an. Er benahm sich nun wie ein normales Kind. Hawk schaffte es kaum, sein Lachen zurückzuhalten. „Tut mir leid, Kumpel. Wir haben einen Plan, an den wir uns halten werden, und jetzt beginnt die Ruhezeit."

„Nein!" Dieser kleine Fuß trat die Kiste um, und dann warf Aric mit Spielzeug.

Hawks Magen verkrampfte sich, doch er entspannte sich schnell wieder. Regan war nicht in Reichweite. Makos Hütte war fürs Raufen wie gemacht. Das Kind war kaum in der Lage, wirklichen Schaden anzurichten.

Hawk atmete langsam aus, als er den Wutanfall beobachtete, und fand seine innere Mitte, um sicherzustellen, dass er nicht die Beherrschung verlor.

Das Verhalten jedoch zu ignorieren, würde dem Jungen keinen Gefallen tun. Hawk kannte den Schaden, der durch ungezügelten Zorn entstehen konnte.

Da das Kind im Haus des Sarge wohnte, schien es nur richtig, dass er die Disziplin erhielt, die der Sarge an ihnen angewandt hatte.

Hawk packte das Kind sanft am Kragen und führte ihn entschlossen auf die Terrasse. Anstatt Angst zu haben, wehrte sich Aric und teilte ihm lautstark seine Meinung mit.

Es regnete immer noch. Er trat unter dem Dach hervor und die kalten Tropfen brachten den Jungen zum Schweigen.

„Muss scheiße sein, du zu sein, Junge.“ Hawk ließ los und zog sich ein paar Schritte unter das Dach zurück.

Wasser strömte über Arics Gesicht und flachte sein blondes Haar ab.

„Als ich wütend wurde und anfing, Dinge zu werfen“ – zumeist seine Fäuste – „ließ mich der Sarge Runden rennen, bis ich mich abgekühlt hatte. Das wirst du jetzt tun.“

„Was?“ Große blaue Augen starrten zu Hawk auf.

„Lauf zum Räucherschrank und zurück. Dann frag mich – in einem höflichen Ton –, ob du fertig bist.“

Aric bewegte sich nicht, und verdammt, es fühlte sich an, als würde er einen Welpen treten. *Meine Fresse, Mako.* Es wäre einfacher, ein paar Aufständische zu töten, als sich hiermit auseinanderzusetzen.

Reiß dich zusammen, Calhoun. Hawk zwang seine Stimme zu einem ernsten Ton. „Fang an, Junge, bevor dir kalt wird.“

Aric stapfte auf den Räucherschrank zu. Und zwar sehr langsam.

„Hey."

Aric drehte sich um.

Hawk hob seinen Arm und pumpte seine Faust auf und ab, was bedeutete, dass er schneller laufen sollte.

Aric machte absichtlich zwei extrem langsame Schritte, doch bei dem dritten verlor er die Nerven und rannte los. Er erreichte den Räucherschrank und sprintete zurück. Am Fuße der Stufen schnappte er nach Luft und sah zu Hawk auf. Seine Haare und seine Kleidung waren vollkommen durchnässt.

Hawk hielt das Mitgefühl von seinem Gesicht fern. „Wie fühlt sich dein Magen an? Immer noch wütend auf die Ruhezeit?"

Aric blickte ihn finster an.

Noch nicht. „Nochmal." Hawk deutete auf den Räucherschrank.

Für einen Vierjährigen war es ein langer Weg, und als Aric zurückkam, war deutlich zu sehen, dass er etwas schlappmachte.

Hawk verzog das Gesicht. Kit würde ihn dafür wahrscheinlich umbringen. Andererseits ließ auch sie sich nichts von ihrem Sohn gefallen.

Hawk sah Aric an, und dieses Mal reagierte er auf die Frage mit einem Kopfschütteln und nicht mit einem finsteren Blick.

Aric blieb ruhig, auch als Hawk ihm in trockene Kleidung half und ihn anschließend wieder ins Erdgeschoss brachte. Es war verdammt verlockend, die Sache einfach fallen zu lassen und den Jungen zu umarmen.

Beende die Lektion.

Hawk warf ein Kuscheltier – eine Eule – auf den Kissenhaufen an der Tunnelöffnung, wo er das Buch gelassen hatte. Er setzte sich und zog Aric auf seinen Schoß.

Aric erstarrte und kuschelte sich dann an ihn.

Die Erleichterung war enorm. „Die Ruhezeit hat dich wütend gemacht, ja?"

Mit hängendem Kopf nickte Aric, während seine Finger an seinem Ärmel herumspielten.

„Wir werden alle wütend, wenn wir nicht bekommen, was wir wollen.“ Hawk fuhr mit der Hand über seine nassen Haare. „Aber Dinge zu werfen ist immer eine schlechte Idee. Ich nehme an, du hast gesehen, wie Obadiah Dinge geworfen hat?“

Nach einer Sekunde nickte Aric, sein Blick noch immer abgewandt.

„Du willst nicht wie er sein.“

Aric schüttelte den Kopf und er presste die Lippen zusammen.

„Als ich klein war, tat ich so, als wäre meine Wut ein Rauchmonster, das ich wegblasen musste.“ Doc Grayson kam wirklich auf die seltsamsten Dinge. Aber es hatte funktioniert.

Die blauen Tiefen hoben sich zu Hawk. „Rauchmonster?“

„Yeah. Wenn ich in meinem Bauch Wut spürte“ – Hawk tätschelte Arics Bauch – „entstand daraus ein Rauchmonster.“ Er hatte Zeiten gehabt, in denen er so wütend geworden war, dass er vollkommen die Kontrolle über sich verloren hatte.

„Es ist schwer, zu denken, wenn ein Rauchmonster an dir klebt.“ Als Hawk mit seiner Hand durch die Luft wedelte, weiteten sich Arics Augen, als könne er den imaginären Rauch sehen.

„Blase richtig hart. Bringe es dazu, dass es verschwindet.“

Aric prustete. Immer und immer wieder.

„Genau so.“ Hawk nickte. „Wenn das Monster weg ist, ist es einfacher, zu denken.“

Arics Augenbrauen zogen sich zusammen, als er sich das durch den Kopf gehen ließ.

Kluges Kind. Er konnte einen wirklich stolz machen.

„Wir werden daran arbeiten“, murmelte Hawk. Da er nicht widerstehen konnte, drückte er Aric. „Du bist gut gerannt. Du bist verdammt schnell.“

Die Augen des Kindes strahlten.

Bei dem Gefühl in Hawks Brust räusperte er sich. „Leg dich hin oder lies das Buch.“

Nachdem Aric hineingekrochen war und sich im Kissennest zusammengerollt hatte, betrachtete er das Stofftier mit einem zweifelhaften Blick.

„Eulen schlafen tagsüber. Er ist dein Kumpel für Nickerchen.“

Als ob das total logisch klang, schlang Aric seine Arme um die Eule und schlief innerhalb einer Minute ein.

Hawk nahm sein eigenes Buch in die Hand, setzte sich aufs Sofa, war jedoch zu erschüttert, um zu lesen. Wie überlebten Eltern diesen Scheiß für achtzehn Jahre?

Und wie verdammt erbärmlich war es, dass er alles geben würde, um einer dieser Elternteile zu sein? Um den Jungen da drüben großzuziehen?

Traurigkeit fegte durch Hawk. Er würde nie Vater sein; er wusste es besser.

KAPITEL DREIUNDZWANZIG

B*ei Problemen ist es deine Familie, die dich unterstützt.* - Guy Lafleur

Am Samstag trat Hawk auf seine Terrasse, um die Sonne zu genießen. Vielleicht würde er mit dem Kanu auf den See fahren. Kit und Aric würde das sicher gefallen.

Er entdeckte Gryff, wie er den Hof ablief und in der Nähe des elektrischen Zauns schnüffelte. Wahrscheinlich ein Raubtier, das von den Hühnern angelockt und einen Schlag bekommen hatte.

Nebenan kam Caz nach draußen. „Schöner Tag heute, '*mano*."

Hawk nickte, erfreut, dass ihn zumindest dieser Bruder nicht verhören würde, weil er immer mehr seiner Abende mit Kit und Aric verbrachte. Ohne Zweifel hatten es seine Brüder bemerkt.

Hawk seufzte. Er würde sich noch früh genug etwas dazu anhören müssen. Auf keinen Fall wären sie damit einverstanden, dass er mit Kit etwas Ernstes anfing – denn niemand auf dieser verdammten Welt würde wollen, dass Hawk Vater wurde. Sie wussten, dass seine Eltern ins Gefängnis gekommen waren und er eine beschissene Kindheit hatte. Sie wussten wohl auch, dass sein Vater ein gewalttätiges Arschloch gewesen war.

Früher oder später müsste er erklären, dass er es besser wusste, als sich auf eine Beziehung einzulassen – und Kit meinte es sowieso nicht ernst mit ihm.

„Wo ist dein Mädchen?“, fragte Hawk.

„Welches?“ Caz grinste. „JJ ist bei der Arbeit. Gabe und Audrey nahmen Regan und Aric für eine Angellektion mit, da Tucker und Guzman Ruten in Kindergröße finden konnten.“

Die beiden Männer mauserten sich schnell zu liebevollen Ehrenonkeln.

Als Hawks Handy eine Nachricht ankündigte, las er diese und seufzte. So viel zu seinem freien Tag. Er tippte eine Antwort ein.

„Arbeit?“, fragte Caz.

„Die Camper, die ich letzte Woche abgesetzt habe. Ein Bär hat sich an ihren Vorräten bedient.“

„Gut, dass sie ein Satellitentelefon mitgenommen haben und hoch genug sind, um ein Signal zu erhalten. Wollen sie, dass du Vorräte reinfliegst?“

„Yeah.“ Hawk rief die Flugwetterdaten auf. Nebel in der Vorhersage, verdammt. „Ich muss mich beeilen. Ist Kit auch mit zum Angeln gegangen?“

„Nein, sie hat noch keine Lizenz. Warum?“

Hawk biss seine erste Antwort zurück – *geht dich einen Scheißdreck an* – und war stattdessen ehrlich: „Sie fliegt gerne.“

Caz öffnete den Mund und ... schloss ihn wieder. „Ah. Dann wünsche euch beiden einen schönen Tag. Wenn Aric vor euch zurückkommt, wird sich einer von uns um ihn kümmern.“

„Danke.“ Hawk war es egal, ob seine Brüder wussten, dass er sich für Kit interessierte. In einer winzigen Hütte aufzuwachsen, bedeutete, dass sie sich an den Mangel an Privatsphäre gewöhnt hatten. Er wollte jedoch nicht, dass sie Kit Kummer bereiteten.

Caz hatte Manieren. Gabe und Bull – möglich, dass sie Kit necken würden.

Das sollten sie besser lassen. Hawk betrachtete seine vernarbten Fingerknöchel. Es wäre nicht das erste Mal, dass er einem seiner Brüder eine reinhauen musste, weil er seine Nase in Angelegenheiten steckte, die ihn nichts angingen.

Kit hielt den Atem an, als Hawk hoch in den Bergen über eine Lichtung flog.

Unter ihnen waren mehrere Zelte in einem Kreis aufgestellt. Ein Mann, der neben einem großen Campingkocher saß, winkte zur Begrüßung mit einer Schöpfkelle.

Hawk zentrierte den Hubschrauber und landete so sanft wie eine fallende Feder.

Sie zog ihre Kopfhörer ab. „Du bist ein unglaublicher Pilot."

„Wenn du etwas liebst, ist es einfach." Sein Grinsen blitzte für eine Sekunde auf. „Du gärtnerst, wie ich fliege."

Das Kompliment sorgte für ein Glühen in ihr, zumal es wahr war. Sie hatte wirklich einen grünen Daumen. Und er hatte es bemerkt.

Lächelnd sprang sie heraus, froh darüber, dass nichts mehr wehtat. Ihre Rippen und die Wunde an ihrem Bauch waren verheilt. Obwohl ihr Arm gelegentlich schmerzte und nicht so stark war wie der linke, machte auch er sich jeden Tag besser.

Das Leben war gut.

Sie atmete tief ein und genoss die kühle, frische Luft, die nach Bäumen duftete.

„Ja! Vorräte!" Fünf Männer stürmten aus dem Wald und versammelten sich um den Hubschrauber. Nach der Begrüßung machte sich Hawk daran, Kisten zu verteilen.

Kit machte einen Schritt nach vorne, um beim Tragen zu helfen, aber ... all diese Männer. Ihr Herz beschleunigte sich in ihrem Brustkorb. Als ihre Handflächen nass wurden, rieb Kit sie an ihrer Jeans.

Wie wäre es mit einem schönen Spaziergang in Sichtweite? Sie schaute zurück zum Hubschrauber und erkannte, dass Hawk sie beobachtete.

Er neigte den Kopf in einer offensichtlichen Frage: *Alles okay bei dir?*

Sie nickte und schaffte es, zu lächeln.

Für die nächsten paar Minuten schlenderte sie herum und blieb in Sichtweite, aber in einiger Entfernung zu den Männern. Ab und zu hielt sie an, um einfach die Schönheit der Berge zu genießen. Abgesehen von den Männern, die sich unterhielten, war die Welt hier oben unglaublich ruhig.

Nachdem das Entladen abgeschlossen war, ging der Mann, der kochte, zu Hawk, schüttelte ihm die Hand und kehrte wieder zum Kocher zurück.

Auf Kits nächster Runde sah sie, wie die Männer Hawk zeigten, was der Bär für ein Chaos angerichtet hatte. Sie hatten ihre Lebensmittel an einem Ast aufgehängt, aber Bären konnten anscheinend klettern, wenn sie den richtigen Anreiz hatten. Wer hätte das gedacht?

Hawk gab ihnen Tipps, wie sie die Lebensmittel sicher aufbewahren konnten. Sie musste lächeln, als sie seine Position wahrnahm. Mit dem Rücken zum Hubschrauber. Wahrscheinlich, damit sich kein Bär an ihn heranschleichen konnte.

Oder ... Als sein Blick auf den ihren traf, erkannte sie, dass er sich so positioniert hatte, damit er sie bei ihren Runden um das Gelände nicht aus den Augen verlor.

Sie brauchte eine Sekunde, um die Tränen in ihren Augen wegzublinzeln, und schließlich lächelte sie ihn an und formte mit den Lippen: *Danke.*

Die Falten neben seinen Augen vertieften sich und dann sprach er weiter mit den Männern.

Auf ihrer nächsten Runde rief der Koch: „Ma'am." Als sie zu ihm ging, lächelte er sie freundlich an und reichte ihr eine große

Tasse Kaffee. „Hawk sagte, du magst ihn mit Milch und zwei Löffeln Zucker."

„Das ist perfekt, danke." Hawk erinnerte sich, wie sie ihren Kaffee mochte. Der Gedanke löste ein Kribbeln in ihr aus.

„Es ist schön, ihn mit einer netten Frau zu sehen."

Oh, Junge, diese Aussage müsste sie vielleicht für eine Weile verarbeiten. „Du kennst ihn? Bist du aus Rescue?"

„Aus seiner Stadt? Nein. Wir waren beide in Afghanistan im Einsatz." Er presste die Lippen fest zusammen, dann schüttelte er den Kopf, so wie sie es tat, wenn sie versuchte, in die Gegenwart zurückzukommen. „Die Night Stalkers – sie sind unglaublich. Du weißt von ihnen, Ma'am?"

„Ich heiße Kit. Und nein, das tue ich nicht." Das war der Name auf dem Barett, das Hawk Aric gegeben hatte, um ihm zu verdeutlichen, dass er zurückkehren würde. Allein der Name klang unheilvoll. „Wer sind sie?"

„Sie sind Special Operations-Piloten und ihre Hubschrauber sind wirklich High-Tech. Sie flogen uns rein und unterstützten uns aus der Luft, wenn wir sie brauchten. Manchmal haben sie sich um die Aufklärung gekümmert. Immer mittendrin."

Ihre Haut kühlte ab. „Das klingt schrecklich gefährlich."

„Verdammt, ja! Die Bastarde haben mir mehr als einmal den Arsch gerettet. Hawk war einer der besten." Der Mann lächelte. „Es ist schön, ihn hier zu sehen und zu wissen, dass er sich ein gutes Leben aufbaut."

Die düstere Note in seiner Stimme sagte ihr, dass er immer noch an diesem guten Leben arbeitete.

Der Vergangenheit zu entkommen, war nicht einfach, oder? Am Ende gaben sie jedoch alle ihr Bestes. Hawk spielte seine Geige. Sie ließ Blumen wachsen. Dieser Mann war hier, um zu angeln.

„Ich denke, er würde dasselbe über dich sagen", sagte sie leise. Grinsend fuhr sie fort: „Nun, das würde er, wenn du ihn dazu bringen könntest, so viele Wörter zu verwenden."

. . .

Rustons Schnauben schloss sich Kits klarem Lachen an und erregte Hawks Aufmerksamkeit. Sie lachte nicht annähernd genug.

Als er sich umdrehte, sah er, dass der stämmige Marine Raider grinste.

„Ich höre Ruston nicht oft so lachen“, murmelte Foreman. „Deine Frau ist etwas Besonderes.“

Hawk nickte – das war sie – und setzte dann mit seinen Anweisungen fort.

Nachdem sie gelernt hatten, ihre Lebensmittel sicher aufzubewahren, hob er den Blick zum Himmel. „Zeit zu gehen. Es kommt Nebel herein.“

Gegen einen Berg zu fliegen, klang unschön, und schließlich wollte er Kits Leben nicht riskieren. Niemals.

Er schloss sich Ruston und Kit am Campingkocher an.

„Ich mag sie“, verkündete der pensionierte Marine. „Du solltest sie behalten.“

Kit stotterte und wusste nicht, was sie darauf antworten sollte, aber ihre Augen tanzten vor Belustigung.

„Ich mag sie auch.“ Hawk streckte seinen Arm aus und freute sich, als sie sich an ihn lehnte. Er genoss den stillen Tanz von Konsens zwischen ihnen. „Wir müssen los.“

„Okay.“ Kit reichte dem Marine ihre Tasse. „Es soll in einiger Zeit Nebel geben.“

„Ätzendes Zeug.“ Ruston schüttelte Hawks Hand. „Flieg vorsichtig. Wir werden in einer Woche oder so einen Flug hier raus brauchen.“

Hawk hob sein Kinn, um zu zeigen, dass er verstanden hatte.

Als er Kit ins Cockpit half, sah er, wie die Männer daran arbeiteten, den Draht für die Lebensmittel zwischen zwei Bäumen zu spannen. Er hatte ihnen auch einige bärensichere Container für den Einsatz am Boden gelassen.

Nachdem sie sich angeschnallt hatte, setzte sich Kit ihre Kopfhörer auf.

Er salutierte Ruston und Foreman zu, hob dann in den Himmel und startete den Flug nachhause.

Unglücklicherweise kam der Nebel herein, noch bevor sie die Hälfte des Weges geschafft hatten.

Verdammt. Er hätte Kit nicht mitbringen sollen.

„Das sieht nicht gut aus", sagte sie leise.

„Nein. Wir müssen für die Nacht runter."

„Aber ... Aric."

„Er ist bei den anderen gut aufgehoben. Und es wäre gut, wenn wir dich in einem Stück zu ihm nachhause bringen."

Ihre Augen weiteten sich, und obwohl sie die Hände zu Fäusten ballte, blieb sie ruhig.

Was für eine Frau. Eine Berührung konnte sie in eine Panikattacke versetzen, aber ein möglicher Hubschrauberabsturz? Da hatte sie ihre Reaktionen unter Kontrolle.

„Wir landen und verbringen dort die Nacht. Die Sonne und der Wind verscheuchen den morgendlichen Nebel." Er reichte ihr das Satellitentelefon. „Sag Gabe Bescheid."

„Richtig. Okay."

Während sie mit Gabe sprach, drehte er Kreise und blieb in einer Höhe, sodass das Telefon funktionierte.

„Er meinte, dass er es Frankie erzählen wird." Kit schaltete das Gerät aus. „Und dass sie gerne Patentante spielt."

Frankie verehrte Aric. „Yeah." Im nächsten Tal ging Hawk runter und suchte nach einem Landeplatz.

In der Nähe eines Baches war der Nebel nicht ganz so dicht und er sah den Boden. Er entdeckte eine Lichtung, die seinen Namen rief, und er brachte sie nach unten.

Warum klingelte ihr Telefon immer, wenn sie es oben gelassen hatte?

Genervt vor sich hin murmelnd rannte Frankie ins Schlafzimmer. Und da war es. Sie hatte es nach dem Umziehen auf der Kommode gelassen. Gabes Name wurde auf dem Display angezeigt.

„Hey, Gabe. Alles okay?“

„Durch den Nebel werden Hawk und Kit heute Abend nicht nachhause kommen. Sie werden die Nacht in den Bergen verbringen.“

Cavalo. Ihre Knie knickten ein und sie landete mit dem Hintern auf dem Bett. „Geht es ihnen gut?“

„Alles prima.“ Gabes entspanntes Lachen war beruhigend. „Hawk ist schon in feindliches Feuer geflogen, mitten in der Nacht und unter beschisseneren Voraussetzungen. Ein wenig Nebel stellt für ihn kein Problem dar.“

„Was aber, wenn er es nicht runter schafft?“

„Er blieb hoch genug, damit das Satellitentelefon funktioniert, um mich anrufen zu können, und ist wahrscheinlich schon gelandet. Er hatte sich bereits einen Platz ausgesucht.“ Als könnte er spüren, wie sich ihr Herzschlag beschleunigte, fügte er hinzu: „Ganz ruhig. Hawk ist vorsichtig – besonders wenn er Passagiere hat.“

Genau das hatte sie gebraucht. Und wirklich, mit Kit im Hubschrauber wäre er wahrscheinlich noch vorsichtiger. Frankie hatte gesehen, wie sein hartes Gesicht weicher wurde, wenn er mit ihrer besten Freundin sprach. Und als sie Kit nach ihm gefragt hatte, wurde ihre Freundin rot und nervös ... und auch ihr Ausdruck wurde weicher.

Frankie hatte beschlossen, sich nicht einzumischen, aber ... ja, sie feuerte diese Beziehung an. „Und sie können problemlos zelten? Ich meine, es wird kalt und so.“

„Er hat alles dabei, was er für sich und Kit braucht.“

Natürlich. Der Mann war von einem Survivalist aufgezogen

worden. „Wenn sie wieder anrufen, kannst du sie wissen lassen, dass ich mich um Aric kümmere?"

„Mach ich. Danke, Frankie."

Kopfschüttelnd kehrte sie zu den anderen in ihrem Wohnzimmer zurück.

Auf dem Sofa sprachen Audrey und Lillian über die neu erworbenen Schulgebäude.

Am Esstisch saß JJ zwischen den beiden Kindern und zeichnete Bilder für Aric. Er liebte es, wenn er jemanden dazu bringen konnte, freihändig Designs für ihn zu entwerfen.

„Welche Farbe soll unser Vogel haben?", fragte JJ.

Er hielt einen Buntstift hoch.

Sie zog die Augenbrauen hoch. „Was ist das für eine Farbe?"

Grinsend schrie er: „Pink!"

„Das stimmt." Sie nahm den Buntstift. „Die Farbe wird sich vor dem Schnee gut abheben." Grinsend begann JJ an einem ... einem Pinguin zu arbeiten?

In Pink? Der arme Vogel würde extrem herausstechen. Frankie unterdrückte ein Lachen und zwinkerte einer kichernden Regan zu.

Wie um alles in der Welt sollte sie Aric von seiner Mutter erzählen?

„Oh, also wenn das kein besorgter Gesichtsausdruck ist", sagte JJ. „War es ein schlimmer Anruf, Frankie? Gibt es ein Problem im Roadhouse?"

Audrey schaute von der Couch über ihre Schulter zu JJ. „Ihr Strafverfolgungsleute seid solche Pessimisten. Genau das würde Gabe auch fragen."

„Nicht das Roadhouse." Frankie versuchte, diskret zu sein, und wies auf die Wand aus Fenstern, die zum Innenhof gerichtet war. „Siehst du, wie schön der See ist?"

JJ warf ihr einen verwirrten Blick zu. „Durch den Nebel kann man den See nicht mal erkennen."

„Genau. Gabe hat von jemandem erfahren, der die Nacht draußen verbringen muss. Wegen dieser weißen Schwaden."

Lillian, Audrey und JJ schienen zu verstehen und sahen zu Aric. Seit der Rettungsaktion war der Junge stets von Kit oder Hawk ins Bett gebracht worden.

Frankie beugte sich vor und küsste sein seidenweiches Haar. Er roch nach einem Kind, das einen wunderbaren Tag gehabt hatte. In Gras und Schlamm. Schokolade klebte an seinem Kinn, da er ihr geholfen hatte, Chocolate-Chips-Cookies zu backen.

Er neigte den Kopf zurück, um mit seinem liebenswerten schiefen Lächeln zu ihr aufzuschauen.

Cazzo, sie hatte ihn so lieb. Sie holte tief Luft. Wie sollte sie ihm diese Neuigkeiten beibringen?

Vielleicht mit dem Thema Familie anfangen? Sie ging neben ihm auf ein Knie. „Hey, Aric, hat deine Mutter dir mal erzählt, dass ich da war, als du geboren wurdest?"

„Warst du?"

„Oh ja. Ich war mit ihr im Krankenhaus und durfte dich in den Armen halten." Sie hob ihre Arme, als würde sie ein Baby wiegen. „So klein warst du. Das war der Tag, an dem sie mich bat, deine Patentante zu sein."

Auf der anderen Seite von JJ hörte Regan auf zu malen. „Was ist eine Patentante?"

„Eine Patentante ist wie eine zweite Mutter." Frankie tätschelte Arics Knie. „Deshalb bin ich nach Alaska gekommen, um zu helfen, als deine Mutter sagte, dass die Pisser euch nicht gehen lassen würden."

„Papá sagte, du bist den ganzen Weg von New York geflogen." Regan sah zu Aric. „Das ist ein wirklich, wirklich weiter Weg, und er sagte auch, dass Kit sich wirklich glücklich schätzen kann, Frankie als Freundin zu haben." Ihre Stimme senkte sich. „Das ist die Art von Freundin, die ich auch sein will."

„Oh, Süße." JJ atmete zittrig ein und legte einen Arm um Regan. „Das bist du schon."

So dachte Frankie auch.

„Patentante“, sagte Aric langsam, als würde er das Wort anprobieren.

Frankie lehnte sich an ihn. „Mmmhmm. Wann immer deine Mutter also nicht bei dir sein kann, hast du eine zweite Mutter, die auf dich aufpasst.“

Sie würde bis nach dem Abendessen warten, um ihm zu sagen, dass heute Abend einer dieser Tage sein würde.

Aric malte mit gerunzelter Stirn weiter ... weil er ein junger Mann war, der Dinge dieser Art erst verarbeiten musste. Die verdammten Zeloten hatten ihm offensichtlich zu verstehen gegeben, was mit Kindern geschah, die handelten, bevor sie nachdachten.

Frankies Herz schmerzte. „Soll ich den nächsten Pinguin zeichnen?“

Aric musterte sie aus ernsten Augen und reichte ihr dann einen lila Buntstift.

„Ooooh, lila.“ Sie hielt ihn hoch.

„Ja. Weil lila deine Lieblingsfarbe ist.“ Das bezauberndste Kind der Welt schenkte ihr ein süßes Lächeln. „Patentante.“

In den Bergen streckte Kit ihre Füße zum Feuer aus. „Ich bin froh, dass wir ein Feuer haben – und dass du so vorsichtig damit bist.“

Das Lagerfeuer, das Hawk gemacht hatte, befand sich stromabwärts eines winzigen Wasserfalls in einem Gebiet mit wenig Gras. Nachdem er eine Feuerstelle gegraben hatte, hatte er mit Flusssteinen eine Grenze kreiert.

Er saß auf einem niedrigen Campingstuhl – ein weiterer Schatz aus seinem Hubschrauber. „Wenn es kein nasser Sommer gewesen wäre, würden wir jetzt den Campingkocher benutzen.“

„Ich denke, das bedeutet, dass das Feuer nicht die ganze Nacht brennen wird, um die Bären fernzuhalten?"

„Kein Feuer." Er deutete auf einen freien Bereich über dem Bach und bergauf. „Wir werden weg vom Bach und dem Geruch von Essen schlafen."

Sie nippte an ihrer heißen Schokolade und genoss den Haselnussgeschmack des Frangelico-Likörs, den er hinzugefügt hatte. Statt eines einprägsamen Überlebenskampfes fühlte sich dies eher wie ein Mini-Urlaub an.

„Willst du noch eine?", fragte er.

„Nein, ich bin glücklich und zufrieden mit einer Tasse." Sie grinste vor sich hin und sah, wie er die Augenbrauen hochzog. „Frankie neckt mich immer, weil sie weiß, dass ich nichts vertrage. Zwei Drinks und es ist vorbei – während sie Männer unter den Tisch trinken kann."

„Oh ja. Hab' ich mit eigenen Augen gesehen." Sein Lächeln verblasste. „Es tut mir leid, dass ich dich nicht zu Aric bringen konnte."

„Nebel ist ja wohl kaum deine Schuld, und ich denke, du weißt, wie sehr ich das Fliegen liebe." Sie seufzte. „Aric macht sich jeden Tag besser. Selbst seine Therapeutin ist mit seinen Fortschritten zufrieden."

„Therapeuten." Hawk machte ein genervtes Geräusch und fuhr mit dem Finger über die Tattoos auf seinem Arm, als würde er Erinnerungen nachzeichnen.

Sie lachte. „Oftmals bin ich nach Sitzungen verwirrter als davor, aber ich bin wirklich dankbar, Hilfe für mich und Aric zu bekommen. Und die Gruppensitzungen sind ..." Sie konnte nicht das richtige Wort finden.

„Hilfreich?"

„Auf eine andere Weise, ja." Sie legte den Kopf in den Nacken. Der Nebel war so dicht, dass sie nicht einmal den dunklen Himmel sehen konnte. „Es hilft, andere über die gleichen

Probleme sprechen zu hören, und dass die Art und Weise, wie ich reagiere, zur Bewältigung der Ereignisse dazugehört."

„Was ist mit Einzelgesprächen?"

„Für den Moment bin ich damit fertig. Sie riet mir, zurückzukommen, wenn ich das für richtig halte." Kit pikste mit einem Stock ins Feuer. Als Hawk sah, wie sehr sie es genoss, das Feuer zu füttern, hatte er ihr den Job zugewiesen und dann ihre Hoffnungen zerschlagen, indem er sich geweigert hatte, sie eine zwei Meter hohe Flamme erzeugen zu lassen. Eine Schande. „Bist du mal zu einem Therapeuten? Ich meine, Soldaten tun das, oder?"

„Sollten wir. Ich konnte mich erst dieses Jahr dazu durchringen." Einer seiner Mundwinkel zuckte. „Ich habe den gleichen Kerl, zu dem der Sarge gegangen ist."

„Etwas seltsam. Stört es dich?"

Hawk schüttelte den Kopf. „Mako hat es sehr geholfen. Er hat sich sogar wieder mit einer Frau verabredet."

„Jemand aus der Stadt?"

„Lillian."

„Wow. Mit *verabreden* meinst du ... einschließlich der Sachen im Bett?"

Hawks raue Stimme klang amüsiert. „Jep."

„Okay." Nach dem, was sie gehört hatte, war der Sarge ein hartgesottener Berufssoldat gewesen, zäh wie Leder und verdammt paranoid. Wie hatte er die elegante britische Schauspielerin für sich gewinnen können? Andererseits mochte Lillian offensichtlich robuste Männer, da sie mit Dante zusammenlebte, ebenfalls ein Veteran. „Nach allem, was ihr so erzählt habt, muss euer Sarge beängstigend gewesen sein, als du ein Kind warst."

„Ja, schon." Hawk trank einen großen Schluck. „Wir hatten Glück, dass er uns gefunden hat."

Sie schnaubte. „Euch gefunden? Das klingt, als wäre er bei einem Spaziergang oder so über euch gestolpert."

„Das trifft es ganz gut."

Echt jetzt? Er wollte es nicht erklären? Sie warf ihm einen Blick zu, der eindeutig vermittelte: *„Rede schon."*

Er murmelte etwas vor sich hin und fuhr fort: „Wir waren in einer Pflegefamilie. In Kalifornien. Der Kerl dort hatte ein Faible für Jungs."

Kits Augen weiteten sich. „Du meinst ... ein Pädophiler?"

Bei der Erinnerung spürte Hawk, wie sich sein Kiefer anspannte und sein Magen rebellierte. „Er hat mich gepackt." *Mit dem Gesicht nach unten auf das Bett gedrückt. Schreien, kämpfen, beißen, alles in seiner Macht Stehende tun, um zu verhindern, dass ihm die Hose vom Körper gerissen wurde.* „Ich habe mich gewehrt."

Er hatte kurz davor gestanden, den Kampf zu verlieren.

Kit machte ein entsetztes Geräusch.

„Gabe, Bull und Caz kamen in den Raum geplatzt." *Gabe zuerst. Eingefallen durch die Tür. Dann hatte er sich auf Phillip gestürzt, der Gabe von sich schubste. Hawk drehte sich um und warf sich auf den Mann. Als Bull und Caz das Schreien hörten, kamen sie angerannt – und griffen an.*

Die Jungen waren zu dem Zeitpunkt nicht seine Freunde gewesen – Hawk hatte keine Freunde gehabt. Sie alle waren klug genug, um zu wissen, dass niemand gegen einen Pflegeelternteil gewinnen konnte. Nichtsdestotrotz waren sie ihm zu Hilfe gekommen.

Das Wunder dieses Moments hatte ihn nie verlassen.

Und trotz des Durcheinanders hatte es Höhepunkte gegeben. „Caz hat den Perversen mit einem Baseballschläger zwischen die Beine geschlagen."

Kit lachte laut los. „Gut für ihn."

Scheiße, er mochte sie. Sie schätzte Gewalt vielleicht nicht, aber sie steckte ihren Kopf auch nicht in den Sand.

Noch besser war, dass sie sich nicht in Mitleid für ihn verlor. Was bedeutete, dass er weitererzählen konnte.

„Mako war zu Besuch nebenan. Er hörte die Schreie" – wohl eher das Quietschen – „und stand plötzlich in der Tür." Wie Hawks Brüder hatte der Sarge dieses Gen, das ihm keine andere Wahl ließ, als die Schwächeren beschützen zu wollen. „Er hat uns hierhergebracht."

„Von Kalifornien nach Alaska?" Kit blinzelte. „Ein alleinerziehender Vater aus einem anderen Bundesstaat? Es muss Monate gedauert haben, um den Papierkram zu erledigen. Haben die Sozialarbeiter euch bis dahin zumindest an einen sicheren Ort bringen kö – Du lachst. Warum lachst du?"

„Er hat uns in sein Auto gestopft und wir sind losgefahren."

„Das ist Entführung!"

Hawk schüttelte den Kopf. „Er hat uns zuerst gefragt."

„Oh, mein Gott, das ist so falsch." Sie starrte ihn an. „Was ist mit den Leuten hier? Plötzlich hat ein Mann vier Kinder. Hat das niemand infrage gestellt?"

„Wir lebten in einer abgelegenen Hütte tief im Wald. Und ... na ja, Alaskaner stellen keine Fragen."

Ihr empörter Gesichtsausdruck war bezaubernd. „Wie alt warst du?"

„Neun." Und vollkommen verkorkst. Aber das musste sie nicht wissen, oder? Sie hatte bereits herausgefunden, dass er eine beschissene Kindheit hatte.

Und, fuck, aber er musste sich daran erinnern, dass er nicht der richtige Mann für sie war. Nicht für etwas Ernstes. Sie waren Freunde. Sie hatte nicht nach mehr gefragt. Er konnte sich nicht erlauben, mehr zu wollen, selbst wenn er es tat. Das würde ihn zu einem Idioten machen.

Er mochte es, ihr Freund zu sein. Es wäre besser, seine Ambitionen darauf zu beschränken.

„Wenn du in Pflegefamilien warst, sind deine Eltern –"

Bitte nicht das Thema. Nicht heute.

„Was ist mit deinen Eltern?", unterbrach er sie. „Leben sie noch?"

„Nein.“ Sie schwenkte ihre heiße Schokolade in der Tasse. „Sie starben bei einem Autounfall. Ich war zehn, als ich zu der Schwester meiner Mutter und ihrem Mann kam.“

Hawk musterte die Art und Weise, wie sich ihr Körper von allem abschottete. Ihr Gesicht war nun vollkommen ausdruckslos. „Arschlöcher?“

„Nicht ... direkt.“ Ihre Lippen formten sich zu einem schiefen Lächeln. „Ein bisschen. In der Therapie wurde mir aufgezeigt, wie gründlich sie mein Denken durcheinandergebracht haben.“

„Inwiefern?“

Als sie nicht sprach, gab er ihr die gleichen hochgezogenen Augenbrauen und neigte den Kopf, wie sie es bei ihm getan hatte, um ihn dazu zu bekommen, zu reden.

Sie lachte, und da war die widerstandsfähige Frau, die er so sehr mochte. Die Frau, die bereit war, Probleme direkt anzugehen.

„Sie waren extrem konservativ, stellten die Bibel über alles, waren kälter als eure Alaska-Winter und verurteilten mehr Leute als *Judge Judy*.“ Sie platzierte ihre Tasse mit Nachdruck auf den Boden. „Onkel Duane sagte, meine Eltern hätten den Tod verdient, da sie nie geheiratet hätten. Und dass eine Frau ohne Ehemann nicht vollständig sei.“

„Ja, eindeutig Arschlöcher.“ Hawk musterte sie. Sie hatte gesagt, ihr Denken sei durcheinandergekommen. „Wie hat dich das beeinflusst?“

Sie packte ihre Hände und wandte ihren Blick ab. „Als ich schließlich aus dem Haus verschwand, bin ich etwas eskaliert. Ich habe mit One-Night-Stands rebelliert.“

„Junge Menschen experimentieren.“ Antwortete er unverbindlich. „Die meisten von uns mögen Sex.“

„Ich tue das auch“, stimmte sie zu, „aber bei der Therapie wurde mir aufgezeigt, dass mein Unterbewusstsein wollte, dass ich jemanden wie Onkel Duane finde – weil eine Frau ohne

Ehemann nicht vollständig ist. Dann hatte ich Aric ohne Ehemann."

Fuck, kein Wunder also. „Du warst ein leichtes Opfer für Obadiah."

„Das war ich wirklich." Sie seufzte. „Es ist schon lustig. Ich kann mich an meine Eltern genug erinnern, um zu wissen, dass sie nicht so waren."

Es schien, als wären sie ungefähr im gleichen Alter gewesen, als das Gehirn von ihnen neu programmiert worden war. Schließlich waren Erwachsene dafür bekannt, dies zu tun – sie drückten Kindern ein bestimmtes Verhalten auf.

Da Hawk von Missbrauch zu Makos schroffer Version von Liebe übergegangen war, hatte er den ausgeprägten Moralkodex des Sarge absorbiert. Kit war von liebenden Eltern zu echten Bastarden gekommen. Hatte sie versucht, sich an ihren Kodex zu halten, um Zuneigung von ihnen zu gewinnen?

Wahrscheinlich.

Yeah, er und seine Brüder hatten verdammt viel Glück gehabt.

Danke, Sarge.

Am Esstisch in Makos Haus tat Regan, was Onkel Hawk „tüchtig zulangen" nannte, denn alles schmeckte fantastisch.

Frankie hatte geplant, ein paar ausgefallene französische Gerichte zu machen. Stattdessen hatten sie und Audrey gebratenes Hühnchen, Kartoffelbrei und Bratensoße zubereitet.

Audrey nannte es Komfortessen.

Genau das war es. Auch Sirius war ein Fan, denn ihm hatte Regan kleine Hähnchenstücke unter den Tisch geworfen. Er hatte immer wieder seine Pfote auf ihren Fuß gestellt, um ihr mehr zu entlocken.

Nachdem sie aufgeräumt hatten, machte es sich Regan satt

und glücklich neben Papá auf der riesigen Couch bequem. Sein Bein war hart, aber ein tolles Kissen.

JJ legte eine Decke über Regan und setzte sich dann auf Papás andere Seite.

Dante und Lillian waren zum Abendessen vorbeigekommen und blieben, um noch ein bisschen zu plaudern. Sie saßen auf den Sesseln und hielten Händchen wie Teenager.

Onkel Bull sollte eigentlich heute im Roadhouse hinter der Bar stehen, aber auch er war zuhause.

Alle waren hier – bis auf Onkel Hawk und Kit.

War das der Grund, warum sich alle irgendwie komisch benahmen?

Selbst mit Komfortessen und ihrer liebsten Kuscheldecke hatte sie ein komisches Gefühl bei dieser Sache. Irgendetwas stimmte nicht. Nur schrie niemand oder so.

In der Nähe von Regans Füßen saß Aric neben Frankie, während Bull auf Frankies anderer Seite Platz genommen hatte.

„*Cazzo. Mannaggia a me*", murmelte Frankie.

Regan runzelte die Stirn. Was bedeutete das? Sie hatte ein paar coole Flüche von Frankie gelernt – und auch von Papá.

Als sie Dante in seinem Supermarkt geholfen und dabei ein Ei fallen gelassen hatte, war es natürlich auf dem Boden zerbrochen und sie schrie: „*A la verga*!"

Ein Latino-Tourist runzelte bei dem Ausruf die Stirn. „*Chiquita*, du solltest solche Ausdrücke nicht in den Mund nehmen." Sie entschuldigte sich, während Dante lachte. Wirklich, der Ausdruck *A la verga* war besser, als *Fuck* zu sagen, oder? Sie hatte es bereits Niko und Delaney beigebracht.

Sie müsste im Internet nach *Cazzo* suchen ... wenn sie herausfinden könnte, wie man es buchstabierte. Italienisch war seltsam.

Bull nahm Frankies Hand. „Mach schon, Süße."

Sie funkelte ihn an – Frankie war in dem Punkt sehr talentiert –, und zog Aric auf ihren Schoß und umarmte ihn. „Aric. Erinnerst du dich, wie ich meinte, dass ich deine Patentante bin?"

Er nickte und ... erstarrte.

Oje, Regan hatte es geahnt. Irgendetwas stimmte nicht.

Als sie sich aufsetzte, legte Papá seinen Arm um sie. „Shhh, *Mija*."

Frankie sagte zu Aric: „Weißt du, deine Mutter und Hawk haben einigen Campern Essen gebracht. Hoch oben in den Bergen."

Aric nickte erneut.

„Okay. Siehst du, wie neblig es draußen ist?" Frankie zeigte auf die Fenster. „Hubschrauber sollten nicht im Nebel fliegen, also landete Hawk neben einem hübschen kleinen Bach, damit sie heute Nacht dort zelten können."

Als Aric sich nicht bewegte, redete Frankie schneller. „Der Nebel wird sich heute Nacht noch verziehen, also werden sie morgen früh wieder zuhause sein. Es geht ihnen gut, Aric; sie können einfach nicht im Nebel fliegen. Also können sie heute Abend nicht hier sein."

Oh nein.

Arics Augen füllten sich mit Tränen. Er schrie nicht, wie Regan das tun würde, aber er zitterte schlimmer als Nikos Hund, wenn es donnerte.

Frankie umarmte Aric fester. „Ich bin hier, *tesoro mio*. Du schläfst heute bei mir und Bull im Zimmer ... weil du Teil unserer Familie bist."

Regan zog die Augenbrauen zusammen. Aric weinte immer noch, also funktionierte Frankies Plan nicht. Aber was sie sagte, war klug, denn als Papá nicht zuhause sein konnte und Regan Angst bekam, war es wirklich nett gewesen, von JJ gehalten zu werden.

Familie zu haben, war wie Komfortessen.

Regan zog sich von Papá zurück, kroch neben Aric und stieß ihn mit ihrer Schulter an. „Hey. Du weißt, dass du irgendwie zu Hawk gehörst, oder?"

Aric sah sie an, und sein Mund formte sich, als würde er *Mein* sagen wollen: Er nickte.

Regan verstand ihn, denn so fühlte sie sich bei JJ. *Mein.* „Da Hawk mein Onkel ist und du zu ihm gehörst, bedeutet das, dass du mein ... mein ...“ Ihr fehlte das passende Wort.

„Ich glaube, du willst Cousine sagen, *Mija*.“ Papá lächelte, als wäre er stolz auf sie.

Das ließ ihr Herz dahinschmelzen.

Sie drehte sich wieder zu Aric. „Na bitte. Wir sind Cousins. Wie Bruder und Schwester, aber mit unterschiedlichen Müttern und Vätern.“

Aric sah nicht mehr so verängstigt aus, und als sie seine Hand in ihre nahm, spürte sie, wie seine kalten Finger zudrückten. Er formte mit den Lippen: „Cousins“, ohne einen Laut zu machen.

„Perfekt.“ Auf einem der Stühle klatschte Lillian in die Hände. „Da du Hawks Junge und Regans Cousin bist, und sie mein Enkelkind ist, glaube ich, dass dich das auch zu meinem Enkel macht. Du musst mich Grammy nennen, wie es Regan tut, und ich werde dich mit tollen Sachen überschütten.“

Oh, Lillian war trickreich. Regan hatte Aric den supercoolen Rucksack gezeigt, den Lillian ihr für die Schule gekauft hatte. Sie beugte sich vor und flüsterte: „Grammy macht die besten Geschenke. Papá sagt, sie verwöhnt mich, und jetzt kann sie dich auch verwöhnen.“

Onkel Bulls Lachen war wirklich laut. „Ich schätze, das macht mich zu deinem Onkel Bull, ja?“

Von der anderen Seite des Sofas kam ein weiteres Lachen. „Onkel Gabe. Das bin ich, Aric.“ Regan drehte sich um und sah, wie Audrey Onkel Gabes Wange küsste. Und der Polizist grinste. „Es gefällt mir, dass unsere Familie größer wird.“

Aric hielt immer noch Regans Hand und sie grinste.

Sie würde ihn behalten. Ihren kleinen Cousin.

KAPITEL VIERUNDZWANZIG

Z*um Teufel mit den Torpedos! Volle Kraft voraus!* - Admiral David G. Farragut

Während Hawk die Töpfe und das Geschirr im Hubschrauber verstaute, rieb Kit ihre Hände über ihre Arme.

Wie ging es Aric? Weinte er? Hatte er Angst?

Erst vor kurzem hatte sie versucht, mit dem Satellitentelefon einen Anruf zu tätigen, aber Hawk sagte, die Berge um sie herum würden wahrscheinlich das Signal blockieren. Er behielt Recht. Verdammt.

Sie konnte nichts tun. Sie saßen hier fest. So weit weg von zuhause. Hinter dem Nebel war die Sonne zu erkennen, die hinter den Bergen unterging. Die Nacht nahte.

Die Panik breitete sich auf ihrer Haut aus und es fühlte sich an wie winzige Nadelstiche.

Hawk war wundervoll, aber was, wenn er aufhörte, wundervoll zu sein? Männer veränderten sich – und sie war allein mit ihm. Meilenweit war niemand in der Nähe.

Langsam zog sie sich in Richtung Wald zurück, während ihr Herz regelrecht versuchte, aus ihrer Brust zu springen.

Als hätte er ihre Bewegungen gehört, blickte er über seine Schulter. „Kit.“ Ihr Name in seiner ruhigen Baritonstimme.

Sie stoppte, schüttelte den Kopf und atmete tief ein. *Reiß dich zusammen, Mädchen!* „Tut mir leid. Was?“

„Ich habe ein Zelt für dich. Oder du kannst im Hubschrauber schlafen.“

„Mein eigenes Zelt?“

Er nickte und beobachtete sie aufmerksam. Seine Bewegungen waren sehr langsam und bedacht.

Was sollte sie wählen? Der Hubschrauber hatte eine Tür, aber es gab keinen Platz, um sich hinzulegen. Die Sitze waren sicher nicht bequem.

Zumal Hawk ohnehin in der Lage wäre, hineinzukommen.

Nein, so darfst du nicht denken. Sie versuchte, ihre Finger zu entspannen. „Ein Zelt klingt gut. Ich kann helfen, es aufzustellen.“

Da die biegsamen Stangen an der Außenseite der Kuppeln durch lange Rohre gefädelt wurden, ließen sich die Zelte schnell aufstellen. So schnell, dass es an lächerlich grenzte. Hawk warf einen Schlafsack und eine Luftmatratze hinein.

„Es ist beeindruckend, wie vorbereitet du bist“, sagte sie.

„Ich habe immer Extras für meine Brüder dabei.“ Ein schiefes Lächeln erschien auf seinen Lippen. „Man weiß nie, wann man irgendwo festsitzt.“

Wie in diesem Moment?

Die Zelte waren nicht klein, aber – „Ich kann sehen, dass du kein Zelt mit Bull teilen wollen würdest.“

Er schnaubte und zeigte dann auf ihr Zelt. „Bereite dein Zelt für die Nacht vor.“

Sie ließ die Tür offen, kroch hinein, blies die Luftmatratze auf und breitete ihren Schlafsack aus.

Am Bach löschte Hawk das Feuer, bevor er in den Bäumen

verschwand. Als er zurückkam, reichte er ihr eine kleine Tragetasche.

Sie spähte hinein und sah eine ungeöffnete Zahnbürste, eine kleine Tube Zahnpasta, eine Flasche Wasser, eine Packung Feuchttücher, ein Handtuch und eine Taschenlampe. Sie war plötzlich so glücklich, dass sie lachen musste. Am Ende ging es wirklich um die kleinen Dinge im Leben. „Das ist genial. Danke."

„Ich weiß. Na komm." Die Belustigung in seiner Stimme war eine Warnung.

Er führte sie zu der Stelle, wo eine gelbe Markierung zu finden war. „Hier waschen wir uns." Dann zeigte er ihr, wie man einen bärensicheren Behälter öffnete. „Lege deine Tragetasche in den Behälter. Müll kommt in diesen Sack."

Vorsichtsmaßnahmen im Falle eines Bärs. „Verstanden."

Hawk legte die Hand auf einen Kleiderhaufen. „Zieh die an. Die Kleidung an deinem Körper werde ich für die Nacht in den Hubschrauber legen."

„Okay, aber ... warum?"

„Es ist besser, nicht in Kleidung zu schlafen, an der Essensgeruch haftet." Er zeigte auf einen weiter entfernten Bereich mit roter Flagge. „Das ist unser stilles Örtchen."

Leicht zu finden. „Okay."

„Wasch dich. Ich höre, wenn du schreist."

Mit anderen Worten, er wäre nah genug, um zu helfen, aber weit genug von ihr entfernt, sodass sie Privatsphäre hatte. „Für einen tödlichen Söldner bist du wirklich aufmerksam."

In der trüben Dämmerung sah sie seine Zähne aufblitzen. „Mako hatte seine Regeln, wenn es um Frauen ging."

Wie sexistisch und ... beruhigend.

Als er wegging, putzte sie sich eilig die Zähne, zog sich dann aus und wusch sich gründlich. Der Pfefferminzduft der Tücher war auf alle Fälle besser, als nach Holzrauch und Schweiß zu riechen.

Die Ersatzkleidung gehörte offensichtlich ihm. Der Kordelzug an der Jogginghose half, dass sie ihr nicht von der Hüfte rutschte, aber sie musste die Beine hochkrempeln. Das weiche T-Shirt und das Sweatshirt waren riesig und rochen immer noch schwach nach Waschmittel.

Nachdem sie zu den Zelten zurückgekehrt war, brachte Hawk ihre schmutzige Kleidung zum Hubschrauber.

Kit stand vor ihrem Zelt und schlang ihre Arme um sich, während sie sich umschaute. Die Dämmerung ging zu Dunkelheit über, und die schattigen Bäume um die Lichtung schienen sich zu nähern. Einfach alles könnte in der Finsternis lauern.

Ein Schauer jagte durch sie.

Ihr Zelt stand direkt neben Hawks und erweckte dennoch den Eindruck, schrecklich weit weg zu sein.

„Gibt es ein Problem?"

Sie zuckte zusammen. Hawk stand neben ihr. Er hatte sich so verdammt leise genähert. Waren Bären auch so leise? Oder Pumas? Oder ...

„Darf ich bei dir schlafen?", platzte es aus ihr heraus, bevor sie darüber nachdenken konnte.

Er gluckste. „Bin ich weniger beängstigend als Bären?"

Sie senkte den Blick und seufzte. Wie feige war sie bitte? „Tut mir leid, ich –"

„Hey. Ich mache nur Spaß." Federleicht berührte er ihre Wange, „Ich wette, du warst als Kind nicht einmal zelten."

„Nein, ich bin ein Stadtmädchen."

„Mako hatte uns vom ersten Tag an mit dem Wald vertraut gemacht." Er lehnte sich vor und senkte seine Stimme. „Wir hatten eine Scheißangst."

Ihre Verlegenheit nahm ab, als sie einwarf: „Ihr wart jedoch kleine Jungen."

„Hartgesottene Straßenkinder. Neue Dinge sind beängstigend, bis man die Gefahren kennt und weiß, was zu tun ist."

„Oh." Er hatte Recht. „Danke."

„Und ja, du kannst bei mir schlafen. Der Platz ist da." Er

duckte sich in sein Zelt, um seine Tasche und seine Unterlage zur Seite zu schieben.

In einem Zelt mit ihm. Ganz alleine.

Doch der Gedanke war nicht länger beängstigend. Jedenfalls nicht mehr so beängstigend wie noch vor wenigen Minuten.

Sie ließ die Luft aus ihrer Unterlage und fing neben seinem Schlafsack von vorne an. Sie öffnete ihren eigenen und rutschte hinein. Selbst durch ihre Kleidung spürte sie die Kälte an ihrer Haut und quietschte.

Schon in seinem eigenen Schlafsack hörte sie ihn glucksen, und der Klang entspannte sie noch mehr. In seiner Belustigung nahm sie keinerlei Überheblichkeit und Gemeinheit wahr.

Und er ließ sie in seinem Zelt schlafen.

Das Bedürfnis, sich bei ihm zu bedanken, wuchs und wuchs, und in der nächsten Sekunde stützte sie sich auf einem Ellbogen ab und beugte sich vor, um ihm einen Kuss zu geben. Ihr Mund kam in Berührung mit seinem, als plötzlich seine Hand auf ihrer Schulter landete.

„Besser nicht." Seine tiefe Stimme erfüllte das Zelt.

„Aber –" Wie sollte sie ihm danken?

Er fuhr mit einem Finger über ihre Wange. „Du brauchst Schlaf, und ich auch."

Ihre Schultern sackten beschämt nach unten. Das war demütigend. Er wollte sie nicht, wollte nicht –

„Wenn du mich mitten in der Nacht anspringst, okay. Nur habe ich keine Kondome." Sein grollendes Lachen strich über ihre Haut und linderte die hässlichen Gefühle im Inneren.

„Oh." Er gab ihr die Chance, herunterzukommen, sodass sie sich alles durch den Kopf gehen lassen konnte, bevor sie handelte.

Und er hatte von Kondomen gesprochen. Es fühlte sich an, als wäre ihr Gesicht so rot wie eine Tomate. Diese Sache mit dem Kommunizieren war echt hart, was? „Äh. Ich habe ein Implantat, also kann ich nicht ... ähm, schwanger werden."

Sie hatte es schon, bevor sie Obadiah heiratete, und um einen

Streit darüber zu vermeiden, dass sie nicht sofort ein Kind bekommen würde, hatte sie es ihm nie gesagt. Ihre Zurückhaltung mit ihm bei wichtigen Angelegenheiten hätte ihr bereits eine Warnung sein sollen, nichts mit ihm anzufangen. Später erfuhr sie, dass er ihren Medizinschrank durchsucht hatte, um sicherzustellen, dass sie die Pille nicht nahm. Das Arschloch.

„Ich wurde im Krankenhaus auf alles getestet." Zumindest hatten ihr die Zeloten keine Geschlechtskrankheiten gegeben.

Hawk lag auf seiner Seite und betrachtete sie, ohne auch nur einen Muskel zu bewegen. Nach einer Sekunde sagte er mit kratziger Stimme: „Ich werde regelmäßig getestet; alles gut. Niemand seit dem letzten Test."

Oh. Würden sie das wirklich tun? Sie hielt den Atem an.

Er schüttelte den Kopf. „Es ist ein kleines Zelt. Mal sehen, wie du dich machst."

Als wäre sie in Arics Alter, zog er ihr den Schlafsack bis unters Kinn und schob ihr die Haare aus dem Gesicht.

Ohne ein weiteres Wort legte er sich wieder hin.

Sie schloss die Augen und spürte, wie es langsam wärmer wurde.

Als sich ihre Muskeln entspannten, erkannte sie, dass die Erregung in ihr nicht vernichtend war. Weil sie Sex nicht zu ihrem eigenen Vergnügen wollte, sondern weil sie das Gefühl hatte, sich bei ihm bedanken zu müssen.

Alte Verhaltensmuster schlichen sich manchmal ein, ohne dass man es merkte, hmm? Sie stieß einen Seufzer aus. „Du hattest Recht. Danke, Hawk."

„Hätte nie gedacht, dass ich noch eine Chance darauf bekomme, in den Heiligenstand erhoben zu werden." Er schnaubte ein Lachen heraus.

Der Mann hatte ja keine Ahnung. Denn er war wirklich ein Heiliger.

Und war es nicht witzig, dass sie ihn jetzt noch mehr wollte. Dieses Lachen, sein Duft, die Art, wie er sie zugedeckt hatte, seine kraftvollen Hände, die so sanft waren. Die Erregung brodelte tief in ihrer Mitte.

Momentan kein Sex, aber oh, sie könnte sehen, wie sie sich fühlte, sobald der Mond hoch am Himmel stand.

Hawk wurde von einem leisen Geräusch geweckt. Kit rutschte aus ihrem Schlafsack. Vielleicht musste sie auf die Toilette? Er wartete, vollkommen regungslos, die Augen geschlossen. Anstatt das Zelt zu öffnen, rückte sie näher zu ihm.

Ihre Lippen berührten seine Wange. Sie verteilte winzige Küsse auf seiner Wange, seinem Kiefer und dann seinem Mund. Sie knabberte an seinen Lippen und gab ihm einen Kuss, der nach seiner verdammten Teilnahme verlangte, und dafür sorgte, dass sein Schwanz plötzlich bereit und mehr als willig war.

Das Licht des Vollmondes erhellte das Zelt mit seinem sanften Schein. Kit war vollständig aus ihrem Schlafsack gekrochen, kniete neben ihm und hatte die Hände auf seinen Schultern.

Er schob seine Finger in ihr Haar und hielt sie fest, um ihren Mund zu plündern und –

Was zum Teufel hatte er sich dabei gedacht? Das war Kit.

Er ließ sie sofort los.

Sie lachte heiser. „Es ist okay. Ich dachte schon, dass du so reagieren würdest." Sie küsste ihn erneut.

Mmm, das könnte er die ganze verdammte Nacht machen.

Obwohl, ja, eine Hand hatte sich bereits unter ihr übergroßes T-Shirt geschoben, das um ihre Taille gebündelt war. Ihre Haut war so verdammt weich. Ihre Brust passte perfekt in seine Hand. Die samtweiche Brustwarze verwandelte sich unter seinen Fingern zu harten Knospen.

Er hatte gelernt, wie sehr sie es mochte, berührt zu werden. Sie stand nicht auf Schmerz, sondern sehnte sich nach einer festen Hand. Wenn er die richtigen Noten in diesem sexy Lied fand, spürte er, wie ihre Hüfte zuckte und vernahm, wie ihre Atmung stockte.

Sie wollte im Bett nicht führen, aber sie würde in Panik geraten, wenn er komplett die Kontrolle übernahm. Doch das machte nichts. Sie würden ein gutes Gleichgewicht finden.

Er küsste und neckte, nährte die Flammen und grinste, als sie seinen Schlafsack öffnete und ihm sein T-Shirt über den Kopf zog.

Er schob eine Hand nach unten und entdeckte, dass ihre Jogginghose weg war. Er streichelte über die warme Kurve ihrer Hüfte. „Gott, ich mag deinen Arsch."

Sie lachte leise und knabberte an seinem Ohrläppchen, bevor sie ihr T-Shirt auszog. Ihr nächster Kuss hatte den interessanten Nebeneffekt, dass dabei ihre Brüste über seine Brust rieben und dass ihr Arsch in die Höhe ging.

Er massierte eine süße Pobacke mit seiner rechten Hand und glitt mit der linken über ihren Bauch und zwischen ihre Beine.

So feucht. Sein Schwanz zuckte.

Er schob einen nassen Finger sanft über ihre Klitoris – wie die ersten weichen Noten eines Liedes. Wie die Aufmerksamkeit des Publikums auf sich zu ziehen und ihnen einen Hinweis darauf zu geben, was kommen würde.

Sie hatte die Kontrolle über den Kuss – und er kooperierte voll und ganz, während er im gleichen Atemzug ihre Pussy weckte. Ohne Eile. Gute Musik brauchte Zeit.

Mit all seinen Sinnen verarbeitete er die Zeichen, die sie schickte. Die Art und Weise, wie ihr Atem stockte, als er die perfekte Stelle an ihrer Klitoris fand. Wie ihre Küsse tiefer und heißer wurden und sich ihre Finger in seine Schultern bohrten.

Er massierte ihren runden, weichen Arsch, und genoss, wie ihre Titten über seine Brust rieben.

Es gab keinen Ort auf der Welt, an dem er gerade lieber wäre.

. . .

Er machte sie *wahnsinnig*. Sie wollte nicht kommen – jedenfalls nicht, bevor sie ihn in sich hatte, aber als sie versuchte, sich wegzubewegen, packte er ihren Hintern fester, während sein Finger nicht für eine Sekunde von ihrer Klitoris abließ.

Tief in sich spürte sie, wie sich der Druck mit jeder Berührung seiner Finger aufbaute.

Seine rechte Hand massierte ihren Arsch und seine linke Hand machte sich auf den Weg, um einen Finger in sie zu tauchen.

Sie stöhnte und erschauerte, als es schließlich passierte. Dann erstarrte sie, da Erinnerungen an andere Hände in ihren Kopf einkehrten.

„Kit, sieh mich an." Der leise geknurrte Befehl kam von der Stimme, die sie in Sicherheit hüllte.

Ihre Panik verebbte und sie hob sich weit genug nach oben, um ihm in die Augen sehen zu können.

Im mondbeschienenen Zelt traf sein Blick auf ihren. Er sah nicht weg, selbst als sein Finger verdammt langsam in sie drang und er damit jedes Nervenende an dieser Stille erhitzte.

Sie spürte seine Hand auf ihrem Arsch und nahm erneut Panik wahr, woraufhin er stoppte. Er wartete. Sein Blick wankte nicht mal für eine Millisekunde, wenn er stoppte. Stattdessen wartete er geduldig, bis ihre Angst nachließ.

Sie wollte nicht noch einmal innehalten. Begierde wetteiferte mit Angst – und die Begierde siegte.

Die Falten neben seinen Augen vertieften sich. So sanft streichelte er mit seiner rechten Hand ihren Hintern, bewegte sich nach unten und neckte die Rückseite ihrer Oberschenkel. Mit seiner linken Hand glitt er langsam mit einem Finger über ihre Klitoris, sodass das Nervenbündel pochte, bevor er härter in sie drang. Er folgte einem Muster, betörte zuerst ihre Klitoris und stieß dann in sie hinein. Rein und raus, immer und immer wieder, bis sich alles in ihr zusammenzog und ...

Sein Finger rieb über ihre Klitoris, hielt inne und schnellte darüber hinweg, gerade genug, um –

„Oh, Gott." Lust explodierte durch sie in gewaltigen Gefühlsausbrüchen und rauschte durch ihre Adern, sodass sie wohl heller strahlte als der Mond.

Eine Minute ... oder viele ... später erkannte sie, dass sie wie eine Decke über ihm drapiert lag. Seine rechte Hand lag immer noch auf ihrem Hintern, die linke rieb langsam über ihren Rücken.

„Du bist gemein." Sie schmollte. „Ich wollte dich in mir haben, wenn ich komme."

„Das wirst du. Du kannst nochmal kommen." Sein Lachen war ein kratziges Knurren, das nicht sexier sein konnte. „Das ist der Vorteil, wenn man eine Frau ist."

Oh. Sie hatte in der Vergangenheit zwei Orgasmen geschafft. Vor Obadiah. Selten, aber ... hmm. Wie auch immer, selbst wenn sie nicht erneut zum Höhepunkt fand, wollte sie, dass er einen hatte.

Als hätte er ihre Gedanken gehört, machte er ein genervtes Geräusch. „Wir machen nur weiter, wenn du es wirklich und wahrhaftig willst. Wenn nicht, werde ich davon nicht sterben."

Der Mann erwartete nicht genug vom Leben. Nicht für Sex, nicht für sich selbst.

Als ihr das bewusst wurde, küsste sie ihn zärtlich und zeichnete mit ihrer Zunge die Narbe auf seiner Oberlippe nach.

Sie hob ihren Kopf und sein Gesichtsausdruck war unlesbar – als hätte er sich eine Plastikmaske über das Gesicht gezogen.

„Was ist, Hawk?"

„Du scheinst nicht der Typ zu sein, dem es nach einem vernarbten Söldner verlangt. Nach einem Mann, der ständig knurrt."

„Ich sehe dich nicht als Söldner. Nicht, wenn wir so zusammen sind." Sie fuhr mit den Händen über seine Brust und spürte auch dort Narben. Himmelherrgott, was er durchgemacht haben musste.

Aber er hatte überlebt.

Die Narben waren jedoch nicht nur auf seiner Haut, sondern auch auf seiner Seele. Also benutzte sie die gleichen Worte, die sie bei Aric verwenden würde: „Zu wissen, dass du verletzt wurdest, macht mein Herz traurig."

Schock füllte seine Augen.

Sie berührte die Narbe an seinem Mundwinkel. „Nur damit du es weißt, das lässt dich nur so aussehen, als würdest du stets knurren, wenn du nicht lächelst. Selbst mit einem winzigen Lächeln verschwindet dieser Ausdruck."

Er starrte sie an, als wüsste er nicht, was er sagen sollte.

Damit waren sie schon zu zweit.

Ihre Lippen formten sich zu einem Lächeln. „Ich schätze, ich muss einfach dafür sorgen, dass du mehr lächelst, hmm?" Um in dem Punkt einen guten Start hinzulegen, zog sie seine Jogginghose über seinen flachen Bauch und seine Beine.

Sein Schwanz wippte nach oben, und für einen Moment kamen Zweifel in ihr auf. Könnte sie das tun?

„Süße, wir können stoppen. Oder –"

„Was wir doch für ein Paar sind. Sorgen uns stets um den jeweils anderen." Und war es nicht das, worum es bei der Liebe ging?

Warte – nein! Sie hatte diesen Gedanken gerade nicht wirklich gehabt. *Dieses* Wort gehörte nicht mehr in ihren Wortschatz, jedenfalls nicht in Bezug auf einen Mann.

Sie schüttelte den Gedanken aus ihrem Kopf, fuhr mit den Händen über seine Beine und spürte eine Narbe, die von der Wade bis zum Oberschenkel verlief. Ihre Finger hielten vor Ehrfurcht inne. Er hatte ein hartes Leben hinter sich – und irgendwie die Sanftheit in seinem Herzen bewahrt.

Ja, sie konnte das tun.

Sie lehnte sich vor, küsste seine Bauchmuskeln und legte dann ihre Hand um seine Erektion. Er war etwas länger, als sie es gewohnt war, und definitiv dicker. Sein Schwanz passte zu seinem Körperbau. Samtweiche Haut lag straff über dem darunter liegenden Stahl, und die heraustretenden Venen verliefen zu einer dicken Eichel mit einer schwammigeren Textur.

Mit beiden Händen und einem Lächeln auf den Lippen neckte sie ihn, wie er sie geneckt hatte – und dann schwang sie ein Bein über ihn und rotierte ihre Hüfte.

Heilige Scheiße, die Frau würde ihn noch umbringen.

Hawk erstarrte, als Kit sich rittlings auf ihn setzte, ihre heiße, feuchte Pussy direkt auf seinem Schwanz, bevor sie sich erhob und ihre Finger um ihn legte. Sie positionierte seinen Schaft an ihrem Eingang.

„Kit." Seine Stimme klang, als hätte er Steine zum Abendessen gegessen.

Ein Schauer durchlief sie, während sie ihre Hand um ihn festigte. „Wenn ich will, dass du aufhörst, wirst du das tun. Das weiß ich."

Ihr Vertrauen in seine Ehre machte ihn fertig. „Immer."

„Ähm, und wenn *du* aufhören willst, ist es auch in Ordnung."

Verdammt. Dass sie keine Perfektion von ihm verlangte, schockierte ihn. Es war erlösend.

Er atmete ein und betrachtete ihr Gesicht. „Wie wäre es zuerst mit einem Kuss?"

Ihr Lachen war ein bisschen hoch, als sie von seinem Schwanz abließ, sich vorlehnte und ihn küsste. Ihre Pussy drückte ihn nach unten und wärmte ihn mit Verheißungen. Ihr Mund war weich, und als er seine Hände über ihre Hüften, ihren Arsch und die Seiten ihrer Brüste gleiten ließ, beschleunigte sich erneut ihr Atem.

Da war wieder dieses Wackeln. Irgendwann würde er sein

Gesicht in dieser Pussy vergraben und ihr einen Grund geben, sich zu winden.

Als er von ihren Lippen abließ, fühlte sie sich in seinen Armen so viel wärmer an.

Sie setzte sich auf, hob ihren Arsch und packte wieder seinen Schwanz.

Zwei Zentimeter gingen rein, drei Zentimeter. Sie hielt inne und schnappte nach Luft, als wäre sie zwei Kilometer gejoggt.

„So langsam, wie du willst“, erinnerte er sie. „Oder wir können aufhören.“

Er hatte zu viele Erinnerungen an die Schläge seines Vaters. Situationen, in denen er sich so hilflos gefühlt hatte. Was auch immer sie brauchte, er würde es ihr geben. Er legte seine Hände auf ihre Oberschenkel und wartete.

Er würde ewig warten, wenn es das war, was die Musik verlangte.

„Es ist seltsam, Hawk. Ich will dich so sehr, dass es schmerzt, und dann bekomme ich Angst, und dann will ich dich wieder.“ Sie presste die Lippen zusammen und senkte sich herab – nein, sie fiel verdammt nochmal direkt auf seinen Schwanz.

Sie schnappten beide nach Luft.

Heilige Scheiße, sie war heiß und feucht und eng, und sein Schwanz war gerade im Himmel angekommen. Ihre Pussy pulsierte, passte sich seiner Größe an – und badete ihn in samtweicher Hitze.

„Ooooh, ja“, flüsterte sie.

Sie lehnte sich vor, was ihre wunderschönen prallen Brüste direkt in seine wartenden Hände führte. Als er sie streichelte und ihre Brustwarzen sanft zwischen den Fingern rollte, zog sich ihre Pussy wie eine Faust um ihn zusammen.

Er bewegte sich nicht, sodass sie sich auf ihm wand, und er konnte ein Grinsen nicht zurückhalten – er wartete darauf, dass sie von selbst etwas unternahm.

Das tat sie nicht. „Hawk ... kannst du ... kann ich unten sein? Nur bin ich mir nicht sicher, ob ich das ... aushalte."

„Wir werden es versuchen." Langsam und vorsichtig rollte er sie herum und stützte sich – tief in ihr vergraben – über ihr ab. „Bist du bei mir? Sieh mich an."

Ihr Blick hob sich, ihre Augen weit und verletzlich, und trotz der Art und Weise, wie sein Schwanz nach Bewegung verlangte, hielt er vollkommen still.

„Atme, Süße. Nichts passiert, bis du es sagst."

Sie sah in seine Augen und holte tief Luft. Der nächste Atemzug reichte bis in ihre Seele.

Er küsste sie auf die Wange und erinnerte sich an die Techniken, die er anwandte, wenn er an seine Grenzen stieß. „Was riechst du?"

„Dich", flüsterte sie und kicherte dann. „Wir riechen beide nach Pfefferminze und Holzrauch."

„Was hörst du?"

Ihre Augen wirkten für eine Sekunde aus dem Fokus. „Den kleinen Wasserfall. Wind in den Bäumen. Keine Bären."

„Keine Bären", stimmte er zu. „Was ist unter deinen Händen?"

„Deine Schultern." Ihre Handflächen glitten über seine Arme, über seinen Bizeps, zurück zu seinen Schultern. „Ich mag deine Muskeln."

Als sie ihn anstrahlte, gluckste er. Die Freisetzung intensiver Angst konnte ein Gehirn offline nehmen. Es fühlte sich ein bisschen an, als wäre sie betrunken.

„Wackle mit den Zehen." Als sie das tat, berührte er ihre Wange. „Jetzt wackle etwas anderes."

Sie kicherte und tat genau das, was seinen Schwanz zu einem sehr glücklichen Körperteil machte.

Verdammt, aber er musste sich bewegen.

Ihren schlanken Körper unter ihm zu spüren, ihre wunderschönen Augen zu sehen, ihre Hitze zu spüren, die seinen Schaft umgab, ließ ihn in Ehrfurcht vor ihr versinken. Ihre Begierde nach ihm war ehrlich, ihr Vertrauen in ihn ehrte ihn, und wieder einmal verschärfte er den Griff an seiner Kontrolle.

Er stützte sich über ihr auf einen Ellbogen und spielte mit einer süßen Brust. Wie sie bei seiner Berührung zittrig einatmete, war einfach ein unbeschreibliches Gefühl.

„Bist du bereit? Kann ich mich bewegen?“ Er zupfte an ihrem harten Nippel.

„Beweg dich“, hauchte sie.

Er balancierte über ihr, hielt sein Gewicht von ihr fern, blieb ihr jedoch nah genug, um die Hitze ihres Körpers zu spüren und mit seinem Oberkörper über ihre Brüste zu streifen.

Langsam zog er sich aus ihr zurück und glitt dann Zentimeter für Zentimeter in sie, bis er vollkommen in ihr war. „Fuck, du fühlst dich gut an“, knurrte er und senkte den Kopf, um ihre Schläfe zu küssen.

Raus, rein. Er nahm die Geschwindigkeit nur allmählich auf. Oh ja, es war alles gut.

Und anders. Vielleicht, weil er vollkommen in den Moment eingetaucht war und sich auf jeden ihrer Atemzüge konzentrierte. Als sich ihre Augen zu schließen begannen und sich ihr Atem beschleunigte, wusste er, was gleich passieren würde. Im nächsten Moment pulsierte ihre Pussy und er grinste, stieß etwas härter in sie und hob sich dann so weit an, dass er eine Hand zwischen sie schieben konnte.

Seine Hand war fast zu groß, aber als seine Finger ihre feuchte kleine Klitoris fanden, keuchte sie. Ihr Arsch zuckte nach oben, sodass seine Hand zwischen ihnen feststeckte, aber er schaffte es, ein paar Mal tief in sie zu stoßen, bevor ihre Pussy schließlich seinen Schwanz massierte.

Er spürte, wie ihr Körper bebte, als die Wellen ihres Höhepunkts über sie hinwegschwappten.

Sein Schwanz übernahm – aber er beherrschte sich, stieß schnell, aber nicht hart in sie und spürte weiterhin, wie die Wände ihres Geschlechts um ihn herum pulsierten. Die Hitze in seinen Eiern machte sich bemerkbar und drang heiß und entschlossen durch seinen Schwanz. Er erstarrte, als die Empfindungen unerträglich wurden und er sich schließlich bebend in ihr ergoss.

Er kam von seinem Hoch herunter und rollte sie beide herum, sodass sie oben war.

Und sieh mal einer an, auf ihm liegt eine schlaffe, befriedigte, warme Frau.

Lächelnd zog er ihren Schlafsack über sie beide, küsste sie auf die Stirn, fand jedoch keine geeigneten Worte, die zu der Geste passten.

Es war höchst befriedigend, dass sie ihn trotzdem verstand.

Mit gefiltertem Wasser hatte Hawk ihr Kaffee gemacht.

Ja, er war so ziemlich perfekt. Auf einem Campingstuhl neben dem kleinen knisternden Holzfeuer legte Kit den Kopf in den Nacken und beobachtete, wie Sonnenlicht über die Berggipfel in ihr kleines Tal strömte. Einfach wunderschön.

Mit einem zufriedenen Seufzer schöpfte sie einen weiteren Bissen aus ihrer Schüssel. Das Granola war süß und setzte sich aus Honig, Trockenfrüchten und einer Tonne Walnüssen und Mandeln zusammen. Anstatt es trocken zu essen, war sie Hawks Führung gefolgt und hatte etwas von ihrem Kaffee mit viel, viel Kaffeesahne in die Schüssel gegossen. Es war einfach nur lecker. „Wer hat das Granola zubereitet?"

„Wir wechseln uns ab." Er beäugte seine Schüssel. „Das ist von Gabe. Mein Granola ist besser."

Granola-Wettkampf. Sie schaffte es nicht ganz, ein Kichern zu unterdrücken.

Er hörte sie. Natürlich tat er das. „Benimm dich oder du läufst nachhause."

Dieses Mal kam ihr Lachen laut und deutlich heraus – womit

sie sich ein Grinsen von ihm gewann. Gott im Himmel, er war in seiner verblichenen Jeans und dem aufgeknöpften Flanellhemd so sexy. Die aufgehende Sonne erhellte seine Augen zu einem atemberaubenden Blau.

Sie hatten die Zelte bereits abgebaut und alles im Hubschrauber verstaut. Sobald sich der Nebel ein wenig mehr lichtete, würden sie sich auf den Weg nachhause begeben.

Sie wollte ihren Sohn so verzweifelt in ihre Arme ziehen, dass es schmerzte.

Dennoch hätte sie dieses Wildnisabenteuer auf keinen Fall verpassen wollen. Sie hatte die Chance gehabt, in Hawks Welt zu blicken. Eine Welt, die er liebte. Zog er durch den Wald, errichtete er ein Lager, kochte er über einem Feuer, zeigte er sich genauso entspannt wie in seinem Wohnzimmer.

Und letzte Nacht?

Einfach ... wow. Am Anfang hatte sie wirklich nur gehofft, dass sie es schaffen würde, Sex mit einem Mann zu haben – mit Hawk. Stattdessen war die Nacht zu etwas Erstaunlichem und Unvergesslichem geworden. Sie war so hart gekommen, dass ihr Körper auch Stunden später noch kribbelte.

Aber was sie geteilt hatten, war mehr als nur Sex gewesen. Es war, als hätte sie um eine Blume gebeten, und er hatte ihr einen ganzen Garten geschenkt. Sie hatte sich noch nie so sicher und umsorgt gefühlt und ... geschätzt. Ja, das war das Wort.

Nicht geliebt, Kit. Den Gedanken lassen wir mal.

Guter Gott, war sie wirklich so dumm? War sie.

Ich liebe ihn.

Und wer würde das nicht?

Nicht nur wegen des wundervollen Sex – oder wie er es schaffte, sie aus ihren Panikattacken zu holen. Es war, weil er ... nett war. Rücksichtsvoll. Ehrlich. Wusste denn sonst keine Frau, wie selten diese Eigenschaften waren?

Sie neigte den Kopf zurück und beobachtete den Nebel an den Berghängen, der ohne großes Aufsehen aufstieg.

Sie glaubte nicht länger, dass sie einen Mann brauchte, um sich vollständig zu fühlen. Endlich hatte sie Onkel Duanes frauenfeindliche Programmierung gelöscht. Sie war komplett, sie allein.

Sie und Aric kamen gut alleine klar. Die Bezahlung für den Job als Rezeptionistin war gut und ihr nächster Job wäre noch besser. Zudem hatte sie immer noch das meiste ihres Anteils am PZ-Geld.

Was sie also für Hawk empfand, rührte nicht von dem Gedanken, dass sie ohne einen Mann nicht auskommen könnte. Es war die wahre Liebe, ähnlich zu der Liebe, die sie für Aric und Frankie empfand. Die beiden zu lieben, machte sie glücklich.

Er machte sie glücklich – und oh, er machte so viel mehr. Jedes Mal, wenn sie ihn sah, fühlte es sich an, als wäre ihr Herz zur Sonne geworden, die sie von innen heraus zum Strahlen brachte. Hörte sie seine Stimme, vollführte jede einzelne Zelle in ihrem Körper einen Freudentanz. Die Art, wie er Aric hielt, verwandelte ihr Inneres regelmäßig zu Brei. Und wenn er sie in seine Arme zog?

Mmm, böse Kit. Nun wollte sie testen, ob sie die Schlafsäcke erneut wärmen könnten.

Ein weiterer Nebelschwaden wehte nach oben und enthüllte das tiefe Grün des Waldes.

Würde Obadiah es nicht hassen, dass sie erkannt hatte, dass sie ohne ihn besser dran war? Dass sie weitergezogen war, nachdem er sich so sehr bemüht hatte, sie zu brechen. Er hatte starke Frauen als Bedrohung gesehen. Wahrscheinlich taten das auch Nabera und Parrish. Aber sie waren aus ihrem Leben, und sie würde nie wieder an sie denken müssen. Und das würde sie auch nicht. Die Bastarde.

„Hey."

Sie zuckte bei dem rauen Klang zusammen.

Hawk hatte sich neben sie gehockt. Er berührte ihre Wange mit den Fingerspitzen. „Du knurrst. Gibt es ein Problem?"

Oh, ups? „Ich dachte nur gerade an die Vergangenheit."

Mit dem Wunsch an eine Zukunft, in der sie ihn haben könnte. Die Chancen dafür waren jedoch gering. Er hatte sich offensichtlich noch nie auf eine Frau festgelegt. Und welcher Mann würde sich eine Freundin wünschen, die nicht nur mit dem Kind eines anderen Mannes daherkam, sondern auch eine Menge Probleme hatte.

Aber das war egal. Sie würde einfach jeden Tag so nehmen, wie er kam und die gemeinsame Zeit mit ihm genießen.

Sie legte ihre Hand auf seine und drückte seine Handfläche an ihre Wange. „Zeit zu gehen?"

„Der Nebel hat sich weitestgehend aufgelöst." Sein Daumen streichelte sanft ihr Kinn.

„Dann machen wir uns besser auf den Weg." Sie hatte einen Sohn, der zuhause auf sie wartete.

KAPITEL FÜNFUNDZWANZIG

D*u verpasst hundert Prozent der Chancen, die du nicht ergreifst.* - Wayne Gretzky

Hawk hatte den Tag damit verbracht, eine Gruppe Touristen zu einem Bergsee und dann Vorräte zu einigen isolierten Hütten zu fliegen.

Zuhause bemerkte er beim Abendessen den Bacon im Fleischfach. Nicht ungewöhnlich. Seiner Meinung nach war Bacon ein Grundnahrungsmittel. Aber es erinnerte ihn daran, dass Aric gefragt hatte, was ein BLT sei. Diese Bildungslücke konnte er nicht akzeptieren.

Also ging er nach dem Essen ins Gewächshaus, um Tomaten zu pflücken. Er atmete die Luft ein, gefüllt mit den Düften von Tomatenpflanzen, Paprika und feuchter, reichhaltiger Erde. Obwohl es mehr Tomatenpflanzen im Garten gab, hatten sie hier immer einige Heirloom-Sorten, die früh reiften und oft noch nach dem ersten Frost für eine Weile produzierten.

Er hatte sich ein paar reife rausgesucht, als die Tür aufschwang.

Kit quietschte überrascht. „Tut mir leid. Ich wusste nicht, dass hier jemand ist.“ Sie war in Jeans und einem *Weed 'em & Reap*-T-Shirt gekleidet, das Audrey ihr gekauft hatte. Kein Make-up, lange Haare zu einem Pferdeschwanz gebunden ... und sie sah fantastisch aus.

Es waren drei Tage vergangen, seit sie unerwartet über Nacht in den Bergen übernachten mussten. Als sie am nächsten Morgen zurückkamen, hatte Aric den ganzen Tag an Hawk und Kit gehangen. Er war in dieser Nacht sogar in Hawks Schlafzimmer aufgetaucht. Als Hawk ihn zu Kit trug, war es verdammt schwierig gewesen, wieder zu gehen. „Ist Aric okay?“

„Er hat sich wieder beruhigt und schläft wie ein Stein.“

Hawk nickte.

Sie kniete sich vor die Salatköpfe, die sie im Juli gepflanzt hatte und begann, die Blätter der Roten Beete zu verdünnen. „Tut mir ja leid, ihr Süßen, aber eure Nachbarn brauchen mehr Platz.“

Entschuldigte sie sich gerade bei dem Gemüse? *Weichherzige Frau.* „Es ist gut, dass du hier bist.“ Als sie aufblickte, deutete er auf die Herbst- und Winterbepflanzungen. „Scheint mir, dass hier Vernachlässigung stattgefunden hat und sich jemand zu spät daran erinnert hat, was sich hier drin befindet.“

Er war letzten Sommer nicht hier gewesen, und er bereute es. Er hatte viel zu lange an seinem Groll gegen Gabe festgehalten.

Kit legte ein Bündel winziger Rote-Beete-Blätter in ihren Korb. „Gewächshäuser sind großartig, aber was tut ihr, wenn die Sonne im Winter kaum aufgeht?“

„Wachstumslampen in unseren Häusern. Wenn es zu kalt ist, ist das Gewächshaus die Energie zum Heizen nicht wert.“ Solarenergie war nur angebracht, wenn es zu wenig Tageslicht gab.

Makos Haus hatte auch Wachstumslichter, aber wäre sie dann noch hier?

Bei dem Gedanken, dass sie bald gehen würde, fühlte sich an, als würde man ihn ausweiden.

Schockiert über den Schmerz starrte Hawk sie an. Verdammt nochmal, war er in sie verliebt?

Es gelang ihm nicht, den Gedanken abzuschütteln, weshalb er sie dabei beobachtete, wie sie Paprika pflückte.

Nachdem sie ein paar Tomaten hinzugefügt und ihren Korb aufgehoben hatte, nahm er ihn ihr ab. „Lass mich."

„Ähm, okay." Stirnrunzelnd sah sie ihn an.

Er trug ihr Gemüse und seins zu Makos Hütte. Nachdem er alles auf die Kücheninsel gestellt hatte und sie das Gemüse wegräumte, überlegte er, wie er anfangen sollte. Verdammt, er wusste nicht, was er sagen oder tun sollte. Er wollte mit ihr zusammen sein ... doch diesen Weg fortzusetzen, wäre eine verdammt schreckliche Idee.

„Hawk." Sie machte die Kühlschranktür zu und reichte ihm ein Bier. „Trink das und sag mir, was los ist."

Ganz sicher nicht.

Er könnte jedoch ein anderes Thema nehmen. „Wo ist Aric?"

„JJ und Regan backen Ausstechplätzchen und luden ihn ein, sie zu dekorieren."

Hawk starrte sie an. „Herrgott, selbst mit einem langen Bad geht der Scheiß nicht ab."

„Mmmhmm. Er wird bunte Hände haben, bis die Lebensmittelfarbe verblasst." Kit kicherte, völlig unbesorgt über die Farbe, die wohl überall an ihrem Sohn haften wird. Weil sie die Art von Mutter war, die einfach wollte, dass ihr Junge glücklich war.

Hawk stellte sein Bier ungeöffnet ab, und als er seine Hände auf ihre Hüften legte, erwartete er, dass sie sich anspannen würde.

Das tat sie nicht. Weil sie ihm vertraute.

Er würde dieses Vertrauen nicht missbrauchen. Niemals.

Sie legte ihre Handflächen auf seine Brust und neigte den Kopf. „Was hast du vor, Mister?"

Ihre dunklen Augen hatten die Farbe von Mahagoni, bei dem die Oberfläche bis zum Glanz poliert worden war. „Du hast wunderschöne Augen."

Besagte Augen verengten sich.

So misstrauisch. Das sollte sie auch sein.

Er lächelte. „Plätzchen zu dekorieren dauert normalerweise eine Weile."

Sie brauchte einen Moment, dann hob sich ihr Blick zu ihrem Bereich im Obergeschoss.

Ja, sie verstand.

Guter Gott, Hawk war talentiert.

Als sie in ihr Schlafzimmer kamen, hatte er sie bereits ihrer Kleidung entledigt und dann lag sie plötzlich mit dem Rücken auf dem Bett. Mit einem sündhaften Lächeln sagte er, ihre Zeit sei begrenzt, sodass sie schnell kommen müsse. Im selben Atemzug schob er ihr ein Kissen unter den Arsch. Immer noch bekleidet, kniete er sich auf dem Bett zwischen ihre Beine und küsste sich ihren Körper hinunter.

Nur, dass er nicht stoppte. An ihren Brüsten vorbei und über ihren Bauch. Er legte sich zwischen ihren Oberschenkeln auf das Bett. Seine Lippen waren warm, sein Bart irgendwie kratzig und doch weich, und die beiden Empfindungen zusammen, stellten Dinge mit ihr an.

„Hawk, nein", flüsterte sie. Er hatte das schon im Zelt machen wollen, und sie hatte es nicht zugelassen. Obadiah, verdammt, nicht *einer* der Zeloten befriedigte ihre Frauen oral. Stattdessen hatten sie immer gesagt, dass Frauen da unten stanken und ihnen davon schlecht wurde.

„Kit, ja", murmelte Hawk. Seine großen Hände fuhren an ihren Oberschenkeln auf und ab, dann streichelten seine Daumen die weiche Haut neben ihrer Leiste. „Ich bezweifle, dass dein idiotischer Ehemann Interesse daran gezeigt hat, was bedeutet, dass es dich nicht triggern wird. Richtig?"

Seine Daumen drückten nach innen und rieben über die äußeren Schamlippen. Er neckte sie.

Ihre Hüfte wackelte – und er grinste.

„I-Ich schätze."

„Ich liebe es." Sein dunkelblauer Blick traf auf ihren. „Aber wenn du es hasst, werde ich aufhören."

Verdammt, es war unmöglich, dafür ein Gegenargument zu finden. Zumal ihre Klitoris am liebsten einen Freudentanz hinlegen würde. Früher hatte sie Oralsex geliebt.

Verflucht sei Obadiah. „Okay. Aber ... aber wenn es dir nicht gefällt, dann –"

Seine einzige Reaktion bestand in einem verärgerten Schnauben. Und dann war er da, sein Mund auf ihr, seine Zunge umkreiste ihre Klitoris, so warm und samtweich und perfekt. Ihre Hüfte versuchte, sich ihm entgegenzuheben, um ihn dazu zu bringen, sie –

Und er drückte sie wieder nach unten und seine Daumen öffneten sie noch weiter.

„Mmm. Du riechst nach Vanille." Er leckte erneut und bewegte seine linke Hand auf ihren Venushügel, die Finger hielten sie offen; indessen glitt seine rechte Hand nach unten.

Ein Finger tauchte in sie hinein, während seine Zunge über ihre Klitoris schnellte.

Die exquisiten Empfindungen waren fast zu viel. „Oh. Oh!"

„Sehr nett." Sein Finger begann, sich langsam in ihr zu bewegen. Gleichzeitig leckte er über ihre zunehmend geschwollene Klitoris und schloss seine Lippen um die Perle.

Er saugte und leckte, stieß in sie und neckte, und ihre Welt wurde nur noch von der Empfindung beherrscht, seinen Finger in ihr zu haben, und von dem Gefühl seiner talentierten Zunge an ihrer Klitoris. Der Druck in ihr nahm unaufhaltsam zu. Er saugte noch stärker und schnellte mit seiner Zunge über das Nervenbündel.

„Oh, oh, oooooh!" Lust rollte über sie hinweg und schüttelte sie durch, während seine Zunge und sein Finger weiterhin Empfindungen in ihr freisetzten.

Als sie ihn lachen hörte, erkannte sie, dass sie sein Haar mit ihren Händen gepackt hatte.

„Tut mir leid." Sie ließ sofort von ihm ab.

Er lachte immer noch, als er vom Bett aufstand. „Wenn ich eine Glatze bekomme, weil ich dich regelmäßig lecke, sehe ich das als Gewinn."

Er öffnete seine Jeans, schob sie nach unten und befreite seinen Schwanz.

„Komm her, Frau." Er zog sie an den Rand des Bettes. Sanft, aber bestimmt hob er ihre Beine hoch und platzierte ihre Füße zu beiden Seiten seiner Brust. Ihr Hintern lag immer noch angehoben auf einem Kissen, und somit lag das meiste ihres Gewichts auf ihren Schultern. „Okay?"

Irgendwie war ihr Trigger zu einer Pfütze dahingeschmolzen. „Okay."

Das Bett war hoch und ihre Pussy war genau auf der richtigen Höhe. Er drang langsam in sie hinein und gab ihr einen Moment, um sich an das verblüffend volle Gefühl zu gewöhnen, bei dem sie regelrecht bis zum Unbehagen gedehnt wurde.

Als er sich näherte, glitten ihre Füße nach oben, bis ihre Waden auf seinen Schultern lagen und ihre Vagina um seine dicke Länge pulsierte.

Er lehnte sich leicht vor und sank hinein – und oh, sie ließ ihn in ihren Körper.

Seine Hände waren frei, erkannte sie, als er sich nach vorne beugte und ihre Brüste mit einer Hand streichelte. Seine andere Hand legte sich um ihren rechten Oberschenkel und verankerte sie, als seine Stöße härter und schneller wurden.

Er hämmerte in sie, nahm nach einer Weile Tempo heraus und bewegte sich von einer Seite zur anderen, dann auf und ab.

Und ihre Erregung erwachte erneut zum Leben ... und wuchs. Wie schaffte er das nur? Seine Finger zupften an ihrer Brustwarze, sodass der Schmerz bis zu ihrer Mitte schoss und sich ihre Pussy um ihn zusammenzog.

Er lachte.

„Mehr." Das Wort entkam ihr und sie schlug die Hände über ihren Mund.

Aber sein Blick wurde so heiß wie die blaue Flamme in der Mitte des Feuers, und sein Lächeln war sündhaft, als er mit den Fingern über ihren Bauch glitt. Sein Handballen ruhte auf ihrem Venushügel und drückte jedes Mal nach unten, wenn sich sein Schaft zurückzog. Seine Hand glitt nach oben, als er in sie stieß – und das wirkte sich direkt auf ihre Klitoris aus, selbst, als sein dicker Schwanz sie vollständig füllte.

Lieber Gott im Himmel!

Sein Tempo nahm zu, und die rhythmische Einwirkung auf ihre Klitoris, die harten Stöße in ihre Höhle, trieb sie hoch und immer höher, bis die Hitze zu einer exquisiten Qual heranwuchs.

Und dann schickte er sie direkt über die Klippe.

Ihre Beine pressten sich gegen seinen Kopf, während ihre Hüften zuckten. „Oh, Hawk!" Die Erlösung riss sie in einen Sturm der Empfindungen und peitschte Wellen der Lust über ihren Körper, bis sogar ihr Haar zu schimmern schien.

„Sehr nett." Seine Hand legte sich fest um ihren Oberschenkel und hielt sie an Ort und Stelle, als er weiter in sie hämmerte. Sie kam immer noch, selbst als er seinen Höhepunkt erreichte und sie seinen pulsierenden Schwanz in sich spürte.

Sein Kiefer und seine Muskeln waren angespannt – und seine Augen hielten ihre in einem langen, wunderbaren Moment gefangen.

Schließlich bewegte er sich und fuhr mit den Händen über ihre Oberschenkel, um ihre Beine von seinen Schultern zu heben. Nachdem er seine Jeans hochgezogen und zugeknöpft hatte, hob er sie an das Kopfende des Bettes und streckte sich über ihr aus.

Sein Gewicht drückte sie in die Matratze, und sie erstarrte, atmete dann seinen Duft ein, sodass sie schnell wieder zur Ruhe kam. Überglücklich küsste sie seinen Kiefer, seinen Hals, weil er nie wie jemand anderes roch. So beruhigend. „Heute wie der

Ozean? Und mit einem Hauch von Zitrone. Gestern war es Zypresse, denke ich."

„Hmm?" Sein verwirrter Gesichtsausdruck brachte sie zum Lachen.

Sie rieb ihr Gesicht an seiner Schulter. „Ich mag die Art, wie du riechst. Obwohl sich der Duft oft verändert."

Er schnaubte. „Ich habe zu Weihnachten Seife von Lillian bekommen. Sie sagte, Mako hatte Düfte benutzt, um sich zu erden."

„Du wählst verschiedene Düfte aus, je nachdem, wie du dich fühlst?"

Ein Nicken und ein Lächeln.

Okay, was würde also auf ein Bedürfnis nach Sex hinweisen?

Als er schnaubte, erkannte sie, dass sie das laut gefragt hatte. *Oh ... scheiße.*

„Rate. Wenn du Recht hast, sage ich es dir."

Sie kniff die Augen zusammen. „Du bist ein Kerl. Das bedeutet, dass ich immer Recht haben werde."

Sein Lachen machte ihren Tag komplett. „Yeah."

Er senkte seinen Kopf, um an ihrem Hals zu knabbern, sodass sie einen glücklichen Seufzer entließ. „Ich mag, wie du riechst."

Danke, Frankie.

Sie fuhr mit den Fingern durch sein Haar und liebte das Gefühl seines Körpers auf ihrem, etwas, von dem sie nie gedacht hätte, dass sie es jemals wieder haben würde.

Auf einen Ellbogen gestützt, strich er ihr die Haare aus dem Gesicht und lächelte sie an. Als sich die Falten neben seinen Augen von seinem Lächeln vertieften, konnte sie ihn einfach nur anstarren. Er sah ... glücklich aus.

Sie hatte ihn glücklich gemacht, und ohne nachzudenken, flüsterte sie die Worte, die ihr zum wiederholten Male durch den Verstand wehten: „Ich liebe dich."

Schock blühte in seinen Augen auf. „Kit."

Eine Entschuldigung lag ihr auf der Zunge, aber sie hielt sie zurück. Willkommen oder nicht, so fühlte sie. Sie würde sich nicht für ihre eigenen Gefühle entschuldigen.

Er schüttelte den Kopf, als würde er die drei kleinen Worte ablehnen – oder vielleicht glaubte er ihr auch nicht. „Das ist nicht –“ Er verstummte, denn er hörte Schritte im Erdgeschoss.

Kit schnappte nach Luft. „Es ist Aric.“

„Zur Hölle nochmal.“ Hawk rollte vom Bett.

Kit schnappte sich ihre Kleidung und rannte ins Badezimmer, um sich anzuziehen.

Eine Minute später hörte sie, wie sich die Tür öffnete, und Hawk rief: „Junge, was hast du da? Plätzchen?“

„Ich habe *blaue* Plätzchen“, verkündete Aric.

„Ich komme runter“, ließ Hawk ihn wissen. Die Tür schloss sich und er sagte in einem sanften Ton: „Ich brauche ein blaues Plätzchen.“

Bis sie die Treppe hinunterkam, war Aric bereits damit beschäftigt, an der Kücheninsel auszumalen. Frosting klebte ihm im Gesicht und seine Finger waren blau.

Sie hatte gehört, wie sich die Tür zum Hof geöffnet hatte, als sie das Schlafzimmer verlassen hatte. Ein Blick aus dem Fenster zeigte, dass Hawk über den Hof zu seiner eigenen Hütte ging.

Schmerz ließ sich in ihrem Herzen nieder.

Hawk nahm seine Probleme mit auf den See.

„Ich liebe dich“, hatte sie gesagt. Das musste die schönste Melodie der Welt sein. Eine Melodie, die immer wieder durch seinen Kopf summte, während das Kajak über das Wasser trieb.

Er paddelte schneller, bis kalte Wassertropfen auf sein Gesicht prasselten.

Und doch schaffte er es nicht, sich den Worten zu entziehen, der unendlichen Freude, oder der verdammten Erkenntnis, dass es sie ruinieren könnte, würde er die Worte erwidern.

Er war sicher nicht die Person, die sie in ihrem Leben brauchte. Nicht dauerhaft.

Er würde vielleicht nicht den schlechtesten Ehemann abgeben; ja, er würde sein Bestes geben, aber Vater zu sein?

Liebe konnte nicht alles reparieren.

Er hob das Paddel, ließ das Kajak treiben und lauschte den sanften Lauten des Sees.

In der Nähe des Ufers entdeckte er die Trompetenschwäne Han und Leia mit vier grauen Schwanbabys, die alle misstrauisch in seine Richtung sahen. Der Gedanke, dass Aric ihn so ansah, fühlte sich wie ein Messerstich in seinen Bauch an.

Niemals.

Es war nicht so schwer gewesen, sich um einen ruhigen, schüchternen Jungen zu kümmern. Mit jedem Tag, den Aric die Scheiße mit den PZs besser verarbeitete, kehrte er zu einem typischen lauten Jungen zurück.

Gelegentlich machten Kinder ihre Eltern wahnsinnig – das war einfach eine Tatsache des Lebens.

Hawk zeichnete die Narbe auf seiner Wange nach. Eine weitere Tatsache war, dass Kinder oftmals zu ihren Eltern wurden – und sein Vater war ein Monster gewesen, ein gewalttätiges Arschloch.

Diese Schwäche war in Hawk verankert und wartete nur auf eine Chance, herauszukommen.

Nein, das würde er nicht – konnte er nicht – riskieren.

KAPITEL SECHSUNDZWANZIG

D*ie Welt bricht jeden, und nachher sind viele an den gebrochenen Stellen stärker.* - Ernest Hemingway

„Der Prophet ist tot, Captain."

„Nein." Wut fegte durch Nabera und er schrie in das Telefon: „Nein!"

Im Haus wandten sich die Handvoll treuer Anhänger, die hier lebten, ihm zu und starrten ihn an.

Das konnte nicht stimmen. Das durfte es nicht. Er atmete tief ein und gab alles, um seine Stimme gelassen klingen zu lassen. „Erzähl mir, was passiert ist."

Ezekiel arbeitete im Texas State Capitol in Austin und erfuhr Neuigkeiten dieser Art vor allen anderen. „Ein paar Sträflinge fingen eine Schlägerei an, und irgendwie wurde Reverend Parrish angerempelt. Die Wachen brachen den Kampf ab und fanden ihn auf dem Boden. Sie haben ihn niedergestochen. Schlimme Verletzung. Er starb auf dem Weg ins Krankenhaus."

„Warum sollte jemand unseren Propheten verletzen?" Nabera

fiel auf einen Stuhl und spürte, wie sich ein Kloß in seinem Hals formte. Er war dem Reverend seit dem Tag gefolgt, an dem sie sich vor Jahren das erste Mal getroffen hatten.

„Captain." Es folgte eine Pause, dann räusperte sich Ezekiel. „Die Wachen haben keine Zeugen gefunden, aber sie denken ..."

„Spuck es schon aus, verdammt nochmal", zischte Nabera.

„Zwei der Gefangenen sind Brüder einer Frau, die auf unserem Gelände in Texas war. Sie könnten, äh, einen Groll gegen ihn gehegt haben. Wegen ihr. Sie waren an dem Kampf beteiligt."

„Sie waren es." Zorn wütete durch Nabera.

„Niemand will etwas gesehen haben, aber anscheinend hatte der Reverend nichts gemacht – nicht genug für einen Mord. Also, ja, einer der Brüder hat ihn wahrscheinlich erstochen."

„Wegen einer Frau." Wieder einmal war es eine dumme Fotze, die im Mittelpunkt eines Problems stand. Alles fing an, als Obadiah Kirsten zu ihnen gebracht hatte. Wie eine Schlange hatte sie alles um sich herum vergiftet.

Jetzt hatte eine andere verräterische Schlampe ihre Lügen verbreitet. „Frauen sind für den Tod unseres Propheten verantwortlich."

„Unser Reverend ist tot?" Schockierte Stimmen erhoben sich, und innerhalb weniger Minuten war nicht nur Trauer, sondern auch Angst im Raum wahrnehmbar.

Nabera holte tief Luft. Parrish würde erwarten, dass er entschlusskräftig vorging. „Danke für die Informationen, Ezekiel. Kommst du und unsere Texas-Zeloten klar?"

„Äh, als der Reverend verhaftet wurde und die Bullen auf das Gelände kamen, sind wir abgetaucht. Und jetzt ..."

„Was?"

„Ich bin fertig, Captain. Ich hatte das Gefühl, ich schulde dir den Anruf, aber ich bin raus."

Wie viele der Gläubigen würden genauso empfinden?

Trauer vermischte sich mit Wut, und Nabera war froh, dass er das Telefon fest genug an sein Ohr presste, sodass niemand im Raum hörte, wie dieser Schwächling mit den anderen Ratten das Weite suchte. Von einem sinkenden Schiff sprang er.

Er steckte sein Handy in die Tasche und die Frustration in ihm wuchs. Er konnte sie noch nicht gehen lassen. Parrish war mehr als sein Prophet gewesen; er war ein Freund gewesen.

Weicheier. Wenn er nicht schnell handelte, würden die Patrioten hier auch die höhere Sache aufgeben.

Und er würde sie lassen ... nach einem letzten Gefallen im Namen des Propheten.

Seine Stimme klang so hart und kalt wie die Gletscher auf den Berggipfeln. „Meine Freunde, eine Frau hat diese Katastrophen verursacht. Eine treulose, widernatürliche Schlampe. Sie lacht wahrscheinlich über das, was sie erreicht hat. Sie lacht über *uns*."

Die wütenden Gesichtsausdrücke um ihn herum spiegelten wider, was er fühlte. „Sie muss für das bezahlen, was sie getan hat."

Deren Glaube verlangte nach Rache. Nach Handeln.

Nach Blut und Tod.

Immer noch etwas neben der Spur fuhr Hawk am Mittwoch in die Stadt. Albträume hatten ihn wachgehalten, dann hatte er den Morgen und den Nachmittag in seinem Wasserflugzeug verbracht, und nichts war richtig gelaufen. Als er auf einem See gelandet war, hätte er fast einen schwimmenden Baumstamm gerammt. Er hatte einen Mann und seinen verletzten Hund zu einem Tierarzt geflogen, und das schmerzerfüllte Winseln des armen Labradors hatte Hawks Magen aufgewühlt. Dann kamen zwei Kletterer eine Stunde zu spät, und er musste seine Wut drosseln und sich daran erinnern, dass das Würgen von Kunden Konsequenzen haben könnte.

Eine Schande.

Trotz seines Plans, Kit und Aric zu meiden, bis er die richtigen Worte gefunden hatte, um ihr seine Entscheidung mitzuteilen, war er nun in diese Aufgabe hineingezogen worden. Die Eremitage-Crew grillte den Lachs, den Audrey und Gabe heute Morgen beim Angeln gefangen hatten. Da Hawk nicht kochte, hatte JJ ihn gebeten, die Kinder aus der Sommerschule abzuholen.

Er seufzte, fuhr auf den Schotterstreifen und parkte seinen Pick-up vor den beiden Containerhäusern. Nachdem ein Erdrutsch die Schulgebäude im letzten Winter zerstört hatte, war Bull so gnädig gewesen, der Stadt die Häuser zu spenden, die Mako für die Frühjahrssemester erstanden hatte. Eine der Lehrerinnen nutzte ein Gebäude für ihre informelle Sommerschule und für eine Kindertagesstätte für ältere Kinder.

Hawk ging in den Speisesaal, der als Kindertagesstätte für Kinder im Vorschulalter diente. An einem Ende standen kurze Tische und Stühle. Kunstwerke mit vor allem ... Strichmännchen – wie die Bilder an seinem Kühlschrank – schmückten eine Pinnwand.

Mindestens ein halbes Dutzend Kinder schossen wie Fledermäuse in einer mückenreichen Umgebung durch den Raum.

„Hey, Hawk“, rief Erica, von wo sie einem kleinen Jungen Schuhe anzog. Ihre Mutter war die Lehrerin, die für diesen Zoo verantwortlich war. Laut Knox hatte die junge Frau kürzlich das College abgebrochen und plante nun, einen anderen Weg zu gehen.

Hawk nickte ihr zu.

„Ich habe gehört, dass du heute Aric abholst. Er ist im Lesekreis.“ Erica zeigte zu einer Ecke mit einem runden, leuchtend roten Teppich und grünen Sitzsäcken.

Ja, da war Aric auf einem Stuhl, vollkommen vertieft in ein Bilderbuch.

Hawk marschierte durch den Raum und hielt inne, um die Lehmtiere auf einem der Tische zu bewundern. Einige der Kinder hatten verdammt gute Arbeit geleistet.

Ein schwach klingendes *Muh-muh-muh* erregte seine Aufmerksamkeit. Ein kleines Mädchen drückte Knöpfe auf einem weißen Plastikspielbrett, das zu Arics Füßen lag. Als sie einen grünen Knopf betätigte, ertönte ein lautes *Miau*.

„Hey! Das ist meins!" Aric sprang auf, schnappte sich das Spiel und versuchte, es wegzuziehen.

„Meins!" Das Mädchen riss das Plastikbrett weg und schubste Aric von sich. „Böser Junge."

Hawk schnaubte. *Fair.*

Arics Gesicht war rot vor Wut und seine Reaktion bestand darin, aus einem Bücherregal die Bücher herauszufegen, bevor er mit den restlichen um sich warf. Kreuz und quer.

Scheiße.

Ein Buch traf das Mädchen. Sie ließ das Spielzeug fallen und schrie vor Schmerzen.

Der hohe, qualvolle Klang schockierte Hawk wie ein Sprengsatz und blendete ihn mit Erinnerungen. *Sein Vater schrie: „Du dummes Gör" und warf den Schraubenzieher auf ihn. Der Schmerz, als er damit seine Stirn traf. Schreiend fiel er auf den Boden und hielt sich den Kopf. Vater hatte ihn aus dem Weg getreten. „Dummes Arschloch." Blut überall.*

Hawk schmeckte Blut. Der Schmerz sagte ihm, dass er sich auf die Innenseite seiner Wange gebissen hatte. Er schüttelte den Kopf, holte tief Luft und versuchte, dem Flashback zu entkommen.

Nicht. Jetzt.

In der Ecke hob Aric ein schweres Buch über den Kopf, um es ... auf das Mädchen zu werfen.

„Stopp!" Hawks Stimme ertönte als ein wütendes Gebrüll.

Aric erstarrte.

Hawk nahm den Jungen bei den Armen, hob ihn hoch, ging in eine der Ecken und setzte ihn ab. „Du –"

Seine Stimme starb. Er klang nicht nur wie sein Vater, sondern schwebte auch bedrohlich über dem Kind. *Gott, nein.*

Aric brach auf dem Boden zu einem verängstigten Ball zusammen.

Hawks Mund trocknete aus. Der raue Laut seiner eigenen Stimme klang immer noch in seinen Ohren nach, und sein Herz schlug schneller als inmitten eines verdammten Artilleriefeuers. Was zur Hölle war los mit ihm?

Er kannte die Antwort. Er war ein Monster.

Reiß dich zusammen, Arschloch. Er atmete ein und hockte sich neben den Jungen, den er von ganzem Herzen liebte. Ein Kind, in dessen Nähe er nicht erlaubt sein sollte. „Aric."

Aric weinte weiter.

„Hey ..." Hawk streckte vorsichtig die Hand nach ihm aus.

Der Junge rührte sich nicht von der Stelle.

„Aric, es tut mir leid, dass ich geschrien habe." Hawk zuckte innerlich zusammen. Er war genauso schlimm wie sein Vater und hatte diesen kleinen Jungen erschreckt. Es gab keine Worte für diese Tat.

Er konnte nur schweigend warten, bis die Tränen nachließen.

Auf der anderen Seite des Raumes hielt Erica das kleine Mädchen in den Armen, das sich bereits beruhigt hatte. Er sah kein Blut. Es ging ihr gut.

Aric setzte sich auf.

Langsam und behutsam zog Hawk sein Halstuch ab und wischte damit den Rotz und die Tränen weg.

Der Junge kauerte nicht vor ihm zurück – so ein tapferes Kind.

Hawk holte tief Luft und ignorierte dabei den Schmerz zwischen seinen Rippen. „Na komm, ich bringe dich nachhause."

Die Heimreise war leise verlaufen. Hawk schaltete den Pick-up ab, ließ Aric aus dem Autositz, hob ihn dann heraus und stellte ihn auf die Füße.

Nachdem er die Tür zugeschlagen hatte, drehte er sich um. Der Junge stand einfach nur vor ihm und starrte Hawk aus großen Augen an. Aus unglücklichen Augen, die den Schmerz in Hawks Brust verstärkten.

„Lass uns reingehen, Junge."

Aric bewegte sich nicht. Er hob einfach seine Arme hoch, wie er es seit Wochen nicht mehr getan hatte. Und er hatte Tränen in den Augen.

Hawk war auch nach Heulen zumute. Angeschossen zu werden, erstochen zu werden – das war weniger schmerzhaft gewesen. „Natürlich, Kleiner."

Er hob Aric vorsichtig hoch, einen Arm unter seinem Po.

Der Arm des Kindes legte sich um seinen Hals, der Kopf schmiegte sich an Hawks Schulter. Warum zum Teufel kuschelte sich der Junge an ein Monster?

Hawk holte tief Luft und trug seinen Schützling in den Innenhof. Zeit, den Mann zu stehen, zu beichten und zum Wohle der anderen zu verschwinden.

Alle waren schon auf der Terrasse.

Kit trug eine Baseballmütze, ihre Haare in einem Pferdeschwanz, als sie einen Salat umrührte und sich mit JJ über eine Feier für Audrey unterhielt.

Frankie lernte zu grillen und bisher hatte das Stadtmädchen diese Fähigkeit noch nicht meistern können. Neben ihr am Grill stand Bull und gab Tipps.

An einem Ende des Tisches stellte Audrey Gewürze von einem Tablett auf den Tisch.

Gabe und Caz deckten mit Regans Hilfe den Tisch.

Seine Familie. So normal, so verdammt erstaunlich.

Das Gefühl des Verlustes war wie ein Granatsplitter, der seine

Brust in Fetzen riss. Hawk trug Aric auf die Terrasse und seine Stiefel fühlten sich an, als wären sie mit Blei beschwert.

„Hey, Honigbär." Kit eilte zu ihnen, da sie offensichtlich das tränenüberströmte Gesicht gesehen hatte. „Was ist passiert?"

Hawk versuchte, das Kind zu übergeben, aber Arics Arm zog sich enger um seinen Hals.

Der Junge hatte keinen Selbsterhaltungstrieb.

Kit wandte sich an Hawk, ihre braunen Augen voller Sorge und alle auf der Terrasse verstummten.

Die Zeit war gekommen, sich auszuweiden, auszubluten und zu gehen.

„Ich hab's verkackt." Hawk holte tief Luft. „Ich sollte nicht in der Nähe von Kindern sein; es ist nicht sicher."

Anstatt ihren Sohn zu packen und sich von ihm zu entfernen, rückte Kit näher. „Ich verstehe nicht ganz."

Meine Fresse.

„Hawk." Caz setzte sich in Reichweite an den Picknicktisch. „Was ist passiert, *'mano?*"

Bruder. Das war kein Wort, dessen er würdig war.

Kit verdiente eine Erklärung; das taten sie alle. *Spuck es schon aus, Arschloch.* „Ich habe Aric angeschrien. Ich habe ihn zu grob angepackt. Und ich habe ihn damit zu Tode erschreckt. Ich werde gehen; keine Sorge, ich werde vers –"

„Nein!" Aric hatte jetzt beide Arme um Hawks Hals geschlungen. „Nein!"

Kit zog die Augenbrauen zusammen. „Ich bin mir nicht sicher, ob ich dich jemals schreien gehört habe. Was hat dich dazu gebracht, Aric anzuschreien?"

„Es ist nicht seine Schuld", sagte Hawk. „Ich hätte nicht –"

„Rachel hat mein Spielzeug genommen und ich habe Sachen geworfen. Bücher. Auf sie." Die sanfte Stimme klang so traurig.

Hawk spürte Nässe an seinem Hals. Tränen. „Nein, Aric, es ist –"

„Ich habe auch geschrien", sagte Aric. „Bin ich schlecht?"

Oh, verdammte Scheiße. „Gott, Junge, nein. Nein, du bist nur ein Kind, und verdammt, du solltest keine Dinge werfen. Wir haben darüber gesprochen, oder?"

Er fühlte, wie sich Arics Kopf bewegt. Sein kleines Gesicht war immer noch gegen Hawks Hals gedrückt.

„Du bist nicht schlecht oder böse. Kinder können nicht schlecht sein. Das ist ein Gesetz. Bin ich mir sicher."

Es war ein gedämpftes Schnauben zu hören.

Hawk funkelte Caz an.

Kit rieb sich mit den Händen über ihr Gesicht. Sie war blass.

Das sollte sie auch sein. Er war ein Monster.

Und seine Brüder waren Arschlöcher.

„Lass mich das nochmal zusammenfassen." Sie benutzte ihre Stimme im Mutter-Modus. „Aric und Rachel haben sich um ein Spielzeug gestritten, und er verlor die Beherrschung und warf schreiend mit Büchern um sich." Ihre Augen verengten sich, als sie von Aric zu Hawk schaute und auf eine Antwort wartete.

Hawk bewegte sich nicht. Er wollte das Kind nicht belasten.

„Ja, Mama", flüsterte Aric.

„Einen hat sie weich gekriegt", murmelte Gabe. Er stand zwischen Caz und Bull und hatte einen Fuß auf der Bank.

Hawks Muskeln spannten sich an. Würde er auch seine Brüder verlieren?

„Was hat Hawk geschrien?", fragte Kit, ihre Aufmerksamkeit auf ihren Sohn gerichtet.

„Stopp."

Sie seufzte. „Weil er wollte, dass du aufhörst, Dinge zu werfen?"

Noch ein Nicken.

„Ich hätte auch geschrien", murmelte JJ. „Ein Buch hätte eine böse Verletzung verursachen können."

„Und er hat dich gepackt. Vielleicht, um dich von Rachel wegzubringen?" Kits Vermutung folgte ein weiteres Nicken.

„Hat er dir wehgetan, Aric?"

„Nein." Aric schniefte. „Ich bekam Angst."

Die Schuldgefühle rammten so hart gegen ihn, dass Hawks Knie fast weggeknickt wären, aber er blieb standhaft und hielt den Jungen immer noch fest. Wenigstens hatte er ihm nicht wehgetan.

„Aric, warum hattest du Angst, *Mijo?*", fragte Caz in einem sanften Ton.

„Weil –"

„Weil ich ein Monster bin", knurrte Hawk. „Hackt nicht auf dem Kind rum; er sollte –"

„Was?" Kit starrte ihn an. „Warum würdest du ...? Hawk, nein. Aric hatte Angst, weil Obadiah und die anderen PZ-Männer ihn in dieser Situation geschlagen hätten. Warum solltest du denken, dass du ein Monster bist?"

„Weil sein Vater eines war", sagte Gabe zur gleichen Zeit wie Bull.

Hawk drehte sich um und starrte seine Brüder an.

Caz nickte. „Wir haben dich mit Grayson reden hören."

Seine Brüder wussten es. Es war kein Geheimnis. Er sah nicht das Mitleid oder den Ekel, wie er befürchtet hatte. Nur Verständnis.

Und die Tatsache, dass sie es wussten, erleichterte ihn mehr, als er hätte ahnen können.

Aric hob den Kopf und sagte zu Kit: „Seine Mama und sein Papa waren gemein zu ihm."

Hawk verzog das Gesicht. Genau das hatte Doc Grayson zu Aric gesagt – dass Hawks Eltern gemein sein konnten. *„Sein Vater hat ihn geschlagen. Seine Mama auch."*

„Ich verstehe." Sie trat einen Schritt näher und ihre Hand legte sich warm auf seinem Arm. „Erzähl mir von deinen Eltern."

Fuck, nein. Er musste von hier schwinden, verdammt.

Seine Brüder warteten geduldig. Audrey, Frankie, JJ und Regan hatten sich in einer Gruppe neben ihnen versammelt.

Aric hatte immer noch beide Arme um Hawks Hals und hielt

sich an ihm fest, als wäre er seine Rettungsleine. Wie zum Teufel war es möglich, dass der Junge in seiner Nähe sein wollte?

„Hawk." Kits Blick traf auf seinen. „Fair ist fair."

Sie hatte ihm von ihrer Tante und ihrem Onkel erzählt. Und er hatte ihr Kind erschreckt. Er hatte sie dazu gebracht, dass sie sich in ihn verliebte – sie war in jemanden verliebt, der viel zu verkorkst war, um ein guter Mann zu sein. Er schuldete ihr eine Erklärung.

Mach schon, Arschloch. „Sie waren okay zu mir, bis mein Vater seinen Job verlor. Er hatte in eine andere Stadt ziehen müssen, um noch miesere Arbeit zu finden. Das hat ihn wütend gemacht. Er hat es an mir ausgelassen."

Hawk hielt inne und Kälte sickerte in sein Blut.

„Nicht davor?", hakte Kit nach.

„Nicht ... oft. Bis er bemerkte, dass ich ihm ähnlich sah und er mich ... zu einem richtigen Mann machen wollte. Er nannte mich ein Weichei, einen Feigling, dumm und ungeschickt." Hawk schaffte es, zu lachen. „Er hat mich so verängstigt, dass ich es wirklich war."

Kit lehnte ihre Stirn gegen seinen Arm. „Du hattest deinen eigenen Obadiah, hmm? Wo war deine Mutter?"

Natürlich würde Kit das fragen. Sie hatte alles getan, um Aric aus der Gefahrenzone zu bringen, auch wenn sie damit riskierte, selbst verletzt zu werden.

„Ihre Familie wohnte in der Nähe, bis wir umgezogen sind. Dann stellte sie sich auf seine Seite ... vielleicht, um nicht selbst geschlagen zu werden."

Regan trat neben Hawk und lehnte sich an ihn. „Wow, deine Mutter war eine dumme *Pendeja*." Sie blickte auf und ihr Ausdruck sprach von Verurteilung. Zu Recht.

Er sah auf das Mädchen herab. Als sie sich das erste Mal trafen, hatte er sie erschreckt und zum Weinen gebracht. Was machte sie denn nur? Und sie hatte seine Mutter das spanische Äquivalent zu Arschloch genannt?

Er blickte zu Caz.

Die Lippen seines Bruders zuckten. „Was sie gesagt hat."

Regan grinste.

„Du hattest diese Narbe auf deiner Stirn schon bei den Pflegefamilien. Dein Vater?" Bull reichte ihm ein Bier.

Verflucht seien seine Brüder. Er hatte es bisher immer geschafft, diesen Scheiß zu vermeiden. Jetzt jedoch ... Er war am Arsch.

Hawk trank die Hälfte der Flasche in einem Zug, bevor er sie zurückgab. *Raus damit.* „Er reparierte einen Türknauf. Ich hab ihn versehentlich erschreckt, woraufhin er den Schraubenzieher fallen ließ. Also warf er den Schraubenzieher nach mir."

Regan schlang ihre Arme um ihn und starrte auf die weiße Linie auf seiner Stirn. „Ich hasse deinen Vater."

Arics Augen waren wieder mit Tränen gefüllt – und Kits auch, was er sah, als sie Hawk zu sich herunterzog, um mit ihren weichen Fingern über die lange, hässliche Narbe zu streicheln. Hässlich, weil seine Eltern ihn nicht ins Krankenhaus gebracht hatten, wo die Wunde hätte genäht werden müssen. Weil ein Arzt ihn vielleicht gefragt hätte, was passiert war.

„Kein Wunder, dass du Aric angeschrien hast. Du hast aus erster Hand erfahren, was passieren kann, wenn Dinge geworfen werden", murmelte Kit.

Hawk schüttelte den Kopf. „Die Erinnerung kam über mich. Ich habe die Beherrschung verloren. Weil ich ein –"

„Oh, ich bitte dich." Kit schüttelte seinen Arm. „Wenn jeder Elternteil, der sein Kind anschreit, ein Monster ist, dann gehören wir alle in diese Kategorie. Ich habe Aric schon angeschrien, stimmt's, Honigbär?"

Aric nickte. „Und du hast dich entschuldigt, so wie Hawk."

Ein Kichern kam von Regan. „Genau wie Papá. Er schreit und entschuldigt sich für das Schreien, aber ich hätte nicht tun sollen, für was ich angeschrien wurde, und deshalb musste ich mich auch entschuldigen."

„Gott weiß, dass Mako uns angeschrien hat“, sagte Bull. „Und plötzlich am Arm gepackt hat er uns auch.“

„Wie oft sind wir in einer Schneebank oder dem Fluss gelandet?“ Gabe schmunzelte – weil der hartnäckige Bastard öfter dort gelandet war als der Rest von ihnen.

„Das war nicht die Schuld des Sarge.“ Hawk warf Gabe einen Blick zu. „Er hat sein Bestes getan.“

„Wir tun alle unser Bestes. Wir alle vermasseln es mal, entschuldigen uns und versuchen, es wieder in Ordnung zu bringen“, sagte Kit leise. „Niemand ist perfekt.“

Als er versuchte, die Worte zu verarbeiten, runzelte sie die Stirn. „Aric und ich haben Sitzungen zusammen. Um bei den Erziehungstechniken zu helfen, da wir beide unsere eigenen Trigger haben, die einander abstoßen. Du hast offensichtlich ein paar Trigger ... also kommst du besser mit uns zu diesen Sitzungen.“

Was zum Teufel? „Ich werde von hier verschwinden.“

Als Aric schrie: „Nein!“, sagte Kit: „Nein, das wirst du nicht.“

Er sah zu Aric. Die Lippen in einer hartnäckigen Linie, Kinn hoch und entschlossen.

Sein Blick wanderte zu Kit, die einen identischen Gesichtsausdruck trug.

Jede verdammte Person um ihn herum sah ihn auf diese Weise an.

Herrgott, er war am Arsch.

Und jetzt wusste es jeder. Sie wussten, was er in sich hatte und was er fürchtete. Er sah seine Brüder an. Es gab niemanden mit einem stärker ausgeprägten Beschützerinstinkt. Deren Frauen waren genauso fürsorglich.

Und Kit auch.

Hawk rieb sich den Nacken und überlegte. Er hatte Aric gestoppt, als sein Verhalten außer Kontrolle geriet. Nun schien es, als hätte Hawk eine ganze Familie, die dasselbe für ihn tun würde, wenn es nötig wäre. Er hatte Verstärkung. Das Wissen fühlte sich ... befreiend an.

Er straffte seinen Arm um Aric und berührte Kits Wange. „Ich schätze, dann bleibe ich."

Ein paar Minuten später saß Kit neben Hawk am Picknicktisch. Weil ihre Beine gebebt hatten.

Obwohl Regan Aric mit sich gezogen hatte, sodass er ihr dabei helfen konnte, Besteck für alle zu holen, wanderte sein Blick immer wieder zu Hawk, um sicherzustellen, dass er noch war, wo er ihn gelassen hatte.

Sie wusste genau, wie sich ihr Sohn fühlte. Alles in ihr bebte. Immer noch.

Hawk wäre einfach verschwunden, hätte sein Zuhause, seine Familie, Aric und sie verlassen.

Der Mann war so widerstandsfähig – und trug so viel Schmerz in sich. Sie lehnte sich an seine Seite. „Was sind wir doch für ein wildes Durcheinander. Wir drei."

Er legte einen Arm um sie und küsste sie auf den Kopf.

Sie legte ihre Finger um seine Hand. „Wir bekommen das hin. Vielleicht haben wir hier und da eine schwierige Phase, aber keiner von uns gehört zu der Sorte, die leicht aufgibt."

Für eine lange Zeit schwieg er. „Ich dachte, es wäre sicherer, wenn ich gehe. Es tut mir leid."

Selbst, wenn ihn das verletzen würde, er würde einfach alles tun, um sie zu beschützen. Guter Gott, sie hatte sein Gesicht gesehen, als er ihnen sagte, dass er Aric angeschrien hatte. So vernichtend.

„Es sollte dir auch leid tun." Sie rieb ihre Wange an seiner Schulter. „Denk nicht einmal daran, zu gehen, oder ich werde Aric und Regan auf dich hetzen."

Weil er einfach willenlos war, wenn es um die Kinder ging.

„Wenn du willst, kannst du echt gemein sein, Frau." Mit einer

Hand strich er ihr die Haare aus dem Gesicht und hob ihr Kinn an.

Wer hätte gedacht, dass graublaue Augen so warm sein konnten?

„Ich liebe dich auch, weißt du.“ Die Worte in seiner tiefen, kratzigen Stimme wärmten ihr das Herz.

Und dann küsste er sie.

KAPITEL SIEBENUNDZWANZIG

Der Sinn des Lebens ist es, nützlich zu sein, ehrenhaft zu sein, mitfühlend zu sein, einen Unterschied zu machen, und das Leben in vollen Zügen zu genießen. - Ralph Waldo Emerson

„Mein Gott, Hawk hat ein wirklich effektives Brüllen.“ Erica lehnte im Gemeindegebäude an der Rezeption. „Er brachte sie zum Schweigen. Wir sollten ihn einstellen.“

„Waren die Kinder okay?“, fragte Kit. Heute war keine Sommerschule, und die junge Frau war gekommen, um über Arics gestrigen Ausraster zu sprechen. Und über Hawk.

Erica schnaubte. „Aric war der Einzige, der wirklich Angst hatte – und ehrlich gesagt ... es machen ihm viele Dinge Angst. Nachdem er sich beruhigt hatte, klammerte sich dein Junge wie ein Affe an Hawk.“

Kit lächelte. Natürlich hatte er das. Aric vertraute Hawk voll und ganz. So wie Kit das tat. „Aric soll sich bei Rachel entschuldigen. Wenn er es vergisst, kannst du ihn daran erinnern?“

„Sicher. Sie wird sich für das Schubsen entschuldigen.“ Erica verdrehte die Augen. „Nachdem Aric und Hawk gegangen waren, habe ich mit den Kindern darüber gesprochen, wie man besser argumentiert und wann man sich entschuldigen sollte."

„Du bist toll. Ich bin froh, dass Aric dich diesen Sommer hat."

„Oh Gott, es freut mich, das zu hören." Erica strahlte. „Ich habe beschlossen, dass Kinderbetreuung meine Karriere sein wird. Wer hätte gedacht, dass ich in Moms Fußstapfen treten würde?"

Kit lachte. „Ich hatte gehofft, Aric würde meinen Weg gehen, aber ich denke, Hawk hat ihn dazu verleitet, fliegen lernen zu wollen."

„Natürlich hat er das." Erica rollte mit den Augen. „Diese Eremitage-Jungs lassen alles sexy aussehen."

Wahrere Worte hatte es nie gegeben. „Oh, ich wollte dir sagen, dass wir am Samstag eine kleine Feier haben, zu der nur weibliche Gäste geladen sind. Im Roadhouse. Ich hoffe, du und deine Mutter könnt kommen. Audrey ist schwanger."

„Habe ich gehört. Klingt gut. Eine gute Sache, um sicherzustellen, dass unser Chief und unsere Bibliothekarin bleiben, wo sie hingehören. Ich bin letzten Monat einundzwanzig geworden, also ja, ich kann in die Bar gehen." Mit einem Winken verabschiedete sich Erica und ging aus der Tür, wo sie zwei Leuten ausweichen musste, die hereinkamen.

Zurück an die Arbeit. Kit bereitete alles dafür vor, dass die ältere Frau und ihr Mann schon bald zu Caz in die Klinik konnten.

Als Nächstes meldete eine Person einen Unfall mit Blechschaden.

JJ kam aus der Polizeistation, um sich dessen anzunehmen.

Sie hätte nie gedacht, dass sie jemals diesen Job machen würde, aber es war genau, was sie für den Sommer gebraucht hatte. Mit der Polizeistation, der Klinik, der Bibliothek und dem Stadtarchiv bildete das Gebäude das Herz der Stadt.

Und sie hatte das Gefühl, zu Rescue zu gehören.

Eine Stunde später kam Gabe zu ihrem Schreibtisch. Auf

seinem grob gemeißelten Gesicht trug er gerade eher einen unlesbaren Ausdruck als ein Lächeln umher. „Kit."

„Stimmt etwas nicht?" Panisch sprang sie auf die Füße. „Aric?"

„Nein, nein. Nichts dergleichen. Ich habe Neuigkeiten zu Parrish."

Angst machte sich in ihr breit. „Okay."

„Er ist tot, Kit. Er wurde während einer Auseinandersetzung im Gefängnis abgestochen."

Der Prophet Reverend Parrish war tot. Sie schüttelte ungläubig den Kopf. „Bist du dir sicher?"

„Ja." Ein flüchtiges Lächeln kreuzte sein Gesicht. „Ich wusste, dass du das fragen würdest, also rief ich das Gefängnispersonal an. Es gibt keinen Zweifel."

„Oh." Sorgen, die sie einfach nicht hatte abschütteln können, fielen weg. Fühlten sich Bäume so, wenn sie ihre Blätter abwarfen? „Es ist schrecklich, sich so erleichtert zu fühlen, dass jemand tot ist."

Gabes Gesichtsausdruck wurde hart. „Traurig ist nur, so ein Bastard zu sein, dass dein Tod mehr Erleichterung als Bedauern verursacht. Und in diesem Fall hatte eine der Frauen auf dem Gelände in Texas einen Bruder, der Rache an Parrish nehmen wollte."

„Chief." JJ stand in der Tür der Polizeistation. „Wir haben einen Unfall auf dem Sterling Highway, und die Fahrer prügeln sich. Die Trooper haben um Hilfe gebeten, wenn wir verfügbar sind."

Gabe zögerte mit Blick auf Kit.

„Mir geht's gut." Sie machte eine Bewegung mit ihren Fingern. „Geh nur."

Er klopfte auf ihren Schreibtisch. „Du passt gut zu Hawk. Ich bin froh, dass er dich gefunden hat."

Gott sei Dank ging er, denn es dauerte eine ganze Minute, bis ihre Kinnlade wieder nach oben klappte.

Aber dann kamen zwei weitere Leute herein, die Wegbeschreibungen zur Bibliothek und zum Archiv brauchten.

Während der Stunden am Schreibtisch verarbeitete Kit ihre Gefühle über Parrishs Tod.

Der Prophet war eine wichtige Person auf dem PZ-Gelände gewesen, und ihr Mann war ihm blind gefolgt.

Ohne Parrish hatten die Patriotischen Zeloten keinen Anführer. Captain Nabera war der Stellvertreter, aber es war der Prophet gewesen, der sie zusammengehalten hatte.

Jetzt würde diese fanatische Sekte wirklich auseinanderbrechen. Was Naberas Welt erschüttern würde. Der Gedanke war sehr befriedigend.

Kit holte tief Luft und lächelte. Die Pisser huschten wahrscheinlich gerade wie Kakerlaken in ihre dunklen Ecken und würden ihre Fratzen wohl nie wieder zeigen.

Sie konnte aufhören, über die Schulter zu schauen, aus Angst, sie würden sie holen kommen.

Ich bin frei.

Und sie war verliebt.

KAPITEL ACHTUNDZWANZIG

G*lück und Liebe begünstigen die Tapferen.* - Ovid

Am Freitag war der Innenhof der Eremitage ein geschäftiger Ort. Kit beobachtete die Kinder dabei, wie sie über den Hof huschten.

Regans Freunde Niko und Delany waren hier und würden auch bei ihr übernachten, und die Kinder arbeiteten daran, den Schuppen mit Holz zu füllen.

Bull und Hawk hatten den Tag im Wald verbracht und tote Bäume gefällt. Jetzt sägten die vier Brüder und JJ die Bäume mit einer Kettensäge zu handlicheren Abschnitten und zerteilten sie dann mit einem Holzspalter und einer stereotypischen Axt in holzofengroße Stücke.

Die späte Nachmittagssonne war warm und die Männer hatten sich bereits ihrer Oberteile entledigt.

Junge, Junge.

Bull war einfach riesig, wie einer dieser professionellen Gewichtheber. Caz hatte einen drahtigen, durchtrainierten

Körperbau. Gabe und Hawk waren muskelbepackt und hatten beeindruckende Sixpacks.

Hawk hatte jedoch diese wunderschönen Tattoos und das nicht nur an seinen Armen. Auf seinem oberen Rücken war ein Falke mit ausgebreiteten Flügeln und erhobenen Krallen.

Im Ernst, welche Frau würde den Anblick dieser Männer nicht genießen? Schließlich hatte sie Augen. Wirklich, sie sollte Fotos machen und sie im Internet verkaufen.

Böse Kit.

JJs Rücken und ihre Oberarme brannten, als sie die Kettensäge abstellte und sich nach dem nächsten Abschnitt umsah. In ihrer Gesäßtasche machte ihr Handy ein Geräusch.

Nachdem sie die Nachricht gelesen hatte, erhob sie ihre Stimme: „Pizza kommt in vierzig Minuten. Ihr habt gerade genug Zeit, um alles wegzuräumen und euch frischzumachen."

Caz lachte. „*Mamita*, die Pizzeria liefert nicht zu uns."

„Nein, aber Audrey und Frankie tun das. Sie haben zugestimmt, die Pizza abzuholen, nachdem ich die Bestellung aufgegeben hatte."

Am Holzschuppen starrte die Gruppe von Kindern sie an.

„Pizza?" Regans breites Grinsen nahm ihr ganzes Gesicht ein.

Als JJs Herz dahinschmolz, verstand sie, warum Eltern nicht anders konnten, als ihre Kinder zu verwöhnen. „Pizza. Nach einem harten Arbeitstag haben wir uns eine Belohnung verdient."

„Juhu!" Das Mädchen rannte zu JJ und umarmte sie. „Du bist die beste Mamá!"

Vollkommen sprachlos blieb JJ keine Chance, zu antworten, bevor Regan erstarrte. „Ich meine, ähm, danke, JJ."

JJ drehte sich zu Caz, der sie mit einem zustimmenden Lächeln und warmen braunen Augen ansah. Er neigte seinen Kopf auf eine Weise, die aussagte, dass er dies ihren fähigen Händen überlassen würde. Sie hatte jedoch keinen Zweifel daran, was er wollte – was er sich erhoffte.

Er hatte ihr sich selbst gegeben ... und jetzt eine Tochter. *Gott, ich liebe ihn. Und Regan.*

Ob sie nun die nötigen Dokumente hatten oder nicht, sie waren eine Familie.

Sie beugte sich vor, legte ihre Hände auf Regans Wangen und sah ihr tief in die Augen. Denn das war es, was Caz ihr und Regan beigebracht hatte – dass sich eine Person nicht vor ihrer Familie versteckte.

„Ich hab' dich so lieb, Regan." Ihre Kehle verengte sich, was das Reden erschwerte. „Und, Süße, ich denke an dich bereits als meine Tochter."

Regans Kinn bebte. „Wirklich?"

Mit brennenden Augen streichelte JJ mit einer Hand über Regans weiches braunes Haar. „Es würde mir sehr gefallen, wenn du mich Mamá nennen würdest."

Regan brach in Tränen aus und vergrub ihr Gesicht an JJs Schulter.

JJ legte ihre Wange auf Regans Kopf und fühlte, wie ihre eigenen Tränen über ihre Wangen liefen. „Mein Mädchen." *Ich habe eine Tochter.*

Als Caz seine Arme um sie schlang und sie mit Wärme umhüllte, hatte JJ das Gefühl, als wäre die ganze Welt von Sonnenlicht erfüllt.

Ich habe eine Familie.

Nabera stand in der Scheune auf der Motorhaube eines alten Ford und blickte auf die Patriotischen Zeloten, die aus Alaska übriggeblieben waren. Obwohl das Gebäude nach Pferdescheiße und Heu stank, schnüffelten hier zumindest keine FBI-Agents herum.

Die etwa fünfzig Männer standen aufgereiht, wie er es ihnen gelehrt hatte, und warteten schweigend, dass er das Wort erhob.

In ihm stieg der starke Drang auf, zu beginnen, und so brüllte er: „Das FBI und die Trooper suchen nach uns und unterbinden so jede Chance, Arbeit zu finden oder sogar den Staat zu verlassen. Ich habe Neuigkeiten, die das ändern werden."

Er konnte die Hoffnung seiner Männer in deren Mienen sehen.

„Unser Prophet ist tot. Aber wir sind nicht die Einzigen, die an individuelle Freiheit glauben. Oder darauf bestehen, dass eine Frau ihren traditionellen Platz einnimmt. Wir sind nicht die Einzigen, die denken, dass die Hauptstadt unserer Nation zu einem ekelhaften Sumpf verkommen. Andere Milizen haben den gleichen Glauben."

Die Männer nickten.

„Eine Gruppe in Idaho hat sich an mich gewandt. Sie wollen unsere Hilfe, und im Gegenzug werden sie uns neue Ausweise zur Verfügung stellen, uns helfen, nach Idaho umzusiedeln, wo wir ihnen beitreten werden."

Die Freudenschreie entlockten ihm ein Lächeln. Die Idaho-Miliz wollte auch, dass Nabera eine aktive Widerstandseinheit anführte. Eine Einheit, die an der Front der Gefechtslinien stand und aktiv gegen die Regierung arbeitete. Seine Truppe würde mit Einschüchterung und Repressalien fertig werden.

Die Medien, Strafverfolgungsbehörden und Regierungsbeamten würden schon bald erfahren, dass jede Aktion gegen die Idaho-Miliz ihnen oder ihren Angehörigen teuer zu stehen kommen würde.

„Sie baten uns um eine letzte Sache, um unseren Weg in unser neues Leben zu ebnen."

„Was ist es, Captain?", fragte Luka. Er und Conrad, der andere Leutnant, standen stramm in der ersten Reihe.

„Etwas, von dem ich denke, dass wir es genießen werden." Nabera lächelte. Er würde das auf jeden Fall. „Wir haben jahrelang außerhalb von Rescue gelebt. Ich dachte, wir wären Teil der Stadt, aber sie haben sich gegen uns gewandt. Sie sind auf unser Gelände eingefallen und haben unsere Frauen gestohlen."

Die wütenden Laute, die von seinen Leuten kamen, erfüllten sein Herz mit unbändiger Freude.

Er wartete einen Moment. „Ich finde es nur fair, wenn wir ihnen im Gegenzug ihre Frauen wegnehmen."

Schließlich verstummten die zustimmenden Jubelschreie.

„Hier ist der Plan: Wir stehlen die Frauen und verkaufen sie an die Männer auf einem Boot, das vor der Küste warten wird. Das Geld wird uns für den Start in unser neues Leben dienen. Und Rescue wird diese Frauen nie wiedersehen."

Die Idaho-Miliz würde die Rache der Patriotischen Zeloten für ihre eigenen Zwecke verwenden. *Schaut nur, was passiert, wenn ihr uns in die Quere kommt. Könnt ihr eure Familien vor uns schützen?*

„Yeah, lasst es uns tun!", rief Conrad.

Nabera nickte seinem Leutnant zustimmend zu. „Wir werden diesen Bastarden eine Lektion erteilen."

Und Rescue würde schon bald Frauenschreie zu hören bekommen.

Stunden später gingen Kit und Hawk die Treppe zu ihrem Bereich hinauf. Seine Hand lag warm in ihrer, die Haut schwielig, die Kraft offensichtlich. Sie lächelte ihn an. „Ein perfekter Tag."

„Yeah." Er schlang einen Arm um sie und lehnte sich vor, um an ihrem Hals zu knabbern. „Danke für den Kuchen."

Ihr Herz schmolz dahin. Caz hatte erwähnt, dass Hawks Lieblingsdessert Schokoladenkuchen sei, also hatte sie ihm einen gebacken. Und offensichtlich hatte Hawk gewusst, dass sie den Kuchen für ihn gemacht hatte.

Nach einem langen, süßen Kuss stiegen sie weiter die Treppe hinauf.

Der Abend war wundervoll gewesen, obwohl Pizza und Kuchen zum Abendessen sie wohl von der Gute-Mutter-Liste werfen würden.

Alle schienen am Verhungern gewesen zu sein, vor allem die Kinder, und das Essen verschwand wie von Zauberhand.

Caz hatte das Aufräumen in Bewegung gesetzt, indem er anfing, *Heiho, heiho* zu singen.

Die Kinder lachten, und der Tisch war im Handumdrehen abgeräumt.

In der Küche machte sich Gabe mit dem Lied *Forty Hour Week* von Alabama an die Arbeit, und Niko stimmte ein. Anscheinend war das Lied ein Favorit seines Vaters Chevy.

Danach zwinkerte Frankie Kit zu und schallte Dolly Partons *9 to 5* – ein Favorit der weiblichen Anwesenden. Und es war amüsant, wie ratlos die Jungs gewesen waren. Natürlich kannte Frankie den Text ... und stieß Bull mit der Hüfte an, als sie darüber sang, dass es ihr Chef auf sie abgesehen hatte.

Bulls lautes Lachen hatte die Küche gefüllt und die Kinder in ein unkontrollierbares Kichern versetzt.

Ja, es war ein wundervoller Tag gewesen.

Oben angekommen öffnete Hawk die Tür für Kit.

Sie ging ins Schlafzimmer und warf einen Blick auf Arics abgetrennte Ecke. „Es fühlt sich an, als hätte ich mein Baby herrenlos zurückgelassen."

Als Aric sie angebettelt hatte, bei den großen Kindern übernachten zu dürfen, waren Regan und ihre Freunde ganz begeistert gewesen. Niko bestand darauf, dass er einen anderen Jungen brauchte, sodass er nicht in der Unterzahl war. Und Aric hätte das nicht mehr freuen können.

„Entspann dich, Mamabär." Hawk fuhr mit den Fingerknöcheln über ihre Wange. „JJ wird anrufen, wenn Aric abgeholt werden will."

„Ich weiß." Und die Pyjamaparty war gleich nebenan.

Sie sollte ihre Zeit mit Hawk genießen – ihre eigene Schlummerparty. Etwas, das sie seit dem Hubschrauberflug nicht mehr genossen hatten.

Im Badezimmer putzte sich Kit die Zähne und starrte in den Spiegel, da sie sich nicht sicher war, was sie anziehen sollte. Sofort schüttelte sie den Kopf und lachte über sich selbst.

Sie würde einfach das Übliche tragen und keine große Sache daraus machen. Sie zog sich aus, lächelte und tätschelte ihre Brüste. „Seid ihr bereit, meine Schönheiten?"

„Hast du etwas gesagt?", fragte Hawk.

Kit zog ihr Nachthemd an und verließ das Badezimmer. „Die Therapeutin schlug vor, dass ich mit meinem Körper spreche – und ihm Komplimente mache." Sie umfasste ihre Brüste mit den Händen. „Das sind meine Schönheiten."

„Schönheiten?" Hawk saß auf dem Bett, oberkörperfrei und immer noch in Jeans. Sein Blick verharrte auf ihren Brüsten, und sein Lächeln war anzüglich und sehr männlich. „Dem stimme ich zu."

Sie konnte die Hitze in seinen Augen sehen, als er den Blick über sie schweifen ließ. Es schien, dass er ihr Nachthemd mochte. Seine Augen wanderten nach unten. „Irgendwelche anderen Namen?"

Verdammt, musste er das fragen? Ihr Gesicht fühlte sich heiß an. „Pfirsich. Ich hasse das Wort Vagina."

Er grinste, der Idiot. Sie hatte gehört, wie jemand in der Stadt sagte, er habe keinen Sinn für Humor. Die hatten ja alle keine Ahnung.

Als sie unter die Decke schlüpfte, begann er, seine Jeans zu öffnen. Der Reißverschluss musste alt sein, denn das Geräusch hörte sich an, als würde sich ein Tor, nein, eine Gefängnistür, darüber beschweren, geöffnet zu werden.

Oh Gott, wenn sie nervös war, wurden ihre Gedanken bizarr.

Aber sie wusste, was hinter dieser Gefängnistür lauerte. Sie legte die Hände auf den Mund, um ein Kichern zu unterdrücken.

Hawk stoppte und musterte sie, offensichtlich besorgt, dass sie vielleicht nervös war. „Aufhören?"

„Nein." Sie spürte, wie ihre Schultern zu beben begannen. *Nicht lachen.*

„Kit." Das tiefe Knurren hielt eine Warnung bereit. „Rede mit mir."

„Ich dachte nur gerade, dass ... dein Reißverschluss irgendwie, ähm, knarrt und quietscht. Wie eine Gefängnistür."

Er blickte sie verwirrt an, während er den Reißverschluss ganz nach unten schob. Sein Schaft sprang heraus.

Sprang. Heraus.

„Oh, nein! Der einäugige Drache ist dem Verlies entkommen. Er ist frei!" Dramatisch wedelte sie mit den Händen in der Luft herum und fiel zurück auf das Bett.

Hawk starrte sie an. „Verdammt, ich habe sie gebrochen."

Sie kicherte so heftig, dass sie nicht zu Atem kam.

Kopfschüttelnd – aber mit einem breiten Grinsen auf den Lippen – zog er sich aus und ging ins Wohnzimmer. Sie hörte, wie er die Tür abschloss. Das Licht in dem Raum ließ er jedoch an.

Zurück im Schlafzimmer schaltete er die Nachttischlampe aus.

Bis er fertig war, saß sie in der Mitte des Bettes und ihr Bauch schmerzte noch immer vor Lachen.

„Das wirst du nicht brauchen." Er beugte sich vor und zog ihr das Nachthemd aus.

„Hey!" Bei dem Licht, das aus dem Wohnzimmer hereinströmte, runzelte sie die Stirn.

„Ich sehe dich gerne an." Hawks Lippen zuckten. „Und die Schönheiten."

Dann zeigte er ihr, wie sehr er ihre Schönheiten mochte, und zwar mit seinem Mund und seinen Fingern – und sogar seinen Zähnen. Als er fertig war, waren ihre Brüste so geschwollen und ihre Nippel so empfindlich, dass selbst die geringste Berührung sie erschauern ließ.

Er legte sich neben sie und rollte sich auf den Rücken. „Klettere auf mich."

Oh, das könnte sie tun. Als sie sich jedoch rittlings auf ihn setzte, platzierte er seine Hände unter ihren Hintern und zog sie hoch, vorbei an seinem Bauch und seiner Brust, bis ihre intimsten Stellen direkt über seinem Gesicht schwebten.

„Oh ja, genau hier." Seine Finger packten ihr Gesäß fester, als sie sich bewegen wollte. „Zufälligerweise mag ich Pfirsich."

Und er leckte sanft über ihre Pussy. Hoch und runter. Im Kreis herum. Als sie wimmerte, gab er nach und konzentrierte sich auf ihre Klitoris.

Mit einem Keuchen griff sie das Kopfteil.

Er lachte und fuhr fort. Seine Zunge wirbelte und saugte und schnellte über das Nervenbündel hinweg. Und er trieb sie damit in den Wahnsinn.

Nachdem sie so hart gekommen war, dass sie Sterne gesehen hatte, rollte er sie auf ihren Rücken und spreizte mit einem Knie ihre Oberschenkel weit auseinander. Er drückte sich gegen ihren feuchten, pulsierenden Eingang und lächelte. „Lass mich dir meinen einäugigen Drachen vorstellen."

Eine lange, lustvolle Zeit später lag Kit mit dem Kopf auf seiner Schulter neben Hawk. Seine Haut war warm und leicht feucht und roch holzig mit einer Spur von Kiefer.

Er streichelte ihren Arm, spielte mit einer Brust, und neckte den Nippel, als würde ihn ihre Reaktion faszinieren.

Sie ergriff seine Hand, küsste seine Finger und erkannte dann, dass es genug Licht gab, um seinen ganzen Arm zu sehen.

„Was?"

„Deine Tattoos. Mir gefällt, dass die Farben Braun- und Goldtöne sind." Sie setzte sich neben ihn auf, sein Arm noch immer in ihren Händen und griff nach seinem anderen.

Obligatorisch legte er ihn über den Bauch.

Sein rechter Oberarm hatte einen Steinadler – und, scheiße, sie wollte nicht in Reichweite dieses fies aussehenden Schnabels sein wollen. Sein linker Arm zeigte einen hoch aufragenden Weißkopfseeadler mit Bäumen als Kulisse.

Er liebte diese Raubvögel. Wann immer er einen sah, hielt er inne und beobachtete sie einfach. Aric hatte mittlerweile so viel Wissen von ihm angesammelt.

Sein linker Unterarm zeigte Militärhubschrauber, und die dunklen Äste webten die Vögel und Hubschrauber zusammen.

Sie nickte. Der Krieg hatte definitiv beeinflusst, wer Hawk war.

Mit ihrem Finger verfolgte sie eine geriffelte rosa Linie an einem Hubschrauber vorbei in die Bäume. Die Messerwunde heilte.

Er sah, wo ihr Finger war. „Zumindest hat es das Kunstwerk nicht ruiniert."

Das war seine einzige Sorge? *Männer.*

Beim näheren Hinsehen entdeckte sie kleinere Tattoos in den Ästen. Ein Polizeiabzeichen. Eine Schlange – das Symbol der Medizin. Das runde Schild von Bulls Brauerei. Dann ein Haufen militärischer Insignien. SEALs, Army Special Forces, die Night Stalkers. „Habt ihr alle beim Militär gedient?"

Er nickte.

Sein rechter Unterarm war viel friedlicher gestaltet. Mit einem Wasserflugzeug, das vor einer Blockhütte auf einem Bergsee landete.

Und ... Was um alles in der Welt? „Hawk, Seen haben keine Haie, oder?" Sie zeichnete die dunkle Form nach, die durch das Wasser glitt.

Er gluckste. „Mako bedeutet Hai auf Māori. Es war der Spitzname des Sarge."

Oh. Sie berührte die Hütte und sah ihn an.

„Ja, dort sind wir aufgewachsen. Ich werde dich irgendwann mitnehmen und dir alles zeigen."

Es sah sehr primitiv aus.

Wow, da waren Messer in den Verandapfosten eingebettet. Ein

Falke thronte auf dem Dach, und ein großer Elch stand im Schatten des Waldes. Auf der anderen Seite ein Engel, der über die Schatten wachte.

Hawk sah, wo ihre Finger gestoppt hatten. „Für Gabriel. Seine Mutter hatte ihn nach einem Erzengel benannt."

Alle von ihnen schützten die Hütte, in der vier Jungen und ein angeschlagener Sergeant eine Familie geworden waren.

KAPITEL NEUNUNDZWANZIG

L*enke niemals den Beschuss auf dich; das macht alle um dich herum reizbar.* - Murphys Gesetze des bewaffneten Kampfes

Audrey saß an einem der zusammengeschobenen Tische und lauschte Tina, Lillian und der Postdirektorin, die um den schmutzigsten Witz wetteiferten.

Sie war sich ziemlich sicher, dass sie noch nie in ihrem Leben so rot gewesen war. Abgesehen vielleicht von den ersten paar Malen Sex mit Gabe.

Wow, die Witze wurden mit jeder Runde Drinks schmutziger.

Hoffentlich würde es den Gästen im Roadhouse an diesem Samstagabend nichts ausmachen. Es war spät genug, dass der Raum jetzt nur noch zu einem Viertel gefüllt war. Es gab also nicht viele Leute, die sich davon angegriffen fühlen könnten.

Hinter der Bar sah Raymond, wie sie den Blick schweifen ließ, und er zog fragend die Augenbrauen hoch.

Sie schüttelte den Kopf; sie brauchten nichts.

Der Barkeeper war so ein Schatz. Als Frankie Bull sagte, er solle sich den Abend frei nehmen, damit sie sich betrinken könne und er auf die Weise nicht ihre Beschwerden – oder ihr Prahlen – über ihn mitbekommen würde, hatte sich Raymond gemeldet, die Schicht zu übernehmen.

Armer Kerl.

Nach einer dramatischen Pause brüllte Tina die Pointe des Witzes heraus und ihr Publikum brach in Gelächter aus. Die Postdirektorin klopfte zustimmend auf den Tisch.

Audrey versuchte, nicht zu schmollen. Sie hätte sicher mehr Spaß, wenn sie auch trinken könnte.

„Hey, Audrey, habt du und Gabe euch schon auf ein Datum geeinigt?“, fragte EmmaJean, die B&B-Besitzerin.

„Erst vor ein paar Tagen, ja.“ Audrey lächelte. „Anfang November, damit ich bei der Sache mit der Morgenübelkeit das Gröbste überstanden habe.“

„Ah.“ Frankie grinste. „Du willst deine Flitterwochen genießen können.“

Audrey spürte, wie ihre Wangen heiß wurden, denn ... sie dachte an Gabe. „Ähm, ja?“ Sie grinste. „Ein tropischer Strand kam zur Sprache.“

Beverly, die Hebamme, seufzte. „Ich liebe Strände.“

Glenda, eine der Besitzerinnen des Kunsthandwerksgeschäfts, nickte.

„Hervorragende Planung“, sagte Lillian. „Die Touristensaison wird vorbei sein, und JJ kann die Polizeiarbeit problemlos allein bewältigen.“

„Apropos, wo ist unsere heldenhafte Polizistin?“, fragte Charlotte, die andere Besitzerin des Kunsthandwerksgeschäfts.

Audrey errötete. JJ hatte Gabe gesagt, dass er heute Abend nicht arbeiten könne ... damit er und Audrey nach der Party ihre eigene private Feier haben konnten.

Sie hatte die besten Freunde.

„JJ kommt erst um Mitternacht von der Arbeit“, sagte Frankie. „Wenn wir noch hier sind, wird sie sich uns anschließen.“

„Das ist schon in einer halben Stunde.“ Kit schnaubte. „Und

es sieht nicht so aus, als würden wir in absehbarer Zeit von hier verschwinden."

„Ein Mädelsabend wie dieser war so eine gute Idee. Ich hoffe, wir machen das jetzt öfter", sagte Tina, Chevys Frau. „Audreys Buchclubs sind großartig, aber es gibt keinen Alkohol. Und Männer nehmen teil."

„Im Moment sind im Romance-Buchclub nur Frauen", sagte Audrey. Das war keine Voraussetzung, aber es war eben so.

„Dafür kannst du mir danken. Knox wollte sich dem Romance-Buchclub anschließen, um sich Inspiration zu holen." Erica kicherte. „Das hab' ich sofort im Keim erstickt."

„Kluge Entscheidung, meine Liebe." Lillian schürzte die Lippen. „Wenn man Book-Boyfriends mit echten vergleicht, kann das bei einem Mann zu einem lebenslangen Minderwertigkeitskomplex führen."

Regina brach in Gelächter aus. „Kein Kerl kann mit einem Book-Boyfriend konkurrieren."

Irene, die Postdirektorin, schnaubte. „Mein süßer Ehemann ist die Liebe meines Lebens, aber ich fürchte, seine breite Brust ist vor vielen Jahren in seinen Bauch abgesunken."

„Mein Ex war nicht so süß." Glenda rümpfte die Nase. „Er aß Knoblauchzehen, nur damit er mich anhauchen konnte."

„Das ist wirklich abscheulich", sagte Lillian. „Klug von dir, eine so missgebildete Laune der Natur abzuwerfen."

Audrey grinste. Die Shakespeare-Beleidigungen der Bürgermeisterin waren genauso lustig wie die italienischen von Frankie – und erforderten kein Übersetzungswörterbuch.

„Oje, apropos abscheulich. Gestern Abend hat Chevy so laut gefurzt. Es hat nicht viel gefehlt und ich hätte ihn aus dem Bett geworfen." Tina machte ein genervtes Geräusch. „Ich könnte wirklich ein paar heiße Panther-Gestaltwandler gebrauchen. *Miau*."

Alle am Tisch brachen in Gelächter aus und riefen die Namen ihrer liebsten Protagonisten. *Calum. Ian. Adam.*

Audrey nippte an ihrem alkoholfreien Getränk und sah sich am Tisch um. Diese Frauen waren hier, um mit ihr ihre Schwangerschaft zu feiern. In einem Jahr hatte sie mehr Freunde – und Familie – hinzugewonnen als ihr ganzes Leben davor. Ihre Augen brannten.

Kit lehnte sich zu ihr und rieb ihr die Schulter. „Alles gut bei dir?"

Mehr brauchte es nicht. Tränen füllten ihre Augen und flossen über. „Ich bin einfach so glücklich, und ihr seid alle hier, und ihr bedeutet mir so viel."

Warum um alles in der Welt weinte sie? Entsetzt bedeckte Audrey ihr Gesicht. „Tut mir leid!"

„Nein, nein." Lachend umarmte Kit sie kurz. „Du bekommst gerade die volle Wirkung von Schwangerschaftshormonen zu spüren, meine zukünftige Schwester."

Audrey wischte sich die Augen trocken. „Wirklich?" Offensichtlich musste sie etwas mehr zu Schwangerschaften recherchieren.

„Oh ja. Stimmungsschwankungen sind real." Mit einem schiefen Lächeln auf den Lippen hob Sarah ihr Glas. „Mit jedem Kind hatte ich so ein Temperament, dass Uriah sicher war, dass ich Dämonen ausbrüte. Vor allem, nachdem ich die Ofentür so hart zugeschlagen hatte, dass sein Brot runterfiel."

Tina kicherte. „Als ich mit Niko schwanger war, hatte ich so einen Heißhunger auf Tortilla-Chips und Salsa. Chevy fuhr sogar durch einen Schneesturm, um welche zu besorgen. Mein Jammern war einfach so schlimm."

„Nein, mein Kind." Lillian nickte zustimmend. „Dein Jammern war effektiv. Und gute Ehemänner sind dafür empfänglich."

„Nicht Gabe. Er würde nie ..." Audrey biss sich auf die Unterlippe. „Nein, ich denke, er würde auf jeden Fall für mich durch einen Schneesturm fahren, um mir bestimmte Nahrungsmittel zu besorgen."

Auf ihrer anderen Seite nickte Frankie. „Natürlich würde er das. Er verehrt dich."

Oh, na toll, mehr Tränen. Schniefend wischte sich Audrey die Nässe von den Wangen und warf Frankie einen Blick zu. „Sieh nur, was du angerichtet hast."

Die New Yorkerin grinste. „Und ich werde ihm auf jeden Fall erzählen, wie du reagiert hast."

„Ich überdenke meine Dankbarkeit für euch alle", murmelte Audrey – und grinste, als sie lachten.

In der Eremitage warf Hawk einen Blick auf den Pavillon. Interessanter Abend. Die Kinder lagen im Bett, und der Pavillon war voll mit seinen Brüdern. Auch angeschlossen hatten sich ihnen Dante, Knox und Chevy, deren Frauen bei Audreys Party waren.

Hawk lehnte sich vor und wärmte seine kalten Finger an der Feuerstelle. Sirius saß auf seinem Schoß und gab ihm einen genervten Blick, bevor er sich wieder schlafen legte. Verfluchter Kater.

Auf der anderen Seite des Feuers zog Bull seine Jacke zu. „Es fühlt sich an, als ob der Winter in diesem Jahr früher kommen wird. Aber wir sind bereit."

„Der Schuppen ist fast voll", stimmte Caz zu.

Sie alle mochten es, vorbereitet zu sein, aber Makos Level an Vorbereitung hatte Hawk immer besonders zugesagt. Seine Eltern hatten ihn oft bestraft, indem sie ihn für ein paar Tage ohne Essen eingesperrt hatten. Er hatte gelernt, in seinem Zimmer einen kleinen Vorrat an Nahrung zu verstecken.

Mit seinen Fingern gewärmt, lehnte sich Hawk auf seinem Platz zurück, ruckelte erneut die Katze durch und verdiente sich einen weiteren finsteren Blick. „Unsere Vorratskammer ist auch fast voll."

Mit der Hilfe aller hatten sie eine gute Menge an Lachs geräuchert. Beeren waren eingefroren oder zu Marmelade verarbeitet worden. Gartengemüse war auf verschiedenste Weise präpariert worden, um es später verzehren zu können. Bull und Frankie hatten Spaghettisauce gekocht und für schnelle Mahlzeiten eingemacht.

Die Apfelbäume, die Mako vor Jahren gepflanzt hatte, sollten im September eine gute Ernte einbringen. Endlich. Wie bei den meisten Obstbäumen mochten Äpfel Alaska nicht besonders.

Um das Ganze abzurunden, würden sie bald jagen gehen.

„Wir sind auch fast fertig. Ein Elch im Gefrierschrank würde jedoch helfen.“ Chevy sah zu Gabe und fügte hastig hinzu: „Sobald die Saison beginnt.“

Gabe grinste. Die Wilderei in der Gegend nahm ab, nachdem er das Amt des Polizeichefs übernommen hatte.

Lächelnd griff Hawk nach seiner heißen Schokolade, der es leider an Rum fehlte. Aber er hatte das Spiel Schere, Stein, Papier verloren und wurde zum Fahrer ernannt, um Kit, Audrey und Frankie später vom Roadhouse abzuholen. JJ auch, wenn sie nach ihrer Schicht zu ihnen stieß. Sein Pick-up wäre schon bald voller betrunkener Frauen.

Oder auch nicht. Kit sagte, sie trank nie mehr als zwei Drinks, und Audrey würde ganz auf Alkohol verzichten.

Ob betrunken oder nüchtern, er und Kit würden später Erwachsenenspaß haben. Hawk sah zu Caz’ Hütte, wo Aric in Regans Zimmer in einem Schlafsack auf dem Boden schlief.

Caz folgte seinem Blick und grinste. „Ich glaube nicht, dass einer von ihnen vor Mittag aufwachen wird.“

„Wir haben sie ausgelaugt“, sagte Bull.

„Sie sind ein verdammt gutes Team.“ Gabe positionierte seine Füße auf dem Rand der Feuerstelle. „Verdammt, sie sind bezaubernd. Wie Mini-Soldaten.“

Hawk gluckste. Lillian hatte beschlossen, dass entzückende

Kleidung unter ihre Aufgabe als Großmutter fiel und kaufte Tarnober- und -unterteile für Regan und Aric.

Die Frauen waren zu ihrer Party gegangen, während die Kinder länger aufbleiben durften, um Verstecken zu spielen und zu testen, ob die Tarnkleidung funktionierte. Aric hatte sich sogar eine schwarze Strumpfhose über den Kopf gezogen, um sein blondes Haar zu bedecken. „Die Tarnschminke rundete das Outfit ab."

„Es hat funktioniert." Knox zupfte an seinem roten Bart. „Sie waren vollkommen unsichtbar."

Nachdem die Kinder das letzte Spiel gewonnen hatten, machte Hawk Fotos, bevor er merkte, dass die Nacht angebrochen war. Was bedeutete, dass es weit nach Arics Schlafenszeit war.

Schlimmer noch, beide Kinder waren vor ihrem Bad eingeschlafen. Die Schminke verblieb auf dem Gesicht und sie trugen noch ihre Tarnkleidung.

Als könnte er Hawks Gedanken lesen, runzelte Caz die Stirn. „Wir sollten früh aufstehen und die Kinder sauber schrubben."

„Die Beweise auslöschen?" Chevy lachte wie ein Ochsenfrosch. „Das wäre klug."

Hawk rieb über die Narbe auf seiner Wange und überlegte. Es würde funktionieren, wenn Kit lange schlief. Andernfalls würde sie ihn ermorden, weil er ihren Sohn korrumpiert hatte.

Dann würde Gabe sie verhaften. Und das wäre schlecht.

Hawk nickte. Ein paar zusätzliche Orgasmen würden dafür sorgen, dass sie lange schlief. Kein Problem.

Für eine edle Sache gab er doch gerne sein Bestes.

Als sein Schwanz erwachte, stand er auf. „Ich werde losgehen und vor dem Roadhouse parken. Nur für den Fall."

„Für den Fall, dass sie sich entscheiden sollten, singend durch die Stadt zu marschieren?" Bull nickte. „Frankie würde zu einhundert Prozent Kit zu etwas Verrücktem anstacheln."

Entsetzt starrte Hawk seinen Bruder an. „Wirklich?"

„Meine Frau wird nicht trinken“, sagte Gabe selbstgefällig. Dann verblasste sein Lächeln. „Aber Frankie und Kit zusammen wären auch für Audrey schwer einzudämmen.“

Caz schüttelte den Kopf. „JJ ist unberechenbar. Sie könnte für Zurückhaltung stimmen – oder auch nicht.“

„Lillian ist auch immer für verrückte Ideen zu haben.“ Dante nickte Hawk zu. „Es wäre wohl besser, ein Auge auf sie zu haben. Nur für den Fall.“

Knox und Chevy tauschten besorgte Blicke aus, bevor Chevy sich an Hawk wandte. „Sie sollen uns eine Nachricht schicken, wenn sie bereit sind, nachhause zu kommen. Was aber, wenn sie das Roadhouse verlassen, ohne uns Bescheid zu geben?“

„Gib acht, Rescue“, murmelte Knox. „Ruf an, wenn das passiert, Hawk.“

Ja, er würde genau das tun – nachdem er sich in eine sichere Entfernung zurückgezogen hatte, denn er würde Fotos schießen. Viele, viele Fotos.

„Wird gemacht.“

Vor *Bull's Moose Roadhouse* gab es reichlich dunkle Bereiche, die bei der Durchführung der Mission halfen.

Captain Naberas Männer waren in schwarzen SUVs und ebenso farbenen Vans vorgefahren; ohne Licht standen sie nun auf dem Parkplatz im Schatten.

Für den Transport ihrer Gefangenen hatte Nabera zwei fensterlose Vans gemietet, leider in weiß – die einzige verfügbare Farbe. Um sich in Diskretion zu üben, hatten die Fahrer auf der Sweetgale geparkt, bis sie gebraucht wurden.

Auf der Rückseite des Grundstücks stand Nabera neben einem SUV und ließ den Blick schweifen. Die schwarzen Fahrzeuge waren nahezu unsichtbar. Seine Männer waren gerüstet und einsatzbereit.

Der Prophet wäre stolz auf Naberas Organisationstalent und die Professionalität seiner Leute gewesen.

Im Roadhouse hatten zwei neuere Rekruten, die bisher niemand kannte, die Zielobjekte im Blick.

Ein Mann ging am vorderen Fenster des Roadhouses vorbei, Licht reflektierte von seiner rasierten Kopfhaut. *Conrad.* Sorglos schlenderte der Leutnant über den Parkplatz zu Nabera.

„Was gibt es zu berichten, Leutnant."

„Sir." Conrad stellte sich stramm vor ihm auf. „Die Frauen sind in der Bar und sind betrunken."

„Sehr gut." Nabera betrachtete das Roadhouse. „Kirsten ist anwesend?"

„Ja, Sir." Conrad nickte ruckartig.

Nabera lächelte. „Jetzt wird die Welt lernen, wie die Patriotischen Zeloten auf verräterische Frauen und die Ermordung unseres Propheten reagieren."

Und bevor er sie verkaufte, würde er einige Zeit mit der Fotze verbringen, die Obadiahs Tod und all ihre Probleme verursacht hatte.

Als sie ihr Handy an ihrem Hintern vibrieren spürte, zog es Frankie aus ihrer Gesäßtasche und entfernte sich von dem lauten Tisch der Frauen. „Hey, JJ, alle fragen, wo du bist. Ist etwas passiert?"

„Polizeikram", murmelte JJ. „Einige Idioten in den Fischercamps haben eine Schlägerei gestartet, und ich wurde angerufen, um diese Unsinnigkeit aufzulösen. Ich sollte die Volltrottel einbuchten, einfach, weil ich wegen ihnen die Party verpasse. Sag Audrey, dass es mir leid tut. Sind noch alle da?"

„Ich werde es ihr ausrichten." Frankie beäugte die Tische. „Wir sind mittlerweile nur noch zu acht." Die Hebamme hatte einen Anruf bekommen, dann gingen die beiden Schwestern, die das Kunsthandwerksgeschäft besaßen, und nahmen Irene mit sich. Vor ein paar Minuten war die Lehrerin der Sommerschule gegangen; ihre Tochter Erica war jedoch geblieben.

JJ fing an zu lachen. „Ausgehend von dem Lärm ist Lillian noch da."

Lillian umkreiste den Tisch und sang: „Oh, ihr schmutzige Jungs", zu den Jubelschreien und Pfiffen der anderen Frauen.

Frankie kicherte. „Die Britin ist vielleicht schon etwas älter, aber, *cavalo*, sie kann sich bewegen."

„Also ich muss hier noch einiges regeln." JJ seufzte. „Trink nicht so viel, damit du danach noch deinen Spaß mit Bull haben kannst."

Frankie steckte ihr Handy wieder in die Tasche und verzog das Gesicht, denn ... sie war noch nicht annähernd betrunken genug. Obwohl ihr Geist allzu willig war, war ihr Körper nicht in Trinklaune. Ihr Magen machte ihr seit ein paar Tagen Probleme, wahrscheinlich weil sie und Bull asiatische Gerichte für die Speisekarte des Restaurants testeten.

Schon bei dem Gedanken an Dim Sum wurde ihr übel. Der Gin Tonic, der ihren Magen hätte beruhigen sollen, drohte, rückwärts nach draußen zu kommen. Sie würgte.

Während Lillian den enthusiastischen Gesang des nächsten Liedes dirigierte, floh Frankie ins Büro des Roadhouses.

Gott sei Dank hatte sie hier ein eigenes Badezimmer.

Wenn Kit sie dabei erwischen sollte, wie sie die Porzellanschüssel umarmte, würde sie das Frankie nie vergessen lassen.

Als Lillian mit der Hand wedelte, um die nächste Strophe eines schmutzigen Liedes zu dirigieren, blickte sich Kit in der nahezu leeren Bar um. Die laute Party der Frauen hatte die meisten Stammkunden vertrieben.

Tucker und Guzman waren vor einer Stunde geflohen, ebenso wie Felix und Orion.

Zwei glattrasierte Männer mit kurzen Haaren saßen an der Bar – wahrscheinlich Touristen. Gleich am Eingangsbereich in einer Ecke unterhielten sich drei ältere Frauen.

Die dunklen Fenster zum Parkplatz erinnerten sie daran, dass sie sich hinten etwas ansehen wollte. Bull wollte ihre Meinung dazu hören, wie man die Terrasse mit Blick auf den See attraktiver gestalten konnte. Obwohl sie sich den Bereich vor Sonnenuntergang angesehen hatte, musste sie sehen, wie es nach Einbruch der Dunkelheit aussah.

Sie entfernte sich vom Tisch, durchquerte die Bar und spazierte aus der Hintertür des Roadhouses.

Oh ja, Stille. Ihre Ohren klingelten immer noch. Als sie über die Terrasse ging, wehte eine frostige Brise vom Seeufer zu ihr und kühlte ihre überhitzte Haut.

Lichter, die den Berg hinauf wanderten, erregten ihre Aufmerksamkeit. Wer auch immer das Roadhouse gebaut hatte, hatte eine ausgezeichnete Lage gewählt. Touristen fuhren auf dem Weg zum Resort daran vorbei und die Stadtbewohner sorgten für eine stabile Kundschaft.

Wie konnten sie mehr Kundschaft anlocken?

Die Art und Weise, wie die Terrasse den Lynx Lake überblickte, war perfekt für romantische Abende.

Kit biss sich auf die Unterlippe. Würde Hawk irgendwann mit ihr hierherkommen wollen? Vielleicht – obwohl er es bevorzugte, zuhause zu bleiben. Das gefiel ihr an ihm.

Sie rollte mit den Augen. *Arbeit, Kit.*

Nun, was würde ein romantisches Gefühl hervorrufen? Vielleicht Blumen, um die Abendluft mit wohlriechenden Düften zu füllen? Sie warf einen Blick zum Sternenhimmel und zum zunehmenden Halbmond, der im Osten aufging. Es gab weiße Blumen, die im Mondlicht regelrecht strahlten. Vielleicht ein paar Lichterketten?

Kit lief den Bereich ab, machte Pläne und genoss den leisen Gesang von innen. Anhand der schiefen Töne und gelallten Worte hörte sie heraus, wer mehr intus hatte als andere.

Sarah hatte Vorbereitungen getroffen; ihre Kinder übernachteten bei einer Nachbarin, damit sie heute Abend mit Uriah etwas private Zeit genießen konnte.

Die B&B-Besitzerin EmmaJean vertrug sehr viel, und Tina? Oh, wow, diese Frau wusste, wie man trank. Es war gut, dass Chevy sie abholte.

Kit lächelte ein wenig. Hawk hatte erwähnt, dass er abwarten wollte, ob Aric auf dem Boden in Regans Zimmer schlafen wollen würde.

Vielleicht würde sie heute Abend auch etwas Zärtlichkeit abbekommen.

Recht nah vor dem Eingang des Roadhouses wählte Hawk einen Parkplatz unter einer Straßenlaterne. Die Frauen würden sein Fahrzeug sehen, wenn sie rauskamen – und er könnte sie abfangen, falls sie sich entschließen sollten, in die Stadt einzufallen.

Er stieg aus und lehnte sich gegen den Pick-up. Da sie bisher keine Nachricht geschickt hatten, blieb er draußen und genoss die Nacht, bis sie bereit waren, den Abend zu beenden. Die Luft hielt den Duft eines hereinkommenden Sturms. Die Vorhersage sprach von Regen vor dem Sonnenaufgang.

Aus der Bar kam der Klang von singenden Frauen. *Meine Fresse.* Er hatte ein absolutes Gehör und war demnach verdammt froh, dass er nicht näher dran war.

Er fing ein paar Worte des Liedes ein und grinste. Raymond wurde gerade belehrt – und sollte Bull wohl eine Gefahrenzulage in Rechnung stellen.

Hawk ließ den Blick über den Parkplatz schweifen und hörte, wie jemand seinen Namen rief.

„Guten Abend, Boss. Du bist spät dran." Das Parkplatzlicht reflektierte von einer rasierten Kopfhaut, als Milo, einer seiner Schreiner, mit einem anderen Mann aus den Schatten trat. „Mit jemandem verabredet?"

Hawk wies mit dem Kinn zum Roadhouse. „Ich bin der Fahrer."

„Nach dem, was man hört, werden sie dich wohl brauchen", sagte Milos Freund. „Cooles Auto, Alter. Ich mag die neuen F150." Er bewegte sich zu Hawks linker Seite, um in das Seitenfenster des Pick-ups zu schauen.

„Hey, Hawk, hast du den Unfall auf der Dall mitbekommen?" Milo zeigte auf die Straße rechts von ihnen.

Als Hawk sich umdrehte, bemerkte er aus dem Augenwinkel eine Bewegung und hob seinen Arm.

Zu spät.

Die Brechstange landete mit einem grausigen Schlag auf seinem Kopf. Als der Schmerz explodierte, legte sich langsam die Schwärze um seinen Verstand.

Audrey war die Einzige am Tisch, die sich des Alkohols enthielt. *Armes, bemitleidenswertes Ich*, dachte sie.

Andererseits hatte Frankie den Abend nur an einem Drink genippt. Kit hatte nach zwei Drinks gestoppt, da sie – in ihren Worten – sonst kotzen würde.

Lillian hatte sich auch zurückgehalten und gesagt, dass der Rausch irgendwann den Kater am Morgen nicht mehr wert war. Und sie schien keinen Alkohol zu brauchen, um Spaß zu haben.

„Wir sollten über Babys singen." Mit roten Wangen trank EmmaJean mehr von ihrem Getränk. „Kein Wiegenlied, aber –"

Die Eingangstür schwang so hart auf, dass sie gegen die Wand schlug.

Männer strömten herein. Eine Handvoll ging direkt zur Bar.

Der Rest sammelte sich in der Mitte des Raumes, als würden sie entscheiden, wo sie sich hinsetzen wollten.

„Wow, sie beginnen den Abend echt spät", bemerkte Tina. „Oh scheiße."

„Was?" Audrey folgte ihrem Blick.

An der Tür stand ein großer, spindeldürrer Kerl mit einem schwarzen Bart.

Nabera.

Alles in Audrey kühlte ab. Sie drehte sich um, um Kit zu sagen, dass sie rennen sollte.

Kit war nicht hier.

„Keine Bewegung!" Der Captain richtete eine Pistole direkt auf Audreys Tisch.

„Du. Nimm die Waffe runter", rief Raymond von der Bar. Er tippte auf das Handy in seiner Hand.

Die Männer, die an der Bar gesessen hatten, sprangen darüber hinweg und griffen ihn an.

Raymond fluchte, als sie sich sein Handy schnappten, und ihn zu Boden stießen.

Audrey schob ihren Stuhl zurück und überlegte, wohin sie rennen sollte.

„Was soll das?", zischte Lillian und erhob sich. „Bist du total verrückt geworden, Nabera?"

„Das hättest du gern, oder, Bürgermeisterin?" Das hämische Lächeln des Mannes ließ das Blut in Audreys Adern gefrieren. „Du herrschst über die Stadt, aber das hat heute ein Ende ... genau wie du."

Er deutete auf einen Mann, der Lillian wieder auf ihren Stuhl zwang.

Audrey ballte die Hände zu Fäusten. Als mehrere Männer den Tisch mit ihren Schusswaffen in der Hand umstellten, griff sie nach dem Handy in ihrer Gesäßtasche.

Ein Mann trat gegen ihren Stuhl. „Nicht bewegen, Schlampe."

Ihre Hände legten sich schützend auf ihren Bauch. *Ruhig bleiben, Baby.*

„Schaltet die Außenbeleuchtung und das Roadhouse-Schild aus“, rief Nabera.

„Verstanden“, antwortete ein Mann.

Der Parkplatz wurde dunkel.

Mehrere Männer standen über den drei Frauen in der Ecke. Ein Mann schrie: „Captain, wir haben hier ein paar verdammte Politiker.“

Als Nabera sich in diese Richtung bewegte, schaffte es Audrey, Luft zu holen.

Gegenüber von ihr schaute sich Sarah um und bewertete offensichtlich, was getan werden konnte. Erica sah absolut verängstigt aus. Tina war –

„Zusammen mit unseren Zielobjekten sind uns auch ein paar linksversiffte Politiker ins Netz gegangen.“ Nabera klang begeistert. „Die Ausbeute ist nicht so groß, wie erhofft, aber nun gut. Fesselt sie alle.“

Ein Mann nahm Kabelbinder zur Hand, zog Audreys Arme hinter ihren Rücken und band ihre Handgelenke zusammen. Auch die anderen Frauen wurden gefesselt.

Als einer der Männer EmmaJean packte, schrie sie und wehrte sich. Ein zweiter Mann schlug sie mit der Rückhand, und sie landete weinend auf dem Boden.

Lillian fluchte, bis einer von ihnen brüllte: „Halt’s Maul“, und sie schlug, um sie zum Schweigen zu bringen.

Wütend riss Audrey an den Fesseln, bis ihre Haut aufrieb und Blut über ihre Handgelenke tropfte.

Sicherlich würde schon bald jemand zum Roadhouse kommen, etwas Verdächtiges wahrnehmen und die Polizei rufen.

Vielleicht auch nicht.

Ein Mann mit rasiertem Kopf prüfte, ob jede Frau gefesselt war. Audrey runzelte die Stirn. War das nicht Milo, einer der Schreiner, der die Gebäude in der Innenstadt umbaute?

„Gut gemacht." Milo zeigte auf die Frauen. „Stopft sie in den Van."

„Ja, Sir, Leutnant", sagte der Mann neben Lillian.

Milo deutete auf den weißen Lieferwagen vor der Tür. „Du fährst, Luka."

„Geht klar, Conrad." Der Mann hinter Audrey riss sie auf die Füße und zerrte sie durch den Raum. Die Hintertür eines fensterlosen Lieferwagens stand offen, und er schubste sie hinein. Sie drehte sich um, um nicht auf ihrem Bauch zu landen, und landete so schmerzhaft auf ihrer Schulter, dass Tränen ihre Augen füllten.

Aber ihr Baby war okay. Für den Moment.

Der gewagte Gesang ihrer Freunde hatte sich geändert zu ... waren das Schreie? Noch immer auf der Terrasse drehte sich Kit herum, als sich die Haare in ihrem Nacken aufstellten und sie Gänsehaut bekam.

Sie rannte zur Hintertür, packte den Griff und ... stoppte. Von innen kamen die lauten Stimmen von Männern. Die Frauen schluchzten und schrien vor Schmerz.

Die Monate auf dem PZ-Gelände hatten ihr aufgezeigt, wie Geräusche klangen, die durch Gewalt erzeugt wurden.

Ihr Mund trocknete aus. Die Kälte in ihrem Magen stammte nicht von der kühlen Nachtluft, sondern von der Todesangst, die sich in ihr ausbreitete. *Lauf!* Sie konnte in die Büsche kriechen oder den Kiesweg nehmen und so in den dunklen Park fliehen. *Ich muss mich verstecken.*

Nein. Ihre Freunde waren da drin. Ihre beste Freundin Frankie. Audrey war *schwanger*.

Ich muss helfen; ich muss etwas tun. Aber sie hatte kein Handy; sie hatte bisher noch keines gekauft. Sie war so dumm!

Sie versuchte, den Türgriff zu drehen, und er bewegte sich nicht. Natürlich nicht. Die Terrasse war noch nicht für Kunden geöffnet. Diese Tür diente gerade nur als Notausgang, sodass sie sich hinter ihr verriegelt hatte.

Verdammt.

Mit wild klopfendem Herzen sah sie sich verzweifelt um. Sie wusste, dass die linke Seite des Gebäudes die meisten Büsche hatte.

Also in die Richtung.

Sie schlich um die Ecke und entlang der Blockwand zum Parkplatz. Im Dunkeln spähte sie durch das Fenster in die Bar.

Männer – so viele Männer – mit Waffen. In der Mitte stand ein großer, dünner Mann mit schwarzem Bart ... und Kit erstarrte. Der Anblick raubte ihr den Atem.

Nabera. Oh nein, bitte nicht.

Die PZ-Männer benutzten Kabelbinder und Seile, um die Frauen zu fesseln und sie dann aus der Eingangstür zu schieben.

Kit konnte nicht zulassen, dass sie ihre Freunde mitnahmen.

Der Gedanke setzte ihre Füße in Bewegung. Im Schatten bewegte sie sich zur Vorderseite des Gebäudes und spähte um die Ecke.

Ein weißer Van war rückwärts bis zum überdachten Eingang gefahren worden. Ein Mann zerrte eine sich wehrende Erica heraus und warf sie in den Laderaum. Als die weißhaarige Lillian grob reingeschubst wurde, musste Kit ihre Wut runterschlucken.

Konzentriere dich, Kit. Sie konnte regelrecht Hawks Worte in ihrem Kopf hören.

„Das ist die letzte", sagte der Mann zu jemandem und knallte dann die Tür des Lieferwagens zu. „Dann mal los, Luka."

„Schon dabei." Einer der Leutnants, Luka, hatte sein sonst rasiertes Haar auf ein paar Zentimeter wachsen lassen. Er sprang auf den Fahrersitz, startete den Motor und lehnte sich aus dem Fenster, um zu schreien: „Bereit, Captain!"

„Warte, während wir einen letzten Rundgang machen", antwortete Nabera.

Bei dem Klang von Naberas Stimme drückte Kit ihre Fingerknöchel an ihren Mund, um nicht zu wimmern. Ihre Beine zitterten so stark, dass ihre Knie drohten, wegzuknicken.

Nein. Sie konnte nicht – würde nicht – die Fassung verlieren.

Als Angstschweiß über ihren Rücken tropfte, atmete sie tief ein.

Situationsbewusstsein, Süße. Kit konnte Hawks Stimme erneut hören. Mit den Lippen fest zusammengepresst sah sie sich um.

Und blinzelte überrascht.

Luka hatte kein Situationsbewusstsein. Die Tür des Leutnants stand offen und er hatte den Kopf nach hinten gelehnt. Ungeduldig tippten seine Finger auf das Lenkrad.

Der Motor lief.

Alle anderen waren im Gebäude.

Oh Gott, ich kann das nicht tun.

Das musste sie.

Finde eine Waffe.

Der Kiesweg, der um das Gebäude führte, wurde durch Steine in Softballgröße begrenzt. Hawk flüsterte in ihrem Kopf: *„Wirf ihn. Oder du kannst ihm damit auf den Kopf schlagen."*

Sie würde ihn nicht enttäuschen. Sie hob einen Stein auf und schlich zum Van. Sie konnte sich fast glücklich schätzen, dass das Weinen und Schluchzen der Frauen ihren Fortschritt über den Kies übertönten.

„Meine Fresse." Luka bewegte sich plötzlich und Kit erstarrte. Er drehte sich in die Richtung der abgeschirmten Trennwand zwischen dem Laderaum und der Fahrerkabine. „Schlampen. Haltet. Euer. Verdammtes. Maul."

Als er sich wieder nach vorne zu drehen begann, schwang Kit den Stein mit aller Kraft und traf seine Schläfe. Der Kontakt rüttelte ihre Finger so stark durch, dass ihr der Stein aus der Hand fiel.

Kein Sicherheitsgurt hielt ihn an Ort und Stelle, sodass der bewusstlose Mann zur Seite kippte.

Sie packte seine Schultern. Herrgott, er blutete.

Konzentriere dich.

„Raus mit dir“, flüsterte sie. Zähneknirschend zog sie ihn auf den Kies. Dann kletterte sie hinter das Steuer und knallte die Tür zu.

Los, los, los!

Sie rammte den Schaltknüppel in den passenden Gang, trat aufs Gaspedal und rollte vorwärts. Langsam. Leise.

Der Van hatte die Hälfte des Parkplatzes überwunden, als ein Mann aus dem Roadhouse kam. „Luka, was zum Teufel!“

Kit stampfte auf das Gas. Der Van schoss nach vorne, Reifen spuckten Kies. Das Fahrzeug bog hart auf die Sweetgale, und Schreie kamen von den Frauen im Laderaum.

Schwer keuchend versuchte Kit nachzudenken. Die PZs würden sie jagen. Wohin sollte sie fahren?

Niemand wäre auf der Polizeiwache, wenn JJ noch nicht zurück war – und es war sowieso nur sie in der Station. Eine Person kam gegen so viele Fanatiker nicht an.

Die Stadt fuhr um diese Zeit die Bürgersteige hoch. Es war niemand zu sehen.

Verzweifelt legte Kit ihre Hände fester um das Lenkrad.

Was war mit der Eremitage? Sie hatten Waffen.

Ja.

Aber sie musste sie warnen. „Audrey, Frankie, Lillian – irgendjemand!“

„Kit?“ Audreys Stimme. „Oh Gott, Kit. Moment mal – du fährst?“

Kit brauchte eine Sekunde, um ihre Stimme zu finden. „Ja, aber sie werden uns verfolgen. Ich bringe uns in die Eremitage.“ Sie warf einen verängstigten Blick auf die Seitenspiegel. Scheinwerfer fuhren vom Parkplatz. „Wir müssen die Jungs warnen, und ich habe kein Handy.“

„Wer hat ein Handy?“, schrie Sarah.

„Ich“, antwortete Audrey.

Kit atmete zittrig ein, dann nochmal.

„Ma'am, Ihre Hände sind vor Ihnen gefesselt", sagte Audrey zu jemandem. „Können Sie mein Handy aus meiner Gesäßtasche holen?"

„Ich schätze, es ist ein Vorteil, so groß zu sein, dass sich meine Handgelenke nicht hinter dem Rücken treffen." Die Stimme der Frau war alt und schroff. „Drehen Sie sich um." Eine Sekunde später sagte sie: „Hab's."

„Beeilt euch, beeilt euch", flüsterte Kit.

„Geben Sie 3-2-8-3 ein, um es freizuschalten", wies Audrey schnell an. „Klicken Sie dann das Polizeiabzeichen-Symbol."

Eine Sekunde später ertönte Gabes Stimme. „Goldlöckchen, wie läuft die Party? Hawk sollte –"

Audreys Stimme erhob sich: „Gabe, Nabera kam ins Roadhouse. Kit fährt mit einem Van zur Eremitage, und die PZs sind –" Audreys hastige Erklärung brach beim Geräusch von Autos ab, die sich von hinten näherten. „Oh, Gott."

„Nabera. *Fuck*." Gabes leise Stimme erhob sich zu einem Brüllen. „Männer! Unsere Frauen kommen zu uns und die Zeloten sind dicht hinter ihnen. Bull, verbarrikadiere uns. Caz, hol Waffen. Bereitet euch auf einen Angriff vor."

Kit warf einen Blick in den Rückspiegel und bemerkte, wie nah die Scheinwerfer kamen. Jemand schoss, bevor sie mit quietschenden Reifen nach links auf die Swan Avenue fuhr. Die Frauen hinter ihr schrien.

Sekunden später bog sie erneut nach links auf den winzigen Feldweg ab, der zur Eremitage führte. Sie war mittlerweile sehr vertraut mit der Straße.

Zuerst kam die *Dies ist nicht die richtige Straße*-Kurve. Gleich, gleich ...

Sie trat auf die Bremse, kam ins Schleudern, bremste aber genug ab und schaffte es erfolgreich um die U-Kurve.

Der SUV hinter ihr konnte nicht schnell genug bremsen. Die Bremsen quietschten, als das Fahrzeug an der Ecke herausschleuderte und mit einem gruseligen Knall gegen einen Baum krachte.

Vielleicht würden die anderen ein ähnliches Schicksal erleiden.

Kit beschleunigte und raste über die Schotterstraße. Vorbei am Wald, vorbei an Hawks Landebahn.

„Sag Kit, sie soll in Makos Garage fahren." Das war Gabes Stimme aus Audreys Handy, laut genug, dass Kit ihn hören konnte. Er klang unglaublich gelassen.

„Verstanden", schrie Kit zurück und machte sich zum letzten Haus im Halbkreis auf.

Fahre nicht in einen Graben; halte das Fahrzeug auf der Straße.

Ätzend. Was für ein Scheiß. Im Badezimmer des Büros ließ Frankie das Wasser laufen, um sich das Gesicht zu waschen, und spülte dann ihren Mund aus. *Ätzend hoch zwei.*

Kein Wunder, dass Kit nie viel trank. In der Tat könnte es sein, dass Frankie nie wieder in der Lage sein würde, einen Gin Tonic zu trinken.

War es also das asiatische Essen, das sie krank gemacht hatte, oder hatte sie einen Virus?

Draußen im Büro, das sie mit Bull teilte, holte sie sich ein Minzbonbon von ihrem Schreibtisch, um den Geschmack von Erbrochenem wegzubekommen. Mit etwas Glück hatte die Gruppe ihr Verschwinden nicht bemerkt, obwohl sie wahrscheinlich zwei oder drei Lieder weggewesen war.

Aber okay. Demütigung war gut für die Seele, oder?

Seltsame Geräusche wehten ins Büro und sie runzelte die Stirn. Brüllte da jemand in der Bar herum? Fluchte jemand? Eine Gruppe Betrunkener musste spät hereingekommen sein.

Cazzo, die Nacht war bisher so lustig gewesen.

Die Bürotür wurde aufgerissen, und ein bärtiger Mann stand auf der Türschwelle. „Hab' jemanden gefunden!", brüllte er.

„Was –“ Während sie ihn anstarrte, zog er eine Pistole – und ihr Atmen stockte.

Als sich ein weiterer bärtiger Mann an ihm vorbeischob und auf sie zuging, trat Frankie einen Schritt zurück. Sie ballte die Hände zu Fäusten und nahm eine defensive Position ein. „Ich werde dich fertigmachen.“

Das Klicken eines zurückgezogenen Abzugs war laut im Raum zu hören. „Versuch es ruhig, Schlampe“, kam es von dem Mann mit der Pistole. Die Mündung der Waffe zeigte direkt auf sie.

Sie erstarrte, unfähig, ihre Augen von der Waffe zu nehmen.

Der andere Mann packte ihren Arm, riss sie herum und fesselte ihre Handgelenke mit einem Seil hinter ihrem Rücken.

Was ist hier los? Sie holte tief Luft. „Kannst du mir sagen –“

Er schlug sie. „Maul halten.“

Schmerz explodierte auf ihrer Wange. Ihre Augen tränten, sodass der Raum bald unscharf wurde.

Der Mann schob sie in die Bar und sie biss einen Protestschrei zurück, als sie die leeren Tische sah. Wo waren ihre Freunde?

Vor der Tür stand ein weißer Van. Der Fahrer öffnete die Hecktür.

Der Mann neben ihr befahl: „Fessle ihr die Beine.“

Als der Fahrer einen Haufen loser Seile packte und sich hinkniete, versuchte sie, ihn zu treten. „*Vaffanculo*!“

Ein Arm legte sich um ihre Kehle und schnitt ihr die Luft ab. Der PZ hinter ihr zischte: „Nicht. Bewegen.“

Sobald ihre Knöchel gefesselt waren, warfen die beiden Männer sie in den Van. Sie landete auf ihrer Seite und rutschte stöhnend über den geriffelten Metallboden.

Sie blinzelte Tränen weg, als sie versuchte, sich aufzusetzen. Der Laderaum hatte keine Fenster. Keine Sitze. Nur einen leeren Bereich.

Nein, er war nicht ganz leer. Im schwachen Licht konnte sie einen Klumpen sehen.

Ein Mann. Auch gefesselt. Bewusstlos.

Cavalo, es war Hawk.

„Na sieh mal einer an." Ein Mann in der offenen Tür des Lieferwagens packte ihre Füße und riss sie zu sich.

Groß und abgemagert. Schwarzer Bart. Kalte, grausame Augen. „Ich erinnere mich an dich, Mädchen. Die kellnernde Lügenschlampe. Du bist Kirstens Freundin Frankie."

Eiskalt jagte es ihr über den Rücken und ihre Adern gefroren zu Eis. Mit tauben Lippen flüsterte sie: „Nabera."

„Unser Prophet ist tot, Fotze." Die Augen dieses seltsamen Fanatikers füllten sich mit Hass, als er ihre Haare packte und ihren Kopf schmerzhaft zurückzog. „Du und Kirsten seid schuld."

„Soll ich ihr die Kehle durchschneiden?", fragte jemand hinter Nabera. „Und meinem Arschloch-Boss?"

„Führe mich nicht in Versuchung, Leutnant." Nabera hielt immer noch ihre Haare und fuhr mit der Hand über ihre Brüste. „Üppig und reif."

Ihr Magen hob sich erneut.

„Sie wird uns gutes Geld einbringen", sagte der Mann, der Leutnant genannt wurde.

Naberas Mund verzog sich. „Wir werden das Geld brauchen, besonders, wenn wir die anderen nicht zurückbekommen."

Bedeutete das, dass ihre Freunde entkommen waren?

Aber ... sie verkaufen?

Als er ihre Brust packte, wagte sie einen Tritt.

Dummerweise wich der *Bastardo* aus.

Cazzo, sie hatte wirklich gehofft, ihn zu verletzen, egal was das für ihr Überleben bedeutet hätte. Er wollte sie *verkaufen*?

„Fotze!" Er zog sie an den Haaren zurück, so hart, dass ihr ein schmerzerfüllter Laut entkam. „Bevor ich dich verkaufe, werde ich es genießen, dich schreien zu hören."

Die Tür des Lieferwagens wurde zugeschlagen, sodass sie in Dunkelheit und Todesangst zurückblieb.

In Makos Garage trat Kit auf das Bremspedal und brachte den Van kurz vor der Wand zum Stillstand.

Als das Garagentor zuknallte, stellte sie den Motor ab.

Eines der PZ-Fahrzeuge war zu hören, wie es über den Kies schlitterte und schließlich anhielt. Türen schlugen zu, Männer brüllten.

Und dann hagelte es Kugeln.

Kit würde bei dem schrecklichen Geräusch am liebsten zusammenzucken.

Das Licht in der Garage ging an und Dante kam zum Van. „Bleibt ruhig, Leute."

Draußen rasten weitere Fahrzeuge heran. So viele. Panische Angst erfüllte sie.

Sie hatte die Fanatiker direkt zur Eremitage geführt.

Zu ihrem Sohn.

Das Zittern in ihr verstärkte sich. Sie versuchte, sich zu bewegen – und konnte es nicht. Eine Hand lag so fest um das Lenkrad, dass ihre Finger schmerzten.

Die Rückseite des Lieferwagens öffnete sich. „Meine Damen, ich werde die Fesseln im Handumdrehen mit einer Schere lösen." Dantes rauer Oklahoma-Dialekt war unverwechselbar. Das Fahrzeug schaukelte, als er einstieg. „Wenn jemand verletzt ist, sagt es mir. Wer nüchtern genug ist ... Wir brauchen Hilfe, um diese Bastarde zu erschießen."

„Du Halunke, hilf mir hoch." Lillian klang verdammt wütend. „Ich werde die Furunkel von diesen stammelnden, käferköpfigen Madenkuchen abschießen. Wenn sie –"

Ein Keuchen und Quietschen unterbrachen die Tirade. Kit hörte, wie sich jemand küsste.

Dante hatte seine Frau zurück.

Der Lieferwagen schaukelte, als die Frauen herauskletterten. Mindestens eine von ihnen weinte.

„Dante, ich kann noch nicht helfen", sagte Tina, als sich die befreiten Frauen an der Seite des Lieferwagens versammelten. „Ich hatte zu viel zu trinken. Ich sehe immer noch doppelt."

„Ich auch", gab EmmaJean zu. „Gib uns ein paar Minuten. Wir werden helfen."

„Kommt mit. Wir werden euch ausnüchtern." Als ob er jeden Tag Schüsse hörte, führte Dante den Großteil der Frauen unbehelligt aus der Garage.

Beweg dich, sagte Kit zu sich selbst. *Ich muss mich bewegen.*

Ihr Körper hörte nicht zu.

„Hey!" Audrey öffnete die Fahrertür. „Alles okay bei dir?"

„Ich kann nicht aufhören zu zittern." Kit holte tief Luft und löste ihre Finger vom Lenkrad. Nachdem sie vom Sitz gerutscht war, umarmte Audrey sie hart.

Lillian nahm Audreys Platz für eine schnelle Umarmung ein. „Du hast uns gerettet, mein tapferes Mädchen."

Audrey zuckte zusammen, als es deutlich wurde, dass nun mehr Waffen Schüsse abgaben. „Dante sagt, dass Regan und Aric in den Tunneln sicher sind."

„Was bedeutet, dass es unsere Aufgabe ist, sicherzustellen, dass die unerzogenen Schweine nicht auf das Gelände eindringen." Lillian zeigte auf die Tür. „Greift nach den Waffen, Mädchen. Wir werden diese muffigen Karfunkel auslöschen."

Audrey nickte. „Das werden wir."

Kits Mund straffte sich. Sie hasste Waffen. Aber das spielte keine Rolle. Egal, was passierte, sie würde tun, was auch immer nötig war, um ihren Sohn und alle anderen hier zu beschützen. Sie drückte die Schultern durch und befahl ihren Knien, mit dem Zittern aufzuhören. „Zu den Waffen."

„JJ." Caz' Stimme war über die Lautsprecher des Polizeiautos zu hören. „Komm nicht zurück in die Eremitage."

„Was? Warum nicht?" JJ war gerade in die Stadt gekommen

und hatte geplant, das Auto zu wechseln und nachhause zu fahren. „Werde ich im Roadhouse gebraucht?"

„Nein! Geh auch da nicht hin."

Was waren das für Geräusche im Hintergrund? Sie erstarrte. Das waren Schüsse. „Caz, was ist los?"

„Nabera und seine Männer haben versucht, die Frauen im Roadhouse unter ihre Gewalt zu bringen. Die Frauen konnten entkommen – und sind jetzt hier."

JJ starrte auf den Lautsprecher.

„Die PZs greifen die Eremitage an. Um die fünfzig Männer, wenn ich schätzen muss. Bring die Trooper her. Das FBI. Wir brauchen Hilfe." Caz holte tief Luft. „Bleib weg von hier, *Mamita*. Die *Cabrones* sind überall auf der Straße. Abgesehen von ihren Autos gibt es da draußen keine Deckung."

„Aber –"

„Ich muss gehen. Pass auf dich auf, mi corazón."

Sein Herz – er hatte sie *sein Herz* genannt.

Irgendwie hatte sie es geschafft, vor dem Gemeindehaus zu parken. Sie musste ihr Bedürfnis unterdrücken, mit Blaulicht und Sirene zur Eremitage zu fahren. Stattdessen zwang sie sich, den Motor auszuschalten.

Zuerst hatte sie eine Aufgabe zu erledigen.

Sie bat um Verstärkung von den Troopern des Bundesstaates und dem FBI, dann der DEA, und warnte sie, dass Frauen, Kinder und auch die guten Jungs auf dem Eremitage-Gelände waren. Und sie fügte eine weitere Warnung hinzu, dass eben diese guten Jungs versuchen könnten, die PZs aus dem Hinterhalt anzugreifen – weil sie Makos Söhne kannte. Sie würden nicht ruhig abwarten, wenn sie jemand angriff.

Als ein FBI-Agent zu ihr sagte, sie solle auf ihre Ankunft warten, legte sie auf. Idiot. Als ob sie hier rumsitzen würde, wenn ihr Mann und ihre Tochter und ihre Freunde in Gefahr waren.

Niemals.

Aber etwas Hilfe wäre nett.

Sie stieg aus dem Polizeiauto.

Im Café auf der anderen Straßenseite brannte Licht. Sarah war auf Audreys Party, und Uriah wartete wahrscheinlich darauf, dass sie nachhause kam. Er wusste vielleicht nicht, was passiert war.

Als JJ über die Straße eilte, leistete der Sorge die Hoffnung Gesellschaft. Im letzten Herbst hatte ihr niemand in der Stadt vertraut. Seitdem hatten sie JJ aufgenommen und sie war nun eine von ihnen.

Würden sie ihr jetzt folgen ... in den Krieg?

KAPITEL DREISSIG

Wenn der Preis der Verlust eines Lebens ist, dann lass es mein Verlust sein und nicht der meines Bruders ... - Unbekannt

Mit Erleichterung entdeckte Bull Aric und Regan, die gehorsam auf den Tunnelstufen saßen und auf ihn warteten. Beide sahen ihn aus großen, verängstigten Augen an. Kein Kind sollte jemals diesen Ausdruck tragen.

Verdammte Zeloten.

„Los geht's, Kids." Er hob Aric in die Arme, nahm Regans Hand und ging die Treppe hinunter in eine kühlere Luft, die nach nassem Dreck roch. „Folge mir, Dante. Ladys."

Auf dem Weg nach oben kam Caz an ihnen vorbei, seine Arme waren mit einer Ladung Waffen gefüllt, mit der er die Frauen ausstattete, die ihre Hilfe angeboten hatten. Gabe hatte Knox und Chevy bereits in Hawks Scharfschützennest einquartiert, um die Angreifer zu beschäftigen.

Bull konnte sehen, dass Caz die Waffenkammer geschlossen hatte, sodass sie getarnt war.

„Sirius und Gryff sind in einem Lagerraum.“ Caz lächelte Regan an. „Sie hassen Lärm, also sind sie dort sicherer, *Mija*.“

„Okay, Papá.“

Caz tauschte Blicke mit Bull aus. Beide empfanden sie bei dem verängstigten kleinen Flüstern des Mädchens Traurigkeit. „Geh mit Bull, *Chiquita*.“

„Zeit, euch zu verstecken.“ Bull bewegte sich schnell und führte Regan, Dante und die Frauen, die nicht kämpfen würden, an der Waffenkammer und der schweren Tür zu Makos noch besser ausgestattetem Katastrophenbunker vorbei, der für Zivilisten völlig ungeeignet war.

Stattdessen hielt er vor einem Lagerraum an, mehr als ausreichend, um sie aus der Schusslinie zu bekommen.

Die Frauen gingen an ihm vorbei. Wie er sich das bereits gedacht hatte, war Frankie nicht Teil dieser Gruppe. Sie war nicht der Typ, der einen Kampf aussetzte.

„Leute, verlasst nicht diesen Raum.“ Bull starrte sie alle nieder. „Ist das klar? Hier rennen viele Menschen mit Waffen herum, und jeder, der diesen Raum verlässt, begibt sich in Gefahr und riskiert somit, von einem von uns oder von diesen Arschlöchern da draußen erschossen zu werden.“

Die Frauen nickten. Er kannte sie alle, bis auf drei Frauen mittleren Alters, die ... verdammt, sie waren Abgeordnete.

Politiker. „Meine Damen, das gilt auch für Sie. Bleiben Sie hier.“

„Das werden wir“, sagte die Älteste.

Bull stellte Aric auf den Boden und hockte sich vor ihn. Der Junge bebte. *Verdammt.* „Aric, deine Mutter ist oben und hilft an den Waffen. Sie will, dass du hierbleibst. Regan, du auch. Behalte Aric im Auge.“

„Das werde ich, Onkel Bull.“ Ihr Kinn bebte, aber ihre Antwort war bestimmt.

Er nickte ihr anerkennend zu. Das zäheste Kind aller Zeiten.

Verflucht seien diese Bastarde, die den beiden solche Angst machten.

„Bull", rief Caz von oben. „Komm in Bewegung. Wir brauchen mehr Feuerkraft. Und *'mano*, niemand weiß, wo Hawk ist."

Fuck. Bull erstarrte, als sich seine schlimmsten Sorgen bestätigten. Hawk hätte nicht zugelassen, dass jemand die Frauen mitnahm, wenn er dazu in der Lage gewesen wäre. Das Problem war, dass niemand mit einem Angriff auf das Roadhouse gerechnet hatte.

Es brauchte nur eine Kugel.

„Hawk?" Aric sah geplagt aus. Genau wie Regan.

Caz, du Idiot. Bull holte tief Luft. Er würde nicht lügen, aber er würde ihnen auch nicht die Hoffnung nehmen. *Verdammt, Bruder, sei okay.* „Hawk ist hinterhältig, also müssen wir einfach abwarten."

Arics Lippen bebten, aber er nickte.

Regan legte ihren Arm um ihn.

„Bleibt stark." Bull fuhr mit der Hand über Arics Haar und drückte dann Regans Schulter. „Ich bin stolz auf euch."

Im Raum zeigte Dante, wo sich die Frauen auf dem harten Boden auf Decken setzen konnten. Das einzige Licht kam von einer Campinglaterne in einer Ecke. Die Unterkunft war nicht komfortabel, aber besser als Kugeln in der Brust.

Dante warf einen Blick zu ihm. „Geh nur, Junge. Ich komme gleich nach."

An der Treppe hielt Bull an, um Caz und Audrey auf dem Weg nach unten vorbeiziehen zu lassen.

Caz hielt inne und sagte: „Ich schicke Audrey zu Gabe hoch und bewache dann das Erdgeschoss. Du führst Dante und Lillian zu meiner Hütte, *sí?*"

„Verstanden." Bull rannte die Treppe hinauf, sein Bedürfnis, Frankie zu sehen, wurde mit jeder Minute dringlicher.

An der Kücheninsel lud Lillian eine Glock.

Seine Seele schmerzte bei dem Gedanken, dass sich die ältere Frau der Schlacht anschloss. „Lillian, vielleicht solltest du –"

„Mein lieber Junge, du wirst mir meinen Platz auf dieser Bühne nicht verweigern." Ihr Lächeln war fröhlich, ihre Augen grimmig. *„Horch! Die schrille Trompete ruft, auf die Pferde, fort! Meine Seele ist gerüstet und begierig auf den Kampf.'"*

Er schätzte, dass er damit seine Antwort hatte. Wenn er widersprach, würde er wahrscheinlich die St.-Crispins-Tag-Rede zu hören bekommen.

„Hey." Vom Esstisch winkte Erica ihm zu. „Ich bin dir zugewiesen."

„Du? Wo ist –" Bull nahm Bewegung wahr und drehte sich um.

Kit und Sarah standen oben auf dem Treppenabsatz vor Makos Privaträumen und trugen beide Waffen.

Er scannte den Wohnbereich und langsam befürchtete er Schlimmes. „Kit, wo ist Frankie?"

Kit schaute über das Geländer. „Ist sie nicht bei den Frauen in den Tunneln?"

„Nein." Mit wachsender Panik wandte er sich an Lillian.

Erst zeigte sich auf ihrem Gesicht Überraschung, dann Besorgnis. „Ich habe sie nicht gesehen."

Im Obergeschoss beugte sich Sarah über das Geländer. „Oh Gott, ich glaube nicht, dass sie im Van war. Erica, hast du sie gesehen?"

„Ich ... nein, sie war nicht im Van." Ericas Augen weiteten sich. „Wie konnten wir das nicht bemerken?"

Bull biss sein Knurren zurück. Die Frauen waren terrorisiert und gefesselt in einen dunklen Van geworfen worden, und als Fahrerin hätte Kit nicht gewusst, wer sich im Laderaum befand.

Seine Hände ballten sich zu Fäusten, als er gegen das Bedürfnis ankämpfte, zu den PZs zu marschieren und jeden umzunieten, bis er sie fand.

Sei kein Idiot.

Entweder war sie im Roadhouse im Tumult entkommen, oder

die Arschlöcher hatten sie erschossen und dort zurückgelassen. Oder ... die Säcke hatten sie. In keinem dieser Fälle könnte er im Moment etwas tun. Sein Kiefer war so angespannt, dass seine Zähne knirschten.

Der schnellste Weg zu ihr war, die Bastarde draußen zu eliminieren.

Langsam atmete er aus und sah, dass Kit eine Hand über ihrem Mund hatte und am ganzen Körper zitterte. Schuldgefühle zuhauf und keine Zeit dafür.

„Wir werden sie finden.“ Er legte mehr Härte in seine Stimme. „Für den Moment müssen wir uns konzentrieren, Kit.“

Sie presste die Lippen zusammen und dann eilten sie und Sarah zur Treppe, die auf den Dachboden führte.

Der Esstisch hielt mehrere Waffen, die offensichtlich für Bull waren. Er schnallte sich den .45 Colt um die Taille, warf sich die Tasche mit Munition über die Schulter und griff dann nach dem HK-Gewehr.

„Wir sind bereit.“ Dante stand bewaffnet neben Lillian.

Bull nickte Erica zu. „Los.“

Mit den dreien hinter ihm lief Bull leicht gebeugt vor, als er durch den verdammt niedrigen Tunnel ging. Durch einen Seitentunnel kamen sie zu den Stufen, die zu Caz’ Haus führten. „Erica, warte hier.“

Mit Dante und Lillian hinter sich ging er die Treppe zur Tür hinauf, tippte den Code ein und führte sie in die Hütte. „Wisst ihr, wie man auf den Dachboden kommt?“

Sie nickten beide.

Zurück im Tunnel führte er Erica an Hawks Haus vorbei, bog in seinen eigenen Seitentunnel ab und marschierte die Treppe hinauf. Er gab seinen Code ein, öffnete die Tür, winkte sie rein und trat die Tür hinter sich zu.

Zwei weitere Treppenabsätze brachten sie in den kleinen Dachbodenbereich.

Jedes Haus hatte ein Scharfschützenquartier. Die Wände

wurden mit Metall und Sandsäcken verstärkt. Getarnte Schlitze im Dach und an den Wänden ermöglichten es dem Schützen, sich unbemerkt zu bewegen und so verschiedene Bereiche zu beschießen.

Der Raum war recht dunkel, da nur wenig Licht von außen hereinkam. Nicht, dass es hier etwas gäbe, um zu stolpern. Nur nackter Boden.

„Bleib kurz dort stehen, Erica." Er kniete sich hin und betätigte die Bedienelemente auf dem Display im Boden, das sich dort befand, um verirrte Kugeln zu vermeiden. Das Display teilte sich in mehrere Fenster auf und zeigte verschiedene Aufzeichnungen der Außenkameras.

Fuck. In der dunklen Nacht konnte er nicht sagen, wie viele schwarze SUVs die Straße säumten, aber es sah nach viel aus.

Erica machte ein verängstigtes Geräusch.

Sie zu beschäftigten, würde helfen.

„Lass uns alles für dich vorbereiten." Er setzte sich eines der drahtlosen Headsets auf. Nachdem er der jungen Frau auch eins gegeben hatte, zeigte er ihr die Löcher auf der rechten Seite des Raumes. „Wähle die Ziele, die dir am nächsten sind, und feuere. Bewege dich nach ein paar Schüssen und schieße von einem anderen Schlitz."

„Verstanden." Ihre Stimme bebte, aber sie kniete sich vor eine der engen Öffnungen hin, welche die unbefestigte Straße überblickte.

In seinem Ohr piepte die Verbindung zu den anderen.

„Leute." Gabes Stimme kam laut genug durch, um über den Schüssen Gehör zu finden. „Der Zaun ist auf der höchsten Stufe."

Bull schnaubte. Ein Elektrozaun füllte die Lücken zwischen jedem Haus und von den letzten Hütten zum See. Normalerweise war der Schlag nur stark genug, um Bären und Elche abzuschrecken, aber die Spannung konnte erhöht werden.

Niemand würde es heute überleben, den Zaun zu erklimmen.

„Los geht's, Leute", befahl Gabe. „Bereit in Gabes Hütte – Gabe und Audrey."

Bull sprach: „Bulls Haus ist bereit – Bull und Erica."

„Bereit in Hawks Haus. Lillian und Dante", verkündete Dante.

„Wir sind bei Caz. Knox und Chevy."

„Hier in Makos Hütte", sagte Kit. „Kit und Sarah."

Bull nickte. Die Eremitage war so gut vorbereitet, wie sie nur konnte.

An der Front schoss Erica weiter und machte dabei sanfte Geräusche. Gute Frau.

Ein langer Schmerzensschrei war von unten zu hören. Ja, jemand hatte versucht, den Elektrozaun zu erklimmen.

Noch ein Schrei kam von weiter weg. Wahrscheinlich Makos Zaun.

„Caz wird auf Invasionen im Erdgeschoss und vom Seeufer achten", sagte Gabe. „In dreißig Sekunden werde ich das Flutlicht einschalten. Das wird die Umgebung feuerfreundlich machen. Viel Spaß."

Neben sich hörte er, wie Erica ein Lachen unterdrückte.

Bulls Stimmung hob sich und er schüttelte amüsiert den Kopf. Natürlich würde der alte Mann einen regelrechten Angriff wie eine unbeschwerte Abendunterhaltung klingen lassen.

Es gab einen Grund, warum Gabe ihr Anführer war.

Bull nahm an einem horizontalen Schlitz auf der linken Seite des Raumes Stellung. „Wenn der Bereich beleuchtet wird, schieße, so schnell du kannst. Sie werden für eine Weile geblendet sein."

„Verstanden." Erica zog an einen neuen Platz.

Die hellen Scheinwerfer leuchteten auf und erhellten die Straße, die an der Außenseite des Halbkreises an Häusern vorbeiführte. Ein paar Leichen lagen im Kies und zeigten, wie effektiv die Verteidigung der Eremitage aufgebaut war.

Aber ... *mein Gott*. Zwei übergroße Transporter und vier

weitere SUVs säumten die Straße – und dazu ein weißer Van, der etwas entfernter stand.

Scheiß viele Zeloten benutzten die Fahrzeuge als Deckung. Er zählte ungefähr vier Dutzend dieser Arschlöcher.

Als er anfing, zu schießen, knirschte Bull mit den Zähnen. So viel dazu, seinen Platz zu verlassen, um nach Frankie zu suchen. *Verdammt. Verdammt, verdammt, verdammt.*

Er würde sein eigenes Leben geben, um sie zu retten, aber er konnte die Kinder oder seine Brüder nicht riskieren, und das würde er, wenn sie einen Mann weniger hätten. *Gott, Frankie, sei am Leben. Bitte sei am Leben.*

Von hier aus würde er tun, was getan werden musste.

Die Suche nach ihr würde einfacher verlaufen, wenn jeder PZ-Bastard tot wäre.

Von wo zum Teufel schossen sie?

Nabera stand neben dem weißen Lieferwagen und kniff die Augen zusammen, als der Kugelhagel auf seine Männer niederging, die sich viel näher an den fünf zweistöckigen Häusern befanden als er.

Die Menge an Schüssen war beeindruckend.

Er konnte schmale Fenster im Erdgeschoss sehen – kleiner als Männergröße – und mit Metallgittern. Die Fenster im ersten Obergeschoss waren etwas größer, aber dunkel. Er konnte keine Bewegung wahrnehmen.

Auf dem Dachboden gab es keine Fenster, aber bevor die Lichter ihn geblendet hatten, hatte er oben Mündungsblitze erkennen können.

Leute schossen aus den Häusern. Um Himmels willen, sie waren mehr als ausreichend bewaffnet – und vorbereitet. Selbst Maschinengewehre hatten die Arschlöcher nicht gestoppt.

In der Hoffnung, die Häuser vom Seeufer aus einzunehmen,

hatte er zwei Männern befohlen, den drei Meter hohen Zaun zwischen den Häusern zu erklimmen. Nur hatten sie schnell herausgefunden, dass der Zaun mit Hochspannung betrieben wurde. Zwei weitere Männer außer Betrieb gesetzt.

Verdammte Eremitage-Bastarde. Kam er erstmal durch ihre Verteidigung, würde er sie alle abschlachten.

Fluchend schloss sich Conrad Nabera an. „Wir können das nicht lange durchhalten, Captain. Sie werden nach den Troopern geschickt haben, und unsere Straßensperren werden sie nicht für immer aufhalten."

Zumindest der Plan, die Stadt zu isolieren, hatte sich bewährt.

Da der Sterling Highway der einzige Weg nach Rescue war, hatten sie Sprengstoff gezündet und Erdrutsche verursacht, um die Highways zu beiden Seiten der Stadt zu blockieren. Sobald sie die Frauen hatten, würden die Zeloten die Dall Road hinauf zum *McNally's Resort* fahren und ihre SUVs auf dem überfüllten Parkplatz stehen lassen. Seine Männer würden in den Wald rennen und sich auf den Weg zu einem kleinen See mit Wasserflugzeugen machen. Für Nabera und die Gefangenen wartete ein gemieteter Hubschrauber auf dem Landeplatz, um sie zum Treffpunkt außerhalb von Seward zu fliegen.

Aber Conrad hatte Recht. Inzwischen wären sie wahrscheinlich schon dabei, mit schwerer Ausrüstung die Erdrutsche zu beseitigen, und die Trooper und das FBI würden sich auf sie stürzen, sobald die Straßen frei waren.

Was für eine beschissene Mission. Sie mussten hier raus.

Nabera funkelte die fünf Gebäude an. Die Bastarde hatten das PZ-Gelände zerstört. Der Prophet war tot, die höhere Sache ruiniert.

Sein Leben.

Demütigung lag als bitterer Geschmack auf seiner Zunge. Er und seine Männer würden nicht wie ausgepeitschte Köter vor den Arschlöchern davonlaufen.

Lieber würde er sterben.

Als das Flutlicht ausging und das Gebiet im Dunkeln ließ, zog Nabera die Augenbrauen zusammen. Waren das Ein- und Ausschalten eine bewusste Aktion oder hatten sie ein Problem mit den elektrischen Leitungen?

Am Ende spielte das keine Rolle.

Wie konnte er verhindern, dass dieses Vorhaben als Fiasko endete? Die Gruppe in Idaho, die sie aufnehmen wollte, erwartete, dass er mehrere Frauen einfing. Die Entführung und der Verkauf der Bürgermeisterin Lillian sowie der Frauen und Freundinnen der Männer, die das Gelände der Zeloten angegriffen hatten, wären eine effektive Machtdemonstration gewesen. Zwei Menschen zu verkaufen – einer von ihnen ein Mann –, würde nicht viel Geld bringen. Schlimmer noch, Idaho wäre von dieser Aktion nur wenig beeindruckt. Würden sie von ihrer Vereinbarung zurücktreten? Verdammt. Er und seine Männer brauchten neue Ausweise und einen Weg aus Alaska.

Nabera betrachtete die Eremitage-Gebäude. Es bestand eine Pattsituation – und die Zeloten hatten ein Zeitlimit.

Die Männer dort würden die entflohenen Frauen – ihre Frauen – nicht im Austausch für Naberas Geiseln übergeben. Es war jedoch zweifelhaft, ob sie auch so für die drei Abgeordneten empfanden. Würden sie diesem Austausch zustimmen?

Die Miliz in Idaho wäre mehr als zufrieden, wenn Nabera die weiblichen Abgeordneten dieses versifften Staates verschwinden lassen würde.

„Conrad, die Schlampe im Van." Er musste laut sprechen, um über dem Schusswechsel und den gelegentlichen Schmerzensschreien seiner Männer gehört zu werden. „Ist ihr Mann in diesen Hütten?"

„Yeah. Das wäre Bull. Ihm gehört das Roadhouse. Und mein Boss, der neben ihr liegt?" Conrad grinste. „Das ist Hawk – Bulls Bruder."

Bruder und Freundin. Ja, die Eremitage könnte sich auf einen Geiselaustausch einlassen.

„Sag den Männern, sie sollen das Schießen einstellen."

Conrad holte sein Handy heraus.

Als nur noch sporadisch Schüsse aus den Häusern kamen, riss Nabera die Rückseite des Lieferwagens auf.

Verdammte scheiße. Die Gefangenen saßen Rücken an Rücken und versuchten, sich gegenseitig zu befreien.

Nabera packte das Bein der Frau und zog sie von dem Mann weg. „Bull!", brüllte er laut genug, um in den Hütten gehört zu werden. „Bull, lass uns reden!"

Die Verteidiger stellten einige Sekunden später das Schießen ein. Sie hatten dort offensichtlich eine Möglichkeit, zu kommunizieren.

„Rede", kam das tiefe Knurren über einen Lautsprecher.

„Ich habe deine hübsche Freundin. Frankie, richtig?" Er zog sein KA-BAR-Messer. Das Licht des zunehmenden Mondes drang kaum in den hinteren Teil des Lieferwagens ein, aber er konnte sehen, wie die Schlampe ihn wütend anfunkelte.

Nicht bereit, mit ihm zu kooperieren? Es gab Mittel.

Nabera zog Hawk an der Seite zu sich, um sicherzustellen, dass er nicht treten konnte, und riss dann sein Hemd auf.

„Sieh zu, Schlampe." Er schnitt eine tiefe Furche über den Bauch des Mannes – und der taffe Bastard gab keinen Mucks von sich.

Im schwachen Licht sah das Blut schwarz auf seiner Haut aus, und Frankie stieß einen gedämpften Schrei aus. „Nein!"

Nabera hielt die Klinge hoch. „Du musst wirklich laut *Bull* schreien, sonst ramme ich so viele Löcher in den Bauch dieses Bastards, dass kein Chirurg ihn flicken kann."

Entsetzen erfüllte ihren Gesichtsausdruck. Sie holte tief Luft und ließ los: „Bull!"

„Jep. Das sollte reichen." Als Nabera sah, wie das Blut von seinem Messer tropfte, musste er gegen das Verlangen ankämpfen, den Job zu beenden.

Noch nicht.

Er brüllte in die Richtung der Gebäude: „Bull. Ich habe auch Hawk. Ich werde sie gegen die drei Schlampen eintauschen – die Politiker. Tu es, oder ich schneide diese beiden in Stücke. Und bevor sie sterben, wirst du sie schreien hören."

„Nein ..." Obwohl Regans Stimme nur als ein dünnes Flüstern herauskam, klatschte sie die Hände auf den Mund. Dieser ... dieser schreckliche Mann wollte Frankie und Onkel Hawk töten?

Neben ihr in Hawks Schlafzimmer entließ Aric ein Wimmern.

Sie legte ihren Arm um ihn. Er war nur ein kleines Kind. Er sollte das nicht hören.

Aber es war nicht ihre Schuld, dass er hier war. Er hatte sich rausgeschlichen, und die Frauen hatten es nicht mitbekommen. Auch hatten sie nicht mitbekommen, dass Regan ihm gefolgt war. Im Tunnel war er wirklich schnell gelaufen, und als sie ihn einfing, hatte er nicht zurückgehen wollen.

Er wollte in Hawks Haus – und, okay, sie hatte wirklich sehen wollen, was los war, und sie kannte den Code, um die Tür zu öffnen. Als Papá sie durch Notfallszenarien geführt hatte, wurde ihr jedes einzelne Passwort gelehrt.

Aric erschauderte, als er aus dem Fenster sah. „Das war Captain Nabera", flüsterte er. „Ist Hawk in dem weißen Auto?"

„Dem großen Van?" Regan biss sich auf die Unterlippe. Frankies Schrei war aus dieser Richtung gekommen. „Ich schätze."

„Der Captain wird ihn töten." Aric bebte stärker. „Wird jemand ihn und Frankie rausholen? Dein Vater?"

Regan musterte den Van. Keine Bäume um ihn herum, keine Gebäude. Nur Büsche und hohes Gras. Selbst Papá könnte sich dort nicht anschleichen. Vielleicht, wenn er auf seinem Bauch war, aber das würde ewig dauern.

Sie hatten nicht ewig.

Sie und Aric waren viel kleiner als Papá. „Wir könnten dorthin gelangen.“ *Vielleicht.* Jetzt bebte sie auch. „Wir sind gut im Anschleichen.“

„Wir kommen nicht am Zaun vorbei.“ Mit Tarnfarbe noch immer im Gesicht starrte Aric auf die kahle Straße hinunter.

„Können wir sehr wohl.“ Papá würde sie dafür wohl umbringen. Zumindest würde sie für den Rest ihres Lebens Liegestütze machen müssen. „Ein Ende des Tunnels kommt auf der anderen Seite des Zauns heraus.“

„Okay“, flüsterte Aric.

Sie spähte in Hawks Nachttisch. Wenn er wie Papá war ... War er. In der oberen Schublade lag ein Messer. „Hier. Nur für den Fall.“

Aric schob es in eine Tasche seiner Tarnhose.

Sie hatte bereits das Klappmesser, das Papá ihr geschenkt hatte. Weil sie klug und vorsichtig und verantwortungsbewusst war.

Wahrscheinlich würde er ihr das Messer schon bald wegnehmen.

„Mein Hawk. Nein, nein, nein.“ Kits Hände am Gewehr bebten und sie atmete zittrig ein. Das kleine Dachgeschoss stank nach dem bissigen, rauchigen Schießpulver. „Ich werde Nabera umbringen.“

Als wäre sie dazu in der Lage. Ihre Schüsse waren nicht präzise genug.

„Zu weit weg“, kam Sarahs Flüstern.

Kit biss die Zähne zusammen. Sarah hatte Recht.

Der weiße Lieferwagen stand an Gabes Haus am anderen Ende des Halbkreises auf der Straße. Nicht weit vom Wald, aber doch zu weit weg. Der Captain musste als Letztes angekommen sein.

Er war zu weit weg, um zu schießen. Wahrscheinlich zu weit

für jeden außer Hawk, der angeblich alles treffen konnte, was er in einem Zielfernrohr sehen konnte. Der Captain war den Hütten nicht nah gekommen – er würde nicht die gleichen Risiken eingehen wie seine Männer.

Nabera hatte Hawk. Und Frankie. Das Wissen war so schmerzhaft, dass sie das Gewehr kurz ablegen musste.

Vier der PZs liefen von den SUVs in Richtung des weißen Transporters. Sie schloss verzweifelt die Augen. Da die Position von Frankie und Hawk bekannt war, stellte Nabera dort Wachen auf.

Verflucht soll er sein.

In ihrem Headset hörte sie Gabe, Caz und Bull reden.

„Ich werde Nabera sagen, dass ich ihn draußen treffen möchte, um den Austausch zu besprechen", sagte Bull. „Ich kann zustimmen, um dann Zeit zu schinden, indem ich mit ihm Vorsichtsmaßnahmen für den Austausch ausarbeite."

Gabe sprach: „Sag ihm, er soll einen Weg finden, damit niemand weiß, dass wir die Frauen übergeben haben. Die Argumentation wird er verstehen."

„Während du dir seine Aufmerksamkeit sicherst, kann ich versuchen, Hawk und Frankie zu befreien. Nur gibt es nicht viel Deckung." Caz klang besorgt. „Und nicht genug Zeit, um langsam vorzugehen. Ich werde auch diese vier Wachen ausschalten müssen."

Gabe sagte: „Auch wenn sie die Wachen nicht fallen sehen, werden sie Hawk und Frankie bemerken, wenn ihr versucht, zu fliehen. Wenn sie sich überhaupt bewegen können."

Kit erstarrte. Wie schwer könnten Hawk und Frankie verletzt worden sein?

Dies war der Captain – natürlich würde er ihnen wehtun.

Wir müssen Hawk und Frankie von ihm wegholen.

„Nabera wird erwarten, dass wir etwas versuchen", stimmte Bull zu. „Ich werde mein Bestes geben, seine Aufmerksamkeit auf mir zu behalten, aber –"

„Ich werde mich irgendwo in den Büschen aufstellen, wo ich – wenn nötig – Nabera oder die Wachen um den Van ausschalten kann.“ Gabe knurrte. „Das ist ein Himmelfahrtskommando, Leute.“

Himmelfahrtskommando. Hawks Western hatten ihr gesagt, dass der Begriff bedeutete, dass es wie Selbstmord wäre, den Angriff durchzuziehen. Ein Haufen Männer, die direkt in die Todeszone liefen.

Kit rieb ihre schweißnassen Handflächen über ihr Gesicht.

Obwohl Caz im Wald so verdammt leise sein konnte, war auch er nicht dazu in der Lage, sich zu verstecken, wenn es keine Deckung gab. Vor allem nicht, wenn Nabera ohnehin schon misstrauisch war. Was bedeutete, dass die Wachen besonders aufmerksam wären.

Was könnte Naberas Aufmerksamkeit vom Van weglenken? Könnte Bull etwas tun – Ihre Gedanken kamen abrupt zum Stillstand.

Es gab einen garantierten Weg, sich Naberas Fokus zu sichern. Ihr ganzer Körper zitterte aus Protest gegen die Idee.

Alles, was sie jemals wollte, war, so weit wie möglich von Nabera wegzukommen.

Sie musste zweimal schlucken, bevor ihre Stimme zu hören war: „Ich habe eine Idee.“

Nabera beobachtete, wie zwei Personen aus dem nächstgelegenen Blockhaus traten und auf ihn zukamen, als ob die Waffen seiner Männer nicht auf sie zielten – als hätten sie alle Zeit der Welt.

Sie schindeten Zeit, die Bastarde.

In einer blendenden Lichtwelle gingen die Flutlichter an. Das machte es leichter, zu sehen, wie die beiden über die Straße kamen. Auf halbem Weg zu ihm, auf der langen Strecke zwischen dem Van und den SUVs, hielten sie an und warteten.

Die Position ergab Sinn und zwang ihn, sich ihnen anzuschließen, sodass jeder mit einer Schusswaffe in der Lage wäre, Verhandlungsführer zu erschießen.

Hier am Van jedoch war er sicher.

Er mochte es nicht, sich selbst in Gefahr zu bringen.

Verflucht seien sie. Und die Zeit lief ihm davon. Die Erdrutsche auf den Straßen würden die Trooper nicht mehr allzu lange fernhalten.

Mit dem Polizeichef von Rescue in der Eremitage hatten sie sich zweifellos einen Plan überlegt. Nicht, dass er mehr tun könnte. Auf jeder Seite des Lieferwagens war ein Zelot stationiert.

An der offenen Hecktür sagte Conrad zu Hawk: „Du verdammter Bastard. Selbst wenn wir dich eintauschen sollten, werde ich dich fertigmachen, bevor wir dich gehen lassen. Dann wirst du dich nicht mehr so arrogant zeigen, *Boss*."

Seine Stimmung hob sich und Nabera lachte. „Komm, Conrad. Schließe dich den Männern an. Ich gebe dir die Verantwortung für sie, während ich verhandle."

Als das Gesicht seines Leutnants fiel, fügte Nabera hinzu: „Ich werde dafür sorgen, dass du deinen Moment mit Hawk bekommst, bevor wir ihn übergeben."

Grinsend schloss sich Conrad ihm an.

Nabera wandte sich an eine der Wachen um den Van. „Sie haben versucht, die Fesseln voneinander zu lösen. Lasst die Tür offen, damit ihr beim Patrouillieren regelmäßig nach ihnen sehen könnt."

„Ja, Sir." Der Mann blickte die Gefangenen finster an. „Wenn sie es noch einmal versuchen, schneide ich ihnen die Finger ab."

„Guter Mann." Eine Minute später kamen Nabera und Conrad an den beiden Wachen vorbei, die zwischen den Häusern und dem Van stationiert waren. Sie achteten auf jeden, der die Häuser verließ.

Nabera nickte ihnen zu. „Bleibt wachsam, Männer."

Sie drückten die Schultern durch. „Ja, Sir."

Eine grimmige Befriedigung erfüllte Nabera. Niemand würde an seinen Männern vorbeikommen.

Als Conrad das Kommando über die Zeloten bei den SUVs übernahm, wandte sich Nabera den beiden Wartenden zu.

Bull, der Besitzer des Roadhouses, war wie ein Panzer gebaut.

Die Person neben ihm war viel kleiner. Hatten sie wirklich eine Frau zum Verhandeln zu ihm geschickt? Unglaublich. War es eine der Abgeordneten?

Nein, diese Frau war jünger. Goldbraunes Haar, durchschnittliche Größe, offensichtlich verängstigt.

Eine Sekunde später erkannte er sie ... und grinste.

Sie *sollte* verängstigt sein. Vorfreude erfüllte ihn bis zum Überlaufen, und sein Schwanz zuckte.

Obadiahs Frau. Kirsten. Egal, wie die Verhandlung auch ausging, sie würde nicht in die Eremitage zurückkehren. Nicht lebend.

Caz öffnete lautlos die Tunneltür und trat in einen Bereich mit dichtem Gebüsch. Erst vor etwa einer Woche waren er und Regan hier draußen gewesen, um die Büsche von Unkraut zu befreien – nachdem er ihr gezeigt hatte, wie man das Tunnelsystem und die Schleusen benutzte.

Er hockte sich in die Dunkelheit der Büsche und schaute sich um. Hinter ihm war Gabes Haus und dahinter stand einer der SUVs auf der Straße. Weiter westlich, Richtung Wald, befand sich der weiße Van. *Ya valió madres.*

Sí, es gab keinen Zweifel daran, dass der Plan zum Scheitern verurteilt war. Es bestand eine gute Chance, dass er nicht lebend zurückkehren würde. Dann würde er sein kleines Mädchen oder JJ niemals wieder sehen.

Zumindest seine Frauen würden leben. JJ liebte Regan und würde sie großziehen.

Von Schatten zu Schatten, von Deckung zu Deckung entfernte er sich von den Gebäuden und näherte sich dem weißen Van. Das Gebiet rund um den See beherbergte eine Menge Schilf und Büsche, aber an der Straße? Nur kurze Sträucher und Gräser. Zu kurz.

In der stillen Nacht dröhnte Bulls tiefe Stimme noch lauter als normal.

Kits höhere Töne waren klar und verständlich, selbst von hier. „Du bist so dumm. Wie bist du Captain geworden?"

Caz sah, wie sie gestikulierte und sich so in den Mittelpunkt stellte. Sie brachte sich selbst in Gefahr. Für Frankie und Hawk.

Du hast eine feine Frau gefunden, mi hermano. Dann wollen wir dich mal befreien, sodass du dein restliches Leben damit verbringen kannst, geliebt zu werden.

Als sich die Wachen umdrehten, um zuzusehen, wie Bull und Kit ihren Captain konfrontierten, gewann Caz noch ein paar Meter.

Er erreichte den letzten anständigen Busch, ging auf ein Knie und hielt inne.

Es gab keine Deckung, und der zunehmende Mond stand hoch am Himmel. Selbst wenn Kit und Bull ihr Bestes gaben, die Aufmerksamkeit auf sich zu ziehen, würden sich die Wachen irgendwann daran erinnern, den Bereich zu patrouillieren.

Das Flutlicht reichte jedoch nicht so weit, und die hell erleuchteten Verhandlungen zu beobachten, würde die Nachtsicht der Zeloten zerstören. Schnell entwarf er eine mögliche Route, die ihn zwingen würde, sich für einen Teil des Weges auf dem Bauch fortzubewegen.

Eine Bewegung zwischen den kurzen Sträuchern in der Nähe des Lieferwagens erregte seine Aufmerksamkeit. War das ein Waschbär?

Nein, *nein*. Es war ein kleiner Junge, der durch die dichteren Grasbereiche im Entwässerungsgraben neben dem Feldweg kroch. Auf derselben Route war ein Mädchen.

Sein Mädchen.

Als Panik durch ihn fegte, spannte er den Kiefer an, um zu verhindern, dass er wild fluchte.

Dem Plan folgend erreichte Regan schließlich die Straße und kroch unter den weißen Van. Sie versuchte, so lautlos wie möglich zu atmen. Ihre Handflächen brannten wie Feuer. Ihre Tarnjeans hatte nun einige Risse und Löcher.

Und sie hatte solche Angst. *Ich will meinen Papá.* Tränen brannten in ihren Augen, aber sie konnte nicht weinen.

Der kleine Schatten namens Aric rückte näher an die Rückseite des Lieferwagens. Er war in Position.

Sie presste die Lippen fest zusammen, zog ihr Messer heraus und klappte es auf. Sie war das Ablenkungsmanöver. Was bedeutete, dass sie, wenn nötig, auch angreifen würde.

Unten bei den Häusern schrie Kit wieder etwas, und Bulls Brüllen war nicht zu überhören. Die Laute der beiden verbargen nicht ganz das winzige Knarren am Van, als Aric hineinschlüpfte.

Schritte knirschten über den Kies, als ein Wachmann um den Van herumging.

Oh nein. Regan wackelte näher zum Heck des Vans, nur für den Fall, dass der Mann in den Laderaum schaute und Aric entdeckte.

Er ging weiter.

Ihre Messerhand zitterte. *Sie* zitterte. *Friggers*, sie wollte nachhause rennen.

Warum war sie hier?

Für Hawk. Richtig. Und für Frankie.

Und sogar für Aric.

Sie griff das Messer fester und wiederholte leise, was Onkel Bull immer zu ihr sagte, wenn sie darüber jammerte, dass etwas zu hart sei: *„Schmerz ist akzeptabel. Aufgeben nicht. Blut ist akzeptabel. Aufgeben nicht. Stürzen ist akzeptabel. Aufgeben nicht.“*

Sie spannte den Kiefer an. *Ich werde nicht aufgeben.*

Nabera war dazu übergegangen, böse Worte zu schreien. Dann brüllte Bull etwas.

Beeil dich, Aric.

Wie sie Frankie und Onkel Hawk hier rausholen sollten ... das wusste sie nicht.

Vielleicht war sie ein Dummkopf, weil sie Aric geglaubt hatte, als er sagte, Hawk würde das schon machen.

Sie hoffte wirklich sehr, dass das Kind Recht behalten würde.

Was zum Teufel war da draußen los? Hawk drehte den Kopf und zuckte zusammen, als die Bewegung seine Kopfschmerzen verschlimmerte. Er konnte Kits Stimme viel zu deutlich hören. Obwohl sie brüllte, konnte er zudem ihre Angst hören.

Warum zur Hölle war sie da draußen statt sicher in der Eremitage? Sein Kiefer spannte sich an, als in Naberas Antwort Wut mitschwang.

Er zog an den Seilen um seine Handgelenke. Sie gaben nicht nach. Er hatte sich noch nie so verdammt hilflos gefühlt.

Hawk spürte, wie sich der Van ein bisschen absenkte und sah zur offenstehenden Tür. Niemand blockierte das Licht von draußen und Frankie hatte sich nicht bewegt.

Ein flüsterndes Geräusch, eine leichte Bewegung in der Luft. Etwas Kleines war in den Laderaum gekrochen. Vielleicht eine Katze? Es gab zu viele Schatten, um etwas zu erkennen.

Eine kalte kleine Hand berührte seine Wange, und er hörte das winzigste Flüstern an seinem Ohr. „Hawk.“

Verdammte Scheiße.

Unbändige Panik katapultierte Eisscherben direkt in sein Herz. Aric. *Gott, nein.* Er würde lieber sterben, als mitzuerleben, wie der Junge verletzt wurde.

Bevor er sich einen Plan überlegen konnte, kroch Aric hinter ihn und begann, an den Seilen um Hawks Handgelenke zu sägen.

Verdammt, das Kind hatte doch tatsächlich ein Messer.

Das würde wohl eine Weile dauern. Die verdammten PZs hatten viel Seil benutzt, um ihn zu fesseln – und das Kind hatte nur die Kraft eines Vierjährigen.

Aber der Kleine war so leise, dass selbst Frankie seine Anwesenheit nicht bemerkt hatte.

Es gab nicht viel Licht, und Hawk knirschte jedes Mal mit den Zähnen, wenn die scharfe Klinge ihn erwischte. Die Seile jedoch lösten sich und fielen eines nach dem anderen ab.

Mit aller Kraft riss er an den Fesseln, bis auch die letzten nachgaben und er endlich wieder frei war – was zur Folge hatte, dass die Klinge über sein Handgelenk schnitt.

Aric quietschte bestürzt.

Frankie schnappte nach Luft.

„Shh." Hawk nahm das Messer und durchschnitt die Seile um seine Fußknöchel. Gute Klinge. Um genau zu sein, fühlte sich das Messer verdammt vertraut in seiner Hand an.

Draußen knirschte der Kies unter Schuhen.

Fuck. Die Wachen mussten Arics Quietschen gehört haben und liefen nun um den Van zur Hecktür.

Hawk zog den Jungen an seine Seite und flüsterte: „Bleib unten."

Regan hatte ein Geräusch aus dem Van gehört, dass an eine Maus erinnerte. *Friggers, Aric.*

Die Wachen hatten es auch gehört. Unter dem Lieferwagen sah sie, wie sich Stiefel der Rückseite des Lieferwagens näherten. Versteckt hinter dem Hinterrad wartete sie.

Näher, näher.

Sie wählte die Stelle – die Stelle über dem Stiefel des Mannes. Mit einem Arm auf dem Boden abgestützt jagte sie ihm die Klinge in sein Bein.

„Fuck!" Sein Bein riss weg, womit er ihr das Messer aus der Hand zog.

Oje. Sie krabbelte so schnell sie konnte nach hinten.

Es gab einen Schlag, als wäre er gegen den Van geprallt, und dann fiel er auf die Knie. Sie erstarrte. Sie wusste, dass er gleich unter den Lieferwagen schauen würde. Und er würde nicht zögern, sie zu erschießen.

Nur ... fiel er zur Seite und lag einfach da, vollkommen bewegungslos.

Sie wackelte noch weiter zurück.

Eine Beinwunde konnte niemanden töten ... oder?

Warum schrie Kit Nabera an? Was dachte sich ihre beste Freundin dabei?

Geh weg von ihm, Kit. Frankie konnte nicht aufhören zu zittern, hatte Angst um sich selbst, um Hawk und jetzt um Kit.

Vor ein paar Sekunden hatte Hawk *Shh* geflüstert, nur hatte sie kein Geräusch gemacht. Dann schlug etwas gegen die Seite des Lieferwagens.

Sie spürte eine Bewegung hinter sich. Hawk? Hatte er sich befreien können?

„Shh", flüsterte er erneut, nur ein Hauch eines Geräuschs.

Die Seile um ihre Handgelenke zogen sich enger zusammen und fielen dann vollständig ab. Als das Blut in ihre Hände zurückfloss, unterdrückte sie ein Stöhnen. *Cazzo,* das tat weh.

Er schloss ihre tauben Finger um einen Messergriff und flüsterte: „Löse die Fesseln um deine Beine."

Als sie hörte, wie sich die Schritte einer Wache näherten, sägte sie verzweifelt an den Seilen um ihre Fußknöchel.

Der Zelote erschien in der Tür des Lieferwagens.

Halb stehend packte Hawk die Schultern des Mannes und riss ihn zu sich. Der Kopf des PZ schlug mit einem lauten Knirschen gegen den Türrahmen, und er fiel bewusstlos zu Boden.

Frankies Knöchel waren frei. Als ihr Blut wieder zirkulierte, erwachten ihre Füße in Wellen sengender Schmerzen zum Leben. *Aua, aua, aua!*

Hawk sprang aus dem Van und beugte sich vor, um das Gewehr des PZ aufzuheben.

Als Frankie ihm folgte, spürte sie etwas hinter sich und wirbelte herum.

Und dann hielt sie plötzlich einen kleinen Jungen in den Armen.

Heilige Madonna, es war Aric und er zitterte wie Espenlaub.

Sie umarmte ihn hart, während die angsterfüllte Aura um ihn Löcher in ihr Herz riss.

Leise schlich Hawk um den Van, wo die andere Wache stehen sollte. Der Mann, der gegen den Van gekracht war.

Ein Körper lag unbeweglich auf dem Boden ... mit einem mattschwarzen Messer im Rücken.

Caz.

Hawk schaute sich um und sah einen Bereich mit höherem Unterholz. Vermutlich dort.

Mit einem grimmigen Lächeln drehte Hawk den Kopf und zuckte zusammen, als sich seine Kopfschmerzen wieder zu Wort meldeten. Weiter die Straße runter standen zwei Wachen, die den Weg vom Van zur Eremitage blockierten.

In der Nähe von Gabes Haus schrie Nabera immer noch Bull und Kit an.

Verdammt, Kit. Sein Magen verkrampfte sich.

Das Wichtigste zuerst: Diese beiden Wachen waren weit genug entfernt, sodass Aric und Frankie in der Lage sein sollten, Caz zu erreichen, ohne gesehen zu werden.

Er kniff seine Augen zusammen. Wie zum Teufel war Aric überhaupt aus der Eremitage gekommen? Caz hätte ihn sicher nicht mitgebracht.

Ihm fiel jedoch jemand ein, der das tun würde.

Stirnrunzelnd entdeckte Hawk ein Klappmesser, das aus dem Bein der toten Wache ragte. Natürlich.

Hawk beugte sich vor und sprach leise. „Komm raus, Regan."

Nach einer Sekunde erschien sie und nahm seine Hand, um sich von ihm hochhelfen zu lassen. Und dann warf sie ihre Arme um ihn und vergrub ihr Gesicht an seiner Seite.

Ja, Caz hatte ein unglaublich liebenswertes, unglaublich mutiges Kind.

Hawk nahm das AR-15 zur Seite, beugte sich erneut vor und flüsterte an ihrem Haar: „Das hast du großartig gemacht, Regan. Jetzt aber weg hier. Bring Aric und Frankie zu deinem Vater. Ich schaffe den Rest. Okay?"

Ihr Kopf bewegte sich auf und ab.

Caz würde sie abfangen und sicher zurückführen. Und sie beschützen.

Mit dem Arm um Regan ging Hawk zur Rückseite des Lieferwagens, wo sich eine fröhlich quietschende Regan in Frankies Arme warf.

Hawk stellte das Gewehr in den Lieferwagen, hob Aric für eine Umarmung hoch und flüsterte schnell: „Danke für die Rettung, Kumpel." Fuck, er liebte diese Kinder.

Reiß dich zusammen, Calhoun. Nachdem er den Jungen abgesetzt hatte, flüsterte Hawk ihnen zu: „Geht geduckt dort hin." Er wies zu dem Bereich, wo er Caz vermutete, und damit auf eine Route, die der Van weitestgehend blockieren würde.

Aric signalisierte *Okay*, und die drei zogen los.

Hawk blieb auf der Hut, bis sie in den höheren Büschen verschwanden.

Nabera sprach immer noch mit Kit und Bull und klang zunehmend frustrierter. Ja, der Bastard würde schon bald die Kontrolle verlieren. Und wenn er das tat, würde er seine verdammte Pistole ziehen und um sich schießen.

Hawk überprüfte das Magazin des AR-15-Gewehrs und freute sich, dass es noch voll war. Er brachte es in Position und zuckte zusammen. Seine Arme fühlten sich nicht optimal an, nachdem sie so lange hinter seinem Rücken gefesselt gewesen waren. So würde er nicht zielen können.

Wo war ein Stativ, wenn er eines brauchte?

Seine Augen verengten sich, als er den Van musterte. Das Dach würde für eine ausreichende Armstütze sorgen.

An der Hintertür stieg er auf die Stoßstange des Lieferwagens, lehnte sich vor und stützte seine Ellbogen auf das Dach. Gut, dass er groß war.

Er fand eine stabile Position. Mit der Wange am Schaft legte er seinen Fokus auf Nabera.

Ziel ausgemacht.

„Du bist dumm – ein echter Idiot“, rief Kit, während sie näher zu Bull rückte. Sie konnte nicht anders. Es erforderte all ihren Mut, Captain Nabera weiter anzuschreien.

Sein Ausdruck hatte sich verdunkelt und er schäumte vor Wut.

Die Angst in ihr wuchs. Ihr ganzer Körper sehnte sich danach, dass sich im Boden ein Loch auftat. Auch half es nicht, dass die kugelsichere Weste, auf die Gabe für sie beide bestanden hatte, verdammt schwer war.

Ihre Kehle war so trocken, dass ihre Stimme brach.

Bull hörte es und übernahm. „Wir können niemanden wissen lassen, dass wir dir die Politiker ausgehändigt haben, also ..."

Sie blendete die Unterhaltung aus und warf einen Blick auf den weißen Van. Funktionierte der Plan?

Die beiden PZs auf der Straße zwischen ihnen und dem Van starrten sie und Bull an. Wahrscheinlich warteten sie darauf, dass Nabera sie erschoss. Keine Frau erhob jemals ihre Stimme um ihn herum, und vor allem wagte es niemand, ihn zu beleidigen.

Wenn Bull nicht bei ihr gewesen wäre und wenn Nabera nicht sicheres Geleit versprochen hätte, wäre sie schon tot.

Sie atmete tief ein und machte sich größer. „Nein." Sie wedelte mit der Hand. „Das ist nicht akzeptabel, du Idiot."

„Frau, wir reden hier", zischte Bull, bevor er zu Nabera sagte: „Wir werden die Politiker holen, wenn –"

„Bleibt auf der Hut, Leute", rief jemand hinter den aufgereihten SUVs.

Wie an seine Geiseln erinnert, wandte sich der Captain dem weißen Van zu.

Nein!

„Der große böse Nabera weiß nicht, was er mit echten Frauen anfangen soll", zischte Kit und lachte fast, als seine Aufmerksamkeit ruckartig zu ihr zurückkam. „Die PZs haben Angst vor Frauen. Warum sonst würden sie ihnen den Mund verbieten?"

Als wütende Erwiderungen von den Zeloten hinter den SUVs zu hören waren, bekam sie Angst, und ihre Knochen fühlten sich an, als würden sie sich verflüssigen. Hatten sie und Bull die Männer lange genug abgelenkt?

Befreie dich, Hawk.

„Oder vielleicht haben die PZs nur winzige Schwänze, und deshalb seid ihr beigetreten." Sie brachte sich dazu, zu schmunzeln. „Ich weiß, dass das für Mr. Mikropenis Nabera gilt."

„Ich habe es mir anders überlegt, du verdammte Fotze.“ Nabera riss seine Waffe aus dem Holster. „Du wirst mein Preis sein und –“

Bevor er die Waffe anheben konnte, rang ein Schuss von den SUVs, während etwas in Kit einschlug und sie nach hinten katapultierte.

Und dann kam der Schmerz.

Einer der Bastarde hatte auf Kit geschossen.

Nein, fuck, nein! Er konnte nicht ohne sie leben. Nicht ohne sie oder ohne Aric. Finsternis legte sich um Hawks Verstand.

Sie taumelte und war im Begriff zu fallen, als Bull auf sie zu rannte und sich mit ihr in den viel zu flachen Graben neben der Straße warf. Hawk kämpfte zähneknirschend gegen einen Wutschrei an.

Trotz seines Militärtrainings und der langjährigen Erfahrung war er erstarrt. Die Visiere des Gewehrs waren immer noch auf sein Ziel ausgerichtet.

Er drückte sanft den Abzug.

Nabera fiel wie ein Stein.

Einer.

Hawk zielte auf sein zweites Ziel – die PZ-Wache ganz links auf der Straße. Schuss.

Zwei ausgeschaltet.

Bevor Hawk zur anderen Wache übergehen konnte, hatte bereits jemand anderes den Bastard erledigt.

Na gut.

Hawk entschied sich für sein viertes Ziel, ein Zelote in der Nähe der SUVs. Bei eingeschaltetem Flutlicht war Milos glänzende Kopfhaut leicht auszumachen. Verflucht sei er, schließlich hatte er auf Bull und Kit geschossen.

Eine Welle der Wut senkte sich über Hawks Nervenenden. War Milo der Bastard, der es gewagt hatte, auf sie zu schießen?

Stirb.

Hawk atmete aus. Schuss.

Milo, alias Leutnant Conrad, würde keine Schreinerarbeiten mehr machen.

Hawks nächster Schuss tötete Luka.

Und dann hagelte es von beiden Seiten Schüsse.

Mit einem bitteren Geschmack im Mund warf Hawk einen Blick auf Bull. Er lag immer noch mit Kit in dem fragwürdigen Graben.

Aber ... warte.

Hatte sie sich bewegt? Zappelte sie?

Sie lebte.

Oh Gott, sie konnte nicht atmen! Nach Luft schnappend versuchte Kit, sich zu bewegen, war aber völlig bewegungsunfähig. Wurde sie begraben? War sie tot?

„Bleib ruhig liegen, Kit."

Bulls tiefe Stimme kam von direkt über ihrem Kopf. Sie konnte ihn durch die Schießerei kaum hören.

Oh. Er lag auf ihr und drückte sie in den Dreck.

Kein Wunder also, dass sie kaum Luft bekam und ihre Schulter verdammt weh tat. Nun ja, sie konnte sich beschweren, da sie noch lebte.

Sie blinzelte. „Wo ist Nabera?"

„Tot", murmelte Bull. „Ich schätze, dass sich Hawk losgerissen hat."

Als die Hoffnung in ihr wuchs, taten das auch ihre Ängste.

Denn überall um sie herum schien der Dritte Weltkrieg ausgebrochen zu sein.

Gabe lag im Busch neben der Straße und grinste darüber, wie effektiv einer der besten Scharfschützen war, den er zudem die Ehre hatte, Bruder zu nennen.

Der Falke flog. Tatsächlich war er Gabe um einen Bruchteil zuvorgekommen, hatte Nabera getötet und dann ohne zu zögern einen der beiden Wachen ausgeschaltet. Gabe hatte den anderen niedergestreckt.

Trotz des schweren Beschusses aus der Eremitage waren Kit und Bull immer noch in großer Gefahr. Die PZs wollten sich für Naberas Tod rächen.

Gabe drehte sein Gewehr zu den SUVs. Er würde so viele Schüsse wie möglich abfeuern, bevor sein Mündungsblitz seinen Standort bestimmen und seine Effektivität beenden würde.

Plötzlich kamen die Scheinwerfer mehrerer Fahrzeuge über ihre Privatstraße und parkten hinter dem weißen Lieferwagen. Türen schlugen zu und ein Kugelhagel trat los – alles auf die Patriotischen Zeloten gerichtet.

Die Kavallerie war hier.

JJ holte tief Luft und versuchte, ein Gefühl für die Situation zu bekommen.

Mit den Autos auf der unbefestigten Straße aufgereiht, schafften es ihre Freiwilligen, die gut beleuchteten PZs abzuschießen, als wären sie an einem Schießstand. Aus diesem Blickwinkel hatten die Pisser keine Deckung.

Obwohl JJ fast von dem Bedürfnis überwältigt wurde, nach Caz zu sehen, wusste sie, dass er wahrscheinlich in der Eremitage sicher war. Um Regan müsste sie sich im Tunnelsystem noch weniger Sorgen machen.

Als JJ den weißen Van erreichte, entdeckte sie Hawk. Er stand auf dem hinteren Trittbrett des Lieferwagens und schoss über das Dach. Das schwache Mondlicht zeigte auch das Blut an seinen Ärmeln und sein verfilztes sandfarbenes Haar.

„Du siehst scheiße aus, Hawk“, schrie sie über die Schusslaute. „Alles okay?“

„Jep. Jetzt schon.“ Er feuerte erneut, trat dann neben sie und vermied dabei die Leichen im Dreck.

Hinter einem Pick-up auf der linken Seite feuerte Uriah zweimal und machte ein zufriedenes Geräusch.

Rechts schoss Tucker und grunzte. „Drei.“

„Loser“, erwiderte Guzman neben ihm. „Ich habe schon vier.“

Hawk betrachtete die Fahrzeuge und die Männer. „Keine Trooper?“

„Sie kommen etwas später“, sagte JJ. „Es scheint, dass der Sterling Highway durch Erdrutsche blockiert wurde. Das hier sind alles Freiwillige aus Rescue.“

Er grinste. „Wahrscheinlich sowieso bessere Schützen als die FBI-Agents.“

„Ja, oder?“ Die Stadt hatte viele Jäger. Sie grinste. „Ich habe ihnen gesagt, dass die Saison für die Pisser eröffnet ist, ohne dass eine Genehmigung eingeholt werden muss.“

Hawk schnaubte.

Die Schüsse aus dem Bereich mit den SUVs nahmen stetig ab. Ein Gewehr wurde in den Schmutz geschleudert. Dann noch eins.

Jemand rief: „Ich ergebe mich!“

„Stopp, bitte, hört auf!“, schrie ein anderer PZ.

Mehr brauchte es nicht. Die PZs – die am Leben waren – legten ihre Waffen nieder.

Schüsse kamen immer noch aus der Eremitage und von den Freiwilligen. Ihre Stimme war über den Lärm laut und deutlich zu vernehmen. „Stellt das Feuer ein!“

Die letzten Schüsse stoppten.

Hawk nickte ihr zu. „Sieht so aus, als hättest du einiges zu erledigen, Officer.“

„Verdammt." So viel dazu nach Caz sehen zu wollen. Sie blickte ihn finster an. „Keine gute Tat bleibt ungestraft, hmm?"

Er schnaubte ein Lachen heraus.

Sie seufzte. Ihre Truppe, ihre Verantwortung.

„Patriotische Zeloten, steht mit den Händen auf dem Kopf auf." Sie warf einen Blick auf Hawk und stellte die Frage, die in ihrem Herzen brannte. „Ist Caz in Ordnung?"

„Yeah. Er hat Frankie und die Kinder zurück in die Eremitage gebracht."

„Okay, gut." Ihr erleichterter Seufzer blieb ihr in der Kehle stecken. „Warte – was? Die Kinder?"

Kit nahm wahr, dass die Schüsse stoppten, nachdem jemand – war das JJ? – die Waffenruhe eingeläutet hatte. Im Moment wollte sie sich jedoch zu einem Ball zusammenrollen und einfach nur am ganzen Körper zittern. Vielleicht wollte sie auch eine Decke über den Kopf ziehen.

Nur musste sie Hawk finden.

Ihre Hände ballten sich zu Fäusten, als die Sorge sie vereinnahmte. Wie schwer wurde er verletzt?

Gott sei Dank war Aric unten im Tunnel sicher.

Bulls Gewicht entfernte sich. „Bleib unten, Kit." Stöhnend stand er auf.

Sie hatte seine Reaktion gespürt, als sie auf dem Boden aufgeschlagen waren. „Bist du verletzt?"

„Ich habe mir am Rücken eine Kugel in meine Schutzweste eingefangen. So wie du vorne." Er scannte den Bereich, während er sprach. „Wir werden morgen beide wund sein."

Die kugelsichere Weste. Himmelherrgott, kein Wunder, dass ihre Schulter so wehtat. Sie war angeschossen worden.

Sie hob den Kopf und entdeckte Menschen, die JJ zu den SUVs folgten. Oh, das war Tucker, oder? Und Sarahs Ehemann?

„JJ." Gabe kam aus dem Gebüsch zu seinem weiblichen Officer gerannt, und gab ihr einen anerkennenden Klaps auf die Schulter. „Gutes Timing."

„Ich denke, wir sind sicher. Hoch mit dir." Bull half ihr auf die Beine.

„Kit." Das kratzige Knurren ließ ihr Herz schneller schlagen. „Herrgott, Frau." Hawk packte sie und hob sie in einer harten Umarmung von den Füßen, die ihre Rippen zerquetschte und ihr den Atem raubte.

„Hawk." Sie schlang die Arme um seinen Hals und krallte sich an ihm fest. „Du lebst. Ich habe mir solche Sorgen gemacht."

Und sie zitterte jetzt viel stärker als vorhin, als sie Nabera beleidigt hatte.

„Du trägst eine Weste, Gott sei Dank. Ich dachte ... ich dachte, ich hätte dich verloren." Hawk sah anklagend zu Bull. „Warum zum Teufel wart ihr in der Todeszone?"

„Bruder, sie bestand darauf – und sie hatte Recht. In dem Moment, als sie auftauchte, vergaß Nabera, dass du überhaupt existierst." Angst erfüllte sein Gesicht, und Bull packte Hawks Schulter. „Ist Frankie –"

„Frankie ist okay. Ich schickte sie zu Caz, bevor ich Nabera ausschaltete."

Kit atmete erleichtert auf. Ihre beste Freundin war in Sicherheit.

„Süße." Hawk küsste sie langsam und zärtlich, rieb dann seine Wange gegen ihre und hielt sie anschließend einfach in den Armen.

Es war genau das, was sie brauchte – alles, was sie brauchte. Sie schmiegte sich enger an ihn. Er lebte.

Seine Arme strafften sich um sie, als sie sich an ihn klammerte. Nach einer Weile hob sie den Kopf. „Geht's dir gut?"

„Ein paar Prellungen und Schnittwunden, nichts Großes." Mit einem unglücklichen Seufzer lehnte er sich zurück und ließ sie los.

„Ich weiß. Wir haben einiges zu tun“, murmelte sie.

„Yeah.“ Er betrachtete sie. „Ich habe gute und schlechte Nachrichten.“ Er trug den gleichen Gesichtsausdruck wie Aric, nachdem er einen Topf umgeworfen hatte, den sie gerade erst mit Samen bestückt hatte.

„Was hast du getan?“

„Ich? Nichts.“ Sie sah ihm an, dass er Unfug im Kopf hatte. „Dein Sohn jedoch …“

KAPITEL EINUNDDREISSIG

D*as einzige positive Merkmal des Krieges ist die Bruderschaft, die er schmiedet.* - Max Hastings

Hawk wurde schließlich von dem Agent gehen gelassen, der ihn befragt hatte, und ging nun auf sein Haus zu.

Das gesamte Gebiet außerhalb der Eremitage wimmelte immer noch vor Troopern, FBI-Agents und Ersthelfern. Verdammt, dieser Scheiß nahm mehr Zeit in Anspruch als die eigentliche Schießerei. Würde das jemals enden?

Gott, sein ganzer Körper schmerzte. Sein Kopf pochte, als wäre ein Bradley-Panzer über ihn drübergefahren. Seine Rippen pulsierten so stark, dass er vermutete, dass der Bastard Milo ihn ein paar Mal getreten hatte. Seine Schultern schmerzten. Und sein Bauch und seine Handgelenke? Er warf einen Blick auf seine blutgetränkten Ärmel. Zumindest hatte die Blutung gestoppt.

Und er lebte und konnte sich bewegen ... im Gegensatz zu vielen der Zeloten. Krankenwagen fuhren immer noch die verwundeten Arschlöcher weg. Um den Rest kümmerten sich die Trooper.

Hawk hatte das Gefühl, tagelang hier draußen gewesen zu sein, aber hinter den Kegeln des Flutlichts war es immer noch Nacht. Schwarze Wolken hatten sich vor den Mond geschoben. Von der aufsteigenden Brise getragen, stank die Luft nach Schießpulver, Schweiß und Tod. Er wollte den Sinneseinwirkungen entkommen.

„Ja, dieser PZ-Typ ist in wirklich schlechter Verfassung", sagte ein Sanitäter zu einem Trooper, als Hawk vorbeiging. „Mein Partner behält ihn im Auge, bis der nächste Krankenwagen zurückkommt."

Hawk seufzte und drehte sich dann um. „Ich habe ein Flugzeug. Ich kann flieg –"

„No mames, güey. Nein, kannst du nicht." Caz' Stimme ertönte hinter ihm.

Hawk drehte sich um und fühlte Erleichterung. Der Agent hatte gesagt, dass niemand aus der Eremitage-Gruppe ernsthaft verletzt wurde. Das zu *hören*, bedeutete jedoch rein gar nichts.

Caz' von Büschen zerkratztes Gesicht sprach von Erschöpfung, aber nichts von dem Blut an seiner Kleidung schien von ihm zu sein.

Hawk sah zu dem Sanitäter, dann zu Caz. „Bruder. Das Wasserflugzeug ist –"

„Nein." Caz warf seine Hände verzweifelt nach oben. „Du könntest eine Gehirnerschütterung haben! Du warst bewusstlos. Du fliegst nirgendwohin, bis ich etwas anderes sage."

Neben dem Trooper neigte der Ersthelfer aus Soldotna seinen Kopf und sagte zu Hawk: „Was er gesagt hat. Eine Bruchlandung hilft niemandem."

„Ist ja gut." Wenn er ehrlich war ... er war erschöpft. „In dem Fall, hat jemand etwas gegen Kopfschmerzen?"

Caz' Grinsen blitzte auf. „Komm, *'mano*. Ich habe ohnehin nach dir gesucht."

Sie gingen durch die Garage in Caz' Haus und auf seine

Terrasse. Er entdeckte Audrey. Sie saß neben einem Tisch, auf dem eine Auswahl an medizinischem Scheiß zu finden war.

„Hawk!" Auf Bulls Terrasse nebenan rutschte Aric eilig von Frankies Schoß.

Die Sorge traf Hawk wie ein Blitz. Kit sollte bei ihrem Sohn sein. „Wo ist Kit?" War sie schlimmer verletzt worden, als er dachte?

„Es geht ihr gut." Frankie lächelte. „Sie wird immer noch von einigen FBI-Agents befragt."

Hawk nickte dankbar und beugte sich dann vor, um die ankommende Rakete in der Form eines Kindes abzufangen. Sein Kopf pochte, seine Rippen schmerzten und verdammt, es fühlte sich dennoch an, als hätte sich reine Glückseligkeit um ihn gewickelt. „Hey, Aric."

Caz setzte sich und zeigte auf den breiten Liegestuhl. Den Zweisitzer. „Setz dich."

Während sich das Kind wie ein Welpe auf dem Sitz an ihn kuschelte, sah Hawk zu Audrey. „Wurde jemand bei deiner Roadhouse-Party verletzt, Blondie?"

„Raymond. Ich habe schon mit ihm gesprochen. Er hat Prellungen und Kopfschmerzen – wahrscheinlich aus demselben Grund wie du –, allerdings nichts Ernstes." Audrey schüttelte den Kopf. „Der Rest der Frauen, nun, wir haben Prellungen, weil wir im Van herumgeschleudert wurden. Alle, die geschossen haben, haben Schnitte und Splitter, aber sonst geht es ihnen gut."

Mako hatte die Scharfschützenquartiere sorgfältig entworfen. Die engen Gewehröffnungen und der steile Winkel zum Boden verringerten die Wahrscheinlichkeit, eine Kugel einzufangen. „Splitter?"

„Als sie nicht genau sagen konnten, wo die Schützen waren, haben die PZs Maschinengewehre benutzt." Caz betrachtete Hawks Rumpf und runzelte die Stirn. „Dafür musst du dich hinlegen. Lass mich zuerst deine Arme versorgen."

Der Doc schob einen blutgetränkten Ärmel aus dem Weg und

machte sich daran, die Wunden an Hawks Handgelenken zu reinigen.

„Maschinengewehre sind beängstigend. Genug Kugeln kamen durch, sodass Holzsplitter und Schindeln auf uns niedergerieselt sind", sagte Audrey leichtfertig. Sie hatte Holzspäne in ihren langen Haaren und Kratzer auf Gesicht und Armen.

Gabe sagte, sie hätte allein weiter geschossen, nachdem er gegangen war, um Bull und Kit Rückendeckung zu geben.

Was für eine Frau.

„Dann wurde Knox' Gewehrlauf getroffen. Chevy sagte, Knox hätte sich kurz aufgeregt, da er es in seinen Fingern gespürt hatte, bevor er nach einem neuen Gewehr gegriffen und wieder gefeuert hatte."

Hawk konnte nur lächeln. Sie züchteten hartgesottene Leute in Alaska.

Trotzdem hatten alle – außer den PZs – verdammt viel Glück gehabt.

„Aric, wie geht es dir, Schatz?" Audrey rutschte näher und küsste Aric auf die Wange.

Er ließ Hawks Hemd nicht los, schenkte ihr jedoch ein schiefes Lächeln.

Nach der Reinigung von Hawks Armen hob Caz den Blick. „Ich werde alles verbinden, aber nur, wenn du meine Arbeit nicht kurz danach wieder zunichtemachst."

„Okay."

Audrey hielt Caz ein Klammerpflaster hin und blickte finster auf Hawks Handgelenke. „War das Nabera? Oder war es dieser Milo?"

Oh, verdammt.

Aric erstarrte und seine großen Augen füllten sich mit Tränen. „Es tut mir leid."

„Mir nicht." Hawk zog das Kind enger an sich. „Ein Messer im Dunkeln zu benutzen, führt automatisch zu ein paar Schnitten."

Caz bestätigte dies mit einem Nicken. „*Sí.*"

Audreys Gesichtsausdruck sprach von Bestürzung. Ihr war nicht bewusst gewesen, was sie da fragte.

„Du hast mich befreit; das ist es, was zählt.“ Hawk küsste Aric auf den Kopf. „Wenn ich neue Narben davon bekomme, werden sie mich an das tapferste Kind erinnern, das ich kenne. Das würde mir gefallen.“

Aric sah zu ihm auf, als wollte er sehen, ob Hawk es ehrlich meinte. Dann entspannte er sich und schmiegte sich enger an Hawks Seite.

Es war weit über die Schlafenszeit des Kindes hinaus.

Hawk straffte seinen Arm um den Jungen. Sie schätzten es gerade beide, einander zu haben.

Stunden später kuschelte sich Kit in Makos Haus an Hawk. Aric lag schlafend über ihren Schößen. Sie war erschöpft, eine Schulter pochte von der Kugel, die andere vom Rückprall ihrer eigenen Schießversuche. Ihre Finger schmerzten und Kratzer brannten.

Und doch war sie in ihrem Leben noch nie so glücklich gewesen.

Ihre liebsten Menschen waren am Leben und in Sicherheit.

Sie neigte den Kopf und rieb ihre Wange an Hawks Arm. „Ich dachte schon, dass die alle nie gehen würden.“

Draußen hatten dunkle Wolken jeden Anflug von Morgendämmerung ausgelöscht, und Regen prasselte vom Himmel und wusch die Überreste der Schlacht hinfort. Das Wetter könnte dazu beigetragen haben, die Agents und die Trooper auf ihren Weg zu schicken.

„Ja, oder?“, stimmte Audrey zu.

Gabe saß neben ihr und zog mit einem Lächeln an ihren Locken. „Wir sind glimpflich davongekommen, Goldlöckchen.“

„Glimpflich?“ Frankie schnaubte. „So viele Fragen. Sie haben es sogar geschafft, Lillian zu erschöpfen.“

Zuerst hatten JJs Team und die sechs Freunde, die in den Eremitage-Häusern geholfen hatten, gehen dürfen. Keiner von ihnen hatte zu verärgert geschienen. Einige sogar eher das Gegenteil.

Knox und Erica, Chevy und Tina, Dante und Lillian – sie hatten um den unverschämtesten Witz gewetteifert. Ihr Verhörexperte – ein FBI-Agent – hatte sie angesehen, als wären sie verrückt. Die Trooper hatten einfach gelacht.

„Da unter den Entführten drei Abgeordnete waren, ist die Befragung doch recht kurz ausgefallen", sagte Bull. Neben ihm auf dem Sofa lag Frankie mit dem Kopf auf seinem Oberschenkel, und Gryff hatte es sich zu seinen Füßen bequem gemacht. „Da die PZs die Eremitage angegriffen haben, um sie wieder einzufangen, gab es keinen Zweifel daran, wer die Guten sind."

„Vor allem, wenn der Polizeichef und sein Officer hier leben", murmelte Frankie zustimmend.

Gabe grinste Caz an, der JJ und Regan zu beiden Seiten neben sich sitzen hatte. „Danke, dass du die unbenutzten Waffen in die Waffenkammer gebracht hast, bevor das FBI kam."

Kit rollte mit den Augen. Die Waffenkammer befand sich nicht nur im Tunnel, die Tür war zudem verschlossen und getarnt. Paranoid hoch zehn. Und doch war es die paranoide Vorbereitung des Sarge gewesen, die sie alle gerettet hatte.

Grinsend zupfte Caz an JJs Haar. „Es ist besser, den Strafverfolgungsbehörden nichts zu geben, was sie gegen uns verwenden können. *Sí,* Officer?"

„Ooooh, dafür wirst du bezahlen." JJ drehte sich weit genug herum, um in seine Seite zu kneifen, und dann zwickte sie auch Regan.

„Hey! Ich habe nichts getan!" Regans Protest wurde durch ihr Kichern abgelöst.

„Eigentlich hast du das schon." JJs Lächeln verblasste, als sie sich neben das Mädchen setzte. „Du bist von dem sicheren

Versteck weggeschlichen, und hast die Eremitage verlassen. Mit Aric."

Regan erstarrte, dann fiel ihr Blick auf ihren Schoß und sie nickte.

JJ hob das Kinn des Mädchens. „Ich bin so stolz auf deinen Mut, aber es hat mir auch Angst gemacht, dass mein Mädchen hätte verletzt werden können."

Als sich Regans Augen mit Tränen füllten, schmiegte sie sich an JJ ... und Caz legte die Arme um sie beide.

Kit musste ihre eigenen Tränen wegwischen, bevor sie sich näher an Hawk kuschelte. Ihr Herz fühlte sich extrem verletzlich an und schmerzte so sehr wie ihre Schulter.

„Ich bin mir nicht sicher, ob ich für Kinder bereit bin", sagte Gabe leise, als er seine Hand sanft auf Audreys Bauch legte.

Kit sympathisierte mit seinen Sorgen und flüsterte: „Sie sind furchterregend", und hörte Hawks leises „Oh ja."

Nachdem Gabe Audrey auf die Stirn geküsst hatte, erhob er seine Stimme: „Ich weiß nicht, wie es euch geht, aber ich brauche eine Dusche."

„Das tust du wirklich, obwohl du zumindest nicht mit Blut bedeckt bist. Was du sein solltest." Audrey setzte sich auf und runzelte die Stirn. „Ich habe dich in den Büschen gesehen. Du hast geschossen, als hättest du eine Backsteinmauer als Deckung anstelle von ein paar mickrigen Blättern."

„Ah ..." Gabe musterte Audrey, offensichtlich auf der Suche nach einer Antwort, und zuckte dann mit den Schultern. „Ich habe nichts."

„Mein verrückter Held." Audrey schüttelte den Kopf und stand auf. „Lass uns gehen. Ich werde dir den Rücken schrubben."

„Vergiss die Dusche, ich will ein langes Bad." Frankie seufzte, bevor sie die Abschürfungen an ihren Handgelenken finster anfunkelte.

Kit wusste, dass das heiße Wasser wohl brennen würde, und verzog das Gesicht zu einer Grimasse. Es war ihre Schuld, dass

Frankie und alle anderen verletzt worden waren. Wenn sie Obadiah nicht getroffen und geheiratet hätte, dann –

Nein, so konnte sie nicht denken. Sie hatte damals die Entscheidungen getroffen, die sie für die besten gehalten hatte. Und es waren viele wunderbare Dinge passiert. Hawk war in ihr Leben getreten. Und Frankie hatte Bull kennengelernt.

Als hätte Frankie sie gehört, schaute sie zu ihrer Freundin. „*Amica mia*, danke. Caz sagte, wenn du die Aufmerksamkeit von Nabera und den Wachen nicht auf dich gezogen hättest, wäre es nicht möglich gewesen, dass jemand Hawk und mich befreien kommt. Es muss dir schwergefallen sein, dich Nabera zu stellen."

„Yeah", sagte Hawk in seiner tiefen, kratzigen Stimme. „Das hat Mumm erfordert."

Kit atmete zittrig ein. Es war so eng gewesen, aber sie waren alle hier und am Leben. Und sie hatte ihren Sohn auf dem Schoß und Hawk neben sich.

Das Leben war gut.

Sie sah ihre beste Freundin an. „Nachdem du mich von dem PZ-Gelände geholt hast, sagtest du, ich sei nun an der Reihe, dich zu retten – und auch Hawk schuldete ich eine Rettungsaktion. Nabera gab mir die Chance, mich bei euch erkenntlich zu zeigen." Kit grinste Frankie an, dann Hawk. „Gern geschehen."

KAPITEL ZWEIUNDDREISSIG

L*iebe ist etwas, das vom Himmel gesandt wurde, um dich höllisch zu nerven.* - Dolly Parton

Hinter Kit im Kanu manövrierte Hawk sie durch das blaue Wasser. In einem stillen Kontrast zur Schlacht am letzten Wochenende schwebte Nebel über dem See.

Zwei Tage lang hatten sie sich mit Strafverfolgungsbehörden befasst und den Schaden an der Eremitage repariert. Die Garagentore würden sicher nie wieder so aussehen wie vorher. Sie würden neue kaufen müssen, damit die Frauen und Kinder nicht ständig an die Gewalt erinnert wurden.

Er paddelte etwas zurück und winkelte das Kanu näher an das Ufer. Jetzt, da das Dock für die Wasserflugzeuge in gutem Zustand war, landeten mehr Flugzeuge auf dem See. Das Roadhouse profitierte von den Besuchern.

Vorne paddelte Kit sanft und leise vor sich hin. Beim nächsten Mal würde er ihr das Lenken beibringen.

Nächstes Mal.

Sie hatten eine Zukunft zusammen. Das Wissen war einfach

so wundervoll, obwohl, ja, es könnte eine Weile dauern, bis er es wirklich glaubte.

Am Ufer naschte eine Schar aus Schneegänsen an den Gräsern und Seggen, um sich auf ihren Herbstzug vorzubereiten.

Der Winter rückte näher – aber die langen, dunklen Nächte wären nicht mehr so wie früher, denn jetzt hatte er Kit und Aric.

„Wow, guck mal." Kit zeigte auf einen Elch, der den Samt von seinem Geweih an einem Baumstamm abrieb.

„Es ist fast Brunftzeit, also denk daran, dass die Männchen reizbar sein können."

Zur Abwechslung gehörte er mal nicht zu den reizbaren Männchen. Er war noch nie so zufrieden mit der Welt gewesen.

Eine Stunde später lag er auf einer schweren Pferdedecke mit Kit rittlings auf ihm.

Das Kanu ruhte am Ufer und sie hatten eine Grasfläche gefunden, die von Büschen und überhängenden Bäumen verdeckt wurde.

Sie war so wunderschön, wenn sie nackt war. Das Sonnenlicht zauberte goldene und rote Schimmer in ihr braunes Haar – weiches Haar, das über seine Brust kitzelte, als sie sich über ihn beugte, um seinen Schwanz in sich aufzunehmen.

Während sie sein Gesicht mit Küssen überhäufte, atmete er den Duft von Vanille und Lavendel ein.

Sie war bereits zweimal von seinen Fingern und seiner Zunge gekommen, und ihre Augen waren halb geschlossen, ihr Mund geschwollen.

Ihre Brüste lagen schwer in seinen Händen, und als er an einer geröteten Brustwarze zupfte, zog sich ihre enge Pussy als Reaktion um ihn zusammen.

„Hawk." Ihre liebliche Stimme klang nun ansprechend heiser. „Willst du nicht kommen?"

In diesem Moment konnte er nicht glücklicher sein. Mit ihrem Lächeln auf ihn gerichtet, mit ihrem Hintern auf seiner Leiste, ihren Brüsten in seinen Händen.

Aber nach ihrer Frage stellte sein Schwanz nun Forderungen. Er würde nicht mehr lange durchhalten.

„Wenn du darauf bestehst." Er beobachtete sie sorgfältig, um sicherzustellen, dass er keine Panikattacke auslöste, und rollte sie schließlich auf den Rücken, sodass er sie unter sich hatte.

Anstatt in Panik zu geraten, kicherte sie. „Du magst es wirklich gerne, oben zu sein."

Oben, stehend, unten, hinten. Er genoss jede Position, wenn es darum ging, mit ihr Liebe zu machen. „Heute will mein Schwanz Hammer spielen."

Und weil es ein geduldiger Schwanz gewesen war, verdiente er eine Belohnung.

Ihr Lachen verwandelte sich in ein Stöhnen, als er seine Worte in die Tat umsetzte.

Oh, Himmelherrgott, sie würde gleich erneut kommen. Dass er so hart in sie hämmerte, ließ jede Zelle in ihrem Körper ein weiteres Mal aufleben.

Hawk beobachtete sie genau, so wie er es stets tat, wenn der Sex etwas härter ausfiel. Die Falten neben seinen Augen vertieften sich ein wenig, als er ihr rechtes Bein anwinkelte und es nach außen drückte, sodass sein Schambein bei jedem Stoß gegen ihre Klitoris rieb.

Oh, oh, oh! Alles in ihr spannte sich an, und sein unerbittlicher Rhythmus warf sie direkt über die Klippe in einen See der Lust. Ein bodenloser See wie es schien, als jeder kräftige Stoß mehr und mehr Empfindungen in ihr aufwühlte.

Mit einem kehligen Laut drang er ein letztes Mal tief in sie. Hitze erfüllte sie, als er sein Gesicht in ihrem Haar vergrub und zur Erlösung fand.

Auch Minuten später pulsierten die Wände ihres Geschlechts noch, und ihr Herzschlag hatte sich kaum verlangsamt. Lächelnd vergrub sie ihre Finger in seinem dicken blonden Haar und hielt seinen Kopf an sich. Er war immer noch in ihr, und das schwere Gewicht seines Körpers auf ihr befriedigte sie auf eine andere Weise.

Gab es etwas Intimeres?

Als er sich auf die Ellbogen abstützte und ihr in die Augen sah, zog sie einen Finger über das sanfte Lächeln auf seinen Lippen.

Er fing ihren Finger mit den Lippen ein und grinste über das gespielte Quietschen.

Und dann küsste er sie, tief und leidenschaftlich, und so sanft für einen verdammt tödlichen Mann.

Als der Kuss zu einem Ende kam, brauchte sie eine Sekunde, dann funkelte sie ihn an. „Du hast mir in den Finger gebissen. Ein Kuss reicht nicht aus, um –“

Nach dem zweiten Kuss hatte sie vollkommen vergessen, dass sie Finger hatte.

Er glitt aus ihr heraus und stützte sich neben ihr ab. Eine kühle Seebrise wehte über ihren überhitzten Körper, sodass ihre Nippel erneut hart wurden.

Natürlich bemerkte er es.

„So hinreißend.“ Lächelnd zog er einen Finger um eine Brust, und sie erschauerte bei seiner Berührung.

„Ich verstehe, warum Eltern die Monate genießen, in denen die Kinder in der Schule sind“, murmelte er.

Sie lachte. Gestern war der erste Schultag gewesen, und Aric hatte eine Zeichnung für den Kühlschrank und so viele Geschichten mit nachhause gebracht. Schokoladenmilch hatte es als Snack gegeben und anscheinend hatte sein neuer Freund laut gerülpst. Seine Lehrerin hatte ein Oberteil mit Pinguinen getragen. Auf der Schaukel war er regelrecht geflogen – höher als Rachel. „Er hat wahrscheinlich genauso viel Spaß in der Schule wie wir hier.“

„Das bezweifle ich.“ Hawk küsste sie erneut, so zärtlich, dass ihr Tränen in die Augen stiegen.

„Ich liebe dich, weißt du." Seine blaugrauen Augen waren ernst. „Euch beide."

„Ich weiß. Wir lieben dich auch."

Seine Hand legte sich auf ihre Wange, sein Daumen rieb über ihre Lippen. Sein Blick wanderte in die Ferne, zu den Bäumen und den Bergen. Eine Sorgenfalte erschien zwischen seinen Augenbrauen und sein Kiefer spannte sich an.

„Hawk? Was ist los?"

„Ich möchte, dass du einziehst." Seine Stimme vertiefte sich zu einem rauen Knurren. „Bei mir."

Überrascht blinzelte sie.

Als müsste er etwas verdeutlichen, fügte er hinzu: „Wo du mein Haus mit mir teilst, anstatt in Makos Hütte zu leben."

Das hatte sie nicht erwartet. Nun, okay, vielleicht hatte sie das. Irgendwann. Aber sie und Aric in seinen sehr maskulinen, sehr privaten Bereich einzuladen, war ein großer Schritt für ihn. Ein Sprung.

Für einen langen Moment konnte sie ihn nur anstarren, als ihr Herz mit Emotionen überflutet wurde.

„Verdammt, zu schnell." Er ließ sie los und rieb die Narbe an seiner Wange. „Willst du mit mir zusammen sein?"

Sie brachte ihre Stimmbänder in Gang. „Ja. Ja, das will ich."

Die Spannung in seinem Kiefer ließ nach. „Willst du in Rescue bleiben?"

Als sie nicht sofort antwortete, spannten sich die Muskeln in seinem Gesicht wieder an. „Ich möchte für meine Brüder in der Nähe bleiben." Er presste die Lippen fest zusammen und gab zu: „Und für mich. Auch für Aric ist es förderlich, Familie in der Nähe zu haben. Wenn du lieber nach Anchorage ziehen möchtest, um dort Arbeit zu finden, können wir das tun. Oder ich kann dich unterstützen."

Oh Gott, er liebte sie wirklich. Genug, um anzubieten, nach Anchorage zu ziehen – eine Stadt, die er nicht mögen würde.

Doch er hatte Grenzen gesetzt. Er würde nichts tun, was ihm oder Aric schadete – und sie liebte seine Ehrlichkeit.

Sein Bart war weich unter ihren Fingern, als sie seine Wange streichelte. „Ich denke, das ist mehr, als ich dich jemals auf einmal habe sagen hören."

Er zuckte mit den Schultern.

Und da war er wieder, ihr wortkarger Krieger.

„Du hast mich überrascht." Sie musste ihren Sohn nicht einmal fragen, was er wollte. Er liebte den tödlichen Ex-Söldner schon von Beginn an. „Natürlich werden wir bei dir einziehen."

Diesmal zog sie ihren Mann herunter, küsste ihn und nahm sich einen Moment Zeit, um die Freude zu genießen, die wie warmer Regen vom Himmel rieselte und vom Boden aufstieg.

„Weil wir dich lieben, Hawk. Wir beide."

KAPITEL DREIUNDDREISSIG

G*ut gemacht. Ihr habt das Zeug zu einem guten Team.* - First Sergeant Michael „Mako“ Tyne

Verdammte scheiße. Der Schulparkplatz war so voll, dass Gabe weit die Straße hinunter parken musste. Autos säumten den Bereich seitlich an der Schotterstraße. War die gesamte Bevölkerung von Rescue zu diesem Event erschienen? „Es sind viel mehr Leute hier, als wir erwartet haben.“

„Armer Polizeichef. Du klingst so mürrisch.“ Lachend stieg Audrey aus seinem Jeep, bevor er herumlaufen und ihr helfen konnte.

Er freute sich auf die Tage, an denen ihr Bauch so groß sein würde, dass sie Hilfe annehmen müsste. Da er ein weiser Mann war, behielt er diesen Gedanken aber für sich.

Stattdessen nahm er ihre Hand und verwob ihre Finger mit seinen. „Eigentlich finde ich es großartig, dass die Stadt so viel in unsere Kinder investiert.“

Er lächelte sie an, als sie gemeinsam am Straßenrand entlanggingen. Die Nachmittagssonne brachte die goldenen Highlights ihrer Haare hervor und verwandelte ihre grauen Augen zu Silber. Auf ihrem blauen Kapuzenpullover stand: *Come to the nerd side. We have Pi.*

Seine hochgebildete, forschungsliebende Bibliothekarin war verdammt bezaubernd. Kein Wunder also, dass die Bewohner dieser Stadt sie liebten.

Sie gingen durch das Tor des neu errichteten Zauns auf das Schulgelände. Überall waren Kinder und Erwachsene, die Essen, Getränke und Picknickdecken trugen. Die leichte Brise trug den Duft von Holzkohle und gegrilltem Fleisch zu ihnen.

Auf der einen Seite standen die Roadhouse-Kellner um Bull herum. Als sein Bruder Gabe entdeckte, kam er zu ihnen. „Sieht alles gut aus, oder?“

„Tut es.“ *Sarge's Investment Group*, das Unternehmen, das sie gegründet hatten, um Makos Investitionen und Immobilien zu verwalten, hatte das einstöckige Haus und das Land, auf dem es stand, gespendet. Am Stadtrand verfügte das Grundstück über eine große Fläche, sodass die Schule wachsen konnte.

Im vergangenen Herbst hatte die Berichterstattung über das Erdbeben und den Erdrutsch, der die Schule zerstört hatte, eine Spendenflut ausgelöst. Bis jetzt hatte es gedauert, das Haus in das Verwaltungsgebäude umzuwandeln und die vier neuen tragbaren Container-Klassenzimmer hinzuzufügen. Auch der Bau des Spiel- und Sportplatzes war fast abgeschlossen.

Zur Feier des Unterrichtsbeginns letzte Woche veranstaltete die Schule am Sonntagnachmittag einen Tag der offenen Tür.

Perfektes Timing, wirklich. Heute Morgen hatten sie *Termination Dust* – der erste Schneefall, der das Ende des Sommers in Alaska ankündigte – auf den Gipfeln der Berge entdeckt. Es war September und der Sommer war offiziell vorbei.

Er küsste Audreys weiches Haar und atmete ihren leichten Zitronenduft ein. Bis zum nächsten Sommer wären sie zu dritt.

„Onkel Gabe, Onkel Bull, Audrey!“ Regan rannte über das grasbewachsene Gelände, gefolgt von ihrem kleinen Rudel aus

Kindern und Gryff. Seine Nichte war eine geborene Anführerin, und Gabe könnte nicht stolzer sein. „Ihr müsst euch zuerst unser Klassenzimmer anschauen."

Von den Kindern angetrieben, begannen sie mit dem Klassenzimmer der dritten bis fünften Klasse. Ms. Wilner, die Lehrerin, die Regan letztes Jahr schon hatte, stand neben ihrem Schreibtisch und sprach mit Besuchern.

Mit einem warmen Lächeln umarmte sie Audrey und ließ dann den Blick über sie schweifen. „Gott sei Dank, es geht dir gut. Es tut mir leid, dass ich nicht länger auf der Party geblieben bin. Ich hätte helfen können; ich bin eine gute Schützin."

Gabe blinzelte die Lehrerin mit den lockigen Haaren an. Sie meinte es verdammt ernst. Sie hätte bereitwillig ihr Leben aufs Spiel gesetzt, um andere zu verteidigen.

In L.A. hatte er die Polizei verlassen, da es schien, als wäre die gesamte Zivilbevölkerung gegen ihn. Hier würde sein Problem darin bestehen, die Zivilisten davon abzuhalten, getötet zu werden, weil sie stets versuchten, zu helfen.

Verdammt, er liebte diese Stadt.

Kit stand auf dem Gelände und war verdammt froh, dass Knox und Chevy am vergangenen Wochenende ihre neu gesetzten Bäume und Pflanzen eingezäunt hatten. Sie hatte nur daran gedacht, Elche vom Knabbern abhalten zu wollen, aber, Junge, der Mob hätte heute ihre kniehohen Babysträucher und schlanken Bäume zertrampelt.

Der Tag bot jedoch eine ausgezeichnete Gelegenheit, den natürlichen Strom der Menschen auf dem Grundstück zu beobachten und Pläne für Pfade zu schmieden.

Diese Kurve dort sollte auf jeden Fall zu einem Weg werden.

Der Bereich direkt unter dem Hügel schrie nach einem schattenspendenden Baum und einer bequemen Bank für eine Pause für Schüler und auch Lehrer.

„Ms. Sandersen?“, rief ein Mann.

Kit erstarrte bei der unbekannten Stimme und drehte sich schließlich um.

Ein Geschäftsmann mit weißen Haaren und einem zurückweichenden Haaransatz stand in höflicher Entfernung.

Sie war nach dem letzten Wochenende immer noch ein bisschen nervös. *Reiß dich zusammen, Kit.* Sie war nicht nur in einer Menschenmenge, sondern – wie Hawk es nennen würde – sie hatte Rückendeckung.

JJ, die in Uniform durch die Leute marschierte, wandte sich ihr zu.

Im Gespräch mit Rektor Jones hatte Bull seinen Blick auf Kit gerichtet.

Auf dem Spielplatz schob Hawk Aric auf der Schaukel an, seine Augen auf ihr. Er warf einen flüchtigen Blick auf den weißhaarigen Mann und grinste.

Also dann. Kit lächelte. „Ja, ich bin Ms. Sandersen. Kann ich Ihnen helfen?“

„Ich hoffe doch.“ Er streckte die Hand aus. „Ich bin John Biese und ich bin im *McNally's Resort* für die Inneneinrichtung und die Grundstücksverwaltung zuständig.“

Sie schüttelte ihm die Hand und freute sich, dass sein Händedruck rein geschäftlich war. „Es ist nett, Sie kennenzulernen.“

„Ich muss etwas gestehen. Der COO und ich aßen den einen Tag zu Mittag, und wir lauschten einem Gespräch, bei dem Sie Hawk erzählten, was Sie an der Landschaftsgestaltung des Resorts ändern würden.“ Er schenkte ihr ein reuevolles Lächeln.

Sie zuckte zusammen. Wie kritisch war sie gewesen? „Es tut mir leid?“

„Nein, nein, Ihre Ideen waren genau richtig. Ich habe mich nach Ihrem beruflichen Werdegang erkundigt und denke, dass Sie gut zu uns passen könnten. Zufällig hasst die Frau unseres Landschaftsgestalters Alaska.“

Alaska hassen? Kits Blick schweifte über die grünen Wälder

und die wunderschönen Berge, die mit dem ersten Schnee getauft worden waren. Um sie herum waren die Stadtbewohner, alle hier, um die neue Schule zu unterstützen. Wer könnte dieses Paradies hassen?

Kit bemühte sich um eine diplomatische Antwort: „Ähm, ja, nicht jeder mag diesen Bundesstaat."

Aber was meinte dieser Mann damit, dass sie gut zu *McNally's* passen würde?

„Leider bedeutet das, dass sie zurück nach Kansas ziehen." Biese gestikulierte. „Wenn Sie interessiert sind, würde ich gerne einen Termin vereinbaren, um die Position des Garten- und Landschaftsgestalters für das Resort zu besprechen."

Einfach so hörte sie auf zu atmen.

Atme, Dummkopf. Sie holte tief Luft und hielt ihre Stimme gelassen. „Ich bin sehr interessiert."

„Ausgezeichnet." Er zog eine Visitenkarte heraus und reichte sie ihr. „Wenn Sie meinen Assistenten anrufen und einen Termin vereinbaren, können wir schon bald Ihre Pläne besprechen. Ich sagte ihm, dass ich einen Anruf von Ihnen erwarte. Er weiß also Bescheid."

Sie nickte. „Das werde ich auf jeden Fall tun."

Mit einem erfreuten Lächeln verbeugte sich der Mann leicht. „Ich kann es kaum erwarten, zu sehen, was sie mit dem Grundstück vorhaben."

Als er wegschlenderte, starrte sie auf die Visitenkarte in ihrer Hand.

„Alles okay?" Hawks kratzige Stimme beruhigte sie. Er legte einen stabilisierenden Arm um sie und sie lehnte sich sofort an ihn.

„Es könnte gut sein, dass ich bald einen Job bei *McNally's* als Landschaftsgestalterin habe", flüsterte sie vollkommen verblüfft.

Mit einem Finger neigte er die Karte, um sie zu lesen. „Biese ist ein guter Kerl."

Sie hob den Blick. „Wusstest du, dass das kommen würde?"

„Nein. Im Juni hat er jedoch nach dir gefragt.“ Hawk zögerte. „Ich habe ihn an Frankie weitergeleitet. Ich dachte, sie wüsste vielleicht, wie viel sie ihm sagen sollte.“

Im Juni? Hawk hatte sie zu dem Zeitpunkt kaum gekannt. Trotzdem hatte er das für sie gemacht. Sie lehnte ihren Kopf an seine Brust. „Ich liebe dich.“

Er gab ihr einen Kuss auf ihre Lippen, verweilte etwas länger und –

„Mama!“ Arics hohe Stimme unterbrach sie.

In Jeans, knallroten Turnschuhen und einem neuen Dinosaurier-T-Shirt stürmte er über den Rasen, und sie hätte fast gejubelt. Ihr überschwänglicher Junge war zurück.

„Was ist los, Honigbär?“ Sie beugte sich vor und akzeptierte eine herzliche Umarmung.

„Komm und sieh dir mein Zimmer an!“ Er nahm ihre Hand und verkündete lautstark: „Meine Kunst ist dort!“

„Oh, nun, dann schauen wir uns das besser mal an.“ Sie grinste und sah, wie Hawk ihnen folgte.

Da das Sommerprogramm Aric Freunde und eine gewisse Vertrautheit mit dem Klassenzimmer vermittelt hatte, war das neue Jahr in der Vorschule problemlos gestartet.

Mit ihrem Jungen, der an ihrer linken Hand zog, Hawks Arm um ihre Taille und einem neuen Job am Horizont hatte Kit das Gefühl, bis zum Bersten vor Glück gefüllt zu sein.

An einem Tisch in der Nähe des Spielplatzes beobachtete Caz, wie Regan mit ihren Freunden Delaney und Niko an einem der Elemente hochkletterte. Gryff lag wenige Meter entfernt und hatte entschieden, dass das Mädchen seinen Schutz mehr brauchte als Bull oder Frankie.

Die Leute hielten an, um mit Caz zu sprechen und zu fragen, wie es den Bewohnern der Eremitage nach der Schlacht am letzten Wochenende ging.

Er hatte bemerkt, dass JJ und ihre freiwilligen Soldaten regelmäßig anerkennende Klapse auf den Rücken bekamen. Caz freute das. Helden sollten gefeiert werden. Und die Art und Weise, wie die Stadtbewohner JJ nun als eine von ihnen betrachteten, bedeutete ihr mehr, als ihnen klar war.

Auf einer kleinen Bühne in der Nähe des Fußballplatzes hatte Rektor Eugene Jones die Stadtbewohner willkommen geheißen und beendete die Rede damit, jeden beim Namen zu nennen, der etwas zu der neuen Schule oder der Feier beigetragen hatte.

„Nochmals vielen Dank für die Unterstützung und dass Sie heute so zahlreich erschienen sind." Jones erhob leicht seine Stimme: „Jetzt weiß ich, dass wir alle gerne etwas Musik haben würden, während wir das Essen genießen und Kontakte knüpfen. Zufällig haben wir unseren Polizeichef und seine Brüder mit ihren Familien hier, und das bedeutet unglaubliche Musik, wenn wir sie zum Singen bringen können."

Caz betrachtete die Bühne und realisierte, dass zwei Geigen, mehrere Gitarren und seine eigene Trommel dort oben standen.

„*A la verga*", murmelte er.

„Hoch mit dir, Junge", rief Dante vom nächsten Tisch. Neben ihm trug Lillian ein selbstgefälliges Lächeln.

Was zum Teufel ... Dante musste in Makos Hütte eingebrochen sein und die Musikinstrumente gestohlen haben, während die hinterhältige Britin Kit und Aric im Garten beschäftigt hatte.

„Was sagt ihr, Leute?", fragte Rektor Jones. „Schreit, wenn ihr wollt, dass sie spielen."

Ein lauter Jubel bedeutete, dass Caz und die anderen nicht aus der Sache herauskamen, ein Set zu spielen. Nicht, dass es ihn störte. Für ein begeistertes Publikum zu spielen, war wie an eine Batterie angeschlossen zu werden.

„Komm schon, Papá." Regan rannte zu ihm und zog ihn auf die Füße. Auf dem Weg schnappte sie sich JJ.

„Ich bin im Dienst", widersprach JJ.

Gabe erschien neben ihr, legte seine Hand auf ihre Schulter

und gab ihr einen Schubs. „Officer, wenn ich singen muss, dann musst du das auch."

Audrey kicherte. „Was er gesagt hat. Beweg dich, Officer."

Lächelnd gab Caz JJ einen schnellen Kuss. „*Princesa*, ohne dich wäre es nicht dasselbe. Du würdest uns oder deine Stadt doch nicht enttäuschen wollen, oder?"

Obwohl sich ihre Augen bei seiner Manipulation verengten, ließ sie sich von Regan auf die Bühne führen – weil seine Frau das größte Herz der Welt hatte.

Caz trat auf die Bühne und lächelte, als er Hawk sah, der Aric in den Armen und Kit neben sich hatte. Der Falke liebte Musik – und es war ihm egal, ob jemand zuhörte oder nicht.

Mit Frankie an seiner Seite schloss sich Bull ihnen an. Gryff sprang auf die Bühne und legte sich zu Frankies Füßen.

Nachdem alle ihre Instrumente gestimmt hatten, wandten sie sich an Gabe.

„Ich habe das nicht erwartet, aber zumindest kennen wir das perfekte Lied." Gabe grinste. „*Be True To Your School*."

Sie lachten – weil sie in den letzten Wochen das Lied der Beach Boys gespielt hatten, um die Kinder in Stimmung für den Unterricht zu bringen.

Caz zog Aric zwischen seine Knie, damit er ihm an der Trommel helfen konnte. Der Junge war talentiert und stimmte das Lied mit einem Trommelwirbel an. Ein Nicken sagte seiner Familie, wann sie einsteigen sollte.

Es dauerte nicht lange, bis die Menge voller Begeisterung mitsang.

Caz lächelte zufrieden und fühlte sich, als wäre er im Herzen seiner Familie und seiner Stadt eingebettet.

Sie hatten ihr Set auf der Bühne mit *Turn! Turn! Turn!*, einem

Cover von The Byrds, beendet, das Hawk schon immer geliebt hatte.

„To everything there is a season.“

In der Vergangenheit hatte ihn die Melodie in eine melancholische Stimmung versetzt, aber nicht heute. Nicht mit Aric, der ihn und Kit über den Rasen zerrte, um eine Person nach der anderen zu begrüßen und dann das Essen zu kosten.

Das Kind war immer hungrig.

Ja, manchmal brauchte es nur eine neue Jahreszeit.

„A time of war, a time of peace.“

Am Mittwoch waren sie shoppen gewesen und hatten Arics neues Zimmer eingerichtet. Am nächsten Tag waren Kit und Aric in Hawks Haus gezogen – jetzt ihr gemeinsames Haus. Obwohl sie nicht viele Habseligkeiten mitbrachte, hatten alle in der Eremitage bei dem Umzug geholfen. Danach hatte Bull den Grill angeworfen und sie hatten den Rest des Abends miteinander genossen.

Er hatte sich unnötig Sorgen um Arics Reaktion gemacht. Der Junge schien erwartet zu haben, dass sie schon bald zusammenleben würden, und er liebte es, sein eigenes Zimmer zu haben. Ganz wie Regan.

In der ersten Nacht schlich er sich in das große Schlafzimmer und hatte nachgesehen, ob Hawk und Kit auch dort waren, wo sie hingehörten. Seither schlief er unbekümmert in seinem eigenen Bett.

Hawk runzelte die Stirn. Es schien unfair, dass er Kit in seinem Bett hatte, und Aric unten allein war.

Wird sie mich töten, wenn ich dem Jungen einen Hund kaufe?

„Siehst du?“, rief Aric und zog erneut an Hawks Hand. „Da ist Essen.“ Er zeigte auf die Tische, die mit allerhand Gerichten gefüllt waren. Alle in der Stadt hatten zu diesem Festmahl beigetragen. Rund um das Gelände saßen Menschen an Picknicktischen oder auf Decken auf dem Boden.

„Yo, Hawk.“ Drüben am Grill winkte Guzman mit einem

Pfannenwender. Er und Tucker hatten das Grillen des Lachses übernommen. Mit ein paar anderen kümmerten sich Knox, Chevy und Erica um die Hamburger- und Hotdog-Grille.

Nachdem er Teller mit Essen gefüllt hatte, führte Hawk seine kleine Crew zu der Stelle, wo seine Familie zwei Picknicktische zusammengeschoben hatte.

„Hier drüben, Aric." Regan klopfte auf die leere Stelle neben ihr und zeigte auf zwei weitere Plätze für Kit und Hawk.

Als Aric auf die Bank kletterte, grinste Kit Hawk an. „Ich schätze, wir sitzen hier."

„Ich werde nicht mit Regan argumentieren." Er stellte Arics Teller vor ihm ab, seinen eigenen Teller daneben. „Die beiden könnten uns leicht überwältigen."

Kit lachte.

„Eremitage-Bewohner, dürfen wir uns euch anschließen?"

Der geschmeidige, widerhallende Bariton war einer, der in Hawks Erinnerungen lebte, sodass er sich der Stimme sofort zuwandte.

Doc Grayson stand am Kopfende des Tisches, mit einem kleinen Mädchen, vielleicht etwas mehr als ein Jahr alt, in den Armen. Neben ihm hielt eine kleine kurvige Blondine die Hand eines Mädchens in Arics Alter.

Mit einem Jubelschrei stand Bull auf und streckte die Hand aus. „Zachary Grayson. Verdammt, es ist schön, dich zu sehen, und dich auch, Jessica."

Der Psychologe war mit Mako befreundet gewesen und einer der wenigen Menschen, die sie in der abgelegenen Hütte besucht hatten. Jedes Jahr war er aus heiterem Himmel aufgetaucht, um nach dem paranoiden Survivalist und den vier verkorksten Straßenkindern zu sehen.

„Grayson." Hawk schüttelte die Hand des Mannes, der sie alle davor bewahrt hatte, völlig die Kontrolle über den Verstand zu verlieren.

Grayson lächelte und musterte ihn mit scharfsinnigen grauen Augen. „Du siehst gut aus, Hawk."

Hawk nickte zustimmend, erfreut, zu sehen, dass sich der Doc nicht viel verändert hatte. Wie immer trug er schwarze Jeans und ein ebenso farbenes Hemd. Immer noch schlank und fit, obwohl das schwarze Haar nun mehr Silber aufzeigte.

Die hübsche Blondine musste die Ehefrau sein, von der Bull erzählt hatte, da sie bei Makos Trauerfeier anwesend gewesen war. Sie umarmte Bull, Caz und Gabe und tätschelte dann Gabes Wange. „Du siehst so viel gesünder aus. Das freut mich."

Schließlich lächelte sie Hawk an. „Du musst Hawk sein. Ich bin Jessica."

Hawk nahm sanft ihre Hand und warf dann einen Blick auf Zachary. „Gut gemacht."

„Finde ich auch."

Audrey schloss sich Gabe an. „Willkommen zurück in Rescue, Doc. Hallo, Jessica. Ich bin Audrey." Sie lächelte die Vorschülerin an, dann das Kleinkind in Graysons Armen. „Hi, ihr zwei."

Die Einjährige hüpfte in den Armen ihres Vaters. „Hi. Hi." Sie streckte die Arme aus.

Audrey sah zu Jessica. „Darf ich sie halten?"

„Gerne." Jessica grinste, als Grayson das Kind übergab. „Ihr Name ist Aubrielle und ich glaube nicht, dass sie einen schüchternen Knochen in ihrem Körper hat."

Audrey lächelte das Baby an. „Du bist bezaubernd."

Yeah, Hawk musste zustimmen. Das Kind war verdammt süß.

Audrey drehte sich breit grinsend zu Gabe. „Wir sollten ein Mädchen bekommen."

Gabe öffnete den Mund und schloss ihn wieder.

Als Audrey ging, um JJ und Frankie das Baby zu zeigen, schien Gabe einfach nur perplex.

Caz schüttelte traurig den Kopf. „*Viejo*, hat euch niemand diese Dinge erklärt?"

„Echt ey, Bruder." Bull grinste. „Dein männlicher Saft hat sich bereits ein Geschlecht ausgesucht, und sie wird dir die Schuld geben, dass du ihr nicht gibst, was sie will."

„Fuck", sagte Gabe leise. „Ich bin am Arsch."

Hawk spürte, wie jemand seine Hand nahm.

„Wer ist das?" Aric starrte das kleine blonde Mädchen an, das in seinem Alter war. Er sah zu Grayson auf. „Ist sie dein Mädchen?"

„Ja, das ist sie." Zachary ging auf ein Knie und streckte seine Hand aus. „Es ist schön, dich wiederzusehen."

Ohne zu zögern, nahm Aric seine Hand. „Hi, Doc."

Hawk hätte fast gelacht. Doc Grayson hatte einfach etwas an sich.

Mit der Hand des Kindes in Graysons lächelte er Aric an. „Ich bekomme langsam Hunger. Hast du etwas Gutes zu essen gefunden?"

Aric hatte kein Problem damit, über Essen zu sprechen. Grayson stellte weitere Fragen und Aric erzählte ihm alles über seine Mutter und seine liebsten Games. Wie Hawk aus seinen eigenen Gesprächen mit dem Doc wusste, besaß Grayson einen grenzenlosen Vorrat an Geduld.

Leise schloss sich Kit Hawk an und flüsterte: „Ist das der Psychologe?"

Hawk nickte und schlang seinen Arm um sie.

„Und was ist mit Hawk", fragte Grayson. „Ist er auch dein Freund?"

Aric hob sein stures Kinn und sagte: „Nein." Und die Antwort war wie ein Schlag auf Hawks Herz.

„Tatsächlich. Aber ich kann sehen, dass du ihn sehr lieb hast."

„Ja, sehr." Aric lehnte sich vor, legte seine freie Hand auf Graysons Arm und flüsterte laut: „Er ist mein Papá."

Hawk erstarrte.

„Ah, ich verstehe. Wie ist das passiert?" Zachary warf Hawk und Kit einen Blick zu, Belustigung erhellte seine grauen Augen.

„Grammy sagt, ich bin Hawks Junge. *Hat* sie gesagt." Aric

wartete eine Sekunde, als befürchtete er, dass Grayson versuchen würde, die unendliche Macht von Lillian infrage zu stellen. Als der Doc zustimmend nickte, legte Aric seine Gründe dar: „Das bedeutet also, dass Hawk mein Papá ist. Wie Regans Papá ihr Papá ist."

„Das ergibt Sinn." Grayson lehnte sich vor und flüsterte: „Hast du ihn schon mal so angesprochen, um zu sehen, was passiert?"

Aric schüttelte den Kopf und senkte die Augen auf seinen rechten Schuh, der ein Loch in den Dreck bohrte.

„Jetzt ist eine sehr gute Zeit dafür", sagte Grayson bestimmt. „Ich weiß, dass du mutig genug bist, es zu versuchen."

Arics Kopf kam hoch. „Okay."

Er drehte sich um. Stures Kinn und bebende Unterlippe. Genau wie seine Mutter. Besorgte und hoffnungsvolle Augen trafen auf Hawks. „Papá."

Ein gedämpftes Schluchzen kam von Kit. „Oh Gott, ja." Dass es kein Zögern in ihrem geflüsterten Einverständnis gab, bedeutete Hawk einfach alles.

„Yeah, Aric." Hawks Herz platzte fast vor Liebe, als er *seinen* Sohn in seine Arme hob. Seine Stimme klang rauer als sonst. „Ja, du bist mein – und ich bin dein Papá."

Aric schlang seine kurzen Arme um Hawks Hals, und die strangulierende Umarmung war eine der schönsten, die Hawk je erhalten hatte.

Fuck, er war ein Vater.

Er hob Kits Hand zu seinen Lippen und küsste ihre Finger. Und bald wäre er verdammt nochmal ein Ehemann, wenn er irgendetwas zu sagen hätte.

Grayson erhob sich und lächelte Hawk an. „Gut gemacht."

Die lobenden Worte waren unglaublich befriedigend.

Hawk nickte Kit zu. „Seine Mutter hat sich diese Anerkennung mehr verdient. Er musste nie an ihrer Liebe zweifeln."

Grayson musterte Kit für einen langen Moment und lächelte dann. „Es gibt nichts Wichtigeres."

Nachdem er Aric auf den Haarschopf geküsst hatte, stellte Hawk ihn ab.

„Aric." Grayson legte seine Hand auf die Schulter seiner ältesten Tochter. „Das ist Sophia. Sophia, das ist Aric, der dir wahrscheinlich ein paar Kartoffelchips besorgen kann."

„Oh ja!" Ohne zu zögern, ging Sophia direkt auf Aric zu. „Ich möchte einen Hot Dog. Und Ketchup."

„Okay." Aric nahm ihre Hand und zog sie zum Essen. „Es gibt auch Cookies. Wir werden ganz viele holen."

Grayson gluckste und streckte Kit die Hand entgegen. „Ich bin Zachary Grayson. Ich habe deinen Sohn getroffen, als du noch im Krankenhaus warst."

Zu Hawks Überraschung füllten sich Kits Augen mit Tränen, als sie seine Hand nahm. „Du bist derjenige, der meine Krankenhausrechnungen und die Therapiebesuche bezahlt hat. Vielen, vielen Dank."

Grayson versuchte nicht, dem Thema auszuweichen. Er lächelte einfach und drückte ihre Finger. „Gern geschehen."

Jessica lachte und schlang einen Arm um Kit. „Hey, ich habe jetzt ein ernstes Verlangen nach diesen Cookies, die dein Sohn so lautstark beworben hat. Wir sollten uns auch welche holen."

Hawk beobachtete, wie Jessica seiner Kit ein Taschentuch reichte, als sie sich auf den Weg machten. „Deine Frau hat ein großes Herz."

„Das hat sie", stimmte Zachary zu. „So wie deine auch, Hawk. Eine gute Verbindung."

Hawk spürte die Worte tief in seiner Brust, fast so, als wäre Mako selbst da gewesen, um seinen Segen zu geben. „Danke."

Bull lächelte, als sich Zachary und seine Familie ihnen nahtlos anschlossen.

Regan, Sophia und Aric saßen zusammen und probierten die

verschiedenen Gerichte. Die Gesichter, die sie machten, wenn das Essen nicht ihren Geschmack traf, brachte alle zum Lachen.

Audrey hatte sich neben Jessica und Kit gequetscht – und stellte Fragen zu Schwangerschaften. Nach einem Moment schloss sich Frankie ihnen an, erzählte von Kits Geburt, bei der sie dabei gewesen war, und fragte Jessica, wie ihre gelaufen war.

Wow. Bull zog sich zurück. Frauen waren sicher nicht das schwächere Geschlecht. Und verdammt, jetzt brauchte er wirklich einen Drink.

Er öffnete die Kühlbox und stellte mehrere Flaschen Bier in die Mitte des Tisches. „Leute, ich habe die neuen saisonalen Biere aus der Brauerei mitgebracht. Lasst mich wissen, was ihr denkt."

Er hatte auch eine Flasche Wein für Frankie eingepackt. Er öffnete diese, schnappte sich ein paar saubere Gläser und ging zu ihr. „Meine Damen, möchte jemand Wein?"

Jessica nahm ein Glas. Kit hatte bereits ein Bier, das Hawk ihr gebracht hatte.

Bull machte sich daran, für Frankie ein Glas Wein einzuschenken.

Sie schüttelte den Kopf. „Danke, aber nicht für mich."

„Nein?" Bull runzelte die Stirn. „Es ist dein Favorit."

„Ich ..." Farbe schoss in ihre Wangen, was ihn ... verblüffte. Es kam selten vor, dass sie errötete.

Besorgt fuhr er mit der Hand über ihr Haar. Sie schien diese Magenverstimmung nicht abschütteln zu können. „Süße, wenn du dich nicht gut fühlst, kann ich dich nachhause bringen. Oder vielleicht sollte Caz dich mal durchchecken?"

„Mir geht's gut!" Zu seiner Überraschung funkelte sie ihn genervt an. „*Che cavolo*, ich weiß nicht, wie ich es deutlicher machen soll."

Was zum Teufel ... Sie hatte ein Temperament, aber ließ sie es raus, gab es zumeist einen guten Grund. „Wie wäre es, wenn wir ..." Wie könnte er höflich vorschlagen, dass sie reden sollten?

„Nein. Es geht mir gut." Sie verschränkte ihre Arme unter

ihren Brüsten und ihre wunderschönen Augen sprühten Funken. „Und ich war bereits bei Caz in der Klinik. Also ..."

Ein Blick zum Tisch zeigte, dass er von den anderen keine Hilfe zu erwarten hatte. Graysons Augen waren mit Belustigung gefüllt. Caz grinste.

Sogar sein verdammter Hund schien ihn auszulachen.

Nun, okay, zumindest war sie nicht todkrank.

Bull seufzte. Er hatte sich eine temperamentvolle New Yorkerin mit italienischen Wurzeln angelacht. Ein entspannter Polynesier kam dagegen nicht an.

Er hockte sich neben sie, nahm ihre Hand und küsste sie. „Es tut mir leid. Ich mache mir nur Sorgen."

Er würde es dabei belassen, weil sie passend zu ihrer temperamentvollen Seele ein zartes Gemüt hatte.

Und da war es. Die Wut verschwand. Sie fuhr mit der Hand über seine rasierte Kopfhaut und über seine Wange. „Mein *Orsacchiotto*."

Er würde ihr niemals sagen, wie sehr er es liebte, dass sie ihn Teddybär nannte.

Dann waren wieder die Funken in ihren Augen zu sehen. „Du bist so dickköpfig. Ich wollte es dir heute Abend sagen. Wenn wir allein sind." Genervt warf sie die Hände in die Luft.

„Was willst du mir sagen?" Hatte er sich geirrt? War sie krank?

„Wir bekommen ein Baby."

„Ein ... Baby?" *Was. Zum. Teufel?*

„Wie ist das passiert?", fragte er, nicht beschuldigend, sondern doch etwas schockiert.

Am anderen Ende des Tisches hörte er Grayson zu Caz murmeln: „Mako hat mir versichert, dass er euch Jungs von den Bienchen und Blümchen erzählt hat."

Frankie lehnte ihre Stirn an Bulls und gab zu: „Ich habe es vor einer Weile mit der Pille vermasselt. Ich brauchte eine neue Packung, aber dann wurde ich auf dem PZ-Gelände verletzt, und

Kit war im Krankenhaus, und es ist so viel passiert, und schließlich kam meine Familie und ... Ups?“

Ups.

Ein Baby.

Die Überraschung wurde von einem Gefühl des Staunens vertrieben. Ein Baby. Seins und Frankies.

Vielleicht sogar ein kleines Mädchen mit ihren Augen.

Frankie legte ihre Hand auf ihren Bauch. „Als ich klein war, wollte ich immer einen großen Bruder. Also sollten wir unsere Familie mit einem Jungen starten.“ Ihr Mund bildete eine hartnäckige Linie. „So und nicht anders.“

Auf der anderen Seite des Tisches lachte Gabe laut los. „Ich hasse es, dir das sagen zu müssen, Bruder, aber ‚*Dein männlicher Saft hat sich bereits ein Geschlecht ausgesucht, und sie wird dir die Schuld geben, dass du ihr nicht gibst, was sie will*‘.“

Bull brach in Gelächter aus. Er zog Frankie auf die Beine, hob sie in seine Arme und wirbelte mit ihr im Kreis.

Sein Ausruf: „Wir bekommen ein Baby!“, brachte alle in der Umgebung zum Schweigen, bevor Jubelrufe die Luft erfüllten.

Einige Stunden später wurde es ein wenig ruhiger.

Gabe beobachtete, wie Zachary Grayson aufstand, offensichtlich um seine Familie zusammenzutrommeln. „Hey, Doc. Eine Frage. Etwas, über das ich mich schon eine Weile wundere.“

Zachary neigte den Kopf. „Natürlich.“

„Du bist vielleicht etwa fünfzehn Jahre älter als wir. Wie zum Teufel hattest du also einen Doktortitel, als du uns in so jungen Jahren besucht hast?“

„Das hatte ich nicht.“

Gabe schaffte es gerade so, ihn nicht mit offenem Mund anzustarren. Bull, Caz und Hawk sahen gleichermaßen schockiert aus.

„Als Mako und ich uns unterhielten, kurz bevor er euch von

diesem Kerl weggeholt hatte“ – Zachary stellte seinen Fuß auf die Bank und legte seine Unterarme auf seinen Oberschenkel – „befahl er mir, meinen Arsch vom Schlachtfeld und in die Psychologie zu bringen.“

„Die Befehle des Sarge zu ignorieren, war nie klug“, sagte Bull.

„Und das habe ich nicht. Als ich eure Hütte besuchte, erfuhr er, dass ich einen Doktortitel anstrebe. Von dem Moment an, nannte er mich stets Doc. Ich habe widersprochen.“ Zachary schenkte ihnen ein schiefes Lächeln. „Er ignorierte mich.“

Caz’ Schnauben brachte sie alle zum Lachen.

„Also hast du noch studiert, als du uns zum Plaudern in den Wald gezerrt hast?“, fragte Bull.

„Nun, Bull, wir sind in den Wald gegangen, um zu arbeiten. Oder um uns die Beine zu vertreten“, sagte Zachary sanft. „Wenn dabei zufällig ein paar Worte gefallen sind, lag das ganz in eurem Ermessen.“

Sogar Hawk grinste. Weil es genau dieser vernünftige Ton gewesen war, der jeden von ihnen dazu motiviert hatte, dem Doc zur Hand zu gehen, wenn er Hilfe brauchte – und dann hatte es nicht lange gedauert und sie hatten vor ihm ihr Herz ausgeschüttet. Vielleicht, weil sie wussten, dass er mit offenem Herzen und klarem Verstand zuhören würde.

„Du warst verdammt gut darin“, sagte Hawk.

„Ich hatte einiges an Erfahrung. Mein Vater war Psychologe. Rund um den Esstisch diskutierten wir regelmäßig verschiedene Therapien, und ich hatte alle seine Bücher gelesen, lange bevor ich mich verpflichtete.“ Zachary lächelte leicht. „Meine Mutter meldete sich freiwillig, um in pädiatrischen Stationen im Krankenhaus zu helfen, was bedeutete, dass ihr einziges Kind das auch tat.“

Kein Wunder, dass vier verkorkste Pflegekinder ihn nicht hatten austricksen können. Und Gabe musste zugeben, dass er es mehr als einmal versucht hatte.

Bull sprach für alle: „Wie auch immer du dir die Erfahrung

und das Wissen angeeignet hast, du hast damit Gutes getan, Grayson. Danke."

„Es war mir eine Freude, hin und wieder auszuhelfen." Grayson sah jedem von ihnen in die Augen, sein Blick direkt und ehrlich. „Ihr seid zu Männern herangewachsen, auf die der First Sergeant stolz sein kann."

Gabe blinzelte mehrmals gegen das Brennen in seinen Augen und sah zu seinen Brüdern. Er war nicht der Einzige.

„Jessica, es ist Zeit, dass wir zum B&B fahren", sagte Grayson.

„Nein!" Aric blickte ihn finster an. „Sophia bleibt hier!"

Als Hawk sich auf eine Weise räusperte, wie es auch der Sarge getan hatte – eine offensichtliche Warnung –, hätte Gabe am liebsten gelacht.

Arics Unterlippe formte sich zu einem Schmollmund, aber dann fragte er Grayson höflich: „Kann Sophia bitte bleiben?"

Graysons Augen zeigten Belustigung, die seiner Stimme fernblieb. „Sophia braucht ein Bad und ihr Bett. Kann sie dich morgen besuchen kommen?"

Aric überlegte. „Okay."

Als Grayson und seine Familie gingen, fing der Rest an, zusammenzupacken.

Gabe nahm Audreys Hand. Seine wunderschöne, schwangere Frau hatte sich gut gehalten, aber es war offensichtlich, dass sie schwächelte. „Darf ich dich mit JJ und Regan nachhause schicken? Ich muss sicherstellen, dass die letzten Nachzügler ohne Schlägereien das Gelände verlassen."

„Oh, ich bitte dich." Audrey kicherte. „Du würdest es lieben, käme es zu einer Schlägerei."

Sie kannte ihn sehr gut. „Erwischt. Der Kampf im letzten Jahr hat viel Spaß gemacht."

Lachend schlug Bull eine Hand auf seine Schulter. „Hawk, Caz und ich werden auch bleiben. Nur für den Fall."

„Also gut. Dann sehen wir uns später." Audrey hob sich auf ihre Zehenspitzen und küsste ihn.

„Warte, Audrey." JJ versuchte, Caz einen jugendfreien Kuss auf die Wange zu geben, ließ sich aber zu einem *Wir werden später Sex haben*-Kuss verleiten.

Gabe grinste, und als Regan anfing zu kichern, tauschten sie ein High-Five aus.

Kit hatte Hawk zur Seite gezogen, um ihn zu umarmen und zu küssen, und verdammt, aber es war gut, seinen Bruder glücklich zu sehen – ihn mit einer Frau an seiner Seite zu wissen, die sein verletzliches Herz behütete. Und einer Familie, die er mit allem, was ihn ausmachte, beschützen würde.

Bull zog Frankie zur Seite und bat sie, mit Kit und Aric nachhause zu gehen – und obwohl ihr Bauch immer noch flach war, streichelte er ihn sanft. „Unser Baby."

„Es wird eine Weile dauern, bis du ihn kennenlernen wirst, und mit dieser Vorstellung kommen die Windeln und der Schlafmangel." Ihr freudiges Lächeln zeigte, dass die Idee sie nicht im Geringsten störte. „Hmm." Sie drehte sich ruckartig um und erhob ihre Stimme: „Hey, Hawk, ich erwarte, dass du den Babysitter für unseren Jungen gibst, so wie du es bei Aric getan hast, bevor du ihn beansprucht hast."

Hawk hielt immer noch Kit in den Armen und hob den Kopf. „Was?"

„Moment mal, wir reservieren bereits Babysitter?" Audrey wirbelte herum. „Hawk, das gleiche hier!" Sie stieß Frankie mit der Hüfte an. „Ich weiß, dass unser Baby ein kleiner Engel sein wird. Deins jedoch ..."

Als die Frauen weggingen und sich über temperamentvolle Nachkommen zankten, war der schockierte Ausdruck auf Hawks Gesicht wirklich unbezahlbar.

Er schüttelte den Kopf. Sein Bruder hatte sich nie klar gesehen. Der Rest von ihnen wusste, dass von ihnen allen ihr Falke das weichste Herz hatte.

Innerhalb weniger Minuten waren nur noch die vier Brüder am Picknicktisch mit Gryff zu Bulls Füßen.

Gabe starrte auf die neuen Schulgebäude und die hellen Banner, die sanft in der Brise flatterten. Die Stadtbewohner packten fröhlich zusammen und unterhielten sich dabei. Die Ladenbesitzer Charlotte und Glenda plauderten mit Tucker und Guzman, die weit ab vom Schuss lebten. Lillian unterrichtete Orion und Felix über Möglichkeiten, das Gewächshaus in dem Haus zu heizen, in das sie gerade gezogen waren.

Mit einem Kloß im Hals wandte sich Gabe an seine Brüder. „Der Sarge gab uns den Befehl, diese Stadt zu retten – sie wieder zum Leben zu erwecken."

Bulls Blick senkte sich. Caz holte tief Luft. Hawks Augen glänzten einen Moment lang mit Tränen.

„Es ging ihm nicht nur darum, die Stadt zu retten; es ging ihm darum, uns zu retten. Um uns daran zu erinnern, was wichtig ist – dass wir dem Tod genug unserer Zeit gegeben haben und wir uns endlich in Erinnerung rufen, wie man lebt."

Gabe nahm sein Bier und wartete, bis seine Brüder nach ihren gegriffen hatten, bevor er Hawk angrinste. „Sprich du."

Hawk sagte in seiner kratzigen Stimme: „Auf Mako."

Gabe, Caz und Bull wiederholten mit belegten Stimmen: „Auf Mako." Flaschen trafen mit einem weichen Klirren aufeinander.

Gabe wusste, dass auch sie an die Stadtbewohner dachten, die als Gemeinschaft zusammengekommen waren, an die Liebe, die er und seine Brüder gefunden hatten, an die Kinder, die sie bereits hatten, und die Babys, die kommen sollten.

Mit den Worten, die tief in seinem Herzen zu finden waren, sprach Gabe zu dem Mann, der vier verlorene Jungen gegen alle Widerstände aufgezogen hatte. „Ruhe in Frieden, Sarge. Mission erfüllt."

NACHWORT

Ich weiß, dass es schwer ist, Alaska und die Bewohner Rescues zu verlassen. Jedoch kommt die Serie mit diesem Buch zu einem Ende. Ich weiß nicht, wie es euch geht, aber manchmal bin ich in der Stimmung für eine kürzere Serie. Wenn ihr also erneut in der Stimmung seid, dann kommt gerne zu den Söhnen des Survivalist zurück.

Love,
Cherise

ÜBER DEN AUTOR

Als New York- und USA-Today-Bestsellerautorin ist Cherise dafür bekannt, emotionale, herzzerreißende und spannende Liebesromane mit hinreißenden Männern zu schreiben, denen sie Frauen an die Seite stellt, die ihren subtilen – und manchmal nicht so subtilen – Alphamännern gewachsen sind.

Mit den Kindern aus dem Haus lebt Cherise mit ihrem geliebten Ehemann, ihrem vierzig Kilo schweren Schoßhündchen und einer flauschigen Katze im pazifischen Nordwesten, wo nichts gemütlicher ist als ein regnerischer Tag, den sie damit verbringt, neue Bücher zu schreiben.

Rezensionen:

Ich hoffe, Dir hat das Buch gefallen! Ich würde mich freuen, wenn Du für Hawk, Kit und Aric eine Rezension verfasst. Das hilft mir als Autor und auch anderen Lesern, die auf der Suche nach neuem Lesestoff sind.

www.ingramcontent.com/pod-product-compliance
Lightning Source LLC
LaVergne TN
LVHW010050110826
845155LV00028B/267

* 9 7 8 1 9 4 7 2 1 9 7 0 0 *